DER FALL DES PARAGONS

DER KODEX DES HELDEN
BUCH 1

A.R. KNIGHT

KAPITEL 1
DER CHAMPION

VON DER VERSCHNEITEN Straße aus sah Aegis die Lichter und hörte die Geräusche seiner Ziele. Die Stimmen drangen nicht die gut sechzig Stockwerke hinunter aus dem einzigen beleuchteten Bereich des hohen, breiten Gebäudes, das den verlassenen Gewerbepark dominierte, aber die Schüsse schon; das Knattern alter Waffenmodelle verriet ihre Besitzer mit ihrem Rat-ta-ta. Der Lärm bewies, dass Aegis einen guten Grund hatte, zu einer Zeit draußen zu sein, die für Schurken bekannt und für jene, die sie jagten, perfekt war.

Die Kapsel hinter ihm gab ein warmes Piepen von sich, als sie zu ihrem nächsten Einsatzort rollte. Das Geräusch löste eine schnelle Bestandsaufnahme aus: Handschuhe, eine Panzerplatte über einem dicken dunklen Wollpullover, um Aegis warm zu halten, eine Hose der Paragon-Uniform mit einem Gürtel voller Zubehör, darunter alles, was Aegis brauchen würde, um jemanden außer Gefecht zu setzen, zu töten oder um Hilfe zu rufen. Über seiner Nase und seine Augen umschließend saß eine schwarz-blaue Brille, die das einfallende Licht für jede Situation optimal regulierte.

Kein Helm. So weit würde Aegis nicht gehen. Nachrichtenteams würden seiner Kapsel-Signatur folgen und hier sein.

Die Paragons regierten die Welt. Ihr Maskottchen konnte sich nicht verstecken.

Seine Stiefel mit weichen Polstern in den Fersen, um alte Füße bequem zu halten, meisterten den Betonweg zum Eingang des Gebäudes hervorragend. An den Seiten türmte sich Schnee, präzise geräumt von automatisierter Arbeit, die so billig war, dass die Städte sie auch für verlassene Gebäude wie dieses am Laufen halten konnten. Zwei hohe, schneeweiße Säulen flankierten den Eingang und trugen ein eingeätztes Logo, das nicht stark genug war, um Jahrzehnte der Bedeutungslosigkeit zu überwinden und in Aegis' Erinnerungen einen Treffer zu landen.

Zwischen den Schussserien von oben knirschte Aegis durch den Schnee zum Pulsschlag New Yorks. Züge dröhnten unter ihm, ihr Rauschen im Takt mit seinen Schritten, während ein vager Verfall durch die Brise in jeden Atemzug sickerte. Zerbrochene Gewerbegebiete umgaben jetzt die sich verdichtende Stadt, und sie alle rochen so. Fühlten sich so an, während sie darauf warteten, dass jemand sie rettete.

Die Doppeltüren vermittelten eine Erhabenheit, die durch zersplittertes Glas und den verbogenen Griff, der von rücksichtsloser Gewaltanwendung beim Öffnen zeugte, getrübt wurde. Aegis nutzte die Vorarbeit seines Vorgängers und stieg über die Scherben. Morgen würde er ein Reparaturangebot rausschicken, jemanden beauftragen, das aufzuräumen. Image war wichtig, selbst hier draußen.

»Bist du da?«, kam Celice durch seinen Ohrhörer. Sie kaute etwas, ihre Zähne mahlten dick.

Aubergine. Ein Grund, warum Aegis diesen Einsatz persönlich übernommen hatte. Er freute sich auf Abendessen mit seiner Tochter, aber jetzt bestand sie darauf, Rezepte zuzubereiten, die für alte Männer und Ziegen gedacht waren. Aegis würde die Reste essen, wenn er zurückkäme. Nachdem er etwas Aggressionen abgebaut hatte, um seinen Appetit anzuregen, wenn er etwas Protein rechtfertigen konnte, das zu dem gemüselastigen Gericht passte.

»Ich bin hier«, sagte Aegis. »Sie sind eingebrochen. Nicht gerade subtil.«

»Brauchst du Verstärkung? Ich kann den Ruf weitergeben«, Celice pausierte, außer ihrem Kauen. »Ein paar Drohnen sind nicht weit weg. Zehn Minuten.«

»Ich komme schon klar.«

»Papa.«

Die Lobby hatte sich besser gehalten als die Tür, möglicherweise wegen ihrer kargen Schlichtheit. Ein langer Tresen blockierte eine leere Wand, die genauso weiß war wie die Säulen draußen. Platz für Stühle, Rezeptionisten und, wo Aegis jetzt stand, Kunden und Angestellte. So hart arbeitend für Dollar, Euro, auf Kosten von Familie und Freunden. Während die Paragons noch viel zu tun hatten, hatten sie zumindest das verrückte Gerangel um Bargeld beendet.

»Ruf dann die Drohnen«, sagte Aegis. »Aber ich warte nicht.«

Die Aufzüge stellten ein Problem dar. Wenn die Verbrecher oben Verstand hatten, würden sie jemanden haben, der den einzig vernünftigen Zugang zu ihrem Stockwerk bewachte, und Aufzüge wie diese zeigten ihre Position in weißen Zahlen auf schwarzen Balken über ihren schiefergrauen Türen an. In dem Moment, in dem Aegis eine Nummer drückte, wäre seine bevorstehende Ankunft für jeden, der aufpasste, klar. Die Treppe blieb eine Möglichkeit, aber für sechzig Stockwerke keine vernünftige.

Die Drohnen würden Aegis zu den Zielen schlagen, wenn er diesen Weg nähme.

»Gehe rein«, sagte Aegis, sowohl für seine Tochter als auch für die Aufzeichnung.

Jede Mission, jedes Wort, das die Paragons im Einsatz sprachen, lag in ihren Tresoren. Bereit und wartend, um den doppelten Bedrohungen durch übertriebene Medien und die

Mythenbildung entgegenzuwirken, die darin bestand, die Paragons wie willkürliche Götter erscheinen zu lassen. Rekrutiere Anomalien, halte die Normalen davon ab, Angst zu bekommen. Zwei Fliegen mit einer Klappe und so weiter. Je mehr die Öffentlichkeit die Paragons nicht nur als Wächter der Welt, sondern auch als ihre Freunde sah, desto weniger Ärger würde ihnen entgegengebracht werden. Übrigens war es zu lange her, seit Aegis seine eigene Veröffentlichung herausgegeben hatte, den Beweis, dass der Champion selbst noch aktiv war, noch immer dem Bösen nachjagte.

Inspiration kam von oben, und wenn es ein paar Treffer erforderte, sie zu liefern, dann konnte Aegis sie einstecken.

Die Aufzüge glichen dem Haupteingang, einer hatte unter extremer Gewalt gelitten, sodass seine Tür hing, während der andere auf Passagiere wartete, obwohl sein scharfes Quietschen signalisierte, dass gutes Aussehen den Aufzug nicht lange vor der Zwangspensionierung bewahren würde. Aegis sollte überleben, wenn das Ding mit ihm drin auseinanderfiele, aber die Leute, die bereits oben waren, wahrscheinlich nicht. Was bedeutete, dass sie entweder mutig und dumm waren oder den sicheren, langsamen Weg gewählt und die Treppe genommen hatten. In Anbetracht der Art von Leuten, die nachts in einem verlassenen Turm mit Waffen um sich schossen, wettete Aegis auf Ersteres.

Die Geschwindigkeit des Aufzugs predigte neue Definitionen des Wortes *langsam*, was Aegis eine weitere Gelegenheit gab, sich zu strecken. Er spürte, wie seine Schultern knackten, und dehnte seine Lungen mit ein paar tiefen Atemzügen. Seine Elektroschockpistole hatte einen geladenen Pfeil, und er hielt die Waffe in seiner rechten Hand bereit, während die Zahlen auf der Anzeige stiegen. Er verlagerte sich auf die linke Seite des Aufzugs, um sein Profil zu minimieren. Vor Jahren hätte Aegis noch kerzengerade in der Mitte gestanden, die Hände in die Hüften gestemmt und bereit, allein durch selbstbewusste Einschüchterung zu gewinnen.

Diese Zeit endete, als die blauen Flecken anfingen, ihn nach Hause zu verfolgen und ihn am nächsten Tag heimsuchten. Als die Besorgnis in Celices Augen sein machohaftes Grinsen wegstahl.

Der Aufzug kündigte seine Ankunft mit dem Geräusch eines sterbenden Luftballons an, anstatt mit einem fröhlichen Klingeln, aber er schaffte es bis zum sechzigsten Stockwerk. Die Türen begannen ihren gleichen, langsamen Vormarsch und das *Bum Bum Bum* schweren Waffenfeuers drang hindurch. Nicht auf Aegis gerichtet, allerdings. Die Idioten setzten ihre Party fort. Sie hatten jede Gelegenheit gehabt, sich vorzubereiten, einen Hinterhalt zu legen, und stattdessen hatten sie sich für mehr Champagner entschieden.

Die geöffnete Tür gab den Weg zu einer kleineren, schöneren Lobby frei, als ob ihre Höhe die glasumrahmten weißen Möbel vor dem einsickernden Verfall von unten bewahrt hätte. Ein runder Schreibtisch stand auf der rechten Seite, der erforderliche Stuhl und alles darauf war verschwunden, geplündert für das, was mitgenommen werden konnte. Der einzige Bewohner der Lobby lehnte jetzt am Schreibtisch: ein Mann, der eine alte Handfeuerwaffe an seiner Hüfte hielt und auf sein Tama und das Bild starrte, das es über dem Unterarm des Mannes projizierte.

Aegis senkte seine eigene Waffe und verließ den Aufzug, wobei er die Hälfte der Lobby durchquert hatte, bevor der Mann sich die Mühe machte aufzublicken. Als er den bewaffneten und gepanzerten Paragon-Anführer sah, den berühmtesten Champion der Welt, legte der Mann den Kopf schief, eine Augenbraue hochgezogen. Das Unmögliche in Frage stellend.

Aegis beschloss, es zu beweisen.

Ein langer Schritt, Aegis' rechter Oberschenkel führte in einen soliden rechten Haken, traf den gerade geöffneten Mund des Mannes, bevor er einen Laut von sich geben konnte. Mit seinem linken Arm fing Aegis den gefallenen

Wächter auf und legte die anzugtragende Figur auf die perlweiße Fliese.

»Trig blink neutral«, sagte Aegis, einer Ahnung folgend.

Seine Schutzbrille nahm den Befehl an und schaltete ihre Verarbeitung für eine volle Sekunde aus, was Aegis einen wahren Blick darauf gab, wo er operierte. Linienlichter mit ihren hellen Spuren füllten die Lücken zwischen den Deckenplatten und versprühten einen so grellen Schein, dass die Lobby wie ein schneebedeckter Berg am Mittag wirkte. Kein Wunder, dass der Wächter Schwierigkeiten hatte, auf Aegis zu reagieren - den Boden so ausgewaschen zu halten, würde eine Identifizierung ohne Schutzbrillen wie seine unmöglich machen.

Die Lobby diente als Sicherheit für einen einzigen Weg, der durch eine walnussholzfarbene Tür versperrt war, deren Schlüsselkartensiegel sich an der Wand mit einem kleinen roten Fleck abhob, der Strom anzeigte. Ein Blick hinter den Empfangsschalter verriet, dass jeder Bypass, der möglicherweise existiert hatte, den Weg des Stuhls und des Monitors gegangen war.

»Trig P-Lock«, sagte Aegis zum Raum und hielt dann sein linkes, Tama-tragendes Handgelenk gegen den Kartenleser.

Die Paragon-Technologie funktionierte wieder und der Leser piepte seine Unterwerfung unter Aegis' Rang, öffnete das Schloss und erlaubte Aegis, die schwere Tür über den Chrom-Metall-Griff an der Vorderseite zu öffnen.

Eine weitere Hinterhaltgelegenheit kam und ging, als Aegis, mit der Tür gerade weit genug geöffnet, um herumzusehen, in einen leeren Flur blickte. Am anderen Ende, hinter sekundären Abzweigungen, öffnete sich der Flur zu einem breiten, überschauenden Raum, wie er in den oberen Etagen dieser Gebäude so beliebt war. Eine Chance, auf all jene hinabzublicken, über die man sich erhoben hatte.

Das Waffenfeuer hörte auf und von der Tür aus konnte Aegis sehen, warum. Die Idioten hatten mehrere Fenster zerschmettert, und das intakte Paar, das Aegis sehen konnte, wies die verräterischen Sternenmuster von Kugeln auf. Kugeln, die wahrscheinlich aus der großen, drehbaren Waffe in der Mitte des Raumes stammten, die nach außen gerichtet war.

»Siehst du das?«, sagte Aegis.

»Sieht aus, als hätten wir unser Ziel gefunden«, antwortete Celice.

»Sie könnten die Drohnen mit einer Waffe dieser Größe ausschalten. Sag ihnen, sie sollen sich fernhalten.«

»Ich werde ihnen sagen, dass sie vorsichtig sein sollen. Mynx kann immer mehr machen.«

Aegis wollte sagen, dass Mynx schon genug von den Dingern machte, hielt aber inne. Diese Idioten hatten jetzt vielleicht keinen Hinterhalt vorbereitet, aber sie könnten ihre Meinung jederzeit ändern. Besser, das Überraschungsmoment zu nutzen, solange man es hat, als es zu verlieren, indem man über Dinge streitet, die keine Rolle spielen. Außerdem kannte Aegis den wahren Grund, warum er die Drohnen nicht in der Nähe haben wollte: Sie würden den Glanz wegnehmen. Diese oh-so-süße Genugtuung, die Aegis bekommen würde, wenn er unten im Innenhof stünde und mit den Medien über eine weitere erfolgreiche Paragon-Operation spräche. Das Rampenlicht mit einem Paar von Mynx' mechanischen Monstern zu teilen, würde bedeuten ... zu teilen.

Aegis schlüpfte durch die Tür in den Flur, drückte sich an die rechte Wand und beobachtete das ferne Glas auf jedes Anzeichen von Bewegung. Jeder Schritt kam mit einer rollenden Ferse, seine Hände hielten seine Elektroschockpistole nach vorne und bereit. Er schlich näher an die erste Kreuzung heran, machte einen schnellen Schritt zur kreuzenden Passage und lehnte sich vor, um sich einen Überblick zu verschaffen, ohne seinen Rücken zu exponieren.

Leer. Aegis drehte sich zur anderen Seite des Flurs, die Elektroschockpistole in die entgegengesetzte Richtung gerichtet. Auch dort nichts. Geschlossene Bürotüren. Klare weiße Wände mit helleren, quadratischen Flecken, die die ehemalige Heimat von Kunst verrieten.

Aegis nahm einen Atemzug. Langsam, flach. Lauschte.

Gelächter. In Richtung des Fensterraums. Flüssigkeit, die in Gläser plätscherte. Keine Falle also, sondern eine Feier.

Er hatte zu viel Zeit damit verbracht, abgebrühte Kriminelle zu jagen. Feinde, die genau wussten, wozu Aegis und die Paragons fähig waren, und sich darauf vorbereiteten, gegen sie zu kämpfen. Dies hier waren die Kriminellen vom untersten Fass, gegen die man kämpfte, wenn alle anderen weg waren. Die die Lücke füllten, die entstand, wenn man die wirklich Furchterregenden eliminiert hatte.

Aegis schüttelte über nichts den Kopf. Er wäre überrascht, nach diesem Einsatz auch nur ein einziges Interview zu bekommen. Wen kümmerte es schon, wenn Kleinganoven ein paar verlassene Gebäude zerschossen? Er ließ die Elektroschockpistole zurück in ihr Holster gleiten. Das Mindeste, was er aus dieser Sache herausholen konnte, wäre etwas Spaß.

Aegis drehte sich nach links, in den Seitengang, dessen Ende eine weitere Kreuzung offenbarte. Er bewegte sich jetzt schneller, dämpfte seine Schritte zu den Geräuschen von Geplauder, Gesprächen über bewegte und hergestellte Waffen. Neue Geschäfte wurden abgeschlossen. Trotz aller Bemühungen konnten die Paragons nie jede Transaktion unter der Hand beseitigen, konnten die Welt nicht ganz von ihrem Schmutz reinigen, aber Aegis hatte das Gefühl, dass sie zumindest dafür gesorgt hatten, die Haupttäter zu bestrafen. Man konnte im Sumpf schwimmen, aber man würde einen Preis dafür zahlen.

Am Ende des neuen Flurs spähte Aegis nach rechts und sah die Party. Ein Quartett lachender Niemande, die Kleidung im Drifter-Stil trugen und ihren Anfängerstatus im kriminellen Spiel bestätigten. Zwei Flaschen standen in der Mitte eines aufklappbaren Plastiktisches, der ansonsten mit einem Müll-Dinner bedeckt war; Synth-Essen, das Aegis nicht anrühren würde. Eine Flasche enthielt die verräterische braune Farbe von Whiskey oder Bourbon, die andere sah aus wie Wasser. Keine Überraschung, welche weniger enthielt.

Der wahre Schock für einen der vier, einen Mann mit Mütze, dessen Augen beim Trinken an seinen Freunden vorbeischweiften, war Aegis, der mit großen Schritten das letzte Stück des Flurs entlangkam. Der Mann unterbrach seinen Schluck, sein blutunterlaufener Blick versuchte zu verstehen, was auf ihn zukam, bevor seine Hand den Griff um das Glas verlor und er stolpernd zurückwich, eine Warnung ausrufend.

Aegis landete seinen ersten Schlag, das Glas des Mannes mit Mütze traf den gefliesten Boden und zersprang. Nicht dass sein Ziel, dessen aufgedunsene, blasse Wangen Aegis' Schlag mit einem befriedigenden Quietschen aufnahmen, das Timing zu schätzen wusste. Auch genoss der Mann es wohl nicht, als sein Gesicht mit dem Essen und dem aufklappbaren Tisch kollidierte, aber das Leben eines Kriminellen war oft voller Enttäuschungen, besonders wenn Paragons in der Nähe waren.

Der Nächste in der Reihe, ein stammelnder, kleinerer Mann, dessen Mäntel und Pullover eine tropische Herkunft verrieten, schaffte es mit seinem hastigen Rückwärtsschritt nicht, Aegis' Reichweite zu entkommen. Mit beiden Händen packte Aegis den Mantel des kleinen Mannes und schleuderte ihn nach rechts, in und durch die dünne, verfallende Wand in das, was einst ein hochkarätiges Büro gewesen war. Nun, weit entfernt von den Geldbergen, die einst in seinen Grenzen bewegt wurden, lag der kleine Kriminelle bewusstlos und mit Gipskarton bedeckt auf dem Boden des Büros. Eine weitere Ungerechtigkeit, die in dem Gebäude ausgeglichen wurde, und nicht die letzte, die noch kommen sollte.

Zwei übrig. Der Mann mit Mütze, der es bis zu den Glasfenstern der Etage geschafft hatte und dessen Hände irgendwo an seiner Person nach einer Waffe suchten, und ein schlaksiger, anzugtragender Spezialist. Aegis hatte in seiner Zeit genug Kämpfer gesehen, um den Anführer zu erkennen, zu wissen, wer die größte Bedrohung darstellte, und er konnte tausend Hinweise zerlegen, um diese eine Person in einer Gruppe von Feinden zu finden. Diesmal brauchte es nicht viel: Die Augen des Spezialisten waren schmal, seine Hände zitterten nicht, und er schien nicht zu irgendeiner Gottheit um Erlösung zu beten. Mit anderen Worten, der Spezialist war alles, was der Mann mit Mütze nicht war.

Aegis stürmte mit einem donnernden Angriff auf den Spezialisten zu und nutzte seine schiere Erscheinung zur Einschüchterung. Dies führte normalerweise zu duckendem Zusammenbruch, wobei die wahren Feiglinge beim ersten Blick flohen. Der Spezialist jedoch griff in seine Jacke, zog eine Handfeuerwaffe heraus, deren Stil die Paragons vor Jahrzehnten verboten hatten, ähnlich der, die der Aufzugswächter gehalten hatte, und feuerte.

Für den größten Teil seines Lebens hatte Aegis eine höfliche Beziehung zu Kugeln. Sie begrüßten ihn mit ihrer üblichen Heftigkeit, und Aegis entwaffnete ihren Schaden mit genau dem, was ihn zur Ikone der Paragons machte: eine unverwundbare Haut. Die Schüsse würden gegen Aegis prallen und dann zu Boden fallen, ohne auch nur eine Spur für ihre Mühe zu hinterlassen. Missionen waren vergangen, bei denen Hunderte oder Tausende von Kugeln auf den Paragon niedergeprasselt waren und sich als nutzlos erwiesen hatten, egal ob sie seine Arme, Beine, Augen, Zähne oder sonst wo trafen. Als ob ein göttlicher Mantel Aegis bedeckte und ihn vor Schaden bewahrte.

Dieser Mantel tat seine Arbeit auch jetzt wieder und fing die Kugel auf, als sie Aegis' linke Schulter traf, außerhalb der Reichweite der Weste, wo der Schuss durch Aegis' Kleidung riss und sein wirkungsloses Urteil gegen den Körper des

Paragons fällte. Der Spezialist schaffte es, einen zweiten Schuss abzufeuern, der direkt in das Vakuumloch von Aegis' Weste ging und nichts weiter als eine Mikrosekunde Pause in der Vorwärtsbewegung des Paragons verursachte.

Es gab keinen dritten Schuss.

Der Mann mit Mütze, der gesehen hatte, wie seine Partner niedergestreckt wurden, wählte den sichereren Weg und wartete mit dem winselnden Flehen der Überwältigten und Schuldigen auf seine Verhaftung. Alle Gedanken an weitere Flucht verschwanden, als Mynx' Drohnen eintrafen, das restliche Glas zerschmetterten und in den Raum schwebten, Betäubungswaffen bereit, tödliche Optionen auf die Berechnung eines Algorithmus wartend.

»Spät wie immer«, sagte Aegis zu den Maschinen, während er nahe dem Mann mit Mütze stand, den bewusstlosen Körper des Spezialisten an seinem rechten Arm hängend.

Aegis brachte den Spezialisten selbst nach unten und überließ es den Drohnen, die anderen drei zu bewachen. An der Basis des Gebäudes trafen einige Kapseln ein und spuckten Nachrichtenteams aus, die das gefräßige Biest des populären Inhalts füttern wollten. Und die Medien fanden nichts populärer als einen Champion, der eine Razzia durchführte. Aegis schritt hinaus, um die Blitzlichter, die Kameras und die Flut von Fragen von Reportern und Fans gleichermaßen zu empfangen.

Bevor er jedoch auch nur eine einzige beantwortete, wies Aegis die anderen spät Eingetroffenen an, die niedrigeren Paragons, deren Aufgabe diesen Bezirk umfasste und die Aegis gebeten hatten, für sie einzuspringen. Die für ihn die Kugeln abgefangen hätten. Die bunt zusammengewürfelten Anomalien, in ihrem Paragon-Blau gekleidet, zogen an Aegis vorbei zum Turm. Sie würden die anderen drei plus diesen einen mitnehmen und die angemessene Strafe ermitteln. Die

Kosten in geschuldeten Reps und die besten Methoden der Rückzahlung.

»Geht es dir gut?«, schnitt Celices Stimme durch das Ohrstück durch die Rufe der Presse.

»Ich werde überleben«, gab Aegis seine klassische Antwort, dann warf er den Spezialisten vor den Kameras zu Boden, während Schnee zwischen den Lichtern fiel.

Er hatte eine Rede dafür, eine modifizierte Version des Standard-Paragon-Sets von Warnungen, Lehren und Aufrufen für eine bessere Zukunft. Der Unterschied diesmal, was Aegis' Worte langsamer kommen ließ und ihn zwang, sich zu konzentrieren, um aufrecht zu stehen, war der sich ausbreitende Schmerz in seiner linken Schulter.

Ein schmerzender, tiefer, knochenzermalmender Schmerz, den er noch nie zuvor gespürt hatte.

KAPITEL 2
EINE JAGD

MIT EINBRUCH der Nacht kam eisige Kälte, perfekt für die Jagd. Kat gönnte sich einen Atemzug der Außenluft, als sie das Fahrzeug verließ, und das reichte fast aus, um ihre Lungen einzufrieren. Schnell schloss sie ihre Gesichtsmaske und vervollständigte das geschlossene System ihres maßgeschneiderten Tracker-Anzugs. Die Versiegelung fing alles ein, sogar die langen kastanienbraunen Strähnen, die sonst überall herausragten, und schützte sie vor den Elementen.

Und vor dem, was sie zwischen ihnen finden würde.

Ein Piepen hinter ihr ließ Kat sich umdrehen - sie hatte vergessen, die Tür des Fahrzeugs zu schließen und den Motor abzustellen. Alles Dinge, die man bei einem Pod nicht tun musste, aber hier, weit abseits des Stromnetzes, musste Kat einen dieser großrädrigen Rover benutzen. Kat beugte sich in den spartanischen Innenraum - nur Sitze, Gurte und sonst nichts - und suchte nach einem Knopf oder Schalter, bevor ihr einfiel.

»Trig Rover, aus«, sagte Kat, ihre Worte durch die Maske gedämpft.

Der Rover, dessen Spracherkennung Kats verschwommene, etwas dehydrierte, ausdruckslose Stimme analysierte, befolgte die Anweisungen und seine Batterien fuhren herunter bis zur Stille. Als Kat die Tür schloss, erschien in ihrer oberen rechten Sicht ein winziger Zähler, der mit einem hellgrünen Balken die Zeit anzeigte, bis der Rover zu einem teuren Eiszapfen werden würde. Die Jagd würde, sollte nicht so lange dauern.

»Seeker?«, sagte Kat, als sie sich vom Rover aufrichtete und die schneebedeckten Kiefern betrachtete.

Die Abzweigung zu dieser kleinen Enklave im Wald, Stunden nördlich von Chicago, sah aus, als wäre sie den ganzen Winter über nicht geräumt worden, und inmitten der tiefen Schneeverwehungen, die der Rover tapfer bewältigte, kostete Kats bester Freund die Freude aus, die nur Kreaturen husky'scher Abstammung zur Verfügung steht. Seeker sprang hinter dem Rover hervor und besprühte Kats kristallweißen Anzug mit Schneeflocken, die dieser dank bester Allwetter-technologie sofort abwies. Wenige Dinge machten eine Jagd so elend wie nass, kalt oder mit Husky-Sabber bedeckt zu werden, und Kats Anzug bot das Gegenmittel für all das und noch viel mehr.

Für die Reps, die er sie gekostet hatte, sollte der Anzug das auch.

»Was hast du gefunden?«, sagte Kat zu ihrem Hund, der antwortete, indem er den restlichen Schnee von sich abschüttelte und sie mit seinen großen hellblauen Augen anstarrte.

Kat lachte. Seeker hatte einen geheimen Weg zu ihrem Herzen, und der große Fellknäuel schaffte es immer, ihr ein Lächeln zu entlocken. Ihres verblasste jedoch, als Seeker ein leises Schnauben von sich gab, sich umdrehte und zurück in den Schnee trottete, in Richtung des dunklen Waldrandes. Der Mond schien heute Nacht hell und gab klare Sicht über die ausgefahrene Straße, aber unter den dichten Wäldern ...

Nun, dafür hatte sie geplant.

Eine schnelle Überprüfung bestätigte, dass Kat alles hatte, was sie brauchte, und mit der ausgeglichenen Temperatur des

Anzugs, die sie komfortabel hielt, machte sich Kat auf den Weg hinter Seeker her. Die eisige Luft sorgte zumindest dafür, dass der Schnee leicht blieb. Ihre Stiefel stampften nieder, schoben die Verwehungen mit jeder Bewegung beiseite.

»Trig Entfernung zum Ziel?«

Ihre Brille zeigte die geschätzte Distanz an. Fast einen Kilometer von der nächsten Straße entfernt. Unter diesen Bedingungen würde es sich wie zwanzig anfühlen, aber Kat machte die Anstrengung nichts aus. Sie hatte genug Ruhe gehabt, als sie die letzten Stunden in diesem Rover gesessen hatte. Sie lebte aus vielen Gründen in der Stadt, einer davon war, dass sie ihre eigenen Beine benutzen konnte, um dorthin zu gelangen, wo sie hin musste. Dennoch erwies sich der Marsch durch den Wald als meditativ. Eine schöne Pause von der ständigen urbanen Belastung. Lichter und Geräusche und Menschen, die sie in jedem Moment belästigten. Hier war Seekers grenzenlose Energie, wie der Hund um sie herum rollte und rannte, die größte Ablenkung, und Kat konnte das den ganzen Tag beobachten.

Als sie die Lichtung erreichte, brannten ihre Beine und Kat verschlang eine der Proteinpillen, die sie für die Jagd einge- packt hatte. In schmalen Taschen in den Wangen ihrer Gesichtsmaske verstaut, enthielten die Pillen geballte Energie. Dass sie wie Kreide schmeckten und ihr halb die Zeit im Hals stecken blieben, waren kleine Unannehmlichkeiten - eine Anomalie entkommen zu lassen, weil Kat nicht genug Kraft für einen letzten Sprint hatte, wäre eine große. Und Berichte deuteten darauf hin, dass ihre Beute rennen konnte.

»Trig Dossier«, sprach Kat zu ihrem Anzug und zwinkerte dann mit dem linken Auge.

Ein Bild blitzte über ihre linke Linse und zeigte einen hageren Mann, Tränensäcke unter den Augen und markante Gesichtsknochen, die auf eine karge Existenz hindeuteten. Eine, die vor Mynx und den Trackern floh. Text erschien als Nächstes, zunächst verschwommen und dann fokussierend, als die Linse Kats Auge las und die optimale Projektion bestimmte.

Das nächste Update der Maske sollte das beheben; die Zeit bis zur Klarheit verkürzen. Wäre schön, wenn das jemals ausgeliefert würde.

Vedder, das Ziel, gehörte zu einer abtrünnigen Anomalie-Gruppe. Die Namen verschwammen alle für Kat, also überflog sie den Text, der von Vedders Taten ablenkte. Es genügte zu sagen, dass Vedder sich den Rep-Bonus für seine Verfolgung verdient hatte. Mynx bevorzugte es immer noch, die Anomalie lebend zu fangen, was angesichts Vedders Vorgeschichte überraschend war. Die Paragons neigten dazu, eine extreme Sichtweise auf bedrohliche Anomalien zu haben - eine tote würde keine Probleme mehr verursachen -, was bedeutete, dass Mynx dachte, Vedder hätte noch eine Chance auf Erlösung.

Sie fragte sich, wie viele Tracker Vedder ausschalten müsste, damit diese Chance verschwand.

Kat zwinkerte erneut mit dem linken Auge und das Bild-Text verschwand, gab ihr die volle Sicht knapp hinter dem Wald zurück.

Eine Hütte wartete. Baufällig, dunkles Holz und so weit hinter der Zeit, dass Kat erschauderte. Ein schmaler Schornstein, eher ein glücklicher Ziegelstapel als ein absichtliches Werk, spuckte höflich Rauch in den Himmel, vom Mondlicht umkränzt. Die Vordertür, Kat zugewandt, hing schief in den Angeln und verstärkte den orangefarbenen Schein des einzigen Fensters. Jemand war zu Hause.

Seeker, der Kats Stimmung las, wie es nur ein Haustier konnte, trat neben sie und stand aufrecht, den Kopf über Kats Taille, seine Augen passten sich ihrem Blick auf die Hütte an.

»Deckung«, sagte Kat zu dem Hund, und Seeker stimmte mit einem Schnauben zu, trabte davon in Richtung der Rückseite der Hütte.

Während der Hund seine Runde machte, ging Kat zur Tür

und hielt dabei die rechte Hand an der Elektroschockpistole, die an ihrem Gürtel befestigt war. Bei ihrer ersten offiziellen Jagd hatte sie die fehlende Tödlichkeit gestört: Abtrünnige Anomalien konnten feindselig werden, und es schien unfair, ohne ein Mittel zur endgültigen Ausschaltung in einen Kampf mit einem mächtigen Wesen zu geraten. Dann hatte sie ihre erste Anomalie gefangen. Sie hatte in diesem Gesicht eine weitaus größere Angst gesehen als ihre eigene, obwohl diese Anomalie Kat mit einem Fingerschnippen hätte töten können – die Oxidation eines menschlichen Körpers ist eine beängstigende Sache – und Kat wusste, wenn sie eine tödliche Waffe gehabt hätte, hätte sie sie benutzt.

Dass ihr ein tödlicher Schlag fehlte, bedeutete nicht, dass Kat hineinging und auf das Beste hoffte. Stattdessen hob sie, als sie etwa zwei Meter vor der Eingangstür der Hütte stand, ihren linken Arm, ballte die Faust und richtete sie auf den hölzernen Eingang.

»Trig-Kabel.«

Aus dem weißmetallenen Handschuh an ihrem Handgelenk hob sich eine kleine Platte und schoss ein schwarzes Stahlseil mit einem Dreifachhaken am Ende ab. Das Kabel pfiff die Strecke zur Tür und bohrte sich mit einem Knacken, das in krassem Gegensatz zu den ruhigen Nachtgeräuschen stand, in das Holz. Die Überraschung hatte begonnen, und jetzt musste Kat sich beeilen.

»Trig Türsprenger«, sagte Kat und zog mit ihrer rechten Hand die Elektroschockpistole.

Gleichzeitig riss der Handschuh das Kabel zu Kat zurück. Mit seinen eingebetteten Haken riss das Kabel die Tür ab, zerrte sie in den Schnee und gab Kat freie Sicht nach innen. Das Innere passte zur spartanischen Umgebung der Hütte; ein kleiner, runder Tisch und ein einzelner verrottender Stuhl. Das Feuer flackerte hinter den Möbeln, eine zusammengekauerte Gestalt in einer Decke saß vor den Flammen. Kat hatte freie Schussbahn, aber Vedder den Kilometer zurück zum

Rover zu schleppen, klang nach einer schrecklichen Idee. Kat konnte Vedder betäuben und markieren, ihn hier draußen lassen, aber ohne die Eingangstür der Hütte und bei dieser Kälte ... Kat würde nicht viel Belohnung für eine gefrorene Anomalie bekommen. Was die diplomatische Option bedeutete.

»Vedder?«, rief Kat, ohne sich von ihrem Platz vor der Hütte zu bewegen. »Es ist vorbei. Zeit, mitzukommen.«

Die zusammengekauerte Gestalt bewegte sich nicht. Antwortete nicht. Kat versuchte den Namen erneut, für den Fall, dass Vedders Ohren bereits eingefroren waren. Als auch das keine Reaktion hervorrief, veränderte Kat ihre Haltung. Sie lockerte ihre Beine, schnippte mit ihrem linken Handgelenk, um das vorbereitete Gadget des Handschuhs zu wechseln, und holte tief Luft.

Deshalb nannte man es Jagd.

Kat ballte ihre linke Hand und der Handschuh schoss drei kleine, silberne Kugeln ab. Alle waren durch einen winzigen Faserstrang verbunden, der zu klein war, um ihn zu sehen, es sei denn, man stand direkt darüber. Die drei Kugeln breiteten sich im Flug aus, bis sie etwa einen Meter voneinander entfernt in der Hütte landeten. Jede flammte nacheinander in einem blendenden Weiß auf, Kat schirmte ihre Augen mit der rechten Hand ab, und dann beruhigten sie sich zu einem matten grünen Leuchten.

Das Grün bedeutete, dass sich niemand versteckte. Dennoch kauerte Vedder immer noch direkt dort vor dem Feuer.

Wenn das Offensichtliche falsch erschien, dann musste Kat schnell handeln.

Sie wirbelte Schnee auf mit einem plötzlichen Sprint und schnippte erneut mit ihrem linken Handgelenk, um den Handschuh zurück zum Stahlhaken zu bringen. Kat hielt die Elektroschockpistole so ruhig wie möglich, während sie durch die tiefen Verwehungen pflügte. Das Betreten des Holzbodens brachte gesegnete Stabilität, und schnelle Blicke nach links und rechts, als Kat in die Hütte vordrang, bestätigten die Einschätzungen ihrer Kugeln; der Ort war leer.

Was Vedder betraf, als Kat die zusammengekauerte Gestalt erreichte und ihre linke Hand ausstreckte, um den Stoff zu greifen, mit der Elektroschockpistole auf die Stelle gerichtet, wo der Hals sein sollte – dort besser für vollständige Lähmung –, ging ihre Hand einfach hindurch. Vedder verschwand, und zwar nicht in einem langsamen Verblassen wie in alten Filmen, sondern in einem Augenblick-da-nächsten-Augenblick-weg-Blitz. Was natürlich zu Vedders Profil passte.

Eine Illusionsanomalie. Wirklich die schlimmste Art.

Kat hob die Kugeln auf und schob sie in den Schlitz des Handschuhs, und als sie einrasteten, gesellte sich ein neuer Klang zu Wind und treibendem Schnee: Seeker.

Der Hund hatte tausend verschiedene Belllaute, von fröhlichem Fiepen bis zu eindringlingabwehrendem Knurren, aber dieser war lang, laut und gezielt. Der Klang sagte Kat, sie solle kommen und zwar schnell, denn Seeker hatte gefunden, was sie nicht gefunden hatte. Vedder war da draußen, und je nachdem, wie die Anomalie über Hunde dachte, könnte Seeker in Schwierigkeiten sein.

Seekers Rufe kamen von hinter der Hütte, also brauchte Kat mehr Zeit, als sie zugeben mochte, um hinauszulaufen und durch den tiefen Schnee um die Hütte herum zu rennen. Ihre Beine machten deutlich, dass all das Wandern für einen unangenehmen morgigen Tag sorgen würde, und Kat befahl dem Anzug, seine Temperatureinstellung zu lockern, damit sie nicht in ihrem eigenen Schweiß ertränke. Nicht, dass der plötzliche Schwall eisiger Luft die Dinge viel besser machte. Zwei Sekunden todeswünschende Kälte und Kat stellte die Dinge zurück auf Wärme.

Hinter der Hütte verteilten sich die Wälder über einen aufragenden Hang und gaben dem Mond reichlich Gelegenheit, durch die schneefallenden Wolken zu scheinen. Es wäre malerisch gewesen, wenn Kat nach oben geschaut hätte. Stattdessen konzentrierten sich ihre Augen auf Seekers Spuren und wie sie parallel zu den Vertiefungen verliefen, die ein in dieselbe Richtung fliehender Mann hinterlassen hatte. Ihre Maske nahm den Hinweis von Kats Fokus auf und umriss die Abdrücke, hielt sie auf dem Laufenden, selbst als die Schatten und wirbelnden Flocken die bloße Sicht zu einer lächerlichen Idee machten.

Andererseits war die Jagd auf eine Anomalie bei Nacht, in einem tiefen Wald, während eines Schneesturms auch eine lächerliche Idee.

Was Kat nicht alles für Reps tat.

Seekers Bellen kam weiterhin, aber bewegte sich nicht, was bedeutete, dass der Hund seine Beute gestellt hatte und dass Vedder entweder keine Waffe besaß oder nicht das dunkle Herz hatte, das Tier anzugreifen. Dennoch konnte Kat ein erleichtertes Grinsen nicht unterdrücken, als Seekers Gestalt sich endlich nahe einer einsamen Kiefer auf dem Gipfel des Hügels zeigte. Der Hund, den sie ursprünglich auf Anraten eines anderen Fährtenlesers adoptiert hatte, war ein Werkzeug mit einem Zweck gewesen. Jetzt ... nun, jetzt war nicht die Zeit, emotional zu werden.

Die Kiefer hatte Äste, die sich wie ein Mantel ausstreckten und nach unten hingen und alles, was sich darin versteckte, mit einer Menge schwarzgrüner Nadeln bedeckten. Trotz der zunehmenden Intensität des Schneesturms – Vedders Kräfte sollten keine Wettermanipulation einschließen, aber Kat schloss nichts aus – war die Basis des Baumes eine abgeworfene Decke. Etwas war hier hochgeklettert und hatte dabei die Nadeln abgeschüttelt.

»Braver Junge«, sagte Kat zu Seeker, als sie den Hund einholte, der ihr einen einzigen Blick zuwarf und dann wieder den Baum anbellte. »Lass uns sehen, wen du gefunden hast.«

Selbst aus der Nähe konnte sie Vedder nicht sehen, was die Wahrscheinlichkeit eines Überraschungsangriffs unangenehm hoch machte. Aber es war so kalt, und Kat war so müde vom Marschieren den ganzen Weg hier hoch, dass es gar nicht so schlimm erschien, wenn Vedder sie mit einem herabfallenden Ast oder so ausschaltete. So oder so, ohne ein Ziel zum Schießen hatte Kat nur eine Waffe.

»Vedder!«, schrie Kat durch den Sturm nach oben. »Du bist in die Enge getrieben. Es ist höllisch kalt. Komm runter und lass uns gehen, bevor wir beide erfrieren!«

Keine Antwort. Seeker bellte weiter.

»Vedder!«, versuchte Kat es erneut. »Wenn ich diesen unschuldigen Baum fällen muss, wird das für keinen von uns gut ausgehen.«

»Hinter dir!«, kam Vedders Stimme von oben aus dem Baum, und als er in den schrillen, trockenen Tönen von jemandem rief, für den Hydratation ein Luxus war, piepste Kats Maske eine Warnung.

Kat wirbelte herum, die Betäubungspistole erhoben, als Vedder durch den Schnee auf sie zustürmte. Sie schoss. Und sah zu, wie der betäubende Blitz direkt durch Vedders Illusion hindurchging und in die Nacht verschwand.

Ein Gewicht landete auf ihrem Rücken und drückte Kat in den Schnee, ihr Gesicht in die Flocken. Etwas versuchte, durch ihren Anzug zu dringen und drückte gegen ihren unteren Rücken, aber der Anzug wehrte den Angriff ab und gab Kat die Zeit, die sie brauchte, um ihrem Angreifer den Ellbogen in die Brust zu rammen. Vedder - denn wer sonst könnte es sein? - stöhnte auf und schrie dann, als Seeker sich auf ihn stürzte. Der Hund war schwer genug, um den dünnen Mann von Kats Rücken zu werfen.

»Verdammt, Vedder«, sagte Kat, während sie sich aus dem Schnee hochstemmte und sich zu dem Mann umdrehte, der mit ihrem Hund rang. Vedder stach mit einem groben Messer nach Seeker, aber der Hund hielt Abstand, bellte und sprang bei jedem Schwung weg. »Musstest du dich wie so ein Arsch benehmen?«

Kat hob erneut die Betäubungspistole, und Vedder drehte sich zu ihr um, spaltete sich dann in drei Versionen seiner selbst, die alle in verschiedene Richtungen davonliefen. Seeker ließ sich jedoch nicht täuschen und der Husky schnappte nach dem, der nach rechts floh, packte Vedders Bein und riss den Mann zu Boden, wo ein gezielter Schuss von Kat die Anomalie ausschaltete.

Sie stand über Vedders Körper, steckte die Betäubungspistole weg und bemerkte Seekers hechelnde Zunge und sein glückliches Grinsen. Sie schüttelte den Kopf.

»Wirst du mir helfen, diesen Kerl zum Rover zurückzuschleppen?«, fragte Kat den Husky, der mit einem einzigen Bellen antwortete und dann in den Schnee davonstob. »Dachte ich mir.«

KAPITEL 3
DAS ERSTE ANZEICHEN

FRÜHER, wenn die Sonne über dem Michigansee aufging, konnte Zhan-Yo den wunderschönen orangefarbenen Beginn des Tages sehen. Jetzt, mit der Sichtlinie von seinem Balkon zum Wasser durch ein Spinnennetz aus verschlungener, miteinander verbundener Architektur, sah Zhan-Yo stattdessen einen regenbogenfarbenen Lichtausbruch. Wie ein übergroßes Kinderspielzeug.

Die alte Skyline stand noch immer, Stahltürme, die in eine Zeit zurückreichten, als Zhan-Yos Eltern wichtig waren, als er wichtig war, als die Menschen, die unten durch die Straßen strömten, zählten. Im Gegensatz zu den neuen Gebäuden, die mit lichtdurchlässigem, sonnenabsorbierendem Material überzogen waren und ihnen ihren prismatischen Glanz verliehen, waren die älteren in der frischen Morgendämmerung dunkel. Obelisken, die manche, einschließlich des Kolumnisten, dessen wöchentliche Tirade Zhan-Yo gerade zu Ende gelesen hatte, für überholt hielten. Nicht wert, gerettet zu werden.

Zhan-Yo wischte den Artikel weg, und er schrumpfte zurück in die runde Oberfläche des Tisches, wo der Rest der städtischen und weltweiten Nachrichten unter den Frühstücksresten klebte. Ein tägliches Ritual bereit, einem anderen zu weichen. Zhan-Yo stand von dem Metallstuhl auf, der so konstruiert war, dass er allem Wetter standhalten konnte, das Chicago zu bieten hatte, und ließ die Kälte durch seine leichte Jacke, den Flanellpyjama, der über seine Hausschuhe fiel und den bereiften Balkonboden abstaubte, laufen. Er kramte in seiner Tasche nach einem Feuerzeug und einer muffigen Zigarettenschachtel, zündete eine mit einem Klick an und ging zum brusthohen Geländer. Eine Angewohnheit, die vom Vater auf den Sohn übergegangen war, mit Mäßigung und mörderischem Vergnügen ausgeübt; Zhan-Yo beherrschte seinen Körper und konnte mit ihm machen, was er wollte.

Alle Leute, die so früh unterwegs waren, bereiteten sich auf einen Markt vor, verkauften Obst und Gemüse, das zu dieser Jahreszeit nicht in dieses Klima gehörte, aber jetzt in Gewächshäusern auf Dächern oder in Mikrogärten angebaut wurde, die mit Tröpfchenbewässerungstechnologie betrieben wurden. Keine Erde erforderlich, minimaler Platz. Wunder über Wunder, die zu einer nördlichen Stadt mit üppiger Fülle führten. Doch trotz all dieser Wunder entstanden Stände auf den Straßen, und Stimmen priesen einander ihre Waren an. Vorbeigehende Menschen entschieden sich dafür, Reps auszugeben und diese lokalen Köstlichkeiten von Hand einzusammeln, selbst wenn sie mit ihren Tamas unzählige Waren aus größeren Lagerhäusern mit Drohnenlieferungen am Stadtrand von Chicago bestellten. Als ob ein bisschen Gemeinschaft die ganze abgestandene Distanz des modernen Lebens ausgleichen würde.

Ziran, das Unternehmen seines Vaters, das jetzt seinem Sohn gehörte, hatte daran gearbeitet, diese Welt zu erschaffen, und Zhan-Yo erntete die Früchte. Zwischen den Zügen machte sich ein zögerliches Lächeln auf seinem Gesicht breit, das sich über die wenigen Falten zog, die es geschafft hatten, sich über die Jahrzehnte auf seiner straffen Haut festzusetzen. Ja, er hatte es gut gemacht. Sie hatten es gut gemacht. Alles, worauf Ziran sein Unternehmensauge richtete, vollendete es. Jeder trug seine Tamas, jeder blieb über Zirans riesiges Netzwerk verbunden, und als die Paragons beschlossen, ihr unbesiegbares Gewicht hinter das Unternehmen zu werfen, war die Übernahme vollständig gewesen.

Das Lächeln endete, als Schatten die Regenbogendarstellung der Sonne unterbrach. Zhan-Yo verfolgte das Verschwinden, wissend, was er finden würde, und wollte es trotzdem sehen: ein galaxienblauer Oval, doppelt so groß wie der Balkon, schwebte über ihm. Nah genug dran, und Zhan-Yo würde die unterteilten Stücke für jede der Funktionen der Drohne sehen, die eskalierenden Optionen, wenn Begegnungen von passiv zu tödlich übergingen. Die einzige offene Stelle gab den Blick auf die Kamera der Drohne frei, ein Glasauge, das starrte und scannte.

Eine Erinnerung daran, dass manche Übernahmen vollständiger sind als andere und ihre Kosten schwerwiegender. Trotz aller Errungenschaften Zirans, trotz aller Bemühungen Zhan-Yos, würde ein Erlass von Aegis oder dem lokalen Paragon-Anführer Innis alles, wofür seine Familie gearbeitet hatte, beiseite werfen. Keine Abstimmung, kein Mitspracherecht. Während die Menschen glaubten, Ziran hätte enorme Macht, wusste Zhan-Yo, dass sie überhaupt keine Macht hatten.

Der Tisch klingelte, und Zhan-Yo wandte sich von der Drohne ab, in der Hoffnung auf etwas, das die Stimmung des Morgens retten würde. Obwohl Nachrichten Zhan-Yos Konten überschwemmten, viele von Assistenten und automatisierten Algorithmen bearbeitet, fanden einige wenige ausgewählte seine Person, egal wo Zhan-Yo sich gerade befand. Sylvies Name, über die Tischoberfläche verteilt und um seine gekochten Eier und gedämpften Karotten gewickelt, war einer davon. Mit einer Handbewegung seiner rechten Hand, die brennende Zigarette in der linken, brachte Zhan-Yo die Nachricht hoch und projizierte sie über die Tischoberfläche.

Schau dir das an. Dann ruf mich an.

Unter der Nachricht befand sich ein Video, das nach einer Medienübertragung vom Vorabend aussah, basierend auf der Menge an Etiketten, die über den Rändern des Videos schwebten - quadratische Kästchen, die Zhan-Yo aufforderten, Reps zu verdienen oder sie für verschiedene Dinge auszugeben, die er weder brauchte noch wollte. Was jedoch zählte, stand in der Mitte: Aegis.

Zhan-Yo tippte auf die Projektion, und das Video begann zu spielen, der Ton kam aus in den Tisch eingebetteten Lautsprechern. Die Kombination aus Gerät und Oberfläche war ein teurer Kauf gewesen, aber notwendig, wenn man seine Produktivität von Moment zu Moment maximieren wollte.

Das Video begann, und Reporter stellten Aegis banale Fragen darüber, wen der Paragon dieses Mal festgenommen hatte, ob jemand gestorben war und so weiter. Diese waren nicht interessant, und Zhan-Yo fragte sich, ob Sylvie beschlossen hatte, heute seine Zeit zu verschwenden. Aber nein, das war nicht ihr Stil. Sylvie scherzte nicht, sie plante. Wenn sie dieses Video geschickt hatte, musste es einen Grund geben.

Also lehnte sich Zhan-Yo in seinem Stuhl zurück, rauchte und schaute zu. Studierte den Paragon und seine Uniform, im Mittelpunkt der Kamera. Bis er es fand.

»Also ist es wahr«, sprach Zhan-Yo die Worte leise aus, wie man es tut, wenn man Unsinn redet und nicht will, dass andere es hören.

Denn dieses Video zeigte Unsinn. Er konnte es nicht glauben, aber der Fleck war deutlich auf dem Bildschirm zu sehen. Aegis hielt seine linke Schulter still, bevorzugte sie, und wo die Kugel den Stoff zerrissen hatte, schien darunter das Geringste feucht zu sein. Vielleicht Blut. Mit diesem Hinweis fand Zhan-Yo weitere Beweise: Aegis drückte ab und zu seine Augen zusammen, sein Mund war fest geschlossen, wenn er nicht sprach. Schweiß stand auf seiner Stirn.

Der unbesiegbare Mann spürte Schmerz. Aegis war verletzt worden.

Sylvie scherzte nie, verschwendete nie seine Zeit, und dies könnte ihre größte Entdeckung sein.

Zhan-Yo wischte das Video weg und schickte den verwundeten Paragon zurück in die Leere. Er stand auf und warf noch einen Blick auf die Drohne, die sich darauf eingestellt hatte, den Markt unten zu beobachten. Im Moment konnte Zhan-Yo nichts gegen die Maschine unternehmen.

Auf dem Weg nach drinnen drückte Zhan-Yo die Zigarette an der Wand aus und hinterließ einen weiteren schwarzen Aschefleck auf dem roten Backstein, neben so vielen anderen. Die Flecken reichten über seine Größe hinaus bis zur Grenze seiner Reichweite und näherten sich nun seinen Füßen. Bald würde er sie abwaschen und von vorne beginnen müssen.

Aber vielleicht nur noch ein letztes Mal.

KAPITEL 4
IM INNEREN DES SYSTEMS

MYNX ERWACHTE MIT DEM SONNENAUFGANG, der in ihren westlichen Fenstern glühte. Jenseits von Mynx' Overlay und einen steilen, sandigen Abhang hinunter, plätscherte der Pazifische Ozean an einem felsigen Strand, auf dem vereinzelt Läufer zu sehen waren. Ein verspieltes Meer, schäumend inmitten von dunklem und tiefem Wasser. Ein Kontrast zu den glatten Oberflächen um Mynx' Schlafzimmer herum, beschichtet und bereit, sich je nach ihrer Stimmung zu verwandeln. Im Moment tat ein beruhigendes Hellblau, das den Sonnenaufgang widerspiegelte, seinen Dienst.

»Ich bin wach, aber lass es noch ein bisschen weiterlaufen«, sagte Mynx und strich sich schwarze Locken aus den Augen.

Ihr Haar betrachtete den Schlaf als Chance, wie Entdecker um ihren Kopf zu marschieren, sich in alle Richtungen auszubreiten und in Schwierigkeiten zu geraten. Die Knoten und Verwicklungen konnten jedoch noch einen Moment warten, denn dieser Sonnenaufgang sah gut aus. Tiefes Orange, das in Lila überging, mit ein paar Wolken, die um flüchtige Relevanz kämpften. All das kam durch eine montierte Kamera, die den östlichen Himmel von der Spitze ihres Hauses, ihres Labors, ihres Alles einfing.

Sie genoss die Sekunden, alle zehn, bevor der Trommelwirbel der zu erledigenden Aufgaben zu laut wurde, um ignoriert zu werden, und Mynx sich aus den Decken gleiten ließ. Alles lief gut, bis sie ihre langen Beine von der Matratze schwang und ihre Hüfte knackte. Ihr Atem stockte.

»Keine Schäden, alle Anzeichen sind normal«, sagte Reeves, seine Stimme ein angenehmer britischer Monoton. »In deinem Alter brauchen deine Muskeln etwas länger, um ihren Platz zu finden.«

»Guten Morgen auch dir, Reeves«, erwiderte Mynx und schloss die Augen, um die zusätzliche Energie aufzubringen, sich vom Bett zu schieben.

Ihre Füße ließen sich auf dem harten Boden nieder, einem gewellten falschen Holz, das Mynx selbst in dem Versuch hergestellt hatte, eine natürlichere Rüstung für ihre Drohnen zu entwerfen. Dieser Versuch war gescheitert, aber wie bei den meisten Misserfolgen gelang es ihr, etwas Nützliches daraus zu gewinnen; in diesem Fall eine wunderschöne schokoladenfarbene Oberfläche, die fest blieb, ohne sich abzunutzen. Kaum eine Revolution, aber bevor die Paragons die Welt veränderten, um bessere Dinge wertzuschätzen, hatte der Verkauf dieses Bodenbelags und des Rezepts für seine Herstellung dringend benötigtes Geld eingebracht.

»Ich bin bereit«, sagte Mynx und stellte sich gerade hin. »Zeig mir den Tag.«

Der Sonnenaufgang verblasste, und die zum Meer gerichtete Glaswand verwandelte sich, um drei Spalten zu zeigen: eine mit dem Kalender des Tages, eine andere mit den Aufgaben des Tages und eine weitere mit dem Wetter, den Nachrichten und so weiter. Während Mynx las, brach um sie herum Aktivität aus: Die Schranktür hinter Mynx öffnete sich, und eine Drohne mit vier Propellern glitt in den Raum und trug eine himmelblaue Paragon-Uniform, während zwei andere, menschenähnliche Drohnen durch ihre Hauptschlafzimmertür hereinkamen, ein strandweißes Stück, das sich mit den türkisfarbenen Wänden vermischte und dem Raum eine Meeresstimmung verlieh.

»Jones. Wer ist sie?«, fragte Mynx und hob die Arme, während die Drohnen zusammenarbeiteten, um ihr Nachthemd zu entfernen und das Paragon-Spektakel zu beginnen. »Ich nehme an, das ist der Grund für die Uniform?«

»Sie haben den Besuch letzten Monat genehmigt. Dr. Denise Jones ist eine Genetikerin, die sich mit-«

»Die Alterung. Es kommt mir jetzt wieder in den Sinn.« Mynx seufzte. Die Dinge kamen immer zurück, sie brauchten nur eine Weile. »Denkst du, ich habe noch Zeit für einen Durchlauf?«

»Wie fühlst du dich in Bezug auf das Frühstück?«

»Halte es leicht, und ich esse es, während sie hier ist.« Mynx kam über die Aufgaben hinweg zu den Schlagzeilen und entdeckte eine über Aegis, der wieder einmal Heldentaten vollbrachte. Wie oft musste sie ihm noch sagen, dass er kleine Dinge wie diese den Drohnen überlassen sollte? »Das nächste Modell muss bald fertig sein.«

»Natürlich.«

Mit der angezogenen Uniform kehrten die Drohnen dorthin zurück, woher sie gekommen waren, und Mynx riss sich von der Aussicht los ... und wäre fast über eine neue Lieferung gestolpert. Auf Rädern, mit nur einem einzigen großen Tablett obenauf, hielt diese Drohne einen Satz Pillen und zwei Wassergläser. Eines, wie Mynx wusste, für den Fall, dass sie das andere verschüttete.

»Fühlt sich an, als würden die sich vermehren«, sagte Mynx und griff danach.

»Jede einzelne wie von der Datenbank empfohlen«, antwortete Reeves. »Du kannst sie ignorieren, wenn du möchtest.«

»Was würdest du tun?«, fragte Mynx und begann dann, die Pillen mit routinierter Gewohnheit zu schlucken.

»Als ein unbelebtes Konstrukt habe ich keine Meinung. Allerdings führe ich eine Reihe zusätzlicher Operationen durch, um meine eigenen Fähigkeiten auf optimaler Effizienz zu halten.«

»Punkt verstanden.«

Der lange Weg durch ihren Wohnbereich zu den dicken Edelstahltüren, die den Beginn der Fabrik markierten, erstreckte sich über drei Stockwerke Höhe, hundert Meter verstärkten Korridor, der durch dicken Fels gebohrt und mit Sicherheitsmaßnahmen beschichtet war, die entworfen wurden, um jeden außer Mynx selbst aufzuhalten, und dauerte lang genug, um den trockenen Kreidegeschmack der Pillen aus ihrem Mund zu bekommen. Die Eingangstüren hatten keinen Öffnungsmechanismus. Sie standen hoch und still da, perfekte glatte Platten ohne eine einzige Kerbe. Als wären sie scheinbar aus dem falschen Natursteindesign hervorgegangen, das die Wände bildete und sich als praktisch erwies, um Kameras, Waffen und Schlimmeres zu verstecken.

»Wirst du mich reinlassen?«, fragte Mynx Reeves.

»Deine eigenen Protokolle verbieten es mir.«

»Gute Antwort.«

Es lohnte sich immer, eine KI zu testen. Wenn sie anfingen, eigene Ideen zu entwickeln, dann wurde es gefährlich. Anstelle eines Schalters, eines Befehls oder des massiven Knopfes, der erforderlich gewesen wäre, um diese Türen zu öffnen, legte Mynx stattdessen ihre Hand auf deren glatte Außenseite.

Und *fiel hinein.*

Sie hatte diese einfach gestaltet: Eine tägliche Aufgabe durfte nicht zu viel Zeit in Anspruch nehmen. Als Mynx also ihre Hand auf die Türen legte und ihr geistiges Selbst in sie hineingleiten ließ, sah der Raum, den sie einnahm, so schlicht aus wie eine leere, neue Wohnung. Gefliester Boden, saubere weiße Wände, ein großes gelbes Licht an der Decke und ein einzelnes silbernes Podest in der Mitte mit einem großen roten Knopf darauf. Eine kleine Hommage an die Cartoons, die sie als Kind gesehen hatte. Mynx drückte den Knopf, schloss die Augen und glitt wieder hinaus.

Die Türen öffneten sich mit dem lautlosen Gleiten exakter Dimensionen und präziser Schnitte, schwangen nach innen und gaben den Blick auf einen gigantischen, offenen Raum frei. Die Fabrik. Ihr Labor, ihr Spielplatz. Der Ort, an dem Mynx die Welt für so viele in Pacifica, Atlantis und, langsam, den Rest der Welt erschuf. Jenseits der Türen endete der Korridor in einer einzelnen, zwei Meter breiten Scheibe, deren beschichteter, silberner Boden mit gelb umrandeten Kanten abschloss.

Sicherheit geht vor.

»Block D.« Mynx stand auf der Scheibe und sprach, wodurch sich die Plattform in Bewegung setzte. Eine einzige Strebe unter der Scheibe glitt entlang einer Rille mehrere Stockwerke unter Mynx und tauchte in diese Rille ein, um die Besitzerin des Labors und Pacificas Champion auf die Ebene von Block D zu bringen. Ein ständiger kühler Windhauch schlängelte sich durch ihr mitternachtsschwarzes Haar, und Mynx schmeckte den kupfernen Geschmack heißer Elektronik. »Mach den Gladiator bereit, Reeves. Wir haben heute Morgen nicht viel Zeit.«

»Natürlich.«

Jetzt kam Reeves' Stimme von der Scheibe, und mit ihr ertönten tausend schnurrende, surrende und sich regende Teile, als Mynx' Labor erwachte. Mehrfarbige Lichter erleuchteten die verschiedenen Blöcke, als laufende Experimente begannen. Schüsse, gesprochene Befehle und knirschen des Metalls ertönten, während Projekte To-Do-Listen zur Produktion abarbeiteten. Automatisiert, ja, aber gelenkt. Mynx' großem Plan folgend.

Block D beherbergte das neueste Modell der Gladiatorendrohne, ihre kniffligste Kreation. Während die meisten Drohnen ihre Zeit damit verbrachten, den Himmel zu patrouillieren oder die riesigen Informationsnetzwerke des Globus nach Bedrohungen oder Verbrechen zu durchforsten, sollte die Gladiatorendrohne ... sie ersetzen. Aegis. Die anderen Paragons, die ihr Leben riskierten, indem sie sich Kopf voran in Kämpfe mit Anomalien oder Normalen stürzten.

Mynx würde diese Beerdigungen beenden. Und wenn diese Denise Jones ihr Handwerk verstand, könnte Mynx vielleicht auch die anderen, natürlicheren beenden.

Die Rettung der Paragons saß in der Mitte von Block D, ein gedrungener Behälter, nicht viel größer als Mynx' Schlafzimmer und ohne irgendetwas Interessantes außer den durcheinandergewürfelten Teilen in der Mitte. Mynx stieg von der Scheibe und ging über einen Granitfliesenboden, der aus dem glatten Gestein des Berges gefertigt war, den sie ausgehöhlt hatte, um diesen Ort zu erschaffen. In dem Moment, als sie den Boden betrat, begannen die Teile, sich zusammenzufügen. Was Schrott gewesen war, formte sich zu einer vier Meter großen, bedrohlichen, modularen Metallmaschine.

»Mir gefällt die neue Tarnung«, sagte Mynx. »Das Produktionsmodell muss allerdings schlechter aussehen. Ich konnte erkennen, dass es kein Schrott war.«

»Ich habe drei neue Beschichtungen in der Entwicklung. Rost natürlich, aber auch Waldboden und staubbedeckt.«

»Gut.« Wie bei den Türen ging Mynx direkt auf das massive Konstrukt zu und legte ihre Hände auf dessen Beine, die so groß wie sie selbst waren, und ging *hinein*.

Die Stahltüren waren nichts im Vergleich zum Inneren der Gladiatorendrohne. Hier war ein Herrenhaus. Turmhoch, weitläufig und mit Räumen für jede einzelne Funktion. Mynx begann in der Lobby und schaute sich die verschiedenen Flügel an, von denen jeder mit seiner Hauptfunktion gekennzeichnet war. Hier lebten die Kernkomponenten. Der Flügel, den sie wollte, lag ganz hinten – eigentlich außerhalb.

Sie hatte bei diesem Design ein Stammesmotiv verwendet, da die Gladiatorendrohnen dazu bestimmt waren, sich den Paragons anzuschließen. Afrikanische Akzente dekorierten die Wände: Masken, Ornamente, und das Material des Herrenhauses selbst schien aus dem Herzen des Dschungels zu stammen. Wenn Mynx mit ihrem Geist baute, fiel es ihr leichter, Stil hinzuzufügen, angenehmer und gleichzeitig fokussierter.

Als sie an Algorithmen vorbeiging, die als stehende Totems gestaltet waren und an den Wänden außerhalb des Bereichs für Beweissammlung und Strafverfolgung klebten, erblickte Mynx sich selbst in einem bodentiefen Spiegel, der den breiten Mittelgang unterteilte. Eine Zugeständnis an die Eitelkeit, ein Merkmal ihrer Erfindungen, Mynx fügte diese immer ein, weil sie ihr zeigten, was sie war.

Was sie einmal gewesen war.

Die Mynx, die sie anstarrte, hatte Jahrzehnte von der Mynx verloren, die an diesem Morgen in ihrem Bett an der Klippe aufgewacht war. Die Mynx, die in der gleichen blauen Paragon-Uniform zurückblickte, hatte in einer anderen, beängstigenden Welt gelebt. Sie hatte sich noch nicht bewiesen, hatte kein Labor oder eine ganze Region der Welt unter ihrer Kontrolle.

»Du würdest wahrscheinlich denken, ich sei böse«, flüsterte Mynx ihrem jüngeren Ich zu. Das Spiegelbild passte sich der Bewegung ihrer Lippen an, sagte aber nichts. »Aber du warst naiv. Schön, aber naiv.«

Hinter dem Spiegel und außerhalb des Herrenhauses erstreckten sich rollende Sanddünen. Als ob das Herrenhaus aus irgendeiner Wüste aufgetaucht wäre. Oben starrte eine kalte Sonne von einem gleichmäßig blauen Himmel herab. Auf der nächsten Düne stand die Gladiatorendrohne über einem kleinen Jungen. Arme und Beine waren mit Plattenrüstung bedeckt, um die Drähte und Waffen darunter zu schützen. Anders als die tatsächliche Drohne war diese nicht größer als Mynx' Knie. Der Junge reichte nicht einmal bis zu ihrem Knöchel. Es war einfacher, diese Art von Dingen zu beurteilen, wenn man jeden Winkel sehen konnte.

Mynx konnte den Sand nicht spüren, als sie darauf trat. Sie atmete keine heiße Luft ein – überhaupt keine Luft, wirklich – und als sie die Worte sprach, um den Test zu starten, kamen sie nicht aus ihren Lungen, ihrer Stimme oder irgendwo anders her, außer den Elektronen, die um die Schaltkreise der Gladiatorendrohne herum explodierten. Hier drinnen, im Kern der Drohne, war Mynx Gott, und Gott wollte sehen, wie ihre Drohne funktionierte.

Der Test begann ohne ein Zeichen, einen Schalter oder einen Ausspruch. Zwei schwebende, gesichtslose Schläger erhoben sich aus der Düne, als hätten sie die ganze Zeit im Sand gelauert. Sie griffen in die Taschen ihrer identischen braunen Trenchcoats und zogen Messer heraus, dann näherten sie sich dem kleinen Jungen. Die Drohne bemerkte die Neuankömmlinge und verschob ihre relative Masse, um den Jungen hinter sich zu bringen.

Zuerst schützen. Gut.

Aber die Drohne entschied sich, den Schutzbefehl zu ernst zu nehmen. Sie wartete darauf, dass die Schläger näher kamen, dass sich die beiden Feinde trennten, wie ein sich weitendes V, was die Optionen der Drohne zur Kontrolle der Menge neutralisierte. Mynx würde die Initiative hochschrauben müssen – die Idee, auf einen Angriff zu warten, bevor man reagierte, war schon lange gestorben, jetzt ging es bei der Strategie nur noch um den Schwellenwert: An welchem Punkt war ein Angriff eine Gewissheit?

Die Drohne erreichte diesen Punkt, als der Schläger, der sich nach rechts bewegte, in Armreichweite kam und immer noch sein Messer draußen hatte. Die Drohne gab eine verbale Warnung aus, die der Schläger ignorierte. Die Drohne verpflichtete sich dann zu einem blitzschnellen, außer Gefecht setzenden Angriff auf diesen Schläger. Ein Trio betäubender Pfeile blitzte aus Öffnungen in der linken Hand der Drohne hervor und traf den Schläger, grub sich tief ein, während die Drohne mit ihrer rechten Hand den Schläger packte und den Gegner zu Boden schlug.

Und scheiterte.

Mynx schüttelte den Kopf und wischte die Simulation weg, wobei der zweite Schläger sein Messer an die Kehle des Kindes hielt. Die Drohnen engagierten sich weiterhin zu stark, aber wenn Mynx die Aggressivität senkte, dann saßen sie da und warteten, bis sie in der Falle saßen, es war-

Ein Zug an ihrem Geist. Aufmerksamkeit. Mynx glitt, die Dünen, das Herrenhaus, alles verschwand, bis sie ihre Augen wieder in ihrem Labor öffnete. Hinter ihr zog eine von Reeves' schwebenden Mikrodrohnen ihre Stahlklaue von ihrer Schulter zurück.

»Sie ist hier«, sagte Reeves. »Dr. Jones.«

»Ich komme«, antwortete Mynx. »Und Reeves? Ich nehme jetzt den Tee.«

KAPITEL 5
ES IST AN DER ZEIT

GLATT, cremig und voller Zucker. Aegis nippte an seinem Latte vom obersten Stockwerk seines – nein, des Paragon-Turms. Jenseits der bombensicheren Glaswände der Penthäuser, unter ihm, breitete sich das Chaos Manhattans in das späte Morgenleben aus. In den Straßen, in den Gebäuden, die alte und neue Architektur vermischten, brodelte die Industrie, und dahinter lag das Wasser, auf dem sich die Schiffe tummelten.

Anomalien und Normale lebten und arbeiteten zusammen. Sie gingen sich nicht mehr an die Gurgel, hatten keine Angst mehr vor dem, was kommen könnte. Die Paragons hatten dies aufgebaut, eine neue Welt, die stolz auf der Asche ihrer Vorgänger stand.

»Würdest du dich bitte hinsetzen?«, sagte Celice, die barfuß über den Holzboden lief und Bandagen und Salben in ihren Armen trug, als würde sie eine Amputation vornehmen.

Aegis folgte dennoch den Anweisungen seiner Tochter und ließ sich in den breiten Stuhl zurücksinken, der am Fenster stand. Seine Kommandozentrale bot einen perfekten Ausblick, mit Monitoren, die auf seinen Wunsch hin aus Bodenschlitzen hochfahren konnten. Jetzt wollte er einfach nur seinen Kaffee trinken, aber er streifte den dicken Bademantel von seiner linken Schulter und ignorierte dabei den Schmerz.

»Ist das wirklich nötig?«, fragte Aegis, als Celice begann, die Bandagen vom Vorabend abzuwickeln.

Blutflecken zierten die Gaze, verblasst und weit entfernt von den durchtränkten Wunden, die Aegis bei anderen Schussverletzten gesehen hatte. Ja, er mochte nicht mehr so unverwundbar sein wie vor Jahrzehnten, aber Aegis konnte immer noch besser einstecken als jeder andere.

»Wenn du verletzt werden kannst, kannst du dich auch infizieren«, sagte Celice und versorgte seine Schulter mit fürsorglicher Genauigkeit. »Was würde die Welt denken, wenn ihr größter Champion einer Krankheit erliegen würde?«

Aegis trank einen großen Schluck von seinem Latte. Die Salbe kühlte seine Schulter. Aegis zählte zwei Einsatzdrohnen, die langsam eine Überquerungsroute durch den Himmel flogen, ihre tiefblauen Körper sahen aus wie schwebende Pillen.

»Ich erwarte, dass du lügst, falls das jemals passiert«, sagte Aegis. »Behaupte, es sei ein versteckter Angriff von Outbreak oder Patient Zero gewesen.«

»Das kann ich nicht, Papa.« Celice legte den neuen Verband an, fest und weich. »Beide sind vor Jahren gestorben.«

»Tatsächlich? Wie?« Aegis sollte das wissen, aber es hatte so viele Anomalien gegeben, so viele Normale, die die Paragons weggeschickt hatten.

Celice trat zurück und legte den Kopf schief. »Auf die gleiche Weise wie all deine Schurken sterben, Papa. Sie verrotten im Ozean.«

Ah ja, dieser Ort. Mynx kümmerte sich um diese düstere Angelegenheit, also neigte Aegis dazu, sie zu ignorieren. Sobald der Kampf vorbei war, war er froh, die Nachwirkungen denjenigen zu überlassen, die mehr daran interessiert waren.

»Mir ist aufgefallen, dass mein Kalender heute leer ist«, wechselte Aegis das Thema.

»Ich habe ihn freigeräumt.« Celice deutete auf die Wunde. »Du musst dich ausruhen.«

»Das muss ich nicht.«

»Doch, und das wirst du auch.« Celice sah so trotzig aus, ganz in der professionellen Uniform der Paragons, obwohl sie den blauen Blazer für die medizinische Drecksarbeit an ihrem Vater weggelassen hatte. »Ich sage dir, Papa, du musst damit aufhören. Du bist zu wertvoll für die Paragons, um dich zu gefährden.«

»Nur für die Paragons?«, Aegis lächelte.

Celice verdrehte die Augen. »Für mich auch. Aber ich meine es ernst. Hast du darüber nachgedacht, was passieren würde, wenn du von einem dieser Einsätze nicht zurückkommen würdest? Was passiert, wenn du in den Ruhestand gehst?« Seine Tochter beendete die Frage mit einer ausladenden Geste zur Stadt unter ihnen. »All das beruht auf dem, was du geschaffen hast.«

Sie hatte nicht Unrecht. Die Welt war von Angst beherrscht worden; Anomalien und Normale standen sich mit ihren Fähigkeiten und ihren Waffen gegenüber. Wie leicht wäre es, dorthin zurückzukehren, ohne den Mantel der ursprünglichen Champions und ihrer Paragons, die die Welt beschützten. Immer wieder hatten Aegis, Mynx und die anderen sechs die Zivilisation vor sich selbst gerettet, und dann hatten sie die Zügel in die Hand genommen, um sie zu führen. Was würde passieren, wenn sie losließen?

»Du hast recht.« Aegis gab das Zugeständnis mit der ernsten, ausdruckslosen Miene ab, die er schon fast seit seiner Geburt beherrschte, ein entschlossener Blick, der Ehrlichkeit und Durchhaltevermögen garantierte. »Ich werde ein Gipfeltreffen einberufen. Wir werden über Übergänge sprechen. Einen Plan ausarbeiten.«

Celice stand auf, trat zurück und lehnte sich gegen das Glas, wobei sie ihren Körper nur einen strukturellen Fehler von einem kurzen, tödlichen Sturz in die Stadt entfernt platzierte. Mit der Sonne als Gegenlicht und ihrem dunklen, schulterlangen Haar, das durch eine Magie, die Aegis nicht begreifen konnte, perfekt in Balance blieb, sah seine Tochter aus wie das Bild einer Geschäftsführerin, die einen Artikel über Unternehmensmacht anführt. Die Art von Dingen, über die Aegis aufgewachsen war, für die er gearbeitet hatte, als er älter wurde, und die er dann entsorgt hatte, als sie nicht mehr nützlich waren.

»Nicht gut genug«, sagte Celice. »Wenn du einen Übergang willst, musst du lange genug leben, um ihn zu sehen.«

»Was?«

»Bleib an der Seitenlinie, Papa.« Celice flehte nicht, sie befahl. »Du hast genug getan. Finde jemanden, der übernimmt, und genieße zum ersten Mal dein Leben.«

»Mit meiner Tochter zu reden, während ich über die größte Stadt der Welt blicke und ein köstliches Frühstück genieße, ist kein Genuss?«

Celice schüttelte den Kopf und starrte auf den Boden, wie sie es immer tat, wenn sie eine Emotion verbergen wollte. Aegis vermutete dieses Mal Lachen, basierend darauf, dass ihre Hand hochkam, um ihre Augen zu beschatten. Als Celice aufblickte, hatte die Schwerkraft jedoch wieder die Kontrolle über ihr Gesicht übernommen.

»Versprich es, Papa. Du gehst nicht mehr raus. Nicht für diese kleinen Dinge.«

Noch ein Schluck. Die Wahrheit war, dass die kleinen Einsätze ermüdend waren, auch wenn er sie genoss. Verbrecher zu stoppen war ein Hobby, eine Möglichkeit, seine Fähigkeiten scharf zu halten, aber für Kleinkriminelle lohnte es sich nicht zu sterben.

»Ich verspreche es, Celice. Ich werde die Welt nicht mehr retten, nur für dich.«

»Gut.« Celice warf einen Blick auf ihr Handgelenk, wo ein Wickelarmband sich bei ihrem Blick von stilisiertem Silber-Schwarz zu Blau verwandelte und einen Kalender anzeigte, der für Aegis zu klein zum Lesen war. Celice hatte immer die modischen Tamas. »Ich muss los, Papa. Northeast möchte ihr neues Hauptquartier-Projekt besprechen.«

»Warte mal«, sagte Aegis, als seine Tochter an ihm vorbeigehen wollte. »Wir haben die ganze Zeit über mich geredet. Was machst du so? Ich musste in letzter Zeit keine neuen Freunde verjagen.«

Celice blieb stehen und lachte kurz auf. »Freund? Nachdem ich mich um dich und all deine Paragons kümmere, von denen übrigens keiner weiß, was er außerhalb eines Kampfes tut, bleibt mir nicht viel Zeit zum Daten. Außerdem hören die Leute auf, sich normal zu verhalten, sobald sie erfahren, wer ich bin und wer mein Vater ist.«

»Ach, so schlimm bin ich doch nicht.«

»Klar.« Celice tippte auf den gläsernen Metalltisch, auf dem Aegis' restliches Frühstück stand, umgeben von einer runden Plastikdose, die kleiner als Aegis' Hand war. Darin lagen, in Abschnitte unterteilt, kleine farbige Ovale. »Vergiss nicht, sie alle zu nehmen. Die neuen sind gegen die Schmerzen.«

Bevor Aegis seinen Latte ausgetrunken hatte, war Celice im Aufzug verschwunden. Er betrachtete die Pillen. Das Wasser in einem neuen Glas wartete. Krankheiten, die behandelt werden mussten, und Aegis zählte sie in seinem Kopf auf. Jede einzelne eine Überraschung, als sie kam, ein weiterer Marker der Zeit, jenes unbesiegbaren Feindes, den die Paragons nicht besiegen konnten.

Noch nicht.

Aber sie hatten gegen alle anderen gewinnen können. Kein Militär, keine Polizei. Alle Regierungen waren unter dem Schutz der Paragons in Teile zerfallen. Frieden bedeckte den Planeten, und jeder, der ihn störte, wurde schnell und endgültig behandelt. Anfangs gab es Beschwerden. Dann lernten die Menschen. Die Normalen akzeptierten und die Anomalien verstanden ihre Rolle, den Teil, den ihre Gaben bei der Hilfe für die Welt spielen mussten.

Aegis nahm die Pillen. Eine rein, ein Schluck, eine runter. Er stand auf, als er begann, machte den großen Schritt direkt zur Glasscheibe und beobachtete, wie die Masse unter ihm wimmelte.

All das hing von ihm ab, und Celice hatte Recht. Wenn – falls – Aegis sie alle nicht mehr beschützen konnte, wenn er die Versprechen, die die Paragons der Welt gegeben hatten, nicht mehr erfüllen konnte, musste jemand anderes es tun. Es war besser, wenn er diesen Jemand auswählte, als sich darauf zu verlassen, dass die Paragons es selbst regelten. Es war besser, wenn alle Champions wählten.

»Polly«, sprach Aegis laut, damit die Empfänger des Systems es aufnehmen konnten. »Sende eine Nachricht an die Champions.«

»Bereit.«

Pollys Stimme war immer so fröhlich. Aegis hatte es anfangs störend gefunden, aber dann war ihm der unermüdliche Optimismus der KI ans Herz gewachsen, ein munteres Licht an einem trüben Tag. Es gab genug Schwierigkeiten im Leben, ein Computer, der mit sprudelnder Freude sprach, gehörte nicht dazu.

»Wir müssen uns treffen. Es ist Zeit zu entscheiden, was als Nächstes passiert.«

KAPITEL 6
HEIMKEHR

ZUGANGSCODE. Schlüssel. Einführen. Drehen.

Kat funktionierte in Einsilbern. Für mehr hatte sie keine Energie, nicht nachdem sie Vedder zum Rover zurückgeschleppt, ihn getrackt und dann die Anomalie auf dem Rückweg in einem Krankenhaus abgeliefert hatte. Wenn nicht irgendein Pech dazwischenkam, würde Kat Vedder nie wieder sehen müssen. Mit etwas Glück würde die Anomalie Kat durch seine neue, erzwungene Karriere als Paragon jede Menge Reps einbringen.

Der Gestank ihrer Wohnung, eine starke Mischung aus alter Wäsche und Hundehaaren, die sich zu einer giftigen Wolke entwickelte, wann immer die Fenster geschlossen waren, umarmte Kat würgend, und die Trackerin stolperte in einen Raum, der am besten als *verwüstet* zu beschreiben war. Es war nicht klar, was in der Wohnung passiert war oder gerade passierte, aber etwas Schreckliches war geschehen. Kleidung, Essen und Dinge, die einmal Essen gewesen sein mochten, jetzt aber ganze Ökosysteme waren, ungeöffnete Kartons von früheren Umzügen und Schätze, die Kat einst kannte, jetzt aber nur noch als *Kram* betrachtete, häuften sich überall in der Einzimmerwohnung. Ohne eingeschaltetes Licht und mit zugezogenen Vorhängen türmten sich die Schattenberge des Gerümpels auf.

Seeker schoss an Kat vorbei und stürzte sich mit begeistert hechelnder Zunge auf die Schrecken, wobei er ein Gebell anstimmte, das die Nachbarn gestört hätte, wäre es nicht Mittag gewesen und niemand mehr in diesem Arbeiterviertel zurückgeblieben. Da die Wohnungen zu klein für bequeme Heimbüros waren, beobachtete Kat jeden Morgen das Spektakel, wie sich das Gebäude in die Straßen Chicagos entleerte, Menschen, die versuchten, ihren Weg zu finden, um die Paragons zu unterstützen, ihre Reps zu verdienen und in eine Wohnung zurückzukehren, die zweifellos sauberer war als ihre.

»Aber du magst es so, oder?«, sagte Kat zu Seeker, der mit zufälliger Wäsche bedeckt und einem rosa-gelben, knochenförmigen Kauknochen im Maul zu ihr hochsprang. Sie begann, ihren Anzug auszuziehen und wich dabei gleichzeitig dem Hund aus. »Weißt du, du könntest helfen.«

Seeker nahm den Vorschlag an und lief damit los, ließ den Knochen fallen und knabberte an Kats Stiefel, wodurch sie stolperte und auf eine verblichene blaue Couch fiel, die mehr Jahre gesehen hatte als sie selbst. Das Alter hatte die Kissen gallertartig werden lassen, sodass Kat mit dem weichen Vergnügensschmerz von schmerzenden Muskeln, denen eine Chance zur Entspannung gegeben wurde, in sie einsank. Während Seeker die Aufgabe übernahm, Kat von ihren Schuhen, Handschuhen und Panzerhandschuhen zu befreien – der Hund war präzise mit seinen Zähnen und konnte die Druckpunkte treffen, die die Techno-Armbänder abschnappen ließen –, lag Kat da und atmete. Sie ließ sich in die aufkommenden Kopfschmerzen sinken, als ihr Körper dem Schlafentzug nachgab.

»Tap, mach die Fenster auf«, murmelte Kat, aber die

hypersensiblen Mikrofone in den Ecken der Wohnung nahmen es trotzdem auf, und Momente später begann frische Luft ihren Krieg mit der stickigen Wohnung. »Und besorg mir Frühstück. Das Übliche vom *Brickhouse*.«

»Alles klar, Kat«, antwortete die KI mit ihrer fröhlichen Surfer-Jungen-Stimme. »Sonst noch was? Du klingst müde. Willst du Kaffee?«

»Nö.« Kat hatte es geschafft, die Maske des Anzugs abzunehmen, und Seeker hatte sie aufgehoben und in den markierten Behälter geworfen. Ihre Augen waren geschlossen, und sie wollte sie für eine Weile so lassen. »Ich will schlafen.«

»Heißt das, du willst deinen täglichen Bericht nicht?«

Kat stöhnte mit der Verzweiflung von jemandem, der die richtige Entscheidung kennt und sie trotzdem hasst. »Na gut. Aber mach's schnell.«

»Ich lese ihn mit eins-Komma-zwei-fünf-facher Geschwindigkeit vor.«

Tap folgte seiner Warnung mit Zahlen, einer Statistikflut, die Kat aus Gewohnheit abspeicherte. Zuerst kamen Anomalien, die sie getrackt hatte, die sich nicht als Zeitverschwendung herausgestellt hatten und ihr in den letzten 24 Stunden Tantiemen eingebracht hatten. Ein Prozentsatz abgeschlossener Verträge. Reps, um ihre Miete zu bezahlen, und der beste Grund überhaupt, ein Tracker zu sein.

Nicht ihr Grund, aber der beste Grund.

Die heutigen Ergebnisse waren ziemlich gut; eine Anomalie mit einer Vorliebe für die Entgiftung von Abwasser hatte eine lukrative Reihe von Verträgen mit Chicago gefunden, die weiterhin zahlten. Sie hatte ihn gefunden, nachdem Berichte aus dem westlichen Illinois über eine Reihe kristallklarer Seen eingegangen waren, die seit langem mit Algen bedeckt gewesen waren. Seine Einnahmen übertrafen alle anderen Anomalien, einschließlich der tödlichen, die Kat je getrackt hatte. Und sie hatte ihn nicht durch tiefen Schnee ziehen müssen.

»Ich habe auch noch eine Prioritätsnachricht, wenn du noch wach bist?«, fragte Tap, als die Aufzählung beendet war.

»Bin ich. Von wem ist sie?«

»Gordon Holyoak.« Tap war eine KI, aber selbst der Computer wusste, Gordons Namen mit Vorsicht auszusprechen.

Der Ventilator an der Decke bewegte sich nicht. Sie hatte ihn nicht angestellt. Bei Gordons Namen starrte Kat die Rotorblätter hart an und forderte sie heraus, sie aus den Erinnerungen, Gefühlen und dem anderen Müll zu reißen, die das Nickerchen ruinierten, das sie machen wollte. Nach einem Moment des Starrens versagte der Ventilator in seiner Mission, und Kat rollte von der Couch, landete auf und rollte weiter über Seeker, der seinen üblichen Schlafplatz an ihrer Seite eingenommen hatte. Mit dem Kinn auf einem der wenigen sauberen Flecken des Teppichs gepflanzt, blickte Kat nun durch eine schmale Tür auf Decken, Kissen und abtrünnige Plüschtierarmeen, die ihr Bett besetzten. Auch das half nicht bei ihrem Versuch, Reflexionen zu vermeiden.

»Ähh«, sagte Kat in den Boden, dann stemmte sie sich zu einem wackeligen Stand hoch. »Na gut. Lies sie vor.«

»Hey Kat! Ich weiß, es ist eine Weile her, und ich weiß, du wirst es mir nicht glauben, aber ich bin in der Stadt und kontaktiere dich aus geschäftlichen Gründen! Können wir uns morgen treffen? Ich weiß, das ist kurzfristig, aber wir haben nicht viel Zeit dafür. Ich hoffe, es geht dir gut!«, schloss Tap. »Es ist eine Geo-Markierung für The Spit Roast in sechs Stunden angehängt.«

»Ich will nicht«, sagte Kat, rieb sich die Augen und sah Seeker an, der keinerlei wertvolle Einsichten lieferte.

»Es hat keine Priorität, aber du möchtest vielleicht wissen, dass Gordon gerade einen allgemeinen Aufruf an Chicagos

Tracker herausgegeben hat«, sagte Tap. »Gleiche Zeit, gleicher Ort.«

Also hatte Gordon doch einen Grund, hier zu sein, abgesehen davon, Kat zu ärgern. Wenn er einen offenen Aufruf gestartet hatte, bedeutete das ein großes Ziel, denn Gordon würde die Reps für das Tracking an alle verteilen, die halfen.

»Wie lange ist Gordons Nachricht her?«

»Letzte Nacht. Während du weg warst.«

Ein solider halber Tag Vorsprung für einen alten Partner. Das war Kat wert. Sie blickte auf die Couch, erwog die Möglichkeit, dieses Nickerchen zu machen, und verwarf sie, als irgendwo in der Ferne eine Reihe von Sirenen ertönte. Eine Drohne, die auf einen Notruf reagierte, und ein Zeichen dafür, dass sie ihr Zeitfenster verpasst hatte.

Zeit für eine Dusche.

Im meditativen Dampf und heißen Wasser zog Kats Erschöpfung sie zu Gordons Auftritt in ihrer Szene. Er betrat die Bühne von links und platzte in ein Chaos, als Kat verzweifelt versuchte, alles zu verkaufen, was sie hatte, um zu überleben. Gordon war nicht wohlhabend, war niemand, der Vorteile ausnutzen wollte, aber er suchte Kats Gesellschaft, und das war genug gewesen. Als Gordon sie zum Lachen brachte, etwas, das lange nicht passiert war, gab Kat ihm eine Chance beim Abendessen. Gordon zahlte am Ende dafür, und Kat für alles andere.

Aber jetzt war sie eine Trackerin, und Gordon hatte sie auf diesen Weg gebracht. Was machte das aus, vielleicht zehn Prozent des Kummers wett, den der Mann ihr bereitet hatte?

Als sie sauber war, war das *Brickhouse*-Frühstück ohne einen Kaffee angekommen, den Kat nun bereute verpasst zu haben, und sie verschlang die Eier und den vitaminhaltigen Kartoffelhash. Sie warf die Reste in den Schlitz neben der Tür, der den Müll an einen magischen Ort brachte, über den sich Kat nie Gedanken machte. Dass die Behälter nicht in ihrer Wohnung waren, reichte ihr.

Nach all dem und nachdem sie einen Outfit angezogen hatte, das der Chicagoer Winterkälte trotzte, die in dem ständigen Kampf zwischen atembarer Luft und lebbarem Klima gerade die Oberhand über ihre Wohnungsheizung gewann, blickte Kat zu Seeker, der seine Leine geholt hatte, während Kat ihr Essen beendete, und seufzte.

»Ich schätze, es ist noch genug Zeit. Komm schon.«

Tap verriegelte die Wohnung, nachdem Kat gegangen war. Verschloss auch das Fenster, und Kat traf die fragwürdige Entscheidung, Tap zu bitten, jemanden oder etwas zu finden, das ihre Wohnung reinigen konnte. Sie hatte jetzt genug Reputation, dass es nicht mehr nötig war, am Rande einer Seuche zu leben.

Die Bürgersteige am Nachmittag waren nicht zu überfüllt - es war kalt, die Leute arbeiteten, und Kats Viertel war kein großartiges Spaziergebiet. Auf jedes ältere Gebäude, das mit Backstein und Mörtel nach einfacheren Zeiten griff, kamen ein Dutzend andere, die mit dem glänzenden, vorgefertigten Glanz moderner Effizienz prahlten. Mit Anomaliekräften geschmiedete und geschmierte Chemikalien verwandelten das, was kaltes Metall gewesen wäre, in Aquarellkreationen, die allem standhielten, was die Natur aufbieten konnte. Was, angesichts der Tatsache, dass die meisten Großstädte Anomalien mit der Manipulation des Wetters beauftragt hatten, nicht viel war.

»Trotzdem scheint es nicht möglich zu sein, es angenehm zu halten«, sagte Kat und beobachtete, wie ihr Atem sich in eine graue Wolke verwandelte.

Es gab natürlich Gründe, das übliche Klima beizubehalten. Gründe, über die nachzudenken Kat weder die Zeit noch den Wunsch hatte. Dafür waren die Paragons, dafür war Mynx da. Den Planeten am Leben erhalten, damit Kat mit ihrem Hund zum Park gehen und eine Scheibe werfen konnte.

Der Park traf alle richtigen Noten für eine städtische Oase:

umgeben von imposanten Strukturen, dennoch eingezäunt, und ein ehemals von Brunnen dominiertes Zentrum, das zur Flachheit planiert worden war, um den Hunden mehr Freiheit zu geben. Seeker nutzte dies aus, stürmte los, sobald Kat ihn von der Leine ließ, um eine umherstreifende Hundehorde zu inspizieren, die wie eine bellende Naturgewalt durch den Park tobte. Seekers aufgeregte Jauler hatten das Glück, das Kat sich nicht sicher war, je selbst erfahren zu haben, aber die stellvertretende Freude, die sie aus den Sprüngen und Sätzen des Huskys zog, milderte die Kante ihrer Erschöpfung.

Zumindest bis sie ein bekanntes Gesicht sah, das durch den Park in ihre allgemeine Richtung schlenderte und sich dabei an der Innenseite des Zauns entlang drückte, als ob ein Schritt weiter in das Territorium der Hunde ein Verbrechen wäre, das mit überwältigendem Sabbern bestraft würde.

»Stan.« Kat warf der Anomalie, die steif in einer Jeansjacke und einer verblichenen schwarzen Baseballkappe ging, einen Gruß zu.

»Kat«, sagte Stan, seine Zähne machten ein klapperndes Geräusch, das Kat der Kälte zugeschrieben hätte, wenn sie Stan nicht so gut kennen würde. »Du siehst müde aus.«

»Danke, Stan. Das hab ich heute gebraucht.«

»Tut mir leid.« Stan versuchte, es mit einem unbeholfenen Lächeln wiedergutzumachen. Kat ließ es ihm durchgehen, erwiderte es. »Harte Nacht?«

»Sagen wir einfach, nicht jede Anomalie ist so nett wie du.«

Kat sprach mit einem Seufzer, aber sie meinte es ernst. Stan hatte sich vor Mynx' suchenden Drohnen und den Internet-Schnüfflern, die Anomalien jagten, versteckt, indem er lokal als kleiner Schreiner arbeitete. Als er schließlich einen Fehler machte und einen Auftrag ein bisschen zu schnell erledigte - die Nachbarn waren überrascht, ein Haus, das gestern noch weiß gewesen war, am nächsten Tag babyblau vorzufinden, ohne einen Schwarm von Gerüsten und Schweiß - hatte

Kat ihn in einer Bar nicht drei Blocks von hier in die Enge getrieben. Stan hatte für sie beide steifen, billigen Bourbon bestellt und seinen Arm für die Spur ausgestreckt.

»Hätte nie gedacht, dass Weglaufen gut für mich sein würde.« Stan versuchte, zu irgendeinem Horizont zu blicken, starrte aber stattdessen auf das Schild eines Eckladens. »Dachte immer, Chicago wäre meine Stadt.«

Kat nickte, als eine frische Brise durchzog. Die Hunde bemerkten es nicht, bellten wie verrückt einen armen Vogel auf einem Baum an.

»Die Dinge sind auch nicht schlecht«, fuhr Stan fort. »Die Paragons geben mir genug Arbeit, die Reputation ist gut.«

»Ich weiß.« Kat sah die Quittungen, nahm ihren Anteil von jedem Auftrag, den Stan erledigte. Zuverlässig, aber nicht so reich wie der Abwassertyp.

»Vermute, das würdest du.« Keine Bosheit, nur Akzeptanz dort. Stan zögerte, und Kat spürte, wie er an ihrer Gesichtsseite nach Erlaubnis suchte. »Kann ich dir eine Frage stellen?«

»Nur zu.«

»Was passiert, wenn du von einem dieser Dinger nicht zurückkommst?«

»Du meinst, wenn mich eine Anomalie zu einem Häufchen Asche verbrennt? Mich ein Dutzend Mal mit ihrer Supergeschwindigkeit erschießt?«

»Äh. Ich schätze schon?«

Kat richtete ihren blauäugigen Trackerblick auf Stan, ließ ihn wissen, dass die Frage sowohl unhöflich als auch ärgerlich war, sie aber trotzdem antworten würde. »Du wirst einen anderen Tracker bekommen. Jemanden in der Nähe. Für dich ändert sich nichts.«

Stan kämpfte darum, eine Antwort zu formulieren, also befreite Kat ihn mit einem *schön, dich zu sehen* und ließ die Anomalie nach seinem Schokoladenlabrador pfeifen und gehen.

Seine Frage jedoch blieb hängen. Wenn Kat von einer ihrer

Jagden nicht zurückkäme, wäre Seeker der Einzige, der es bemerken würde. Die Kopfschmerzen, die Kats gesunkene Abwehr spürten, kehrten mit Macht zurück, und die Trackerin lehnte sich gegen den Zaun, presste ihre Finger an die Schläfen und versuchte, sich in dem endlosen Gebell glücklicherer Kreaturen zu verlieren.

KAPITEL 7
ALLE SPIELER EINLADEN

ZHAN-YO WOLLTE EIN LENKRAD GREIFEN, das es nicht gab. Die Kapsel rollte die Straße entlang, sowohl anderen Kapseln folgend als auch von ihnen gefolgt, in einer ununterbrochenen, effizienten Reihe, die zum Einkaufszentrum fuhr. Jedes Mal, wenn er in diesen Dingern saß, deren Polster schal waren von zu vielen Fahrgästen und zu wenig Reinigung, wünschte sich Zhan-Yo, die Effizienz und Sicherheit gegen den harten Lederkreis einzutauschen, der das Auto seines Vaters steuerte. Dasjenige, das Zhan-Yo selbst ein paar Jahre gefahren hatte, bevor manuelle Fahrten im Namen des Schutzes abgeschafft wurden.

Zhan-Yo fand die Logik einen schlechten Ersatz für Gefühle.

Doch als die Kapsel am Haupteingang des Einkaufszentrums anhielt, ihre Tür grüne LEDs um die Kanten blitzen ließ und die Sitze vibrierten, um Zhan-Yo wissen zu lassen, dass er sein Ziel erreicht hatte, störte es Zhan-Yo nicht, nicht parken zu müssen. An einem kalten Nachmittag wie diesem war ein kurzer Weg nach drinnen ein willkommener Vorteil.

Wenn die Kapseln eine Evolution für eine ältere, überholte Maschine waren, hatte sich auch das Einkaufszentrum weiterentwickelt. Glitzer, gestützt durch Substanz: Lichter riefen verschiedene Verkäufer aus, mit projizierten Quadraten, die Verkäufe anpriesen, falsches Feuerwerk zog die Blicke auf neue Ware, und ein paar alte Drohnen standen auf dem Eingangspfad und boten begrenzte Möglichkeiten auf ihren Körpern an, wo Panzerung durch Bildschirme ersetzt worden war. Menschen gab es zuhauf, das Einkaufszentrum diente als Rettung vor den beengten Verhältnissen der massiven Bevölkerung, wobei die Hineingehenden und die Herauskommenden die gleiche Menge an Produkten trugen:

Keine.

Zhan-Yo lächelte einem jungen Mädchen und ihrer Mutter zu, die beide den zufriedenen Einkaufsglanz trugen. Er hielt die Tür der Kapsel offen und nahm das ermutigte Dankeschön des kleinen Mädchens an, bevor er durch den klaffenden Eingang ging. Hier gab es keine Türen, aber Zhan-Yo spürte die leichte Verschiebung in der Luft, sein dünnes graues Haar fing die subtile Brise ein, als die Druckschleuse des Einkaufszentrums dazu diente, die Kälte draußen zu halten. Seine Haut bekam einen kurzen Moment Gänsehaut, als Zhan-Yo durch das Tor ging, blau-neon-umrandete Fliesen, die als einziger Ort des Einkaufszentrums ohne Werbung dienten.

Die Hauptetage dahinter erstreckte sich in beide Richtungen über mehrere Häuserblocks, alle zwölf Meter oder so von einer weiteren Ladenfront unterbrochen. Der dreistöckige Komplex füllte jeden Raum mit Zeug, Boden- und Deckenfliesen fungierten als Bildschirme, die eine stumme Werbung nach der anderen abspielten. Ein träges Saxophon schwebte über allem und stand im Kontrast zu der zur Schau gestellten Reichtumsimmersion. Was für jeden überwältigend hätte sein sollen, war alltäglich geworden, eine Medienmenagerie, die durch ihren eigenen Erfolg irrelevant geworden war.

Ihm gegenüber nahm ein Bekleidungsgeschäft die Spitzenposition ein; das erste Ziel für alle eintretenden Augen.

Designeroutfits und dazugehörige Werbung hingen groß. Eine im Besonderen rief nach ihm, eine rote Lederjacke mit goldener Verzierung, die an einer Schaufensterpuppe in einem Vorderfenster hing. Seine Eltern hätten sie geschmacklos gefunden, aber sie sprach von Rebellion, von Geist. Zhan-Yo war nicht hier, um einzukaufen, aber er schritt über die showstoppende Allee und sah genauer hin.

Glatt, gut gemacht. Er berührte die Ärmel, runzelte die Stirn. Synthetisches Leder. Das echte Zeug war so schwer zu finden, aber ein paar Marken bedienten es immer noch, kümmerten sich immer noch um Authentizität. Er glitt mit den Augen zu dem Preis, der in einer kleinen Anzeige unter der Jacke schwebte. Neben der Anzahl der Reps bemerkte Zhan-Yo das kleine, schräge Z. Er wusste, dass es da sein würde, denn niemand würde es wagen, es nicht zu tun. Ziran nutzte allen, außer denen, die nicht nach seinen Regeln spielten.

Die Paragons erforderten eine neue Währung, und Reps erforderten ein Mittel, um ausgegeben, verdient und verteilt zu werden.

»Willst du sie anprobieren? Im Moment ist niemand in der Umkleidekabine«, sagte ein Mann, und Zhan-Yo sah einen Teenager mit Metallaccessoires und halb zusammenpassenden Klamotten, die Zhan-Yo selbst nie hätte tragen können. Der Teenager fragte sich zweifellos, was ein Mann in Zhan-Yos Alter dabei tat, so ein stylisches Outfit zu betrachten.

»Nein, danke«, sagte Zhan-Yo und nickte dem Teenager dankend für seine Zeit zu. »Ich bewundere sie nur.«

»Sie ist cool«, stimmte der Teenager zu. »Lass es mich wissen, wenn du etwas brauchst.«

Sobald der Junge sich abgewandt hatte, tippte Zhan-Yo auf sein rechtes Handgelenk, wo sein Tama in schönen goldenen Gliedern herumgewickelt war. Sobald das Tama mit dem Preisschild in Kontakt kam, piepste es dreimal und ließ

Zhan-Yo wissen, dass das Produkt in seiner Größe verfügbar war, zum gleichen Preis wie angegeben, und innerhalb eines Tages zu seiner Wohnung geliefert werden konnte. Mit seiner linken Hand tippte Zhan-Yo auf das Gesicht des Tama und akzeptierte die Bestellung, ohne den Blick von der Jacke zu nehmen.

Vielleicht etwas zum Tragen, wenn er Aegis traf.

Ziran handelte auch mit tatsächlichen Vorräten - Zhan-Yo betrat eines ihrer Tech-Outlets nicht weit von dem Ort, wo er die rote Jacke gekauft hatte, eingebettet zwischen Sportbekleidungsmarken und weder so stilvoll noch so interessant aussehend. Aber wenn Zirans Zielmarkt der Firmenkäufer oder der verzweifelte, unzufriedene Zivilist war, der nach einer Möglichkeit suchte, sein Leben einfacher zu gestalten, lohnte es sich, einen Laden, nun ja, einfach aussehen zu lassen. Zhan-Yo nickte dem überhängenden Schild mit dem blau getönten Z auf weißem Hintergrund zu, als er darunter durchging.

Ein Mann sollte den Dingen Respekt zollen, die ihn erschufen.

Sein Tama vibrierte und ließ Zhan-Yo wissen, dass er zu spät dran war. Er verbrachte daher keine Zeit damit, die Regale zu überprüfen, schaffte es aber, der Verkäuferin einen schnellen Blick zuzuwerfen, der besagte, dass die Inspektion später stattfinden würde. Zeit für die junge Frau, den Laden in perfekte Ordnung zu bringen – eine Warnung, die die meisten, einschließlich Zhan-Yo, nicht bekamen.

Im hinteren Teil des Ladens gab es zwei Türen, die beide große Schilder trugen, die sie als nur für autorisiertes Personal gekennzeichnet waren. Dass dasselbe Personal nicht für jede Tür autorisiert war, blieb unausgesprochen, und Zhan-Yo benutzte die linke, indem er sein Tama gegen das schwarze Quadrat an der perlweißen Wand streifte. Ein leises Zirpen, ein Klicken des Schlosses, und Zhan-Yo öffnete das Portal. Im Gegensatz zu ihrem Gegenstück schwang diese

Tür zu einer steilen Betontreppe auf. Zhan-Yo folgte den Stufen – die Tür schloss sich von selbst hinter ihm – unter den hinteren Gängen des Einkaufszentrums hindurch und in einen Bereich, der vor Jahren für einen ganz bestimmten Zweck geschaffen worden war. Der Treppenabsatz verriet nichts von diesem Zweck, behielt das graue Betonaussehen bei und fügte starre Stühle, einen kleinen Tisch und sonst nichts hinzu. Man könnte hier warten, schien die Einrichtung zu sagen, aber nicht lange.

Zhan-Yos Ziel lag hinter der nächsten Tür in der Reihe. Auch diese erforderte einen Wisch mit dem Tama über einen schwarzen Scanner, der in die Wand eingelassen war, aber im Gegensatz zu dem im Obergeschoss entriegelte der Scan allein die Tür nicht.

»Zhan-Yo.« Er fühlte sich immer seltsam dabei, seinen eigenen Namen zu sagen, aber laut dem Programm, das jetzt seine Aussprache analysierte, war die Art und Weise, wie eine Person ihren eigenen Namen sagte, einzigartig.

Das Programm akzeptierte seinen Stil ohne Widerspruch und ließ Zhan-Yo in den zweiten und letzten Raum eintreten. Im Gegensatz zu seinem Vorgänger umarmte dieser Raum den Luxus vor der Rep, Opulenz um ihrer selbst willen. Ein Mahagonitisch in der Farbe von fassgereiftem Whiskey breitete sich wie ein Ozean aus, füllte den Raum und ließ die fünf anderen, die bereits um ihn herum saßen, winzig erscheinen, obwohl diese Gruppe so viel Macht vereinte, wie es in der Welt jenseits der Paragons gab.

Zu Zhan-Yos Linken wurden die Grundbedürfnisse von destillierten Zapfhähnen für sowohl stilles als auch sprudelndes Wasser mehr als erfüllt. Ein Obsttablett, in dessen Mitte auf Zhan-Yos Wunsch hin gelbe Ananas dominierte, füllte die schwarze Granittheke. Über dem Tablett hing, wenn nicht in Gebrauch eingezogen, das Zustellungsrohr, das es Arbeitern oder Drohnen ermöglichte, Erfrischungen zu schicken, ohne den Raum selbst zu betreten.

»Wir sind alle bereit«, sagte ein dünner, blonder Mann in einem schwarzen Anzug, der für Zhan-Yos Geschmack zu formell war, und bemühte sich, seinen Stuhl wegzuschieben und aufzustehen, während er sprach. »Soll ich den Anruf öffnen?«

»Ja«, antwortete Zhan-Yo und bewegte sich zu seinem eigenen Stuhl am Kopfende des Tisches. Die Sitze waren Rettungen, gegerbtes Leder aus dem letzten Jahrhundert, um das sich Zhan-Yo sorgfältig kümmerte. Er und Wexley würden die Stühle selbst aus dem Raum entfernen, wenn Reparaturen nötig waren. »Ein Glas stilles Wasser, wenn du so freundlich wärst.«

Wexley nahm die Bitte wie ein Sohn an, bewegte sich, um ein Glas von einem Tablett voller Gläser zu füllen, und gab gleichzeitig eine Reihe von Befehlen für die KI des Raumes, die in der Mitte dieses Tisches eingebaut war. Zhan-Yo nutzte den Moment, um zu sehen, wer sich heute die Mühe gemacht hatte, persönlich zu erscheinen, und war zufrieden mit den vorsichtigen, neugierigen Gesichtern, die seinem eigenen begegneten. Was so lange null gewesen war, war jetzt vier. Das Unmögliche wurde möglich.

Niemand sprach. Es würde später Zeit für Fragen geben.

Nachdem Wexley den Befehl zum Starten des Anrufs ausgeführt hatte, hellte sich die Wand des Raumes gegenüber von Zhan-Yo auf, als ein Projektor an der Decke anlief. Zunächst wurde nur Weiß mit einem einzigen Namen auf der rechten Seite, *Ziran-Alpha*, angezeigt. Der Titel dieses Raumes. In den nächsten dreißig Sekunden erschienen jedoch ein Dutzend weiterer Namen, fast alle bedeutungslose Buchstaben und Zahlen.

Das war der Grund, warum Zhan-Yo diejenigen respektierte, die persönlich kamen – nichts, hinter dem man sich verstecken konnte. Sie waren die wahrhaft Engagierten, und es war Zhan-Yos Aufgabe, jede gesichtslose Nummer im Anruf in Gesichter am Tisch zu verwandeln.

»Willkommen«, begann Zhan-Yo, als der weiße Bildschirm von Nichts zu einer höflichen Nahaufnahme wechselte. Ein paar Falten, dieses dünne weiße Haar, schwarzer Stoppelbart ... der unerbittliche Marsch der Zeit hatte Zhan-Yo noch nicht seine ganze Jugend genommen. »An diejenigen, die von Anfang an hier waren, danke. An diejenigen, die erst jetzt kommen, um unsere Sache zu sehen, ich hoffe, ihr findet hier, wonach ihr sucht. Heute werden wir, um zu veranschaulichen, warum unsere Bemühungen so wichtig sind, mit einer Geschichte beginnen.«

Wexley nahm sein Stichwort gut auf, hob einen einzigen Finger seiner rechten Hand und zuckte nicht zusammen, als sein eigenes Gesicht das von Zhan-Yo auf der Projektion ersetzte. »Viele von euch kennen mich als Chief Operating Officer von Ziran. Viele von euch wissen nicht, dass ich ein Produkt genau der Sache bin, an deren Beendigung wir arbeiten.«

Die Geschichte, die Wexley erzählte, war eine vertraute. Zhan-Yo hatte sie natürlich schon von Wexley gehört, aber die meisten hier kannten jemanden wie ihn. Kannten Leben, die durch Anomalien ruiniert wurden, Leben, die den Paragons vertrauten, sie zu retten, und wenn die Paragons versagten, keine Zuflucht hatten. Keine Stimme.

»Ich konnte nicht nach Hause gehen, weil mein Zuhause nicht mehr existierte.« Wexley blieb kühl, gefasst. Herzlos, außer dem Zittern in seiner Stimme. »Die Paragons nannten es einen Unfall. Eine unentdeckte Anomalie, die die Kontrolle verlor, wie so viele andere. Meine einzige Option war, weiterzumachen, damit umzugehen. Ich bin hier, weil ich denke, dass wir es besser machen können.«

»Wie?« Die Frage kam aus dem Anruf, ein unbekannter Sprecher verzerrte seine Stimme, so dass es klang wie eine kaputte Drohne, die sprach. »Wie denkt ihr, dass wir es besser machen können als die Paragons?«

»Indem wir den Menschen eine Stimme geben.« Zhan-Yo

übernahm mit einem Blick die Führung von Wexley. »Die Paragons hatten ihre Zeit, und es ist klar, dass ihre Herzen bei den Anomalien liegen. Wir sind nichts weiter als eine Last, eine Sammlung, die es glücklich zu halten gilt, während die Paragons ihre Macht zementieren.«

»Also würdet ihr die Paragons durch euch selbst ersetzen?«

»Ich würde unsere Stimmen zu ihren hinzufügen. Uns zu einer Demokratie zurückführen, in der jeder gehört wird, nicht nur diejenigen mit den stärksten Fähigkeiten. Wollt ihr nicht ein Mitspracherecht in eurer eigenen Zukunft haben? Ihr kontrolliert eure Unternehmen, aber ihr kontrolliert nicht eure eigene Gesellschaft.«

Stille. Eine gute Pause. Lass den Gedanken reifen, und wie Wein würden alle hier, ob sie Zhan-Yos Argumente schon gehört hatten oder nicht, seinen Idealen näherkommen. Macht berauschte, und die Chance auf mehr, die Chance auf *irgendwelche*, war für eine Gruppe wie diese unmöglich zu widerstehen. Ziran hatte seine Position ebenso sehr durch Manipulation wie durch Innovation eingenommen, und Zhan-Yo würde hier nicht auf Subversion für Prinzipien verzichten. Nicht, wenn sie so nahe dran waren.

Die Augen am Tisch sagten Zhan-Yo, wann es Zeit war, wieder zu sprechen, durch die Art, wie sie sich ihm zuwandten, durch die Art, wie diese Männer und Frauen darauf warteten, dass er sie auf dem Weg in diese Zukunft führte.

»Unsere genauen Pläne«, begann Zhan-Yo, »sind und werden geheim bleiben. Die Paragons haben überall Spione, und sie werden unsere demokratischen Träume nicht mit der gleichen Hoffnung betrachten wie wir. Aber wir machen Fortschritte und sind näher denn je daran, öffentlich unseren Standpunkt gegen die Paragons bekannt zu geben. Um uns auf diesen Moment vorzubereiten, bitte ich euch, in euch zu gehen, die Reps zu finden, die ihr für eine noble Sache opfern könnt, und es auch zu tun.«

Es gab weitere Fragen, und Wexley beantwortete sie, während Zhan-Yo die Anrufer und die Gesichter im Raum beobachtete. Fortschritt war das, was sie wollten, und Zhan-Yo würde ihnen bald etwas Greifbares liefern müssen. Einen Beweis für ihr Engagement, einen Beweis dafür, dass die Paragons verwundbar waren, dass die Herausforderung der etablierten Macht nicht ihren Untergang bedeuten würde.

Sylvies Plan würde dies lösen. Wenn Aegis fiele, würde Ziran aufsteigen.

KAPITEL 8
EINDRÜCKE UND VERDÄCHTIGUNGEN

WAS AUFTRITTE ANGING, wollte Mynx, dass ihrer grandios war. Die Fabrik, wie sie sie nannte und wie sie jetzt auf jeder Karte, in jeder Datenbank und in aller Munde war, existierte als Monument technologischer Meisterleistung, definiert von Mynx. Das bedeutete keine Büros, keine riesigen Parkplätze, nichts außer den Kernkomponenten, die von Reeves betrieben und von der Championin gesteuert wurden, die die Paragons antrieben.

Die Vordertür der Fabrik verkörperte Mynx' mechanische Großartigkeit und öffnete ihr Kupfer-und-Silber-Paragon-Logo mit bogenförmigen Zahnrädern. Fünf Meter hoch und drei breit, rahmte der offene Eingang Mynx aus der Ferne ein und diente an Nachmittagen dazu, Sonnenlicht auf eine goldene Lippe zu werfen, wo Mynx stand, um jeden zu begrüßen, der sich entschied zu Besuch zu kommen. Da es Morgen war und es keine Journalisten oder neugierige Blicke gab – Reeves hatte dies bestätigt – verzichtete Mynx auf den vollen Glanz und ging hinaus, um Dr. Denise Jones zu begrüßen, anstatt es andersherum zu machen.

Brille, robuste Jacke und ausgefranste Jeans. Denise sah aus wie eine Wissenschaftlerin, die in die freie Natur gehörte, nicht in ein Labor, obwohl die schiere Größe der Tasche, die über ihrer Schulter hing, einen Hinweis auf Denises wahre Leidenschaft gab. Darin, so würde Mynx wetten, saßen Notizbücher, die darauf warteten, gefüllt zu werden, Aufnahmegeräte, die benutzt werden sollten, und ein Computer, der in der Lage war, eine Simulation laufen zu lassen, falls es nötig sein sollte.

Wenn Denise ihr Versprechen halten könnte, wäre es Mynx egal, wie groß ihre Tasche wäre.

»Dr. Jones, willkommen«, sagte Mynx. »Ich hoffe, die Kapsel hat Ihnen eine angenehme Fahrt beschert?«

»Das hat sie«, sagte Denise und folgte Mynx' einladender Geste, an der Gastgeberin vorbei in die Fabrik zu gehen. »Danke, dass Sie eine geschickt haben.«

Mynx beobachtete, wie Denise dieselben Schritte durchlief, die jeder neue Fabrik-Besucher erlebte. Zuerst kam das Staunen darüber, an einem Ort zu sein, der in unzähligen Videos, Büchern und Geschichten erwähnt wurde. Dann folgte das Suchen, das Einordnen der Fabrik in die eigene Perspektive, die Entscheidung, ob man laut über ihre Größe und Brillanz ausrufen oder die Emotionen in sich behalten und in einem vergeblichen Versuch der Kontrolle unterdrücken sollte.

Denise entschied sich für Letzteres und wandte sich von ihrem ersten Blick zu Mynx mit einem geraden Lächeln. »Es ist ein wunderschöner Ort.«

»Es ist ein funktionaler Ort, der zufällig schön ist«, erwiderte Mynx. »Kommen Sie rein, ich nehme an, wir haben beide noch andere Orte, an denen wir sein müssen.«

Die Eingangshalle der Fabrik führte zu einem kreisförmigen Foyer, das potenzielle Ziele bot. Mynx ertappte Denise dabei, wie sie auf den verschlossenen Eingang zum Labor der Fabrik starrte, wo Mynx mit der Gladiatorendrohne gespielt hatte. Für eine Wissenschaftlerin war das nicht überraschend; immer auf der Jagd nach Wissen, nach Geheimnissen.

»Vielleicht später«, sagte Mynx und führte Denise zum ersten Abschnitt, ihrem Zuhause. »Das Labor ist nicht so aufregend, wie du vielleicht denkst.«

»Das bezweifle ich.«

Denise widersetzte sich Mynx nicht bei der Kursänderung, und gemeinsam gingen die beiden in Mynx' Felsendomizil und fanden Platz an einem Glastisch auf einer weißhölzernen Terrasse, die wie eine Speerspitze aus dem Berg ragte. Drohnen brachten Kaffee, Tee und Mynx' verspätetes Frühstück.

»Möchtest du etwas?«, fragte Mynx und nickte auf den Teller mit seinem Spinat-gefüllten Omelett. Zwei Streifen vitaminreichem, synthetischem Speck und Melonenstücke vervollständigten das Ensemble. »Es wird alles hier hergestellt.«

Denise beäugte das Essen, lehnte dann ab: »Nur Kaffee. Schwarz.«

»Magst du keine Synthetika?«

»Ich habe keinen Hunger.« Denise zog ihre Tasche hoch und stellte sie auf den Tisch, während Mynx sich ans Essen machte.

Denise beobachtete, wie Mynx die ersten Bissen nahm, was Mynx vielleicht als störend empfunden hätte, wenn sie nicht so viel ihres Lebens unter schärfsten Linsen verbracht hätte. Die Leute wollten immer wissen, was die Championin vorhatte, gruben immer nach den kleinsten Details ihres Lebens. Sie hatte die Fabrik in einen Berg gebaut, um sie vor eben diesen Augen zu verbergen.

Das Essen war, wie versprochen, köstlich. Mynx würde sich ihr Frühstück nicht von ein wenig Starren verderben lassen.

»Ich habe dich aus einem bestimmten Grund hergebeten«, sagte Mynx zwischen den Bissen. »Ich denke, du weißt warum.«

Denise nahm den ersten Schluck des heißen Kaffees,

schüttelte den Kopf. »Das tue ich, aber dir wird meine Antwort nicht gefallen.« Als Mynx nur mit einem weiteren Omelett-Bissen antwortete, fuhr Denise fort. »Die Forschung macht keine Fortschritte. Wir stecken fest.«

»Aber ihr seid doch so weit gekommen?«

»Die Veränderungen halten nicht an«, Denise griff in ihre Tasche, zog, wie Mynx vermutet hatte, ein Notizbuch heraus. »Wir können nicht alle Übersetzungsfehler auslöschen, und dann fallen die Zellen in ihren alten Zustand zurück. Wir bekommen ein paar Tage. Eine Woche. Dann bist du wieder dein altes Ich.«

Mynx verbarg ihre Enttäuschung mit der geübten Leichtigkeit einer Person, die so viele Hindernisse überwunden hatte, dass deren Anwesenheit sie nicht mehr aus der Fassung brachte. Dass Dr. Denise Jones, führende Altersexpertin, in eine Sackgasse geraten war, war zu erwarten. Es beantwortete eine von Mynx' eigenen Fragen.

»Deshalb hast du zugestimmt zu kommen«, sagte Mynx. »Du denkst, ich kann helfen.«

»Ich weiß, dass du es kannst.«

»Wie?«

Denise lehnte sich zu Mynx, eine Hand um ihren Kaffee und die andere beim Aufschlagen des Notizbuches auf einer leeren Seite, die Finger um einen Stift gewickelt, der in die Spiralbindung des Notizbuches gesteckt worden war.

»Deine Datenbank. Die, die die Tracker benutzen.« Denise sprach, als suche sie nach Bestätigung. »Ich weiß, was du dort speicherst.«

»Ich habe die Links zu ihren Standorten. Wer jede Anomalie aufgespürt hat.« Mynx nahm einen Speckstreifen, steckte ihn in den Mund und wischte sich dann die Hände an einer weißen Stoffserviette ab. »Ich sehe nicht, wie dir das helfen soll.«

»Das ist nicht alles, was du hast.«

Mynx starrte in Denises Feuer. Es war lange her, seit sie

die Art von Energie gesehen und gehört hatte, die Denise in ihre Haltung und ihre Worte legte. Scharf, entschlossen, und Mynx würde wetten, bereit, über das Angemessene hinauszugehen, um zu bekommen, was sie wollte.

»Wer hat es dir gesagt?« Es würde eine begrenzte Liste geben, und Mynx würde jeden Einzelnen aufspüren, um herauszufinden, wer ihr Vertrauen gebrochen hatte.

»Dass du DNA-Proben aufbewahrst?«, sagte Denise und erlaubte sich ein selbstgefälliges Lächeln, während sie sich zurücklehnte, nun da sie ihr Ziel erreicht hatte. »Das hast du gerade selbst getan.«

Ah. Denise dachte, sie wäre clever und würde jemanden schützen, aber so funktionierte das nicht. Jemand musste die Wissenschaftlerin eingeweiht haben, aber das war ein Rätsel, das später zu lösen war. Der Faden vor Mynx musste zuerst gezogen werden.

»Du glaubst, Anomalie-DNA wird dir irgendwie helfen?«

»Anomalie-Proben sind selten«, sagte Denise. »Sie sind auch das Einzige, von dem ich weiß, dass es kontrollierte, dauerhafte Veränderungen in der DNA einer Person der Art bewirkt, die wir brauchen. Wenn du das Altern beenden willst, Mynx, gib mir Zugang zu deinen Aufzeichnungen. Lass mich lernen, wie Anomalien funktionieren und meine Techniken auf ihre Zellen anwenden, und wir werden eine Lösung finden. Ich schwöre.«

Die Proben, die von Paragons genommen und zur Aufbewahrung an Mynx geschickt wurden, existierten, um Anomalien zu identifizieren und um zu versuchen, gemeinsame Verbindungen zwischen Fähigkeiten zu finden. Um zu verstehen, wie sie funktionierten. Reeves machte, tat die Analyse, während Mynx an der Wissenschaft arbeitete, die sie bevorzugte – den Drohnen. Alles davon an Denise zu übergeben, wäre ... gefährlich. Die Paragons hatten bereits mit möchtegern Bösewichten zu tun gehabt, deren Pläne sich darum drehten, Anomaliezellen zu verdrehen. Mynx hatte keine Lust, einen weiteren zu erschaffen.

»Wie wäre es, wenn wir dieses Gespräch in deinem eigenen Labor fortsetzen«, sagte Mynx. »Lass mich deine Methoden sehen, was du tust, und wenn ich überzeugt bin, dass der Zugang zu meinen Aufzeichnungen helfen würde, werden wir sehen.«

»Mynx.« Denise benutzte zum ersten Mal ihren Namen, und sie sagte ihn flach, wie einen Befehl. »Du bist diejenige, die um dieses Treffen gebeten hat. Wenn du willst, dass meine Forschung, meine Lösungen weitergehen, dann hilf mir. Verschwende nicht meine Zeit.«

So viel zur bescheidenen Forscherin.

»Das werde ich nicht.« Mynx schob sich vom Tisch zurück, und Denise glich sich ihrem Aufstehen an. Gemeinsam gingen sie zurück zur Vordertür der Fabrik, wobei Denise wieder für einen langen Moment am Eingang des Labors anhielt. »Schick mir eine Zeit, und ich werde da sein. Beweise, dass das legitim ist, und ich werde dir helfen.«

»Das werde ich«, sagte Denise. »Wir können alles verändern, Mynx. Alles.«

Als die Wissenschaftlerin gegangen war, ging Mynx zurück zum Tisch. Die Drohnen hatten das Frühstück weggeräumt, aber frischer schwarzer Tee stand dampfend für sie bereit. Mynx nippte daran, während sie die Wellen beobachtete.

»Was denkst du?«, fragte sie.

»Ihre Messwerte waren völlig durcheinander«, antwortete Reeves, seine Stimme kam aus Lautsprechern, die unter dem Tisch eingebettet waren. »Ich glaube aber, sie ist aufrichtig.«

»Sie ist ehrgeizig«, sagte Mynx.

»Sie ist leidenschaftlich. Wie du.«

»Sie könnte gefährlich sein.«

»Auch wie du.«

Mynx wünschte sich einen Ort, um ihren schiefen Blick

hinzuwerfen, aber da Reeves ein Computer war, konnte sie nur seufzen. »Du arbeitest für mich, erinnerst du dich? Setz eine Drohne auf sie an, unauffällig. Ich will mehr darüber wissen, mit wem ich es zu tun habe.«

»Natürlich«, sagte Reeves. »Ich sollte auch erwähnen, dass wir einen Anruf erhielten, während du bei Dr. Jones warst. Von Celice.«

»Reeves, wir müssen an deinen Prioritäten arbeiten. Wenn Aegis oder Celice hier anrufen, unterbrichst du mich. Egal, was ich gerade tue.«

»Tut mir leid. Ich habe meine Algorithmen angepasst.«

»Gut. Spiel die Nachricht ab.«

Celices Stimme, angespannt und müde, kam durch die Lautsprecher.

Mynx, es tut mir leid, dich so anzurufen, aber es geht um meinen Vater. Er wurde letzte Nacht verletzt, als er wieder den Helden spielte. Es ist schlimmer als die anderen Male. Ich glaube, er denkt, er kann das immer noch tun, dass er immer noch eine Kugel einstecken und weitermachen kann. Aber das kann er nicht. Nicht mehr. Ich brauche deine Hilfe, um ihn dazu zu bringen, aufzuhören, sonst fürchte ich, dass er eines Tages nicht nach Hause kommen wird.

Mynx trank den Tee aus. Ließ Reeves die Nachricht noch einmal abspielen. Celice klang wirklich besorgt, und es war eine Weile her, seit Mynx Aegis gesehen hatte. Mit der festsitzenden Gladiatorendrohne und Reeves, der die Untersuchung von Denise Jones übernahm, wäre eine kurze Reise vielleicht keine schlechte Sache.

»Reeves, mach den Jet bereit. Ich werde unserem Champion-Freund einen Besuch abstatten.«

KAPITEL 9

PROBLEME ZU HAUSE

ATLANTIS MELDETE SICH. Die Paragons, die im Golf, in Neuengland, im Mittleren Westen und in den Appalachen stationiert waren, erschienen auf den Bildschirmen, während die Nachmittagssonne die Skyline von New York in kaltes Feuer tauchte. Ein wöchentliches Treffen, nicht sein Ruhestandsgespräch, obwohl Aegis geplant hatte, die Ankündigung gegen Ende fallen zu lassen.

Wie üblich wurden seine Pläne jedoch durchkreuzt.

»Es gibt da ein Problem, Mann, das wir immer wieder haben«, platzte Cornelius, der Anführer der Appalachen, heraus, nachdem eine Diskussion über neue Uniformen auf die übliche Weise im Sande verlaufen war – niemand konnte sich auf Farbe, Logo oder sonst was einigen. »Und es wird immer schlimmer.«

»Wenn das wieder von den Kakerlaken handelt, will ich nichts davon hören«, sagte Pixie aus Neuengland. »Ich habe schon genug Albträume ohne deine Rieseninsekten.«

»Ich rede nicht von den Insekten. Ich rede von den Elementals.«

Aegis zuckte bei dem Namen zusammen. Alle paar Jahre tauchten die Elementals wieder auf-

»Moment, ihr seht sie auch?«, meldete sich Innis zu Wort, der bullige Hauptmann aus dem Mittleren Westen, der aus Chicago stammte. »Erst letzte Woche haben sie einer Anomalie geholfen, aus meiner Stadt zu verschwinden, nachdem er einen ganzen Block zerlegt hatte, weil er zu viele Runden getrunken hatte.«

»Habt ihr ihn geschnappt?«, fragte Aegis.

»Nein, wir haben ihn nicht geschnappt. Die Elementals haben ihn über die Grenze geschmuggelt. Jetzt ist er Mynx' Problem.«

Aegis schüttelte den Kopf. »Nein, er ist unser aller Problem. Stellt sicher, dass ein Kopfgeld auf dem Tracker-Board ausgeschrieben wird. Wir haben zwar Regionen, aber wir sind alle Paragons. Eine Bedrohung für einen ist-«

»Eine Bedrohung für alle«, beendete Cornelius den Satz. »Wir wissen das, Aegis, wir wissen das. Ich denke, die Elementals *sind* eine Bedrohung. Sie versuchen zwar nicht, uns zu töten, aber sie helfen Anomalien, sich zu verstecken. Sie stehen uns im Weg. Mir ist sogar ein Paragon abgesprungen und hat sich ihnen angeschlossen.«

»Botschaften der Hoffnung sprechen jeden an«, sagte Aegis und behielt eine gerade Miene bei. Ruhige Augen. Sieh den Kommandeur, spüre das Kommando. »Cornelius hat einen guten Punkt. Sprecht mit euren Paragons. Haltet Anrufe wie diesen hier ab und stellt sicher, dass jeder unsere Ziele versteht. Sie sollten wissen, dass wir sie unterstützen, dass wir sie schätzen.«

»Das ist ja schön und gut, aber was ist mit den Elementals?«, fragte Innis, und Aegis fragte sich, ob er ihnen zu viel Redefreiheit eingeräumt hatte. All dieses Dampfablassen schürte nur Frustration, es führte nicht zu Lösungen. »Du wolltest, dass wir uns von ihnen fernhalten, und jetzt nutzen sie das aus. Ich denke, eine ordentliche Tracht Prügel würde ihnen beibringen, dass sie hier nicht willkommen sind.«

»Ja. Anomalien, die auf den Straßen kämpfen. Das wird

den Menschen sicher Vertrauen in unsere Führung geben.« Aegis winkte mit den Händen in Richtung der Bildschirme. »Ich werde darüber nachdenken. Lass es euch wissen, was ich entscheide. Für jetzt sind wir fertig.«

Die Paragons begannen sich auszuschalten, aber als die Töne der beendeten Anrufe aufhörten zu piepen, starrten ihn noch zwei Gesichter an. Innis, mit seiner stoppelbärtigen, rotgesichtigen Visage, und Pixie, die einen ihrer Söhne aufgehoben hatte und das Baby auf dem Bildschirm wiegte.

»Was?«, fragte Aegis, als keiner von beiden die Chance ergriff, als Erster zu sprechen.

Innis sah Pixie an, die Innis ansah, und dann seufzte die Frau. »Na gut, ich fang an. Aegis, wie Innis schon sagte, die Elementals werden stärker, und sie verursachen Probleme in Boston. Ich habe ein Treffen mit ihrer örtlichen Anführerin vereinbart, aber sie sagte mir, sie würden mit niemandem außer dir sprechen.«

»Warum?«

»Keine Ahnung. Aber da wir nicht so weit weg sind, dachte ich, du könntest vielleicht die Reise machen?«

Nach Boston fahren? Es war nah, und aus diesem Turm rauszukommen und weg von Celices ständiger Beobachtung könnte Aegis guttun. Seine Schulter schmerzte, aber die Medikamente und Salben hielten den Schmerz in Schach. Außerdem gehörte das zur Führung der Paragons dazu – er konnte seinem Team schlecht sagen, dass sie selbst führen sollten, wenn er es nicht auch tat.

»Schick mir die Details. Ich werde es möglich machen.«

»Danke, Aegis. Ich meine es ernst.« Pixie lächelte, dann fing das Baby an zu weinen und mit einem Augenrollen unterbrach sie die Verbindung.

Das ließ Innis übrig, der beim Anblick eines Kindes etwas überrascht wirkte. Aegis war sich nicht sicher, aber Innis musste sich den Vierzigern nähern. Nicht, dass der Paragon Aegis jemals wie ein Familienmensch vorgekommen wäre.

»Noch nie ein Kind gehabt?«, fragte Aegis ihn.

»Nie eins gewollt«, antwortete Innis und schüttelte die geweiteten Augen ab, bevor er Aegis wieder mit grimmigem Gesicht ansah. »Kein Platz für sie bei dem, was wir tun. Pixie ist eine mutige Frau.«

»Das ist sie.« Aegis nickte dem Mann zu. »Was brauchst du, Paragon?«

Die formelle Anrede war absichtlich: Aegis hatte noch einiges zu tun, und der Anruf hatte bereits Stunden gedauert. Leeres Geplauder konnte warten.

»Ärger«, antwortete Innis. »Mit den Elementals komme ich so gut zurecht, wie ich kann. Aber da ist noch etwas anderes im Gange. Ich glaube, da bahnt sich was an.«

»Das ist alles? Ein Gefühl?«

Innis wurde rot. »Nein, nein. Ich meine, ich kenne die Details nicht, und ich habe meine Leute dran. Ich wollte dir nur Bescheid geben, dass es gut wäre, wenn du in meine Richtung kommen könntest, wenn du bei Pixie fertig bist. Wenn das so groß wird, wie ich denke ... deine Anwesenheit könnte vielleicht verhindern, dass die Dinge außer Kontrolle geraten.«

»Du bist kryptisch, Innis. Was ist los?«

»Ach, weißt du, vielleicht bin ich damit zu früh dran. Lass mich weiter nachforschen.« Innis stotterte sich durch seine Worte, ungewöhnlich für einen Kämpfer, der mit jedem Satz Prahlerei ausstrahlte. »Ich lasse dich wissen, was ich herausfinde.«

Der Anruf wurde beendet und Aegis starrte auf den Monitor. Seltsam. Nicht Innis' Art, so zu sein.

Aegis hätte vielleicht länger darüber nachgedacht, aber seine Schulter begann wieder zu schmerzen. Zeit für die nächste Medikamentenrunde. Als er nach den Pillen griff, wurde Aegis klar, dass er den Ruhestand nicht erwähnt hatte. Oder den größeren Paragon-Gipfel, den er mit den anderen

Champions plante, den acht Gefährten, die die Gesamtleitung der gesamten Paragon-Organisation bildeten.

»Scheint, als würde ich dann noch ein bisschen länger arbeiten«, murmelte Aegis vor sich hin, nicht allzu traurig darüber.

KAPITEL 10
ANGEBOTE AUS EINEM FRÜHEREN LEBEN

KAT NAHM den Zug zu Gordons Treffen. Schneller, leiser und günstiger als ein Pod-Auto hatte der Zug noch einen weiteren Vorteil: die Chance, eine ahnungslose Anomalie zu finden und zu tracken. Nur weil Mynx' Drohnen sie nicht gefunden und auf die Tracker-Tafel gesetzt hatten, bedeutete das gar nichts. Manche Anomalien wussten nicht einmal, dass sie irgendwelche Fähigkeiten hatten, bis ein Tracker mit einem scharfen Blick etwas Seltsames bemerkte, wie einen Teenager, der seinen Freunden einen »Trick« vorführte.

Alle waren sie gefährlich, alle Anomalien mussten getrackt werden, und Kat würde nicht Nein zu ein paar mehr Reps auf ihrem Konto sagen.

Lässig auszugehen bedeutete, ihren Anzug zurückzulassen. Kat wagte sich in den kühlen Stadtwind und seinen ständigen Geruch nach raffiniertem *Irgendwas* in einer dicken Jacke, einer gefütterten Jeans, die die kinetische Energie ihrer Bewegungen in zusätzliche Wärme umwandelte, und einem kompletten Set aus Handschuhen und Baseballkappe.

Die Kappe ließ sie jedes Mal seufzen, wenn sie sie aufsetzte – ihr leuchtend rotes Feuer mit einem geschwungenen C-Logo tat nichts, um das niedrige Profil zu bewahren, nach dem Kat sich sehnte. Die Tracker hatten jedoch einen Vertrag mit der Firma, die die Tracer-Ausrüstung herstellte, und dieser Vertrag zahlte Bonus-Reps aus, wenn jemand ein Bild von einem Tracker mit ihrer Kappe machte und irgendwo postete. CytoGenX war eine Last, aber diese kleinen Kickbacks ließen sie von Wein aus dem Karton auf Flaschenwein umsteigen, also beschwerte sich Kat nicht allzu sehr. Schadete es ihrer subtilen Suche nach Anomalien unterwegs? Ja, aber ein sicherer Rep auf dem Konto war zwei in ihren Träumen wert.

In ihrer schneesturmtauglichen Kleidung, mit ein paar verirrten Strähnen, die vom Wind erfasst wurden und ihr um das Gesicht peitschten, marschierte Kat mit jenen anderen Seelen, die sich in der Innenstadt oder zumindest irgendwo in dieser Richtung einfinden mussten. Wenn Kat tagsüber die Tamas und ihre ständige Präsenz ignorieren konnte, war eine solche Ahnungslosigkeit in der Dämmerung nicht möglich. Die meisten, die entlangliefen, hatten ihre Augen im Heiligenschein der projizierten Person, mit der sie sprachen, dem Spiel, das sie spielten, oder dem Video, das sie sahen, gebadet. Die Tamas wussten, wohin ihre Besitzer gingen, und halfen mit subtilen Lichthinweisen, die Fußgänger in die richtige Richtung zu lenken.

Was Kat am meisten nervte, war, dass sie dasselbe tun würde, wenn sie jemanden zum Anrufen gehabt hätte. Stattdessen wünschte sich Kat, sie wäre im Bett geblieben oder hätte sich einen Film von ihrer Couch aus angesehen, anstatt ihr schmerzendes, müdes Selbst zu Gordons Treffen zu schleppen. Das Schwelgen im Selbstmitleid ließ die Zeit vergehen, während sie zum Zug ging. Die zwitschernden Warnungen der Pods auf der Straße neben ihr, das gelegentliche Aufstoßen der Kanalisation aus einem nahen Gully und das belanglose Geplapper um sie herum schienen mit der tristen Plackerei des Spaziergangs zu sympathisieren.

Die L-Bahn stand auf dem stählernen Fundament, das vor fast zwei Jahrhunderten gelegt worden war, aber die Züge berührten die Schienen nicht mehr. Kat musste immer noch Treppen steigen, sowohl ein Hinweis auf die Prioritäten von Paragon als auch, in ihrer Frustration über die kalten Metallstufen, ein peinliches Maß an Anspruchsdenken. Sie hätte schließlich den Aufzug für diejenigen nehmen können, die nicht laufen konnten, und niemand um sie herum hätte sich darum gekümmert. Aber nein, sie zog sich hoch und grummelte die ganze Zeit in Gedanken.

Gordon. Dieser elende Mistkerl.

Kat wischte ihren Tama durch die Schnellschalter – wenn man keines dieser allgegenwärtigen Dinger hatte, würde eine gedrungene Box deine Reps nehmen und, ohne diese, deinem Flehen mit null Interesse zuhören – und schritt hinaus auf einen Bahnsteig, der in den Gerüchen von Fritteuse getränkt war, die den Feierabendverkehr mit voller, kochender Geschwindigkeit beendeten.

Wenn Gordon Kat dazu brachte, so weit zu gehen, dann sollte der Ort besser Essen haben, und er würde zahlen.

Der Zug kam flüsterleise, Magnete drückten und stoppten die Waggons mit scheinbar göttlicher Kraft. Die Bahnsteigkanten leuchteten in hartem, neonrotem Licht, wann immer die Züge sich näherten, während eine beruhigende Stimme in mehreren Sprachen eine Warnung abspielte, zurückzutreten. Die Menge um Kat herum hatte sich auf dem Bahnsteig verteilt, so dass sie nicht mehr so sehr zerquetscht als vielmehr eingeschlossen war. War egal: Lebe lang genug in der Stadt und du gewöhnst dich daran, dass überall Menschen sind.

Zwei Haltestellen später sprang Kat in eine Nachbarschaft, die für eine jüngere, hippere, reichere Kaste umgestaltet worden war. Nicht dass Kat alt war, aber es gibt eine bestimmte Art von Jugend, die mit einem unbegrenzten Vorrat an Reps und der Zeit, sie auszugeben, einhergeht. Hier, auch unter den Normalen, bemerkte Kat die ersten Anomalien. Einige paradierten in verschiedenen Paragon-Uniformen herum, ihre Blautöne verschafften ihnen Platz, während sie in Gruppen gingen, lachend und plaudernd durch den leichten Schnee, der während der Fahrt hierher eingesetzt hatte.

Andere Anomalien, die Kats Kontakte auf einen Blick berührten und identifizierten, wobei Namen und Fähigkeiten über ihren Augen schwebten, hielten sich für sich oder versuchten, sich unter die Normalen zu mischen. Nur Tracker hatten Ausrüstung, die eine Anomalie auf Sicht markieren konnte, also war es nicht so, als ob all die zufälligen Familien und Vergnügungssuchenden, die mit ihr vom Bahnsteig stiegen, wüssten, in wessen Nähe sie sich befanden. Eine gute Sache, denn Tracker und Anomalien machten Normale tendenziell nervös.

Und nervöse Menschen machten Kat nervös.

Der Bratspieß sah von außen wie eine verschwitzte, gedrungene Kaschemme aus, die in hartem Gegensatz zu den gehobenen Apartments darüber, den Boutiquen daneben und den sich zusammendrängenden Menschen mit hohen Reps stand, die vorne in Pods einstiegen. Ein Neonschwein, komplett mit eigenem Spieß, besetzte einen Streifen der stahl-silbernen Wand an der Vorderseite und endete mit seinen Apfelaugen, die direkt auf die doppellange Tür starrten.

Kat schaffte es bis zum Gebäude, bevor sie zur Seite trat, sich gegen die harte Wand lehnte und tief durchatmete. Warf die letzten Reste ihrer Erschöpfung ab. Egal, was drinnen passieren würde, sie war jetzt an einem anderen Ort als bei ihrem ersten Treffen mit Gordon. Kat war zum einen kein neuer Tracker mehr. Sie war die Ranglisten hochgeklettert, hatte jede Menge Reps und brauchte seine Hilfe nicht.

Vielleicht hätte sie doch den Anzug anziehen sollen. Das allein würde schon reichen, würde ihm zeigen, dass sie kein Pushover war.

»Du bist jetzt hier. Tu es«, murmelte Kat die Worte.

Etwas, das ihr Vater ihr beigebracht hatte - sage, was du vorhast, und du wirst es schaffen. Niemand hörte Kat über den Geräuschen einer Stadt in Bewegung - nicht dass Kat das überprüfte - und sie öffnete die schwere Glastür von *The Spit Roast* und ging hinein.

Eine große, beleuchtete Barbecue-Sauce-Flasche begrüßte sie, deren ewig tropfendes Orange herunterglitt und herausfloss, um eine steile Treppe zu beleuchten. Der rote Dunst aus dieser Richtung, gepaart mit der starken Welle von geräuchertem Allem, vermittelte den Eindruck, dass Kat im Begriff war, in Satans eigene Kochgrube zu gehen. Offenbar hatten Gesetze gegen Tierfleisch diesem Ort keinen Dämpfer versetzt, und Kat sah beim Hinabsteigen, warum.

The Spit Roast hatte beschlossen, die Kunst des Grillens und der Räucherhaus-Tradition ins Labor zu erweitern, und kleine Fenster, eingerahmt von den fallenden Sauce-Lichtern, gaben Hinweise, als Kat die Stufen nahm. Durch die Luken sah man in riesigen Clustern wachsende Proteine, die formlose Klumpen bildeten, die genug Muskel, Fett und deren zarte Kombination für ein Steak, Kotelett und mit etwas Hilfe von geformten Kunststoffen eine unendliche Menge Rippchen ergeben würden.

Die Veränderungen waren Mainstream geworden, als Kat alt genug war, um zu wissen, was sie aß, aber ihre Eltern hatten viel von den älteren, barbarischen Tagen erzählt. Sie klangen fast wehmütig darüber, obwohl Kat sich nicht vorstellen konnte, dass einer von ihnen eine Rückkehr zu all dem Gemetzel wollte. Wie bei den meisten Dingen mit ihren Eltern blieb dieser Wunsch jedoch unerfüllt, unerklärt.

Höhlenartig, dunkel und honigglasiert. Kat traf auf eine Wand von Menschen, die auf Tische warteten, nach denen suchten, die Tische gefunden hatten, oder sich mit einem muskelbepackten Ansturm auf die Bar abfanden, im Stehen auszuharren. Ohne ihren Anzug und mit Schuhen, die eher zum Laufen als für eine Cocktailparty geeignet waren, beschloss Kat, nicht hinter mantelbedeckten Schultern zu warten, und griff auf eine altbewährte Taktik zurück, um sich durchzukämpfen: frei fliegende Ellbogen gepaart mit leichten Füßen brachten Kat weiter durch das Gedränge, verwirrte Grunzlaute in ihrem Kielwasser.

Da war er. Gordon Holyoak. Bereits ein Pint in einer Hand und den Mund weit geöffnet, hielt er vor dem, was wie drei andere Tracker an einem großen Ziegeltisch aussah, Hof. Gordons schwarzes Haar stand, wie er selbst, in alle Richtungen ab und verband sich mit den Markierungsstoppeln und den geringelten Augen eines schlaflosen Gespenstes. Als wolle er seine Position außerhalb der Realität betonen, trug Gordon eine schwere taktische Jacke in diesem schwülen Ort, deren Taschen, die die schlanke graue Oberfläche bedeckten, wie Becher wirkten, um den von Gordons Gesicht tropfenden Schweiß aufzufangen.

»Eine Reinigung«, erklärte er Kat zehn Minuten später, als sie sich endlich mit einem doppelten Whiskey in der Hand an den Tisch setzte. »Klar, es ist elend, während ich hier sitze und mich selbst aus meinen Poren laufen lasse, aber morgen bin ich für alles bereit.«

Die anderen drei Tracker betrachteten Kat als die freundliche Rivalin, die sie war. Kat hatte sie schon früher gesehen: Chicago-Stammgäste. Tracker markierten nicht genau ihr Revier, aber sie hatten eine Hackordnung für Jagden, und Kat stand an der Spitze der lokalen. Wenn sie ihren Namen auf eine Anfrage setzte, wussten diese drei genug, um sich davon fernzuhalten. Wenn sie es nicht taten, wurden alle Übertretungen zwischen den beiden Trackern geregelt, wie auch immer sie es wählten.

Kat bevorzugte es direkt, klar und ohne Kompromisse.

»Kennt ihr Kat?«, sagte Gordon über die Stille hinweg. »Ihr solltet. Sie hat diese eure Stadt im Griff.«

»Wir kennen sie.« Desi, eine Transplantation von der Westküste, die nach den Sternen greifen wollte, bevor sie es verdiente, sagte es. Desi stützte sich auf ihre Ellbogen, ihre Arme waren nicht mit Stoff, sondern mit einem Nest aus Perlen, Geflechten und Amuletten bekleidet. »Sie hat dafür gesorgt.«

Kat schenkte Desi ein süßes Lächeln und wandte sich dann Gordon zu. »Spuck's aus. Ich bin müde und ich habe Hunger.«

»Klingt nach deinem Problem«, sagte Desi.

»Habe ich mit dir geredet?«

»Hey«, Gordon, der sich in seinem Stuhl zurücklehnte, ließ seine kühlen Augen zwischen Kat und Desi wandern, als ob die höchste Coolness seines Wesens ausreichte, um jeden Streit zu beenden. »Wir sind alle auf derselben Seite.«

»Sind wir nicht«, sagte Kat. »Ich weiß, du sagst das gerne, aber wir arbeiten hier für unser Leben. Wenn Desi eine Anomalie übernimmt, sind das Reps, die ich nicht bekomme. Sie ist meine Konkurrenz.«

Desi stimmte ausnahmsweise zu, und die anderen beiden Tracker nickten zustimmend. »Es sei denn, du bietest das als Teamjob an?«

»Na gut.« Gordon nahm einen langen Schluck aus seinem bernsteinfarbenen Gebräu. Das Getränk tat nichts, um den dicken Schweißfilm zu beseitigen, der sein Gesicht bedeckte. »Ich werde offen sein: Dies ist keine Teamangelegenheit. Das Ziel ist nur eine einzelne Anomalie, und wir glauben nicht, dass er gefährlich genug für eine koordinierte Aktion ist.«

»Du meinst, du bist zu geizig, um dafür zu bezahlen.« Kat kostete ihr eigenes flüssiges Feuer, genoss den Karamellbrand.

Sie fing es auf. Das typische Gordon-Knacken. Der Mann war Blitz, Flimflam und Pizazz, aber unter allem brodelte ein weicher Kern, der nach Anerkennung suchte. Der hören wollte, dass er Gutes tat. Die Fehler in den Konstrukten aufzudecken, die Gordon aus seinem Leben machte, war ein köstlicher Spaß. Kat würde sich später dafür hassen - das tat sie immer - aber jetzt verbarg sie ihre eigene Befriedigung hinter einem weiteren Drink, als Gordons Zucken zu einem Stirnrunzeln und einem abgehackten Seufzer führte.

»Wir müssen die Dinge fair halten.« Gordon wechselte die Strategie, appellierte nun an einen höheren Zweck und griff nach diesem Charisma. »Denk nach. Wenn Mynx für alles Reps an jeden Tracker verteilen würde, würde niemand etwas anderes tun. Tracker zu sein, soll schwer sein. Man muss gut sein, man muss es sich *verdienen*.« Gordon machte eine Pause, holte tief Luft und ließ das Gefühl wirken. »Als wir hörten, dass die Anomalie möglicherweise hierher unterwegs war, beschloss ich, persönlich zu kommen, weil ich wusste, ich wusste, Chicago hatte die Tracker, um diese zu bewältigen. Ansonsten hätten wir warten können, die Anomalie in eine andere Stadt gleiten lassen. Stattdessen will ich sie mit einem von euch hier stoppen.«

Gordon sprach, als wäre diese Anomalie eine wandelnde Verwüstung, aber wenn die Dinge so apokalyptisch wären, hätten die Paragons selbst die Kontrolle übernommen. Die Tracker existierten nur, weil die Paragons nicht genug Leute oder den Wunsch hatten, all die kleineren Anomalien zu jagen, die ihre Gesetze nicht befolgen wollten. Also setzte Kat ihr skeptisches Gesicht auf und wartete. Gordon hatte die Aufmerksamkeit jetzt wieder auf sich gelenkt, und er würde sie noch nicht loslassen.

»Also«, fing Gordon wieder an, »diese Anomalie hat niemanden getötet, zumindest soweit wir wissen. Aber es gab einige Vorfälle. Ein Restaurant in Denver, wo der Tellerwäscher bemerkte, dass ihr schnellster Koch die Physik austrickste und in kürzerer Zeit gekochte Mahlzeiten herausbrachte, als ich brauchte, um diese Geschichte zu erzählen. Zwei Wochen später taucht unser Typ wieder in Kansas auf, diesmal vollbringt er Wunder in einer Reinigung. Dinge gehen ruiniert hinein, kommen in Rekordzeit perfekt zurück.«

»Scheint, als wäre diese Anomalie ein echtes Monster«, spottete Desi.

»Es geht nicht darum, was er getan hat. Und wir sollten dankbar sein, dass er sich an die kleinen Dinge gehalten hat. Es geht darum, wozu er fähig ist, Desi. Wir kennen das Ausmaß nicht, und Mynx will nicht, dass wir ihn erschrecken und zu etwas Drastischem treiben.«

»Aber du wirst ihn trotzdem provozieren.«

»Wir können eine solche Kraft nicht unbeobachtet lassen«, erwiderte Gordon, und auch hier verlor er seine Fassung, nicht aus Verlegenheit, sondern aus Inbrunst. Überzeugung. »Es ist unser Job, sicherzustellen, dass Anomalien wie er Unterstützung haben, trainiert werden und, falls etwas schiefgeht, schnell gefunden werden können.«

Die geschmeidigen Lächeln, die freundlichen Worte zogen die Menschen in Gordons Umlaufbahn, und sobald sie nah genug waren, um es zu sehen, zog sie seine Leidenschaft vollends hinein. Der Mann glaubte an die Paragons, an das Gute, das sie seiner Meinung nach in der Welt bewirkten. Kats ätzender Zynismus war vorher zu viel dafür gewesen. Heute, jetzt, ertränkte sie ihn in einem langen Schluck Wasser, den ein gesegneter Kellner abgestellt hatte. Mit seinen niedrigen Decken und dem dichten Gewirr aus Tischen und Trinkern hatte *The Spit Roast* keinen Platz für Serviceroboter.

»Also ist es eine Such- und Findaktion«, sagte Kat. »Wir spüren die Anomalie auf, geben euch Bescheid, und dann schnappen wir ihn gemeinsam?«

»Ja.« Gordon hob sein Handgelenk und zeigte das schwarze Tama daran. »Ich habe bereits alles, was wir haben, geschickt. Der Auftrag beginnt jetzt.«

Wie ein Startschuss ließen Gordons Worte die anderen drei Tracker von ihren Sitzen aufspringen und zum Ausgang eilen. Kat blieb sitzen und erntete einen langen, neugierigen Blick von Desi, als diese sich durch das Restaurant in Richtung der steilen Treppe bewegte. Zweifellos fragte sie sich, warum Kat nicht wie die anderen losrannte.

Gordon teilte diese Frage nicht. Er blickte auf Kats fast leeres Glas, trank sein Bier aus und fragte: »Noch eine Runde?«

»Ich bin nicht den ganzen Weg hierher gekommen, um nur ein Getränk zu nehmen.«

Gordon lachte. Er winkte dem Kellner und bestellte. Betrachtete sein durchnässtes Selbst. »Das ist das Dümmste überhaupt.«

»Ich weiß. Hätte es dir gesagt, wenn du mich gefragt hättest.«

»Ich falle auf jeden Trend rein, Kat.«

»Weil du an alles glauben willst.« Kat leerte ihre erste Runde. »Du kapierst nicht, dass die Dinge nicht funktionieren.«

Gordon starrte auf den Tisch, dann zu ihr. »Doch, das kapiere ich. Ich entscheide mich nur dafür, zu hoffen, dass sie es tun werden.« Er machte eine Pause. »Geht's dir gut?«

»Müde.«

Die neue Runde kam.

»Lange Nacht?«

Kat lachte, eine glücklich-traurige Mischung. Sie blickte direkt auf ihr Getränk hinunter, was dazu führte, dass ihr Haar vor ihr Gesicht fiel und das Glas mit seinem bernsteinfarbenen Inhalt wie ein Portal zu einer alternativen, beschwipsten Dimension umrahmte. Eine Möglichkeit, wie der Abend verlaufen könnte: trinken, bis sich die Entscheidungen von selbst treffen würden.

»Du weißt, dass ich darüber hinweg bin, oder?«, sagte Kat und hob ihren Blick zu Gordons Augen. »Ich verstehe es jetzt. Dich. Diese ganze Sache. Ich dachte, es wäre gespielt, aber in Wirklichkeit bist du das einfach. Ich kann das nicht hassen.«

Gordon hatte die Bescheidenheit, für einen Moment woanders hinzuschauen, drehte sich mit einem Achselzucken zurück. »Ich habe nie versprochen, jemand anderes zu werden. Wollte dich auch nicht verletzen.«

»Hast du aber. Ich bin darüber hinweggekommen. Will nicht darüber reden.« Kat beerdigte das Gespräch mit einem schiefen Kopf und einem schiefen Lächeln. »Also sag mir, Gordon, wen jagen wir eigentlich?«

KAPITEL 11
SCHÄRFE DAS MESSER

KALT, streng und wunderschön. Stadtlichter verstreuten sich über die im Wasser treibenden Eisschollen und verwandelten jede einzelne in ihre eigene beleuchtete Plattform, als würden sie Zhan-Yo einladen, einen Anlauf zu nehmen und von einer zur nächsten zu springen. Der Wind wirbelte um ihn herum, während die dicke Wollmütze, der Schal und die Jacke, die er auf dem Weg hierher besorgt hatte, ihr Bestes taten, um Zhan-Yo vor dem Erfrieren zu bewahren. So spät war niemand sonst auf dem Weg unterwegs, trotz des Vollmonds, der mitten am klaren Nachthimmel einen silbernen Kontrapunkt zur regenbogenfarbenen Skyline Chicagos bildete.

So viele Menschen lebten hier, und so wenige bemühten sich, den Elementen zu trotzen, um wirklich zu erfahren, was es bedeutete, in diesem Teil der Welt zu leben. Andererseits wäre Zhan-Yo auch nicht hier, wenn er keinen Grund dafür hätte.

»Fühlt sich das nicht lebendig an?«, rief der Grund und tauchte wie aus dem Nichts auf. Zhan-Yo sah sich nach dem Podauto um, nach einer Spur, woher Sylvie gekommen war, und sah nichts. »Ach, hör auf damit.«

»Ich muss das überprüfen«, sagte Zhan-Yo, als Sylvie den

breiten Weg zu ihm heraufkam. »Angenommener Erfolg macht einen nachlässig.«

Während Zhan-Yo den Winter mit Tiefwald-Wärme bekämpfte, setzte Sylvie alles ein, was die Technologie ihr bieten konnte. Schwarz und glatt sah ihr Outfit aus wie eine nasse Robbe, fast plastisch, aber unter der Oberfläche pulsierten Heizungen. Der Kragen ihres Mantels ragte nach oben und fächerte sich unter ihrem Kinn auf, sodass es aussah, als wären die Kleider ein Teil von ihr, notwendig, um Sylvies Temperatur ideal zu halten. Ein purpur-schwarzes Stirnband arbeitete auf Hochtouren, um dasselbe für ihr Haar und ihre Ohren zu tun. Ihre tiefe Bräune verbarg jegliche Rötung auf ihren Wangen.

Als er das Outfit zum ersten Mal gesehen hatte, hatte Zhan-Yo gelacht. Er hatte die Ineffizienz des Kleidungsstücks beklagt, wo doch so viele andere, praktischere Kleidungsstücke existierten. Als Sylvie jedoch seine alten Leibwächter ausgeschaltet hatte, indem sie die Flexibilität des Outfits nutzte, um um ihre unbeholfenen Schwünge herumzutanzen, hatte Zhan-Yo aufgehört zu lachen. Als Sylvie weiterhin seine Feinde eliminierte, Ziran weiterhin durch Hintergassen vorwärts brachte, hatte Zhan-Yo aufgehört, sie in Frage zu stellen.

Jetzt hörte er zu.

»Das Treffen lief gut«, sagte Zhan-Yo, während die beiden in einen langsamen Spaziergang am Seeufer entlang verfielen. »Immer mehr melden sich bei jedem Mal. Wir ändern ihre Meinung.«

»Aber werden sie sich verpflichten? Wenn du sie tatsächlich fragst, werden sie handeln?«

»Ich weiß es nicht.« Das Eingeständnis, wie bei jedem harten Blick auf einen Traum, kam mit einem Zucken. »Sie riskieren wenig mit diesen Treffen. Sie riskieren alles, wenn sie sich erheben.«

»Deshalb darfst du ihnen keine Wahl lassen.«

»Sie sind für ihr Überleben auf Struktur angewiesen, und unser Plan würde sie wegreißen.« Zu ihrer Linken strömten Podautos vorbei, als eine Veranstaltung im Soldier Field zu Ende ging, Tausende sprangen in die wartenden Fahrzeuge und fuhren nach Hause. »Ziran braucht jedoch dieselbe Struktur. Wir müssen die Welt verändern, nicht zerstören.«

»Dann treib die Veränderung voran«, sagte Sylvie. »Du hast das Video gesehen?«

»Er ist verwundbar.«

Selbst diese Worte auszusprechen fühlte sich falsch an. Als würde man die Schwerkraft leugnen. Aegis war der führende Champion gewesen, seit es die Paragons gab, und seine Unsterblichkeit, zumindest was körperliche Schäden betraf, war eine Konstante in der Welt gewesen, fast so lange, wie Zhan-Yo ein Akteur darin gewesen war.

»Er ist deine Chance. Deine Gelegenheit.«

»Du willst ihn töten.«

»Es würde helfen.«

Es gab so viele Gründe, warum Zhan-Yo Sylvie versteckt hielt. Er zahlte ihr Gehalt, ihr Budget und hielt sie von Zirans Büchern fern. Brutal effektiv und oft einfach nur brutal, näherte sich Sylvie Situationen mit der schneidenden schwarzen Führung, dass der Zweck die Mittel heiligt. Das hatte sie schon immer getan, und sie war immer gut darin gewesen, auch wenn die hinterlassenen Sauereien Zhan-Yo mehr an seinem Gewissen zweifeln ließen, als er wollte.

»Mord inspiriert nicht«, sagte Zhan-Yo. »Wir räumen hier kein Chaos auf.«

Sylvies Hände waren die ganze Zeit in den Taschen geblieben, aber Zhan-Yo bemerkte die Verschiebung im Mantel, als Sylvie sie zu Fäusten ballte. »Hör auf damit. Du bist nicht so schwach. All diese Leute, die deinen Treffen beitreten? Sie sind Haie, Z. Sie werden das Blut riechen, wenn wir es vergießen, und sie werden deiner Führung in den Rausch folgen.«

Zhan-Yo sagte nicht, dass er nie ein blutiger Anführer sein wollte, dass die Wiederherstellung eines gewissen Mitspracherechts der Normalen in den Weltangelegenheiten nicht als gewaltsamer Aufstand gedacht war. Die Idee war die langsame Ansammlung von Macht in den Hintergrundkanälen gewesen. Alle Risse mit Normalen füllen, bis die Paragons zugeben mussten, dass ihre Gesellschaft ohne den Beitrag der Normalen, ohne Ziran und die anderen, zusammenbrechen würde. Dann eine friedliche Veränderung. Die Eingliederung der Ämter wie die, die sein Vater, seine Mutter innehatten. Eine Regierung, die all ihre Menschen vertrat, nicht nur die mit Macht.

Er war naiv gewesen. Ziran war in Zhan-Yos Jahrzehnten massiv gewachsen, und jeder Schritt hatte die Mission mehr und mehr befleckt, als Zhan-Yo feststellte, dass ihm diese Wege zur wahren Macht verschlossen blieben. Das Spielen nach den Regeln ließ sein Unternehmen wachsen, während Zhan-Yo schrumpfte, immer mehr ein Werkzeug der Paragons als ein Anführer. Der Bruch kam vor Jahren, als die Paragons Ziran ihre Prioritäten diktierten. Er hatte Sylvie nicht lange danach gefunden, in einer verzweifelten Suche nach einem Hebel, um das erdrückende Gewicht der Paragons zu heben.

Mit Sylvies Hilfe festigte Ziran im Geheimen seinen Einfluss auf den Märkten und beseitigte jeden, der es wagte, sich Zhan-Yos geheimen Aufkäufen, Waffenerwerbungen und mehr zu widersetzen. Mit Wexleys Geschick wurden unbedeutende Paragons bestochen und manipuliert, während Zhan-Yo seine Vision pflegte und sie nutzte, um Mitarbeiter zu inspirieren. Die anderen Unternehmen reihten sich durch philosophischen und tatsächlichen Druck ein. Nichts davon war sauber gewesen, alles war notwendig gewesen, um die Revolution aufzubauen.

Würde er jetzt wegen einer weiteren Leiche zurückschrecken?

»Wenn Aegis aus dem Weg geräumt wird, können wir das Vakuum füllen«, sagte Zhan-Yo und nickte Sylvie zu. »Mit unserem Einfluss können wir sicherstellen, dass der Paragon, der seinen Platz einnimmt, uns wohlgesonnen ist.«

»Mehr als wohlgesonnen. Wir können ihn besitzen. Seine Fügsamkeit sicherstellen.«

»Dann bekommen wir unsere Veränderungen. Zuerst hier, an der Ostküste, in ganz Atlantis. Dann Pacifica.« Ziran und die anderen Unternehmen waren global. Der Druck, den sie hier ausüben konnten, konnte überall ausgeübt werden. »Es würde nicht lange dauern.«

»Alles, was es braucht, ist ein Anfang, Z. Wir haben nach einer Gelegenheit gesucht, und jetzt haben wir sie.«

»Es wird Planung brauchen. Zeit.«

Sylvies Hand schoss hervor, packte Zhan-Yos Arm und drehte ihn zu ihr. »Nicht zu lange. Aegis ist alt. Wenn er in den Ruhestand geht und einen seiner Paragons auswählt, haben wir unsere Chance vertan. Wir müssen handeln, solange er noch da draußen ist, solange er noch das Gesicht ihrer Unterdrückung ist.«

Sie waren jetzt fast am Nordende des Millennium Parks, und zu ihrer Linken summten die grellen Spektakel, die den riesigen Platz schmückten, mit späten Abendmassen, die frostige Versuche unternahmen, Schlittschuh zu laufen. Zusätzlich zur großen Eisbahn hatten die Paragons dynamische Bewegungsglas-Statuen installiert, von denen jede einen Gründungschampion darstellte und sich in langsamen Bahnen um den Park bewegte. Das Thema hatte irgendetwas mit Bewegung, kontinuierlicher Verbesserung zu tun ... Zhan-Yo erinnerte sich nicht und es war auch egal. Die Statuen waren hässlich, und nachts überstrahlten ihre eigenen Lichter ihre Gesichtszüge, sodass es schien, als ob gesichtslose leuchtende Riesen durch die Innenstadt streiften.

»Du würdest das nicht sagen, wenn du nicht schon einen

Plan hättest.« Zhan-Yo nickte an Sylvie vorbei in Richtung der sich bewegenden Statuen. »Absolute Scheußlichkeiten.«

»Ich finde sie toll«, sagte Sylvie. »Wie viele Kunstwerke kennst du, die aktiv jemanden verletzen können?«

»Hör auf. Ich bin heute Abend zu müde für deine blutrünstige Nummer.«

»Dann sei ernst mit mir.« Sylvie zeigte auf Aegis' sich bewegende Statue. »Wir müssen ihn stürzen, und zwar bald, sonst verlieren wir an Schwung. Ich habe einen Plan.« Sylvie hielt inne, und die Art, wie ihre Augenbrauen für einen Moment nach oben zuckten, zusammen mit ihren Mundwinkeln, sagte Zhan-Yo, er solle schweigen. »Wenn ich ehrlich bin, und das bin ich ausnahmsweise mal, habe ich schon damit begonnen.«

»So soll das nicht funktionieren.«

»Du hast mir Spielraum gegeben. Mir gesagt, ich soll den Job erledigen. Das tue ich gerade.« Sie fingen wieder an zu gehen. »Ich habe ein Team, das in die Stadt kommt.«

»Du willst es hier machen?«

»Direkt im Hauptquartier von Ziran. Dann wird uns niemand anzweifeln.«

Die bittere Kälte schien tiefer zu beißen und Zhan-Yo zog seine Jacke fest zu. Sylvie schien es gar nicht zu bemerken, als sie weiterredete, ein Detail nach dem anderen durchging und ein so schönes Netz wob, dass Zhan-Yo sich dabei ertappte, wie er trotz seiner selbst glaubte, dass Sylvie Recht haben könnte. Die Zeit zum Zuschlagen war tatsächlich jetzt. Aegis würde fallen, und die Paragons würden verwundbar sein.

»Ich werde die Revolution beginnen«, beendete Sylvie. »Du und Wexley könnt sie beenden.«

KAPITEL 12

EIN NICHT GANZ SO FREUNDLICHER BESUCH

SELBST INMITTEN der Wolkenkratzer Manhattans hatte Mynx keine Mühe, Bastion zu finden. Der Stahlwald wuchs bei jedem ihrer Besuche, aber Aegis' physische Festung zu orten, brauchte nie länger als einen kurzen Blick über die Skyline: Es war nicht mehr das höchste Gebäude, aber Bastion glühte an seinen Kanten in einem tiefen Karminrot. Nach oben hin verdichteten sich diese roten Lichter zu einem leuchtenden Kern, als wäre Bastion eine Superwaffe, die sich für einen Schuss in den Himmel auflud. Aegis kennend, könnte es tatsächlich *eine* Waffe sein.

Mynx' Jet passte den Anflug an, fuhr die Triebwerke hoch und bereitete sich auf eine direkte Landung vor. Sie überwachte den Luftverkehr auf dem Bildschirm ihres Cockpitfensters, wobei eine Überlagerung auf der Sicht alle Bedenken in Farbtönen von einem sicheren Blattgrün bis zu einem warnenden Gelb hervorhob. Keine roten Warnungen zu dieser späten Stunde, kurz vor Mitternacht. Ihre eigenen Drohnen schwebten über der Stadt und wachten über eine dankbare Bevölkerung.

Sie verzog das Gesicht angesichts der Zeit: später als Mynx hier sein wollte, aber Reeves hatte sie mit aktualisierten

Statistiken zu ihren Änderungen an der Gladiatorendrohne genervt, und sie war in ein tiefes algorithmisches Loch gefallen, bis Reeves erneut darauf bestand, dass sie gehen sollte.

Celice hatte Mynx gebeten, herzukommen, um Aegis davon abzuhalten, etwas Dummes zu tun, und hier war sie nun, viel später als versprochen. Sie würde das irgendwie bei Celice wiedergutmachen müssen, vielleicht indem sie Tarndrohnen auf Aegis' Fährte setzte, um ihn zu beschützen.

»Da ist sie ja«, platzte Aegis' Stimme über den Paragon-Kanal, den Mynx für Notfälle offen gelassen hatte, ins Cockpit. »Celice sagte, du würdest vorbeikommen. Ich dachte schon, sie macht Witze. Versucht, mich für eine Nacht drinnen zu halten.«

»Ich komme«, sagte Mynx. Sie überspielte ihre Erleichterung über Aegis' Stimme mit der logikgeschärften Kante, die sie ihr ganzes Erwachsenenleben lang eingesetzt hatte. »Es dauert eine Weile, von Küste zu Küste zu fliegen.«

»Netter Versuch. Reeves hat uns schon gesagt, warum du zu spät kommst«, erwiderte Aegis. »Du solltest deiner KI beibringen zu lügen.«

»Schwer, sich etwas Gefährlicheres vorzustellen als das.« Die Türme Manhattans waren jetzt unter ihr, und schon bald zeigte sich Bastions roter Pfeil auf dem kleinen Bildschirm unter der Windschutzscheibe, den Mynx eingestellt hatte, um die Kamera am Boden des Flugzeugs anzuzeigen. »Hast du was dagegen, mich landen zu lassen?«

»Ich schätze, das ist das Mindeste, was eine alte Freundin tun kann.«

Aegis' Wunde sah schlimmer aus, als Mynx sich vorgestellt hatte. Sie zog einen Kreis um die schwarz und blau verfärbten Ränder und schüttelte den Kopf, während Aegis seufzte. Celice, die hinter Mynx in Bastions oberster Kommandozentrale und Beobachtungsplattform stand, wies zum dritten Mal darauf hin, dass Aegis hätte sterben können.

»Sie hat nicht Unrecht.« Mynx bot Celice symbolische

Unterstützung an, obwohl eigentlich jeder Paragon jederzeit sterben konnte. Es gehörte zum Job. »Du sagst, das ist vor einem Tag passiert?«

»Ungefähr«, sagte Aegis.

»Du wirst langsamer.« Mynx stand auf und legte einen Finger an ihre Lippen, immer noch auf Aegis' Wunde starrend.

»Langsamer?«, fragte Celice. »Was bedeutet das?«

Heißt das, Aegis hatte es ihr nicht gesagt? Mynx stellte Aegis die Frage mit einem Blick, und Aegis' plötzliches Starren auf den Boden, während er sein Hemd anzog, gab Mynx die Antwort, die sie brauchte.

»Dein Vater ist seit Jahrzehnten nicht mehr unverwundbar«, sagte Mynx und bewegte sich von Vater und Tochter weg, um sich an das Geländer zu lehnen, das gegen das Glas gedrückt war. »Aber er repariert sich – heilen ist nicht das richtige Wort, eher verschwindet der Schaden – so schnell, dass es mehr oder weniger aufs Gleiche hinausläuft.«

»Immer noch«, brummte Aegis. »Mir geht's gut.«

»Dir geht's nicht gut!«, sagte Celice. »Du hast den ganzen Tag diesen Arm geschont! Du hast geblutet, als du letzte Nacht zurückgekommen bist!«

Aegis sah aus, als wollte er über Celice verärgert sein, konnte sich aber nicht dazu durchringen, seine eigene Tochter anzuschreien. Der Mann war schon immer ein Weichei, wenn es um seine eigene Familie ging. Mynx würde es nie sagen, aber wenn man sie drängen würde, würde sie zugeben, dass genau diese laxe Einstellung der Grund war, warum Mynx hier stand und nicht Celices Mutter. Aber da Tessa nicht hier war, musste Mynx den Vermittler spielen.

»Aegis«, sagte Mynx und hob ihren Arm und ihren Tama. »Lass uns sehen, ob es dir wirklich gut geht. Trig-Schild.«

Von der Decke falteten sich Metallträger, die wie Stütz-balken aussahen, ineinander und fielen zu Boden, wo sie sich zu einer schlanken, mörderischen Drohne arrangierten und aufstellten. Wirbelnde Arme und Beine, alle mit bösartigen Kanten versehen, standen zwei Meter hoch und bereit, jeden Eindringling zu zerschneiden, der Aegis oder Celice angriff.

»Dummy-Protokoll«, fuhr Mynx fort, und die Schilddrohne erstarrte an Ort und Stelle. »Also gut, Aegis, schlag mal drauf. Zeig's uns.«

Aegis warf Mynx einen Blick zu, der sagte, dass sie später noch einiges darüber hören würde, aber Mynx war nicht Aegis' Tochter und es war ihr egal. Den Stolz des Champions in Schach zu halten, damit er nicht bei etwas Dummem starb, war wichtiger.

Celice bewegte sich und ließ Aegis zur Drohne gehen. Der große Paragon, abgesehen von den silbernen Stoppeln und dem Grau in seinen Haaren, den Falten, die sein Gesicht überzogen, hatte all die Muskeln seiner Jugend. Beeindruckend, auch wenn solche Faustarbeit veraltet war. Egal wie viele Bänke Aegis drückte, Mynx' Drohnen wären stärker. Aegis versuchte, sich hier dagegen zu wehren, aber als er seinen linken Arm hob, um zuzuschlagen, zuckte er zusammen, ließ ihn fallen. Fluchte.

»Genau!«, rief Celice. »Das meine ich! Du kannst das nicht mehr machen!«

»Sie hat Recht, Aegis. Du bist zu wichtig, um nachts gegen Schläger zu kämpfen.«

Aegis sah die beiden an, und zum ersten Mal seit sie jung waren, seit sie in den frühen Morgenstunden auf den Straßen New Yorks die Grenzen ihrer Fähigkeiten erforschten, sah Mynx die hektische Sorge von jemandem, der nicht mehr wusste, wo er in seine eigene Welt passte.

KAPITEL 13
REBELL MIT EINER MISSION

AEGIS LIESS Mynx in Bastion ein Nickerchen machen, während die Sonne die Stadt mit ihrem Winterlicht bombardierte, und nahm ein Paragon-Pod-Auto zu einem Paragon-Jet, der Aegis mit dem hochenergetischen Heulen konzentrierter Batteriekraft in dreißig Minuten nach Boston schoss. So kam es, dass der Champion, in einem dezenten grauen Paragon-Fleecepullover und Jeans gekleidet, vor neun Uhr starken schwarzen Kaffee schlürfte und mutigen Winterläufern zusah, die durch den Boston Common joggten.

Pods zogen in der Straße zwischen Aegis und dem Park vorbei, der, von Schnee bedeckt, wie eine Oase inmitten der Aktivitäten um ihn herum wirkte. Das Café, das sich entschlossen weigerte, automatisiert zu werden, wurde von morgendlichen Gästen belagert, die in gehetzten und hoffnungsvollen Tönen ihre Getränkewünsche äußerten. Ein neuer Tag begann mit Stress und der Chance auf Erfolg. Aegis sah kein einziges Paragon-Blau unter den Wartenden in der Schlange.

Das bedeutete, dass jeder hier eine harte Obergrenze hatte, wie weit er kommen konnte, bevor er an Paragons Reputationsgrenze stieß. Eine Notwendigkeit, um die Gier einzudämmen, den zügellosen Zerstörer der Zivilisation.

Eine Person setzte sich auf eine Bank auf der anderen Straßenseite, das Signal für Aegis, seinen Kaffee auszutrinken, die Keramiktasse in einen Plastikbehälter zu stellen, den irgendeine Drohne zurückbringen und ausspülen würde – das Café war nicht so rebellisch, seine banalsten Aufgaben in Menschenhand zu belassen – und in die Kälte hinauszugehen. Wenn das Koffein, das er zu sich genommen hatte, die eine Hälfte dazu beitrug, Aegis nach der langen Nacht wach zu halten, erledigte der schneidende Wind die andere. Als Aegis seinen Platz neben der Person einnahm, konnte er ein Grinsen nicht unterdrücken – das war das Leben.

»Ein Lächeln? Nicht das, was ich erwartet hätte.« Der Frau eigenes Amüsement sickerte in ihre Stimme, zusammen mit ihren südlichen Wurzeln. »Das wird kein fröhliches Gespräch werden.«

»Das ist es nie«, erwiderte Aegis. Die ununterbrochenen und hocheffizienten Pods strömten hin und her, ihre einzige Abwechslung kam durch die Werbung, die auf ihren Dächern angezeigt wurde, und die Lackierungen: Schattierungen und durchscheinende Formen wie Diamanten und Kreise, damit jeder wusste, welche Bezirke ein bestimmtes Pod-Auto abdecken würde. Sie rasten dahin, ihre Reifen knirschten, sonst nichts. »Aber es ist deine Schuld, dass wir überhaupt reden müssen.«

»Uns beiden zuliebe werde ich das ignorieren«, sagte Rosamund.

Aegis war sich nicht sicher, wie er sie nennen sollte – die Elementals hatten eine Hierarchie in der gleichen Weise, wie ein Baum seine Blätter ordnet: einige waren besser als andere, und sie waren alle verwandt, aber es war schwierig, einen Weg von einem zum anderen nachzuverfolgen. Rosamund schien jedoch diejenige zu sein, mit der Aegis sich traf, wann immer die Elementals genug Ärger machten, um Paragon-

Aufmerksamkeit zu rechtfertigen. Und laut Pixie, die irgendwo in der Nähe wartete und möglicherweise zusah, hatten die Elementals diese Grenze überschritten.

»Ihr helft Anomalien, sich zu verstecken«, sagte Aegis. »Wir haben euch das lange durchgehen lassen, aber wir können nicht zulassen, dass eure Kampagne auf Kriminelle übergreift.«

Pixie hatte nach dem Anruf gestern Details geschickt. Es hatte Versuche gegeben, gefährliche Anomalien zu befreien, die die Atlantis-Paragons in einem abgelegenen nördlichen Gefängnis mit dem Spitznamen »Die Eisbox« festhielten. Von eingeschleusten Geräten über abgefangene Gefangene während Überstellungen bis hin zu offenen Protesten war das Aktionsspektrum zu groß, um isolierte Bemühungen zu sein. Die Elementals waren die einzige substanzielle Anomaliegruppe, die es wagen würde, so etwas zu versuchen, und Aegis war nicht schockiert gewesen, als er die schnelle Antwort der Elementals erhielt, die dieses Treffen am Morgen bestätigte.

Sie wollten etwas, und jetzt hatten sie seine Aufmerksamkeit.

»Nicht alle sind Kriminelle«, sagte Rosamund. »Nur weil sie eurem Imperium nicht beitreten wollen, heißt das nicht, dass sie es verdienen, eingesperrt zu werden.«

»Ich brauche sie nicht bei den Paragons. Nicht wirklich. Aber sie müssen überwacht werden. Diese Leute könnten gefährlich sein. Das weißt du.«

»Sie sind unschuldig.«

»Und du bist naiv. Entweder du-«

»Schau.« Rosamund zeigte nach oben, auf eine autogroße Drohne, die einen langsamen Überflug machte. »Jeden Moment werden wir beobachtet. Das ist keine Freiheit. Selbst wenn du es gut meinst, wenn wir dich nicht daran erinnern, dass das, was du tust, falsch ist, wirst du jede Anomalie in deine Schachtel stecken.«

Aegis rieb seine Hände, schüttelte den Kopf. »Ah, richtig. Alle Anomalien dürfen frei herumlaufen. Keine Kontrollen. Und dann, wenn einer wütend wird und einen Häuserblock in die Luft jagt, oder ein anderer einen schlechten Tag hat und die Wasserversorgung allein durch seinen Blick vergiftet, was denkst du, wird dann passieren? Die Normalen werden das nicht hinnehmen. Sie wollen Schutz, und wenn wir ihnen den nicht geben, werden sie uns alle töten.«

»Du hast so wenig Vertrauen in deine eigenen Leute.«

»Ich kenne sie.«

»Tust du das?« Rosamund drehte sich zu ihm um, und Aegis sah die Falten in ihrem Gesicht, als sie die grauen Haare in seinem sah. »Was wird passieren, wenn du gehst? Werden alle Paragons die Welt so sehen wie du, als ein Spektrum der Macht und wer am meisten davon hat?«

»Es wird einen Übergang geben. Die Paragons werden fortbestehen.«

»Sicher.« Rosamund blickte auf ihr Tama, dann zurück zu Aegis. »Ich bin mit einem Angebot für dich hergekommen. Wir werden unsere Aktivitäten hier einstellen und uns überall sonst ruhig verhalten, wenn du uns zu deinem Gipfeltreffen einlädst.«

Die Elementals wussten davon? Die Nachricht war erst gestern nach seinem Check-in an die Champions und einige höhere Paragons rausgegangen. Andererseits, wie überraschend war es zu erfahren, dass die abtrünnige Anomalie-Organisation Ohren im Paragon-Kommando hatte? Soweit Aegis wusste, könnten sie jemanden mit der Fähigkeit haben, Aegis' Gedanken zu lesen und seine Überlegungen zu transkribieren.

Das war das Problem mit Anomalien: Buchstäblich alles war eine Möglichkeit.

»Ich werde nicht zulassen, dass Sie es stören«, sagte Aegis.

»Sie behaupten, dass die Paragons alle Anomalien vertreten. Wenn das wirklich stimmt, dann lassen Sie uns, die für so viele Unsichtbare sprechen, die Sie sich weigern anzuerkennen, teilnehmen. Sie lassen uns eine Stimme für die Zukunft haben.«

»Oder was, Rose? Wir könnten Sie in einem Moment zermalmen, wenn ich den Befehl gäbe.«

Als Antwort stand Rosamund auf. Sie hielt ihre Ärmel zusammen, als sie ihre Hände vor sich faltete. »Es gibt immer Konsequenzen, Aegis.«

»Ich mag keine Drohungen, Rose.« Aegis erhob seine Stimme und rief ihr nach, als Rosamund wegging, eine Straße überquerte und in eine wartende Kapsel stieg.

Aegis lehnte sich auf der Bank zurück. Die Elementals zum Gipfel einladen? So viele Paragons, die teilnehmen würden, hatten ihre Karrieren damit verbracht, die Organisation zu bekämpfen und ihre Versuche zu vereiteln, das zu untergraben, was die Elementals für eine unfaire, autoritäre Regierung hielten. Was die Elementals nicht verstanden, war, wie notwendig die Paragons waren, wie gefährlich die Welt gewesen war und wieder werden würde, wenn Normale und Anomalien in absoluter Freiheit leben könnten. Es wäre Chaos. Jeder würde in ständiger Angst leben.

Jogger eilten vorbei und Aegis wollte seinen Arm nach ihnen ausstrecken, das Argument fortsetzen. Aber Rosamund war längst weg, und sie hatte die Bedingungen klar gemacht. Was sie nicht gezeigt hatte, waren die Kosten, wenn man sie ignorierte.

Deshalb schlich sich die Erschöpfung zurück, als Aegis' Tama summte. Pixies Gesicht erschien auf dem kleinen Bildschirm des schwarzen Bandes. Diesmal keine Kinder, nur eine strenge Paragon-Uniform, eine für eine Mission, nicht fürs Büro.

»Ich vermute, das Gespräch lief nicht gut?«, sagte Pixie.

»Was ist los?«

»Wir waren bei einer Zellverlegung, und jemand hat Thane vor einer Minute mit Adrenalin erwischt. Er bricht aus,

Aegis. Wir versuchen alles, aber wir könnten etwas Hilfe gebrauchen.«

Celice würde ihn anflehen, nicht zu gehen. Mynx würde sagen, es sei nicht nötig - sie könnte eine Drohnenarmee herbeirufen, die sofort losflitzen würde. Beides würde Zeit kosten. Beides würde ihn Führung und Ansehen vor dem Gipfel kosten. Beides war inakzeptabel.

»Bin unterwegs.«

Es gab immer Konsequenzen.

KAPITEL 14

WILL DAMIT NICHTS ZU TUN HABEN

SEEKERS LECKEN WECKTE SIE AUF. Das Licht, das durch ihre nach Osten ausgerichteten Fenster fiel, deutete auf den Vormittag hin, und nach dem dritten Blinzeln wurde Kat klar, dass sie allein war. Sie streckte sich aus, ihre Beine und Arme verteilten sich in den Schluchten der Laken, und sie spürte, wie ihre nicht mehr schmerzenden Muskeln die Bewegung genossen. Seeker beobachtete alles, saß neben dem Bett und starrte sie an, die Zunge hing ihm aus dem Mundwinkel.

»Was denn? Ich darf meinen Morgen doch wohl genießen.«

Kat blickte vom Hund zum Fenster; ein klarer Wintertag. Dann zu ihrem stillstehenden Deckenventilator. Ein altes Modell mit Flügeln. Er hielt keine Antworten bereit. Also sprang Kat mit plötzlicher Energie, hervorgerufen durch eine unruhige Blase und dem Wissen, dass Seeker, wenn er noch länger herumlungern würde, anfangen würde, aufs Bett zu springen, aus ihrem kuscheligen Gefängnis und erledigte das Nötige. Sie las nicht die kurze Notiz, die Gordon hinterlassen hatte, wobei er die einzige verfügbare Schreiboption genutzt hatte: Ihren Computer. Da stand sie, in statischer Schrift auf dem Bildschirm, vergrößert, damit sie es unmöglich übersehen konnte. Das war das Problem mit Nähe-Passwörtern – nur weil ihr Tama im Raum war und Kat ihn nicht gesperrt hatte, konnte Gordon direkt auf ihren wertvollsten Besitz zugreifen. Was Kat eigentlich nicht gestört hätte, aber dann las sie die Notiz.

»Arschloch«, fluchte Kat und blickte dann zu Seeker, der den Kopf schief gelegt hatte und sie mit großen Augen ansah. »Nicht du. Gordon.«

Der Tracker hatte ein paar Zeilen hinterlassen. Eine, in der er sich entschuldigte, dass er so früh gehen musste, und die andere erklärte warum: Ein anderer Tracker hatte einen Tipp zu der Anomalie gegeben und wollte dem nachgehen. Dass Gordon Kat nicht geweckt hatte, bedeutete, dass er nicht wollte, dass sie auftauchte und die Dinge unangenehm würden, wenn der andere Tracker versuchte, die Anomalie für sich zu beanspruchen. Oder vielleicht wollte Gordon einfach nicht am Morgen reden.

Schön. Was auch immer.

Kat löschte die Notiz, öffnete ihre Berichte und las den Rep-Zähler. Über Nacht waren einige weitere eingegangen. Paragons erledigten ihre Arbeit zu allen Tageszeiten. Dann schaute sie auf das Tracker-Board, um zu sehen, ob weitere Tipps für die Gegend gepostet worden waren. Zwei. Beide für kleine Anomalien, geringfügige Kräfte, die von einer Drohne gesichtet worden waren. Kat könnte ihnen nachgehen und hoffen, dass sie sich zu qualitativ hochwertigen Einnahmequellen entwickeln würden. Keine würde so viel Ärger machen wie Vedder.

Aber.

»Du weißt, dass es dumm ist, oder?«, sagte Kat zu Seeker. »Ich sollte einfach die sicheren Optionen nehmen.«

Seeker schnaubte.

»Was, das ist doch keine Feigheit.«

Ein leichtes Knurren, dann kam Seeker zu Kat, legte seine Schnauze auf ihren Schoß und schaute zu ihr auf. Sein cremefarbenes Fell glänzte im Sonnenlicht, dieser Schwanz wedelte hin und her und forderte bald Aktivität, sonst würde rastlose Zerstörung folgen.

»Gut. Gut. Wir gehen ein bisschen spazieren. Schauen mal, ob wir etwas entdecken können.«

Nach Anomalien zu suchen war keine besonders gute Nutzung der Zeit – verglichen mit den unendlichen Augen von Mynx' Drohnennetzwerk war Kats eigene Suche kaum der Rede wert, aber die Maschinen suchten nach einem bestimmten Anomalie-Typ: einem, der seine Kräfte offen einsetzte oder Probleme verursachte. Mit Seeker, der an allem schnüffelte, konnte Kat langsam gehen, die Augen offenhalten und sehen, ob sie Glück hatte mit einer gewöhnlichen, harmlosen Anomalie.

Diesmal ging Kat nach Westen. Sie machte eine kurze Fahrt mit der Bahn, wobei Seeker sich für die nicht überfüllte Mittagsfahrt auf dem Boden des Waggons ausbreitete. Parks gab es hier mehr, und sie waren weniger überfüllt. Auch flogen hier weniger Drohnen Patrouille, was mehr Möglichkeiten bedeutete.

Ein Prozent. Das war die Schätzung für die Anomalie-Bevölkerung. Ein Prozent, und sie hatten alles verändert, als sie zum ersten Mal auftauchten, und jetzt leiteten sie genau die Welt, die sie erschaffen hatte. Kat konnte sich nicht an die Einzelheiten erinnern, wie die Anomalien entstanden waren – viel zu viel Chemie und Menschen, die auf das eine hofften und etwas anderes bekamen –, aber der vorherrschende Glaube war, dass man, wenn man als Kind das Wasser trank, die Chance hatte, etwas viel Größeres zu werden, als die Gene der Eltern allein es ermöglicht hätten.

Manchmal gewannen die Eltern diesen Jackpot. Manchmal bekamen die Kinder nichts.

Seeker sah den Park in dem Moment, als sie den Zug

verließen. Anders als der, zu dem sie am Tag zuvor gegangen waren, hatte dieser Bäume und sogar einen kleinen gefrorenen Fluss. Alles Dinge, die Seekers sofortige und ungeteilte Aufmerksamkeit verlangten. Er zog an der Leine, bis sie die Stufen vom Bahnhof hinunter waren, und dann ließ Kat ihn los. Obwohl Seeker eine Straße überqueren musste, um dorthin zu gelangen, sahen ihn die Pods kommen und pausierten ihre Routen für die genauen Sekunden, die der Husky brauchte, um vorbeizusprinten.

»Mutige Frau, dass Sie Ihren Hund so laufen lassen«, sagte ein Mann, der am Bahnhof heißen Kaffee und Schokolade verkaufte. »Ich würde diesen Dingern nicht zutrauen, ihn nicht zu überfahren.«

»Wann haben Sie das letzte Mal davon gehört, dass ein Pod-Auto jemanden angefahren hat?«, fragte Kat und schaute auf den Kaffee, während sie überlegte, ob die Tasse, die sie in der Wohnung getrunken hatte, genug war.

»Wissen Sie, warum Sie davon nichts hören?«, erwiderte der Mann. »Weil sie die Leute bezahlen, die sie anfahren. Geben ihnen Reps, damit sie den Mund halten und das System weiterläuft.«

Also war der Mann verrückt, aber der Kaffee roch gut, also tippte Kat auf ihren Tama und nahm einen Becher. Sechzehn Unzen metallgeschmiedete, unzerstörbare Trinkherrlichkeit, komplett mit einem Tracker, sodass, wenn Kat ihn aus dem Verkehr zöge, irgendeine Drohne ihn finden, reinigen und den Becher seiner vorgesehenen Bestimmung zurückgeben könnte. Er mochte schwer sein, aber es war definitiv besser als der ständige Plastik- und Papiermüll überall.

Während Seeker in einigen schneebedeckten Büschen versunken war, ging Kat am Park vorbei zum nächsten Häuserblock, wo ältere Häuser durch lange Eiszapfen an jeder Kante die Vernachlässigung ihrer Besitzer verrieten. Vor dem dritten Haus, einem hellblauen zweistöckigen Gebäude, das neuer aussah als die anderen, türmte ein Junge Schnee auf, um einen Schneemann zu bauen. Zunächst fragte sich Kat, warum der Junge nicht in der Schule war, zählte dann aber all die möglichen Gründe auf, die sie nichts angingen, und hörte auf.

»Wohnst du hier?«, fragte Kat den Jungen, der sie erst bemerkte, als sie sprach.

Er musterte sie mit der geübten Einschätzung von jemandem, der Begegnungen mit weniger freundlichen Fremden gehabt hatte, eine Kälte, die Kat die Stirn runzeln ließ, bevor der Junge zu dem Schluss kam, dass Kat in ihrer Jacke, mit Handschuhen und CytoGenX-Mütze keine Bedrohung darstellte. Er ließ den Schnee fallen, drehte sich zu ihr um und zeigte dann auf das Haus.

»Du meinst mein Haus?«

»Genau«, sagte Kat und ging in die Hocke, um auf Augenhöhe mit ihm zu sein. »Wann seid ihr hier eingezogen?«

»Wir haben es gebaut!«

Kat stockte einen Moment. Gebaut. Vermutlich hatten sie das tun müssen. Die Veranda war anders, jetzt, wo sie genauer hinsah. Länger, mit geraden, funktionalen Geländern anstelle der geschwungenen, geschnitzten, die vorher da gewesen waren. Und das zweite Stockwerk war auch größer, vielleicht ein zusätzliches Badezimmer. Überall Verbesserungen.

»Hey, wollen Sie etwas?«, öffnete ein Mann die Haustür, in einem Pullover und Jeans, die sagten, dass dies sein freier Tag war und er nicht gerade begeistert über die Unterbrechung war.

»Entschuldigung, nein«, sagte Kat und stand auf. »Ich habe nur früher hier in der Gegend gewohnt.«

Der Mann sagte nichts. Stand da und beobachtete sie, während der Junge zu seinem Schneemann zurückkehrte, bis Kat, die sich immer unwohler fühlte, ging. Sie kehrte zum Park zurück, um Seeker abzuholen, der nun mit einem anderen Hund herumtollte, den er kennengelernt hatte. Sie schaufelte etwas Schnee, warf ihn und sah zu, wie die beiden Hunde hinterherjagten und dann verwirrt waren, als der Schneeball in einem Meer von Seinesgleichen verschwand.

Als ob sie hierher gekommen wäre, um nach Anomalien zu suchen. Kat liebte es, sich selbst zu täuschen. Sich in Situationen zu bringen, die nicht gut enden würden, wie die Verfolgung Vedders, nachdem klar geworden war, dass er die Stadt verlassen hatte für die mehr-Arbeit-als-es-wert-ist Aufenthalte im ländlichen, verschneiten Wisconsin mit schlauen Versprechungen, von denen sie wusste, dass sie falsch waren. Wenn die Lügen sich selbst entlarvten, wie diese es tat, während sie einen weiteren Schneeball für Seeker warf, musste Kat sich den wahren Gründen stellen, und die waren nie so unterhaltsam wie die, die sie sich ausdachte.

Schwer zu glauben, dass es bereits wieder aufgebaut worden war. Als Kat das letzte Mal hierher gefahren war, war das Haus nichts weiter als eine Hülle gewesen. Ausgebrannt, Asche noch im Hof verstreut. Ein Schild, das Passanten warnte, sich fernzuhalten, ohne ihnen etwas darüber zu verraten, was innerhalb der Mauern passiert war. Es wäre ein seltsamer Anblick für jeden Unwissenden gewesen - als ob ein Feuer angezündet und sorgfältig kontrolliert worden wäre, um nur bestimmte Teile zu verbrennen. Vielleicht punktuelle Explosionen, wie Feuerwerkskörper, die an bestimmten Stellen gezündet wurden, um alle Fenster zu zerstören, aber die Struktur intakt zu lassen. Niemand würde je vermuten-

Seeker bellte zu ihren Füßen. Sein Freund war verschwunden. Kat seufzte, beugte sich hinunter, um ihm die Ohren zu kraulen.

»Hast du Hunger?«, sagte Kat, zitternd, als eine kalte Brise den Geruch des Hot-Dog-Verkäufers mit sich brachte. »Ich weiß, ich habe welchen.«

Es gab hier Restaurants, Sandwich-Läden oder sogar diesen Straßenverkäufer, aber Kat konnte spüren, wie ihre Erinnerungen aufwallten. Wenn sie noch länger hier bliebe, würde sie in eine Stimmung verfallen, die sie für den Rest des Tages außer Gefecht setzen würde. Zeit, nach Hause zu gehen, zu sehen, ob Gordons Tipp über diese Anomalie sich ausgezahlt hatte. Zu sehen, ob er wieder weggehen würde.

Zu sehen, ob es sie überhaupt kümmern würde.

KAPITEL 15

DER RECHTE HAND

DER MITTAGSMARKT PULSIERTE SELBST in der Kälte mit Arbeitern in ihrer Mittagspause. Zhan-Yo spürte Wexleys Unbehagen, als sie durch die Schlangen für jedes erdenkliche Sandwich, Kebab oder Taco gingen. Zirans Firmenkantine servierte Essen mit professioneller Effizienz und zu subventionierten Repkosten, die es für die Techniker, Verkäufer und Supportmitarbeiter, die den Michigan Avenue Tower dominierten, erschwinglich machten. Was ihr fehlte und was dieser Markt, der in einen absichtlich leeren Raum zwischen Hochhäusern gequetscht war, hatte, war Charakter.

»Wir verschwenden Zeit«, sagte Wexley. »Haben wir nicht Meetings heute Nachmittag?«

»Ich bin mir sicher, dass wir welche haben«, antwortete Zhan-Yo und machte dann, als er einen Stand entdeckte, der verkaufte, wonach er suchte, einen scharfen Schnitt ans Ende einer Schlange. Wexley gesellte sich zu ihm und blickte zwischen seinem Tama und den Leuten um sie herum hin und her, als ob die Menge irgendwie dafür verantwortlich wäre, dass er hier war. »Doch da wir die Nummer eins und zwei dieser Firma sind, bin ich sicher, sie werden warten.«

Wexley murmelte etwas Unverbindliches. Zhan-Yo,

dessen Sonnenbrille das reflektierte Licht abtötete, warf einen schnellen Blick zum Himmel und der dort schwebenden Drohne, dann zurück entlang der Schlange vor ihnen. Eine ökonomische Mischung, zusammengebracht durch ihre Tamas, viele verbunden mit den Netzwerken, die seine Firma aufbaute, wartete und perfektionierte. Alles, damit sie Bestellungen für ihre Freunde aufgeben konnten, damit sie Bilder des Essens teilen konnten, das sie gleich bekommen würden, damit sie ihr Leben in Ordnung halten konnten.

Und bald, bald, damit sie an der Ordnung teilnehmen konnten, die ihr Leben definierte.

»Du scheinst anders zu sein, Z«, sagte Wexley. »Ich meine heute. Nimm es nicht falsch auf, aber du scheinst glücklicher?«

»Heute habe ich Klarheit.« Zhan-Yo behielt seine Hände in der Tasche seiner feinen grauen Hose. Der dicke Blazer hielt ihn warm genug, hielt den Wind davon ab, ihn zu berühren, selbst als sein Atem nebelte und sich mit dem aller anderen vermischte. »Wir alle suchen nach einem Sinn, und während du und ich unseren schon seit einiger Zeit kennen, war es ein Rätsel, wie wir ihn erreichen können.«

»Wegen des Anrufs gestern? Ich dachte, es wäre ein Fortschritt, aber nicht der Sprung, den du machst.«

Entscheidungen mussten getroffen werden. Zhan-Yo vertraute Wexley mit Zirans Operationen, daran gab es keinen Zweifel, und Wexley hatte sich dieses Vertrauen verdient. Der Mann arbeitete mit fanatischem Eifer, verbrachte zu viel Zeit damit, sicherzustellen, dass Ziran jede einzelne Frist einhielt, dass seine Mitarbeiter jede einzelne Aufgabe professionell ausführten. Zhan-Yo mochte der spirituelle Führer des Unternehmens sein, aber Wexley hielt Ziran am Laufen.

Und doch.

Zhan-Yo hatte bereits einen gefährlichen Verbündeten in Sylvie, die einen sorglosen Ansatz beim Überschreiten moralischer und rechtlicher Grenzen verfolgte. Wie würde Wexley mit seiner gequälten Vergangenheit auf die dunkleren Ideen reagieren? Es würde Chaos geben bei der Revolution, Gelegenheiten für die Skrupellosen, um Vorteile zu erzielen. Zhan-Yo würde auf Wexleys Ehre vertrauen, aber er würde seinen Freund trotzdem beobachten.

»Was möchtest du haben?«, fragte der Standbetreiber Zhan-Yo, als sie die Spitze der Schlange erreichten.

Mit einem warmen Pita in der Hand, gefüllt mit allerlei Fleisch, Zwiebeln, Gurken und Saucen, fanden Zhan-Yo und Wexley den steinernen Rand eines erhöhten Gartens zum Sitzen. Wenn die Luft sich kalt anfühlte, war ihr Sitz Eis, aber Zhan-Yo wollte die Sonne nicht hinter sich lassen. Außerdem hatte ein anderer Stand heißen Apfelwein angeboten, und während das Apfelgetränk nicht gerade das mediterrane Essen ergänzte, machte seine gezuckerte Hitze den widersprüchlichen Geschmack wett. Solche Dinge waren dazu gedacht, draußen genossen zu werden, mit Schuhen, die im zu niedrigen Schnee für Schaufeln knirschten, und roten Nasen im Wind.

»Du arbeitest schon lange mit uns«, sagte Zhan-Yo, als sie ihre Sandwiches beendet hatten.

»Meine ganze Karriere«, sagte Wexley.

»Und du glaubst immer noch an unsere Mission?«

»Die auf dem Schild in der Lobby oder die, über die wir im Keller eines Einkaufszentrums sprechen?«

Zhan-Yo nickte. »Die erstere hat uns all den Reichtum gebracht, den wir uns wünschen könnten. Die letztere wird uns die Freiheit geben, ihn zu nutzen.«

»Was verschweigst du mir? Ich kenne dich schon lange, Z, und du sprichst nicht in Rätseln wie jetzt.«

Stimmt. Ein direkter Ansatz tendierte dazu, mehr zu erreichen als ein Labyrinth aus Worten zu bauen. Dennoch, bevor er weiterging, musste Zhan-Yo Wexleys Loyalität bestätigen, dass Wexley, egal was passierte, auf der Seite von Ziran, von Zhan-Yo und Sylvie stehen würde.

»Wir nähern uns einem Wendepunkt«, begann Zhan-Yo. »Die Paragon Champions werden älter. Verwundbarer. Unsere Chance wird bald kommen, bevor neue Anomalien ihren Platz einnehmen können.«

»Du denkst, die Champions werden jetzt offener für unsere Ideen sein?«

»Nein. Ich denke, wir müssen sie zwingen, zuzuhören.« Zhan-Yo pausierte, beobachtete Wexleys schmales Gesicht. Er hielt es still, blickte direkt zurück zu Zhan-Yo. Kein Terror in diesen grünen Augen. »Sie werden uns nicht respektieren, es sei denn, sie sehen uns als Bedrohung.«

Da war es. Wenn Wexley wollte, könnte der Mann die Drohne über ihnen heranwinken und Zhan-Yos Aussage melden. Er würde in eine Paragon-Zelle gebracht werden, wo sie irgendeinen Anomalie mit bewusstseinsverändernden Fähigkeiten holen würden, um Zhan-Yos Gehirn zu brechen und ihn jedes Geheimnis preisgeben zu lassen, das er je hatte.

»Du hast einen Plan, sonst würdest du mir das nicht erzählen.« Wexley blickte auf seine behandschuhten Hände. »Du weißt, was die Anomalien mich gekostet haben. Ich will Gerechtigkeit, und ich kann sie nicht bekommen, weil ich normal bin. Ich würde alles für diese Chance tun.«

»Selbst wenn es Gewalt bedeuten würde? Selbst wenn es totale Störung von all dem hier bedeuten würde?« Zhan-Yo nickte in Richtung des Marktes.

»Ich würde morgen gegen sie kämpfen, wenn ich dächte, wir könnten gewinnen«, sagte Wexley. »Wenn ich dächte, dass alle Normalen mit mir aufstehen und unsere Zahlen die Paragons zerstören könnten, würde ich es tun. Aber du und ich wissen beide, dass uns das nur umbringen würde.«

»Nicht auf diese Weise. Nicht mit den vereinten Paragons. Nicht mit den Champions, die noch stehen.«

»Du willst sie ermorden? Wie?«

»Ich brauche nicht, dass sie sterben«, sagte Zhan-Yo. »Sie müssen nur ihre Augen öffnen.«

»Hör auf. Niemand hat Zeit für deine kryptischen Sprüche.« Wexley zog sein Handgelenk aus dem Ärmel seines Mantels und schaute auf den Tama. »Du hast mich draußen warten lassen. Es ist kalt, wir sind zu spät für das Meeting, und du hast mich neugierig gemacht, also sag's mir. Geradeheraus.«

Also tat Zhan-Yo es. Er ließ Sylvies Namen aus, hielt es allgemein und oberflächlich. Er erwähnte Aegis nicht, aber Wexley tat es, indem er das wahrscheinlichste Ziel nannte, das hier in Atlantis, in Chicago, sein würde. Die Absicht, den größten Champion der Paragon anzugreifen, ließ Wexley nicht mit der Wimper zucken, veranlasste ihn nicht, die Drohne zu rufen oder Zhan-Yo für verrückt zu erklären. Stattdessen brannte Hunger in Wexleys Augen.

In der Lobby von Ziran, zentral hinter vier Doppelschiebetüren, die eine Barriere zwischen der kalten Luft draußen und der kalten Büroatmosphäre bildeten, gleich hinter Metalldetektoren und Sicherheitsdrohnen, stand ein bronzener Brunnen, der auf ein glänzendes Goldorange poliert war. Eine Statue stand im quadratischen Sockel des Brunnens – etwa so groß wie ein kleines Schwimmbecken – und diente, umgeben von kurzen Wasserstrahlen, als Idol für Zirans Mission.

Die Statue begann links mit einem kleinen Jungen, höchstens drei Jahre alt und noch unsicher auf den Beinen, der zu seiner älteren Schwester aufblickte und ihre Hand hielt. Auch sie wandte sich nach links und wiederholte die gleiche Kombination aus Blick und Halt mit einem Mann, der ihr Vater sein musste. Auch er verband sich mit der Großmutter, die sich als Letzte mit einem Stock in ihrer linken Hand aufrecht hielt. Nur sie blickte nach rechts zurück. Unter ihren Füßen befand sich eine Weltkarte, deren Land heller kupferfarben war als die Ozeane. Entlang einer Plakette an der vorderen Basis, zur Straße hin, stand die Inschrift: *Die ganze Welt verbinden.*

Zhan-Yo warf, wie jedes Mal, wenn er ins Büro kam, eine Münze ins Wasser des Brunnens. Ein Penny, immer noch mit Lincolns Gesicht. Davon gab es noch jede Menge, und das für wenig Geld. Anfangs war Bargeld gehortet worden, die Leute hatten es gegen Reps getauscht in der Erwartung, dass die Paragons den Wahnsinn ihres Unternehmens erkennen und umkehren würden. Als sich die Jahre jedoch zu Jahrzehnten dehnten und unverwundbare Beschützer zum bevorzugten Zustand wurden, wurden die Zeichen einer nicht ganz so goldenen Vergangenheit billig.

Wexley war vorausgegangen und hatte sich freiwillig für die Aufopferung gemeldet, das Meeting zu eröffnen und sich für ihre Verspätung zu entschuldigen. Zhan-Yo wollte seinen Moment am Brunnen. Sein Vater hatte das Ding schließlich hierher gestellt, und ohne ein Grab zum Besuchen schien dies der angemessenste Ort zu sein, um ihm Respekt zu zollen.

Und sich der Zukunft zu verpflichten.

KAPITEL 16
LABORARBEIT

MYNX ÜBERLIESS dem Autopiloten den Rückflug nach Kalifornien. Die drei Stunden des Überschallflugs, die sie mit Nickerchen verbrachte, trugen viel dazu bei, dass sie in Denises Labor in einem halbwegs menschlichen Zustand ankam. Aegis' Tee, ihr einziges Heilmittel für eine Nacht voller Strategiegespräche und Geschichtenerzählen, hatte die zu erwartende schwache Wirkung eines Champions, dessen Körper danach strebte, sich in perfekter Verfassung zu halten und keine Hilfe in dieser Sache brauchte - sie wäre beim Trinken fast eingeschlafen.

»Sag mir was Gutes«, forderte Mynx Reeves auf, sobald sie aus dem Jet stieg und wieder in die tröstliche Umgebung der Fabrik trat. »Wie macht sich unser Gladiator?«

»Deine Änderungen haben, glaube ich, die gewünschte Wirkung. Achtzig Prozent der Tests führen zu neutralisierten Bedrohungen und einem geretteten Kind. Viel weniger grausame Ergebnisse.«

In der Fabrik, wo Räume und Korridore zu groß waren, um überall eingebettete Lautsprecher zu haben, musste Reeves oft auf eine kleine schwebende Drohne zurückgreifen, deren Quadcopter-Rotoren die kleine Box in der Luft hielten und in der Nähe schweben ließen. Jenseits der Landebuchte des Jets gab es zwei Optionen; links und sie wäre zurück auf der Hauptebene der Fabrik, in der Lage, in die anderen zwanzig Prozent einzutauchen. Rechts lagen der Bodentransport und die Verantwortlichkeiten.

»Verfeinere es weiter. Ich will, dass diese zwanzig Prozent halbiert werden, bevor wir das aktualisierte Modell freigeben.«

Logisch betrachtet war die Wahl nicht schwierig. Körperlich war sie quälend. Mynx wollte zusammenbrechen und in die Bewusstlosigkeit sinken. Stattdessen ging Mynx nach rechts, in Richtung der Türen, die zur Kapselzufahrt führten.

»Du gehst schon so bald?«, fragte Reeves.

»Aegis war erschöpfend, aber er hat einen Punkt bewiesen, auch wenn ich glaube, dass er das nicht beabsichtigt hat.« Mynx tippte auf ihr Tama und rief eine Kapsel. Sie hätte Reeves darum bitten können, und die KI wäre schneller gewesen, aber sie mochte es zu beweisen, dass sie immer noch selbst Aufgaben erledigen konnte. »Wir brechen zusammen, Reeves. Ich hatte gehofft, Denise hätte die Lösung.«

»Ich dachte nicht, dass sie eine hatte.«

»Noch nicht. Ich denke, es ist an der Zeit, ihr auf die Sprünge zu helfen und zu sehen, ob sie eine finden kann.«

Dr. Denise Jones leitete ein beeindruckendes silbern aussehendes Labor, das an einen viel größeren Medizin-Campus in der Nähe der UCLA im Westen der Stadt angeschlossen war. Mit seinem scharf abfallenden Dach sah das Laborgebäude aus, als wäre es schräg abgeschnitten worden, ein großer metallener Türstopper, der durch eine straßenüberspannende Fußgängerbrücke mit seinem größeren Geschwister verbunden war. Mynx hörte sich auf der Fahrt dorthin verschiedene Artikel über das Labor an, die sich alle darum drehten, dass Denise sowohl das Gebäude als auch Forschungsgelder für ihre Ideen erhalten hatte, doch die vermeintlichen Wunder hatten sich als schwer zu realisieren erwiesen. Jetzt, da die Finanzierung versiegte, kreisten die Geier, um das Gebäude, das Personal und die Ausrüstung zu schnappen.

Die Fahrt mit der Kapsel dauerte dreißig Minuten, eine Strecke, die zu der Zeit und unter den alten Regeln, als jeder selbst fuhr, eine Stunde gedauert hätte, um von dem Canyon, in dem Mynx die Fabrik gebaut hatte, dorthin zu gelangen. Dass die Kapseln diesen Vorteil fast ein Jahrzehnt nach der universellen Einführung immer noch aufzeigten, schien wie Salz in die Wunde zu streuen, aber sie lagen nicht falsch. Für den Verlust der Kontrolle hatten alle Zeit gewonnen. Rate mal, was die Leute mehr wollten.

Trotz seiner Auffälligkeit lud das Labor nicht gerade Besucher ein. Abgesehen von einem Parkplatz mit fünf Stellplätzen für die wenigen, die möglicherweise Kapseln vor Ort behielten, hatte der Eingang ein kleines Vordach, das über der einzigen Glastür thronte. Auf dieser Tür, einer altmodischen mit einem Griff zum Öffnen, stand in scharfkantiger Schrift *Double Helix, Inc.* Das war auch in den Artikeln erwähnt worden - verzweifelt bemüht, ihr Labor und ihre Arbeit zu retten, hatte Denise sich von der Akademie getrennt und ihre eigene Firma gegründet, wodurch sie sich Feinde gemacht hatte. Dennoch war niemand sonst in dem Bereich auch nur annähernd so weit gekommen, den unaufhaltsamen Marsch der Biologie zu lösen.

»Ein subtiler Name«, sagte Mynx, als sie die Worte auf dem Glas las und dann ihr Spiegelbild betrachtete. Sie trug ein locker sitzendes Outfit, das sie vor langer Zeit unter 'entspannt' eingeordnet hatte, da sie festgestellt hatte, dass es jeden Tag Zeit sparte, wenn sie ihre Garderobe in spezifische Kollektionen für bestimmte Stimmungen einteilte. Mynx musste nur das Wort sagen, und Reeves würde die perfekte Auswahl treffen. »Reeves, besorg mir die Unterlagen für eine Firma namens *Double Helix*.«

Reeves sprach nicht, aber Mynx' Tama vibrierte die erforderliche Anzahl von Malen, um zu bestätigen, dass die KI den Befehl erhalten hatte. Mynx vertraute Denise nicht ganz, und die Artikel hatten nicht viel geholfen, auch wenn sie alle Denises Wagemut angesichts der allgemeinen Skepsis gelobt hatten. Mynx griff nach dem Türgriff des Labors und stellte fest, dass er verschlossen war. Sie bemerkte einen kleinen schwarzen Knopf mit der Aufschrift *Anruf* auf der rechten Seite der Tür und drückte ihn, was Denise Punkte für Sicherheit einbrachte.

»Hallo?«, sagte ein Mann, der überrascht klang, dass er sprechen musste. »Äh, kann ich Ihnen helfen?«

»Ist Dr. Jones da?« Mynx setzte ein sicheres Lächeln auf. Ältere Dame, müde aussehend, Hände an der Taille gefaltet. So ungefährlich wie es nur geht. »Sie wird mit mir sprechen wollen.«

»Wer fragt?«

Ah, die Namensnennung. Welches Vergnügen auch immer einmal darin gelegen hatte, ihren Titel zu nennen und die Überraschung, den Zweifel und das schließliche akzeptierende Stottern verschiedener Leute zu beobachten, war längst in ermüdende Sekunden zerfallen, die Mynx wann immer möglich zu vermeiden versuchte. Hier sah sie jedoch keine andere Option, als mit triefender, schneidender Süße ihren Namen zu nennen.

Zuerst kam Stille. Dann die Ähs, die gemurmelte Frage an jemanden, der in der Nähe stand, ob Mynx wirklich Mynx sei.

Und dann ... »Verstanden. Ich lasse Sie jetzt rein, und Sie können drinnen warten, Miss, äh, Mynx.«

»Danke.«

Das Schloss sprang auf, und Mynx zog die Tür auf, machte einen Schritt darauf zu, und ihr Tama vibrierte. Sie warf einen Blick darauf, der Bildschirm auf dem Band zeigte eine Nachricht von Reeves:

Sie haben die Wände des Gebäudes verstärkt. Es wird meine Signale blockieren.

Interessant. Also wollte Denise entweder nicht, dass ihre Mitarbeiter tagsüber Nachrichten auf ihren Tamas verschickten, oder die Telekommunikationswellen von außen könnten ihre Experimente stören. Mynx speicherte die Information und ging weiter.

Auf der anderen Seite befand sich eine spärlich eingerichtete Lobby mit ein paar kahlen Stühlen, die wohl bei einem Ausverkauf erstanden worden waren, an einer cremefarben gestrichenen Wand. Die Streifen an der Wand deuteten darauf hin, dass sie von denselben Leuten gestrichen worden war, die auch tiefer im Inneren arbeiteten. Immerhin sahen die Lampen professionell aus und tauchten den Raum in ein steriles Licht.

Gerahmte Poster, die die kommenden Produkte von *Double Helix* ankündigten, zierten den Raum. Alle versprachen Wunder und endeten mit »demnächst erhältlich«. Insgesamt hinterließ das Labor einen seltsamen ersten Eindruck, der in dem Gefühl gipfelte, dass Denise nicht viel Wert auf Äußerlichkeiten legte.

Mynx konnte das respektieren. Die Ergebnisse waren schließlich das Wichtigste.

»Nicht jeder von uns hat eine Fabrik«, erklang Denises warme Stimme aus einer neuen Öffnung, einer weiteren codezugangsgeschützten Doppeltür, diesmal massiv und ohne die Transparenz der ersten. »Willkommen in unserem bescheidenen Labor, Mynx. Ich freue mich, dass du es einrichten konntest, auch wenn es so kurzfristig war.«

»Die Umstände können sich schnell ändern.« Mynx schüttelte Denise die Hand. Kalt, feucht. Als hätte sie sich gerade die Hände desinfiziert. »Ich würde gerne unser Gespräch fortsetzen.«

Denise nickte ihr zu und winkte dann durch die schwere Tür zurück, auf eine Art, die deutlich machte, dass der Mann am Empfang nichts von dem Gespräch wissen musste. Gut – nichts stank mehr nach Amateurhaftigkeit als ein vermeintlich offenes Prinzip, bei dem jeder im Labor alles wissen musste. Man wusste nie, was jemand mit Informationen anstellen würde, egal wie unbedeutend sie schienen. Am besten beschränkte man den Informationsfluss, besonders wenn es um Menschen ging.

Reeves konnte sie vertrauen. Menschen? Nicht so sehr.

Das Büro, im Gegensatz zur Lobby, hatte offensichtlich ein höheres Budget genossen. Denises Schreibtisch war mit mehreren festen Monitoren ausgestattet, eine ineffiziente Raumnutzung im Vergleich zu den heutzutage so beliebten projizierten Bildschirmen, aber die überlegene Bildqualität war wahrscheinlich von Vorteil bei der Untersuchung von Molekülsträngen. Mynx unterdrückte ein Grinsen; Normalos und ihr Bedürfnis nach solcher Ausrüstung.

»Darf ich?«, fragte Mynx, sobald Denise begann, das Experiment zu beschreiben, dessen Daten über die Monitore liefen.

»Was darfst du?«

»Schau einfach zu.« Mynx ging an der Wissenschaftlerin vorbei, ließ sich in Denises Stuhl sinken und streckte dann die Hände in Richtung der Bildschirme aus.

Die Geste war nicht notwendig, schien aber Menschen zu helfen, die das zum ersten Mal sahen. Andererseits würde Mynx nicht wissen, was Denise dachte oder welcher Ausdruck sich auf ihrem Gesicht zeigte, denn Mynx war nicht mehr dort.

Unter einem sternenlosen schwarzen Himmel stand Mynx im Zentrum eines Rings aus Hütten. Ein krasser Gegensatz zu dem Herrenhaus, das sie in den Drohnen mit ihrem strukturierten, abgestimmten Code geschaffen hatte. Die Software, die versuchte, Denises Proben zu analysieren, zeigte sich als eine vernetzte Ansammlung zusammengeflickter Hütten. Löcher in den Dächern, hängende Schornsteine, schief in den Angeln hängende Türen – alles zeugte von schlampiger Qualität.

Zu Mynx' Füßen markierten moosbedeckte Steine die fragmentierten Funktionen, die die Hütten miteinander verbanden, und die Steine vor ihr führten zu dem Teil des Programms, der gerade arbeitete – die einzige Hütte, deren Feuer zu brennen schien und deren Rauch sich in einer langsamen Spirale nach oben kräuselte. Sie ging darauf zu, vorsichtig darauf bedacht, mit den Füßen auf den Steinen zu bleiben – sie musste dem Code folgen, und ein falscher Schritt in die schwarze Leere um die Steine herum könnte das Programm zum Absturz bringen und Mynx nach draußen befördern.

Oder schlimmer noch, sie in einem Hardfreeze gefangen halten, aus dem sie sich befreien müsste.

Mynx jedoch brillierte darin, sich in einer Welt ihrer eigenen Erschaffung zu bewegen. Kein Wind wehte, kein Kippen oder Rutschen der Steine versuchte, sie aus dem Gleichgewicht zu bringen; hier bewegte sich Mynx mit der stillen Zuversicht eines Geistes.

Die Tür der Hütte gab nicht nach, als Mynx ihre Hand dagegen drückte. Physische Kraft existierte hier nicht, was bedeutete, dass die Daten, die Denises Programm sammelte, durch eine Sperre vor Zugriff geschützt waren. Mynx tippte mit der Spitze ihres Zeigefingers gegen die Tür, und das Holz blitzte ozeanblau auf, bevor es zu Code zerfiel. Buchstaben, Zahlen, Symbole – alles schwärmte umher, und Mynx bahnte sich ihren Weg durch das Labyrinth.

»Da bist du ja«, formten Mynx' Lippen die Worte, hörte den Klang in ihrem Geist, obwohl kein tatsächliches Geräusch an diesem Ort widerhallte.

Sie hatte die Verbindung gefunden, die von der Tür zum Zentrum des Programms führte, ein hellblau brennender Strang, der die Tür der Hütte, und wahrscheinlich auch alle anderen, mit Namen unter dem Stein verband, wo Mynx zuerst erschienen war. Die Datenbank. Mynx könnte den ganzen Weg dorthin zurückgehen, durch die Aufzeichnungen wühlen und einen Namen und ein Passwort finden, die die Hütte entsperren würden, aber jetzt, da sie den Strang sehen konnte ...

Mynx griff hinunter und packte das glühende Seil dort, wo es von der Tür wegfloss, mit ihrer linken Hand. Wie ein Metallclip, der einen Stromkreis überbrückt, verband sich Mynx mit der Datenbank und zog, als würde sie sich an eine Erinnerung erinnern, eine passende Namen-Passwort-Kombination heraus, die die Hütte akzeptieren würde. Die Daten schossen von Mynx' rechter Hand, die immer noch die Tür berührte, und fügten sich in den unordentlichen Sicherheitscode ein, der ihr den Weg versperrte. Mit einem smaragdgrünen Blitz schmolz die Tür zu nichts und Mynx ging hinein und suchte.

»Du bist nah dran«, sagte Mynx, als sie in Denises Büro zurückkehrte. »Sehr nah.«

Denise hatte die Geistesgegenwart, ihren Mund zu schließen und den Stift von dem Notizblock wegzulegen, auf dem, wie Mynx vermutete, hastig niedergekritzelte Beobachtungen standen. Denise hatte allerdings nicht die Anmut, bei ihrer Überraschung zu erröten.

»Wie ich schon sagte, ich brauche mehr Proben zur Bestätigung«, erwiderte Denise. »Im Moment kann ich Funktionen wiederherstellen, ich kann die DNA reparieren, aber es hält nicht, und ich habe keine Anomalien zum Testen. Das könnte der Schlüssel sein.«

»Dann nimm etwas von meiner.«

Beschütze die, die sich nicht selbst schützen können. Ein offensichtliches Ideal für die Champions. Denise die gesamte genetische Datenbank der Anomalien zu geben, könnte sie gefährden. Ihre eigenen Zellen zu geben, mit Mynx' Armada von Drohnen und den gewaltigen Ressourcen der Fabrik zu ihrer Verfügung, wäre kein großes Risiko. Und die Vorteile?

Nun, die wären alles wert.

»Ich, ich würde das sehr gerne«, sagte Denise und stand

auf. »Wir haben einen Bereich für die Probenentnahme eingerichtet. Nicht dass wir viele Proben nehmen, aber für den Fall ... Trotzdem, diese Datenbank von dir? Wir könnten neue Zellen herstellen und alle möglichen Techniken ausprobieren.«

»Verdien sie dir erst. Zeig mir Fortschritte, und du bekommst deine Datenbank.«

Ein Nadelstich, ein Röhrchen Blut, und Mynx ließ Denise mit ihrer neuen Anomalie-DNA an die Arbeit gehen. Auf dem Weg zurück zum Pod wartete Mynx, bis sie weit genug weg war, bevor sie ihr Tama hervorholte.

»Reeves, hast du irgendein abnormales Verhalten bei Denise beobachtet?«

Nichts Offensichtliches. Typische Routinen für ihren Hintergrund und Beruf.

»Dann hol die Unterlagen über dieses Labor. Double Helix.«

Du vertraust ihr nicht?

Was Mynx in dieser Zellanalyse gesehen hatte, bestätigte zwei Dinge: dass Dr. Denise Jones große Möglichkeiten hatte und dass sie sehr, sehr gefährlich sein konnte. Was Denise mit Mynx' DNA machen würde, würde beweisen, ob sie beides war, aber die Vergangenheit sagte oft die Gegenwart voraus, und wenn Denise irgendwelche Hinweise hinterlassen hatte, würde Reeves sie finden.

»Du kennst mich besser als das.«

KAPITEL 17
MISCHEN WIR UNS EIN

DAS PARAGON-TRANSPORTFLUGZEUG FLOG TIEF über die Bäume hinweg, wobei seine Triebwerke von Hochgeschwindigkeitsschub auf einen langsameren, stabilen Schwebeflug umschalteten.

»Ich springe ab«, sagte Aegis, und bei diesen Worten öffnete sich die Seitentür, vor der er stand, und ließ die kühle Nachmittagsluft herein. »Setze den Abholpunkt auf meinen Ruf.«

Das Drohnensystem des Flugzeugs bestätigte den Befehl mit Blinklichtern rund um die Tür, und dann sprang Aegis hinaus. Nach ein paar Sekunden in der Luft griff er hinter seinen Rücken, und der Fallschirm öffnete sich in einem klaren, synthetischen Fang, der Aegis' Abstieg verlangsamte und ihn auf eine Lichtung zwischen schneebedeckten Bäumen gleiten ließ. Als er landete, war das Flugzeug verschwunden und ließ Aegis allein mit dem Nachklang seiner dröhnenden Motoren zurück. Das Ziel saß zehn Meter entfernt am Boden, mit dem Rücken an einen Baum gelehnt. Eine rote Pfütze markierte die Position im Schnee, obwohl Aegis nicht sah, dass sie größer wurde.

»Bist du noch bei uns, Paragon?«, fragte Aegis den Mann,

der die gepanzerte Uniform des Paragons trug. Der Anzug, der dafür konzipiert war, Kugeln abzuwehren und die meiste Energie von Anomalien zu absorbieren, opferte Beweglichkeit für Masse, nicht dass es hier eine Rolle spielte.

»Mir ging's schon mal besser.« Paragons heiseres Flüstern erzählte eine Geschichte von aufgesprungenen Lippen, Dehydrierung und einem kollabierten Lungenflügel.

»Die Sanitäter sind unterwegs«, sagte Aegis. »Wo ist er hin?«

Es gab nur ein Ziel für diese Frage, und der Paragon schaffte es, seinen Kopf nach Westen zu neigen. Jetzt, wo Aegis sich die Mühe machte, in diese Richtung zu schauen, markierte Thanes Marsch seinen Weg mit gebrochenen Ästen, verbogenen Bäumen und so vielen Kiefernadeln, dass ihre dunkelgrünen Spitzen den Schnee verbargen.

»Nicht allzu weit«, sagte der Paragon. »Hab versucht, ihn aufzuhalten, aber das hat nicht so gut geklappt.«

»Du hast es versucht. Das ist bewundernswert.«

Aegis wartete nicht bei dem am Boden liegenden Paragon – er konnte nichts für die Anomalie tun, und Thane aufzuhalten hatte höhere Priorität. Das Wiederauftauchen der Anomalie brannte wie ein Krebsgeschwür, als Aegis seinen Lauf durch die Bäume aufnahm. Zweifel, Fragen über seine eigene Fitness – diese Schulter schmerzte immer noch – und die Chancen, dass Aegis es immer noch mit Thane aufnehmen konnte ... nun, es lohnte sich nicht, darüber nachzudenken, denn er war hier, jetzt, und das war alles, was zählte.

»Dad?«, summte Celices Stimme in seinem Ohr auf dem Kanal, den Aegis während Missionen offen hielt. »Was ist los?«

Aegis fasste den Absprung und den niedergeschlagenen Paragon mit einem kurzen Knurren zusammen: »Er ist erledigt, ich bin an ihm dran.«

»Allein?«

Ein tiefer Ast zwang ihn zum Ducken, und Aegis hielt seine Beine in Bewegung, wirbelte Schnee und Kiefernadeln auf. Seine Arme bewegten sich auch, immer in Richtung des Paars Betäubungspistolen, die an seinen Hüften angeschnallt waren. Man wusste nie, wann Thane hinter einem dieser massiven Bäume hervorspringen könnte.

»Im Moment. Keine Zeit.« Aegis rannte durch Wolken seines eigenen Atems.

»Dann schicke ich einige von Mynx' Drohnen los. Sie werden deine Position verfolgen.« Celice klang verärgert. »Du solltest das nicht tun.«

»Ich lasse Thane nicht entkommen. Celice, halte das unter Verschluss. Keine Presse. Keine Übertragung.«

»Schon erledigt. Wer ist dieser Typ?«

»Später.«

Der Wald endete abrupt mit plötzlicher Zivilisation; eine schwarze Autobahn und auf der anderen Seite eine Ladestation für Pods. Was einst bodenverankerte Platten mit einem benachbarten, gedrungenen Gebäude für Essen, Snacks und Toiletten für Leute auf einer langen Pod-Reise gewesen war, sah nun aus wie ein zertretenes Kinderspielzeug. Zerstörte Pods lagen überall verstreut, Rauch stieg aus dem brennenden, zerstörten Laden auf, und jemand in diesem Chaos lebte noch.

»Habe eine beschädigte Ladestation gefunden. Schick deine Drohnen hierher.« Aegis schaltete das Tama mit einem Tippen seiner rechten Hand stumm.

Die Bäume um die Ladestation herum standen makellos da. Thane war hier gewesen, hatte zerstört, aber er war nicht weggegangen. Zumindest nicht durch den Wald. Was bedeutete, dass Aegis alles hören musste. Hauptsächlich hörte er Schreie. Er stürmte über die Straße und folgte den Geräuschen der Frau, während er um Reifen, zersplittertes Glas und funkensprühende Kabel herumrannte, darübersprang oder sie überlief. Brennender Gummi vermischte sich mit schmelzendem, billigem Essen zu einer Mischung, die in krassem Gegensatz zu den Kiefern um ihn herum stand. Andererseits fand Aegis sich oft an zerstörten Orten wieder.

Verderben fühlte sich wie zu Hause an.

Thane zeigte sich nicht, aber die Rufe führten Aegis zu der eingestürzten Station, wo, mit einer Doppeltür verkeilt, eine Frau zappelte, die aussah, als hätte sie das zerbrochene Glas des Gebäudes gefunden. Ihre Augen waren geschlossen, und ihre Schreie waren wortlose, schluchzende Dinge, die das Herz des Champions berührt hätten, wenn er nicht schon so, so viele Male zuvor dasselbe gehört hätte.

»Halten Sie durch«, sagte Aegis und kniete sich neben sie. »Können Sie sich überhaupt bewegen?«

Die Worte eines Paragons, nein, eines *Champions* ließen die Frau erstarren, und ihre Augen öffneten sich, wobei ein winziges Blutrinnsal von einem Schnitt, der von ihrem Stirnhaar verborgen war, über ihr Gesicht zum Boden lief. Ihr Mund arbeitete, zwischen dem nächsten Schrei und seinem Namen hin und her. Aegis wischte Glassplitter von ihrer Schulter – es sah aus, als wäre sie auf die Seite gefallen, als das Dach einstürzte, und der Türrahmen war auf ihre Beine gesplittert. Aegis hatte Kraft, aber er war keiner, der eine Tonne mit einem einzigen Finger heben konnte.

»Ich stecke fest«, brachte die Frau schließlich heraus.

»Ich sehe es.« Aegis brachte das Tama an seinen Mund. »Celice, schick medizinische Hilfe zu meinem aktuellen Standort. Ein Zivilist verletzt.«

Celice bestätigte den Befehl mit einem Klicken.

»Hat ein großer, alter Mann Ihnen das angetan?«, fragte Aegis die Frau.

»Werden Sie mich hier rausholen?«

»Kann nicht.« Aegis scannte die Station vor ihm, sah nichts. Er drehte sich um, warf einen Blick auf die zerstörten Kapseln und sah auch dort nichts. »Antworten Sie bitte. Wer hat das getan?«

»Ich weiß es nicht! Vielleicht das, was du gesagt hast. Ich war drinnen. Zuerst die Kapseln-«

»Ruhe.« Aegis hielt seine Handfläche in ihre Richtung.

Ein neues Geräusch erhob sich über das leise Knistern der kleinen Feuer und das gelegentliche Metallstück, das immer noch langsam zu Boden fiel. Ein schleifendes Geräusch; zu große Schuhe, die über den Asphalt schabten. Es kam von der rechten Seite der Station.

Aegis zog eine Betäubungspistole, umfasste sie mit beiden Händen und hob die Waffe. Die Frau gehorchte den Befehlen nicht, fing wieder an zu weinen, aber Aegis hatte keine Zeit dafür. Das Schleifen hörte auf, es schien, als wäre es direkt um die Ecke der Station. Aegis machte einen Schritt, dann noch einen, rollte seine Fersen zu den Zehen. Er zuckte zusammen, als das Glas unter seinen Stiefeln weiter knackte. Dagegen konnte man nichts machen.

Wie oft war er schon in einer Situation wie dieser gewesen? Sich immer wieder anschleichend, an irgendeinen Schurken, Verbrecher oder eine fehlgeschlagene Anomalie. Es würde mit einem Kampf, einer Kapitulation und möglicherweise einem Tod enden, nicht unbedingt in dieser Reihenfolge. Aegis hatte an Tagen wie diesem, schön und kalt, Paragons verloren. Eines Tages könnte er es sein. Ehrlich gesagt, hätte es schon viele Male zuvor er sein sollen.

Aegis bog in einer fließenden Bewegung um die Ecke, sah den alten Mann und drückte ab. Thane, der die Anpassungsfähigkeit seines Alters bewies, presste sich gegen die Wand der Station, und der Betäubungspfeil flog vorbei. Aegis schwenkte, visierte Thane an und zögerte. Die Falten des Monsters hingen wie weiße Barthaare herab, während Thanes Haut-und-Knochen-Gestalt ein komisch übergroßes Hemd trug, das von seinen Schultern bis zu seinen Füßen reichte, die ganze eineinhalb Meter von Thanes Größe. Seine Hände, durchscheinend und geschrumpft, hoben ihre Handflächen Aegis entgegen.

Eine Kapitulation. Ein Kampf. Ein Tod.

»Thane«, begann Aegis. »Warum?«

»Einer der vielen Flüche, mit denen die Intelligenz ihre Träger belastet, ist der der Wanderlust, mein Freund«, sprach Thane mit einem knarrenden Pfeifen. »Ich konnte nicht in deiner Zelle bleiben.«

»Also war dein Plan, was, rauszukommen, ein paar Dinge zu zerstören und uns dich wieder einfangen zu lassen? Ich dachte, du wärst schlauer als das.«

»Kommt auf die Zeit an.« Thane nickte in Richtung der linken Schulter des Champions. »Ist das, wo du verletzt bist? Der Unbesiegbare wird besiegbar?«

Ein Dröhnen, die Luft brodelte, vermischte sich mit der Stille um die zerstörte Station. Drohnen im Anflug. Verstärkung.

»Du bist erledigt, Thane«, sagte Aegis und ignorierte die Bemerkung über die Schulter. Thane irgendeine Genugtuung zu geben, stand nicht im Paragon-Spielbuch. »Leg dich auf den Boden und ich werde dich nicht betäuben.«

Eine Lüge. Thane war viel zu gefährlich, um ihn in irgendeiner Weise handlungsfähig zu lassen. Aegis drückte den Abzug, bereit zu feuern.

»Weißt du, was mich immer enttäuscht?«, sagte Thane. »Dir fehlt es an Subtilität.«

Aegis feuerte. Der Pfeil traf Thane mitten in die Brust, durchdrang aber die Haut nicht. Er prallte ab und fiel zu Boden, während Thane sich zu verändern begann. Zu wachsen.

»Du bist direkt, aber du schwelgst nie darin!«, sagte Thane, seine Stimme wurde härter, tiefer und undeutlicher, während er wuchs, seine Knochen sich ausdehnten und seine Haut sich straffte. »Du bist ein Hammer, Aegis, aber du versäumst es-«

Thanes Worte gingen in ein Heulen über, als der Verstand des Monsters in der Wut des Riesen verschwand. Wo einst ein gebrechlicher alter Mann gestanden hatte, nahm nun ein einzelnes Unterbein denselben Platz ein. Ein vier Meter großer, muskelbepackter Mann ragte über Aegis auf, Speichel tropfte von seinem schiefen Grinsen, wilde gelbe Augen starrten seinen Feind an. Das hirnlose Biest. Eine Katastrophe, die vor Jahrzehnten auf die Welt losgelassen und immer wieder von den Paragons eingefangen wurde. Aegis hatte oft genug versucht, Thane direkt zu töten, aber es schien keinen Weg zu geben, es zu tun. Nicht durch direkte physische Mittel jedenfalls. Die einzige Option, die einzige Chance, die sie hatten, war Sedierung. Frieden.

»Thane, hör auf!«, befahl Aegis und wich zurück.

Thane reagierte auf den Vorschlag so, wie er jetzt auf alles reagieren würde - seine rechte Faust, groß wie ein Koffer, schwang ihren blockartigen Körper in Aegis und schleuderte den Champion zurück, sodass er in der zerstörten Hülle einer Kapsel landete. Der Aufprall hätte Aegis bewusstlos schlagen sollen. Er machte ihn nur wütend.

Aegis kletterte frei, kam auf die Füße, als Thane sich näherte, mit den weiten, schwingenden Schritten von jemandem, der sich an eine neue Hose gewöhnt. Thane brüllte, knurrte und biss in die Luft, während er sich bewegte, wie ein tollwütiger Hund.

»Ich hasse dich wirklich, wirklich«, sagte Aegis und hob seine Fäuste, als wollte er mit der Kreatur boxen.

Thane beugte sich in einen großen Roundhouse, eine Bewegung, die sich im Zurückziehen und Vorschwingen so deutlich ankündigte, dass Aegis Zeit hatte, seinen Seitenschritt ohne die geringste Sorge auszurichten. Der Champion wich nach links aus, als Thanes Faust vorbeischoss, machte dann einen schnellen Schritt an Thanes rechtem Bein vorbei und versetzte Thanes Knie einen Schnappkick. Der Koloss brach mit einem Grunzen zusammen, schaffte es aber, mit einem Rückhandschlag auszuholen, der Aegis wegschleuderte und über den Asphalt hüpfen ließ.

»Gewinnst du?«, sagte die Frau, die immer noch am Boden lag und nun direkt neben Aegis. »Es sieht nicht so aus, als würdest du gewinnen.«

»Der Schein kann trügen.«

Aegis zog sich hoch, klopfte den Staub von seinen Schultern und versuchte, plötzliche Kopfschmerzen zu unterdrücken, die Folge des Aufpralls an der Seite der Station. Thane, mit einem leichten Hinken, kam auf ihn zu. Über dem Hinterkopf des Monsters sah Aegis jedoch Mynx' schwere Drohnen schnell herankommen. Früher hatte es ein Paragon-Team gebraucht, um Thane zu Fall zu bringen. Jetzt würden nur ein paar Maschinen nötig sein. Aegis war sich nicht sicher, wie er später darüber denken würde, aber im Moment gaben ihm diese beiden Drohnen eine Menge Erleichterung. Von einem wütenden Thane zu Staub zermalmt zu werden, war niemandes Vorstellung von einem guten Zeitvertreib.

»Komm schon, Hässlicher«, rief Aegis. »Mach weiter so und vielleicht spüre ich was.«

Thane nahm die Beleidigung gelassen hin, und während die Frau hinter ihm wieder zu schreien begann, wich Aegis nach rechts aus, um Thanes schwingende Fäuste von der Zivilistin wegzulenken. Um Zeit zu gewinnen, konzentrierte sich Aegis auf Ausweichmanöver, schlüpfte unter und um diese gerifften, knochigen Knöchel herum, während Thane den Boden, die Luft traf und eine Kapsel nach der anderen beiseite warf, in dem Versuch, seine kleinere Beute zu erwischen.

Bis die Drohnen ankamen. Die erste, ein untertassenartiges Fluggerät zur Unterdrückung, schoss ein Kabel ab, das Thanes Faust mitten im Schwung erwischte. Die Drohne schwebte und sendete genug elektrischen Strom durch das Kabel, um jeden normalen Menschen in einem Krampf überlasteter Nerven zusammenbrechen zu lassen.

Thane war kein normaler Mensch. Thane brach nicht zusammen. Nicht einmal, als Aegis die Ablenkung nutzte, um einen laufenden, springenden Uppercut gegen Thanes enormes, spitzes und mit Barthaaren bedecktes Kinn zu landen. Stattdessen zog Thane heulend seinen rechten Arm, warf das Kabel und die daran befestigte Drohne direkt auf Aegis, als der Paragon von seinem eigenen Angriff landete.

Aegis sah es kommen, sah, wie diese schwarzmetallene Untertasse sein Blickfeld ausfüllte, als er sich auf dem Asphalt niederließ, gerade erst von einem Schlag zurückgekehrt, der jeden anderen außer Gefecht gesetzt hätte, Thane jedoch keinen sichtbaren Schaden zufügte.

Aegis, Champion von Atlantis und Anführer der Paragons, fluchte, als Thane die Drohne in ihn krachen ließ, und sah nichts mehr.

KAPITEL 18

DIE REUE EINES TRACKERS

DIE FLAUSCHIGE DECKE, die ihre Füße bedeckte, verschlang die Nudel, die von ihrer Gabel gefallen war. Seeker wartete auf mehr, und gegen ihr besseres Urteil schöpfte Kat noch ein paar blassgelbe Ramen-Strähnen auf. Hätte sie einen richtigen Tisch gehabt, würde Seeker zweifellos um die Stühle patrouillieren und nach Resten suchen. So musste sich der Husky mit den Abfällen von Kats Schreibtisch begnügen.

Eine Lektion, die sie lernen könnte.

Gordon hatte keine Nachrichten geschickt, und die Prämie für die Anomalie blieb offen, während der Tag zur Nacht wurde. Also hatte der Tipp entweder nichts ergeben, oder es war eine sich langsam entwickelnde Verfolgungsjagd. Kat hätte in der Lage sein sollen, es zu ignorieren, sich auf etwas anderes zu konzentrieren, etwas, das ihr Privatleben nicht ins Geschäft zog.

Sie tippte von einem sinnlosen Video auf ihrem Bildschirm weg zum Tracker-Board, wo ihre Anomalie-Einnahmen in einer schwindelerregenden Anordnung von Grafiken und Tabellen angezeigt wurden. Jeder Filter oder jede Organisation, die Kat sich wünschen konnte, lag dort: nach Stadt, Fähigkeitsstufe, Lebenszeiteinkommen und so weiter. Sie hatte mehr als zwei Dutzend Anomalien, die Rep-Anteile in ihre Konten einzahlten, aber ihre Standardansicht sortierte die Verdiener in umgekehrter Reihenfolge. Die unwichtigsten ganz oben, damit sie lernen konnte, welche Anomalien sie vermeiden sollte.

Das Tracker-Board hatte standardmäßig einen weiteren Filter aktiviert, den sie je nach Laune deaktivierte, und gerade jetzt, an diesem trüben Wintertag, mit dem schlafenden Hund und dem blauen Schein des Monitors, schaltete sie ihn aus. Drei graue Namen erschienen ganz oben – keine Reps verdient im letzten Jahr, bei den obersten beiden sogar seit mehreren Jahren. Tote Anomalien brachten nicht viel ein. Aber sie kosteten sie einiges.

Sie hatte Sameer auf dem Mississippi erwischt, wie er auf einem Partyboot Glücksspiele betrieb und seine geringfügigen Spiegelbilder nutzte, um aufgedeckte Karten lange genug zu kopieren, um seine Gewinne einzusammeln und zu verschwinden. Er hatte alle zwei Jobs erledigt, bevor er einer Paragon-Taskforce zugeteilt wurde und kurz darauf auf ihrem Board grau wurde. Sie sagten ihr nie warum, und die paar tausend Reps, die die Paragons ihr als Entschädigung geschickt hatten, waren ein schwacher Trost.

Sie hatten auf dem Boot Drinks geteilt, nachdem Kat ihn aufgespürt hatte. Sameer war einer der Guten gewesen.

Im Gegensatz zu Crystal Raines, die in den Hintergassen von Chicagos New South Side einen Höllenkampf geliefert hatte. Ihre lächerliche Vorliebe dafür, nun ja, alles in temporäre Sinklöcher zu verwandeln, machte die Verfolgung zu einem waghalsigen Tanz. Hätte Kat sie nicht mit einem Betäubungspfeil aus großer Entfernung in einem wilden, fliegenden Schuss getroffen, wäre Crystal wahrscheinlich immer noch da draußen. Oder auch nicht, da sie kurz nach ihrer Rückverfolgung wieder in ihre alten Diebstahlgewohnheiten verfallen war. Die Drohnen hatten null Probleme, sie zu finden, nachdem sie die Quelle der verbogenen Türen und Vitrinen eines Juweliergeschäfts ausfindig gemacht hatten, und Crystal hatte beschlossen, kämpfend unterzugehen. Kat konnte nicht entscheiden, ob Crystal den Job absichtlich gemacht hatte – die Drohnen boten eine bequeme, schnelle Möglichkeit, sich umbringen zu lassen.

Zach war anders gewesen. Er hatte sie gefunden, direkt nachdem sie jemand anderen aufgespürt hatte. Er war einfach auf sie zugekommen, mitten auf einem Rastplatz, wo müde Pod-Reisende neben der Autobahn eine Pause einlegen konnten. Sie hatte ihren weißen Anzug getragen und alles, stand über einer bewusstlosen Anomalie, die – sie scrollte runter, um sich zu erinnern – Schrauben mit den Augen drehen konnte. Buchstäblich Schrauben, und nur Schrauben.

»Mann, war der nervig«, sagte Kat zu Seeker, der immer noch zu ihren Füßen schlief. »Erinnerst du dich an ihn? Hat unseren Pod auseinandergenommen, während wir drin waren.«

Trotzdem verdiente dieser Typ eine Menge Reps. Zach aber. Er hatte gesagt, er sei es leid, auf der Flucht zu sein, sich ständig umzuschauen. Also hatte sie ihn gleich dort aufgespürt, ihn zum Essen ausgeführt. Stellte sich heraus, dass Zachs ganzes Ding Gerüche waren; er konnte jeden Duft in der Luft um sich herum verstärken. Ließ das italienische Restaurant, in dem sie saßen, von Marinara-Sauce und Knoblauch durchdringen. Anfangs gab es dafür Reps, dann hatte Zach gefährlichere Jobs angenommen, Gaslecks und dergleichen. War von einem nicht zurückgekommen.

Aber so lief das Spiel. Diese Wunderwelt barg reichlich Gefahren, trotz dem, was die Paragons sagten. Klar, große Katastrophen wurden bewältigt, Verbrecher verschwanden tendenziell in übernatürlichem Feuer, aber gute, altmodische Unfälle und Kämpfe forderten immer noch ihren Tribut.

Kat klickte vom Tracker-Board weg, durchsuchte die

lokalen Chicago-Websites nach etwas Interessantem und fand nichts. Ein Pop-up in der unteren rechten Ecke ihres Bildschirms zeigte eine Bedrohung im Nordosten an, zu weit weg, als dass es sie interessiert hätte. Ansonsten, nada. Als ob die ganze Welt so gelangweilt wäre wie sie, wartend auf irgendwelche Neuigkeiten, für die es sich lohnte aufzustehen.

Das Schlürfen ihrer letzten Nudel hinterließ bei Kat eine Leere, die kurzerhand von den gleichen Bewegungen gefüllt wurde, die seit einem Jahrzehnt die Totzeiten in ihrem Tag bestimmten; ohne darüber nachzudenken, strich sie über ihr Tama, startete einen Anruf zu einer Nummer, die mittlerweile hätte gelöscht sein sollen. Eine Aufzeichnung antwortete schließlich:

Hi! Sie haben Melody Collins erreicht, hinterlassen Sie Ihren Namen und Ihre Nummer, und wenn ich Sie mag, melde ich mich, sobald ich Lust dazu habe!

Kat tippte den Anruf weg. Schüttelte den Kopf. Blinzelte Tränen weg, die sich noch nicht gebildet hatten, die sich nicht mehr bilden würden. Sie hatte diesen Reflex abgeschliffen, aber oh, wie gut es sich anfühlte, diese Stimme wieder zu hören. Der beißende Humor ihrer Mutter, etwas, das zweifellos für jeden nervig war, der tatsächlich versuchte, sie zu erreichen. Etwas so Kostbares jetzt.

Ihr Tama piepste und durchbrach die Wolke mit dem Versprechen von Action, Abenteuer, irgendetwas. Was es war: eine Frage von einem Freund. Einem losen Freund. Kat wälzte die Idee in ihrem Kopf – was war eigentlich wirklich ein *Freund*? Seeker schnaufte sie an, als sie aufstand. Oh ja.

Angesichts der möglichen Aktivitäten des Abends, vom Warten auf eine Nachricht von Gordon bis hin zum Schlendern zur Eckbar und dem Diktat der Stunden durch Alkohol, könnte das, was ihr Freund anbot, lohnender sein und definitiv mehr Spaß machen.

»Trig senden, ich komme.« Kat kletterte zu ihrem Kleiderschrank und strich mit den Händen über die Kleidungsstücke, als sie dort ankam. »Was meinst du, Seek? Rot oder schwarz?«

Seekers Wuff machte die offensichtliche Wahl: beides.

KAPITEL 19

DEN ROST ABSCHÜTTELN

SCHLAG. Tritt. Drehen und die Haltung einnehmen. Das Feuer in seinen Muskeln fühlte sich gut an, angespannt und verschwitzt unter dem leichten weißen Gewand, das ihn und die anderen Dutzend Mitglieder umhüllte, die auf der Matte des Dojos die Übungen durchführten. Cremefarbene Wände, beklebt mit Postern, die zwischen Bewegungsdiagrammen und banalen, inspirierenden Darstellungen abwechselten, bildeten den Hintergrund zur aufmunternden Musik, eine Abwechslung zu den sonst eher ruhigen Kursen.

»Spürt den Rhythmus und arbeitet damit!«, rief die Trainerin und klatschte in die Hände, als könnte der klatschende Laut ihrer schwieligen Handflächen ihre Schüler zu neuen Höhen treiben.

Aber so waren mittlerweile alle Kurse. Zhan-Yo kam seit Jahren hierher, und das Dojo hatte sich, wie ein Elternteil, das versucht, mit seinen Kindern Schritt zu halten, mehr und mehr den momentanen Trends angepasst. Reine Kampfkunst hatte Übungsroutinen Platz gemacht, die weniger Wert auf Techniken legten, die einen in Schwierigkeiten bringen könnten.

Wer brauchte schon zu wissen, wie man kämpft und sich

verteidigt, wenn die Paragons das für einen erledigen konnten?

Trotzdem arbeitete sich Zhan-Yo pflichtbewusst durch die Übungen. Wenn nichts anderes, konnte er die Routinen mit legitimen Schlägen, Kontern und Ausfällen würzen. Das Ganze hielt ihn geschmeidig und stark, und falls Ziran im Begriff war, die Weltordnung auf den Kopf zu stellen, würden Kraft und Flexibilität nützlich sein. Nicht zuletzt, weil er sich, wenn es nach Sylvie ginge, vielleicht in einem Raum mit Aegis wiederfinden könnte. Der Gedanke ängstigte und erregte ihn zugleich.

Die Musik verstummte, als die Klasse zu Ende ging, und die Trainerin füllte die plötzliche Stille mit Abkühlübungen. Zhan-Yo ging die Routine mehrmals durch, während die meisten in der Klasse nach einmal aufhörten. Mit jedem zusätzlichen Jahr brauchte es etwas mehr Dehnung, um die Verspannungen zu lösen, und es hatte etwas Reines, der Einzige auf der Matte zu sein, der noch arbeitete.

»Immer der Letzte«, die Trainerin – wie war ihr Name, Chloe? – kam zu ihm herüber und korrigierte Zhan-Yos Haltung minimal, um sein Gleichgewicht zu verbessern.

Zhan-Yo schloss die Augen, um seinen Ärger über die Unterbrechung zu vertreiben, und drehte sich zu der Frau um, die ein gelbes Gewand trug, das ihre Rolle kennzeichnete. Haar zurückgebunden, leicht halb so alt wie Zhan-Yo selbst, aber ohne Furcht oder Zögern, ihn anzusprechen. Allerdings würde Chloe nicht wissen, wer Zhan-Yo war. Würde nicht wissen, dass sie allen Grund hatte, vorsichtig zu sein.

»Ich lasse mir Zeit«, antwortete Zhan-Yo. »Danke für den Kurs. Er war gut.«

Ein Standardkompliment. Jetzt, da Chloe seine Konzentration unterbrochen hatte, wanderten Zhan-Yos Gedanken zu seinem Tama, sicher in einem Schließfach verwahrt, und der

Arbeit, die auf ihn wartete. Höfliche Konversation war ein Luxus, und jetzt, gerade jetzt, hatte er keine Zeit dafür.

»Dieser Kurs ist aber nicht das, was du willst, oder?«, Chloe lächelte nicht, sah nur neugierig aus. »Ich sehe, wie du die Routinen erweiterst.«

»Aufmerksam.« Zhan-Yo schaute über Chloes Schultern in Richtung Umkleideraum. Ein Hinweis. »Alte Gewohnheiten, an die ich mich gerne erinnern möchte.«

Chloe nickte. »Du bist nicht der Einzige. Wenn du eine Minute und die Energie hast, möchtest du sparren?«

Zhan-Yo sagte ja, bevor er realisierte, worum Chloe gebeten hatte. Zu sparren. Mit den eigenen Händen zu kämpfen. Klar, er übte ab und zu gegen Zirans fähigere Sicherheitsleute, aber die kämpften immer mit Zurückhaltung und wollten ihren eigenen Chef nicht treffen. Wexley pflegte sich auch mit Zhan-Yo zu vormorgendlichen Kämpfen zu treffen, aber als Ziran anspruchsvoller wurde, wurden ihre Sitzungen seltener, bis sie ganz aufhörten. Aber unter all dem war es ein nervöser Zweifel, der Zhan-Yo dazu brachte, Chloes Angebot anzunehmen, der Gedanke, dass er seinen Schwung verloren haben könnte, dass er durch den Versuch, Kriege in Sitzungsräumen und durch Pressemitteilungen zu gewinnen, vergessen hatte, wie man es mit den Fäusten macht.

Chloe stellte sich Zhan-Yo gegenüber auf, und die beiden verbeugten sich voreinander. Richteten sich auf. Zhan-Yo ging in eine lockere Hocke, während Chloe ein Bein vor sich setzte. Genug von der Klasse war geblieben, dass sie ein Publikum hatten, das an ihren Wasserflaschen nuckelte, Handtücher um den Hals, an ihren Tamas tippte oder in einem Fall sein Tama hochhielt, um den Kampf aufzunehmen.

Zhan-Yo griff zuerst an – Chloe hatte das Training damit verbracht, Anweisungen zu geben, was bedeutete, dass sie mehr Energie und Ausdauer haben würde. Je länger die Session dauerte, desto mehr würden Zhan-Yos bereits müde Muskeln langsamer werden, nicht mehr die Kraft haben, seine kleinere Gegnerin beiseite zu stoßen. Chloe schien von Zhan-Yos plötzlichem Anlauf in einen fliegenden Tritt nicht überrascht. Sie ließ sich fallen, rollte zur Seite und ließ Zhan-Yo an ihr vorbeischießen. Sobald er die Matte berührte, tauchte Zhan-Yo nach vorne ab und wich Chloes eigenem Schnellkick aus, der seine Seite getroffen hätte, wenn er versucht hätte, sich umzudrehen.

Sie standen sich wieder gegenüber. Blicke verschlossen.

Diesmal führten ihre Hände den Krieg. Zhan-Yo näherte sich in zwei schnellen Schritten, und von da an herrschten Stöße, Schläge, Ellbogen und Fäuste. Treffer und Konter, Blocks und Haken, jeder strebte nach Position, jeder von ihnen durchlief sein Repertoire, während sie die Bewegungen wegließen, die zu einem Kampf mit tödlichen Folgen gehörten. Chloe hielt eine Weile mit Zhan-Yo mit, ließ den älteren Mann einige leichte Körpertreffer landen, übernahm dann aber die Oberhand und entfesselte eine Geschwindigkeit, die Zhan-Yo nicht erwartet hatte. Sie lenkte seine Arme ab, schlug sie weit zur Seite und pflanzte dann einen Stoß mit beiden Handflächen in Zhan-Yos Brust, der ihn zurücktaumeln ließ.

Bevor er sich erholen konnte, traf Chloe ihn erneut, ging direkt auf ihn zu, drehte sich dann zur Seite und brachte Zhan-Yo mit einem tiefen Tritt zu Fall. Flach auf dem Rücken liegend, mit Chloes Ellbogen auf seiner Brust, blieb Zhan-Yo nur eines übrig; er gab auf.

Nachdem sie geduscht hatten, wartete Zhan-Yo vor dem Dojo auf Chloe und nutzte die Zeit, um einige Nachrichten an Untergebene zu verschicken, die Anweisungen brauchten. Obwohl Ziran ihn im Hauptquartier brauchte, wollte Zhan-Yo der jungen Frau für den Vorwand zum Trainieren danken, trotz des Ausgangs.

»Es gibt eine Gruppe von uns«, sagte Chloe nach Zhan-Yos Dank, während sie auf ihre jeweiligen Pods warteten. »Wir trainieren einmal pro Woche im alten Stil. Wenn du mitmachen möchtest, wären wir, glaube ich, froh, dich dabei zu haben.«

»Meine alten Knochen wären willkommen?«

»Du wärst nicht der Älteste dort«, erwiderte Chloe. »Wir wechseln uns auch beim Unterrichten ab. Es gibt viele Traditionen, die wir nicht verlieren wollen.« Ein Pod hielt an und Zhan-Yo winkte Chloe, es zu nehmen. »Ich schicke dir die Details. Denkst du darüber nach?«

»Das werde ich. Danke«, antwortete Zhan-Yo.

Normale, die sich um Traditionen kümmern und einander helfen. Obwohl er sich die Zeit dafür nehmen müsste, würde Zhan-Yo Chloes Angebot in Betracht ziehen. Er brauchte ohnehin mehr Hobbys - die Revolution hatte begonnen, jede Sekunde zu vereinnahmen, und Zhan-Yo befürchtete, er könnte einen Fehler machen, ohne die Möglichkeit, seinen Kopf frei zu bekommen. Und er konnte sich keine Fehler mehr leisten. Nicht mehr.

KAPITEL 20

DIE AUSSENPERSPEKTIVE EINHOLEN

WAS NACHMITTAGE ANGING, entsprach dieser dem Maßstab für Südkalifornien: warm, windig und voller Wintersonne. Mynx wechselte zwischen dem Lesen von Berichten über Drohnenmodell-Leistungen und dem Beobachten der Wellen von ihrer breiten Terrasse aus. Obwohl niemand sonst da war, hätte man erwartet, dass der große, gläserne, weiß gerahmte Tisch leer wäre, aber Mynx hatte Projektionen auf jeder Oberfläche. Reeves hob jede einzelne hervor, während sich das quadratische Bild vertikal drehte und sich füllte, sodass Mynx auch bei Sonneneinstrahlung lesen und zusehen konnte.

Heißer Tee half, die sich anbahnende Erschöpfung abzuwehren, ebenso wie ein Nickerchen nach ihrem Besuch in Denises Labor. Der Jasminduft vermischte sich gut mit den gesprenkelten gelben Blumen, die den Rand der Terrasse säumten und einen starken genug Duft verströmten, um den ständigen Geruch von brennenden, kochenden Metallen aus der Fabrik zu überdecken. Doch trotz der idealen Bedingungen störte ein Geräusch immer wieder Mynx' Konzentration, bis sie Reeves' neueste Ausführungen zur

Batterieeffizienz wegwinkte und einen klaren Blick auf die Wasserlinie warf.

»Da ist jemand«, sagte Mynx und tippte auf ihr Tama, das ihre Kontaktlinsen von Nah- auf Fernsicht umstellte - ein weiteres Mal hatte die Technologie die Alterssichtigkeit überwunden. »Mehrere Personen.«

»Es ist eine Familie«, sagte Reeves. »Eine Mutter, zwei Kinder, die unter zehn Jahre alt zu sein scheinen. Ihr Risikoprofil ist niedrig, daher haben sie keine Intervention ausgelöst.«

»Nein, das ist schon in Ordnung«, sagte Mynx. »Kannst du mir einen näheren Blick verschaffen?«

Sekunden vergingen, bevor auf dem Tisch ein neues quadratisches Bild auftauchte. Dieses stammte von einer Drohne, die nun nahe genug an der Familie schwebte, um ein klares Bild zu liefern. Eine Mutter und zwei Kinder, letztere schienen mit Freude in die Wellen zu rennen und wieder herauszukommen, lachend und schreiend, während der Elternteil mit einem geduldigen Lächeln zusah, Handtücher und andere Notwendigkeiten in einer großen Tasche über der Schulter. Um so weit von der Pod-Abgabestelle zu kommen, mussten sie entschlossen gewesen sein, von den Menschenmassen wegzukommen, die zweifellos das kühle Wasser trotzten. Als würden sie diesen Gedanken bestätigen, kamen beide Kinder aus dem Meer und präsentierten ihre hautengen Thermo-Badeanzüge.

Jahreszeiten waren keine Barriere mehr, um den Strand zu genießen.

Mynx beobachtete die Familie eine Minute lang beim Reden, Spielen und Planschen, bevor sie Reeves anwies, die Drohne zurückzuziehen. Das waren Erinnerungen, die sie selbst nie schaffen würde. Sie hatte nie die Chance dazu gehabt, oder besser gesagt, als die Chance da war, hatte sie sich für einen anderen Weg entschieden. Und sie bereute diese Entscheidung auch nicht, nur dass es keine Zeit gab, *alle*

Entscheidungen zu treffen, *alle* Möglichkeiten auszuschöpfen und ein vollständiges Leben zu führen.

»Reeves, warum altern wir?«, fragte Mynx, genau wissend, was sie bekommen würde, und lächelte sogar, als die KI mit ihrer Antwort begann.

»Es ist eine Funktion der Biologie, Mynx«, begann Reeves, schien dann aber Mynx' Gesichtsausdruck zu bemerken. »Ich glaube, du machst dich über mich lustig, aber soll ich trotzdem ausführlicher werden?«

»Nein, du hast die Frage beantwortet.« Mynx' Tee hatte jene kühle Phase erreicht, in der weitere Schlucke unangenehm waren, und sein Verlust brachte Mynx in eine andere Geisteshaltung. »Zwei weitere Fragen, Reeves. Erstens, kannst du das für mich aufwärmen? Und zweitens, wie spät ist es in Bangkok?«

»Zur ersten Frage: Natürlich. Zur zweiten: Es ist sehr früh. Ich würde nicht erwarten, dass ein normales Geschäft geöffnet hat.«

»Apinya ist so abnormal, wie es nur geht. Ruf ihn an, Reeves.«

Reeves stellte den Anruf durch, und wieder erschien ein quadratisches Bild über dem Tisch, diesmal dunkel. Zu dunkel, um etwas zu erkennen.

»Mynx«, sagte eine tenorhafte, melodische Stimme, die trotz der Uhrzeit überhaupt nicht müde klang. »Ich hoffe, du bist nicht in Gefahr?«

»Apinya, wenn ich in Gefahr wäre, würde ich dich dann wirklich anrufen?«

Ein Scherz, wenn auch ein schlechter. Apinya würde wahrscheinlich einen Kneipenkampf gegen einen gewöhnlichen Betrunkenen verlieren, aber dabei würde er alles über diesen Betrunkenen lernen, einschließlich genau der Sache, die er sagen oder tun müsste, um diese schlampigen Fäuste zum Aufhören zu bringen, Tränen fließen oder Lachen die Gewalt vertreiben zu lassen. Wenn man Gewalt brauchte, rief man nicht Apinya an. Wenn man wissen musste, ob diese Gewalt nötig war, nun, dann bewies Apinya seinen Wert.

Der Champion zündete eine Flamme an, und mit dem Feuerzeug schaffte er es, eine kleine Lampe anzuzünden, die ein orangenes Licht über sein Gesicht, das spärliche Bett und die abgeschirmten Farne hinter ihm warf. Mynx wusste nicht, wo Apinya war, aber er hatte eine Vorliebe dafür, seine riesige Stadt zu verlassen, um Ruhe zu finden. Schwer, ihm das vorzuwerfen - Mynx hatte das Gleiche mit ihrer Fabrik gemacht. Nur hatte sie sich statt für die Natur für Maschinen entschieden.

Apinya selbst sah viel besser aus, als Mynx sich fühlte; während sie alle in die Jahre kamen, schien Apinya sein Alter in leichten Falten zu tragen, in grauen Spitzen seines kurzen Haars und Stoppeln, und seine aschgrauen Augen entkamen der Müdigkeit, die Mynx' eigene plagte. Er drehte sich von seinem Tama weg, dessen Kamera das Bild des Champions über den Ozean zu Mynx sendete, stand auf und zog sich im Dunkeln einen Bademantel über. Keine anderen Lichter waren sichtbar, kein Schein einer nahen Stadt. Durch die Verbindung hörte Mynx den langen Ruf eines Vogels. Wie exotisch. Mynx lehnte sich in ihrem Stuhl zurück und nahm den frisch aufgewärmten Tee von der Drohne entgegen.

»Wenn du also nicht in einer Krise steckst, warum rufst du dann an?«, fragte Apinya, nahm sein Tama und bewegte sich vom Bett weg auf eine Bambusveranda. »Oder führst du oft freundschaftliche Gespräche vor der Morgendämmerung?«

»Ist das immer so, wie du deine Freunde begrüßt?«

Apinya lächelte. »Es ist lange her. Zu lange, denke ich, seit wir uns alle gesehen haben.«

War es das wirklich gewesen? Mynx stellte die Frage nicht. Die Champions hatten sich aus mehr Gründen als nur der Nähe wegen über die Erde verteilt. In einer Welt, in der Reisen zwischen den Kontinenten weniger Stunden als eine Nacht Schlaf dauerten und ein Video in Sekundenschnelle von einer Stadt zur nächsten übertragen werden konnte, hätten sie alle zusammenbleiben können. Hätten alle ihre Häuser in New York behalten können, oder in ihrer Einsatzbasis im ehemaligen Singapur.

»Aegis versucht, das zu ändern.« Mynx zauberte ein süßes Lächeln auf ihr Gesicht. »Aber darüber können wir später reden. Ich rufe aus einem anderen Grund an.« Hier zögerte sie. Seltsam, wie einfach eine Frage, die in ihrem Kopf so klar war, zu Unsinn verschwamm, als sie sie aussprach. »Das Alter. Wir sind alt, Apinya. Und ich mache mir Sorgen darüber, was passieren wird, wenn wir weg sind.«

Apinya lehnte sich in einem Stuhl zurück, der aussah, als wäre er aus gespanntem Bambus gefertigt. Er legte seinen Kopf an die weiche, rötliche Holzwand und schloss für eine lange Sekunde die Augen. Das Lächeln verschwand nie von seinem Gesicht. Mynx wusste, was er tat, wusste, dass Apinya gerade in sie hineinkroch und nach ihren Gedanken grub, nach dem, was sie zu diesem Moment geführt hatte. Also trank sie ihren Tee und ließ ihn wühlen.

»Du machst dir nicht nur Sorgen um dein Vermächtnis, du hast Angst«, sagte Apinya zwei lange Schlucke später. »Du willst überhaupt nicht sterben.«

»Ist das so schwer vorstellbar?«

»Nein«, Apinya blickte von seinem Tama weg in eine Ferne, die Mynx nicht sehen konnte. »Du warst schon immer die Grüblerin, während Aegis direkt losrennen wollte. Immer nur eine Faust vom Sieg entfernt. Er fürchtet den Tod nicht.«

»Ich weiß nicht, was mit allem passieren wird, Api.« Mynx benutzte den Spitznamen, verfiel in alte Gewohnheiten. »Die Fabrik, die Welt, die wir aufgebaut haben.«

»Es liegt nicht an uns, das zu entscheiden«, erwiderte Apinya. »Entweder wird die Welt bewahren, was wir geschaffen haben, oder es zerstören und etwas Neues erschaffen.«

»Also kümmert es dich überhaupt nicht?«

»Doch, das tut es. Ich bilde gerade diejenigen aus, die mich ersetzen werden. Ich möchte, dass das, was wir geschaffen haben, überlebt, Mynx. Ich denke, die Paragons stehen auf der richtigen Seite der Dinge, aber ich werde mich jetzt nicht von der Angst vor dem, was kommen mag, heimsuchen lassen.« Apinya richtete seinen entspannten Blick wieder auf das Tama. »Du solltest das Leben genießen, Mynx. Lass die nächste Generation der Paragons den Kampf aufnehmen. Ruhe dich aus.«

Mynx nickte ihrem Tama zu und wünschte, sie könnte die gleiche weise Sicht auf die Dinge haben wie Apinya. Er schien immer in einer anderen Welt zu agieren als der Rest von ihnen.

»Danke, Apinya. Viel Glück bei deinem Training.«

»Gern geschehen. Ich hoffe, du findest deinen Frieden, meine Freundin.«

Zehn Minuten später, die sie damit verbracht hatte, auf den Ozean zu starren, Tee zu trinken und darüber zu grübeln, wie Apinya es schaffte, die ganze verdammte Zeit so unnahbar zu sein, bat Mynx Reeves, die Statusberichte fortzusetzen.

»Hast du bekommen, was du von dem Champion wolltest?«, fragte Reeves, während die KI die Projektionen über den Tisch ausbreitete.

»Er hat mich daran erinnert, wer er ist und wer ich bin«, sagte Mynx und beugte sich vor, um die neuesten Testergebnisse einer kommenden Tarnüberwachungsdrohne zu betrachten. »Aber er hatte eine gute Idee.«

»Und die wäre?«

»Lass uns eine Frage an alle Paragon-Regionen in Pazifika schicken. Ich muss die nächste Ich finden.«

KAPITEL 21

SCHURKENPROBLEME

SILBERNE GESICHTER STARRTEN ihn in der Dunkelheit an. Wie Geister, und für einen Moment erwog Aegis die Möglichkeit, dass Thane die Fähigkeiten des Champions überwunden und ihn ins Jenseits geschickt hatte. Wenn das der Fall war, dann war das Jenseits allerdings kalt, stürmisch und voller Paragons. Er konnte jetzt ihre Uniformen erkennen, da sich seine Augen anpassten. Das Licht verwandelte ihr Puderblau in ein bedrohliches Grau, und Aegis machte sich eine schnelle Notiz, die Farbe zu überprüfen, wenn er die Gelegenheit dazu hätte.

Als ob er je eine bekommen würde.

Ein Paragon streckte die Hand aus, packte den linken Unterarm des Champions und zog. Aegis begriff nach einer Sekunde, in der er wie ein Toter dalag, das Ziel und spannte seine Beine unter sich an, um sich aufzurichten.

»Das hätte ihn verletzen können«, sagte ein anderer Paragon, und Aegis erkannte Pixie. »Gebrochener Rücken oder so.«

»Er ist Aegis«, antwortete der Helfer. »Was soll ihm schon wehtun?«

»War er nicht bewusstlos?«

»Ich bin direkt hier«, sagte Aegis, »und mir geht's gut.«

Nicht völlig, aber ausreichend. Sein Kopf schmerzte, aber was ein donnernder Schmerz hätte sein sollen, war nur ein leichter Trommelschlag, eine Erinnerung daran, dass er solche Schläge in Zukunft vermeiden sollte. Nicht dass Aegis jemals auf seinen Körper hörte - das Ding war doch dazu da, zu tun, was er wollte, oder?

Pixie gab Informationen weiter, während Aegis sich ausgiebig umsah. Roboter-Crews schwärmten um den Ort herum, entfernten Schutt und reparierten, was repariert werden konnte. Die Pods kümmerten sich nicht um Aussehen, solange sie ihren Strom aus den großen Batterien unter dem Asphalt bekommen konnten, würden sie in Ordnung sein. Was die Passagiere betraf, wettete Aegis, dass dieser Ort in weniger als einer Woche wieder in Betrieb sein würde. Wenn man rund um die Uhr arbeitete und viele Teile-Drucker zur Verfügung hatte, verursachte ein bisschen Zerstörung kein großes Problem.

»Thane ist nach Westen gegangen«, begann Pixie. »Er war nicht schwer zu verfolgen. Ich schätze, du hast ihn ziemlich wütend gemacht.«

»Das tun wir uns gegenseitig an.«

»Richtig. Ich nehme an, das macht Sinn«, Pixie sah aus, als wüsste sie nicht, ob sie lachen sollte oder nicht. Aegis' ernstes Gesicht half ihr dabei wahrscheinlich nicht. »Als wir es bis hierher geschafft hatten, hatte er sich bereits in einer alten Anlage verschanzt. In einen Hügel gebaut.«

»Ihr seid ihm nicht nachgegangen?«

Ein neuer Paragon hätte vielleicht verlegen reagiert, hätte bei den Worten gestottert, aber Pixie war lange genug dabei, um zu wissen, dass jede Entscheidung gültig war, solange sie sie begründen konnte. Also richtete Pixie ihre Schultern auf und lieferte sie, während Aegis erschöpft, geschlagen und auf Gründe wartend dastand.

»Schau, Aegis. Wir waren auf dem Weg hierher, als du in

den Kampf eingetreten bist. Als du aus der Kommunikation ausgeschieden bist, mussten wir eine Entscheidung treffen: Thane folgen und versuchen, ihn aufzuhalten, oder dich finden.« Pixie holte tief Luft, entschlossen. »Und wir entschieden uns, Thane zu folgen, aber als die Drohnen, die ihn verfolgten, zeigten, dass er anhielt, bevor er weit gekommen war, kamen wir stattdessen zu dir.«

»Ihr habt die Richtlinien befolgt.«

»Deine Richtlinien, ja.«

Die schiere Vielfalt der Feinde, von bewaffneten Truppen bis hin zu weltezrtstörenden Anomalien, erforderte Prioritäten. Letztere, diese Kreaturen wie Thane, die Städte dem Erdboden gleichmachen oder unvorstellbaren Schaden anrichten konnten, mussten sofort behandelt werden, noch vor jeder Aufräumaktion oder Rettung von Verwundeten. Dass Pixie die Regeln befolgt hatte, selbst als Aegis im Feld außer Gefecht gesetzt war, sollte gelobt werden.

»Gute Arbeit«, bot Aegis an. »Irgendeine Spur von der Frau?«

»Welche Frau?«

»Es war noch jemand hier, eine Zivilistin. Verletzt, als das Gebäude einstürzte?«

»Wir haben sie nicht gefunden.«

»Dann muss Thane sie mitgenommen haben.« Aegis schüttelte den Kopf. »Ich weiß nicht, warum er mich nicht stattdessen als Geisel genommen hat.«

»Wir haben keine Ahnung.«

Thane neigte dazu, Dinge wie Pläne aus den Augen zu verlieren, wenn er sich aufpumpte. Unverwundbarkeit im Tausch gegen Dummheit. Der Schlüssel dazu, Thane unter Kontrolle zu halten, lag darin, die Version zu wählen, die am wenigsten zur Situation passte. Aegis hatte dummerweise nicht verhindert, dass Thane wütend wurde. Schlampig.

Es würde nicht wieder passieren.

Die Paragons waren in einem ähnlichen Jet-Kopter

gekommen wie der, den Aegis zu seinem verhängnisvollen Kampf mit Thane genommen hatte. Sie hatten das Ding am Rande der Zerstörung geparkt, auf unberührtem Asphalt, wo der Kopter als stiller Störenfried für die Reparatur-Bots diente, die auf ihren Ketten herumrutschten. Auf Befehl des Champions kletterten Pixie und ihre Paragons in das Fahrzeug, wobei Aegis der Letzte war, der einstieg - und somit der Erste, der aussteigen würde, wenn sie Thane erreichten. Steife Sitze, angelegte Sicherheitsgurte, und nach einer letzten Überprüfung seines Trupps von fünf Mann befahl Aegis dem Kopter abzuheben.

Nichts geschah. Dann tat Pixie dasselbe, und die Triebwerke erwachten zum Leben. Manchmal hasste Aegis die Technologie.

Pixie hatte ihr Tama mit dem Fluggerät synchronisiert, sodass es nur auf sie hörte. Pixie legte den Kurs fest, indem sie eine Karte des Gebiets zwischen dem sitzenden Trupp projizierte, was Pixie die Möglichkeit gab, einfach auf die Stelle zu zeigen, wo sie hin wollte. Sobald sie einen Punkt in der Nähe der Anhöhe ausgewählt hatte, wo Thane sich niedergelassen hatte, nicht so nah, dass die Paragons kopfüber in einen Hinterhalt geraten würden, hoben die Düsen des Kopters sie über die Baumwipfel, drehten sich und schickten sie durch die Nacht rasend.

Der Flug war nicht lang, und die Paragons verbrachten ihn damit, dem Heulen des Windes zu lauschen, der durch die offenen Seitentüren blies. Eisig, aber diese Uniformen waren so konzipiert, dass sie allen Wetterbedingungen standhalten konnten. Sie würden es überleben. Ein Paragon zu sein, ging sowieso nicht um Luxus.

Pixie schwenkte den Hubschrauber, als sie sich Thanes Standort näherten, und drehte das Fluggerät, um Aegis einen guten Blick auf die Hügelstruktur zu ermöglichen, die Thane für sich beansprucht hatte. Für eine alte Mine war das eine ziemliche Festung. Hohe Mauern, breite Rampen für Frachttransporte und vor dem, was Aegis für den Eingang der Mine hielt, ein großes Wohnheim. Lichter flackerten in den Fenstern, zu viele für einen einzelnen Schurken und seine einzige Geisel.

»Bring uns hier runter. Nicht näher«, sagte Aegis. Dass Thane einen solchen Ort kannte, deutete auf mehr als eine zufällige Flucht hin, und Aegis würde seine Paragons nicht in eine Falle führen. »Wir werden etwas anderes versuchen.«

Pixie landete den Hubschrauber in der Mitte der einsamen Straße, deren löchriger und rissiger Asphalt lange Vernachlässigung zeigte. Nachdem sie ausgestiegen waren, blickte Aegis den Weg zu Thanes Versteck hinauf und sagte den Paragons nein.

»Wir gehen nicht rein. Nicht heute Nacht«, sagte Aegis.

»Warum?«, fragte derjenige, der Aegis hochgeholfen hatte. »Wir sind hier, wir sind bereit.«

»Er ist auch bereit.« Aegis klopfte auf seine Weste. Er hatte noch eine Betäubungspistole, die er abnahm und Pixie reichte. »Ich werde mit ihm reden. Sehen, ob ich herausfinden kann, was er will.«

»Warum ist das wichtig?«

»Weil wenn wir gegen ihn kämpfen müssen, werden Menschen sterben.« Aegis machte sich auf den Weg. »Einer davon wirst wahrscheinlich du sein.«

Mit jedem Schritt den Weg hinauf entfernte sich Aegis weiter von den Paragons und kam seinem Feind näher, und mit jedem Schritt fühlte er sich ein bisschen besser, ein bisschen leichter. Nicht dass er es vorzog, allein zu sein, aber Aegis war kein Babysitter. War nie einer gewesen. Mynx und die anderen Champions hatten erklärt, dass die Welt nicht von ihnen acht allein bewältigt werden konnte, und Aegis musste zugeben, sie hatten Recht. Der niedrigschwellige Unsinn, den die Paragons erledigten, machte sein Leben unermesslich leichter.

Aber das bedeutete nicht, dass er sie zu jeder Mission

mitnehmen musste. Es bedeutete nicht, dass er sich nicht die Hände schmutzig machen konnte, ohne sich um jemand anderen Sorgen zu machen.

Aus der Nähe sah Thanes zurückerobertes Gebäude noch imposanter aus. Nicht auf eine böse Festungsart, aber es war groß, solide gebaut, um schweren Verkehr zu unterstützen, und jede Truppe, die den Hügel hinauf vorrückte, würde sich sehr verwundbar finden. Und waren das Wachposten? Schon?

Drei, bewaffnet mit was wie lange Gewehre aussah und beleuchtet von den sanft gelben Lichtern, die von geraden Stangen hingen. Aufgestellt auf dem Betonaussichtspunkt hinter dem Wohnheim und starrten den Hang hinunter in Richtung Aegis und des Hubschraubers. All diese Gewehre waren auf ihn gerichtet, also hielt Aegis seine Arme weit ausgestreckt, die Hände offen. Keine Bedrohung hier. Zumindest nicht aus der Entfernung.

Statt eines Schusses kam jedoch die Frau von vorher, stolpernd und zitternd die Rampe herunter. Thanes angebliche Geisel. Sie ging auf Aegis zu, und als er ihr winkte, hinter ihm zu den Paragons zu gehen, verstand sie die Botschaft und ging weiter. Keine offensichtlichen Verletzungen, abgesehen von dem Schmutz und den Schnitten, die sie vorher hatte.

»Siehst du, Aegis? Ich bin durch die exzellente Pflege deines Gefängnisses reformiert worden!«, rief Thane von oben, neben einem der Wächter stehend. Er musste erschienen sein, während Aegis die Frau beobachtete. »Ich habe sie nicht angerührt, und ich habe dich am Leben gelassen. Ich bin jetzt praktisch ein Heiliger!«

»Klar bist du das«, rief Aegis zurück. »Da es so gut funktioniert hat, warum kommst du nicht mit mir zurück? Wir können dich rechtzeitig zum Frühstück einrichten.«

»Ah, siehst du, das ist das Problem.« Thane hob seine dünnen Arme weit - *tut mir leid*. »Das Essen, das ihr serviert, ist wirklich schrecklich. Selbst dieser Ort, wo meine Männner erst seit einer Woche leben, hat Besseres zu bieten. Es tut mir leid, mein Freund, aber für mich gibt es kein Zurück mehr.«

»Thane, hör auf mit dem Scheiß. Ich bin müde, es ist spät, und wir wissen alle, wie das endet. Du verkriechst dich da drin, bis wir genug Leute hier haben, um es selbst für dich unmöglich zu machen, rauszukommen. Lass uns Zeit sparen, uns Schmerzen ersparen. Ergib dich.«

Thane, der eine dicke, lange Jacke trug, die im Wind über etwas wehte, das wie ein Gewand aussah, nickte. »Wie du deinen Paragons so oft gesagt hast, wenn du nicht für deine Werte kämpfst, dann verdienst du es nicht, sie zu haben. Ich schätze die Freiheit, Aegis, selbst wenn man mir nicht damit trauen kann.« Thane legte eine Hand auf den Mann neben ihm. »Wenn du versuchst, uns unsere Freiheit zu nehmen, werden wir bereit sein, und du wirst den Preis dafür zahlen.«

Aegis seufzte. Es gab eine Zeit, da wäre er den Hügel hinaufgestürmt und hätte Kugeln wie nichts eingesteckt und abprallen lassen. Sich durchgeboxt, getreten und geschossen durch Thanes Bande und das Monster selbst mit gut gezielten Betäubungspfeilen in Thanes Mund, Kopf und andere Teile, die seine wütende Superrüstung nicht schützten, niedergestreckt.

Es gab eine Zeit.

»Thane, du sagst mir, du hast keine Geiseln da oben? Keine Unschuldigen?«

Aegis konnte Thanes Prahlerei ertragen, aber wenn Zivilisten in Gefahr wären ... die Paragons, ob sie es zugeben wollten oder nicht, waren für ihre Macht auf die öffentliche Akzeptanz angewiesen. Aegis machte sich keine Illusionen, dass wenn die normalen Milliarden sich erheben würden, sie die Kontrolle zurückeroberten, jeden Anomalen ermorden oder einsperren könnten. Aber das wäre hart, wäre tödlich und wäre so viel mehr Arbeit, als die Paragons die Straßen sicher halten zu lassen, die Welt vom Krieg abzuhalten.

Wenn Normale jemals an dieser Sicherheit zweifeln würden, dann wären die Paragons dem Untergang geweiht.

»Wozu noch ein Mund, den man füttern muss, noch eine Person, die Babysitting braucht?«, erwiderte Thane. »Nein, nein Aegis. Wenn du mich hier verfolgst, riskierst du deine eigenen Leute und dich selbst für nichts anderes als deine eigenen Wünsche. Also folge ihnen, wenn du willst, Aegis. Greif mich an. Beweise, dass du so rücksichtslos, so sorglos bist, wie du es immer warst.«

Stattdessen drehte sich Aegis um und ging zurück zu den Paragons, Thanes Gelächter folgte ihm den ganzen Weg.

KAPITEL 22

EIN ABEND AUSSER HAUS

CARVER'S SAH SCHÄBIG AUS, und nicht einmal der stetig zunehmende Schneefall konnte das retten. Das Äußere des Clubs strahlte eine trashige Feindseligkeit aus, als würde man von einem Betrunkenen wegen des Biers, das man gerade bestellt hatte, angepöbelt werden. Sogar das pinke Neonschild, das in einem ständigen Kampf ums Überleben flackerte, hatte schwarze Stellen, die für immer von geworfenen Flaschen verdunkelt waren. Vermummte, zusammengekauerte Leute standen an der Seite und rauchten – Überbleibsel aus der Ära, zu der *Carver's* gehörte. Kat hatte gefragt – niemand wusste, wer der Namensgeber der Bar war, nur dass sie seit ein paar Jahrhunderten existierte und sich wie eine Krankheit von einer Generation zur nächsten durchgeschleppt hatte.

Durch die einzige Tür, die mit Aushängen für lokale Acts, Events und dergleichen überklebt war, traf sie der Türsteher mit einem gelangweilten halben Blick, der in ein ernsthaftes Nicken überging, als er erkannte, wer da reinkam.

»Voll heute Abend«, sagte der Türsteher, ein aufgepumpter Typ namens Tracy.

»Gute Jagd?«, erwiderte Kat, froh darüber, Tracy ein paar

Sekunden Unterhaltung zu gönnen, während sie den Club hinter ihm musterte.

»Müsste so sein.«

Was für Tracy schon viel war, wenn es um Anomalien ging. *Carver's* erlaubte Kat nicht, tatsächlich vor Ort zu tracen, aber sie hatte kein Problem damit, eine Spur aufzunehmen und ihnen nach Hause zu folgen. Besonders an einem Abend wie diesem, an dem Kat eine Ablenkung von Gordon wollte, von dieser Anomalie von ihm und von einem Leben, das es bisher nicht geschafft hatte, sie mit Freude zu erfüllen.

Also bestellte sie einen doppelten. Wodka. Pur. Er würde glatt runtergehen, sie würde ihn nippen und ihre Nummer einwerfen.

Carver's richtete einmal pro Woche einen zentralen Ring ein, wo normalerweise die Tanzfläche war. Dort konnten Amateurkämpfer fünf Minuten lang aufeinander eindreschen. Kaufte man ein Getränk, bekam man ein Ticket, das man dann in eine große, alte Fischglas-Schüssel am Ende der abblätternden, kirschrot gestrichenen Metallbar werfen konnte. Wenn die Glocke zum Ende eines Kampfes läutete, kam ein neues Paar heraus, und der Spaß ging weiter.

Kat hätte Theorien aufstellen können, warum die Kampfnächte von *Carver's* so viele Leute anzogen, einschließlich der heutigen dicht gedrängten Menge, die den Ring umschwärmte. Jubel, Seitenwetten und gelegentliche Schreie, wenn ein Kämpfer einen heftigen Treffer landete, bildeten die Hauptattraktion zu der ständigen, pulsierenden Elektronik, die von den Wänden widerhallte. Warum aber Theorien aufstellen, wenn sich die Fakten so eindeutig präsentierten:

Die Leute waren gelangweilt. Die Leute wollten etwas fühlen. Ergo, Schläge, Tritte, Tackles und unbeholfene Kopfstöße.

»Warum hast du mir gesagt, ich soll heute Abend kommen?«, fragte Kat, als Sandra, die Barkeeperin, deren lange, gelockte Haare jede Farbe des Spektrums trafen, zusammen mit dem Schmuck, der an jedem sichtbaren Körperteil baumelte, den Doppelten hinstellte.

»Hab dein hübsches Gesicht vermisst«, Sandras Stimme hatte diese heisere Qualität, die man bekommt, wenn man die meisten Nächte damit verbringt, über Lärm hinwegzuschreien, als wären ihre Stimmbänder knusprig geröstet worden. »Wo warst du?«

»Im Norden.«

»Urlaub?«

Kat beantwortete diese Frage mit einem langen Schluck. Der Wodka ging leicht runter: gekühlt, mit einem kleinen Brennen, um sie daran zu erinnern, dass sie kein Wasser trank.

»Wohl nicht.« Sandra ließ ihren Blick die Bar entlang schweifen, die Reihe der Kunden war Legion. »Ich bin gleich wieder da. Willst du ein Ticket einwerfen?«

Kat spielte ein Ratespiel mit Sandras Körper. Sie lehnte sich von Kat weg, ihre Augenbraue machte den leisesten Anstieg auf Sandras Stirn, die Hände umklammerten den Rand der Bar. Kein offensichtliches Zeichen außer diesen Augen, diesen hellen Augen, die sagten, dass sie das nicht verpassen sollte.

»Ich bin für eins dabei.«

Als Sandra weg war, machte Kat eine weitere lange visuelle Reise durch *Carver's*. Anomalien würden nicht unbedingt in einer Menge von Vielsaufern und Alternativen wie dieser hier auffallen. Aber Kat konnte die Stammgäste aussortieren, diejenigen, die zu heimisch aussahen, um Ziele zu sein. Sobald sie das getan hatte, lichteten sich die Reihen genug, um eine Möglichkeit zu erkennen.

Der Typ saß auf einem Stuhl an einer Seitenwand, nippte an einem Pint und ließ seine Augen durch den Raum wandern, als hätte er Angst, überfallen zu werden. Er trug eine Stoffmütze, die fest auf seinen rasierten Kopf gedrückt war, ihr Weihnachtsgrün stand im Kontrast zu seiner schokoladenfarbenen Haut. Ein zerlumpter Pullover mit einem Riss, wo die Kapuze sein sollte, ging über eine fleckige Jeans, die Geschichten zu erzählen hatte. Er erfüllte Kats Kriterien.

»Sag bloß, du hast schon einen gefunden?«, fragte Sandra, die sich entschied, jemandes Bestellung neben Kat zu mixen.

»Könnte sein. Kennst du den Typen? Den mit der Mütze?«

Sandra schälte eine Orange. Stahl sich eine Sekunde, um durch die Menge zu spähen, wohin Kat blickte. »Neuer. Kam vor ein paar Nächten rein.«

»Hat er ein Ticket eingeworfen?«

»Musst noch 'ne Runde bestellen, um das zu erfahren.« Sandra goss so viel Zucker in diese Worte, dass Kat lachte.

Das war der Deal bei *Carver's*: Wolltest du etwas, musstest du dafür zahlen, aber der Gegenwert hier war zu gut, um ihn sich entgehen zu lassen. Irgendetwas an der schäbigen, abgelegenen Atmosphäre des Ortes zog die Sorte Leute an, die untertauchen wollten. Die Teil einer Menge sein wollten, ohne wirklich dazuzugehören. Kat wettete, dass die meisten Leute hier, einschließlich ihr selbst, vor etwas davonliefen. Als Sandra das nächste Mal zurückkam, bestellte Kat noch einen, diesmal einen einfachen, und bat sie, die Tickets des Mützentyps und ihre nebeneinander zu legen. Dann stand Kat auf, ging von der Bar weg und zum Ring. Um einen näheren Blick auf die Action zu werfen. Das, und der Rausch ließ sie sich warm fühlen, rastlos. Bereit, etwas zu sehen.

Zwei Frauen mittleren Alters verprügelten sich gerade im Ring und sie waren gekommen, um zu spielen. Das waren keine T-Shirt tragenden, halb betrunkenen Punks, die im Kreis herumtaumelten, wilde Schläge austeilten und nur die Luft trafen, bis einer stolperte und sich selbst k.o. schlug. Diese beiden, diese beiden waren *gut*. Die kleine Größe des Rings bedeutete, dass die Bewegungen eng sein mussten, und die Frauen hatten es für sich noch enger gemacht, indem sie auf eine Distanz gingen, in der kurze Jabs, Ellbogen und Knie angesagt waren. Ihre Gliedmaßen blitzten auf, schlugen die

Schläge der anderen beiseite und schlichen sich in die verwundbaren Momente ein, um einen Kiefer zu knacken oder einen Nierenschlag zu landen. Anfangs dachte Kat, die beiden würden weitermachen, bis eine von ihnen direkt dort starb.

Dann ... grinste Kat. Sie sah es jetzt. Unsichtbar für das ungeübte Auge, besonders bei den Reaktionen. Diese beiden zogen im letzten Moment ihre Schläge zurück. Weniger ein Kampf und mehr ein Tanz. Und der Grund dafür zeigte sich in den zunehmenden Rufen um sie herum: Seitenwetten, einige zweifellos von Leuten platziert, die wussten, wie das hier enden würde. Geteilte Profite.

Eine Routine, die diese beiden eigentlich lebenslang aus *Carver's* verbannen sollte, aber als der Kampf endete, der Timer bei vier Minuten und fünfunddreißig Sekunden, mit einer Bewegung aus Untertauchen und Aufwärtshaken, die eine regungslos zu Boden schickte, jubelte, stöhnte und tauschte die Menge ohne Pause Geld aus. Kat ertappte sich dabei, wie sie mit den anderen klatschte, als die Siegerin ihre Hände hoch hielt und zeigte, dass sie sich, auch wenn sie zurückgezogen hatte, einige blaue Flecken für ihre Mühe verdient hatte. Genug Unterhaltung, und selbst ein abgesprochener Kampf konnte es wert sein, dafür zu bezahlen.

Kat ging auf die Toilette, gab ihren Mantel bei Tracy am Eingang der Bar ab und verschaffte sich etwas Platz zum Dehnen. Nur noch ein paar Minuten, wenn Sandra ihre Arbeit getan hatte. Kats Outfit heute Abend hatte diesen locker sitzenden Stil, der eine sorglose Einstellung suggerierte, aber wirklich Kat Raum zum Atmen in engen Räumen und Flexibilität in weiten gab. Ein rotes, kurzärmeliges Oberteil kombiniert mit warmen, dunklen Leggings, die sich nach Bedarf dehnen ließen.

»Das nächste Paar in den Ring, und es ist ein gutes! Wir haben einen Neuling, Calvin, der gegen die legendäre Kat Collins antritt!«

Dieser DJ. Sie würde später ein paar Worte mit ihm wechseln müssen, ihm sagen, dass er sie nicht so hochspielen soll. Erwartungen wecken. Sicher, sie verlor hier nicht viel, aber *legendär*? Kat war sich nicht sicher, ob man eine Legende werden konnte, indem man zufällige Spinner in einer Spelunke wie *Carver's* schlug. Aber die Bühne war bereitet, und als Kat auf den Ring zuging - ihr Wodka längst ausgetrunken - teilte sich die Menge, um ihr Platz zu machen. Mehr als ein paar Hände streckten sich für High Fives aus, die Kat gab, und sie warf Lächeln und Nicken zu den Leuten, die sie kannten.

Kannten. Eher hatten sie genug Geld mit ihren Siegen verdient, um sie populär zu halten.

Aus der Nähe hielt das abgeschürfte rote Klebeband des Rings den Druck der Menge nicht zurück, die sich gut in Reichweite eines verfehlten Schlags oder eines ausgerutschten Tritts befand. Sie drängten sich zusammen, bereit, die nächste Show zu sehen, Getränke in der Hand und verschütteten sie aufeinander und auf den Boden. Biker Bros - ein ironischer Modetrend, seit Motorräder längst auf bestimmte Strecken verbannt worden waren - machten Platz, damit Kat in den Ring steigen konnte.

Calvin hatte es noch nicht durch das Gedränge geschafft, also überquerte Kat die gegenüberliegende Seite. Jetzt verschwand das Lächeln. Der leichte Nebel vom Alkohol verwischte den Lärm der Menge, als sie sich auf ihren Fokus, auf den Moment konzentrierte. Wenn man sich genug anstrengte, konnte jede Situation genauso sein wie diese Wälder bei Nacht, mit wehendem Schnee und Stille als einzigem Geräusch. Ein bisschen anhaltender Muskelkater in ihren Beinen, ihr Hals ein wenig trocken vom Wodka, aber ansonsten könnte sie die Welt zerstören.

Kats Beute schaffte es mit Hilfe schiebender Hände durch. Er stolperte ein wenig, die Art von Bewegung, die Kat sich fragen ließ, ob Calvin ein Rookie war, ein Junge, der völlig überfordert war, der ein Ticket eingeworfen hatte, weil eine hübsche Barkeeperin gefragt hatte und er nicht wusste, wie man Nein sagt. Dann blickte er zu ihr auf, und sie hatte noch nie ein härteres Gesicht gesehen. Keines der üblichen Grinsen, der Augenrollen, die sie von Männern bekam, die gegen sie antraten, sondern stattdessen ein eiskalter Blick aus Augen, die von den Lichtern über und um sie herum beschattet wurden. Kat bewertete neu; Calvin hatte Narben, sah überhaupt nicht ängstlich aus, in den Ring zu steigen, und wollte das vielleicht sogar, benutzte Dinge wie diese vielleicht, um Dampf abzulassen.

Calvin ließ seine sperrige Jacke von den Schultern fallen und gab sie jemandem hinter ihm, der sie wahrscheinlich stehlen würde, und enthüllte die drahtige Gestalt eines Süchtigen oder einer Person, für die Nahrung in Schüben und Starts kam. Ein graues T-Shirt hing lose herab, und ein paar rote Flecken fanden fleckige Heimat auf seiner Brust. Von der anderen Seite des Rings aus konnte Kat nicht sagen, ob diese von Blut oder Barbecue stammten.

»Kat und Calvin! Letzte Chance, eure Wetten zu platzieren, eure Getränke zu holen!«, kündigte der DJ an, bevor er die Bildschirme von *Carver's* von Sport auf einen 30-Sekunden-Countdown umschaltete.

»Bist du bereit dafür?«, rief Kat Calvin zu. Die Musik dröhnte so laut, dass sie schreien musste, aber das Wunder des menschlichen Gehörs sorgte dafür, dass Calvin den Klang trotzdem auffing und nickte. »Halt dich nicht zurück! Ich werde es auch nicht tun!«

Alles Teil des Spiels. Alles Teil davon, Calvins Kopf an den richtigen Ort zu bringen. Wenn der Mann eine Anomalie war, wenn er einen Funken in sich verbarg, wollte Kat ihn hervorlocken. Und die meisten Anomalien, an den Rand gedrängt, würden nachgeben und mit dem letzten Trick, den sie hatten, loslegen.

Es war ein Wunder, dass Kat noch lebte.

Dreißig Sekunden erreichten Null und gehirnzerreißende Lufthörner durchschnitten den Beat, um den Kampf zu beginnen. Kat ging schnell rein, rannte in drei Schritten quer durch die Arena, um so viele Jabs wie möglich auf Calvins Gesicht zu landen. Der Mann bewies seine drahtige Qualität, indem er zu ihrer Rechten auswich und dabei unter den Schlägen durchtauchte. Aber er nutzte die Öffnung nicht aus, warf keinen Schlag.

Enttäuschend. Kat hatte diese Lücke absichtlich verwundbar gelassen, nur um zu sehen, was Calvin tun würde, und wenn er nicht anbeißen würde, müsste sie die Sache erzwingen.

Als sie sich nach links drehte und ihre Faust weit ausschwingen ließ, spürte Kat, wie Calvin ihren Arm mit seinem eigenen packte und ihren Rücken an seine Brust presste. Wichtiger noch, es brachte Kats rechten Fuß in Position, um nach hinten zu treten, Calvins entsprechendes Schienbein aus dem Gleichgewicht zu bringen, und bevor der Mann kontern konnte, nutzte Kat ihre Schulter, pflanzte ihr linkes Bein und schlang ihr rechtes um Calvins Kopf, was darin gipfelte, den Mann über ihren Körper zu werfen und ihn auf den Boden zu schmettern.

Die Bar jubelte. Die Bar stöhnte. Kat gab Calvin keine Chance, zu Atem zu kommen.

Sie zielte auf einen Tritt gegen Calvins Schlüsselbein, genau da, wo der Hals anschloss. Es hätte ein einfacher Schlag sein sollen, schmerzhaft, aber Calvin schien seinen Wurf gut weggesteckt zu haben, denn er schaffte es, Kats Fuß zu greifen, als er traf. Er zog, und dann war es Kat, die flach auf den Boden fiel, zuerst mit dem Hintern.

Klebrig, hart, unangenehm. Sie würde die Leggings wahrscheinlich verbrennen müssen.

Calvin drehte sich, drückte Kats gestohlenes Bein auf den Boden und begann aufzustehen, als Kat diesen Druck für ihren eigenen Hebel nutzte und einen Tritt gegen Calvins

Brust schlug, direkt in den Solarplexus. Hätte sie spitze Absätze statt abgerundeter Stiefel getragen, hätte der Kampf genau dort enden können. Komfort vor Mode hatte seinen Preis.

Wie es war, ließ Calvin los, stolperte ein paar Schritte zurück, die Hände auf Kats Schlagpunkt gepresst. Der Freiraum ließ Kat sich aufrichten und in einen Sprint übergehen, der sie, über die speichelsprühenden Schreie der Menge hinweg, in Calvin krachen ließ, bevor er bereit war. Fäuste, Ellbogen, Knie und mehr als ein Tritt auf seine Zehen ließen Calvin sein Gesicht in seinen Armen verbergen, um den Sturm zu überstehen.

»Komm schon«, zischte Kat, ohne mit den Schlägen aufzuhören. »Zeig mir, wer du wirklich bist. Tu es, oder ich bringe dich um.«

Die Worte waren klischeehaft, und sie hatte nicht vor, Calvin umzubringen – *Carvers* Amateurkampfring bot keine Immunität gegen Mordanklagen –, aber einen angespannten Moment so klingen zu lassen, als gehöre er in einen Film, funktionierte oft. Kat brauchte Calvin, damit er glaubte, dies sei sein Moment, sein Höhepunkt, in dem er heroisch hervorbrechen und am Ende mit einer Spur in seinem Arm und einer neuen Karriere als erzwungener Paragon enden würde.

»Wovon redest du?«, sagte Calvin, seine Stimme angespannt und durchzogen von den Zittern jemandes, der versucht und daran scheitert, genug Luft zu bekommen.

»Du weißt es.«

Kat wich für einen kurzen Moment zurück, lang genug, dass Calvin dachte, sie würde nachlassen, und dann tanzte sie wieder heran, diesmal tief. Unter den langen Armen und knochigen Ellbogen des Mannes hindurch. Calvin sprang weg, prallte von den drängenden Zuschauern ab und kassierte für seine Mühen nur einen einzigen Schlag auf den Oberschenkel.

»Nee, tu ich nicht«, sagte Calvin, als Kat seinem Ausweichmanöver folgte.

Jetzt gab Calvin den Ton an, setzte mit langen, ausholenden Schwüngen, die Kat auf Abstand halten sollten, den Rhythmus, gelegentlich gewürzt mit einem Schnappkick, der zu langsam war, um etwas zu sein, das er geübt hatte. In unseren Köpfen waren wir Superhelden, und Calvin kämpfte, als würde er träumen. Also ließ Kat den Mann sich auspowern, während die Uhr unter eine Minute tickte. Die Zeit lief ab, um Calvins Fähigkeit, falls er eine hatte, ans Licht zu bringen. Als sie einem weiteren wilden rechten Haken auswich, ging Kat erneut mit einem umarmenden Griff um Calvins Mitte heran. Sie hakte ihr linkes Bein um seines, drückte und brachte den größeren Mann zu Fall. Kat zog ihre rechte Hand zurück, ballte die Faust, als Calvin auf den Boden aufschlug.

»Jetzt oder nie«, sagte Kat.

»Nie.« Calvin hob die Hände über den Kopf, weit gespreizt und mit den Handflächen nach außen. Eine Kapitulation. »Ich bin fertig.«

Bevor Kat sich bewegen, reagieren konnte, spielte der DJ wieder die Lufthörner ab, und die Menge, die einige süße Wiederholungen von ihr gemacht hatte, stürmte den Ring. Trug sie von Calvin weg, den sie in dem Durcheinander von Händen, Gesichtern, Körpern verlor. Ein Gedränge, das erst endete, als der DJ die nächsten beiden Kämpfer ankündigte. Als Kat es zur Bar, zu Sandra schaffte, war Calvin verschwunden.

»Tut mir leid, Kat«, sagte Sandra, als Kat nach ihrem vermissten Kombattanten fragte. »Er ist nach dem Kampf abgehauen. Ich glaube, er wollte nicht belästigt werden.«

»Kann ich ihm nicht verübeln.« Kat blickte zum Ausgang, als ob sich eine leuchtende Spur zu Calvin materialisieren könnte. Tat sie nicht. »Hat er dir irgendwelche Hinweise darauf gegeben, wer er ist? Woher er kommt?«

»Du denkst immer noch, er ist eine Anomalie?«

»Ja. Er ist gezeichnet, was ihn gefährlich macht.«

Wenn Kat eine Verbindungslinie zwischen den von ihr aufgespürten Anomalien ziehen könnte, die sich als Schrecken erwiesen hatten, wäre der eine gemeinsame Faktor, dass sie *wussten*, dass sie gejagt wurden. Sie hatten gekämpft, sich abgerackert und Beziehungen verbrannt, um außerhalb des vergitterten Kopfgelds der Paragons zu überleben, und das Ergebnis hatte sie hart gemacht. Misstrauisch.

Calvin ging denselben Weg. Ob er eine Stadt in die Luft jagen oder nicht mehr als eine Rauchwolke erzeugen würde, hing vom Zufall der Gene ab.

Und davon, ob Kat ihn zuerst finden würde.

KAPITEL 23

MESSER TRIFFT MANAGEMENT

EINE ZIGARETTE zu Ende zu rauchen, fühlte sich immer wie Aufwachen an. Das letzte Abklopfen der Asche, das Verstauen des Filters in dem kleinen Beutel, den Zhan-Yo bei sich trug - wenn eine Drohne sah, wie man Müll wegwarf, kostete das unverschämt viele Reps -, all das signalisierte das Ende der meditativen Rauchpause. Zurück zum Tama, zu den Anforderungen des Abends. Man konnte den gleichen Effekt auch ohne die Droge und ihre schädlichen Wirkungen erzielen, aber Gewohnheiten waren nun mal Gewohnheiten, und Zhan-Yo stand zu seinen.

Eisschollen schaukelten im Lake Michigan, und er beobachtete sie, während er sich auf das kalte Metallgeländer stützte. Nicht ganz so eisig wie letzte Nacht, aber kalt genug, um den schweren Mantel, eine kratzige Wollmütze und einen Schal zu rechtfertigen, den Zhan-Yo hochzog, um sein Gesicht zu bedecken.

»Die Dinger bringen Sie noch um.« Wexley näherte sich. Zhan-Yo hatte ihn schon vor Minuten gesehen, wie er sich von den Gebäuden entfernte und in die vergleichsweise friedliche Atmosphäre des Millennium Parks eintauchte. Wexley hatte sich Zeit gelassen, um am Treffpunkt anzukommen, und

Zhan-Yo nahm es dem Mann nicht übel. »Ich weiß gar nicht, wo Sie die heutzutage noch herbekommen.«

»Wenn ich daran sterbe, werde ich ein glücklicher Mann sein.«

Wexley lachte einmal trocken auf und gesellte sich zu seinem Chef, den Blick auf das schwarze Wasser gerichtet. Im Winter hatte dieser Ausblick immer etwas Besonderes: Ohne all die Schiffe und Bootsfahrer, die den Sommer bevölkerten, fühlte sich das Ufer wie eine Trennlinie zwischen Dunkelheit und Licht an.

»Danke, dass Sie gekommen sind«, sagte Zhan-Yo. »Sie wird bald hier sein.«

»Sie?«

»Es gibt Dinge, die Sie wissen müssen. Für den Fall, dass es nicht so läuft, wie ich es möchte, und erst recht, wenn doch.«

Wexley, der eine Brille und den von Kopf bis Fuß reichenden Trenchcoat trug, der bei den modebewussten Geschäftsleuten von heute beliebt war, nahm die Neuigkeit ohne große Gefühlsregung auf. Vielleicht hatte Zhan-Yo seinem Leutnant im Laufe der Jahre so viele Überraschungen bereitet, dass Wexley sie mittlerweile als Standardereignisse behandelte, kleine Unebenheiten auf dem ansonsten geradlinigen Weg zum Erfolg als Zirans strahlender Stern.

»Sie weichen aus. Das erklärt, warum wir hier sind.« Wexley machte eine ausladende Geste in Richtung des Parks, seine Augen huschten nach oben. »Keine Menschen. Keine Drohnen. Aber ich lasse mich nicht an der Nase herumführen, Z.«

Wexley brauchte sich keine Sorgen zu machen. Zhan-Yo bemerkte das Licht der Kapsel, das hinter Wexley auftauchte, und blickte in dessen Richtung, wobei sein Leutnant dem Blick folgte. Die Kapsel verlangsamte sich und hielt am Straßenrand jenseits des breiten Lake Shore Drive. Sylvie glitt heraus, gekleidet in formelle Kleidung, die bei ihr eine beliebige Anzahl von Waffen verbergen konnte.

»Gut«, sagte Zhan-Yo, als die Kapsel davonfuhr und Sylvie den Weg über die Straße freigab. »Ich werde es nicht tun. Das ist Sylvie. Sie wird uns entweder ruinieren oder uns helfen, die Welt zu verändern.«

Wexley hatte den Anstand, mit seinen Fragen zu warten, bis Sylvie die Straße überquert hatte. Nach der Fragensalve - voller Name, Hintergrund, warum er ihr vertrauen sollte - warf Sylvie Zhan-Yo einen Blick zu, der förmlich um die Erlaubnis bettelte, diese lästige Fliege zu töten, aber Zhan-Yos ablehnendes Kopfschütteln verwandelte ihre Verärgerung in einen resignierten Seufzer.

»Was? Langweilt Sie das?«, sagte Wexley. »Da stehen Sie nun und erzählen mir, dass Sie seit Jahren unter Z arbeiten und-«

»Schluss, Wexley«, unterbrach Zhan-Yo. »Schluss. Ich habe Sie hierher gebracht, damit Sie zuhören und lernen. Nicht um zu sprechen und schon gar nicht um Forderungen zu stellen.«

So viel Macht Wexley auch zu haben glaubte, Zhan-Yo war immer noch der Boss, und Wexleys plötzliche Stille, sein Zurückweichen von Sylvie und sein Starren auf den Boden zeigten, dass er das wusste. Was gut war. Aggressivität, Ehrgeiz, sogar Arroganz konnten toleriert werden. Insubordination hingegen war eine Fäulnis, die nicht geduldet werden konnte.

Zhan-Yo würde Wexley ungern ersetzen, aber er würde es tun.

»Scheint, als hätten wir das jetzt geklärt?«, fragte Sylvie, und auf ein Handzeichen von Zhan-Yo fuhr sie fort. »Gut. Wenn Sie meine Updates gelesen haben, wissen Sie, dass die Dinge gut laufen. Sagen Sie mir nicht, Sie haben mich hergerufen, um alles abzublasen.«

»Ich will die Details«, sagte Zhan-Yo. »Deshalb habe ich Sie hergerufen. Kryptische Nachrichten sind in Ordnung, und ich bin froh, dass die Dinge vorangehen. Aber welche Dinge und wo. Das ist es, was ich von Ihnen hören will, wenn niemand zuhört.«

»Jemand hört zu.« Sylvie deutete auf Wexley.

»Wenn wir ihm nicht vertrauen können, dann ist dieses ganze Unternehmen sinnlos.«

Zhan-Yo hoffte, dass Wexley still bleiben würde, und der Mann tat es. Dies war nicht sein Gespräch.

Sylvie holte tief Luft. Warf Wexley noch einen prüfenden Blick zu und sprach dann: »Wir bringen jetzt Waffen in die Stadt. Nicht genug, um Alarm auszulösen, aber genug, um bemerkt zu werden. Das Gerücht hat sich bereits in der Paragon-Kette verbreitet, und ich denke, mit einem hochkarätigen Leak können wir Aegis hierher locken. Er nimmt die Dinge immer noch persönlich in die Hand. Ich habe gehört, er ist gerade im Nordosten und reagiert auf einen Gefängnisausbruch. Wenn wir genug Ärger machen können, wird er kommen.«

Die Eitelkeit der Champions kannte keine Grenzen. Zhan-Yo war mit ihren Fototerminen aufgewachsen, ihre Heldentaten wurden über die Bildschirme und die verbliebenen Reste der Printmedien verbreitet. Jede Gelegenheit für eine Rettungsaktion bedeutete eine Chance, ihre Namen, ihr Profil zu stärken. Gib ihnen einen großen Waffenfund mitten in einer Großstadt, ja. Er konnte es sich vorstellen. Aegis würde den Ruhm für sich beanspruchen wollen. Würde der Held sein wollen.

»Moment mal.« Wexley konnte sich nicht länger zurückhalten. »Z, was ist das hier? Waffen? Sie *wollen*, dass die Paragons alles mitnehmen?«

»Hören Sie ihr zu, Wexley.«

Wexley setzte an, noch etwas zu sagen, und Sylvie, mit einem leichten, genervten Zischen, zog ein fingerlangen Messer aus ihrer Manteltasche - oder vielleicht aus ihrem Ärmel, Zhan-Yo war sich nicht sicher - und setzte dessen

Spitze an Wexleys Kehle. Die Augen des Mannes wurden größer als seine Brille, und er erstarrte in der perfekten Regungslosigkeit, die nur einen Atemzug vom Tod entfernt möglich ist.

»Wir hören ihr zu, weil sie weiß, was sie tut.« Zhan-Yo legte seine Hand auf Sylvies Messerarm, und der Druck reichte aus, damit Sylvie von der Drohung abließ. »Und weil sie sehr gut mit diesem Messer umgehen kann.«

So sehr Punkte auch vergeben werden konnten, Wexley verstand Sylvies Drohung und Zhan-Yos darauffolgende Anweisung. Er schob seine Hände in die Manteltaschen und schauderte. Zhan-Yo gestand ihm das zu; es war kalt, und Wexley, der Administrator und polierte Geschäftsführer, wurde in eine verrückte Welt hineingezogen, die für ihn zweifellos bisher nur in Geschichten existiert hatte.

»Bitte, fahren Sie fort«, sagte Zhan-Yo zu Sylvie, die Wexley nicht aus den Augen gelassen hatte.

»Ich suche nach geeigneten Orten in der Stadt«, sagte Sylvie, als würde sie ihre Einkaufsliste vorlesen. »Ich werde mich bald für einen entscheiden. Was ich von Ihnen brauche, ist die Kommunikationsstrategie. Sobald wir uns um Aegis gekümmert haben, muss die Welt davon erfahren. Sie müssen verstehen, was das bedeutet.«

»Es wird erledigt«, erwiderte Zhan-Yo. »Sobald Sie Ihren Ort haben, werden wir ihn vorbereiten.«

»Sie werden ihn einfach töten?«, warf Wexley erneut ein, aber diesmal richtete er die Beschwerde an Zhan-Yo, nicht an Sylvie. »Das war's? Wenn Sie ihn in eine Falle locken, warum holen Sie nicht mehr aus ihm heraus? Wir könnten ihn dazu bringen zu sagen, dass die Paragons ein Fehler sind, dass-«

»Wexley.« Zhan-Yo runzelte die Stirn, als er seinen Untergebenen unterbrach. Der Mann fuhr fort, Dinge zu sagen und zu tun, die Zhan-Yos Vertrauen in ihn erschütterten. Vielleicht hatte er einen Fehler gemacht, Wexley hierher zu bringen, ihn überhaupt damit zu konfrontieren. Vielleicht war Wexleys stählernes Rückgrat, gesammelt und stark, in Wirklichkeit brüchiges, rostiges Eisen, bereit zu brechen. »Wir sind keine Folterer. Wir werden daran keine Freude haben. Es ist ein Mittel zu einem sehr notwendigen Zweck, nicht mehr und nicht weniger. Der Tod des Champions wird genügen.«

Sylvie tippte auf ihr Tama. Sie rief einen Pod, signalisierte das Ende des Treffens.

»Ich lasse Sie wissen, wenn ich den Ort gefunden habe«, sagte Sylvie, nachdem sie ihre Fahrt gerufen hatte. »Versuchen Sie, diesen hier unter Kontrolle zu halten.«

»Machen Sie sich keine Sorgen um mich«, sagte Wexley. »Jetzt, da ich weiß, was los ist, sagen Sie mir einfach, was Sie brauchen. Alles. Ich bin dabei.«

»Was genau der Ort ist, an dem ich Sie nicht haben will.« Sylvie suchte die Straße nach ihrem Pod ab, erblickte ihn und begann in Richtung des Fahrzeugs zu gehen, obwohl es noch Häuserblocks entfernt war. »Ansehen, nicht anfassen.«

Wexley starrte Sylvie nach, bis Zhan-Yo in die andere Richtung zu gehen begann und ihn wegsteuerte, zurück nach Norden, in Richtung der glitzernden Türme. Die Kälte war durch seinen Mantel gedrungen und hatte sich in Zhan-Yos Haut verbissen, und die Haare unter seinem Hut juckten, und wenn er sich kratzte, fühlte es sich an wie sprödes Glas. Trotzdem hielt Zhan-Yo in seinem Herzen das warme Glühen des Schicksals.

KAPITEL 24
EINE UNWILLKOMMENE ÜBERRASCHUNG

DER MORGENDLICHE ABLAUF wurde immer länger. Heute fügte Mynx nach den medizinischen Punkten einen neuen hinzu: Dehnen, bevor sie sich auf den Weg zur Fabrik machte. Ihre Oberschenkelmuskeln schienen nicht mehr bereit zu sein, eine solche Reise ohne Aufwärmen anzutreten. Ihre Oberschenkelmuskeln. Sie sprach von Teilen ihres Körpers, als wären sie nicht sie selbst, sondern etwas Getrenntes. Eine Folge davon, dass sie sich immer weniger so anfühlten wie früher. Immer weniger so, wie sie glaubte, dass sie sein sollten.

»Terminplan?«, fragte Mynx, als die Drohnen ihr das lässige Outfit des Tages anzogen.

Der weiche blaue Paragon-Pullover und die cremefarbene Loungehose waren an sich schon ein gutes Zeichen – Reeves würde sie nicht auswählen, wenn Mynx irgendwo Aufregendes zu sein hätte. Irgendwo in der Öffentlichkeit. Also erwartete Mynx einen langen, leeren Terminkalender, selbst als sie Reeves bat, die Anforderungen des Tages zu erläutern.

Sie war die Anführerin, Pacificas Champion. Ein Land- und Wasserreich, das alles westlich des Mississippi, ganz Hawaii und Alaska bis nach Singapur und Japan umfasste.

Länder und Staaten, die zu Verwaltungsdomänen degradiert und von Paragon ernannten Delegierten verwaltet wurden. Während einige Champions wie Aegis eine praktische Rolle bevorzugten, stellte Mynx all ihre Paragons auf die Probe und nutzte die Ergebnisse, um ihre Pflichten abzugeben. Außer natürlich das letzte Wort. Bei Bedarf konnte Mynx die Fabrik verlassen und alles zurücknehmen. Als ob sie das je tun würde.

»Nichts Offizielles, aber Sie sollten wissen, dass Dr. Jones in einer Kapsel auf dem Weg hierher ist. Sie sollte in etwa fünf Minuten hier sein.«

»Reeves, warum hast du mir das nicht gesagt? Mich früher geweckt?«

»Nicht geplant, gnädige Frau. Die Aufzeichnungen der Kapsel zeigen, dass sie den Anruf heute Morgen getätigt hat.«

Mynx blickte aus dem Fenster. Noch ein sonniger Tag, den sie geplant hatte, in ihrem mechanischen Berg zu vergraben, um den Gladiator zu perfektionieren und den endgültigen Einsatz für ein lange in Arbeit befindliches aquatisches Drohnensquadron zu arrangieren. Jetzt müssten die Freuden ihrer Simulationen, Daten und Drohnenentwicklung warten.

»Verzögere sie. Zumindest lange genug, damit ich meinen Tee bekomme.«

»Natürlich. Ich habe vorausschauend schon mit dem Brühen begonnen. Dr. Jones' Ankunft wird um zehn Minuten verzögert.«

Reeves würde hineingehen, der Kapsel mitteilen, dass eine Straße oder eine Reihe von Straßen wegen Bauarbeiten gesperrt seien, und das Ding durch Nebenstraßen führen. Ein praktischer Trick, wenn Mynx etwas Zeit brauchte oder wenn sie wollte, dass ein besonders lästiger Besucher so verloren ging, dass er die Störung aufgab. Nicht dass sie es nicht irgendwann herausfinden würden, aber Mynx hatte aufgehört, sich um Höflichkeiten zu kümmern. Zeit war zu wichtig.

Als Mynx die großen Türen ihres Hauses für Denise öffnete, tat sie dies, während sie eine dampfende Tasse hielt, die nach Wildblumen duftete, obwohl sie ihre Kleidung nicht gewechselt hatte. Sie hatte sich auch nicht die Mühe gemacht, mehr als einen geraden Gesichtsausdruck aufzusetzen. Ihre Haltung schrie förmlich, dass Denise störte und dass eine solche Störung Konsequenzen hatte.

Denise verfehlte es mit ihrem freundlichen Lächeln und ihrem aufrichtigen guten Morgen, dies zu bemerken.

»Kann ich reinkommen?«, fragte Denise, nachdem ihre Begrüßung unbeantwortet blieb und Mynx keine Einladung aussprach.

»Denise«, sagte Mynx. »Ich weiß, du glaubst vielleicht, dass wir eine besondere Beziehung haben. Dass du, weil ich sehr an deiner Arbeit interessiert bin, eine besondere Erlaubnis hast, unangemeldet nach Lust und Laune hier aufzutauchen. Die hast du nicht. Ich bin ein Champion, und ein beschäftigter dazu. Plane deine Besuche ein, und ich werde dich gerne empfangen. Tu es nicht, und-«

»Ich komme voran«, unterbrach Denise. »Deine Probe. Sie bringt mich, uns, näher. Wir haben die Zellen zurückentwickelt, die geschädigten Alterszellen entfernt und durch funktionierende Zellen ersetzt.«

»Und?«

»Das ist es ja. Deine Anomalie-Stränge scheinen der Schlüssel zu sein. Nicht jede Zelle in einer Anomalie ist abnormal. Ich meine, besonders.«

»Ich weiß, was du meinst.«

»Richtig. Also, äh«, Denise blickte auf ihre Hände, als wünschte sie, sie würden einen Bildschirm mit Daten halten oder vielleicht einen Marker, mit dem sie ihre Beschreibung zeichnen könnte. »Es stellt sich heraus, dass der Prozentsatz der Anomalie-Zellen, die altersbedingte Schäden aufwiesen, sehr gering war. Im Vergleich zu den normalen Zellen jedenfalls.«

Mynx genoss einen langen Schluck Tee. Sie spielte die Logik in verschiedenen Schlussfolgerungen durch und beschloss zu sehen, auf welche Denise sich einlassen würde.

»Was denkst du also?«, sagte Mynx.

»Ich denke, ich denke, dass wenn du mehr von deinen Anomalie-Zellen hättest, du jünger wärst. Zumindest in einem physischen Sinne.« Denise holte Luft, presste für einen Moment die Lippen zusammen und blickte auf. Direkt zu Mynx. »Deshalb bin ich hier. Wir müssen bestätigen, dass es nicht nur bei dir so ist. Dass jede Anomalie diese Möglichkeit hat.« Eine weitere Pause. Ein weiterer Atemzug. »Und ob es etwas ist, das wir auf andere übertragen können.«

»Du willst die Datenbank.«

»Nun, du hast sie schon einmal angeboten. Wenn es vielversprechend wäre? Ich denke, das könnte es sein. Wirklich.«

Wenn eine Anomalie zum ersten Mal erkannte, was sie war, war es fast immer eine traumatische Erfahrung. Selbst wenn die Fähigkeit etwas Geringfügiges war, wie ihre Zunge die Farbe wechseln zu lassen oder immer die genaue Luftfeuchtigkeit zu kennen, waren sie einer exklusiven Gruppe beigetreten.

Eine folgenreiche Fähigkeit brachte Verantwortung mit sich. Mynx und die anderen Champions brauchten Jahre, um diese Lektion zu lernen und gegen andere Anomalien zu kämpfen, die es nie taten.

Die Datenbank, die Mynx aufgebaut hatte, war kein Produkt ihrer Fähigkeit, aber ihr Inhalt konnte genauso viel, vielleicht sogar mehr Schaden anrichten, wenn er nicht mit Sorgfalt behandelt wurde. Bei den Drohnen war es dasselbe; jede hatte eine Notabschaltung, die Mynx aktivieren konnte, eine, die die Maschine abschalten würde, wenn sie sich nicht alle 24 Stunden von selbst verbinden konnte. Ein Code, der eine bestimmte Paragon-Linie hinuntersteigen würde, wenn Mynx selbst sterben sollte.

Der Punkt war, dass Mynx ihre Position ernst nahm, und

das bedeutete, keine Macht an Menschen zu geben, die sie nicht verdienten.

»Wenn es vielversprechend ist, dann zeig es mir«, antwortete Mynx. »Schick mir die Beweise, schick mir, wohin du gehen willst, und wenn es gut ist, gebe ich dir deinen Zugang.«

Denise sackte in sich zusammen, fand dann aber etwas Rückgrat und richtete sich auf. Sie versuchte einen letzten Versuch: »Sie wollten doch, dass es schnell geht. Ich gebe mir Mühe, und Sie machen es mir schwerer.«

»Wenn jemand das Unmögliche wünscht und ein anderer behauptet, es geschafft zu haben, finde ich es angemessen, nach Beweisen zu fragen.«

Denise blieb danach nicht länger. Sie sagte Mynx, sie würde ihr die Details zukommen lassen, und verschwand zurück in die Kapsel, die Reeves auf Mynx' Anweisung für Denise bereitgehalten hatte. Dies wäre nie ein langes Gespräch geworden, egal was Denise zu sagen gehabt hätte. Worte waren nichts ohne Beweise, und keine legitimen Beweise würden persönlich geliefert werden, zumindest nicht in dem Detail, das Mynx bräuchte, um überzeugt zu werden.

»Du warst nicht sehr nett«, sagte Reeves, als Mynx ihren Tee zurück auf ihrer Terrasse beendete, während die Sonne höher am Himmel kletterte. »Ich habe festgestellt, dass Menschen besser auf Freundlichkeit als auf Wut reagieren.«

»Sie hat gelogen.«

»Gelogen? Über welchen Teil?«

»Alles«, sagte Mynx. »Und sie hat es schlecht gemacht, weil sie eine Forscherin ist und keine Betrügerin. Anomalie-Zellen sind immun gegen Alterung? Warum sind dann nicht alle Anomalien jünger als die Normalen?«

Reeves stimmte zu, dass diese Theorie recht leicht zu widerlegen schien. Dann wechselte er das Thema und begann mit den Einschätzungen des Tages, den Drohnen, die überprüft werden mussten, den Vorkehrungen für neue Teile und

Rohmaterialien für die Fabrik, die genehmigt werden mussten. Mynx ließ alles über sich ergehen, während sie in Gedanken bei Denise Jones blieb.

Es gab viele Fragen. Warum kam Denise heute und warum erfand sie eine so offensichtliche Lüge? Warum gab Denise einfach auf und ging, als Mynx ablehnte? Wenn sie die Datenbank so dringend wollte, hätte Denise ein Angebot nach dem anderen machen sollen. Jede Technik versuchen sollen. Stattdessen zog sie sich zurück. Akzeptierte das Nein und ging.

»Reeves«, sagte Mynx und unterbrach eine lange Erörterung über die bevorstehenden Tiefsee-Verteidigungsdrohnen. »Denise hat doch eine lange Erfolgsbilanz in diesem Bereich, oder?«

»In der Tat.« Einer der vielen Vorteile von KIs gegenüber normalen Menschen war, dass sie Unterbrechungen ohne jegliche Kränkung hinnahmen. »Sie ist eine der führenden Genetikerinnen in Pacifica.«

»Also weiß sie, wie man eine Schlussfolgerung respektiert bekommt. Sie versteht, wie man Ergebnisse präsentiert.«

»Das erscheint plausibel.«

»Dann lass uns das überprüfen. Reeves, ich möchte, dass du die Datenbank benutzt. Taue einige Proben auf, führe eine Überprüfung der Zellen durch und lass mich wissen, ob Denises Schlussfolgerungen korrekt sind. Ob die Anomalie-Zellen jünger sind.«

»Und wenn sie es sind?«

»Dann entschuldige ich mich.«

Reeves musste nicht fragen, was passieren würde, wenn Denises Schlussfolgerungen falsch wären. An diesem Punkt müsste Mynx eine Entscheidung treffen. Entweder Denise als Ausnahme behandeln und ignorieren oder sie als Bedrohung betrachten und beseitigen.

»Es gibt noch eine andere Angelegenheit, die du wissen solltest«, sagte Reeves nach einigen Sekunden und zog das *Es* am Anfang in die Länge. Eine Programmierungsmarotte, die Mynx eingebaut hatte, um etwas, nun ja, Bedeutsames zu signalisieren. »In Atlantis wurde ein Paragon-Alarm ausgelöst. Es scheint, Thane ist aus seinem Käfig ausgebrochen.«

Ein Schlag hätte weniger geschmerzt. Thane war wie ein Kindheitsgeheimnis, so tief begraben, dass Mynx ihn vergessen konnte. Vergessen, was sie getan hatten, was notwendig gewesen war. Sie stützte sich auf den Tisch und drückte mit ihren Handflächen darauf. Atlantis war weit weg, Thanes Gefängnis weit jenseits der Grenze, und dennoch fühlte sich das immer noch nicht weit genug an.

»Wie?«

»Die Details sind im Moment spärlich. Aegis ruft eine große Anzahl von Paragons zur Unterstützung herbei.«

»Er wird jeden Einzelnen von ihnen brauchen.« Mynx stand auf. »Wie stehen die Chancen, dass ich den Konflikt rechtzeitig erreiche, um das Ergebnis zu beeinflussen?«

»Schwer zu berechnen. Meine ... Informationen über Thanes Fähigkeiten sind minimal. Es ist schwierig, den Effekt zu quantifizieren, den deine Anwesenheit auf die Situation hätte.«

Minimal aus gutem Grund, und nicht aus einem, den Mynx laut aussprechen wollte. So sehr sie auch auf Reeves angewiesen war, sie weigerte sich zu vergessen, dass er ein Programm war. Funktionen und Berechnungen, von Menschenhand erdacht und die von ebensolchen gestohlen werden konnten. Oder gezwungen werden konnten, ihre Geheimnisse preiszugeben.

»Verständlich. Halte mich auf dem Laufenden. Wenn Aegis Schwierigkeiten hat, will ich es wissen. Und ich will so schnell wie möglich dorthin kommen.«

»Ich werde einen Flugplan für dich bereithalten.«

Mynx hörte den letzten Teil nicht. Sie war in Gedanken zu dem Mann, dem Bösewicht zurückgekehrt.

Dem Schandfleck, den sie nicht hatte beseitigen können.

KAPITEL 25
VATER-TOCHTER-DILEMMAS

IM VERGLEICH zu Thanes befestigtem Bergbauanwesen genoss Aegis die Aussicht vom Strand aus sehr. Er mampfte einen Hummerbrötchen unter einer Wärmelampe und genoss die Sonne, die es geschafft hatte, sich durch die Winterwolken zu kämpfen. Er hatte Thane dort zurückgelassen, mit Paragons, die Wache hielten, und weiteren, die stündlich eintrafen. Irgendwann würde er den Anruf erhalten, wenn sie bereit wären, einen Angriff zu versuchen, oder vielleicht würde Thane einfach in seinem neuen Zuhause verhungern.

Das wäre zu gut für den Bastard.

Aegis wischte sich etwas verirrte Mayo von der Wange und sah sich um. Vereinzelte Wanderer füllten das Restaurant, die meisten wie er, entweder allein oder mit einer anderen Person. An leeren Tischen posierten glückliche Touristen für Fotos, in Plastik eingepackt. Die Freude, wenn man für eine Sekunde oder zwei die Hoffnungen und Schrecken des Lebens unterdrückt. Alle im Sommer aufgenommen, eine deutliche Warnung, dass Aegis den falschen Zeitpunkt für seinen Ausflug an die Ostküste Maines gewählt hatte.

Aber er hätte keine weitere Minute in diesem Außenposten verbringen können, der Logistik zuhören, sich mit

Heldenbegrüßungen von Paragons beschäftigen, deren Namen er sich nie merken würde. Aegis, sagten sie alle, kann ich ein Autogramm bekommen, ein Foto mit dir machen. Wie die Motive auf dem Tisch unter seinen Händen, einem Tisch, der von Sekunde zu Sekunde mehr verschmiert wurde, als sein Brötchen überall Sauce tropfte, hatte Aegis all die Lächeln vorgetäuscht, die er konnte, um die Paragons glücklich wegzuschicken. Sie würden ihr Leben riskieren. Das war das Mindeste, was er tun konnte.

»Du bist wirklich hier«, Celice klang wirklich überrascht. »Ich dachte nicht, dass du gehen würdest, selbst nachdem du es mir gesagt hast.«

Celice konnte ihn lesen. Aegis wäre nicht gegangen, außer es war klar gewesen, dass ein Angriff auf Thane mit weniger als einer Armee zu unnötigen Todesfällen führen würde. Kein einziger Paragon in Atlantis hatte die Macht, einen Ort aus dem Orbit zu bombardieren, und die tatsächliche Fähigkeit, so etwas zu tun, war vor einem Jahrzehnt von den Champions aufgelöst worden. Normale waren schon gefährlich genug, ohne ihnen Atomwaffen zum Spielen zu geben.

»Es wird eine lange Geschichte«, sagte Aegis. »Thane hat sich gut verschanzt. Hast du Hunger?«

»Sie machen es gerade.« Celice betrachtete das Chaos ihres Vaters mit Belustigung und Ekel. »Sieht aus, als würdest du es genießen.«

»Zu viel Sauce.« Aegis war kein Feinschmecker - seine großen Hände machten sauberes Essen zu einer Katastrophe. »Schön, dass du hergekommen bist.«

»Es gab nicht viel zu tun in New York. Du hast jeden Paragon nördlich von Virginia zu dieser Sache kommen lassen. Ich habe die Drohnen in höchste Alarmbereitschaft versetzt und bin gegangen.«

Celice setzte sich mit der lässigen Eleganz, die Aegis schon immer an seiner Tochter bewundert hatte. Während er durch die Welt stolperte, schwebte Celice. Ihre scharfen

Augen erfassten Details, die er übersah, und obwohl Aegis nie ganz verstanden hatte, was dazu geführt hatte, dass ihre fröhliche Unschuld - ihr Herumrennen mit seiner eigenen Actionfigur in ihrem ersten, viel kleineren Bastion spielte sich in seinem Kopf ständig in Endlosschleife ab - verschwand, hatte Celice seinen Stolz und seine Abhängigkeit verdient.

»Thane hat mich geschlagen«, sagte Aegis und wich den Worten mit einem studierten Blick zum Horizont aus.

Celice zögerte nicht: »Das sollte er doch, oder? Hat es nicht euch alle gebraucht, um ihn damals zu Fall zu bringen?«

Nicht falsch. Eines der letzten Male, dass die Champions als Einheit operierten. Bevor unterschiedliche Strategien zu unterschiedlichen Idealen und dann zu Unvereinbarkeiten wurden. Bevor sie sich auf der ganzen Welt verstreuten, um sich nicht gegenseitig umzubringen und alles zu zerstören, was sie aufgebaut hatten.

»Zu einfach«, sagte Aegis. »Ich hätte nicht so verlieren dürfen. Er hat mich mit einer Drohne am Kopf getroffen. Ich hätte das abschütteln und ihn dort festhalten sollen, bis Pixie und die anderen eintrafen.«

Er sagte nicht, dass er sich müde fühlte. Ein jüngeres Ich wäre voller Feuer gewesen, bereit, die Lehren aus dem Kampf zu ziehen - nämlich sich nicht von einer Drohne in den Boden rammen zu lassen - und es erneut zu versuchen. Jetzt hatte er Kopfschmerzen, jetzt war er müde, jetzt wollte er ... nach Hause gehen?

Als er bemerkte, dass seine Tochter nichts gesagt hatte, war eine ganze Minute oder mehr vergangen, und Aegis drehte sich um, fragte sich, wo Celice ihre peppigen Aufmunterungen oder auch realistischen Erwartungen gelassen hatte. Irgendetwas, um ihn von dem abzulenken, wo und was er jetzt war. Aegis fand einen ungläubigen Blick, die Verzweiflung in ihren verengten Augen und in ihrem langen, langsamen Atemzug.

»Sag mir nicht, dass du mich den ganzen Weg hierher

geschleppt hast, weil du so deprimiert bist«, sagte Celice. »Du hast verloren. Das passiert. Die Paragons haben unzählige Male verloren. Was uns weitermachen lässt, was dich weitermachen lässt, ist, dass du nicht aufhörst zu versuchen.«

Da haben wir's. Aegis lachte, ein tiefes, rumpelndes Geräusch, und er lehnte sich so weit auf der Bank zurück, dass er fast herunterfiel.

»Ich weiß, ich weiß. Und ich habe dich nicht hierher gebeten, um eine Aufmunterung zu bekommen. Zumindest nicht nur dafür.« Aegis beugte sich vor und schob den Selbstzweifel beiseite, um in das ablenkende Thema einzutauchen: Logistik. »Was ich von dir brauche, ist, dass du so viele Drohnen, wie du entbehren kannst, hierher bringst. Nicht die physischen, die zuschlagen, sondern die Artillerie. Thane hat sich eingegraben, und ich will seine Schale aufweichen.«

»Strategie? Ist das der Weg der Paragons?«

»Unsere Methode hat lange genug gut funktioniert. Aber ich bin es leid, unnötig Leben wegzuwerfen.« Aegis blickte auf sein Tama. »Wir haben seine Stromversorgung, seinen Netzwerkzugang, alles gekappt. Thane hat nichts, aber er ist verdammt schlau. Ich will ihn rausblasen, bevor er sich etwas Schreckliches ausdenkt.«

Celice nickte, sah dann auf ihr eigenes Tama, fuhr mit dem Finger über dessen Oberfläche in Richtung Aegis. Eine Projektion, verschwommen und im Sonnenlicht schwer zu erkennen, spielte sich über dem Tisch ab. Nach einer Sekunde erkannte das Programm die wichtigsten Elemente von Celices Darstellung und dämpfte alles andere, sodass Aegis Zahlen in einem tiefen Grünton sah.

»Das ist alles, was wir in ganz Atlantis haben. Du warst so zurückhaltend, mehr von Mynx zu beschaffen, dass wir sowieso schon knapp dran sind.«

Schon wieder diese Diskussion. Seitdem Mynx die Drohnen so weit gebracht hatte, dass sie die meisten Verbrecher ohne einen anwesenden Paragon fangen konnten, drängte Celice darauf, die Roboter überall einzusetzen. Die Sache war, Aegis hatte in seiner Zeit gegen genug Monster-Bots gekämpft. Zu viele Normale, zu viele Anomalien dachten, alle Antworten lägen in größeren, stärkeren Maschinen. Jedes Programm konnte korrumpiert, jeder Computer von den falschen Händen kontrolliert werden.

Aber die Zeiten hatten sich geändert. Die Paragons waren nicht mehr so beliebt wie früher, dank ihres eigenen Erfolgs. Anomalien interessierten sich nicht mehr dafür, einer Organisation beizutreten, die sie, ohne große Übel zu bekämpfen, wahrscheinlich in eine lukrative, aber langweilige Karriere führen würde. Die Normalen sahen die Drohnen jetzt als ihre Polizei an, während die Paragons eine fast archaische Gruppe von Freaks waren, die ab und zu auftauchten, um alle zu erschrecken. All das bedeutete, dass die Paragons Schwierigkeiten hatten, ihre Rekrutierungsquoten zu erfüllen, und es gab nicht genug Tracker, um die Lücke zu füllen. Drohnen könnten die einzige Option sein.

»Ich werde danach mit Mynx sprechen. Eine große Bestellung aufgeben. Du hast gewonnen.«

»Juchhu.« Celice erschlaffte bei dem Wort, fing sich dann aber und zwang sich zu einem fragenden Lächeln. »Du bist heute zu vernünftig, Papa. Liegt das alles an Thane?«

Wenn es nur so einfach wäre. Die langsame Veränderung seiner Perspektive auf ein entscheidendes Ereignis zurückzuführen. Diese Art von Einfachheit mochte Celice plausibel erscheinen, deren Lebensliste bemerkenswerter Momente erfasst, analysiert und deren Schlussfolgerungen in Ursachen und Wirkungen ausgegeben werden konnten. Aegis würde es schwerer fallen zu bestimmen, ob diese Selbstbetrachtung von dem ersten Mal stammte, als er wirklich Schmerz spürte - weit in seinen Dreißigern - oder ob es letzte Nacht war, als der ehrliche Gedanke, dass er sterben könnte, seinen Geist in Panik versetzte. Oder hundert andere Momente, in denen es schien, als würde alles, wofür er gearbeitet und gekämpft hatte, verschwinden.

»Wir wollten ihn damals töten, konnten aber das Risiko nicht eingehen«, sagte Aegis schließlich. »Apinya traf die Entscheidung. Sie sagte, es könnte keine Grenze für Thanes Kraft geben, und wenn wir es zu sehr versuchten, könnte er sich in einem unzerstörbaren Wutanfall verlieren. So ist es mit Thane - am Ende ist das Einzige, was ihn aufhält, er selbst.«

»Warum ihn dann hier behalten? Warum ihn nicht ins All schießen oder so?«

»Weil wir ihn benutzen wollten«, lachte Aegis, ein trauriger und unheilvoller Klang. »Thane ist ein Spektrum. An einem Ende hast du alle Macht der Welt, keinen Verstand. Am anderen Ende hast du den klügsten Mann, der je gelebt hat. Der Schlüssel war, ihn betäubt zu halten, bereit mit Antworten und so weit weg von Wut wie möglich. Wir richteten ihn wie einen Patienten im ruhigsten Krankenhaus der Welt ein.«

»Moment, ihr habt ihn gefangen gehalten und gezwungen, eure Fragen zu beantworten?«

»Mehr als das, Thane gab uns Erfindungen. Ideen. Nicht alles natürlich. Er ist kein Gott. Aber wenn wir festsaßen, gingen wir zu ihm, um Hilfe bei der Lösung eines Problems zu bekommen.«

Aegis fragte sich, wie Celice damit umgehen würde. Der Prozess des Erwachsenwerdens bedeutete den allmählichen Tod aller Kindheitsmärchen. Celice war längst über das Verfallsdatum dieser hinaus, aber dieser letzte Hauch unschuldigen Glaubens, dass die Paragons und die Champions Kräfte des Guten waren, glaubte Aegis, kaufte sie immer noch. Hoffte, dass sie es tat.

Denn Celice war die Zukunft, und wenn sie die Hoffnung in sie aufgäbe ...

»Ich verstehe«, Celice übernahm Aegis' Taktik, zum Ozean

zu schauen. »Du bist nicht perfekt. Das weiß ich. Niemand sonst ist es auch.«

»Du bist es.«

»Das darfst du sagen, weil du mein Vater bist, aber ich bin es nicht. Du hast getan, was getan werden musste.«

Sie war härter geworden. Mehr als Aegis dachte. Celices Akzeptanz machte ihn stolz, ein kranker Stolz, mit Traurigkeit an den Rändern. Ihre Mutter wäre so enttäuscht gewesen, dies zu sehen, zu sehen, wie Celice zynisch genug geworden war, um die Realität zu akzeptieren, die Aegis für sie geschaffen hatte. Doch wenn ihre Mutter dasselbe getan hätte, wäre sie vielleicht noch am Leben.

»Damit sind wir jetzt fertig«, sagte Aegis. »Wir haben genug Fortschritte gemacht. Thane ist zu gefährlich, um das Risiko wert zu sein.«

»Also willst du ihn jetzt töten.«

»Er hat deine Mutter ermordet, Celice. Es ist längst überfällig, dass er dafür bezahlt.«

KAPITEL 26

EIN INTERESSANTES ANGEBOT

GORDON WARF Kat an diesem Morgen endlich eine Nachricht zu, auch wenn sie diese technisch gesehen erst am Nachmittag sah. Wenn man, berauscht von einem Sieg und verärgert über das Entkommen einer Anomalie, zu viele Drinks von Leuten annimmt, die gerade ihren Ruf auf Kats Leistung aufgebaut haben, schläft man eben viel zu lange. Sandra hatte Kat davon abgehalten, zu weit zu gehen, und eine Kapsel brachte sie den Rest des Weges nach Hause.

Seekers rastloses Lecken war ein schlechtes Mittel gegen den Kater, also zwang sich Kat, nachdem sie Gordons Nachricht drei- oder viermal gelesen und festgestellt hatte, dass sie keine versteckten Bedeutungen enthielt, aus dem Bett, nahm After-Effects-Pillen, um die Kopfschmerzen zu lindern, und stapfte ihrem manischen Hund über einen schneebedeckten Bürgersteig hinterher.

Hab ihn gefunden. Noch nicht gefangen. Du hast immer noch eine Chance, Kat! - Gordon

Klar hatte sie die. Kein Name. Keine Spuren. Kein Interesse. Nach und nach, wie es immer passierte, wenn sie auf diesen Spaziergängen an Reihen und Reihen von Reihenhäusern in ihrer Nachbarschaft vorbeikam, einem neueren Design für Dichte statt Autonomie, ließ Kat den gestrigen Abend Revue passieren und grübelte darüber nach.

Sie hatte versagt, und das war's. War nachlässig gewesen. Sie hatte zuvor drei andere Anomalien aus dem *Carver's* verfolgt, zwei davon mit Kämpfen wie gestern Nacht. Diese Anomalien hatten ihre Gaben im Kampf preisgegeben, und als Tracy oder die anderen Türsteher die Anomalie rausgeworfen hatten, war Kat bereit gewesen zu folgen. Calvin war ohne zu zögern abgehauen. Was bedeutete, dass er alles über Tracker wusste.

Seeker, der vorausging, entdeckte an der gegenüberliegenden Ecke einen anderen Hund und zog heftig an der Leine. Die fortschreitende Technologie hatte die Kernfunktionen und Nachteile einer starken Schnur, die an einem Halsband befestigt ist, immer noch nicht verändert, und Seeker nutzte das aus und zog Kat hinter sich her. Die plötzliche Geschwindigkeit traf auf eine glatte Stelle unter dem Schnee und ließ Kat nach vorne stolpern, mit gerade genug Kontrolle, um sich zur Seite zu werfen, in eine Schneewehe.

In gewisser Weise tötete das eiskalte weiße Zeug ihre Kopfschmerzen effektiver als die Pillen. Andererseits kroch der Schnee in ihren Mantel, klebte an ihren Leggings und, wie Kat feststellte, als Seeker anfing zu lecken, an ihrem Gesicht.

»Geht es Ihnen gut?«, fragte die Hundeführerin, eine Frau, die aussah, als hätte sie doppelt so viele Jahre gesehen wie Kat und sich nicht die Mühe machte, es zu verbergen.

Vage dachte Kat, die Frau könnte im Alter ihrer Mutter sein, wenn ihre Mutter noch da wäre. Das dünne blonde Haar, das unter der Baumwollmütze der Frau hervorlugte, hätte nicht zu dem Brünett ihrer Familie gepasst, aber der Rest wäre nah dran gewesen.

»Ich werd's überleben.« Kat drehte sich, drückte sich hoch, anstatt die angebotene Hand zu nehmen. Das Letzte, was sie wollte, war, die Frau mit sich zu Boden zu ziehen, während sie aufstand, besonders mit Seeker, der immer noch wie wild versuchte, ihr Gesicht abzuschlabbern. »Danke.«

»Mutig, hier einen Husky zu haben«, nickte die Frau zu ihrem eigenen, viel kleineren Welpen, der Seeker mit Furcht und Ehrfurcht ansah. »Haben die nicht viel Energie?«

»Sehen Sie selbst.«

Seeker kam der Aufforderung nach und begrüßte die Frau stehend, sobald sie in seine Richtung blickte. Sie lachte, was mehr war, als Kat erwartet hätte. Nach einem Lecken fuhr die Frau mit der Hand durch Seekers Fell, und der Husky schloss abrupt sein Maul, ließ sich wieder auf den Boden sinken und setzte sich friedlich hin. Er sah die Frau an, als erwarte er einen Befehl und würde ihm gehorchen.

Kat zog die Elektroschockpistole, die sie immer geladen und bereit hielt, und richtete sie auf die Frau. Arme wie aus Eisen, Ziel stabil. »Wollen Sie mir sagen, was Sie mit meinem Hund machen?«

Die Frau lächelte immer noch, aber ihr Gesicht bekam eine kühle Kante, passend zum Wetter. »Ich beruhige ihn nur. Er sah aus, als könnte er es gebrauchen. Genau wie Sie.«

Wenn Kat dachte, sie könnte damit durchkommen, würde sie ihr Handgelenk drehen und das Tama das Gesicht der Frau erfassen lassen, es mit der Tracker-Datenbank abgleichen. Aber jetzt, ohne ihre Tracker-Kontakte, ihren Anzug und andere Ausrüstung, wollte sie keinen offenen Kampf auf der Straße mit einer unbekannten Anomalie.

»Sie werden jetzt von ihm weggehen«, sagte Kat, und die Frau gehorchte, gab Seeker einen guten Meter Platz. »Das ist keine zufällige Begegnung, oder?«

Ihre Älteren bedrohen. Eine weitere Lektion aus der Kindheit, die in der rauen Umgebung ihres Erwachsenenlebens starb.

»So scharfsinnig, wie es Ihr Rang vermuten lässt. Die beste Trackerin in der Gegend, wie ich höre.« Die Frau nickte in

Richtung von Kats Waffe. »Sie können die jetzt wegstecken. Ich bin nicht hier, um Ihnen zu schaden.«

»Das entscheide ich.«

»Wenn wir es wollten, wären Sie schon tot.« Die Frau ließ ihren Blick um Kat herum schweifen, als wolle sie darauf hinweisen, dass versteckte Verbündete auf einen Hinterhalt warteten. »Dies ist eine Einladung, kein Attentat.«

»Wer sind Sie überhaupt?«, sagte Kat.

»Wir interessieren uns für die Anomalie, die Sie verfolgen. Er ist gefährlich, aber in den richtigen Händen potenziell alles«, sagte die Frau. Kat bemerkte jetzt, dass der kleine Hund der Frau genauso ruhig war wie Seeker, dort saß, ohne einen Laut von sich zu geben. Unheimlich. »Wir haben versucht, ihn einzufangen, aber es ist uns nicht gelungen. Wir würden gerne Ihre Hilfe in Anspruch nehmen.«

»Sie haben meine Frage nicht beantwortet.«

Kat ging weiterhin mögliche Organisationen durch, die nicht aufgespürte Anomalien anheuern würden, um Trackern zu drohen. Dieses Verhalten könnte einen auf die schlechte Seite der Paragons bringen, was für jedes Unternehmen das buchstäbliche Ende bedeuten würde. Es sei denn, man stand bereits auf der schwarzen Liste und es war einem egal, und die Organisationen, die noch in Betrieb waren und beides für sich beanspruchen und sich mit Anomalien anlegen konnten …

»Sie beantworten sie sich selbst«, erwiderte die Frau. »Das spielt keine Rolle. Was zählt, ist unser gemeinsames Ziel. Wenn er frei herumläuft, könnte er den Fokus verlieren. Eine größere Katastrophe verursachen, ohne es zu merken. Er braucht Führung.«

»Dann muss er aufgespürt werden. Die Paragons werden ihm helfen.«

»Die Paragons werden ihn benutzen. Sie wissen das. Sie bekommen jeden Tag die Rep-Statements. Sie werden ihn von einem Job zum nächsten schicken, bis sein Potenzial verschwendet ist.«

»Klingt nach Ihrem Problem, vielleicht seins. Definitiv nicht meins.« Kat schnalzte mit der Zunge, ein Geräusch, auf das Seeker reagieren sollte, und zu Kats Erleichterung schnappte der Hund aus seiner Benommenheit, erfasste die Situation und erhob sich, stellte sich neben Kat und gab ein leises Knurren von sich. »Versuchen Sie's noch mal.«

Schließlich brach die Fassung der Frau zusammen. Vielleicht war es Seekers erneute Lebhaftigkeit, vielleicht hatte Kats Elektroschocker ihre Reserven aufgebraucht, aber jedenfalls drehte sie sich um und setzte sich auf die dicke Schneebank. Sie blickte auf ihre Hände, die die Leine des Hundes hielten.

»Ich heiße Beth. Ich gehöre zu den Elementals. Ich bin sicher, ihr wisst, wer wir sind.«

Wer wusste das nicht? Wenn überhaupt, ließ dieses Geständnis Kat ihre Waffe noch fester umklammern. Sie riskierte einen schnellen Blick hinter sich, nur leerer Bürgersteig. Keine Pods. In gewisser Weise war die leere Straße der sicherste Beweis dafür, dass Beth die Wahrheit sagte - kein Teil Chicagos blieb so lange menschenleer.

Die Elementals waren schlechte Nachrichten. Eine Gruppe, vor der Tracker gewarnt wurden, sich fernzuhalten, obwohl sie aus nicht-georteten Anomalien bestand. Der ganze Grund, warum die Champions und damit die Paragons jetzt die Dinge leiteten, lag in der schieren Macht von Anomalien, die zusammenarbeiteten. Die Elementals hatten diese gleiche Macht, wenn auch nicht die Ressourcen. Mit all ihrer Ausrüstung fürchtete Kat sich nicht davor, gegen eine, vielleicht zwei Anomalien anzutreten. Aber fünf? Ein Dutzend?

»Ich heiße Kat, aber das weißt du wahrscheinlich schon. Und ich kenne euch«, sagte Kat, immer noch die Waffe haltend. »Wenn ihr hinter diesem Typen her seid, warum nehmt ihr ihn nicht einfach mit?«

»Man könnte sagen, wir sind eher für organische Rekrutierung«, antwortete Beth. »Ihr seid diejenigen, die Leute gegen ihren Willen mitnehmen.«

»Nur solche wie euch.«

»Natürlich glaubst du das«, Beth schob den rechten Ärmel ihrer himmelblauen Jacke zurück und blickte auf ihre Tama. »So gern ich auch unsere Philosophien diskutieren würde, komme ich gleich zum Punkt.«

»Ich höre.«

»Wir sind bereit, dir Informationen zu geben, die du nicht hast. Informationen, die es dir ermöglichen sollten, die Anomalie zu finden. Im Gegenzug wollen wir, dass du ihn gefangen nimmst. Ihn überwältigst.«

»Aber keine Ortung, richtig?«

»Keine Ortung. Du wirst ihn uns übergeben.« Beth kehrte zu diesem mitleidigen, hochmütigen Lächeln zurück, das sie so gut beherrschte. »Du bekommst natürlich deine Reps.«

Das Angebot hing in der Luft, sein einziger Begleiter der Wind und das zwei Straßen entfernte Pfeifen des Mag-Lev-Zuges, der zum Stehen kam. Die Bedingungen waren, um es milde auszudrücken, Mist. Eine Anomalie mit den Fähigkeiten, die dieses Interesse der Elementals geweckt hatte, wäre zweifellos über ein Leben lang für die Paragons viel mehr wert. Andererseits, wollte Kat sich mit einer geheimen Anomalie-Organisation anlegen?

Ach. Sie musste diese Entscheidung jetzt nicht treffen.

»In Ordnung. Ich mache mit. Wann lieferst du?«, sagte Kat.

»Jetzt sofort.« Beth tippte auf ihre Tama, und Kats eigene gab eine Sekunde später einen hellen Piepton von sich.

Kat sah nicht darauf. So dumm war sie nicht. Stattdessen hielt sie den Elektroschocker weiter auf Beth gerichtet und wartete. Entweder würde Beth aufstehen und weggehen, der Deal abgeschlossen, oder die Dinge würden hässlich werden.

Stattdessen stand Beth auf: »Komm, Fluff. Zeit, dich nach drinnen zu bringen, wo es warm ist.«

Die Elemental drehte Kat den Rücken zu und ging die Straße hinunter, den Blick nach vorne gerichtet. Kat ließ sie einen halben Block weit gehen, bevor sie sich langsam umdrehte und die Fenster und Dächer absuchte. Auf der Suche nach Augen. Sie fand keine. Seeker schien angespannt, aber der Husky machte keine Bewegungen in irgendeine Richtung. Keine unmittelbaren Bedrohungen also.

»Zeit zu gehen, Kumpel«, sagte Kat, und die beiden eilten zurück zur Wohnung.

Sobald sie drinnen war, ließ Kat Seekers Leine los und ließ ihn frei, um nach möglichen Eindringlingen zu suchen, während sie wie wild zu ihrem Schrank rannte. In Rekordzeit schlüpfte sie in ihren Anzug, ihre Gadgets, ihre Kontakte. Gepanzert, bewaffnet und schwer atmend setzte sich Kat auf ihr Bett und starrte aus dem Fenster.

Grauer Himmel. Leer, bis auf eine vorbeifliegende Drohne. Ihre Kontakte identifizierten null Bedrohungen, und als sie ihre Wohnung überprüfte, erkannten sie keine ungewöhnlichen Fußabdrücke, abgesehen von Gordons übrig gebliebenen Abdrücken. Keine seltsamen Moleküle in der Luft von Deodorants, Parfüms oder einem tödlichen, lautlosen Gas. Vielleicht machten die Elementals das Angebot aufrichtig. Sie planten vielleicht nicht, sie zu töten.

Gordon. Sein Tipp war falsch gewesen, also war er vielleicht nirgendwo in der Nähe. Gordon hatte denselben Tracker-Rang wie sie, aber sie waren stattdessen zu ihr gekommen. Weil Kat hier wohnte? Weil sie nicht ganz so in der Paragon-Orthodoxie versunken schien wie Gordon? Sie schickte ihm trotzdem eine schnelle Nachricht und fragte, ob es ihm gut ginge.

Dann, endlich, warf Kat einen Blick auf die Informationen. Sah, was die Elementals ihr zu geben beschlossen hatten.

Kat blähte die Nachricht auf ihren großen Monitoren auf,

was ihr erlaubte, durch die zahlreichen Links zu Fotos und Videos zu tippen. Vom ersten an wusste sie es. Calvin. Die Bestätigung überraschte sie nicht - Kat hatte eine Ahnung über den Mann, der allein in *Carver's* Bar kämpfte, und bisher waren ihre Ahnungen solide gewesen. Plötzlich war sie froh, dass Calvin sich letzte Nacht nicht entschieden hatte, nuklear zu gehen und seine Fähigkeit einzusetzen - wenn die Elementals dachten, er sei so gefährlich, hätte Kat es vielleicht nicht genossen, am falschen Ende davon zu stehen.

Die erste echte Überraschung: Calvin war sein echter Name. Der Mann hatte ihn gewählt, als es Zeit war, sich für den Standard-Anomalie-Test zu registrieren. Die Paragons schleppten jedes Kind nach der Pubertät zu verschiedenen Prüfzentren, wo physische Extreme verabreicht wurden, um Kräfte zu erzwingen. Ahnungslose Anomalien ließen sich tendenziell dort und dann orten. Andere, die ihr Wachstum vor Eltern oder Schulbeamten verbargen oder die einfach später Fähigkeiten entwickelten, hatten einen wirklich schlechten Tag.

»Nö. Da gehe ich nicht wieder hin«, sagte Kat zu sich selbst, und Seeker, der auf dem Bett ein Nickerchen machte, schnaufte zustimmend.

Harte Erinnerungen für sie. Genauso für Calvin, wie es aussah.

Die Elementals hatten ein ziemlich vollständiges Paket zusammengestellt, und Kat füllte die Lücken mit ihrem eigenen Tracker-Zugang zu Paragon-Daten. Calvin war als Kind von einer Familie zur nächsten gehüpft, hauptsächlich durch Weglaufen. Schon ab dem Alter von acht Jahren schien Calvin einen ernsthaften Fall von Fernweh entwickelt und gelernt zu haben, gut genug zu lügen, um es zu nähren. Er tauchte irgendwo auf, gab einen falschen Nachnamen an, nannte sich immer Calvin, und machte dann, was er konnte, aus einem Ort, aus Menschen, bevor er wieder ging.

Calvin hatte auch seinen Anomalie-Test mit Bravour

bestanden - keine Kräfte festgestellt. Entweder hatte er seine wertvollen Fähigkeiten später entwickelt, oder er war geschickt genug gewesen, sie unter Verschluss zu halten. Angesichts des Kampfes letzte Nacht wusste Kat, worauf sie wetten würde.

Was war also der rote Faden? Die Elementals legten es nicht offen dar, was bedeutete, dass Kat den Nachmittag und Abend damit verbrachte, Calvins Leben zusammenzusetzen. Am Ende hätte sie eine Dissertation über seine Interessen schreiben können: populäre Unterhaltung, obskure Wildtierreservate und Kneipen wie *Carver's*. Er hatte keine Blutsverwandten, die irgendwer kannte, und er war von der Westküste Pacificas den ganzen Weg hierher getrekkt mit einem Rep-Konto auf Sparflamme, das durch seltsame, zufällige Zahlungen von Einzelpersonen am Leben gehalten wurde, mit denen Calvin für kurze Momente in Verbindung zu stehen schien und dann nie wieder.

Von all den Dingen, die sie las, fühlte sich das letzte Stück vertraut an. Anomalien mussten irgendwie Reps verdienen, und weil die meisten, die sich weigerten, sich den Paragons anzuschließen, sich außerhalb der traditionellen Verdienstmethoden wiederfanden, prostituierten sie ihre Kräfte. Und sobald man seine Fähigkeit verkauft hatte, konnte der Käufer einen erpressen, drohen, einen an die Paragons auszuliefern, und so machte man sich auf den Weg zum nächsten Ort. Ein Leben der Verzweiflung, sicher, aber ein freies.

Calvin hatte jedoch Träume. Die eine Sache, die all seine Reisen gemeinsam hatten, war ihr Endziel: Calvin fand seinen Weg zu den Conventions. Die Comics, die Filme, die Spektakel. Kat wusste nicht, was er dort zu finden hoffte, aber er ging immer wieder hin. Und es traf sich, dass morgen eine in Chicago begann. Eine der größten in Atlantis.

Tja, dann würde sie wohl einen Pass besorgen müssen.

KAPITEL 27

DER PREIS DES FORTSCHRITTS

MEHRERE JAHRE in seinem fünften Lebensjahrzehnt betrachtete Zhan-Yo das verglaste, von Fenstern erleuchtete oberste Stockwerk des Ziran-Hauptquartiers immer noch als das Büro seines Vaters und nicht als sein eigenes. Der Geist haftete an den Besitztümern, wie dem schwarzen Schreibtisch, den digitalen Porträts, die zwischen Bildern der Familie seines Vaters wechselten - Zhan-Yo hatte sich nie die Mühe gemacht, eine Familie zu gründen, um sie zu ersetzen - und dem telekinetischen Teppich, der seinen marineblauen Stoff mit den verzweigten Silberbahnen einer Leiterplatte überlagerte. Überall sonst würden die Oden des Büros an die Technologie schwerfällig, aufgesetzt, lächerlich wirken.

Aber sein Vater glaubte daran, dem Tribut zu zollen, was dir Erfolg brachte, und Zhan-Yo konnte nicht bestreiten, dass Ziran genau das getan hatte.

»Z«, sagte die Sekretärin. »Frau Vanne ist auf dem Weg nach oben für Ihren Termin um neun Uhr.«

Hebel mussten betätigt werden. Zhan-Yo hatte den größten Teil seines Unternehmenslebens damit verbracht, die Pläne und Teile zusammenzufügen, die Ziran in dem Moment brauchte, um seinen Vorstoß zu machen, die Macht denen zurückzugeben, denen sie rechtmäßig zustand. Dieser Moment war, mit einem kräftigen Schubs von Sylvie, gekommen. Das bedeutete, dass Geheimnisse, die verborgen gewesen waren, Pläne, die für Außenstehende zum Zeitpunkt, als Ziran sie in Angriff nahm, wenig Sinn ergaben, ihren wahren Zweck zeigen würden. Doch um all das zu erreichen, musste Zhan-Yo einen kompletten Anzug tragen. Musste in einem großen Stuhl sitzen mit der Stadt im Rücken und ganz wie der stereotype Anführer aussehen, der er nicht sein wollte. Ein Revolutionär, sicher. Ein Wegweiser in eine bessere Zukunft, absolut. Aber die Wolle juckte ihn, und er fand die engen Schuhe, die Krawatte und den Kragen einengend. Eine Kultur, die seinem Vater gehört hatte und nicht ihm.

Er stand auf, als Anna Vanne einige Minuten später sein Büro betrat, die große Frau wischte den projizierten Zeitplan ihres Tamas beiseite, als sie durch die Glastür schritt, die seine Sekretärin für sie öffnete. Zhan-Yo verbeugte sich kurz, nur mit den Schultern, und sie erwiderte mit einem Nicken.

»Schön, dich zu sehen«, begann Anna, ließ sich in einen der beiden plüschigen grauen Sessel sinken, die an den Seiten mit Neonblau verziert waren als willkürliches Zugeständnis an Sci-Fi-Attribute, und schenkte Zhan-Yo ein Lächeln, das fragte: *Was zum Teufel machst du hier?*

Zhan-Yo konnte es ihr nicht verübeln. Er hatte sich einen verdienten Ruf als Phantom erworben, tauchte zu einem Meeting auf und verschwand wieder, eher über Tama erreichbar als durch Belagerung seines Büros. Für die Leitung eines Großunternehmens spielte es weniger eine Rolle, wo er sich physisch befand, und er zeigte Anna das mit einem Blick auf das Fenster hinter ihm, als gehöre seine Seele wahrhaftig dorthin.

»Ich bin nicht oft hier, weil ich dich habe, um diesen Laden zu führen, und du machst das sehr gut.« Zhan-Yo glaubte fest an die Kraft von Komplimenten, um gegen bevorstehende Schwierigkeiten zu immunisieren. »Doch die Umstände ändern sich.« Ein Atemzug, während Zhan-Yo den nächsten Satz zusammensetzte. »Unser wahres Projekt steht kurz bevor.«

Vage, und für jeden ohne sehr spezifisches Wissen nutzlos. Man leitete kein Technologieunternehmen, ohne unterwegs einige Verdachtsmomente aufzuschnappen, besonders wenn man plante, die gegenwärtige Gesellschaftsordnung zu stürzen. Anna verstand die Anspielung - Zhan-Yo konnte es an ihrem kurzen Innehalten erkennen, ihrem forschenden Blick, als sie entschlüsselte, was er gerade gesagt hatte. Dann, mit einer Neigung ihres Kopfes und einem leichten Seufzen, wie ein Elternteil, das sich mit der Entscheidung seines Kindes abfindet, ließ Anna ihn wissen, fortzufahren.

»Ich weiß, das kommt überraschend, aber Ereignisse wie dieses haben nicht den Luxus der Zeit. Wir haben geplant, und jetzt ist es an der Zeit, diesen Entwürfen zu folgen.« Zhan-Yo tippte auf die Oberfläche des Schreibtischs, die vor einigen Jahren mit einem Projektionsbildschirm überlagert worden war. Der leichte zyanfarbene Schimmer wechselte, um seinen Tama widerzuspiegeln, und die Berührungen brachten eine dreiteilige Abfolge von Schritten hervor. »Nimm das. Es ist dasselbe wie das, das wir dir vor langer Zeit gegeben haben, aber die Einzelheiten wurden hinzugefügt.«

Anna hielt ihren eigenen Tama - an ihrem rechten Handgelenk, ungewöhnlich - über die Projektion. Er piepste eine Sekunde später und bestätigte die Datenübertragung, und sie zog ihren Arm zurück, betrachtete ihn, als sei er zu etwas Verdorbenem geworden.

»Sobald wir damit anfangen, wird es schwer sein, es rückgängig zu machen«, sagte Anna. »Viele Menschen werden es nicht schaffen.«

»Nur wenn wir scheitern.«

»Wenn wir Erfolg haben, Z.« Anna ließ die Mitarbeiterfassade fallen und sprach wie eine Gleichgestellte, wie jemand, der sich um das sorgt, was er kennt und schätzt. »Wenn das funktioniert, wer weiß dann, was übrig bleibt? Welche Art von Arbeit, welche Art von irgendetwas?«

»Zweifelst du jetzt an uns?«

»Ich bin besorgt.« Anna blickte hinter sich, aber der einzige andere auf dieser Ebene war seine Sekretärin, ein Luxus, auf den Zhan-Yo bestand. »Wexley drängt dich nicht dazu?«

»Er musste etwas überredet werden.« Zhan-Yo beugte sich vor, faltete seine Hände flach auf dem Schreibtisch, sodass sie in die Projektion übergingen. Vertrauen, Zuversicht, Stärke. Erscheinung war nicht alles, aber es schadete auch nicht. »Wir treffen diese Entscheidung nicht leichtfertig, Anna. Aber wir wollen auch nicht so vorsichtig sein, dass wir unsere Chance verpassen.«

»Du wirst mir nicht alles erzählen.«

Zhan-Yo sagte nichts. Je mehr Anna wusste, desto mehr riskierte sie. Sie lachte dann, rieb sich die Nase und schüttelte den Kopf.

»Weißt du, Damian und ich, wir haben zwei Kinder. Vier, sechs. Kleine Mädchen.«

»Ich weiß.«

Er hatte ihnen jedes Jahr Geburtstagskarten geschickt, mit einem Stück Matcha-Bonbon aus Japan, einem Geschmack, den sie wahrscheinlich hassten, den er aber in seiner Kindheit geliebt hatte. Jede einzelne hatte er persönlich unterschrieben.

»Ich dachte nicht, dass das je passieren würde. Ich dachte, als ich diesen Job annahm, als du mir sagtest, was möglich wäre, dass es ein Traum sei. Dass ich weg wäre, dass sie älter wären.« Annas Hände kneteten die Ränder ihres Rocks, während sie sprach. »Ich will sie nicht im Chaos großziehen, Z.«

»Ich verstehe. Leider wird der Rest der Welt nicht darauf warten, bis du bereit bist.«

»Bei allem Respekt, aber du hast keine Familie. Du verstehst das überhaupt nicht.«

Wut. Angst. Frustration. Er hatte all diese Dinge erwartet, spürte sie selbst bei jeder Aktualisierung, die Sylvie ihm über ihre Fortschritte schickte. Die Rekrutierung moralisch flexibler Soldaten, der Import von Waffen, die von den Paragons längst verboten worden waren. Schritte auf einer Einbahntreppe, die am Ende wahrscheinlich die Zerstörung Zirans bedeuten würde, wahrscheinlich die Störung und Auflösung so vieler Strukturen, von denen Anna und ihre Familie abhängig waren.

Aber es würde bedeuten, dass ihre Kinder ein Mitspracherecht in ihrer zukünftigen Welt hätten.

»Weißt du, Anna, wie ich aufgewachsen bin?«, sagte Zhan-Yo. Eine Abschweifung würde ihn Zeit kosten, aber wenn sie Annas Loyalität aufrechterhielt, dann war Zeit ein kleiner Preis. »Was meine Eltern taten, um mich vor Veränderungen zu schützen?«

Anna sprach nicht, aber Eiseskälte kam durch, als sie den Kopf schüttelte. Er hatte den Widerstand so vieler anderer gebrochen, Industrietitanen mit ebenso hohen oder höheren Einsätzen als Anna, als seine eigenen. Zhan-Yo konnte auch sie überzeugen.

»Ich begann in einer Welt und wurde in einer anderen erwachsen. Von frühester Jugend an hatte ich dank der Bemühungen meiner Eltern jeden Vorteil. Lehrer sagten mir, ich würde selbst entscheiden können, wie ich mein Leben leben will. Dass ich eine Stimme in der Richtung der Welt haben würde, oder zumindest meines Landes, meiner Stadt. Stattdessen, als ich endlich die Abschlüsse, die Position erreicht hatte, um diese Veränderung zu bewirken, nahmen mir die Paragons alles weg. Meine Eltern sagten mir, ich solle nachgeben, wie sie. Wir hatten zu viel zu verlieren. Es dauerte Jahrzehnte, bis ich erkannte, dass ich das Wertvollste bereits verloren hatte.«

»Dein Idealismus macht dich blind, Z«, entgegnete Anna. »Wen kümmert es, was die Paragons tun, solange wir glücklich sein können? Sicher und gesund?«

»Jetzt vielleicht. Aber was passiert, wenn die Paragons beschließen, dass Normale nicht willkommen sind? Sie würden dir alles nehmen, was du hast, und du könntest nichts dagegen tun.«

»Warum sollten sie das tun? Hast du dich das bei deinem großartigen Plan gefragt? Du redest, als wäre dieses große Unrecht begangen worden, aber ich sehe es nicht. Nirgendwo.«

»Weil wir blind sind. Meine Eltern waren es, ich war es. Du musst sehen, dass wir Bauern sind, Anna. Kleine Figuren auf einem Brett, leicht zu opfern.« Zhan-Yo blickte auf seine Hände. Seine normalen Hände. »Keine Fähigkeit, und ohne Fähigkeit ist unser Platz in dieser Welt festgelegt.«

Anna sah aus, als wollte sie einen weiteren klugen Kommentar abgeben, aber sie hielt sich zurück. Wartete.

»Deine Kinder mögen normal sein, mögen Anomalien sein.« Zhan-Yo musste hier vorsichtig sein. Seinen Punkt machen, ohne etwas zu sagen, das einen Zuhörer alarmieren würde. »Das ist nicht deine Wahl. Ihre Zukunft ist es. Du kannst ihnen eine Welt zum Genießen geben, oder du kannst sie Gefangene sein lassen wie uns.«

Ein wenig lächerlich. Anfällig dafür, auseinanderzufallen, wenn Anna beschließen würde, an der Phrase zu zupfen. Aber ein emotionaler Appell trumpfte einen logischen, und Anna, wenn sie es nicht kaufte, akzeptierte es zumindest mit einem Blick auf den Boden, einem langsamen Aufstehen vom Stuhl.

»Ich verstehe. Ich stimme nicht zu, aber ich verstehe.«

»Dann können wir dir vertrauen?«

»Ich werde den Plan ausführen. Ziran wird so lange wie möglich überleben.«

»Das ist alles, worum ich bitte. Danke, Anna.«

Ein weiterer Austausch leichter Verbeugungen, und Anna verließ sein Büro. Zu den Aufzügen und hinunter. Zhan-Yo blieb stehen, bis sie verschwunden war, dann bat er die Sekretärin, ihm ein Glas Wasser zu bringen.

»Wird sie es tun?«, fragte Wexley wenige Minuten später über das Tamas, nachdem Zhan-Yo eine Nachricht geschickt hatte, dass das Treffen beendet war.

»Ich denke schon«, antwortete Zhan-Yo. »Behalte sie im Auge. Wir sind in ihrem Zuhause, ja?«

»Sind wir, seit wir sie befördert haben.«

»Dann haltet die Ohren offen. Wir brauchen so viel Vorwarnung wie möglich, falls sie sich wendet. Es sind die Kinder, Wexley.«

»Hat sie nicht zwei?«

Er wusste das nicht über Anna? Zhan-Yo runzelte die Stirn. Wexley sollte seine Offiziere verstehen, was sie jeden Tag zur Arbeit kommen lässt und was sie hoffen, dass morgen ihnen gehören wird. Er würde das lernen müssen, bevor Zhan-Yo ihn jemals Ziran führen lassen würde. Falls es ein Ziran zu führen gäbe.

»Beobachte auch sie. Ob sie Schwierigkeiten haben, ob es verwundbare Gelegenheiten gibt.«

»Ich verstehe.«

Das wusste Wexley. Wenn Anna sich als unzuverlässig erweisen würde, wenn ihre Loyalität schwanken würde, könnte das, was sie jeden Tag zur Arbeit kommen ließ, genutzt werden, um sie hier zu halten. Eine bedauerliche Wendung, aber keine katastrophale. Die Kinder müssten nicht verletzt werden. Hoffentlich.

»Wirst du noch lange im Büro sein?«, fragte Wexley. »Es gibt heute Nachmittag ein paar Meetings, bei denen ich dich gebrauchen könnte.«

»Schick sie mir, aber ich werde von außerhalb teilnehmen«, sagte Zhan-Yo. »Ich habe einen Kurs, den ich besuche.«

»Einen Kurs?«

»Für meine Gesundheit. Halte mich auf dem Laufenden, Wexley.«

»Natürlich.«

Das Tamas klickte aus, als die Sekretärin mit dem Wasser zurückkam. Zhan-Yo trank es in einem Zug aus, betrachtete es, staunte darüber, wie die klare Flüssigkeit alles enthielt, was die Anomalien zum Wachsen brauchten. Wie die Chancen von Milliarden durch das kamen, was sie jeden Tag tranken. Ein einfacher Zusatz, eine mögliche Mutation, und die menschliche Geschichte änderte sich für immer.

Wenn ein bisschen Wasser das bewirken konnte, warum dann nicht er?

KAPITEL 28
ALLES ANOMALIE

MILLIONEN VON MURMELN, in allen erdenklichen Farben getaucht, wirbelten durch die Leere. Mynx beobachtete, wie sie aufstiegen, bis sie weit unter der blaugrauen Weite zu ihren Füßen wieder nach unten zirkulierten und ihre Reise von Neuem begannen. Die endlose Bewegung einer organisierten Datenbank, die analysiert wurde. Reeves hatte sie in Gang gesetzt, und Mynx war gekommen, um sie zu sehen, um der Anspannung der Realität zu entfliehen.

Sie näherte sich der Helix und genoss, wie in diesem Ort ihre schmerzenden Knochen nie mitgekommen waren. Mynx musste nicht durch die leichte Erkältung atmen, die sie gerade auskurierte, oder die trockene, juckende Haut an ihrem linken Knie spüren. Und als Mynx nach diesen Murmeln griff, wuchs ihr Arm um den zusätzlichen Meter, den sie brauchte, um hineinzugelangen.

Mynx spürte die Kugel, die sie ergriff, nicht durch Berührung. Es war eher so, als würde ihr Inhalt durch ihre Finger in ihren Geist sickern und Mynx erlauben, die darin enthaltenen Daten zu verstehen. Die Geheimnisse beinhalteten eine Anomalie, diese mit Namen Sarah, die vor einigen Jahren verstorben war. Sie hatte ein hohes Alter erreicht, besagte der

Eintrag, eine Großmutter mit der trivialen Fähigkeit, den Geschmack von allem zu ändern, was sie zufällig trank. Wasser konnte zu Kirsche werden. Wein zum perfektesten Verschnitt, jedes Mal.

»Stell dir vor, wie viel ihr Speichel wert gewesen wäre«, sagte Mynx, obwohl es hier nicht wirklich Worte gab. Es war eher so, dass sie beschloss, ihre Gedanken in einem Text darzustellen, den ihr Begleiter, der allgegenwärtige Reeves, lesen konnte. »Ein vermarktbarer Trick, nehme ich an.«

»Es gibt nicht viele Informationen über Versuche, Speichel an Verbraucher zu verkaufen.« Reeves' Antwort schwebte in großen Blockbuchstaben vorbei, in Klammern gesetzt, um ihren klaren Status als Kommentar zu gewährleisten.

»Kaum zu glauben.«

Mynx legte Sarahs Murmel zurück in die Helix. Sobald sie losließ, zog die unsichtbare Strömung sie hoch, als wäre sie nie weg gewesen. Mynx beobachtete ihre Bewegung. Niemand sonst in der Geschichte der Menschheit hatte dies zuvor gesehen, war zuvor hier gewesen. Es war wahrscheinlich, dass niemand sonst es je würde. Andererseits wurden mit den Anomalien einzigartige Erfahrungen weniger, nun ja, einzigartig.

»Bist du bereit?«, schickte Reeves einen weiteren Wortschwall vorbeifliegend. »Ich habe weitere Tests vorbereitet, aber sie werden die Datenbank verändern.«

»Du bekommst deine Kopien.«

Selbst hier verschwand die Arbeit nie wirklich.

Mynx wuchs, streckte sich höher und höher, bis die zyklische Anomalie-DNA, ihre Leben und Familien, in ihre Hand passten. Sicherheit erforderte Vorsichtsmaßnahmen, wie Reeves daran zu hindern, diese Datenbank zu kopieren. Andernfalls hätte die KI dies ohne einen Moment Anstrengung tun können und Mynx die Zeit erspart.

Und ihr den Spaß gekostet.

»Pausiere deine Programme«, sagte Mynx. »Wir wollen diese hier nicht beschädigen.«

»Es gibt immer das Backup.«

»Erinnere mich daran, das aus deinem Speicher zu löschen«, sagte Mynx. »Es ist aus gutem Grund getrennt.«

Getrennt, gespeichert auf isoliertem Flash-Speicher tief im Inneren der Fabrik. Hin und wieder, an Daten, die Mynx in einem altmodischen Analogkalender verfolgte, würde sie die Datenbank auf eine winzige Karte herunterladen, sie dorthin bringen und kopieren. Drei separate Passcodes waren nötig, um hineinzukommen, und eine einzige falsche Eingabe löschte die gespeicherte Datenbank. Kein großes Problem, wenn man eine neue Kopie direkt in der Hand hatte, aber für einen Dieb wäre es ärgerlich.

Mynx nahm die Helix auf – aus dieser Größe sah sie fast wie ein schimmernder silberner Edelstein aus – und legte ihre Hände zusammen, bedeckte sie vollständig. Sie gab den Befehl durch ihre Finger – ihre eigenen Biomarker dienten hier als Schlüssel für die Schlösser – und spürte, wie die Funktionen zurückströmten, als die Datenbank eine neue Version erstellte. Millionen von Geschichten wurden in etwa einer Minute kopiert, und als Mynx ihre linke Hand umdrehte, hielten beide identische Helix-Kopien.

»Wie viele?«, fragte Mynx.

»Für optimale Laufzeiten sollten ein halbes Dutzend ausreichen.«

»Dann sollst du ein halbes Dutzend haben.«

Reeves blieb still, bis Mynx die Kopien fertiggestellt hatte, bis sie jede von ihnen abgelegt hatte und Reeves' Programme ihre Arbeit begannen. Während das Original sich wieder in seinen quirlenden Wirbel begab, nahmen die anderen verschiedene Farben an, und einige verloren gänzlich Murmeln, als Reeves' Berechnungen, auf der Suche nach Gemeinsamkeiten zwischen den Anomalien, nach genetischen Markern, die verwendet werden könnten, um den biologischen Prozess, der alle lebenden Dinge zerstört, zu stoppen oder sogar umzukehren, fehlgeschlagene Proben aussortierten.

Mynx schrumpfte, beobachtete die Drehungen. Sie konnte in jede von ihnen hineingreifen und die Ausgabe erfassen, versuchen, sie zu verarbeiten, aber so viele Rohdaten wären bedeutungslos. Eine Wolke aus Zahlen, Text und Bildern.

»Es gibt Gefahren dabei, über die du dir im Klaren sein solltest, Mynx«, sagte Reeves.

»Ich weiß.«

»Was soll ich tun, wenn ich sie finde?«

Gemeinsamkeiten zur Bekämpfung von Krankheiten, zur Bekämpfung des Alterns waren eine Möglichkeit. Anomalien hatten ihre Vorteile, die durch Eigenheiten von Mutationen auf zellulärer Ebene bereitgestellt wurden. Was verändert worden war, konnte wieder verändert werden. Wenn Reeves einen einfachen Weg fände, diese gleichen genetischen Eigenheiten zu deaktivieren, dann könnte dieses Projekt nicht zur Rettung von Leben führen, sondern zu deren Beendigung.

»Sichere es. Markiere es für meine Überprüfung.«

»Keine Löschung?«

»Alles, was du entdeckst, könnte von jemand anderem gefunden werden«, sagte Mynx. »Ich würde es vorziehen, es zu wissen und mich vorzubereiten, als im Dunkeln zu tappen.« Apropos Dunkelheit, sie war zu lange in dieser Leere gewesen. Es gab andere Dinge zu tun, andere Programme, mit denen man spielen konnte. »Ich steige aus.«

»Ich bin bereit.«

Das Verlassen ihrer Leere fühlte sich für den kürzesten Moment an wie ein Lichtgeschwindigkeitssturz durch das Universum. Alles blitzte für einen heißen Augenblick auf und dann saß Mynx wieder in ihrem Stuhl, mitten auf dem Fabrikboden. Ein Arbeitsplatz ohne Monitor stand vor ihr auf dem Schreibtisch. Nutzlos für jeden anderen. Mynx konnte ihre Hand ausstrecken und dem schwarzen Kasten und seinem Netzwerkkabel zu fast jedem Teil ihrer Anlage folgen. Jetzt aber stand sie auf. Streckte sich.

Das Abendessen nahte, und das Eintauchen in den Cyberspace hielt ihren Körper nicht davon ab, Kalorien zu fordern.

Der Salat, den Reeves' Drohnen zubereitet hatten, enthielt vieles, das in der Natur begann, aber nichts, das natürlich endete. Ob die Textur des Ziegenkäses optimiert worden war, um eine perfekte Cremigkeit zu erreichen, oder die Erdbeeren zu einer funkelnden süßen und saftigen Mischung massiert worden waren, verfeinerte Algorithmen und wissenschaftlicher Fortschritt optimierten jeden Bissen, den Mynx aß. Dass sie die Mahlzeit verschlang, während sie auf eine Welt blickte, die weitgehend ihren natürlichen Gegebenheiten überlassen war - den Ozean -, zauberte ein kleines Lächeln auf ihr Gesicht.

»Wir haben dich noch nicht ganz erobert«, sagte Mynx zu den fernen Gewässern. »Noch nicht.«

Nachdem sie fertig war und als eine Drohne den leeren Teller durch ihren After-Dinner-Merlot ersetzt hatte, dessen schwerer Geschmack Mynx auf den Schlaf vorbereitete, leuchtete der Projektionstisch mit einer eingehenden Nachricht auf. Ein bisschen spät für Paragon-Geschäfte, aber abgesehen von Denise, die wieder anrief und um Zugang bettelte, war Mynx nicht sicher, wer es sonst sein könnte.

»Nimm an.«

Celices Gesicht sprang aus dem Tisch hervor, hell in den keuchenden Überbleibseln der Dämmerung. Anders als Mynx sah Celice kein bisschen ruhig aus. Ihre roten Augen jagten nach Mynx, sie knabberte an ihrer Unterlippe, eine Angewohnheit, von der Mynx dachte, sie hätte sie inzwischen abgelegt, und ihr Haar hatte den zerstreuten Look der Vernachlässigung.

»Mynx!«, begann Celice, und Mynx, beflügelt vom Wein, wollte sarkastisch sein, hielt aber ihre Zunge im Zaum. »Wir stecken in Schwierigkeiten.«

»Ist es Thane?« Mynx hatte dieses Monster aus den Augen verloren, während sie in der Fabrik verschwunden war. Ein nachlässiger Zug, und die Frustration musste sich gezeigt haben, denn Celice schüttelte schnell den Kopf.

»Nein, ich meine, das ist es. Aber dafür brauche ich *dich* nicht. Mein Vater hat Thane in irgendeiner Festung eingesperrt. Ich glaube, er wird versuchen, sie in die Luft zu jagen. Thane zu töten.« Mynx wollte fragen wie, aber Celice redete einfach weiter. »Hier ist die Sache, er zieht die meisten unserer Drohnen ab, und ich brauche mehr. Kann ich eine Notfallbestellung aufgeben?«

»Dafür gibt es Kanäle.« Die knappe Antwort kam, während Mynx sich fragte, wie Aegis plante, Thane zu töten, ein Wesen, von dem alle Champions entschieden hatten, dass es wahrscheinlich unverwundbar war, es sei denn, man überraschte es. Aegis wusste bereits, dass das Abwerfen von Bomben die Aufgabe nicht erledigen würde.

»Mynx, der gesamte Nordosten hat jetzt keine Augen und Ohren. Unsere Paragons operieren blind, die, die nicht abgezogen wurden. Ich bekomme bereits Berichte, dass die Kriminalität zunimmt. Wir brauchen Hilfe.«

»Dann schicke ich dir die Reserven und baue neue, um sie zu ersetzen«, sagte Mynx und zuckte dann mit den Schultern, um Thane für die Person vor ihr beiseite zu schieben. »Celice, geht es dir gut?«

Celice zögerte, verfiel dann in ein schwaches Lächeln. »Hast du jemals einen dieser Tage, an denen deine Welt auseinanderfällt?«

»Als ich in deinem Alter war, ständig. Was ist passiert?«

Anstatt ihre Frage zu beantworten, blickte Celice auf etwas außerhalb des Projektionsfensters. Sie kniff die Augen zusammen, und gerade als Mynx die Frage wiederholen wollte, schnappte Celice ihr Gesicht zurück in den Rahmen.

»Mynx, danke für die Drohnen. Ich bekomme eine hohe

Priorität aus Boston, in der Nähe, wo Dad ist. Ich melde mich später.«

Und damit verschwand Celice. Mynx starrte eine Minute lang auf die Stelle. Dann stellte sie ihren Wein ab.

Versuchen, Thane zu töten? Was dachte sich Aegis dabei?

»Reeves, bereite den Jet vor. Ich fliege zurück in den Osten.«

»Schon wieder? Und zu dieser Stunde?«

»Ich werde auf dem Weg ein Nickerchen machen.«

Das Leben eines Champions. Was für ein Vergnügen.

KAPITEL 29
FANG DEN MÖRDER

THANES IMPROVISIERTE BASIS stand am Ende der Straße, sein Haus und der Hügel dahinter im Schatten eines träge aufgehenden Mondes. Die Paragons hatten den Strom abgeschaltet, wodurch das Anwesen buchstäblich im Dunkeln lag. Pixie berichtete, dass für ein paar Minuten ein orangefarbenes Glühen zu sehen gewesen war – höchstwahrscheinlich ein erfolgloser Versuch, ein Feuer zu entfachen –, aber sein anschließendes Erlöschen zeigte, dass Thane entweder wenig Brennstoff hatte oder nicht willens war, Teile seines eigenen, gestohlenen Hauses zu verbrennen. Ungeachtet dessen bot sich Aegis im silbernen Mondlicht ein willkommenerer Anblick; den ganzen Tag über waren Drohnen eingetroffen und schwebten nun in einem Ring um das Anwesen. Ab und zu löste sich eine aus dem Verband und flog zu einer nahe gelegenen Ladestation, um schnell Energie aufzutanken. Die Lücke wurde ebenso oft von einer neuen Drohne gefüllt wie von der zurückkehrenden, und alle richteten ihr Visier auf Thane.

»Du glaubst doch nicht, dass er das alles überleben würde, oder?«, fragte Pixie. »Ich hab noch nie so viel Feuerkraft gesehen.«

»Weil Thane der Einzige ist, der es verdient.« Aegis überprüfte sein Tama. Es zeigte an seinem linken Handgelenk die Drohnenformation und deren steigende Anzahl. »Wir können ihn nicht entkommen lassen.«

»Keine Chance. Wir haben so viele Paragons, so viele–«

»Beim letzten Mal brauchte es acht Champions. Jetzt bin nur ich hier«, sagte Aegis.

Selbst mit allen acht Champions hatte es Koordination erfordert, Thane genug zu schwächen, damit das Monster auf seine kompaktere, verwundbarere Form zusammenschrumpfte – eine Koordination, die Aegis heute unter den Paragons nicht sah. Mehrere Dutzend zogen mit ihm jetzt die Nachtschicht. Aegis hatte nur ein paar Stunden geschlafen, nachdem Celice nach New York zurückgekehrt war, aber Kaffee wirkte immer noch Wunder, selbst bei einem so lädierten Körper wie seinem, und Aegis hatte keine Ahnung, wozu die meisten dieser Paragons fähig waren.

Wie sollte Aegis eine Strategie entwerfen, ohne seine eigene Seite zu kennen, geschweige denn irgendwelche Tricks, die diese bunt zusammengewürfelte Truppe, die sich mit Thane dort drinnen verschanzt hatte, auf Lager haben könnte?

»Alle acht? Von diesem Kampf hab ich noch nie gehört.« Pixie wusste, dass es besser war, die Frage nicht direkt zu stellen. »Muss wohl geheim gehalten worden sein.«

»Aus gutem Grund.«

Aegis ging nicht weiter darauf ein. Er wollte nicht wieder diesen Weg beschreiten. Es war lustig gewesen, den Planeten als Team zu verteidigen, aber als die existenziellen Bedrohungen verschwanden, trieben banalere Angelegenheiten sie auseinander. Aegis bereute es nicht – er war in der besten Welt gelandet und hatte all das Drama hinter sich gelassen.

Sein Tama piepte, für diesen besonderen Anlass auf einen nervtötenden Trompetenton eingestellt, und hätte Aegis fast aufspringen lassen. Fast. Die acht Champions hatten ihre

Schwierigkeiten gehabt, aber Mynx war immer für ihn da gewesen. Und jetzt war sie eingetroffen.

»Hat ja lang genug gedauert«, sagte Aegis, als Mynx aus ihrem Spezialjet kletterte. Er hatte nie verstanden, warum sie das Flugzeug so konstruiert hatte, dass es nur eine Person fassen konnte. All die potenziellen Spritztourflüge, die verloren gegangen waren, weil ihr nadelförmiges Flugzeug keinen Rücksitz hatte. »Ich wollte gerade ohne dich anfangen.«

»Von mir aus«, sagte Mynx und umarmte Aegis, obwohl sie sich erst vor ein paar Tagen zuletzt gesehen hatten. Andererseits war es bei Berufen wie ihren vielleicht gut, jede Zuneigungsbekundung aus jedem Moment herauszuquetschen. Er erwiderte die Umarmung. »Den Tag zu retten, sieht auch gut aus.«

»Als ob dich jemals das Aussehen interessiert hätte.«

»Hey, ich leite auch eine ganze Region. Würde nicht schaden, sie daran zu erinnern, warum.«

Wenn das ihr Ziel war, hätte Mynx ihr Outfit in ganz Pacifica übertragen sollen. Sie trug ihren kompletten Kampfanzug, aber im Gegensatz zu den klobigeren Versionen aus ihrer Vergangenheit zeigte dieser ihre Entwicklung sowohl in Form als auch Funktion. Während schwarzer Stoff – Aegis würde nicht wagen anzunehmen, dass es sich um Baumwolle oder einen anderen gewöhnlichen Faden handelte – die Basis bildete, umschlangen und durchzogen goldene Knoten und Linien sie, die an verschiedenen Stellen in kleinen Kreisen endeten. Kurz gesagt, Mynx sah aus wie ein badass Mikrochip.

»Also, was kann ich dir anbieten?«, sagte Aegis und deutete auf das Lager. »Wir haben taktische Westen, Waffen, Munition?«

»Wenn ich wie du aussehen wollte, wäre ich so gekommen«, sagte Mynx. »Stattdessen dachte ich, dies wäre eine gute Gelegenheit, meinen neuesten Mech vorzuführen.«

Aegis hatte längst aufgehört, Mynx mit Skepsis zu begegnen – so oft falsch zu liegen, bewirkt das bei einem –, aber Aegis konnte nirgendwo eines von Mynx' riesigen Ungetümen entdecken. Dieses Flugzeug konnte es sicherlich nicht transportiert haben. Als er seine fragenden Augen wieder Mynx zuwandte, grinste sie bereits.

»Willst du ihn sehen?«

Aegis schüttelte den Kopf und seufzte: »Mach's einfach schon. Wir haben einen Bösewicht zu vernichten, schon vergessen?«

»Wir sind alt, nicht humorlos«, erwiderte Mynx. »Sei kein Spielverderber.«

»Ein Spielverderber? Was bist du, fünf Jahre alt?«

Mynx bestätigte Aegis' Behauptung, indem sie die Zunge herausstreckte und dann auf ihr linkes Handgelenk tippte, wo das, was Aegis für einen weiteren Knoten gehalten hatte, sich als getarntes Tama entpuppte. Die Wirkung machte sich durch die Rufe der Paragons um sie herum bemerkbar, und Aegis folgte ihren Blicken zu den Drohnen. Die vier ihnen am nächsten gelegenen lösten sich aus dem Ring und glitten auf Mynx zu.

»Dein neues Spielzeug?«, fragte Aegis.

»Meine Freunde sind überall. Einfacher, als jedes Mal einen Anzug einzupacken, wenn ich dich retten muss.«

Die Drohnen ließen sich über Mynx nieder und rotierten ihre Strukturen – alle in unterschiedlichen Konfigurationen, für Unterdrückung, Angriff, Schutz und Überwachung – in einer langsamen Umlaufbahn um ihre Schöpferin. Mynx musterte sie einen Moment, dann streckte sie ihren linken Arm aus. Die kleinste Drohne, ein Modell, das Aegis als 'Eyes' kannte, schwebte mit ihrem meterlangen, gebogenen Bogen aus reflektierendem Material herab. Die Drohne legte sich an Mynx' Arm an, bedeckte ihn, und obwohl Aegis es nicht sehen konnte, hörte er die Geräusche von Metall, das sich festzog und einrastete.

»Die Knoten«, erklärte Mynx, während Aegis zusah. »Ich habe den Code in den letzten Jahren in alle Modelle eingeschrieben. Ziemlich cool, oder?«

»Fancy.«

Mynx streckte ihren linken Arm aus und offenbar auf Befehl hin kam die Schutzdrohne – eine flache, gepanzerte Platte, bedeckt mit kleinen, betäubenden Noppen und doppelt so groß wie ihr spionierender Bruder – herunter und nahm ihren Platz auf Mynx' rechtem Arm ein. Das Ergebnis sah so lächerlich aus, mit Mynx' winzigem Kopf zwischen den beiden Maschinen, dass Aegis auflachte.

»Muss schon sagen, Mynx, das ist nicht gerade eines deiner hübscheren Projekte.«

»Funktion vor Form, Aegis.«

»Klar.«

Mit ihren beiden ausgestreckten Armen lösten die beiden Drohnen, mit denen sie sich bereits verbunden hatte, einen leichten Schub ihrer Düsen aus, zweifellos begrenzt, um Mynx nicht zu verbrennen, und ließen sie einen Meter über dem Boden schweben. Dies erwies sich als genug Platz für die anderen beiden, die mit tödlicheren Waffen bestückt waren, um sich an ihren Beinen und entlang ihres Oberkörpers anzubringen. Am Ende sah Mynx aus wie eine Zeichentrickfigur aus Aegis' Jugend, wenn auch noch unpassender. Ein Roboterkrieger, erschaffen von jemandem ohne jeglichen Sinn für Symmetrie.

»Vielleicht muss ich noch ein paar Macken ausbügeln«, sagte Mynx, ihr Kopf kaum sichtbar in dem Metallchaos. »Aber es wird funktionieren.«

»Bring dich nur nicht selbst oder uns um.« Nachdem das seltsame Spektakel seiner mit Drohnen verschmelzenden Freundin vorbei war, wandte sich Aegis wieder den wartenden Paragons zu. »Macht euch bereit. Ich werde Thane eine letzte Chance geben.«

Zum zweiten Mal ging Aegis allein die Straße entlang in

Richtung Thanes gestohlenes Heim. Anders als beim ersten Mal fühlte er sich vollständig. Wenn auch nicht ausgeruht, so doch nicht verletzt. Sein Körper hatte sich wieder in einen funktionsfähigen Zustand versetzt, und mit den Drohnen über ihm hatte sein Geist die Ruhe, die mit überwältigender Feuerkraft einherging. Was für einen Unterschied das machte. So lange, selbst nachdem sie die Paragons, die Champions, gegründet hatten, hatte Aegis zahlenmäßig unterlegen, unterbewaffnet und abhängig von seiner Anomalie-Fähigkeit gekämpft, um am Leben zu bleiben. Lagen die Chancen beim Helden oder bei der Sache? Aegis musste an Letzteres glauben.

Trotz fehlender Beleuchtung befahlen Thanes Wachen Aegis mit einem einzigen Schuss anzuhalten. Ein lauter Knall in der stillen Nacht und ein Funke, der vor Aegis vom Boden abprallte, ließen ihn stoppen und erfolglos nach der Quelle suchen. In der Dunkelheit und ohne Kenntnis ihrer Waffen war es schwer einzuschätzen, ob Aegis in ihrer Schussweite stand oder nicht.

Am besten davon ausgehen, dass er es tat.

»Thane!« Aegis konnte immer noch ziemlich gut brüllen. Die benachbarten Bäume schienen als Antwort zu rascheln und schickten Schnee zu Boden rollend. »Deine Zeit ist abgelaufen!«

Drohungen wären bei Thane verschwendet. Er würde weder kuschen noch aufgeben. Allerdings würde der Mann, oder das Monster, reden, bis die Fetzen flogen. Thane nach draußen locken, ihn durch einen Monolog ablenken lassen, und Aegis hätte die Gelegenheit, die er brauchte, um Thane wegzusprengen.

Aegis wartete eine Minute, dann zwei. Er handelte einen Waffenstillstand mit den Hungerkrämpfen in seinem Magen aus – Aegis hatte seit diesem Hummerbrötchen keine richtige Mahlzeit mehr gehabt – und ballte immer wieder seine Fäuste, um sie warm zu halten. Hielt seinen Blick geradeaus, starrte auf diese alte Ansammlung von Ziegeln und Stein, Holz und Fenstern, die weit über ihre Blütezeit hinaus war, wenn sie je eine gehabt hatte. Nahm noch einen Atemzug, in der dritten Minute, um einen weiteren Ruf zu versuchen.

»Aegis! Mein Freund!« Thane bestand auf diesem lächerlichen Etikett für ihre Beziehung. Die Freundschaft mochte einmal wahr gewesen sein, aber das war so lange her, fühlte sich wie so viele Welten entfernt an, dass es jetzt bedeutungslos war. »Hast du dich endlich entschieden, mich gehen zu lassen?«

Aegis suchte und fand Thane nirgendwo auf den Felsvorsprüngen. Der Mond war mit herankriechenden Winterwolken weniger hilfreich geworden. Nicht zum ersten Mal wünschte sich Aegis, er hätte daran gedacht, Nachtsichtgeräte anzufordern. Die Drohnen würden keine Probleme haben, ihre Ziele auszumachen, und die Paragons würden den Ort in Licht tauchen, sobald ein Kampf begann, für Schock und Ehrfurcht, aber das half Aegis jetzt nichts. Also hielt er sein Gesicht gerade und hoffte, dass Thane irgendwo vorne war.

»Du weißt, dass wir das nicht tun können.« Gerade Sätze in einem Schrei zu liefern, fühlte sich falsch an, aber es gab nicht wirklich eine andere Option. »Entweder du ergibst dich, du und alle deine Verbündeten, die du da drinnen noch nicht getötet hast, oder wir werden dich ausschalten.«

»Aegis. Komm schon. Müssen wir schon mit den Drohungen anfangen? Was ist mit den Verhandlungen passiert? Dem Hin und Her des Feilschens?«

»Das funktioniert nur, wenn du etwas zum Handeln hast.«

»Aber das habe ich! Eure Leben!«

Da haben wir's. Das war der Thane, den Aegis kannte. Der Mann konnte einer überheblichen Prahlerei nur so lange widerstehen. Aegis vermutete, dass der schleichende Wahnsinn von Thanes zorniger Seite einen stetigen Verfall des Verstandes des Mannes bewirkt hatte, und wer wusste, wann er die vollständige Kontrolle erlangen würde.

»Letzte Chance, Thane. Ja oder nein. Die Welt kann es sich nicht leisten, dich frei herumlaufen zu lassen.«

»Ah, die Welt. Was für einen Ort ihr daraus gemacht habt!« Thanes Stimme klang, als hätte er sich bewegt, als ob der Mann über die Brustwehr lief. »Bei all eurem Gerede darüber, wie gefährlich ich bin, richtet ihr diese Linse je auf euch selbst? Wie viele Städte habt ihr mit eurer Macht eingeschüchtert? Wie lange würde es Mynx – ja, ich sehe sie da hinten – brauchen, um die Zivilisation mit ihrer unablässigen Armee von Drohnen zu stürzen? Wer, frage ich euch, ist die wahre Bedrohung?«

Dieser Kerl hörte nie auf. Niemals. Aber Aegis war sich sicher, dass Thane das Haus verlassen hatte, was ihn so verwundbar machte, wie die Paragons es nur bekommen würden. Aegis tippte auf sein Tama. Eine voreingestellte Nachricht strahlte im Nahfeld an alle Tamas mit einem für die Operation eingestellten Paragon-Code, einen, den Pixie gewählt hatte: IceMine. Jeder Armband-Computer würde in einer Sekunde zu zittern oder zu piepen beginnen, je nach Präferenz des Benutzers. In dem Moment danach, nun, würden sie sehen, ob Thane die Stärke hatte, die er behauptete.

»Lass es uns herausfinden!« Aegis brach in einen Lauf aus, als er die Worte rief, und zog zwei Energiestäbe aus Holstern an seinem Gürtel. Er bevorzugte seine nahezu unverwundbaren Fäuste, aber gegen jemanden wie Thane waren schwerere Werkzeuge erforderlich. Das Drehen seiner Handgelenke entkorkte die Batterien und die halbmeterlangen Stäbe leuchteten rot, um ihre tödliche elektrische Dosis anzuzeigen.

»Mynx«, sprach Aegis in Richtung seines Tamas, während er lief. »Schalte ihn aus.«

Bevor Aegis' nächster Schritt den Boden berührte, starb die Nacht. Über ihnen flammten die Lichter von etwa drei Dutzend Drohnen auf, jedes einzelne dazu gedacht, einen potenziellen Verbrecher lange genug zu betäuben, damit dieselben Drohnen ihn außer Gefecht setzen konnten. Die Lichter waren nicht direkt auf Aegis gerichtet, sodass er einen klaren Weg sah, kristallenen Schnee, der zu den straßengeteilten Stützmauern aus Fels führte.

Auf diesen Mauern stolperten Thanes Männer, mindestens zwanzig – was andere Fragen aufwarf, die Aegis unterdrückte – herum, ihre langen Gewehre wild schwenkend. Einige schafften es, Schüsse abzufeuern, die in ihrer völligen Ungenauigkeit für sie selbst genauso gefährlich waren wie für die Paragons. Thane jedoch war verschwunden.

Bei Aegis' viertem Schritt, mit noch vielen weiteren vor sich, begannen die Drohnen die zweite Phase. Pfeile, Energiebolzen und sogar einige Gasgranaten, je nach Drohnenmodell, prasselten auf Thanes hilflose Truppe nieder. Nicht tödlich. Aegis hatte diesen Befehl nicht gegeben, denn seiner Meinung nach verwirkte jeder, der sich Thane anschloss, sein Leben, aber Mynx war schon immer weichherzig gewesen. Dazwischen, mit ihren grünen, orangefarbenen, violetten und regenbogenfarbenen Lichtexplosionen, waren Paragons, die das Glück hatten, eine Projektion als ihre Anomalie zu bekommen.

Im Gegensatz zu den Drohnenschüssen, die mit vorhersehbarer Kraft trafen, bewirkten die Paragon-Schüsse seltsame Dinge. Ein orangefarbener Ball, der wie mit physischem Gewicht geworfen wurde, explodierte um ein Trio von Thanes Männern und entfesselte spinnenwebartige Fäden, die alle drei einfingen, verwickelten und umhüllten. Ein anderer, ein Feenstaub-Schauer, der mit genug Geschwindigkeit über Aegis' Kopf zischte, um sein Haar zu bewegen, stoppte direkt vor einem von Thanes Soldaten und tauchte dann in dessen Mund ein. Anstatt auf eine Drohne zu schießen, wirbelte der Soldat herum und begann, auf seinen Kameraden einzuschlagen, wobei er das Gewehr wie einen groben Knüppel benutzte.

Aegis stürzte sich in das Durcheinander und schlug wild

um sich. Thanes Truppe hatte keinen Zusammenhalt, und Aegis hörte keine gerufenen Befehle. Stattdessen war es ein Gemetzel. Aegis, eine Drohnenarmada und schwindende Feinde, die ihre Kapitulation ausriefen, bevor Aegis überhaupt einen Treffer einstecken musste. Stattdessen hielt Aegis mit seinem rechten Stab über einem kauernden Mann inne – alle trugen ähnliche, zerlumpte Winterkleidung, die aussah, als käme sie aus einem Discounter – und suchte nach Thane.

»Das war gar nicht so schlimm«, sagte Pixie, die mit den meisten anderen Paragons hinter ihm heraneilte.

»Der eigentliche Kampf hat noch nicht begonnen.« Aegis deutete auf Thanes Männer. »Schafft sie hier raus.«

Ein Knack-Krach-Bersten von brechendem Holz, Glas und zerborstenen Schindeln beendete Aegis' Befehl. Vom Dach des Herrenhauses, das nun ein großes Loch in seiner Mitte aufwies, sprang das Ziel heraus. Vier Meter groß und mit einem Körper, der intensive Workouts zu jeder Tageszeit vermuten ließ, rang Thane einen Moment mit dem Dach, bevor er einen Sprung in Richtung einiger Drohnen wagte. Zu Mynx' Ehre analysierten ihre Roboter die neue Bedrohung sofort und begannen gegenzusteuern.

Zu Thanes Ehren war er verdammt schnell.

Die Drohnen kamen nicht weg und Thane fiel zwischen sie, packte je eine mit seinen riesigen Pranken. Als Aegis sich Thanes Landeplatz näherte, traf das Monster auf dem Boden auf – Aegis spürte ein Beben – und schleuderte seine zwei Drohnen-Granaten auf ihre noch schwebenden Brüder. Gespeicherte Energie, Munition und wer weiß was noch explodierte, als die Drohnen ineinander krachten und Funken und flüssiges Feuer um sie herum regneten. Rufe nach Hilfe, medizinischer Versorgung und Evakuierung erfüllten die Luft, während Thane weiterhin alles packte, was er konnte, und es auf die Drohnen warf.

Der Gegenangriff der Paragons kam hart und schnell, eine Nova-Explosion von allem, was sie hatten. Aegis hatte den

Tötungsbefehl für Thane selbst vorher mit allen abgeklärt, und wenn es je eine Motivation gab, einem Ziel alles entgegenzuwerfen, dann war es der Anblick von Thanes riesigem, schäumendem Körper. Aegis hielt kurz inne, den Mund offen angesichts der entfesselten Hölle, die sich ihren Weg zu Thane bahnte. Diese orangefarbenen Spinnennetze waren da, und er glaubte, den Feenstaub zu sehen, aber beides verblasste neben allem, von reiner blauer Flamme bis hin zu rohen, einfachen Kugeln, die aus Thanes eigenen, nun gestohlenen Gewehren abgefeuert wurden.

Aber aus all dem kamen immer noch geworfene Ziegelsteine, Bäume, alles, was Thane greifen konnte. Er brüllte jetzt auch; lange Schreie, die mehr Ärger als tatsächlichen Schmerz zeigten. Das gab Aegis die Antwort, die er bereits kannte.

Sie konnten Thane nicht töten. Nicht so.

»Stopp!«, rief Aegis, seine Stimme durch sein Tama verstärkt und an die Arme aller gesendet. »Wechselt zu Betäubung und Fesselung. Tödliche Gewalt ist tabu!«

Er ließ die Stäbe fallen; wenn all diese Feuerkraft einen wütenden Thane nicht ausschalten konnte, dann würden seine Schlagstöcke es auch nicht tun. Stattdessen zog Aegis aus einem Holster an seinem Rücken etwas, das wie eine lange Spritze mit einem Abzug am Ende aussah. Eine schwach blaue Flüssigkeit schwappte in der Röhre der Waffe, die in einer diamantförmigen Spitze endete. Thane hatte kein Monopol auf harte Haut, aber seine Existenz war der Hauptgrund für die Entwicklung der Waffe gewesen. Jetzt hatte Aegis die Chance, sie einzusetzen. Der Taktikwechsel brauchte eine Sekunde, um sich zu manifestieren, wobei die Hitze nachließ, als die Drohnen auf betäubende Elektrizität umschalteten, zu Greifkabeln, die den nun sichtbaren Thane trafen und seine Arme und Beine an seine Luftgegner fesselten.

Ein Zug, der Thane neue Munition gab.

Mit einem wortlosen Brüllen warf Thane sich herum,

schleuderte seine Arme, trat mit seinen Beinen und ließ die Drohnen ineinander krachen. Einige stürzten zu Boden und zwangen die Paragons, sich selbst und ihre Freunde zu retten, anstatt sich auf die Quelle zu konzentrieren. Chaos, Katastrophe.

Und ein freier Schuss.

Aegis duckte sich, als der feurige Absturz einer Drohne über ihn hinwegfegte, die Spritze in seiner rechten Hand bereit haltend. Seine Stiefel behielten Halt auf dem Eis unter dem aufgewirbelten Schnee, und in wenigen langen Sätzen hatte er es fast bis zu Thane geschafft. Hatte es fast geschafft, das Monster zu stechen, als Thane mit einer heulenden Drehung seinen klaffenden Rachen direkt auf Aegis richtete.

»Du wirst jedes Mal hässlicher«, sagte Aegis und holte mit dem Arm aus, um die Spritze direkt in Thanes Mund zu rammen.

Thane antwortete mit einem speichelgefüllten Brüllen, missgestaltete Zähne kamen direkt auf Aegis zu in einem Biss von Kiefern, die weit genug waren, um den Kopf des Champions zu umschließen.

Bis etwas Großes, Unförmiges und Metallisches in Thanes Seite krachte und das Monster zu Boden warf. Aegis wischte sich Thanes Speichel aus dem Gesicht und sah Mynx, die ihre zusammengewürfelte Sammlung mit dem handhabe, was schöne Präzision hätte sein können, wenn es nicht tatsächlich unbeholfene Triebwerksschübe, betäubende Blitze und plumpe Raketenvermeidungsmanöver gewesen wären, um Thanes Gegenschlägen auszuweichen.

Mynx fing einen rechten Haken mit der Metallverkleidung ihrer Verteidigungsdrohne ab, wobei Thane eine massive Delle hinterließ, aber anstatt sich zurückzuziehen, nutzte sie den Schwung des Schlags, um sich mit einem Stahlkabel, das von der Angriffsdrohne um ihr rechtes Bein geschlungen war, an Thanes ausgestrecktem Arm festzuhalten. Sie aktivierte die Düsen all ihrer Drohnen, schmetterte sich selbst zu Boden und drehte sich, wobei sie Thane über ihren Kopf in einer windmühlenartigen Bewegung schleuderte, die damit endete, dass er kopfüber auf den Boden krachte.

Ein normaler Gegner, so herumgewirbelt, wäre entweder tot oder außer Gefecht. Aegis vermutete, dass Thane für ein paar Sekunden oder weniger betäubt sein würde, also nutzte er sie und stürmte auf Mynx zu.

»Hoch und höher!«, rief Aegis.

Mynx, die aufrecht stand, hörte den Ruf und streckte ihren drohnenbesetzten rechten Arm in Richtung Aegis aus. Er sprang, und Mynx neigte den Arm, so dass Aegis den breiten Drohnenkörper als Rampe nutzen konnte. Er stieg über ihren Kopf und lief weiter, die Drohne an Mynx' linkem Arm hinauf. Während Aegis lief, koppelte sich die Drohne ab und schoss weiter nach oben, so dass Aegis, als er das Ende erreichte und in Richtung Thane sprang, mehr als drei Meter hoch in die Luft flog.

Als Thane aufstand, den Schnee von seinem Rücken schüttelte und sich zu seiner vollen Größe aufrichtete, als Thane sich mit der Absicht, Mynx zu Brei zu schlagen, zu ihr umdrehte, sah Thane Aegis' fliegende Gestalt auf sich zurasen, die die Diamantspritze in einen der wenigen, leicht verwundbaren Teile von Thanes massivem, wütendem Körper stieß: seinen Hals.

Aegis blieb nicht hängen. Er trieb die Spritze hinein, drückte ab und ließ sich fallen. Sobald er den Boden berührte, versetzte Aegis Thanes Kniekehlen eine Reihe harter Tritte. Die Schläge brachten Thane zum Knien, und das Monster griff nach der Spritze und zog sie heraus. Thane stieß noch einen Schrei aus, aber seine Kraft hatte bereits nachgelassen, seine Wut verschwand in einem wortlosen Knurren. Sein Körper folgte, Aegis stand über ihm, während Thane schrumpfte und zusammenschrumpfte, als die Drogen der Spritze auf die einzige Schwäche wirkten, die Thanes zorniges Selbst hatte: seinen Verstand.

Apinya hatte das Gerät auf die typisch umständliche, ärgerliche Art des Champions entwickelt. Thane, so hatte Apinya entschieden, konnte im Zorn nicht verletzt werden, aber er konnte überzeugt werden. Die Anomalie blockierte Bedrohungen für seinen Körper, aber nicht das hinterhältige Flüstern eines Beruhigungsmittels. Die guten Gefühle, die Thanes Wut in zufriedene Gelassenheit verwandelten, würden, wenn sie durch eine sanfte, harmlose Lösung verabreicht würden, Thanes Abwehr durchdringen, wenn alles andere von Gift über Strahlung bis hin zu direkten Angriffen versagte. So hatten sie Thane seit zwei Jahrzehnten eingesperrt gehalten. Seit zwei Jahrzehnten hatten sie ihn ruhiggestellt, und als Aegis den alten, ausgemergelten Mann im Schnee zu seinen Füßen betrachtete, der in der Kälte zitterte, konnte er sich nur fragen, warum sie ihn nicht schon früher getötet hatten.

»Ich nehme ihn mit«, sagte Mynx.

Sie standen über Thane, der den tiefen Schlaf der chemisch Kontrollierten schlief. Pixie und die anderen Paragonen hatten Thanes verschiedene Söldner – einige redeten bereits und sagten, sie seien von anonymen Auftraggebern angeheuert worden, um hier zu sein – mitgenommen und schickten sie zu Verarbeitungszentren. Die Drohnen zogen ebenfalls ab und starteten zurück zu ihren normalen Patrouillengebieten in ganz Neuengland. Nur ein paar blieben zurück und überwachten das schlummernde Ziel.

»Du hörst mir nicht zu«, erwiderte Aegis. »Er stirbt. Jetzt.«

Aber er hob nicht seinen Fuß, ballte nicht seine Faust, um den Schlag auszuführen, denn Aegis konnte Mynx' Gesicht lesen. Dieser entschlossene Blick, der sagte, dass Aegis die Drohnen ihn zurückhalten finden würde, wenn er es versuchte.

»Es wird nicht funktionieren. Du wirst den Bann brechen, und dann wird er wieder auf uns losgehen«, sagte Mynx. »Wir haben das schon versucht.«

»Er ist jetzt älter. Schwächer. Sieh ihn dir an.«

»Schien er vor einer Minute schwach?«

Nein. Nein, das tat er nicht. Aber wenn sie es jetzt nicht versuchten, wann dann? Aegis breitete die Arme aus, sah Mynx an. Flehte mit seinen Augen nach einer anderen Option.

»Wir haben immer noch die Insel«, sagte Mynx. »Sie ist da draußen.«

»Ihn freilassen? Machst du Witze?«

»Kaum. Ich werde ihn abwerfen. Wenn sie ihn nicht töten, wird er gefangen sein. Dutzende Kilometer von überall entfernt. Harmlos.«

Aegis starrte auf Thanes Körper. So gebrechlich. So schwach. Ein kräftiger Tritt würde es beenden, da war sich Aegis sicher. Aber was, wenn er falsch lag? Wenn Thane brüllend zurückkäme? Er hatte keine zweite Spritze parat, und es gab zu viele verwundbare Menschen hier. Zu viel Risiko. Sein früheres Ich hätte es vielleicht getan, das mit dem Geschmack fürs Glücksspiel, für die Prahlerei von allem.

»Nimm das Monster dann mit«, Aegis wandte sich ab, begann den mühsamen Marsch zurück zu einem Transport, der ihn nach Hause bringen würde. »Um unsertwillen, Mynx, hoffe ich, du hast recht.«

KAPITEL 30
EINE GUTE SHOW

VON ALL DEN Orten in Chicago, die sich verändert hatten, als die Paragons die Welt umgestalteten, hatte das McCormick Place, ein Palast aus Fenstern, gepflegten Grünanlagen und weißen Schrägdächern, dem Einfluss der Anomalie getrotzt. Wie die traditionellen Wahrzeichen der Stadt stand das McCormick Place als ein Zeichen für das, was zuvor existiert hatte. Anders als die traditionellen Wahrzeichen der Stadt war das McCormick Place jedoch anfällig dafür, mit bunten Bannern bedeckt zu werden, die mythische Helden und Welten zeigten, die irgendwie noch seltsamer waren als die Erde.

Kat konnte den Aufbau vom Bahnhof aus sehen, und selbst wenn sie es nicht gekonnt hätte, wären die Outfits der Passagiere, die um sie herum ausstiegen, Hinweise genug gewesen. Zunächst hatten die Anomalien wie der Tod der mächtigen und wundersamen Film- und Romanhelden gewirkt, aber als klar wurde, dass nur wenige Anomalien diesen erdachten Fähigkeiten gleichkamen, und noch weniger den selbstlosen Moralvorstellungen, staubten die Geschichtenerzähler die uralten Ikonen ab und sahen zu, wie sie zu größeren Höhen aufstiegen als je zuvor. Kat hatte sie als Kind auch gemocht. Dann hatte sie ihre Eltern verloren, und jetzt brachte sie jede Anomalie mit großen Kräften an den Rand der Instabilität. Wenn sie sich überhaupt mit Unterhaltung beschäftigte, nahm sie es lieber direkt mit Normalen. Kein PTSD für sie, danke.

Trotzdem zauberte der Enthusiasmus der Menge - eine Familie zu ihrer Linken zählte alle Mitglieder irgendeines Heldenteams auf, das Kat nicht kannte, ein Paar zu ihrer Rechten plante den Zeitplan, um all ihre Lieblingsschauspieler zu sehen, und echtes Lachen durchdrang die Luft - ein Lächeln auf ihr Gesicht. Nicht, dass sie Spaß hatte - niemals -, aber sie musste sich anpassen. Wer würde zu so einer Messe gehen und miesepetrig sein?

Als Kat sich den riesigen Gebäuden näherte, schlängelte sie sich aus der Menge zu den Schwarzhändlern, die Tagespässe in letzter Minute anboten. Ein Tippen ihres Tamas an einen anderen und sie hatte ein Abzeichen um den Hals hängen, das Kat als Besucher vom Rang »Eternal« auswies, was ihr, wie der Schwarzhändler ihr versicherte, den Zutritt zu fast jeder Veranstaltung garantieren würde, die sie wollte.

Sie wusste nicht, wo Calvin sein könnte, aber Kat konnte Vermutungen anstellen; die größten Shows, die größten Stars.

Nachdem sie die Türen passiert und die Schlange für eine notwendige Garderobe durchlaufen hatte - winterliche Kälte draußen, gepaart mit Tausenden von Menschen und einer Heizung auf Hochtouren drinnen würden für einen schweißtreibenden Tag sorgen - bahnte sich Kat ihren Weg zu einem freien Platz am Fenster und öffnete die Konferenz-App auf ihrem Tama. Zeit, einen Zeitplan zu erstellen.

»Hey, ich kenne dich«, sagte eine glatte Stimme, an die sich Kat gut erinnerte, vor allem weil die Fähigkeit der Frau sie zu so einer Plage beim Einfangen gemacht hatte. »Machst du immer noch gute Kohle mit mir?«

Xia hatte sich in den drei Jahren, seit Kat sie aufgespürt hatte, nicht viel verändert. Sie war einer von Kats ersten

Fängen gewesen, eine Anomalie, die Kat in einem Diner beim Kochen gefunden hatte. Xia war mit ihrer Tarnung nachlässig gewesen und hatte Gerichte in solch einem rasanten Tempo zubereitet, dass das Diner den Ruf hatte, egal wie knapp die Zeit war, immer das Essen rechtzeitig rauszubringen. Wenn man mit den bloßen Händen blitzschnell braten konnte, war es nicht allzu schwierig, Tausende von Chicken Fingers und Pommes zuzubereiten. Wenn man dasselbe mit einer Person machen konnte, machte einen das gefährlich.

»Mir geht's gut«, sagte Kat. Xia trug ein smaragdgrünes Kleid, Feenflügel entlang des Rückens gefaltet, mit einer dunklen Krone, und ein Paar Teenager folgte ihr, die abwechselnd von ihrer Mutter zu ihren Tamas und zu den kostümierten Wundern, die vorbeigingen, schauten. »Wie geht's dir?«

Die Tracker hatten Richtlinien für Interaktionen mit Anomalien, die sie aufgespürt hatten. Beispiele, da aufgespürte Anomalien die ganze Bandbreite zwischen dankbar und mörderisch abdeckten. Mit der Zeit hatte sich der allgemeine Konsens darauf geeinigt, ruhig zu bleiben und Abstand zu halten. Nur weil eine Anomalie aufgespürt worden war, hieß das nicht, dass sie sich nicht ihre fähigkeitsgetriebene Rache holen konnte.

»Ach, du weißt schon, ich lebe den Traum jedes Elternteils«, sagte Xia. »Ich arbeite für die Paragons. Keine Wahl dabei. Und hier bin ich mit meinen Kindern, versuche einen schönen Tag zu haben und für einen Moment das Leben zu vergessen, in das du mich eingesperrt hast, und natürlich taucht die Person auf, die ich jede Nacht in meinen Träumen erwürge!«

Kat nickte hinter Xia, zu ihren Kindern, die beide den eskalierenden Ärger ihrer Mutter bemerkt hatten.

»Sind das deine?«

»Natürlich sind das meine. Nicht dass es dich interessieren würde.« Xia zog einen Plastikzauberstab von ihrem

Gürtel und richtete ihn auf Kat. »Du nimmst nur. Benutzt. Und gehst dann.«

Deeskalieren. Das war es, was Kat tun sollte. Aber sie war müde, es waren viele Leute um sie herum, und Xia hatte einen dummen Zauberstab in ihrem Gesicht.

»Wenn du mich nicht sehen willst, halte ich dich nicht davon ab zu gehen.«

Xia arbeitete das durch. Es schien für einen Moment, als würde sie Kat mit dem Zauberstab schlagen, und Kat hob ihren Arm genug, um zu blocken. Diese Aktion, diese Erinnerung an den Schlagabtausch, der die Hälfte des Diners zerstört und damit geendet hatte, dass Kat verbrannt und Xia bewusstlos und aufgespürt war, entknotete den wütenden Knoten, der sich in Xias Kopf gebildet hatte. Die smaragdgrüne Fee drehte Kat den Rücken zu und verkündete ihren Kindern, dass sie gingen. Kat sah zu, wie Xia zwei Schritte weg machte, bevor die Anomalie stehen blieb, sich zu ihr umdrehte, dabei fast jemanden in der Menge streifte, und mit diesem ständig zeigenden Zauberstab schrie: »Du willst einen echten Bösewicht sehen? Da ist einer! Genau da! Sie wird dein Leben ruinieren!«

Kat konnte es nicht leugnen.

Die Trackerin wanderte umher. Verschmolz mit der Menge und lief durch das riesige Kongresszentrum. Ab und zu piepte ihr Tama, kündigte an, dass eine Show, die sie als hochwertig eingestuft hatte, begann, und Kat steuerte in diese Richtung, um die Schlange auszukundschaften, aber sie ging nicht hinein. Konnte es nicht ertragen zu sitzen, weil sie dann zu tief in ihren eigenen Kopf geraten würde.

Mynx, die Champion, die das Tracker-Programm gestartet hatte, hatte dessen Zweck oder den Preis, den Tracker zahlen würden, nie verheimlicht. Sie waren Rekrutierer unter Zwang, und ihre Ziele - Opfer? - würden in eine Art bezahlte Knechtschaft für eine Organisation gedrängt werden, die sie offensichtlich hatten vermeiden wollen. Mynx hatte all das in heroische, hochfliegende Sprache verpackt: dass Tracker notwendige, wertvolle Arbeit leisteten, die keine Schlagzeilen machen würde.

Kat war nicht auf den Hass vorbereitet gewesen.

Xia war nicht die erste von Kats Anomalien, die mit einem weniger als idealen Leben zu ihr zurückkehrte, nachdem Kat sich eingemischt hatte. Manchmal war die Reaktion eine düstere Akzeptanz, der Verlust der Freiheit wurde durch die üppigen Entschädigungen der Paragons gemildert. Sie warfen Kat einen halbherzigen bösen Blick zu und zogen weiter. Selten gab es welche wie Stanley, die nach dem Verlassen der Paranoia, die mit dem Dasein als abtrünnige Anomalie einherging, etwas Besseres aus ihrem Leben machten. Meistens erntete Kat eine Konfrontation. Ein Wortschwall, der nach Schuld schmeckte, als hätte Kat ihnen etwas gestohlen, obwohl sie es waren, die sich entschieden hatten, das Paragon-Gesetz zu brechen. Körperliche Drohungen, wie Xia sie vielleicht ausgestoßen hätte, wären sie sich in einer ruhigen Straße und nicht in einem stark bewachten Kongresszentrum begegnet, verstummten in der Regel, sobald sich die Anomalie daran erinnerte, dass Kat sie einmal besiegt hatte und es wieder tun könnte.

Das machte diese Momente trotzdem nicht angenehm, weshalb Kat immer mehr Zeit abgeschottet in ihrer Wohnung verbrachte. Dort gab es keine Konflikte. Keine Abrechnung mit ihren Lebensentscheidungen.

Gelächter riss Kat in die Gegenwart zurück, und sie bemerkte, dass sie in eine riesige Verkaufshalle gewandert war. Stände, die jedes erdenkliche Comic- und Filmspielzeug verkauften, übersäten den Bereich, und auf jeden physischen Stand kamen ein halbes Dutzend virtuelle; einfache Poster mit Tama-Codes, die es einem erlaubten, Diskountmärkte oder spezielle Schaufenster im Internet zu besuchen.

Das Gelächter kam von einer Vorführung, die im Zentrum des Raumes stattfand. Kat glaubte, den Mann zu erkennen, der auf der erhöhten Plattform stand, das Mikrofon nahe an den Lippen, während er eine Reihe von Witzen herunterratterte, die so insider-spezifisch waren, dass Kat sich leicht schämte, dass sie ihnen folgen konnte. So viel Zeit in ihrer Wohnung zu verbringen, bedeutete, dass sie viele Shows sah.

Sehr viele Shows.

Sie schloss sich der Menge an, blieb hinten und hörte dem Programm zu. Sah sich immer wieder um. Keine Spur von Calvin. Nicht, dass ihre Chancen bei einer Menschenmenge dieser Größe besonders gut standen. Eine Menge, die ihr zudem langsam zusetzte, an ihrer Fassung nagte. Wenn Calvin nicht bald auftauchte, würde Kat vielleicht einfach für heute verschwinden. Morgen wiederkommen.

Der Komiker ging zu einer neuen Witzserie über, die Kat nicht kannte, also ließ sie zu, dass einige Neuankömmlinge sie wegdrängten und aus dem natürlichen Sog der Vorstellung herausschoben. Angst arbeitete an Kats Magen, und ein Blick auf die Uhr machte klar, dass es Zeit für eine Mahlzeit war. Und wenn sie Hunger hatte, bestand die Chance, dass Calvin auch welchen hatte. Jeder musste essen, richtig?

Wenn die Verkaufshalle ein Cluster konkurrierender Angebote gewesen war, bot der Essensbereich konkurrierende Düfte. Offenbar überschritt Massenunterhaltung kulturelle Grenzen, denn Kat nahm alles wahr, von Curry über Frittiertes bis hin zum unverwechselbaren würzig-blumigen Geruch pflanzlicher Würstchen. Einem ähnlichen Appetitplan folgend, strömten die Menschenmassen mit Kat in den Raum, drängten sich in Schlangen und hielten Tickets für kostenlose Proben oder Mahlzeiten hoch, die sie bei verschiedenen Wettbewerben der Convention gewonnen hatten.

Kat bewegte sich tiefer hinein, wo sich die Menge lichtete, da die verlockenden Eingangsstände die meisten Leute abfingen. Hier, um eine riesige Bar herum, die thematische Getränke in grünen, umweltfreundlichen Plastikbechern anbot, die groß genug waren, um, wie Kat fand, ihren ganzen

Arm aufzunehmen, standen Zwei- und Vierpersonentische mit leichten Stühlen, die flexibel genug waren, um den Gästen und Kostümen dieser besonderen Party gerecht zu werden.

Alkohol kam mit dem Versprechen der Vertrautheit, Erleichterung, als Kat sich auf einen leeren Barhocker drückte. Einige Bildschirme über ihr zeigten fertige oder laufende Clips, obwohl ein paar auch aktuelle Nachrichten über einen gewalttätigen Vorfall in Neuengland brachten. Anscheinend war Aegis selbst dort gewesen, zusammen mit einer Flotte anderer Paragons.

»Wieder Thane«, bemerkte der Barkeeper, der Kats Blick zum Bildschirm gefolgt war. »Die können den einfach nicht weggesperrt halten. Sollten es einfach beenden.«

»Richtig.«

Kat war nicht in der Stimmung, die höhere Frage von Tod gegen Leben für einen Kriminellen wie Thane zu diskutieren, also akzeptierte sie das Urteil des Barkeepers und bestellte ein leichtes Bier. Nachdem sie es erhalten und einen Schluck genommen hatte, drehte sie sich langsam auf dem Hocker, um zurück über die Tische zu blicken. Die Menge.

Und sah ihn.

Es hätte offensichtlich sein sollen. Calvin schien ein Einzelgänger zu sein, wie sie. Er würde seinen Weg hierher finden, zu dieser seltsamen Oase im Zentrum von allem. Kat konnte sein Gesicht nicht sehen, aber er trug denselben Hut, dieselbe schäbige Jacke. Kein Kostüm für unseren Helden. Calvin aß etwas, mit dem Rücken zur Bar, über den Tisch gebeugt. Ein leichtes Ziel.

Habe deine Anomalie gefunden, Gordon. Auf der großen Convention, Speisesaal. Komm jetzt zu mir, mit dem Kopfgeld.

Diese Nachricht sollte Gordon zum Laufen bringen. Kat mochte es nicht sich einzugestehen, dass es ihr den größten Kick seit langem gab, Gordon bei diesem hier zuvorzukommen, aber so war das Leben anscheinend. Vielleicht würde sie eines Tages das Leistungspaket der Tracker annehmen und einen Therapeuten wegen dieser Sache aufsuchen. Wegen vieler Dinge.

Aber nicht heute.

Kat rutschte vom Hocker. Ging langsam mit ihrem Bier in der linken Hand, während ihre rechte unter die Falte glitt, wo ihre Jeans auf ihren cremefarbenen, lockeren Pullover traf. An ihrer Hüfte gepresst, mit einem speziellen Chip, der Metalldetektoren deaktivierte – etwas, das die Tracker für ihre nicht-tödlichen Unternehmungen erhielten – befand sich eine kleine Betäubungspistole. Kurze Reichweite, geladen mit nerventaubenden Pfeilen.

Sie zog sie heraus, hielt sie in der Hand, bis der Lauf auf Calvins Rücken zeigte. Ging direkt auf ihn zu, drückte die Waffe gegen seinen Nacken und flüsterte: »Hey Calvin, warum bist du so schnell weggelaufen?«

KAPITEL 31

UNTER DEN STRASSEN

CHICAGOS UNTERSTADT HATTE die Jahre überlebt, indem sie unsichtbar blieb. Während die Oberfläche der Innenstadt umgestaltet wurde, um zu den Pods zu passen, der von Paragon erzwungenen Neudefinition des Kapitalismus, blieben die schmutzigen Straßen darunter widerstandsfähig. Zhan-Yo stieg einen ganzen Block von seinem Ziel entfernt aus, weil er für einen Moment an diesem Ort spazieren gehen wollte, mit seinen tiefen goldenen Lichtern, langen Schatten und dem ständigen Getriebe von schweren Fracht- und Abfallfahrzeugen, die die Dinge entsorgten, die die Menschheit produzierte, aber nicht sehen wollte.

Auch hier unten hallten Stimmen wider, von Arbeitern, die Aufgaben erledigten, die keine Drohne oder KI als profitabel erweisen konnte. Die gleichen Klagen; die Reps, das kalte Wetter - obwohl hier unten die rauen Winde vom See abgeschnitten waren - und das ständige Schuften, dem der einfache Mann nicht entkommen konnte. Dieser letzte Gedanke brachte ein Lächeln; Zhan-Yo sollte nicht so denken, wie ein Philosoph. Er war kein Weintrinker, der kritzelnden Universitätsstudenten predigte.

Nein, er war ein Revolutionär, und diese Arbeiter hier

unten waren seine Untertanen, auch wenn sie es nicht wussten.

Sylvie hatte um ein Treffen in der Nähe des Ortes gebeten, den sie für ihr weltveränderndes Attentat ausgewählt hatte. Zhan-Yo mochte dieses Wort nicht, das wie ein öliges Tuch über seinen edlen Bestrebungen hing, aber er musste den Wert anerkennen, die Dinge bei ihrem wahren Namen zu nennen. Aegis musste sterben, damit die Freiheit leben konnte. Sie konnten Aegis und seine Paragons nicht in einem offenen Kampf besiegen, also würde es ein Attentat sein.

Eine schwere, geschweißte Tür markierte den Eingang. Ein altmodischer Schlüsselriegel saß über dem Griff, ohne einen Tama-Scanner in Sicht. Wie lange war es her, dass Zhan-Yo einen Schlüsselbund bei sich trug? Das Klimpern hörte, als er versuchte, sich zu erinnern, welcher zu welchem Schloss gehörte?

»Hast du einen Schlüssel?«, fragte Wexley, der aus einem anderen Pod hinter Zhan-Yo trat. Er hatte sich nicht für den Spaziergang entschieden und warf Blicke umher, als fürchtete er, jeden Moment von Schlägern angegriffen zu werden. »Oder erwartet Sylvie, dass wir hier draußen warten?«

»Sie wird uns reinlassen, wenn sie bereit ist.«

Wexley schüttelte den Kopf. Der Mann hatte sich von Kopf bis Fuß in Kleidungsstücke gehüllt, die Zhan-Yo nur als Büroluxus beschreiben konnte. Schwarz, dick und wollig. Zhan-Yo bevorzugte den gelebten Komfort seiner Pufferjacke, dieselbe, die er seit Jahren trug. Andererseits hatte Zhan-Yo die Spitze der Leiter erreicht. Wexley kletterte noch die Sprossen hoch. Genauso wie Zhan-Yo die Arbeiter der Unterstadt nicht dafür verurteilte, dass sie ihre brutalen Jobs am Boden der Stadt verrichteten, konnte er auch die Kleidung von jemandem nicht verurteilen, der hart versuchte, dem zu entkommen.

Glücklicherweise für Wexley öffnete Sylvie keine zwei Minuten später die Tür, genau in dem Moment, als ihre

Tamas vibrierten, um den Beginn des geplanten Treffens anzukündigen. Eines, das in den Kalendern von Zhan-Yo und Wexley als ein wichtiges Abendessen markiert war. Etwas, das die Anrufe fernhalten und die Fragen zum Schweigen bringen würde.

»Willkommen, meine Herren, am letzten Ort, den unser Champion je sehen wird.« Sylvie trat beiseite und winkte das Paar mit einer ausladenden Geste herein.

Wenn dieser Raum Aegis' letzte Momente beherbergen sollte, fand Zhan-Yo ihn passend schrecklich. Wirre Rohre, dampfende Lüftungsschächte, vergitterte Kabel und mehr zogen sich über die Decke, unterbrochen von gelegentlichen Flecken sprudelnder Leuchtstoffröhren, deren blau-weißes Licht jede Hoffnung entzog.

Sylvies ausgewählter Ort erstreckte sich weiter, und die 'Wände' entpuppten sich, während sie Zhan-Yo und Wexley herumführte, als Batteriepacks zur Speicherung von Solarenergie. Schwarze Würfel mit kleinen Bildschirmen, die die gesammelten Paneele auf den Gebäuden weit oben anzeigten, um genug Energie zu absorbieren, um die Stadt am Laufen zu halten. Eine High-Tech-Initiative, zusammengepfercht in einer Low-Tech-Umgebung. Eine, die nach dem anhaltenden Geruch zu urteilen, in einem früheren Leben zur Lagerung von Abfällen für die spätere Verbrennung genutzt wurde.

Weiter hinten wies Sylvie auf eine Wartungstür. Auch sie war verschlossen und trug nicht weniger als drei rot umrandete Schilder, die zivil- und strafrechtliche Konsequenzen androhten, sollte die falsche Person es wagen, sie zu öffnen.

»Wir führen ihn durch die Zugangstunnel zu dieser Tür«, sagte Sylvie. »Er öffnet sie, wir erledigen ihn hier drinnen und verschwinden dann durch den Weg, durch den ihr hereingekommen seid. Einfach.«

»Es ist perfekt«, sagte Zhan-Yo.

»Du lässt es so einfach klingen«, entgegnete Wexley. »Aegis wird nicht allein sein. Und was ist mit den Drohnen?

Sobald er merkt, dass es eine Falle ist, wird er sie rufen. So nah am Stadtzentrum werden sie nicht mehr als ein paar Sekunden entfernt sein.«

»Schaut auf eure Tamas«, erwiderte Sylvie. Im Gegensatz zu ihrem spätnächtlichen Rendezvous schimmerte Sylvies Outfit heute Abend silbergrau, mit Schlitzen, die mit Panzerplatten gefüllt waren. Zwei Wölbungen an ihren Handgelenken waren, wie Zhan-Yo vermutete, Bolzenmesser, die auf eine Geste hin abgeschossen werden konnten, und ihre Taille zierte ein Gürtel mit Nah- und Fernkampfwaffen. All dies verlieh ihrem Vorschlag eine unheimliche Note. »Ihr werdet eure Antwort finden.«

Zhan-Yos Tama verbarg das Problem nicht - oben in der Mitte des Bildschirms, auf der Rückseite von Zhan-Yos Handgelenk, bedeckte ein großes rotes X den Kreis, der, wenn er sich mit Weiß füllte, die Signalstärke anzeigte. Zhan-Yo konnte sich nicht erinnern, wann er das letzte Mal dieses rote X gesehen hatte - er konnte auf Flügen überall auf der Welt, in den meisten Kellern und mitten im Michigansee eine Verbindung aufrechterhalten. Diese Kammer hier, unter den Straßen Chicagos, war nicht einmal besonders tief. Was bedeutete ...

»Es sind die Generatoren«, sagte Zhan-Yo und bemerkte, dass Wexley immer noch auf seinen eigenen Tama starrte, als wäre er zu einem ekelhaften Wesen geworden, das die Absicht hatte, seine Hand zu verschlingen. »Das ist der Unterschied.«

»Nicht ganz«, erwiderte Sylvie. »Dieses Gebäude ist abgeschirmt. Bleiplatten umgeben uns, eingebettet in diese Wände, um jede Überlastung zu erden und einzudämmen. Könnt ihr euch vorstellen, was passieren würde, wenn diese Generatoren unter der Stadt explodieren würden?«

»Das lässt mich fragen, wie du Zugang zu diesem Ort hast?«, sagte Wexley.

»Ich frage dich auch nicht, wie du deinen Job machst«, sagte Sylvie, und Zhan-Yo bemerkte, dass die beiden sich wieder einmal wie Duellanten positioniert hatten. »Ich nehme an, du bezahlst deine Mitarbeiter, oder?«

»Natürlich tun wir das.«

»Sylvie.« Zhan-Yo versuchte es, aber sie ignorierte ihn.

»Du bezahlst sie in Reps, aber das ist nur eine Währung. Am Leben zu bleiben ist, wie sich herausstellt, eine andere.«

Zhan-Yo unterdrückte ein Zusammenzucken. Ein weiterer Fleck auf der reinen Fahne seines Traums. Wenn er ehrlich war, war die Fahne dieser Tage eher ein schmutziger Lappen, aber immerhin war sie noch da. Vielleicht noch in der Lage zu fliegen.

»Also ist das hier der Ort, wo wir die Waffenübergabe inszenieren.« Zhan-Yo lenkte das Gespräch zurück zum Thema.

Der zentrale Raum hatte die Kapazität. Quadratisch, mit einer offenen Fläche, die Platz für die notwendige Ausrüstung bot, um diese riesigen Energiebehälter zu bewegen und zu warten. Ein Dutzend oder mehr Leute konnten hier warten, bereit, Aegis einen Hinterhalt zu legen, wenn er durch den Wartungstunnel käme.

»Wir werden Kameras in den Ecken und an den Mittelpunkten anbringen«, erklärte Sylvie. »Wir werden es aus jedem Winkel einfangen. Das wird nicht nur ein Attentat sein, es wird ein filmisches Ereignis.«

Wexley warf Zhan-Yo einen Blick zu, der fragte, ob Zhan-Yo wirklich glaubte, dass Sylvie noch bei Verstand sei. Zhan-Yo hatte keine Antwort, aber es war egal, solange sie ihr Ziel erreichten. Solange sie den Champion eliminierten.

Sylvie sprach weiter über die kommenden Veränderungen des Ortes und Zhan-Yo versuchte, alles aufzunehmen. Während sie sekundäre Fallen erklärte, falls die Drohnen es trotzdem nach unten schaffen sollten, wackelte die Wartungszugangstür. Wexley schob sich in einem Augenblick vor Zhan-Yo und zog eine kleine, legale Elektroschockpistole aus seiner Jacke. Sylvie blickte auf die Waffe, traf Wexleys Blick und lachte.

Die Tür öffnete sich und zwei Männer, gekleidet wie Sylvie - in silber-schwarzer taktischer Ausrüstung mit Panzerplatten - kletterten herein. Zhan-Yo erkannte keinen von ihnen, und die beiden ignorierten Zirans Topmanager, als sie Sylvie Entwarnung und Zielupdates meldeten. Als sie fertig waren, gab Sylvie ein einziges Nicken und entließ sie.

»Wartet«, sagte Zhan-Yo zu ihnen, als sich die beiden Handlanger zum Hauptausgang wandten. »Was ist eure Rolle hier?«

»Sie werden Aegis ausschalten«, sagte Sylvie.

Die beiden drehten sich um und schauten ihn an. Zhan-Yo begann, sie als die Zwillinge zu betrachten, obwohl sie sich überhaupt nicht ähnlich sahen. Groß und kräftig, sicher, aber ansonsten waren ihre Hautfarben Gegensätze, einer hatte längere Ohren und der andere einen längeren Oberkörper. Ihre Gesichter hatten eine Sache gemeinsam: einen geraden Blick, wie man ihn oft bei Schlägern findet. Allerdings lauerte unter dieser Oberfläche, sichtbar in ihren entspannten Muskeln, ihren geraden Augen und dem völligen Fehlen von Fragen auf ihren Lippen... der totale Mangel an moralischer Substanz, der nötig war, um an einem Job wie diesem zu arbeiten.

»Habt ihr jemals gegen einen Paragon gekämpft?« fragte Zhan-Yo. »Eine Anomalie?«

»Hier und da«, sagte der Linke, als hätte Zhan-Yo gefragt, ob er Filme schaue. »Keinen Paragon. So dumm sind wir nicht.«

»Sie sind qualifiziert, Zhan-Yo«, sagte Sylvie. »So gut, wie du sie finden wirst. Niemand wirbt hier damit, Paragons zu jagen. Man lebt nicht lange, wenn man das tut.«

Zhan-Yo nickte. Blickte zu Wexley. »Nimm meine Jacke, wenn du möchtest.«

»Z«, sagte Wexley. »Ich glaube nicht-«

»Das ist nicht deine Entscheidung.«

Wexley streifte die Jacke von Zhan-Yos Schultern und der ältere Mann streckte seine Arme aus. Spürte, wie diese Muskeln an ihren Platz schnappten. Er hatte vor, Chloes Angebot nachzukommen, härter zu trainieren. So wie es war, würden diese beiden genügen müssen.

»Ich habe gegen einen gekämpft«, sagte Zhan-Yo und streckte seine Arme. »Aus einer Wette heraus. Vor Jahren. Ich habe kläglich verloren. Weil ich ihn unterschätzt habe. Ich nahm an, ein Paragon sei nichts weiter als seine Kraft, wie die meisten Anomalien. Ein schwerwiegender Fehler.«

Obwohl Zhan-Yo es ihnen nicht zeigte, hatte er eine Narbe an seiner linken Wade, von dort, wo der Paragon seinen Knochen gespalten hatte. Keine Kraft dort, nur ein gnadenloser Tritt. Soweit Zhan-Yo wusste, lebte dieser Paragon immer noch irgendwo da draußen, und Zhan-Yo schuldete ihm etwas - er hatte eine Lektion gelernt, die die meisten erst in ihren letzten, tödlichen Momenten begreifen.

»Was willst du damit sagen?« fragte Sylvie, die Arme verschränkt, während sie sich gegen die Seite des Raumes lehnte. »Willst du mit ihnen sparren? Ihnen beibringen, wie es ist, gegen einen Paragon zu kämpfen?«

»Was ich sage ist, dass wenn diese beiden nicht einmal mit mir fertig werden, Aegis kurzen Prozess mit ihnen machen wird.«

»Das ist lächerlich, Z«, sagte Wexley.

Aber die Zwillinge schienen das offenbar nicht zu denken. Sie warfen Sylvie einen Blick zu, die mit den Schultern zuckte, und machten sich daran, sich um Zhan-Yo herum aufzuteilen, wodurch sie den vermeintlichen Boss dieses ganzen Unternehmens allein in der Mitte des Raumes stehen ließen. Wexley verstand endlich, dass er tatsächlich nicht in der Lage war, dies zu verhindern, und trat zu Sylvie zurück, wobei er einen Seufzer nach dem anderen ausstieß.

Zhan-Yo jedoch fühlte sich lebendig. Spürte den Adrenalinschub und die Aufregung, die mit körperlichem Konflikt einhergeht, mit dem Wissen, dass sein Leben auf dem Spiel stehen würde und es jede Unze Energie erfordern würde, die er am Ende des Tages noch hatte, um...

zu gewinnen.

Zhan-Yo machte einen schnellen Schritt nach links, ohne sich ganz umzudrehen, und stieß mit seinem Ellbogen nach der Kehle des Kleineren. Ein potenziell tödlicher Zug gegen Uneingeweihte, in der Lage, die Luftröhre in nichts als gefaltetes Gewebe zu verwandeln, aber Sylvies Angestellter machte eine überraschte Abwehr, schlug Zhan-Yos Schlag nach oben, sodass er stattdessen die Wange des Mannes traf und seinen Kopf nach hinten schnappen ließ. Zhan-Yo nutzte die dadurch gewonnene Ablenkung, um einen Tritt mit dem rechten Bein in den Magen des taumelnden Mannes zu setzen, der ihn gegen die Seitenwand prallen ließ. Das Zischen abgestandener Luft, die aus den Lungen des Mannes explodierte, bedeutete, dass Zhan-Yo etwas Zeit hatte, um mit dem anderen zu spielen.

Der auf Zhan-Yo zukam, die Hände vor dem Gesicht erhoben, in Boxerhaltung. Größer als Zhan-Yo, hatte Zwilling Nummer zwei zweifellos die größere Reichweite, also beschloss er, Hände aus dem Spiel zu nehmen. Sich von seinem Tritt wegdrehend, ging Zhan-Yo in einen Beinfeger über, was Zwilling Zwei dazu brachte, schnell zurückzutreten.

Auf Nummer sicher gehen. Das könnte hier funktionieren, aber jede Sekunde, die Aegis am Leben blieb, gab Paragons oder Drohnen Zeit, ihn aufzuspüren und alles zu ruinieren.

»Ihr müsst schnell angreifen«, sagte Zhan-Yo und richtete sich auf. »Jede Sekunde gegen den Champion nützt ihm, nicht euch.«

Zwilling Zwei verstand und watete wieder hinein, diesmal leichtfüßiger. Wenn Zhan-Yo denselben Feger versuchte, könnte Zwilling Zwei darüber springen oder sich beeilen, ihn zu schlagen, und einen Schlag gegen Zhan-Yos ungeschützten Kopf landen. Also machte Zhan-Yo Anstalten, die Lücke mit einem plötzlichen Ausbruch in Richtung Zwilling Zwei zu schließen. Sylvies Angestellter, anstatt einen hektischen Schlag zu versuchen, entschied sich stattdessen für eine Umarmung, fing Zhan-Yo auf, als er sich näherte, und umschlang ihn mit den riesigen Armen von Zwilling Zwei. Er drückte zu, und Zhan-Yo fühlte sich, als würde er platzen.

Aber Zwilling Zwei trug einen Gürtel wie Sylvie, und dieser Gürtel hielt eine Reihe von tödlichen Waffen. Zhan-Yos eingeklemmte Hände konnten den Griff einer Pistole spüren, und er zog sie heraus, drehte sie in Richtung von Zwilling Zweis Bauch.

»Du bist tot«, brachte Zhan-Yo heraus.

»Das ist nicht fair«, sagte Zwilling Zwei und ließ Zhan-Yo los. »Wir waren nicht voll bewaffnet.«

»Ich habe euch keine Regeln gegeben. Aegis wird das auch nicht tun«, sagte Zhan-Yo und versuchte sehr, sehr hart, nicht zusammenzubrechen, während er Luft einsog. Wexley kam zu ihm, half Zhan-Yo, seine Jacke wieder anzuziehen. »Spielt nicht herum. Sobald er in diesem Raum ist, geht ihr auf den Kill, und ihr macht es schnell. Sylvie, ich stimme zu. Mach es möglich.«

»Ich halte Sie auf dem Laufenden«, sagte Sylvie mit mehr als nur einem Hauch von Berechnung in ihrer Stimme und, wie Zhan-Yo meinte, Überraschung über die Fähigkeiten ihres Chefs.

Wexley begleitete Zhan-Yo aus dem Gebäude und rief Pods für sie. Als Zhan-Yo in seinen einstieg, tief durchatmete und sich fragte, ob er blaue Flecken haben würde, hielt Wexley die Tür offen und lehnte sich hinein: »Sobald das beginnt, können wir nicht mehr zurück. Wenn Aegis da runter kommt, muss er sterben, Z. Wenn diese beiden versagen ...«

»Sylvie und ich werden dafür sorgen, dass sie nicht versagen.«

»Du?«

»Wexley, wenn das schiefgeht, sind wir erledigt. Ziran mag weitermachen, aber ich nicht. Ich habe mein ganzes Leben auf diese eine Chance gewartet, und ich habe kein zweites, um auf eine andere zu warten.«

Die Antwort schien Wexley zufriedenzustellen. Er ließ die Tür des Pods schließen und gab Zhan-Yo ein leichtes Winken, als der Pod ihn aus den goldenen, schmierigen Tiefen hinaus in Chicagos helle Nacht fuhr.

KAPITEL 32
LUFTFRACHT

CHARON. Der Fährmann, der die kürzlich Verstorbenen oder die unvorsichtigen Abenteurer in den Hades brachte. Mynx hatte seit einer Stunde versucht, sich an den Namen zu erinnern, ein Rätsel, das ihr Tama leicht hätte lösen können, aber sie wollte es selbst herausfinden. Zum Teil, weil sie es einfach wollte - wenn Maschinen alle ihre Probleme lösten, fühlte sie sich nutzlos -, aber auch, weil der Flug hoch über Atlantis und Pacifica wirklich, wirklich langweilig war.

Nicht, dass der nächtliche Himmel, nachdem Mynx über die Wolken aufgestiegen war und etwas von diesem harten Mondlicht getönt hatte, nicht wunderschön war. Sie hatte ihn nur schon so oft gesehen, dass -

»Ein persönlicher Flug von einer Championesse höchstpersönlich?«, Thanes Stimme klang trocken, als hätte er an einem Dutzend Zitronen gelutscht. »Womit habe ich diese Ehre nur verdient?«

Ihr Privatjet hatte keinen Beifahrersitz, aber er hatte Stauraum. Ein Raum, der jetzt von einem sedierten, gefesselten Thane besetzt war. Seiner Wut beraubt, schrumpfte Thane zusammen, bis er kaum noch lebensfähig aussah. Es bestand eine gewisse Gefahr darin, Thane so betäubt zu halten, die

Chance, dass seine Muskeln so sehr geschwächt würden, dass er im Heck des Jets sterben könnte. Offen gesagt, wäre es Mynx egal, wenn das passieren würde, wäre da nicht eine Sache:

Sie war keine Mörderin.

Diese Worte galten nicht für jeden Champion, und Mynx hatte, entweder selbst oder durch ihre Drohnen, schon getötet. Aber in Notwehr zu töten oder eine Katastrophe zu verhindern, war eine Sache. Thane zu töten, nur weil sie es konnte, schien... falsch. Aegis schien das nicht so zu sehen, aber er konnte seine Ansichten haben. Sie würde die Entscheidungen treffen, die ihre Albträume fernhielten.

»Du hast viele Menschen terrorisiert und hättest noch viel mehr töten können«, sagte Mynx, ihre Worte umhüllten das Cockpit und glitten zu Thane zurück. »Erinnerst du dich überhaupt daran?«

»Natürlich«, antwortete Thane. »Ich behalte alles, auch wenn ich es zu dem Zeitpunkt nicht nutzen kann. Ich weiß, dass du Aegis davon abgehalten hast, mich zu töten, und ich danke dir dafür.«

War das echte Reue?

»Warum hast du es getan?«, fragte Mynx.

»Oh, meine Erklärung ist einfach. Ich war gelangweilt, und mir wurde die Chance geboten, es nicht zu sein. Sie haben ihren Teil erfüllt, und ich meinen.«

»Wer hat dir diese Chance geboten?«

»Nun, Mynx, nur weil du mich in deinem ziemlich schönen Flugzeug gefesselt hast, heißt das nicht, dass du mir alle Fragen stellen kannst, die du willst.«

»Eigentlich bedeutet es genau das.«

Thane lachte rau. »Hat dein Flugzeug irgendwelches Wasser an Bord, oder bin ich dazu verdammt, ohne auszukommen?«

Der Jet hatte Wasser, hatte alles von vorbereiteten Mahlzeiten bis hin zu einem automatischen Defibrillator, der bereit war, loszugehen, falls Mynx während des Fluges einen Herzinfarkt erleiden sollte. Aber all das war auf das Cockpit ausgerichtet, nicht auf den hinteren Teil, und Mynx' wohltätiger Antrieb war durch den langen Nachtflug getötet worden. Es war ihre eigene Entscheidung gewesen, die Reise zu machen, aber es würde trotzdem eine erschöpfende sein.

»Du hast Schlimmeres überlebt«, sagte Mynx. »Weißt du, wohin ich dich bringe?«

»Mynx, es ist so sehr lange her, seit ich in deine Geheimnisse eingeweiht war. Selbst in diesem Zustand kann ich es nicht erraten.«

Noch eine Lüge. Thane konnte es sehr wohl erraten, und in diesem Zustand, mit seinem geschärften Verstand, während sein Körper verfiel, konnte er wahrscheinlich sagen, wie schnell sie flogen, vielleicht sogar ihre Position anhand des Erdmagnetfeldes oder so einem lächerlichen Ding bestimmen. Anomalien verschoben ständig die Grenzen des Möglichen.

»Ich habe diesen Ort deinetwegen geschaffen«, sagte Mynx. »Obwohl wir dich zu dem Zeitpunkt, als ich ihn fertiggestellt hatte, schon so gut unter Kontrolle hatten, dass Aegis meinte, es wäre gefährlicher, dich zu verlegen.«

»Eine von vielen Sachen, die dieser Grobian falsch verstanden hat.«

»Es hat fast dreißig Jahre lang ziemlich gut funktioniert.«

»Ja. Ihr habt den größten Geist, den diese Welt je gesehen hat, betäubt und weggesperrt. Was für ein brillanter Plan.«

»Ein gefährlicher Geist, Thane. Du hast deine Seite gewählt, du kanntest die Konsequenzen.«

Darauf antwortete Thane nicht. Was gut war. Das Autopilot-Programm machte seinen Job und hielt sie auf Kurs, und sie näherten sich dem Punkt, an dem Mynx anfangen musste, ihre Code-Sequenz zu senden. Sie benutzte einen Bildschirm, der in die sich verjüngende Nase eingesteckt war und normalerweise Berichte über den Betriebszustand des Jets anzeigte, der aber jetzt auf fünf statische blutrote Balken umgeschaltet hatte, in die Mynx durch sorgfältige Fingerwischen die Passcodes eingab.

»Thane, ich weiß nicht, ob du durch die Beruhigungsmittel viel spüren kannst, aber ich würde anfangen, es zu versuchen.«

»Sie sind wie Gewichte. Wenn ich hart genug hebe, vielleicht...«

Nicht, dass Mynx wollte, dass Thane diese Drogen schon abschüttelte, aber was als Nächstes passieren würde, würde ihn sonst töten.

»Ich verspreche dir nicht, dass du hier sicher sein wirst, aber ich garantiere, dass der Rest der Welt vor dir sicher sein wird.«

»Vor mir? Mynx, selbst wenn du so einen Ort gefunden hast, spielt das keine Rolle. Ich werde nicht die letzte Anomalie sein, die die Welt bedroht, die du und deine Freunde aufgebaut haben. Es werden mehr kommen, oder irgendein Normaler wird herausfinden, wo ihr all ihre alten Spielzeuge versteckt habt, und euch damit in die Luft jagen. Alle Reiche fallen.«

Es gab so viele Gründe, warum Mynx kalte, harte Logik den vagen Philosophien von Leuten wie Thane und Apinya vorzog. Probleme sollten gelöst werden, nicht in die Leere geworfen. Bedrohungen sollten konkret sein, nicht abstrakt und bedrohlich. Sie wollte Thane loswerden, aber seine endlosen selbstgefälligen Antworten verdienten auch einen kleinen Dämpfer.

»Weißt du, Thane, es wird nicht mehr lange Anomalien wie dich geben. Ich bin kurz davor, dein Problem zu lösen. Wir werden in der Lage sein, zukünftige Generationen zu kontrollieren, die gefährlichen davor zu bewahren, sich selbst zu verletzen. Davor, so zu werden wie du.«

»Weil das euch sicherlich zu den Helden in dieser Geschichte macht.«

»Besser als wenn Menschen ohne eigenes Verschulden sterben.«

»Ich dachte immer, du wärst die Kluge, Mynx. Diejenige, die das Ende schon am Anfang sehen konnte. Deshalb hast du all diese Drohnen gebaut, oder? Um eure Aufträge weiterzuführen, jetzt wo ihr zu alt und kaputt seid, um es selbst zu tun?«

Mynx blieb still und gab weitere Passcodes ein. Sie passierten die äußere Hülle und bewegten sich zum Inneren. Der kleinste Fehler würde das Flugzeug und sie beide vernichten.

»Ich denke, du weißt genauso gut wie ich, dass es nur ein Ende geben kann. Die Menschheit lässt sich Zeit, aber die Macht wächst von Generation zu Generation. Irgendjemand wird geboren werden oder den falschen Schalter in die Hände bekommen, und dann bumm. All deine Arbeit ist weg, all die Zeit, die du verschwendet hast, um diese Welt zum Laufen zu bringen, wird in einem Augenblick verschwunden sein. Und keine Seele wird sich darum scheren, Mynx. Nicht wenn die Asche vom Himmel fällt, wenn die Gebäude einstürzen und die Paragons tot auf den Straßen liegen. Niemand wird dir danken, niemand wird dich feiern.«

Das Tablet des Jets piepste, ihre Verteidigung hatte die Codes akzeptiert.

»Ich hatte auch eine Familie«, fuhr Thane fort. »Menschen, die mich liebten, die ich liebte. Weißt du, was mit ihnen passiert ist?«

Mynx wusste es.

»Weißt du, was ich tat, als ich herausfand, wer ich war? Das nächste Mal, als meine Freunde herumalberten. Sie stießen mich um, Teil eines Spiels, aber ich war müde. Ich war ein Teenager, und weißt du, was ich tat?«

Mynx schloss die Augen und begann rückwärts zu zählen.

»Ich wusste, dass ich stark werden würde, bis dahin, aber ich wusste nicht, was ich verlieren würde, wenn ich dieser

Energie weiter folgte, sie packte, sie schluckte, bis nichts übrig blieb außer der Wut. Als ich sie endlich ausgelassen hatte, ihnen nach Hause gefolgt war, waren die einzigen, die übrig blieben, ihr alle. Bereit, mich zu benutzen. Mich zu testen. Mich einzusperren.«

Fast geschafft.

»Aber, Mynx, ich kann nicht eingesperrt werden. Ich kann nicht festgehalten werden.« Thanes Stimme wurde stärker, und Mynx hörte das verräterische Knarren von Thanes Fesseln, als sie sich gegen das wachsende Monster hinter ihr dehnten. Sie griff den Steuerknüppel, schaltete den Autopiloten aus und passte ihren Kurs an, um Thanes wachsende Masse zu berücksichtigen. »Ich wachse und wachse und breche aus.«

»Bist du fertig?«

Die Fesseln rissen. Der Jet wackelte, als Thane sich hinter ihr drehte, sein großer Körper streifte die Seiten des Flugzeugs, als er sich bewegte, als er seinen Kopf direkt hinter ihren brachte, seine schlaffe, ältere Haut straff gezogen über ein plötzlich riesiges Skelett. Sein warmer, feuriger Atem stank nach Wahnsinn.

»Ja«, flüsterte Thane.

»Gut.«

Mynx' Zählen erreichte Null und sie zog den Steuerknüppel zurück, während sie mit dem Daumen einen leuchtend orangen Knopf nahe der Spitze des Knüppels drückte, der für genau solche Notfälle platziert war. Der plötzliche Aufstieg des Jets schleuderte Thane von ihrem Sitz weg, presste ihn gegen das, was der Boden des Jets hätte sein sollen, was aber die Frachtklappen waren, die jetzt weit offen standen. Das Monster, das Neuengland terrorisiert hatte, das die Champions jahrzehntelang heimgesucht hatte, ihr Geheimnis und zeitweise ihr unausgesprochener Retter, schoss in die Nacht hinaus, hinunter zu dem einen Ort auf der Erde, den er nie würde verlassen können.

Als Mynx den Strömungsabriss korrigiert und dem Autopiloten befohlen hatte, sie nach Hause zu bringen, und alle Passcodes eingegeben hatte, um die Insel zu verlassen, als endlose Nacht das einzige war, was vor ihr lag, lehnte sie sich in ihrem Stuhl zurück. Früher hätte sie vielleicht geweint oder nach Luft geschnappt oder die Armlehnen mit aller Kraft umklammert, um nicht zu zittern. Jetzt waren Thanes Worte nur eine Drohung unter Millionen anderen.

Nicht, dass sie sie nicht berührten. Nein, nicht dass sie immun war. Sie bohrten sich in sie hinein und schwärten dort. Flüstern in der Dunkelheit, immer auf sie wartend.

Es würden Stunden vergehen, bis sie zu Hause ankäme. Mynx öffnete eine kleine Seitenbox, zog eine Flasche heraus und nahm eine der Pillen darin. Sie würde schlafen, und die Medikamente würden es traumlos machen.

Friedlich.

KAPITEL 33

DIE REALITÄT AKZEPTIEREN

AEGIS JOGGTE IN DENSELBEN WINTERLAUFOUTFITS, die alle anderen auf den Wegen trugen, der einzige Unterschied war das Metall um seinen Hals. Die Medaille wippte gegen seine obere Brust, wo sie hing, während er durch den erweiterten Central Park im leichten Morgennebel lief, der aufstieg, als eine Wärmeperiode den Schnee mit Vehemenz zum Schmelzen brachte. Die Medaille, die Aegis vom letzten Präsidenten der Vereinigten Staaten verliehen wurde, nicht allzu lange bevor die Paragons sie von der Macht entfernten, symbolisierte großen Dienst an einem Land, dessen Antrieb, zusammen mit dem Rest der Welt, so korrumpiert worden war, als die Champions an die Macht gekommen waren.

Die Politiker hatten die Anomalien als Werkzeuge betrachtet, die es zu nutzen galt. Umworben und manipuliert. Sie hatten nie erwartet, dass die Paragons zurückschlagen würden.

Diese Kämpfe waren viel härter gewesen als der Schocktaktik-Angriff der letzten Nacht, um Thane auszuschalten. Nicht unbedingt die militärischen Elemente - koordinierte Anomalien machten in der Regel kurzen Prozess mit allem außer sich selbst -, sondern die öffentliche Meinung. Gesetze und Vorschriften. Der Kitt, der die Gesellschaft zusammenhielt.

Aegis lief an einer anderen Joggerin vorbei und nickte ihr zu. Sie erwiderte die Geste, sah dann noch einmal hin. Aegis bemerkte den Blick und unterdrückte ein Lachen, während er auf eine Brücke zustapfte. Er würde darunter durchlaufen, auf der anderen Seite herauskommen und am Nordende des Parks sein. Sie würde sich nie ganz sicher sein, was sie gesehen hatte.

Die Paragons hatten trotz all ihres Eifers und ihrer revolutionären Begeisterung am Ende die meisten Anwälte, Senatoren und Abgeordneten weltweit wieder an ihre alten Plätze gesetzt. Bestehende Verträge, Gesetze und all das blieben gleich, und Wahlen fanden immer noch statt, oder begannen in den Ländern, die so etwas nicht hatten, um diese Positionen zu besetzen. Über allem jedoch ragten die Paragons auf, und die Champions standen über ihnen. Ein ständiger Schiedsrichter, eine Bedrohung und eine friedenserhaltende Kraft, die durch schiere Macht gesetzlichen Gehorsam garantierte. Bisher, so fand Aegis, war es ihnen gelungen, diese Macht nicht zu missbrauchen.

Zumindest nicht genug, um die Welt ins Chaos zu stürzen.

Ein Tama-Vibrieren unterbrach Aegis' gleichmäßige Schritte. Das Gesicht seiner Tochter erschien auf dem Armband, und weil es die Pflicht eines Vaters ist, die Anrufe seiner Tochter zu beantworten, tippte Aegis, um anzunehmen.

»Du störst meinen inneren Frieden«, sagte Aegis.

»Nicht meine Schuld«, antwortete Celice. »Sieht so aus, als könnte die Welt keinen Tag ohne dich auskommen.«

»Was ist es diesmal?«

»Chicago. Anscheinend sind die Paragons dort von irgendetwas aufgeschreckt.«

Hatte er nicht versprochen, sich nach Boston bei ihnen zu

melden? Es wäre wohl zu viel Glück gewesen, wenn die Paragons dort das Problem tatsächlich selbst gelöst hätten. Aegis schüttelte den Kopf, während er weiterjoggte, die nebelverhangenen Kiefern seine einzigen mitfühlenden Zeugen.

»Haben sie dir irgendwelche Details gegeben?«

»Sie hoffen auf einen Rückruf.« Celice machte eine Pause. »Aber ich habe eine Nachricht von Mynx bekommen. Sie hat Thane abgeliefert.«

»Noch ein Spielzeug auf ihrer Insel der Außenseiter.«

»Hey, immerhin müssen wir uns nicht mehr mit ihm herumschlagen.«

Dagegen konnte Aegis nichts sagen. Probleme schienen nur selten von seiner Liste zu verschwinden. Er sollte für dieses eine eigentlich Champagner aufmachen.

»Schon gut, ich drehe um. Sag den Paragons, ich rufe sie in einer Stunde an.«

»Alles klar, Papa.«

So viel zu seiner dritten Runde.

Waffen, natürlich. Innis, der Paragon-Chef für Chicago, stolperte über die Erklärung, was sowohl an seinem Mangel an Informationen über die Vorgänge in seiner eigenen Stadt als auch an seiner rot angelaufenen Verlegenheit lag, als dieser Mangel immer deutlicher wurde. Irgendeine Gruppe, von irgendwoher, schickte illegale Waffen an irgendjemanden.

»Du bringst wirklich Licht ins Dunkel«, unterbrach Aegis Innis' bruchstückhafte Skizze darüber, wie diese Waffen möglicherweise ankommen könnten. »Hör zu, wenn du so wenig darüber weißt, was los ist, warum kontaktierst du dann mich?«

»Wir hoffen, du hast vielleicht eine Idee, wer es sein könnte?«

»Falls es dir entgangen ist, Innis, ich bin in New York. Du bist in Chicago. Das sind tatsächlich nicht dieselben Orte.«

Der feuerbärtige, stämmige Mann lief so rot an, wie Aegis

es noch nie bei einem Menschen gesehen hatte. Innis griff nach einer Wasserflasche außerhalb des Bildschirms, was Aegis die Gelegenheit gab, über den schwebenden Monitor hinauszublicken. Die graue Wintersilhouette des Mittags breitete sich unter diesen Fenstern aus, und der Anblick wirkte wie üblich Wunder. Eine Erinnerung an seinen Job, seinen Zweck. Die Menschen der Welt konnten nicht die ganze Zeit perfekt sein, aber er musste sie trotzdem retten.

»Also gut, Innis. Du sagtest, du hast einige Vermutungen, richtig?«

Innis schluckte sein Getränk. Wischte sich mit den Händen übers Gesicht. Die leuchtend blaue Paragon-Uniform sah enger an ihm aus als sonst - Stressgewicht oder zu viel Feiertagseierlikör?

»Ich, wir, denken, es könnte Ziran sein.« Innis zuckte zusammen, als er das Wort aussprach, als ob dessen Äußerung irgendein technologisches Geräte-Dämon beschwören könnte, um ihn zu verschlingen. »Sie sind, äh, sie sind die einzige Firma, von der wir wissen, dass sie so etwas versuchen könnte.«

»Möchtest du das näher erläutern?«

»Es ist ihr Anführer, Aegis. Ein Typ namens Zhan-Yo. Er gehört zur alten Garde hier, bekannt dafür, viel darüber zu reden, wie viel besser die Dinge früher waren.«

Aegis lehnte sich in seinem Stuhl zurück und zuckte mit den Schultern. »Er kann seine Meinung haben. Hast du mehr als das?«

Innis sah wieder vom Bildschirm weg und hustete. Vielleicht war ein anderer Paragon zur moralischen Unterstützung im Raum. Seltsam. Innis war immer ein durchsetzungsfähigerer Paragon gewesen. Bereit und schnell dabei, eine Operation zu unterstützen oder einen Fehler zu verurteilen. Jetzt sah er verschwitzt und ängstlich aus.

»Es tut mir leid, Aegis, ich bin erschrocken. Wir haben gestern einen Tipp bekommen, während du da oben mit

Thane beschäftigt warst. Es wurde direkt gesagt, dass Ziran das Ende von allem plant. Eine Übernahme.« Innis lehnte sich vor, sein Gesicht kam der Kamera so nahe, dass Aegis die gigantischen Nasenhaare des Mannes zählen konnte. »Du glaubst doch nicht, dass sie vielleicht mithören könnten, oder? Könnten sie das?«

»Ein Tipp von wem?« Aegis war nicht so weit von den Tagen entfernt, als die Champions Anrufe bekamen, die sie gegen den Rivalen einer Person oder eines Unternehmens aufhetzten. Ein anonymer Brief, eine Nachricht, sogar ein panisches Opfer, das mit einer Geschichte auftauchte und wieder verschwand, alles darauf ausgelegt, jemanden zu vernichten. »Denkst du, du kannst dem vertrauen?«

»Es wird leicht sein, das herauszufinden. Der Tipp kam mit einer Uhrzeit, einem Datum und einem Ort.«

»Für die Übergabe? Oder für einen Kaffee?«

Innis schnaubte ein schwaches Lachen. »Für die Übergabe, denke ich.«

»Also, hier ist, was du tust. Celice hat bereits zusätzliche Drohnen von Mynx angefordert. Du schickst sie, um die Übergabe zu beobachten, aufzuzeichnen und sie zu stoppen, wenn sie tatsächlich stattfindet. Wenn jemand entkommt, kümmerst du dich um die Aufräumarbeiten.«

Ja, es war ein offensichtlicher Vorschlag. Das Paragon-Protokoll betonte die Verwendung von Drohnen, wenn es praktikabel war - es war viel einfacher, eine Maschine zu ersetzen als eine loyale Anomalie. Obwohl Aegis selbst dieses Protokoll gelegentlich gerne umging, konnte er verstehen, dass jemand anderes es vergessen könnte. Sie sollten Helden sein, und in einem Büro zu sitzen, ließ einen nicht wie einen fühlen.

»Weiß nicht, ob Drohnen für diese Sache funktionieren werden. Enge Räume, unterirdisch. Wenn es Ziran ist, der das macht, haben sie zumindest daran gedacht, dass wir es herausfinden könnten.«

Wieder zuckte Aegis mit den Schultern. »Innis, du bist aus gutem Grund der Anführer dort draußen. Finde eine Lösung. Die Drohnen sind gut genug, um durch einen Tunnel zu kommen, und wenn nicht, hast du Paragons, die du um Hilfe bitten kannst. Ich vertraue dir.«

»Du kommst also nicht?«

»Ich komme nicht. Ich muss einen Gipfel planen und sicherstellen, dass Thanes Aufräumarbeiten gut laufen. Anscheinend wurden all diese Schläger, die für ihn arbeiteten, von den Elementals angeheuert. Das bedeutet, ich muss ein langes Gespräch mit ihnen führen.«

Innis sah aus, als würde er sich zu einem Protest durchringen, aber bevor der große Mann den Mund öffnen konnte, sagte Aegis ihm, er solle wieder anrufen, wenn Probleme aufträten, und schloss die Verbindung. Der Monitor driftete nach unten und weg, Aegis seufzte und genoss die Aussicht. Er hatte es getan. Einem Paragon in Not Nein gesagt. Es hätte sich schrecklich anfühlen sollen, wie ein Verrat, aber stattdessen ... fühlte er sich befreit?

Er wurde *wirklich* älter.

»Papa!«, verkündete Celice ein paar Minuten später, als sie von ihrer unteren Ebene kam, wo sie die Logistik der Atlantis Paragons wie ein Maestro leitete. »Du bist immer noch hier? Innis klang so besorgt, ich dachte, du wärst schon weg.«

Als Aegis sie informierte, sah Celice nicht enttäuscht aus, sondern umarmte ihn fest. Seltsam. Eine Belohnung fürs Neinsagen? Was war nur aus der Welt geworden?

»Ich kann nicht glauben, dass du wirklich bleibst«, sagte Celice und trat zurück. »Wir gehen heute Abend aus, um das zu feiern. Wie lange ist das schon her?«

»Seit ich deinen letzten Freund verscheucht habe?«

Celice lachte. Immer noch der schönste Klang.

»Wahrscheinlich. Bleib hier und vielleicht lernst du den neuen kennen.«

»Den neuen?«

KAPITEL 34
DAS BLATT
WENDET SICH

VON ALLEN MÖGLICHKEITEN, die sich Kat für ihr Leben ausgemalt hatte, gehörte das Ansetzen einer Elektroschockpistole an den Hals eines harmlos aussehenden jungen Mannes definitiv nicht dazu. Es hatte die üblichen Traumkarrieren gegeben, die man in den Raum geworfen hatte, die Realitäten des Lebens als Anomalie versus eines normalen Lebens, die ihr in ihren Vorteenagerjahren verheimlicht worden waren. Warum sollte man ihre ideale Zukunft mit Chancen trüben, die ein achtjähriges Kind weder kontrollieren noch vollständig verstehen konnte? Kat wuchs auf und beobachtete, wie die Paragons die Macht konsolidierten. Ihre Lektionen änderten sich von Jahr zu Jahr, von der Darstellung der Anomalien als ungewöhnliche Minderheit bis hin zur Diskussion über sie als Partner und später als Überlegene.

Als sie das erreicht hatte, was als College fungierte, war ihre Familie zerstört worden, diese Kindheitsträume zerrissen durch einen umfassenden Wandel in der Gesellschaft, der zwei Klassen schuf, und ihre hielt nicht die Macht. Die Entscheidungen waren hart; sie hatte keine Vertreter, keine Verwandten, die mit ihr sprechen wollten nach dem, was passiert war, und keine Verbindungen. Was Kat hatte, was sie entwickelt hatte, als ihre alten Freunde erste Lieben entdeckt oder Leidenschaften gefunden hatten, denen sie nachgehen konnten, war der Blick einer Realistin. Erfolg und Überleben, diese beiden Dinge waren ein und dasselbe. Für eine Normale in ihrer Position bot ihr die Arbeit als Trackerin die beste Chance auf beides.

»Calvin«, sagte Kat zu ihrer erstarrten Geisel. »Ich möchte, dass du jetzt aufstehst, und dann werden wir hier rausgehen, okay?«

Calvin schluckte – Kat konnte es an seinem hüpfenden Adamsapfel sehen – und legte beide Hände auf den Tisch, dann bewegte er eine zu dem Becher mit seinem Getränk. Kat folgte der Hand und erkannte, dass das schaumbedeckte Getränk Bier war. Calvin war also wirklich für einen Urlaub hier. Kat tat es fast leid, ihn zu ruinieren.

»Ich will niemandem wehtun«, sagte Calvin und klang, als meinte er es ernst, der traurige Satz von jemandem, der ohne eigenes Verschulden gejagt wurde. »Das verspreche ich.«

»Das glaube ich dir«, erwiderte Kat. »Aber es gibt Leute, die dir wehtun wollen, deshalb müssen wir gehen.«

Calvin nickte und erhob sich. Seine Größe machte es schwierig, die Elektroschockpistole an Calvins Hals zu halten, also zog sie sie weg und verbarg sie unter ihrer losen Jacke. Der Pfeil würde es schwerer haben, Calvins eigene dicke Kleidung zu durchdringen, aber vielleicht wusste Calvin das nicht. Und sie konnte immer mehr als einmal schießen. Mit ihrer anderen Hand nutzte Kat Calvins Bewegung als Gelegenheit, eine kleine zusätzliche Absicherung in die Jacke des Mannes zu schieben, einen Transponder, der nützlich sein könnte, sollte diese Begegnung schief gehen, wie es bei Begegnungen mit Anomalien immer der Fall sein konnte.

»Kann ich mein Getränk austrinken?«, fragte Calvin und nickte in Richtung des Bieres.

»Mach es langsam«, antwortete Kat. »Keine Tricks.«

Calvin nickte, griff nach dem Becher und hob ihn an seine Lippen. »Ich hatte wirklich einen guten Tag.«

»Das glaube ich«, sagte Kat. »Wenn du es einfach machst, wirst du gleich wieder hier sein. Kein Risiko.«

»Versprochen?«

»Versprochen.«

Calvin streckte seine rechte Hand nach ihr aus. Ein Handschlag? Kat hätte fast gelacht. Eine so förmliche Art, einen so rauen Deal für Calvin zu besiegeln, aber wenn er einen Drink und einen Handschlag wollte, konnte Kat ihm das geben. Sie nahm ihm so viel anderes. Mit dem Finger fest am Abzug der Elektroschockpistole streckte sie ihre Linke aus und ergriff Calvins Hand. Er schüttelte sie einmal kräftig und ließ dann los. Kat ließ ihre Hand sinken und starrte sie an. Sie konnte ihre eigenen Finger nicht mehr spüren. Oder ihre Füße. Auch der Raum schien sich ganz leicht zu drehen. Es war ein Wunder, dass die Elektroschockpistole nicht aus ihrer anderen Hand auf den Boden fiel. Kat versuchte, ihre Augen zu fokussieren, versuchte einen Schritt zu machen und schaffte es nicht, ohne sich an Calvins altem Tisch abzustützen, der zum Glück stabil genug war, um nicht wegzukippen.

»Hier, setz dich«, sagte Calvin und half Kat in einen Stuhl ihm gegenüber.

Sie versuchte, einen Satz zu bilden, einen zusammenhängenden Gedanken, aber die Verbindungen zwischen Ideen und Worten schienen blockiert, irgendwie verschwommen.

»Weißt du, warum ich kein Paragon bin? Warum ich dein Spiel nicht mitspiele?«, sagte Calvin, während er seine Pommes aufaß. »Es ist nicht, weil ich sie nicht mag, nicht denke, dass sie eine gute Sache sind. Verdammt, ohne die Paragons würden Anomalien wie ich wahrscheinlich wie Freaks behandelt werden.«

Ja. Wie Freaks. Wie ihre Schwester. Kat versuchte sich zu konzentrieren. Calvin verschwamm. Ihre Lippen waren taub.

»Ich habe nicht oft die Chance, mit vielen Leuten zu

reden«, fuhr Calvin fort. »Teilweise meine eigene Schuld, schätze ich. Weißt du, wie schwer es ist, ein Gespräch anzufangen, wenn du das Gegenteil von dem bist, was die Leute erwarten? Deshalb habe ich mich neulich Abend für einen Kampf eingetragen, weißt du. Nicht weil ich dachte, ich würde gewinnen, sondern weil mich diese Barkeeperin gefragt hat, ob ich wollte. Sie war nett deswegen.«

Noch eine Runde Pommes. Kat griff nach ihrem Tama an ihrem linken Handgelenk, aber Calvin fing ihre Hand ab. Führte sie sanft zurück auf den Tisch.

»Ich fing an, das sehr zu schätzen. Freundlichkeit. Wenn dein eigener Vater denkt, du könntest ihm einen hübschen Penny einbringen, indem er dich an Leute verleiht, die deine Fähigkeit nutzen wollen, denkst du anfangs, es sei in Ordnung. Du hilfst. Dann siehst du im Tama oder wo auch immer, wie eine echte Familie funktioniert, und es ist nicht mehr so in Ordnung.« Calvin beendete die Pommes, nahm noch einen Schluck. »Kat. Du wolltest nicht nett zu mir sein, oder?«

Kat kämpfte darum, ihren Kopf vom Tisch fernzuhalten. Calvins Worte prallten in ihrem Schädel umher. Etwas in ihrem Magen drehte sich um und ihr Herzschlag fühlte sich an wie ein Erdbeben. Ihr Tama vibrierte warnend, aber sie konnte den Bildschirm nicht erkennen.

»Das dachte ich mir. Siehst du, ich habe nicht beantwortet, was ich vorhin gefragt habe. Warum ich nicht bei den Paragons bin?« Calvin stand vom Tisch auf, trat um Kat herum und half ihr, die Arme zu verschränken, gab ihr einen Platz, um ihren Kopf abzulegen. »Weil sie nicht nett zu mir wären, Kat. Sie würden mich benutzen. Genau wie mein Vater. Genau wie du.« Calvin seufzte. »Tut mir leid, ich habe es vielleicht übertrieben. Du siehst nicht so gut aus. Ich denke, du solltest Hilfe holen, sonst könnte dich das umbringen.«

Betrunken. Es ergab keinen Sinn, aber es war das Einzige, was diese Empfindungen zusammenbringen konnte. Kat hatte keinen einzigen Schluck getrunken, und doch fühlte sie sich betrunkener als je zuvor, und es wurde schlimmer. Außerdem waren die nächsten Mülleimer nicht in ihrer rapide abnehmenden Taumelreichweite.

»Wie?«, brachte Kat heraus, wobei die Angst durch den Nebel drang, um die Worte in ihren Ärmel zu murmeln.

»Sie haben dir nicht gesagt, was ich kann?«, sagte Calvin. »Deshalb wollen sie mich, Kat. Wegen dem hier. Ich würde sagen, es tut mir leid, aber das tut es nicht. Ich will nicht, dass du stirbst, wirklich, aber wenn das nötig ist, damit sie mich in Ruhe lassen?«

Calvin stand auf, legte eine Hand auf Kats Schulter, die sich anfühlte, als wäre sie eine Million Kilometer entfernt, und ging dann. Kat versuchte, ihm zu folgen, aber ihr Kopf fühlte sich so, so schwer an. Es war viel einfacher, ihn dort auf ihren Schultern zu lassen. Ihr Tama piepte, dort an ihrem Handgelenk, etwa einen Zentimeter von ihrem Auge entfernt. Das Gerät blitzte eine Warnung über ihren Blutalkoholspiegel auf. Über den empfohlenen Mengen und steigend.

Keine Überraschung.

Andererseits, abgesehen von der zunehmenden Übelkeit in ihrem Magen, war dies nicht die schlimmste Art zu gehen. Kats Welt verblasste, drehte sich ins Nichts, und sie schloss die Augen, als ihr Tama wieder und wieder zu piepen begann. Die Dinger waren gute kleine Gadgets, immer bereit, dir zu sagen, wenn du in Schwierigkeiten warst. Als ob sie das nicht wüsste.

Als ob sie es nicht verdient hätte.

KAPITEL 35

DAS MESSER SCHNEIDET TIEF

ZHAN-YO WAR bei unzähligen Abendessen gewesen, hatte so viele wichtige Treffen hinter sich, dass der heutige Termin eigentlich eine Kleinigkeit sein sollte. Aber der Schweiß hatte ihn den ganzen Nachmittag gequält, sodass er bereits zweimal geduscht hatte, um ihn loszuwerden. Jetzt fröstelte er, als er zwischen der Kapsel und dem Restaurant in der Innenstadt hin und her lief, einem wenig bekannten, hochwertigen Lokal, das sich auf Curry-Fusionen spezialisiert hatte. Sie glaubten - zu Recht, wie sich herausstellte -, dass man so ziemlich allem Curry hinzufügen und es dadurch verbessern konnte.

Folglich umhüllte der reichhaltige Duft von Kokosmilch Zhan-Yos Sinne, als er durch die einzige automatische Tür trat. Eine echte, lebendige Empfangsdame begrüßte ihn, obwohl das Lokal nicht so luxuriös war, dass es einen echten Bleistift und Papier für die Reservierungen verwendete. Der Computer der Empfangsdame stimmte mit Zhan-Yos Tama überein und dem Code, der auf seinem Bildschirm angezeigt wurde. Zwei Plätze, 18 Uhr. Spät genug, um die unmodische Happy Hour zu vermeiden, und früh genug, um eine anständige Schlafenszeit zu gewährleisten.

Ein Blick auf die vier voll besetzten Plätze entlang der kleinen Bar bestätigte Zhan-Yos Vermutung, dass er vor ihr da war. Andererseits würde er das natürlich sein. Sylvie wäre vorsichtiger, würde sicherstellen, dass ihr Grund, irgendwo zu sein, existierte, bevor sie tatsächlich ankam. Er widerstand dem Drang, aus dem einzigen Fenster an der Vorderseite zu schauen, um zu sehen, ob Sylvie auf der anderen Straßenseite lauerte.

»Ist das in Ordnung?«, fragte die Empfangsdame, der Zhan-Yo automatisch gefolgt war, und deutete auf einen kleinen, mit einem Tuch bedeckten Tisch, der in bester Nähe zu nichts Besonderem stand.

»Sie werden die beiden anderen Tische freihalten, wie in der Reservierung vermerkt?«, sagte Zhan-Yo und deutete auf Vierer-Tische in potenzieller Hörweite.

Die Empfangsdame sah für einen Moment verwirrt aus, wie jeder bei einer solchen Bitte, aber ein Blick auf ihre Tama bestätigte die Anweisung und die Kosten, die Zhan-Yo zuvor mit dem Manager des Restaurants ausgehandelt hatte. Eine pauschale Gebühr in Höhe ihrer durchschnittlichen Bestellung, ein kleiner Preis für Privatsphäre. Sie ließ Zhan-Yo mit einem Glas Wasser allein, und er nahm die Ziegelwände, die geschäftigen Töpfe aus der Küche und die summenden Gespräche zwischen den anderen Gästen des Restaurants wahr.

Ihm wurde auch bewusst, wie nervös er war. Zhan-Yo hätte fast gelacht, hielt sich aber zurück, als ihm klar wurde, dass ein älterer Mann, der allein für sich lacht, mehr Aufmerksamkeit erregen könnte, als ihm lieb war. Er war zu alt für so etwas. Weit über das Alter hinaus, in dem man sich verabreden sollte, und viel zu sehr in tödliche Angelegenheiten verwickelt, um flüchtige Leidenschaften und ihre Ablenkungen in Betracht zu ziehen.

Aber.

Sylvie arbeitete seit über einem Jahrzehnt für ihn, oder besser gesagt, mit ihm. In dieser Zeit hatte Zhan-Yo gelernt, ihr alles anzuvertrauen. Geheimnisse, die ihn ins Gefängnis bringen, ermorden, verarmen lassen würden, oder alle drei. Sylvie entlockte sie ihm mit ihrem Witz, ihrer Konversation, ihrer unglaublichen Fähigkeit, seinen schwächsten Punkt zu finden und auszunutzen. Sie war eine sehr, sehr gefährliche Frau. Aber vielleicht brauchte er eine gefährliche Frau, wenn er ein großes Unternehmen leitete, mit wenig Risiko in seinem täglichen Leben.

»Habe ich dir nicht gesagt, wie sehr ich diesen Ort hasse?«, sagte Sylvie, als sie über seine linke Schulter auftauchte, an ihm vorbeiglitt und den Platz gegenüber einnahm. »All dieses Curry ruiniert meine Diät.«

»Und trotzdem sagst du nie nein, wenn ich frage.«

Zhan-Yo erfreute sich an ihren kleinen Ritualen. Dass zum Beispiel keiner von ihnen sich für den Abend herausputzte oder heruntermachte. Dass Sylvie bei der Terminplanung nie antwortete und Zhan-Yo raten musste, ob sie auftauchen würde, was sie aber immer tat. Und jetzt ein weiteres, als der Servo-Roboter vorbeikam und Sylvie ihm die Bestellung für den Wein gab. Das gleiche Weingut, der gleiche Jahrgang. Er war sich nicht sicher, was sie tun würden, wenn dem Restaurant der Wein ausginge.

»Wir haben das Signal gesendet, und es wurde empfangen«, sagte Sylvie, nachdem der Roboter weggerollt war. »Wir sind in Bewegung.«

Als ob es daran Zweifel gegeben hätte. Wenn Sylvie ein Projekt in Angriff nahm, lief es nach Plan.

»Ich möchte nicht über Geschäfte reden«, erwiderte Zhan-Yo, obwohl er genau das verzweifelt tun wollte. Trotzdem, Aegis würde heute Abend nicht eintreffen. Er konnte warten. »Aber Glückwunsch. Endlich beginnt es.«

Vage Ausdrücke waren in der Öffentlichkeit ein Muss.

Über heikle Angelegenheiten zu sprechen, in einer Zeit, in der jeder Roboter Daten an die Paragons zurückfüttern konnte, war ein Spiel mit ernsten Konsequenzen für die Verlierer.

»Also denkst du, dass wir beim nächsten Mal, wenn wir unsere Gläser anstoßen, in einer anderen Welt sein werden?«, sagte Sylvie. Sie legte ihre Finger um den Stiel ihres Weinglases, das noch leer war. »Mit uns an der Spitze?«

»Ein Traum, wenn auch nicht der einzige«, antwortete Zhan-Yo. »Aber es ist ... seltsam zu denken, dass so ein Traum so nahe sein könnte.«

»Das ist typisch für einen Träumer«, lachte Sylvie. »Du warst schon immer einer von denen. In der Luft schwebend. In imaginierten Zukünften lebend, obwohl du die Ressourcen hast, sie Wirklichkeit werden zu lassen.«

»Ressourcen wie dich.«

Sylvie neigte den Kopf, als der Servo-Roboter mit dem Wein zurückkam. Aus seinem zentralen Zylinder erhoben sich dünne Arme, um die Weinflasche zu greifen und den synthetischen Korken mit einem präzisen Plopp zu entfernen, der durch kalibrierte, von Fokusgruppen getestete Drücke erreicht wurde. Jeder kleine Charme half einem Restaurant, sich von einem anderen abzuheben, und der Roboter erweiterte seine Routine, indem er Sylvie zuerst langsam einen Schluck einschenkte und sie mit der tiefen Stimme eines italienischen Opernsängers fragte, ob sie zustimme.

Sylvie trank den Wein in einem einzigen Schluck, ohne Schwenken oder Riechen, und stellte das Glas ab. »Er ist hervorragend.«

Jetzt war es an Zhan-Yo zu lachen, und er tat es, während der Roboter ihr Glas nachfüllte und seines einschenkte. Sie bestellten Frühlingsrollen und scharfe Currys, die der Roboter ohne Kommentar entgegennahm, außer dass er ganz am Ende die Auswahl wiederholte, bevor er zum nächsten Tisch fuhr.

»Du hast mich eine Ressource genannt«, sagte Sylvie, und

alles Lachen verschwand aus ihrer Stimme. »Das finde ich beleidigend.«

Zhan-Yo erstarrte für einen Moment, bevor seine jahrelange Erfahrung in der Leitung eines riesigen Unternehmens die Selbstkontrolle wieder an ihren Platz gleiten ließ. »Es tut mir leid, aber es stimmt. Wir wären ohne dich bei Weitem nicht so weit.«

»Ihr wärt in der Tat nirgendwo.«

Zhan-Yo zuckte mit den Schultern.

»Sag es.«

»Was?«

»Dass ihr ohne mich nirgendwo wärt.«

Es gab hier Optionen zu bewerten. Zhan-Yo konnte den Verlauf des Abendessens in Pfaden vor sich sehen, von denen jeder in eine verschwommene Zukunft führte.

»Wir wären ohne dich nirgendwo.« Er wählte den sichersten Weg, den er sich vorstellen konnte.

»Und genau das ist der Grund«, sagte Sylvie. »Du gibst zu leicht nach. Du bist so verdammt schlau, Z, aber so ängstlich, irgendwas zu riskieren.«

»Ist das also, was ich bekomme, wenn ich darum bitte, Geschäftliches zu vermeiden?«

»Ohne Geschäftliches bleibt nur das Persönliche, oder?«

Sie feuerten verbale Salven hin und her, wobei Schlucke Wein als vorübergehende Waffenstillstände dienten, die unweigerlich gebrochen wurden, sobald die nächste Zeile in den Sinn kam.

»Du bist voller Messer, Sylvie. Es gibt mehr im Leben als Schnitte und Stiche.«

»Wie Curry-Dinner für zwei?«

»Ja, in der Tat«, Zhan-Yo hatte hier die Chance, den Schwung des Gesprächs zu ändern, und er ergriff sie. »Ich finde, diese Abendessen sind die besten Teile meines Lebens.«

Sylvie nahm die Worte auf, betrachtete Zhan-Yo. Sie waren nicht allzu weit auseinander, was Alter, Fähigkeiten und

Antrieb betraf. In einem anderen Leben hätte sich aus so einem Paar vielleicht etwas entwickeln können. In diesem hier, das konnte Zhan-Yo an ihrem Blick erkennen, kam sie zu einer Entscheidung, die eine solche Blüte für immer beenden würde.

»Z«, begann Sylvie. »Ich glaube nicht-«

»Ein Kompliment, Sylvie. Nichts weiter.«

Er hatte einen Vorstoß gewagt und sich, wie er hoffte, mit intakter Streitmacht zurückgezogen. Während sie sich beide von diesem Austausch erholten, kam das Curry und lud zu einer Pause ein, in der beide einen Bissen nahmen. Zhan-Yos Curry trug Hitze, ein Zimtaroma und eine sanfte orangefarbene Sauce, die über das Synth-Huhn und die Paprika geschichtet war. Der Reis behielt gerade lang genug seine Festigkeit für einen Geschmack, bevor er sich in seinem Mund auflöste. Eine befriedigende Art, seine Wunden zu lecken.

»Ich lasse niemanden so nah an mich heran«, sagte Sylvie. »Es ist keine großartige Art zu leben, aber es ist die einzige, die ich kann.«

»Wegen der Gefahr?« Obwohl, dachte Zhan-Yo, auch er jeden auf Abstand hielt und seine Tage so weit weg von echter Gefahr verbrachte wie nur irgendjemand. »Das kann ich verstehen.«

»Das wäre die einfache Antwort.« Sylvie blickte an Zhan-Yo vorbei in den Hauptteil des Restaurants. »Aber eigentlich liegt es daran, dass ich andere Menschen nicht verstehe. Ihre Emotionen. Was sie brauchen. Nur wie man sie tötet und korrumpiert.«

Sylvie lächelte, auf eine schiefe Art, die den Witz mit ätzender Wahrheit tränkte.

»Das kann nicht alles wahr sein«, erwiderte Zhan-Yo. »Du führst eine ganze Gruppe von Soldaten. Sie folgen dir.«

»Sie folgen den Reps.« Sylvie leerte ihr Weinglas und schenkte nach. »Ich suche kein Mitleid, Z. Ich bin kein junges

Mädchen, das Weisheit von dir aufsaugen will. Ich habe meine Entscheidungen getroffen und bin zufrieden damit. Ich bin auch froh, diese Abende mit dir zu haben. Sie sind erfrischend.«

So viel war er also wert. Erfrischend. Sylvie konnte Zhan-Yo betrachten, wie sie wollte, und es wäre unangebracht für ihn, sich gegen ihre Entscheidung zu stemmen. Kompromiss. Integrität. Werte, die ihm so lange geholfen hatten, an der Spitze von Ziran zu bleiben, stiegen auf, um seine Hand zu bewegen, sein Glas zu heben und mit ihrem anzustoßen. Ein klarer Klang, der das Ende der Runde signalisierte und einen Wechsel zum wichtigsten Thema des Abends einleitete.

»Ich habe entschieden, dass ich derjenige sein will«, sagte Zhan-Yo. »Wenn er antwortet. Du wirst es mich wissen lassen.«

»Deine Anwesenheit riskiert alles. Wir können das handhaben.«

»Wir werden einen Anführer brauchen, der sowohl Herzen als auch Köpfe ansprechen kann. Ich muss stark sein, und die Welt muss es sehen.«

Sylvie beobachtete ihn. Zhan-Yo blickte zurück. Er würde keine Risse zeigen. Keine Schwäche. Er würde nicht sagen, dass er derjenige sein wollte, der Aegis tötete, weil er nie, in all seinem Training und all seinen Jahren, einen tödlichen Schlag ausgeführt hatte. Er würde nicht sagen, dass er dies brauchte, weil der kommende Weg, so fürchtete er, mit Blut gepflastert sein würde.

Er würde diesen Weg gehen, koste es, was es wolle.

Nachdem die Teller leer waren, verließen sie das Restaurant und Zhan-Yo ging mit Sylvie zunächst durch belebte, überfüllte Straßen, wo frisch gefrorener Schnee unter Reifen und Stiefeln knirschte, dann zu ruhigeren, wo der Pulverschnee unberührt geblieben war, jetzt in Klumpen entlang der Bordsteine und Gebäude gefroren. Schließlich kamen sie dorthin, wo der Schnee nicht hinreichen konnte, und nur laufende

Schmelzwasserrinnsale gaben Hinweise auf das, was darüber lag.

Zhan-Yo hatte beim Abendessen nicht über Geschäfte reden wollen, weil die Geschäfte, so wie sie waren, die ganze Nacht in Anspruch nehmen würden.

KAPITEL 36

EINDRINGEN

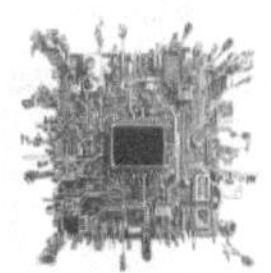

ES SPIELTE KEINE ROLLE, dass sie es schon hunderte
Male getan hatte: Als Mynx am Nachmittag aufwachte, fühlte
sich ihr Körper geschunden an. Als hätten sich ihre Organe
im Schlaf in einem mysteriösen Tanz neu angeordnet und
würden sich erst jetzt, beim Aufwachen, beeilen, an ihren
angestammten Platz zurückzukehren.

»Tee«, krächzte Mynx – Dehydrierung, ein weiteres
Symptom der letzten Nacht, steckte in ihrem Hals –, während
sie sich aus dem Bett zog.

Auf ihre Worte hin schoben sich die Verdunkelungsvor-
hänge des Schlafzimmers langsam zurück, um auf möglichst
schmerzfreie Weise die südkalifornische Sonne zu enthüllen.
Trotz der kühlen Jahreszeit schien sie heute heller als sonst,
und Mynx blinzelte, bis sie es schaffte, direkt nach unten auf
den Boden zu schauen, auf ihre Füße, während eilige
Drohnen über das Holz huschten, um ihre Hausschuhe einzusammeln und anzuziehen. Hausschuhe, die mit Mikrofasern
in den Sohlen ausgestattet waren, was für eine Vierzigjährige
in Ordnung, aber für jemanden, der die Siebzig erreicht hatte,
unerlässlich war.

»Ich habe deinen Zeitplan umgestellt, um deinen späten

Aufbruch zu berücksichtigen«, sagte Reeves, ohne seine Stimme an Mynx' aufkommende Kopfschmerzen anzupassen.

»Mach ihn frei«, erwiderte Mynx. »Heute ist ein verlorener Tag.«

»Leider kann ich das nicht tun. Es scheint, als würde jemand versuchen, sich der Fabrik unangekündigt zu nähern.«

Mynx kämpfte damit, diesen Gedanken durch den verbliebenen Schleim des Schlafes zu schieben, und scheiterte. »Unangekündigt?«

»Ja, es scheint Dr. Jones zu sein. Sie nähert sich schnell in einer Kapsel.«

»Nun, Reeves, dann halt sie auf.«

»Ich habe es versucht. Es scheint, als hätte sie die Verbindung überschrieben.«

Das durchdrang endlich den Nebel. Die Systeme einer Kapsel zu überschreiben, war kein leichtes Unterfangen. Zum einen würde bei der geringsten Manipulation jede Kapsel in Pacifica einen Notruf an die Drohnen zur Unterstützung senden. Zum anderen würde die Kapsel selbst bei anhaltender Manipulation eine Reihe von kaskadenartigen Systemausfällen einleiten, die das Fahrzeug zu nichts weiter als einem teuren Stuhl machen würden, bis eben jene Drohnen eintrafen. Dass Denise die Kontrolle über eine Kapsel übernommen hatte, bedeutete, dass sie entweder ernstzunehmende Fähigkeiten jenseits ihrer biologischen Neigung besaß oder ernsthaftes Gerät oder beides.

»Vergiss den Tee«, sagte Mynx. »Alarmiere die Drohnen und bring mir einen Kaffee.«

Wäre dies vor zwanzig, dreißig Jahren gewesen, wäre Mynx aus dem Zimmer geschossen. Sie wäre vom Rand der angrenzenden Terrasse gesprungen und hätte einen ihrer alten Anzüge in der Luft aufgefangen. So ausgerüstet wäre sie über ihr Haus zurückgeflogen und hätte den Eindringling mit Warnungen und tödlichen Drohungen abgefangen. So wie es war, schmerzten Mynx' Muskeln noch ordentlich von dem Drohnenanzug, der bereits darauf ausgelegt war, Mynx' Anstrengungen auf ein Minimum zu reduzieren. Also watschelte Pacificas Champion zwar nicht gerade aus ihrem Zimmer, aber sie stürmte auch nicht besonders.

Stattdessen schwirrten zwei Sichtdrohnen, im Wesentlichen schwebende Scheiben, die dafür konzipiert waren, Bilder im Flug zu projizieren, vor Mynx her und zeigten die abtrünnige Kapsel und ihre Fahrerin. Denise, die Augen in ihr Tama vergraben, saß in der Kapsel und schien unbekümmert. Inzwischen hatte sie das äußere Tor der Fabrik passiert – Reeves hätte Denise dort aufhalten sollen, aber anscheinend hatte die KI heute Probleme. Denise näherte sich ohne Zwischenfall dem Ein- und Ausgang für Lieferungen, der groß genug gebaut war, um Kapsel-Lastwagen für Drohnenlieferungen aufzunehmen.

»Sag mir, dass wir bereit sind für den Abfang? Es wäre peinlich, wenn sie es bis zu meiner Tür schafft«, sagte Mynx, während sie den kurzen Flur zur Küche und einer dringend benötigten Tasse Kaffee entlangging. Während Mynx Tee bevorzugte, griff sie, wenn sie einen schnellen Schub brauchte, zu dem bitteren, dunklen Freund.

»Alles bereit. Geschützdrohnen sind aktiviert, und ich habe Gladiatoren, die auf sie warten.«

Mynx betrat ihre Küche, ein stählernes Ensemble, für das sie längst jegliches Interesse oder Geschick verloren hatte. Auf der Arbeitsplatte wartete, zweifellos gerade erst abgestellt, da noch Rauch aus den weichen, türkisfarbenen Rändern aufstieg – Mynx liebte Seegrün, und sie benutzte es ausgiebig – eine steife Tasse des schwarzen Gebräus. Sie trug sie hinaus auf die Terrasse und setzte sich an den langen Tisch, während sie die Projektion beobachtete, wie Denises Kapsel in der Nähe der Tür langsamer wurde.

Denise stieg aus, trug ein loses Kleid und mehrere Taschen über den Schultern. Außerdem hatte sie einen Glanz auf der

Haut, als hätte Denise sich über die Gefahren von UV-Strahlen und die Vorteile von Kostenbewusstsein informiert und beschlossen, sich in billigem Sonnenschutz zu tränken.

»Reeves, was trägt sie da?« Mynx winkte die Sichtdrohne weg und wandte sich dem größeren, besseren Bild auf dem Tisch zu.

Denise ging auf die aufragenden Gladiatordrohnen zu, jede drei Meter groß, jede mit einer schwarzmetallenen Hand ausgestreckt, die Handfläche ihr zugewandt. Eine klare Aufforderung zum Anhalten, unterstützt durch ein geradezu absurdes Arsenal an Waffen, die auf den Rücken, Seiten und eben diesen ausgestreckten Handflächen beider Drohnen sichtbar waren. Denise konnte von diesen friedenserhaltenden Maschinen nicht nur betäubt, bewusstlos geschlagen oder in den Schlaf gegast werden, sie konnten sie auch in verschiedene andere Aggregatzustände versetzen, die allesamt mit Denises fortgesetzter Existenz unvereinbar waren.

Dennoch hielt Denise nicht an. Sie ging heran, warf einen Blick auf die Drohnen, holte tief Luft, was darauf hindeutete, dass das Vertrauen in ihren Plan nicht ganz absolut war, und setzte dann ihren Weg fort. Direkt an diesen Händen vorbei. Direkt an den zerstörerischen Maschinen vorbei, die Mynx so lange perfektioniert hatte, um Eindringlinge wie diese unmöglich zu machen.

Das Bild wechselte und zeigte Denise, die, offenbar ermutigt durch ihr anhaltendes Leben, direkt zur Liefertür ging und diese öffnete, indem sie ihr Tama an das Schloss der Tür hielt. Sie ging hinein.

»Reeves«, sagte Mynx langsam. Sie hatte noch nicht einmal ihren Tee getrunken, und ihr Tag fiel auseinander. »Was passiert hier gerade?«

»Ich bin... nicht sicher.«

»Wahrscheinlichkeiten?«

Auf dem Tisch ging Denise in die Fabrik und sah sich um. Sie wirkte etwas verloren, was die Idee ausschloss, dass

Denise irgendwie in Mynx' sichere Systeme eingedrungen war und alles korrumpiert hatte. Ein Plan wäre vermutlich unter den Dingen gewesen, die Denise bei so einem Streich gestohlen hätte.

»Ich entdecke keine Systemeinbrüche«, sagte Reeves. »Aber ich befrage gerade die Drohnen.«

Es fühlte sich ein wenig wie ein Film an, Denise in Mynx' Heim und Heiligtum herumwandern zu sehen. Zugegeben, dieser Film ließ Mynx' Magen verkrampfen, es fehlte ein guter Soundtrack und jegliche Nebenbesetzung. Aber es war noch Zeit für ein gerettetes Ende, eines, bei dem Denise verbrannt oder gefangen genommen wurde. Oder beides.

Mynx nahm einen Schluck. Der Tee verbrannte ihre Zunge, und anstatt zu fluchen oder ihn auszuspucken, schluckte Mynx ihn hinunter. Es war einfach so ein Tag.

»Die Drohnen sagen, sie hätten nicht gefeuert, weil du das Ziel warst.«

»Wiederhole das.«

»Sie sagen, sie hätten Denise nicht registriert, sondern dich, wie du zur Fabrik läufst.«

Mynx winkte mit der Hand zum Feed auf dem Tisch. Sie zoomte näher heran, als Denise, die anscheinend endlich herausgefunden hatte, wohin sie wollte, tiefer in die Fabrik marschierte. Dieser Schimmer.

»Reeves, du hast doch Denises Geschäftsunternehmungen untersucht, oder?«

»Ich habe ein vollständiges Dossier erstellt, ja.«

»Kannst du mir sagen, womit ihre Firma das meiste Geld verdient?«

»Als die Universität die Finanzierung strich, wandten sie sich der Biotechnologie zu. Hauptsächlich genetische Tests für andere Unternehmen.«

Denise, die wieder mit ihrem Tama an einem Schloss tippte, das für sie eigentlich unüberwindbar hätte sein sollen, betrat den Tracker-Bereich der Fabrik. Ein Schritt, der ihr

Endziel klar machte. Das ließ Mynx ihre Hände zu Fäusten ballen - knackende Knöchel und alles.

»Wäre es weit hergeholt zu sagen, dass sie DNA replizieren und vielleicht in einen Film verwandeln könnte?«

»Zellen könnten zu so etwas herangezüchtet werden, ja.«

Mynx schloss für einen langen Moment die Augen. Dann riss sie sie auf. Reue konnte später kommen. Sie musste handeln.

»Ich brauche dich, um die Tracker-Datenbank abzuriegeln«, sagte Mynx. »Und ich brauche einen Anzug.«

»Die Datenbank ist jetzt versiegelt«, antwortete Reeves. »Was den Anzug betrifft, haben wir keinen bereit. Außer dem Drohnen-Protokoll?«

»Die Drohnen werden nicht auf sie feuern. Ich brauche etwas mit manueller Steuerung.«

»Mynx, bei deinen aktuellen Vitalwerten raten medizinische Empfehlungen davon ab, aktiven Kampf zu vermeiden.«

Denise ging an den Räumen vorbei, in denen Mynx Tracker-Ausrüstung entwickelte - bessere Tracer, bessere Anzüge - ohne ihnen einen Blick zu schenken, und ging direkt auf den heiligen Gral am Ende zu. Als sie ihn erreichte, während Mynx versuchte herauszufinden, was zu tun war, öffnete sich die Tür, die eigentlich versiegelt hätte sein sollen, mit außer Kraft gesetzten Schlössern, für sie.

»Reeves! Ich dachte, ich hätte gesagt, versiegle die Kammer?«

»Sie ist versiegelt«, sagte Reeves. »Die einzige Person, die möglicherweise eintreten könnte, wärst du.«

»Sie ist ich, Reeves.« Mynx legte ihre Stirn in ihre rechte Hand und lehnte sich auf den Tisch.

Alle Gegenmaßnahmen, alle Sicherheitsvorkehrungen der Welt konnten Mynx nicht vor sich selbst schützen. Tausend Ideen für Nachbesprechungen schwammen durch ihren Kopf, alle nutzlos in diesem Moment. Buchstäblich jeder Teil der Fabrik war darauf ausgelegt, auf Mynx zu reagieren, sie zu

schützen, ihr zu dienen, und der einfachste Weg, das zu erreichen, war gewesen, ihre genetische Signatur in alles einzubin-
den. Jemand könnte ein Passwort erraten oder hacken, aber
Mynx' eigene Gene? Das würde einiges erfordern. Selbst die
Schlösser, die sich auf ihre Fähigkeit verließen, hatten eine
Absicherung, die an Mynx' genetischen Code gebunden war,
weil Anomalie-Fähigkeiten instabil sein konnten. Gene
würden sich nicht ändern, sollten nicht duplizierbar sein.

Dennoch hatte Denise es geschafft. Weil Mynx ihr die
Werkzeuge gegeben hatte.

»Vielleicht liegt es an einer Beschränkung in meiner
Programmierung, Mynx, aber ich kann nicht folgen?«

»Das hat nichts mit deiner Programmierung zu tun,
Reeves. Mach bitte einen Anzug bereit.« Mynx nahm noch
einen Schluck, während sie zusah, wie Denise etwas in die
Workstation steckte, die einzige mit direktem Zugang zur
Datenbank. »Und, wenn du so freundlich wärst, öffne einen
Audiokanal zu Denise.«

»Du wirst live sein, sobald ich zu Ende gesprochen habe.«

Der Tisch knisterte und knackte leicht, als der Audio-Feed
eingeschaltet wurde. Denise hörte anscheinend auch ein
Geräusch auf ihrer Seite, da sie aufblickte und sich umsah.

»Denise.« Mynx bemühte sich, die Frustration, die sie
fühlte, zu unterdrücken. »Du dringst unbefugt ein und
begehst einen illegalen Diebstahl.«

Denise überprüfte den Monitor, der zweifellos einen
Balken anzeigte, der erklärte, wie viele Anomalie-Daten auf
ihr Laufwerk übertragen worden waren. Mynx fragte sich, ob
sie Reeves befehlen könnte, den Strom für diesen Teil der
Fabrik abzuschalten, aber selbst wenn ein solcher Zug funktionieren könnte, könnte er die Integrität der Datenbank
gefährden oder eine beliebige Anzahl anderer laufender
Projekte beeinträchtigen. Ein Risiko, das nicht wert war,
eingegangen zu werden.

»Das gehört dir nicht«, sagte Denise und versuchte,

irgendwohin zu schauen. »Das ist nicht deine DNA. Du hast sie nicht gemacht.«

»Und das entschuldigt den Einbruch in meine Einrichtung?«

»Das sollte für alle frei zugänglich sein! So viele könnten von dem profitieren, was du hier hast.« Denise schwenkte eine Hand in Richtung der Workstation, als würde sie einen Preis in einer Techno-Gameshow präsentieren. »Wir könnten Krankheiten heilen, könnten, wie du mich gebeten hast, das Altern selbst stoppen. Wir könnten den Tod beenden!«

»Wenn du wüsstest, wie oft ich diese Worte im Laufe der Jahre gehört habe«, sagte Mynx. »Großartige Versprechungen, die für niedere Leidenschaften unerfüllt blieben. Willst du das alles wirklich, um die Übel der Welt zu heilen? Oder um dein eigenes zu beenden?«

Normale bewiesen immer wieder, dass sie einen verderblichen Neid auf ihre anomalen Cousins hegten. Ob es nun aus dem Glauben entsprang, kosmisch benachteiligt worden zu sein, als in der Pubertät keine Fähigkeiten hervorkamen, oder aus dem Wunsch, sich als ebenbürtig mit ihren begabten Gegenstücken zu erweisen, die gefährlichsten Normalen nährten diesen Krebs, bis er in einer verzweifelten Aktion wie dieser hervorbrach.

Denise musste wissen, dass sie keine Chance auf Erfolg hatte. Musste wissen, dass sie ihre Karriere und ihr Leben ruinierte, indem sie diesen Schritt machte, aber sie stand da und tat es trotzdem. Sie bemühte sich nicht, Mynx' Frage zu beantworten. Stattdessen drehte sich Denise bei einem Piepton von der Workstation um, riss ihr tragbares Laufwerk heraus. Sie steckte es in einen Slot an ihrem Tama und rannte aus dem Raum.

»Reeves, sie konnte nicht die ganze Datenbank kopiert haben«, sagte Mynx und wechselte die Feeds, um Denise durch die Gänge rennen zu sehen.

»Die Logs zeigen nur dreißig Prozent«, antwortete Reeves.

»Genug zum Herumspielen, vermute ich.«

»Willst du, dass ich die Drohnen wieder aktiviere?«

»Damit sie mit den Händen nach ihr winken? Nein. Behalte sie stattdessen im Auge, beobachte, wohin sie geht«, sagte Mynx. »Wenn sie anhält, holen wir uns unsere Daten zurück.«

Denise hatte es geschafft, ihre Beute zu ergattern. Ob die Wissenschaftlerin wusste, was sie damit anfangen sollte, konnte Mynx nicht sagen, aber sie plante nicht, Denise Zeit zu geben, das herauszufinden.

KAPITEL 37

CHAMPION DES COMPUTERS

FÜR SEINEN AM wenigsten beliebten Ort in Bastion fand sich Aegis hier zu oft wieder. Technisch gesehen Teil der Besichtigungstour, diente die dritte Etage des Paragon-Turms als Heimat für die riesige Sammlung von Trophäen, Stadtschlüsseln und einigen ziemlich bizarren Geschenken von Staatsoberhäuptern, die meinten, die Champions verdienten ein paar Erinnerungsstücke, um sich an ihren Kampf gegen diesen oder jenen marodierenden Schrecken zu erinnern.

»Hilft aber nicht«, sagte Aegis zu einer sich windenden Schriftrolle, die an einer sanft cremefarbenen Wand hing.

Von oben beleuchtet und so gestaltet, dass sie wie eine Auszeichnung aus dem alten Rom aussah, verkündete die Rolle in altem Latein – das Aegis nicht lesen konnte, aber eine Tafel darunter hilfreich übersetzte – einen langen Tag und eine lange Nacht, an denen die Champions Anomalien niedergeschlagen hatten, die durch geistverändernde Fähigkeiten den Vatikan davon überzeugt hatten, sie seien die zurückgekehrten Apostel.

Aegis konnte sich an nichts davon erinnern. Ein Nebel. Immer mehr von seinem Vermächtnis löste sich in diesen Tagen aus seinem eigenen Geist, rutschte in Spalten, die er nicht erforschen konnte. Einerseits beunruhigte ihn die Veränderung, da der Verlust irgendeines Teils dessen, wer Aegis gewesen war ... beunruhigend war. Andererseits hatte Aegis nichts dagegen, weniger Albträume zu haben, nichts dagegen, noch ein Bild eines eingeschlagenen Gesichts oder blutiger Körper zu verlieren, die als Ergebnis einer schiefgegangenen Anomalie zurückgeblieben waren.

Er arbeitete sich durch die Tourlinie, die chronologisch so angeordnet war, dass der Anfang individuelle Auszeichnungen enthielt, als die Champions ihre Ursprünge für sich selbst aufbauten. Die meisten gehörten natürlich Aegis, da dies Atlantis und seine Heimat war. Die anderen Champions hatten zugestimmt, ein paar Dinge für dieses Museum zu spenden, und ehrlich gesagt hatte Aegis nicht auf mehr gedrängt. Sein Ego allein konnte die Hallen füllen.

Als er die Bänder hinter sich ließ, wurden die gruppengroßen Plaketten und Zertifikate größer und die Unterzeichner zahlreicher, und auch die Champion-Liste wuchs, bis sie schließlich die vollen acht erreichte, die ein Dutzend Jahre lang als Beschützer der Welt gedient hatten, bevor sie zu den Herrschern der Welt wurden. Aegis zuckte zusammen, als dieses Wort durch seinen Kopf blitzte. Herrscher hatte einen üblen Geschmack, klang ein bisschen zu sehr nach dem, was ein Bösewicht sagen würde. Champions, Wächter – das klang besser.

Die Tour endete nicht so sehr, als dass sie überging. Von einem Raum zum nächsten änderte sich die Stimmung von erstaunlichen Heldentaten zu ständigen Durcheinander, die in einer von Normalen geführten Welt entstanden waren. Durcheinander, das von den Champions beseitigt wurde, und die eskalierenden Katastrophen, die dazu führten, dass die Champions die Paragons schufen und die Verantwortung für eine Menschheit übernahmen, die durch abtrünnige Anomalien, paranoide Normale und eine globale Wirtschaft am

Rande des Abgrunds bis an den Rand des Wahnsinns getrieben worden war.

Aegis hielt an diesem Übergang inne. Während er sich nicht mit den Trophäen aufplustern musste, musste er auch diese schrecklichen Jahre nicht noch einmal durchleben. Als sich die Champions gegen ihre früheren Verbündeten gewandt und deren Macht zerstört hatten. Nationen dem Erdboden gleichgemacht und sie neu aufgebaut hatten. In diesen Jahren ging es nicht darum, Schurken zu brechen, sondern Zivilisationen.

Er drehte sich um und ging durch die Auszeichnungsräume zurück, diesmal mit mehr Aufmerksamkeit für die Fotos. Breite Ausstellungen zeigten die ersten Paragons, die Champions. Immer acht von letzteren, wenn auch nicht immer dieselben. Es hatte Verluste gegeben, besonders unter den frühen Paragons. Auf einigen der Bilder stand Aegis neben Leuten, die er nicht erkannte, nicht vom Gesicht her. Nicht bis er die Liste der Namen darunter las.

Sein Tama vibrierte. Eine Nachricht von den Paragons in Chicago. Sie hatten das Wann und Wo für den Waffentransfer identifiziert und stellten eine Eingreiftruppe zusammen. Sie würden den Ort im Voraus angreifen, und zwar bald. Wenn Aegis gegangen wäre, als Innis ihn zuerst gefragt hatte, hätte er dort sein können ... was sich im Moment wie eine befreiende Entscheidung angefühlt hatte, war im Laufe des Tages gereift. Er hatte Nein gesagt, als es darum ging, seinen eigenen Paragons zu helfen. Celice und Mynx konnten sagen, was sie wollten, aber am Ende war es das, was Aegis getan hatte. Innis hatte um Hilfe gebeten und Aegis hatte sich geweigert, sie zu geben.

Aegis war hierher gekommen, um zu versuchen, Perspektive zu finden, all diese Plaketten für Unternehmungen zu betrachten, die so viel wichtiger waren als ein illegaler Waffenverkauf. Diese Waffen würden wahrscheinlich nicht den Planeten zerstören. Würden wahrscheinlich nicht einmal bemerkt werden. Aber was Aegis hier in diesen Räumen sah, waren die Champions, die allen halfen, immer. Einige Missionen endeten mit Auszeichnungen wie der römischen Schriftrolle, ja, aber in der Nähe dieser Trophäe war eine einfache gepresste Blume aus einer kleinen japanischen Stadt, die Hilfe bei der Bergung ihrer Menschen nach einem plötzlichen, schrecklichen Erdbeben gebraucht hatte. Eine andere, ein Brief von Schulkindern, die in einem Bus gefangen waren, der von einer Sturzflut erfasst worden war.

Kleinigkeiten, aber von großer Bedeutung für diejenigen, denen sie geholfen hatten. Wenn Aegis ein einziges Leben hätte retten können, indem er für dies in Chicago gewesen wäre, wenn er einige Paragons davor bewahren konnte, verletzt zu werden, wäre es dann nicht wert gewesen?

Sein Tama vibrierte erneut. Diesmal ein aktiver Anruf. Celice.

»Hey, was machst du, Papa? Du bist nicht oben?«

»Ich lebe nur in der Vergangenheit«, antwortete Aegis.

»Nun, deine zukünftige Dinnerreservierung braucht auch etwas Aufmerksamkeit. Du wirst uns doch nicht zu spät kommen lassen, oder?«

»Ich nehme an, das wäre unhöflich, nicht wahr?«

Aegis machte sich auf den Weg zu den Aufzügen. Zu diesem Zeitpunkt des Abends würde es nicht viel Konkurrenz geben. Eine schnelle Fahrt nach oben, ein noch schnellerer Wechsel in etwas Anständiges für das zweifellos schicke Ziel seiner Tochter, und er wäre auf dem Weg zu einer Nacht voller charmanter Unterhaltung, während seine eigenen Leute um ihr Leben kämpften.

»Du siehst traurig aus. Ist die Vorstellung eines Abends aus wirklich so schlimm?« Celice verzog ihr Gesicht auf dem Bildschirm des Tama.

»Chicago beginnt jetzt mit der Operation«, sagte Aegis.

Die Aufzüge waren so konzipiert, dass sie Signale hinein- und herausließen, was wichtig war, wenn man eine lange

Fahrt von oben nach unten haben könnte. Als Aegis also seine Etage antippte, konnte er hören, wie Celice begann, eine Reihe leidenschaftlicher, protestierender Punkte darüber zu machen, wie Aegis die richtige Entscheidung getroffen hatte, diese Paragons Erwachsene waren und sie alle damit umgehen konnten. Sie hatte Recht, in allen Punkten.

Und doch.

»Lass uns die Reservierung verschieben«, sagte Aegis und tippte eine etwas niedrigere Zahl auf den Bildschirm des Aufzugs, als der Aufstieg begann. »Die Paragons sollten mit Drohnen arbeiten. Wir können durch sie sehen, oder?«

Celice seufzte laut genug, um durch das Mikrofon des Tamas zu dringen. »Ich werde uns eine zusätzliche Stunde besorgen. Das sollte reichen.«

»Danke, Celice. Ich zahle heute Abend.«

»Du zahlst jeden Abend für den Stress, den du mir bereitest.«

Bevor Aegis antworten konnte, beendete Celice den Anruf. Der Aufzug fuhr zur angegebenen Etage hoch, und Aegis trat in den Raum, den Celice liebevoll das Kommandozentrum nannte. Monitore gab es zuhauf in dem offenen Raum, wo die einzigen Wände Bastions äußere Hülle waren. Viele dieser Monitore bewegten sich auch, verschoben sich basierend auf Celices Befehlen und ihrer eigenen programmierten Logik. Gerade hatten sich vier große Bildschirme in die Mitte bewegt, wo Stühle, Tische und zufällige Snacks Celices eigentlichen Posten bildeten.

Celice selbst war nicht hier – wahrscheinlich bereitete sie sich auf dieses Abendessen vor –, aber sie hatte den Anruf für Aegis getätigt, und diese vier Bildschirme enthielten alles, was er möglicherweise über die Chicago-Operation wissen wollte. Auf diesen Bildschirmen konnte Aegis sehen, wie es in der Stadt dunkel wurde – eine Folge der absurd frühen Sonnenuntergänge im Winter im Norden – und sechs Paragons hatten sich in dem, was wie eine Seitenstraße irgendwo in der Innenstadt aussah, versammelt. Aegis sprach Befehle zu Polly, Bastions Haus-KI, und sie schaltete zwei Monitore um. Einer, ganz links von Aegis, wechselte zu einer Übersichtskarte der Stadt mit der genauen Position der Paragons. Ein anderer, ganz rechts, wechselte zu Gesichtern und Linien; Gesundheitsdaten von den Tamas, sodass Aegis genau sehen konnte, wer im Team war und ob sie noch am Leben waren.

Im Moment hatten natürlich alle leuchtend grüne Zahlen neben ihren Namen.

Die beiden mittleren Monitore zeigten zwei Ansichten; eine weiter entfernte Kameraaufnahme von einer Drohne und die direkten Bilder von einem der Paragons am Boden. Dima war der Name, und Aegis nutzte seinen eigenen Tama, um dessen Datenblatt aufzurufen. Relativ neu, aber mit der mächtigen Fähigkeit, die magnetische Polarität in Objekten durch seine Augen zu verändern. In einer Welt aus Metall konnte die Fähigkeit, Dinge auseinanderzureißen oder zueinander zu ziehen, für allerlei nützliche Zwecke dienen.

»Dima«, sagte Aegis, und die Kamera zuckte, als der Paragon auf die Stimme seines absoluten Chefs und allgemeinen Legende in seinem Ohrhörer reagierte. »Ich checke nur kurz ein. Wie ist der Status?«

»Äh, hallo, Sir«, sagte Dima. »Wir, äh, checken auch gerade ein. Überprüfen die Ausrüstung und den Plan.«

»Hättest du etwas dagegen, den Audioempfänger deines Tamas hochzudrehen, damit ich hören kann?«

»Natürlich nicht, Sir.«

Aegis sagte nichts mehr. Offensichtlich waren Dimas Nerven zum Zerreißen gespannt, und wenn sie in einen bewaffneten Konflikt gingen, brauchte Dima nicht noch die Sorge, dass Aegis jeden seiner Schritte beobachtete. Nachdem der Paragon seinen Tama angepasst hatte, begannen die zentralen Geräusche Chicagos durchzudringen. Da war derselbe Fahrzeugverkehr – all diese Kapseln –, den Aegis auf Straßenebene in New York hören würde. Aber hier, eingekeilt zwischen Gebäuden in einem weniger befahrenen Abschnitt, fühlte sich der Umgebungslärm viel entfernter an, als er sein sollte.

Was bedeutete, dass Aegis Innis' Rede an sein Team hören konnte. Wie bei solchen Dingen üblich, traf die Rede die üblichen motivierenden Töne, gepaart mit Teambildung und der Anweisung, nicht zu töten, wenn es sich vermeiden ließe, aber nicht zu zögern, wenn es darum ginge, einen Paragon vor Verletzung oder Tod zu bewahren. Dima wurde mit einem anderen, erfahreneren Paragon namens Sabra gepaart, der die Zeit in kleinen, tellergroßen Bereichen beschleunigen konnte.

Und wohin würden sie gehen? Innis zeigte auf eine noch engere Gasse, die hinunter in Chicagos Unterstadt führte. Als Dima sich drehte, fing Aegis die gedämpfte Beleuchtung ein, den leichten Dampf, der aufstieg, als die von den arbeitenden Maschinen darunter erzeugte Wärme auf die kalte Luft traf. Je nach Blickwinkel konnten der goldene Schein und die seidigen Ranken bedrohlich oder wunderschön wirken.

Mit Innis an der Spitze begannen die Paragons ihren Abstieg, und fast sofort wurde das Videosignal unscharf.

»Signalverlust«, beantwortete Polly Aegis' noch nicht gestellte Frage. »Der Beton steht im Weg.«

»Warum folgen die Drohnen nicht?«

Aegis hielt seine Audioverbindung zu Dima stumm geschaltet – er wollte den Paragon nicht ablenken. Stattdessen lauschte er ihren gemurmelte Diskussionen und beobachtete die springenden, verschwommenen Bilder, die zu ihm kamen.

»Innis hat ihnen befohlen, Abstand zu halten«, antwortete Polly. »Aus demselben Grund. Wenn eine Drohne das Signal verliert und auf eine neue Situation trifft, ist es schwer zu wissen, was sie tun könnte.«

Aegis würde Mynx vertrauen, dass sie ihre Drohnen richtig für solch ein Szenario programmiert hätte, aber er war nicht da. Innis war es, und der Paragon hatte jedes Recht, die

Mission so zu leiten, wie er es für richtig hielt. Apropos, Innis gab Anweisungen für die Gruppe von sechs, sich um eine Tür herum aufzustellen, die in ein Stromerzeugergebäude führte.

»Dima«, sagte Innis, die Stimme des Schotten klang blechern durch den Audioübertragung. »Kümmerst du dich darum?«

»Bin dran.«

Der Paragon ging zur Tür und, obwohl Aegis Dimas Gesicht nicht sehen konnte, konnte er sich vorstellen, was der junge Mann tat. Als Dimas Augen den Fokus veränderten, begann die Tür gegen Schlösser und Riegel zu drücken, die bald ihre eigenen Versuche begannen, sich zu lösen. Mit allem, das gegen seine Fesseln strebte, dauerte es nur wenige Sekunden, bis sich das Metall verbog und die Tür mit einem Ächzen nach vorne zusammenbrach. Innis trat vor Dima, fing die Tür auf und stieß sie weg.

Totale Dunkelheit starrte ihnen entgegen.

»Scheint seltsam«, sprach Sabra, der hinter Dima stand. »Ist es nicht einfacher, sich bei Licht zu treffen?«

»Vielleicht sind wir zu früh«, erwiderte Innis mit einem scharfen Unterton in seiner Stimme. »Lasst uns gehen. Langsam und vorsichtig.«

Mit Innis an der Spitze und Dima in der Mitte der Gruppe begannen die Paragons, das Gebäude zu betreten. Als sie das taten, spürte Aegis dieses verräterische Unbehagen, ein Gefühl, das aus dem Hineingehen in viel zu viele Fallen geboren war. Sabra hatte die richtigen Fragen gestellt – wer würde eine Übergabe im Dunkeln durchführen, und wenn sie zu früh hier wären, wäre das Herausreißen einer Tür an der Vorderseite nicht ein Hinweis darauf, dass der Treffpunkt kompromittiert worden war?

»Polly, schalte mein Audio frei«, sagte Aegis.

»Erledigt.«

»Dima, kannst du mich hören?«, versuchte Aegis. Das Bild, das durchkam, war schlechter als je zuvor, eine schwimmende Masse aus Bildfragmenten und schwarzen Streifen. Als ob Dimas Kamera in die dunkelsten Tiefen des Ozeans getaucht wäre. »Ich will, dass ihr alle da rausgeht. Das ist nicht richtig.«

Dima antwortete nicht. Auch am Bild änderte sich nichts. Der zurückkommende Ton kam in Fragmenten. Zunächst neugierig und dann immer alarmierter werdend.

»Dima?«, versuchte Aegis es erneut.

»Es scheint, als würden Ihre Übertragungen nicht durchkommen«, sagte Polly.

»Tatsächlich.«

»Ich habe ihren Standort kartiert. Es ist in der Tat ein Kraftwerk. Die elektromagnetische Störung unterbricht unsere Verbindungen.«

Großartig. Aegis lehnte sich vor. Das Bild auf dem Monitor hatte sich von Schwarz zu einem gefleckten Grau verändert, als hätte jemand ein Licht eingeschaltet. Abgehackte Rufe drangen durch den Feed, zusammen mit Knallen, und in weniger als fünf Sekunden, nachdem sich die Farbe verändert hatte, brach der Feed ab. Auch der Ton.

»Polly, stell die Verbindung wieder her.«

»Ich versuche es, Sir, aber es scheint, als wäre die Quelle beschädigt worden.«

Aegis stand auf, weil Sitzen zu nah am Nichtstun schien. Hatte er schon früher Teams verloren? Freunde scheitern und sterben sehen oder Gruppen, die er beaufsichtigte, im entscheidenden Moment auseinanderfallen und mit Verlusten zurückkehren sehen? Ja. Ja. Natürlich. Das gehörte zum Führungsdasein dazu, der Preis, den seine Seele zu zahlen hatte. Und jedes Mal brannte es, weil er wusste, wenn er dort gewesen wäre, wenn Aegis in diesem dunklen Raum gewesen wäre, mit seiner Erfahrung und seiner nahezu Unverwundbarkeit, hätte er den Ausgang ändern können.

Für die meisten Menschen wäre es Eitelkeit zu behaupten,

ihre bloße Anwesenheit könnte ein dramatisches Ereignis beeinflussen. Für Aegis? Es war eine Tatsache.

»Polly, mach mein Flugzeug startklar«, sagte Aegis und ging in Richtung der Aufzüge.

»Jawohl, Sir.«

Celice würde nicht glücklich sein, aber Aegis konnte sich nicht vorstellen, zum Essen zu gehen, ohne zu wissen, was mit seinen Paragons geschehen war. Ohne seinem Team zu helfen.

Das war es, was Champions taten.

KAPITEL 38
NACHWIRKUNGEN

DIE KONFERENZ WAR auf Notfälle vorbereitet gewesen. So viel hatte Kat in den verschwommenen Momenten mitbekommen, in denen sie immer wieder das Bewusstsein verlor und wiedererlangte. Drohnen umschwärmten sie, überwacht von den immer seltener werdenden menschlichen Ärzten und Sanitätern. Gordon erzählte ihr später, dass sie ihr so viel Wasser auf so viele verschiedene Arten verabreicht hatten, dass er befürchtete, sie würden sie von innen ertränken.

Ach ja, Gordon war jetzt hier. In ihrer Wohnung, wo sie gerade nach einer traumlosen Nacht aufgewacht war, die von gelegentlichen, aufwallenden Übelkeitsattacken unterbrochen wurde. Der Beweis dafür, dass diese Anfälle nicht völlig eingebildet waren, lag in der großen Schüssel neben dem Bett. Die würde sie gründlich mit Bleichmittel reinigen müssen, bevor sie wieder Brownies darin backen konnte. Ihr Beschützer schnarchte leise in ihrem Schreibtischstuhl, seinen Nacken über die Rückenlehne gebeugt in einer Position, die Kat als viel zu unbequem zum Schlafen eingestuft hätte, aber Gordon hatte die Gabe, überall ein Bett zu finden.

Seeker hingegen wachte mit Kat auf und tapste das Bett

hinauf, um ihr Gesicht mit Lecken zu bedecken. Sie ließ den Hund seinen Spaß haben. Zweifellos brauchte sie sowieso eine Dusche, und der Preis für ein bisschen Hundeschleim war gering im Vergleich zur schieren Freude auf Seekers alberner Schnauze.

»Ich wünschte, ich hätte dich mitgenommen«, murmelte Kat, als Seeker ihr eine Chance zum Atmen gab.

Nicht dass die Konferenz Hunde erlaubt hätte, aber trotzdem ...

»Du bist wach?« Gordon richtete sich auf und lehnte sich zu ihr. »Fühlst du dich besser?«

»Für einen Kater ist dieser hier nicht so schlimm.« Tatsächlich hatte Kat nur leichte Kopfschmerzen. Wenn medizinische Drohnen das nach einer durchzechten Nacht bewirken konnten, nun, dann müsste sie in Erwägung ziehen, sie zu einem festen Bestandteil ihrer Sauftouren zu machen. »Übrigens danke für die Hilfe.«

»Nach deiner spöttischen Nachricht war das das Mindeste, was ich tun konnte.«

Kat rieb sich die Augen und setzte sich auf. Ihr Magen rebellierte ein wenig. Okay, also doch etwas schlimmer als nur Kopfschmerzen. »Calvin hat es getan. Die Anomalie.«

»Oh, du meinst also, du hast dich nicht am frühen Nachmittag ins Koma gesoffen?«

Gordon scherzte, aber er legte einen winzigen Hauch echter Besorgnis in seine Stimme. Als ob er dachte, Kat könnte genau das tun.

»Ich bin zwar nicht der glücklichste Mensch auf Erden, Gordon, aber so schlimm ist es auch wieder nicht«, erwiderte Kat. »Hast du Calvin überhaupt gesehen?«

»Er war schon weg, als ich ankam, und, na ja, ich hatte größere Probleme zu bewältigen. Er hat die Stadt wahrscheinlich inzwischen verlassen.«

»Das kannst du überprüfen.« Kat winkte in Richtung ihres Arbeitsplatzes. »Starte meinen Tracker.«

»Du hast ihn verfolgt?«

»Fast so gut.«

Gordon rollte mit dem Stuhl zurück ins Wohnzimmer, und Kat folgte ihm, spülte die Schüssel aus und ließ sich auf die Couch fallen, während Gordon sich an die Arbeit machte und das Tracking-Programm startete, das sich dank Kats allgemeiner Missachtung der Sicherheit ihrer Technik direkt in ihr Profil einloggte. Neben den üblichen Nachrichten und Updates zu den von ihren verschiedenen Anomalien verdienten Reps gab es andere Optionen für Gordon zur Auswahl. Nämlich eine für verknüpfte Pings.

Pings taten, was ihr Name implizierte; sie sendeten Koordinaten zurück, solange ihre winzigen, fleißigen Batterien noch Saft hatten. Nützlich, wenn Kat eine Anomalie in einem Gebiet aufspüren wollte, das sich, sagen wir, wie eine überfüllte Konferenz, nicht für eine direkte Konfrontation eignete. Während sie mit der Elektroschockpistole auf Calvin zugegangen war, hatte sie auch den Ping an der Jacke des Mannes angebracht, als Versicherung; angeblich war Calvin tödlich, und warum Risiken eingehen?

»Okay, ich bin beeindruckt«, sagte Gordon und wählte die Signatur des Pings aus. »Obwohl ich immer wieder vergesse, dass du ziemlich gut in diesem Job bist.«

»Kein Grund, warum du dich daran erinnern solltest. Überhaupt keiner.«

Kat ging im Geiste die Jahre ihrer Beziehung durch, ihre gemeinsame Tracker-Karriere und die vielen, vielen Male, bei denen Gordon dieses oder jenes Schlüsselelement aus Kats Leben vergessen hatte. Der Mann hatte ein Gedächtnis wie ein Sieb. Oder besser gesagt, wie Kat auf die harte Tour gelernt hatte, Gordon hielt nur an den Dingen fest, die ihm wirklich wichtig waren.

»Wow, hör mal.« Gordon lehnte sich vom Bildschirm weg und breitete die Hände aus. »Ich will keinen Streit anfangen, okay? Du bist gerade mal eine Stunde davon entfernt, fast zu sterben, und wir haben diese tödliche Anomalie, die hier rumläuft, also-«

»Prioritäten setzen. Ja. Schau auf die Karte und sag mir, wo er ist.«

Gordon warf ihr einen vielsagenden Blick zu, der versprach, dass dieses Gespräch fortgesetzt werden würde, und hielt ihn, bis Kat die Augen verdrehte und mit dem Kopf in Richtung der Monitore nickte. Seeker, unter ihrem linken Arm zusammengerollt und seinen großen flauschigen Kopf an ihre Brust gelehnt, schnüffelte. Der Hund verstand; jetzt war nicht die Zeit, dramatisch zu werden.

»Du willst wissen, wo er ist?« Gordon drehte sich beim Sprechen. »Ich wette, er ist längst aus der Stadt. Hat den ersten Zug genommen und ...«

Gordons Stimme verstummte, als sich die zunächst stadtweite Karte von Chicago immer weiter vergrößerte und zeigte, dass Calvin, oder zumindest der Ping, den Kat an ihm befestigt hatte, sich beide in der Stadt und gar nicht so weit weg befanden. Calvin schien nicht so reich an Reps zu sein, dass er sich in den teureren Vierteln aufhalten würde. Und dies, sah Kat, als sie sich vorbeugte, um einen besseren Blick zu erhalten, war weit entfernt von einem Luxusviertel. In der Nähe von *Carver's* befand sich der Standort des Pings mitten in einer industriellen Einöde.

»Ich warte«, sagte Kat.

Gordon schüttelte den Kopf. Warf noch einen Blick auf den Monitor, als ob dieser ihn beim ersten Mal angelogen haben könnte. »Er könnte ihn abgeworfen haben.«

»Klar. Hat damit gewartet, bis er ganz dort draußen war, um es zu tun.«

Nicht das beste Argument – Calvin hätte den Ping vielleicht erst gefunden, als er sein Versteck erreicht hatte, und ihn dann auf irgendeiner zufälligen Straße weggeworfen, anstatt in der Innenstadt –, aber die Tatsache, dass sich der Ping bewegte, und zwar im Schritttempo, deutete auf etwas anderes hin. Kat widerstand der Versuchung zu glauben, Calvin sei eine Art Superspion, fähig, den Ping zu finden und schlau genug, ihn an jemand anderen zu heften, nur um sie in die Irre zu führen. Das führte in den Wahnsinn.

»Bist du bereit?« Gordons Übergang vom Betreuer zum Tracker vollzog sich in einem Augenblick, und er sprang beim Sprechen vom Stuhl auf. »Er ist nicht weit weg. Wir können ihn jetzt erwischen.«

Kat wollte wirklich nein sagen. Sie war dem Tod entkommen und hatte keine Lust, sich gleich wieder in Gefahr zu begeben, aber Gordon schien entschlossen, Calvin zu jagen, egal was Kat wählte, und sie würde ihm auf keinen Fall den Ruhm für ihre Fähigkeiten als Trackerin überlassen. Sie rutschte unter Seeker hervor, schob ihre anhaltenden Kopfschmerzen beiseite, stieg aus dem Bett und ging an Gordon vorbei zu ihrem Schrank. Einem Anomalen im Winter in einem langen T-Shirt und Pyjamashorts nachzujagen, schien keine gute Idee zu sein.

Diese Bewegung ließ sie auch darüber nachdenken, wer sie hierher zurückgebracht und aus ihrer Konventionskleidung in etwas Bequemeres für die offensichtlich lange Nacht umgezogen hatte.

»Hey, Gordon?«, sagte Kat und drehte sich zu ihm um, während Gordon begann, seine Tracker-Ausrüstung anzulegen. »Danke. Für gestern. Ich meine es ernst.«

»Kein Problem«, erwiderte Gordon. »Du hast Calvin gefunden, ich habe dich gerettet, ich denke, das macht uns ungefähr quitt.«

»Weil es darum geht.« Kat bereitete einen guten Blick vor, um Gordon damit zu durchbohren, aber der Tracker hatte dieses scherzhafte Halblächeln im Gesicht, das seine Worte Lügen strafte, und Kat wechselte zu einem Seufzer und konzentrierte sich wieder auf ihre Kleidung. »Hast du all dein Zeug hier? Ich bin mir nicht hundertprozentig sicher, wozu Calvin fähig ist, aber er spielt nicht herum.«

»Elektroschocker. Peilsender. Unglaubliche athletische Fähigkeiten, ja, ich denke, ich habe alles.«

»Wenn er dich verprügelt, werde ich dir nicht helfen. Ich werde nur zusehen und lachen.«

»Kat, seit wann bist du so gemein geworden?«

Gordon bezahlte für eine Kapsel, die sie direkt zu dem Ort bringen sollte, an dem Calvin geortet wurde, stornierte aber in letzter Minute die Fahrt, sodass sie einen Block entfernt abstiegen. Auf ihrem Tama suchte Kat die Koordinaten und fand heraus, dass Calvins Standort ein Arbeitercafé war, von der Sorte, die Eier, Speck und Kartoffeln in Portionsgrößen anbot, die groß genug waren, um jede Diät zu sprengen. Trotz aller Bemühungen der Regierungen vor und nach dem Aufstieg der Paragons, die Menschen zu einem gesünderen Lebensstil zu bewegen, blieb die Menschheit nach Kats Meinung standhaft in der Verteidigung von Hollandaise, Scones und riesigen Pfannkuchenbergen.

Der Bürgersteig hier war breiter als üblich, was vielleicht der ausufernden Dichte so weit westlich in Chicago geschuldet war. Mehr Platz für größere Straßen, mehr rumpelnde Kapsel-Lastwagen, die Ladungen von Baustellen transportierten, weniger Menschen, aber mehr Zeug auf den Gehwegen. Als ob die Geschäfte und blockgroßen Apartmenthäuser hier den Beton zwischen ihren Türen und der Straße als zusätzlichen Lagerplatz nutzten. Da es Winter war, hatte der Schnee den Bürgersteig übernommen, aber unförmige, seltsam geformte Haufen deuteten auf darunter verborgenen Plunder hin.

»War schon lange nicht mehr an so einem Ort«, sagte Gordon, als sie die Kapsel verließen.

»Was, du jagst jetzt nur noch reiche Anomale?«

»Irgendwie schon.« Gordon hatte den Anstand, ein wenig verlegen zu klingen. »Wenn du jemals für die Paragons selbst arbeiten würdest, würdest du das auch bekommen. Sie schicken mich überall hin für hochkarätige Ziele, und die meisten davon sind Anomale, die ihre Kräfte genutzt haben, um, nun ja, aus solchen Gegenden herauszukommen.«

»Ein Grund mehr für mich, hier zu bleiben«, erwiderte Kat und atmete tief ein. Immer noch winterlich frisch, aber mit einem Unterton von Kochölen und Kunststoffen. »Ich bevorzuge das hier gegenüber den Luxusvierteln, in denen du lebst, wo jeder Anzüge trägt und das Bedürfnis hat, anzugeben.«

Kat wusste, dass sie Vorurteile hatte, genau wie Gordon; aber dies war immer noch ihre Stadt, immer noch Chicago, und das Bedürfnis, alle ihre Viertel zu verteidigen, saß tief in ihrem Herzen. Vielleicht weil sie keine Familie hatte, hatte die Stadt diese Lücke gefüllt. Zumindest die Teile, in denen Kat sich häufig aufhielt.

»Ich verstehe«, sagte Gordon. »Ich werde meine Kommentare für mich behalten.« Sie gingen an einem Baumarkt vorbei, ein Schild im Fenster warb für Drohnenreparaturen, und kamen näher an das Café heran, Kat führte Seeker an der Leine, bevor Gordon eine Hand auf ihre Schulter legte, um sie aufzuhalten. »Also, was ist unsere Strategie hier? Reingehen und ihn ausschalten?«

»Das letzte Mal, als ich mich an Calvin herangeschlichen habe, hätte er mich fast getötet. Ich sage, wir geben ihm keine Chance.«

»Einverstanden. Lass mich eine Freigabe eintippen.«

Auf seinem Tama tippte Gordon Codes ein, um Drohnen und Paragons in der Gegend zu alarmieren, dass ein Tracker-Einsatz kurz bevorstand, mit dem Potenzial, gewalttätig zu werden. Kat hatte diese Codes auch, obwohl Gordon offenbar höhere Zugriffsrechte hatte, denn die Genehmigung kam fast sofort zurück. Wenn Kat darum gebeten hätte, in einem belebten Bereich physisch zu werden, hätte sie wahrscheinlich erst die Fragen eines Paragons beantworten müssen, bevor sie die Erlaubnis bekommen hätte.

Einer von vielen Gründen, warum sie es vorzog, Anomale

außerhalb der Stadt oder im Keller von *Carver's* zu jagen, ohne sich mit Drohnen herumschlagen zu müssen.

»Willst du zuerst gehen oder ich?«, fragte Gordon, nachdem er seine Tama-Angelegenheiten erledigt hatte.

Kat sah sich auf der Straße um. Größtenteils verlassen, zu früh am Morgen für die Mittagsmenge, aber spät genug, dass jeder, der nach einem morgendlichen Kaffee suchte, seinen Durst bereits gestillt hatte. Das Quietschen der Kapselräder, die durch den Matsch rollten, war etwa alles, was sie hören konnten. Als Schauplatz für einen Kampf erfüllte dieser hier alle Kriterien.

»Ich«, sagte Kat. »Du bleibst zurück. Er wird mich erkennen, aber er schien beim letzten Mal bereit zu reden. Er könnte lange genug zögern.«

Gordon nickte. »Und Kat? Falls das hier schiefgeht?« Er schob seine Jacke beiseite und enthüllte den Elektroschocker, ja, aber auch etwas anderes. Etwas sehr Illegales, außer für autorisierte Besitzer. »Nach dem, was dir passiert ist, haben mir die Paragons die Erlaubnis gegeben. Wenn Calvin gewalttätig wird, sollen wir ihn ausschalten.«

»Ich werde dieses Ding nicht abfeuern.«

»Hoffentlich werden wir es nicht brauchen.«

Töten. Etwas, das Kat schon einmal getan hatte, wenn auch immer zur Verteidigung und immer mit Bedauern. Manche Anomale würden die Kapitulation nicht akzeptieren, das Tracken. Selbst nachdem sie betäubt wurden, in den Zyklus der Arbeitsanfragen der Paragons aufgenommen wurden, kamen sie zurück, um sich an Kat zu rächen. Tracker hatten in solchen Fällen unbegrenzte Lizenz zur Selbstverteidigung, und Kat konnte Schläge austeilen, die stark genug waren, um einen Hals zu brechen oder einen Brustkorb einzudrücken. Diese Momente spielten sich jedoch immer wieder in ihren Albträumen ab, und sie hatte keine Lust, weitere hinzuzufügen.

Mit Seeker verließ sie Gordon ein Geschäft vom Café

entfernt, einem kleinen Lokal, das sich The Breakfast Nook nannte und auf einem faltbaren Schild, das auf dem vereisten Bürgersteig stand, ein Doppelwurst-Spezial zu einem so niedrigen Rep-Preis anbot, dass es Kats Magen zum Knurren brachte. In ihrer Eile wurde Kat klar, dass sie seit dem Vortag weder gefrühstückt noch Kaffee getrunken oder überhaupt etwas zu sich genommen hatte. Vielleicht könnte sie, wenn sie Calvin schnell genug erledigten, hier einen Happen essen ...

Eine winzige Gasse diente als Startlücke zum Café, und während Seeker an der linken Seite des Gehwegs eine leinenziehende Reihe von Gerüchen genoss, schaute Kat nach rechts, als sie sich den Glasfenstern des Cafés näherte. Die großen Scheiben waren an den Rändern beschlagen, mit Eiskristallen, die ein natürliches Gitter bildeten, wo die Heizung des Cafés es nicht schaffte, die Kälte des Tages zu besiegen. Es war so schön, dass Kat einen Moment brauchte, um das Gesicht zu bemerken, das in diesem Gitter eingerahmt war, eines, das sie sah, als sie die Augen darauf richtete. Calvin saß am Fenstertisch, eine große Kaffeetasse und ein leerer Teller mit Eiern und irgendwas vor sich, zusammen mit einem echten, abgegriffenen Buch. Sie hielten Blickkontakt, Calvins Ausdruck wechselte in diesem Zeitraum von überrascht zu genervt. Dann streckte er die Hand aus und legte seine linke Hand ans Fenster, direkt neben Kats Gesicht.

Ob es nun Intuition, Instinkt, Training oder einfach nur Glück war, Kat begann zu tauchen, als Calvins Hand sich hob. Als das gesamte Fenster zersprang und seine Glasscherben nach außen in Richtung Kat und den Bürgersteig flogen, war sie bereits tief genug, um dem Schlimmsten zu entgehen. Eine Druckwelle rollte über sie hinweg und schob Kat den Bürgersteig entlang in eine Schneewehe am Straßenrand. Seeker bellte, und Kat rollte sich zusammen, versuchte, sich vor dem Glas zu schützen und nicht zusammenzubrechen.

Dieser Bürgersteig war kleiner gewesen als der jetzige, mit

verblassten grünen Flecken von Grasschnitt, den ihr Vater bei seinem nachlässigen Mähen hatte verrotten lassen. Zu geizig, um sich eine Drohne zu kaufen, und zu beschäftigt, um sich um den Haushalt zu kümmern – Kat war genau auf einem dieser Flecken gelandet, als die Explosion sie von ihrer eigenen Veranda weggeschleudert hatte.

Sie war vom Spielplatz zurückgerannt, kurz vor Sonnenuntergang, und hatte gerade die letzte entscheidende Kurve genommen, um den Weg einzuschlagen, der ihren Garten zum zweistöckigen, hellblauen Haus mit weißen Fensterläden teilte, als sich die Haustür öffnete. Ihre Mutter, mit wilden Haaren und Augen, begann in einer Stimme zu schreien, die Kat noch nie zuvor gehört hatte. Hoch, scharf und Kat zurufend, sie solle umkehren, weglaufen. Der Anblick und der Ton waren so seltsam, dass Kat stehen geblieben war und ihre Mutter gefragt hatte, warum, als Kat das Licht bemerkte. Sanftes Weiß dominierte normalerweise die Farbe ihrer Hauslampen, aber dies war ein rosiges Orange, und es wuchs, seine verschwommenen Ränder dehnten sich hinter ihrer Mutter und in den Fenstern zu ihrer Rechten und Linken aus. Ihre Mutter drehte sich um, sah dieses Licht, machte einen Schritt auf Kat zu und winkte ihr, wegzulaufen.

Ein Blitz, eine Kaskade von Knallgeräuschen und ein wirbelnder Schwall heißer Luft warfen Kat zu Boden, wo Glas gegen ihren Körper flog. Ihr Gesicht brannte, vom Beton aufgeschürft. Ihr Hals, ihre Hände und Beine prickelten, als Splitter hindurchstachen.

»Mama?«

»Mama?«, sagte Gordon und beugte sich nah zu ihr. »Bleib unten, Kat. Hilfe kommt. Ich verfolge ihn.«

Gordon ging – aus ihrem Blickwinkel sah Kat nur seine Stiefel, die sich umdrehten und davonstampften –, während der Bürgersteig glitzerte, als das Winterlicht auf dem zersplitterten Glas spielte.

Atmen.

Andere Leute strömten jetzt aus dem Café, zwei davon, ein älterer Mann und eine Frau, kamen auf Kat zu. Sie fragten, ob es ihr gut ginge.

Seeker. Wo war er hin?

Kat wollte aufstehen, als ihre zwei Helfer ihre Arme packten und sie stattdessen hochzogen.

»Du willst deine Hände bestimmt nicht in all das stecken, denke ich«, sagte der Mann und kämpfte darum, Logik in eine Welt zu bringen, die sie verloren zu haben schien. »Weiß nicht, warum ein Fenster so zerbrechen würde, aber Glas schneidet dich auf jeden Fall.«

»Hier, lass mich dir helfen«, fügte die Frau hinzu und tupfte Kats Gesicht mit ein paar Servietten ab, die sie wahrscheinlich aus dem Café mitgenommen hatte.

»Mein Hund«, sagte Kat und versuchte, um die Hände der Frau herumzusehen. »Wo ist er?«

»Janey hält ihn fest«, sagte die Frau. »Er würde sich seine Pfoten an diesem Glas genauso aufschneiden wie du.«

Die Worte warfen Kat auch zurück. Dieselben Dinge hatten ihre Nachbarn ihr immer wieder gesagt, als sie sie von ihrem Haus wegzogen, von dem brennenden Wrack. Von ihrer Mutter, die auf sie zugerannt war, gab es keine Spur außer einem verkohlten schwarzen Fleck auf den schwelenden Stufen der Veranda. Kat hatte nach ihr gerufen, auch nach ihrem Vater, als Hilfe eintraf – damals noch mehr menschliche als Drohnen –, aber er war auch nie aufgetaucht. Ihre Schwester, verschwunden. Es würde noch Stunden dauern, bis jemand es schaffte, ihr zu erklären, was passiert war, was passieren konnte, wenn eine Anomalie unentdeckt blieb.

»Mir geht's gut.« Kat befreite sich von den Händen, der Hilfe. »Danke.«

Ihr Anzug, diese weiße Tracker-Ausrüstung, hatte hier Wunder gewirkt und ihren Körper vor den Glassplittern geschützt. Die verbundenen Kontakte hatten ihre eigenen Schutzmechanismen, die sich ausdehnten, um ihre Augen mit einem gehärteten Film zu überziehen. Vorübergehende Blindheit für den Bruchteil einer Sekunde, aber es lohnte sich, um ihre Augen zu schützen. Angesichts der Größe und Anzahl der zackigen Stücke um sie herum wäre Kat ein zerfetztes Durcheinander gewesen, wäre sie Calvin in Straßenkleidung gefolgt.

Calvin.

Da Kat offensichtlich keine lebensbedrohlichen Verletzungen und damit kein Drama bot, gingen die Café-Flüchtlinge dazu über, die schmerzhafte Zerstörung des Glases zu betrachten und darüber zu murmeln. Die daraus resultierende Freiheit gab Kat die Chance, ihren Hund von dem jungen Mädchen zurückzuholen, das Seeker festhielt, und zu versuchen herauszufinden, wohin die Anomalie und Gordon verschwunden waren. Die Antwort war offenbar: nirgendwo in Sicht.

Seeker bellte sie an. Ungeduldig, allwissend. Sie ließ seine Leine los und der Hund sprintete davon, sprang über das Glas und umging die Menge in einer absurden athletischen Vorstellung, die Kat, die mit knirschenden Schritten und Entschuldigungen an jene, die sie beiseiteschob, folgte, sehr neidisch machte. Seeker mochte ihr Haustier sein, ihr bester Freund, aber er war weit mehr als nur das. Man könnte sagen, Seeker war Kats größte Waffe. Eigentlich, zum Teufel mit dem »man könnte sagen«. Ohne diesen Hund wäre Kats Karriere als Trackerin kürzer, blutiger und erbärmlich gewesen.

Der Husky bog scharf rechts an der nächsten Kreuzung ab, warf einen zungenheraushängenden Blick zurück, um sicherzugehen, dass Kat dicht auf seinen Fersen war, und lief dann weiter. Als Kat um die Ecke bog, fiel sie fast über Gordon, der sich an einen Pfosten lehnte, die Hand auf seiner

Brust. Da Seeker weiter vorwärts sprang, hatte Kat nur einen Moment, und Gordon gab ihn ihr zurück.

»Lauf weiter«, hustete Gordon. »Er hat an der Ecke auf mich gewartet, ein Schlag hat mir die Luft aus den Lungen getrieben. Ich bin gleich hinter dir.«

Also lief Kat weiter. Calvin war weit mehr als das übliche Anomalie-Ziel. Eine gefährliche Kraft plus Scharfsinn und Können. Kat hatte explosive Anomalien zur Strecke gebracht, die nichts weiter kannten als ihr Vertrauen auf ihre Fähigkeit, die zusammenzubrechen pflegten, wenn sie durch eine Elektroschockpistole oder angreifende Hundefänge aus ihrer Komfortzone geworfen wurden, aber Calvin schien sich anpassen zu können. Seine Kraft schien auch anders zu sein. Anomalien hatten nur eine Mutation – zumindest soweit Kat wusste –, doch Calvin hatte sie fast durch Alkoholvergiftung getötet und jetzt ein Fenster mit einer Berührung zerspringen lassen. Also war er entweder ein neuer Schrecken, oder Kat hatte seine Kernfähigkeit noch nicht herausgefunden. Unabhängig davon war Calvin eine einzigartige Art von Gefahr. Kein Wunder, dass die Elementals ihn wollten.

Seeker war quer über die Straße gelaufen, zwischen ein paar Pods hindurch, und in eine weitere kreuzende Gasse mit Mülltonnen und rauchenden Lüftungsschächten gestürzt. Kat machte dasselbe Manöver und verließ sich darauf, dass die harte Programmierung der Pods gegen das Rammen von Menschen sie am Leben hielt. Notfallsirenen erfüllten die Luft, als Drohnen und Rettungs-Pods zum beschädigten Café rasten. Eine Hochstress-Geräuschkulisse zu dem matschigen Geräusch ihrer Stiefel, die überall, wo sie hintrat, Schneematsch verstreuten, der beißende Industriegestank vermischte sich mit den aufgestauten Küchenfreuden des Cafés.

In der Mitte der Gasse drehte sich Calvin um, um Seekers bellendem Ansturm zu begegnen. Kat kam um die Eingangsecke – ihre Hand streifte die kalte Ziegelseite – und rief

Seeker zu, er solle anhalten. Calvin wartete ein Dutzend Meter entfernt, der Hund zwischen ihnen, Seeker sah zu Kat zurück, als wolle er mit sehr flauschiger Stimme sagen: *Ich hatte ihn!*

»Guter Entschluss«, sagte Calvin. »Ich habe nichts gegen deinen Hund.«

Er sah aus wie ein Mann, der die ganze Nacht die Fenster beobachtet hatte. Unter seinen dunklen Augen saßen Tränensäcke, und seine Kleidung wirkte noch schäbiger als zuvor. Kat wusste nicht, mit wie vielen Outfits Calvin reiste, aber diese hatten Kämpfe und Fluchten erlebt und erzählten ihre Geschichten in Flecken und Rissen. Doch selbst mit all dem stand Calvin aufrecht, die Arme entspannt an beiden Seiten. Bereit.

»Du hast mir gesagt, bevor du versucht hast, mich zu töten, dass du dich gejagt fühltest«, meinte Kat. Sie dachte, sie könnte bei dieser Entfernung zwischen ihnen Diplomatie versuchen, Calvin durchschauen und Gordon eine Chance geben, sich zu sammeln. »Fühlst du dich immer noch so?«

»Was lässt dich das sagen?«

»Dass du mir eine Menge Glas ins Gesicht gesprengt hast, zum Beispiel.«

»Das sollte dich eigentlich umbringen. Was schwieriger ist, als es sein sollte.«

»Weil dein Herz nicht dabei ist.«

Kat wusste nicht, dass sie das sagen würde, aber sie fühlte es und sprach die verdammten Worte aus, weil sie der Wahrheit entsprachen und das mit allem übereinstimmte, was sie über Calvin herausgefunden hatte. Warum sie sich ihm mit einem Elektroschocker genähert hatte, anstatt ihn von der anderen Seite des Kongresssaals aus zu erschießen. Warum sie versucht hatte, im *Carver's* die Kraft aus ihm herauszukitzeln, obwohl es einfacher gewesen wäre, Calvin gleich dort zu töten. Kat las keine Bösartigkeit in ihm. Angst, Gefahr, sicher. Aber Bösartigkeit?

»Du weißt gar nichts über mein Herz.«

Kat hatte immer noch den Elektroschocker in der Tasche und den Greifer an ihrem Anzug, bereit, von ihrem Handgelenk aus abgefeuert zu werden. Sie konnte sogar die Scanner starten und deren helle Blitze nutzen, um Calvin für einen Moment zu blenden. Stattdessen ließ Kat, während Seeker sie beide ansah, ihre Hände frei. Weit geöffnet. Calvin schien seinerseits ebenso vor Unentschlossenheit wie erstarrt. Würde er sich umdrehen, könnte Kat ihn von hinten ausschalten, liefe er auf sie zu, hätte sie Zeit zu ziehen und zu feuern, bevor er nahe genug käme, ganz zu schweigen von dem Hund.

»Weißt du, was passieren wird, wenn du wegläufst?«, versuchte Kat eine andere Taktik. »Wir werden dich weiter jagen. Andere auch. Ständig. Du machst dir einen zu großen Namen, Calvin. Es gibt kein Verstecken mehr. Es ist Zeit, dich zu stellen.«

Calvins Antwort wurde von einer neuen Stimme von oben unterbrochen. Zwei Befriedungsdrohnen, ovale Gebilde in Menschengröße, ausgestattet mit nicht-tödlichen Mitteln, um jemanden zu überwältigen, schwebten in die Gasse und richteten sich auf Calvin aus. Mit einer Stimme, die beruhigend wie die einer Mutter klingen sollte, befahlen sie Calvin, sich hinzulegen, dass alles in Ordnung wäre, wenn er sich ergeben würde. Calvin löste seinen Blick von Kat, schaute zu den Drohnen hoch und kniete sich auf den Betonboden. Für einen Moment fragte sich Kat, ob Calvin so leicht aufgeben würde, ob entweder ihre Worte oder die Drohnen Calvin dazu gebracht hatten, sich zu ergeben.

Bis Calvin, auf den Knien und nach vorne gelehnt mit den Händen auf dem Boden, seine linke Hand in Richtung der herabsinkenden Drohnen hob. Der graue, matschige Beton unter Calvin schimmerte, wie ein Glas Wasser, das von einem kleinen Beben gestört wird, bevor sich die Luft um Calvins ausgestreckte Hand veränderte. Wie ein Nebel, aber dunkelgrau und schwer, breitete sich Calvins Dunst in Richtung der Drohnen aus und umhüllte sie. Ihre elektrischen Düsen heulten auf, stotterten und erloschen, während ihre wiederholten Aufrufe zur Ruhe knisterten und verstummten.

»Seeker! Hier!«, sagte Kat, und der Hund gehorchte und entfernte sich weit von dem, was Calvin da tat.

Der Nebel wurde immer dichter, bis Kat auf der anderen Seite nichts mehr sehen konnte. Ihr wurde auch klar, dass die Drohnen zwar ihre Motoren abgestellt hatten, aber nicht heruntergefallen waren. Stattdessen hingen sie in diesem Nebel, teilweise völlig verdeckt. Gefangen, als wäre der Nebel zu festem Gel geworden.

»Lass mich in Ruhe, Kat!«, kam Calvins Stimme leise, wie ein hallendes Echo. »Sag ihnen allen, sie sollen mich in Ruhe lassen!«

»Lauf nicht weg, Calvin! Wir können reden!«, versuchte Kat es, aber sie hörte nichts zurück.

Stattdessen näherte sie sich, Seeker dicht bei sich haltend, dieser Wand aus grauem Nebel. Obwohl es jetzt, da sie nahe dran war, überhaupt nicht wie Nebel aussah; klare Linien, keine Unschärfe oder Bewegung durch die Winterbrisen, die durch diese Gassen fegten. Kat hob ihre Hand und legte sie gegen das Graue. Fest. Hart. Wie Beton. Calvin hatte genau hier, zwischen diesen beiden Gebäuden, eine Mauer errichtet. Aber ... wie?

»Wo ist er?«, rief Gordon, der immer noch schwach klang, aber am Eingang der Gasse stand. »Hast du ihn erwischt?«

Kat schüttelte den Kopf und untersuchte die neue Wand auf der Suche nach einer Antwort. »Er hat das hier gemacht und ist weggelaufen. Ich weiß nicht wie.«

»Aus der Luft?«

Kat streckte die Hand aus und berührte es erneut. Definitiv Beton. »Ja, aus der Luft. Zwei Drohnen sind auch gefangen.«

Diesmal, als Kat ihre Hand zurückzog, zitterte die Wand.

Während sie zusah, erschienen Risse, Stücke begannen zu fallen und in staubige Fragmente zu zerfallen, die sich um sie herum verteilten. Seeker bellte und Kat folgte dem Rat des Hundes, wich zurück, als Calvins neue Mauer in sich zusammenfiel und die Drohnen mit ihr zu Boden krachten. Die größeren Brocken von Calvins Beton, durch den Aufprall zerbrochen, zitterten und zerfielen zu grauem Sand, der mit der nächsten Böe davongeweht wurde und Kat zwang, ihre Augen zu schützen, als sie vorwärts ging.

Auf der anderen Seite von Calvins Mauer, wo die Anomalie gekniet hatte, war ein tiefes Loch, perfekt und glatt, als wäre es mit einem Löffel aus der Erde geschöpft worden.

KAPITEL 39

VORBEREITUNG

SYLVIE HIELT IHN FERN, obwohl Zhan-Yo die ganze Ausrüstung hatte, die er brauchte: Zwei Tachi, kurze, gebogene Familienklinge, geschärft durch Geschichte und einen exzellenten Fachladen nicht weit von seinem Zuhause, waren auf Zhan-Yos Rücken geschnallt. Die lockeren Roben, die er zu seinen Kampfkunstklassen trug, verdeckten neue Ergänzungen: gepanzerte Polster wie die, die Sylvie trug, stark genug, um Kugeln abzuwehren und bereit, Hitze und Elektrizität umzuleiten, häufige Anomalie-Elemente.

Anstatt diese Vorbereitung zu nutzen, die Zhan-Yo Sylvie am Vorabend beschrieben hatte, saß Zhan-Yo im Hinterzimmer des Kraftwerks, inmitten von Hausmeisterausrüstung und Werkzeugkästen, und beobachtete auf einem verschlüsselten Feed seines Tamas, wie die Paragons kamen, um ihn aufzuhalten. Sie kämpften sich zum Eingang der Station vor, obwohl die Bildqualität miserabel wurde, nachdem Sylvie die Lichter ausgeschaltet hatte. Inmitten der Unschärfe und des Flackerns, als Kräfte aufblitzten, versuchte Zhan-Yo, Aegis zu finden. Er erkannte einige der Paragons in dem Blitzkrieg - Innis, dieser rotbärtige Prahlhans war überall in Chicagos Ätherwellen zu sehen, um diese und jene Paragon-Initiative zu verkünden - aber Zhan-Yo dachte, Aegis würde der Erste sein, der hereinkäme.

»Wir versiegeln jetzt die Türen«, kam Sylvies Stimme von Zhan-Yos Tama, durchgestellt über die sichere, lokale Leitung der Mission. »Nimm sie fest. Versuch, nicht zu töten, wenn du nicht musst.«

Sylvies Anweisung schien schwer zu befolgen. Die Paragons spielten sicherlich nicht nach denselben Regeln. Sie waren heiß reingekommen, hatten Sylvies Schläger weggeblasen und agierten mit dem Selbstvertrauen, das man nicht haben sollte, wenn all deine Kommunikation abgeschnitten wurde. Diese halbe Dutzend Paragons sollten eigentlich aufgeben, und anfangs dachte Zhan-Yo, Innis' Anwesenheit würde ihren Antrieb verstärken, aber jetzt, als sie sich im zentralen Raum des Generators in Sylvies Streitkräfte stürzten, wurde klar, dass sie einfach dachten, sie könnten nicht verlieren.

Zunächst schien es, als könnte die Dunkelheit als Vorteil für Sylvies Truppen dienen, die mit ihren Nachtsichthelmen hervorsprangen und in die Paragons krachten, ein anfänglicher Ausbruch, der es schaffte, die Paragons von ihrem einzigen Ausgang wegzudrängen und über den Punkt hinaus, an dem, wie Sylvie erklärte, ihre Kommunikation vollständig unterbrochen werden konnte. Die Paragons gruppierten sich jedoch, trugen das einzige Opfer des Eröffnungsangriffs mit sich, jemanden, den Zhan-Yo nicht sehen konnte, bis sie sich genug erholt hatte, um ihren Plan zu vereiteln. Wer auch immer dieser Paragon war, während Innis und die anderen einen verzweifelten, beweglichen Kampf in der Dunkelheit führten, war sie mitgeschleift worden, bis sie den Hauptraum erreicht hatten. Dann, kurz bevor Sylvie den Befehl gab, die Türen zu versiegeln, war der Paragon aufgewacht und zur Supernova geworden.

Ein Superlativ, um ein superlatives Ergebnis zu beschreiben. In einem Moment gab es kein Licht und ein Trupp von

Sylvies Soldaten umzingelte die Paragons mit Elektroschockern und lähmenden Schlagstöcken, und dann blitzte alles so hell auf, dass Zhan-Yos Tama-Feed zu Rauschen wurde, bis er sich erholt hatte. Und was für ein Anblick, als er es tat.

Wenn Zhan-Yos Leben einen großen Widerspruch hatte, dann war es sein Respekt, sogar Bewunderung für Anomalie-Fähigkeiten im Kontrast zu seinem Hass darauf, was diese selben Fähigkeiten hervorgebracht hatten. Hier, im Zentrum des Raumes, erstrahlte eine Frau, deren Haut heller leuchtete als das hellste Licht, das Zhan-Yo je gesehen hatte. Ein reines Silber, so gleißend, dass nur ihre Kleidung verhinderte, dass es jeden im Raum blendete. Eine Kraft, schön, schrecklich, und eine, die Zhan-Yo nicht zerstören wollte, außer dass ihre Umkehrung bedeutete, dass Sylvies Truppen nun herumstolperten und versuchten, ihre nutzlosen Brillen abzunehmen. Ein Paragon nutzte den Blitz aus: Er stieß diejenigen Schläger, die er vom Boden aus ansah, ab und schleuderte sie an die Decke, wo sie klebten, mit zappelnden Armen und Beinen.

Schlimmer noch, mit diesem neuen Licht konnte Zhan-Yo sehen, dass Aegis nicht gekommen war. Sie hatten es nicht nur geschafft, sich mit tödlichen Paragons in einem Gebäude einzuschließen, sie hatten nicht einmal ihr Ziel erwischt.

»Sylvie«, sagte Zhan-Yo, stand auf und sprach in sein Tama. »Wir müssen das retten.«

»Ich bin schon dabei.«

»Wenn es dir nichts ausmacht, werde ich helfen.«

Falls Sylvie eine Meinung zu Zhan-Yos Planänderung hatte, die sowohl aus Verzweiflung als auch aus Frustration geboren war, behielt sie diese für sich.

Zhan-Yo verließ seinen Hinterraum, der in einen kleineren, dämmrigen Flur mündete, der die Wartungsbuchten mit dem Hauptgeneratorraum verband, und nach einer schnellen Ausrüstungskontrolle zog er die Tachi und ging auf die Verbindungstür zu. Das schwere, isolierte Stahlportal, das diesen hinteren Bereich im Falle einer Überlastung sicher halten sollte, dämpfte den Ton beträchtlich. Als Zhan-Yo sich der Tür näherte, war er sich nicht sicher, ob im Raum dahinter noch gekämpft wurde. Er konnte sie öffnen und sich allein den Paragons gegenübersehen.

Andererseits, wenn der Kampf beendet wäre, würden dieselben Paragons hier hinten suchen und ihn schließlich finden. Besser jetzt das Risiko eingehen zu helfen, als sich später hilflos zu ergeben. Er steckte sein linkes Tachi zurück in die Scheide, packte den Griff und zog ihn nach unten, um das Schloss zu entriegeln. Zhan-Yo öffnete die Tür und hielt ihre Masse zwischen sich und dem, was dahinter lag, streckte seinen Kopf um die Kante, um zu sehen, in welchen Kampf er hineinging.

Sylvie, allein, hielt die Mitte. Sie hatte ein Messer an der Kehle des leuchtenden Paragons, drängte sie gegen die Wand gegenüber von Zhan-Yo. Die anderen fünf Paragons, einige mit leichten Wunden, aber ansonsten unversehrt aussehend, beobachteten sie. Körper von Sylvies Streitkräften lagen verstreut im Raum.

Sie hatten nicht gehört, wie Zhan-Yo die Tür öffnete, weil Sylvie laut geschrien hatte, dass die Paragons sich von ihr fernhalten sollten. Rechts stand der Korridor, der zum Eingang des Gebäudes führte, jetzt verschlossen, aber mit einem Zugangscode, den Zhan-Yo auf seinem Tama gespeichert hatte, unbewacht. Er könnte weglaufen, entkommen, und bis die Paragons Sylvie ein Geständnis entlockt hätten, bereit sein, seine Beteiligung zu leugnen. Zurück auf Anfang und von vorne beginnen.

Außer ... Zhan-Yo fing für den kürzesten Moment Sylvies Blick auf, bevor sie sich wieder auf ihre Gegner konzentrierte. Sie wollte Zhan-Yo nicht verraten, weil sie jetzt auf ihn angewiesen war.

Er würde sie nicht enttäuschen.

Zhan-Yo schlich nicht, sondern stürmte in den Raum, beide Tachi auf die beiden mittleren Paragons gerichtet. Jeder

Gedanke daran, die Helden lebend zu fangen, war verschwunden - Aegis war nicht hier, Zhan-Yos Truppen verloren, es war so verzweifelt, wie es nur sein konnte - und Zhan-Yos Schläge zielten auf Tötung ab. Oder zumindest taten sie das, bis eine unglaubliche Kraft beide Tachi aus seinen Händen riss und sie zur Decke schleuderte, wo die Klingen in die Metallschutzplatten einschlugen. Ein Paragon rechts, ein junger Mann, war dem leuchtenden Blick seines Partners gefolgt und hatte in Zhan-Yos Richtung geschaut.

»Hinter uns!«, rief der Paragon und verdarb damit vollständig die Überraschung.

Also wechselte Zhan-Yo die Taktik, und als sich die beiden mittleren Paragons umzudrehen begannen, versetzte er ihnen einen Schnellkick in die Rückseite ihrer linken und rechten Knie. Hart genug, um sie auszuknocken und die Paragons zu Boden zu schicken. Der junge Mann und eine andere, ältere Frau waren rechts und Innis links. Zhan-Yo ließ den Anführer links liegen, da Innis sich langsam zu bewegen schien, vielleicht war er verletzt, und ging auf die anderen beiden los. Die Frau trat vor, um ihn zu empfangen, und als sie das tat, schien sie sich auszudehnen und zu teilen. Es gab drei von ihr, eine jung und frisch aussehend, eine Version mittleren Alters in der Mitte, mit der ursprünglichen, älteren Version rechts. Alle drei gingen in eine Kickbox-Haltung über und schirmten den Mann hinter ihnen ab. Zhan-Yo wartete nicht - mit der Überzahl gegen ihn war Geschwindigkeit sein einziger Vorteil.

Zhan-Yo täuschte einen direkten Angriff vor, als wolle er direkt über den ursprünglichen Paragon hinwegfegen. Die jüngeren und älteren Versionen rückten von den Seiten zusammen, sodass Zhan-Yo, als er seinen linken Fuß aufsetzte und in einen bodenkreisenden Fegekick überging, die Knöchel aller drei erwischte. Der erste Aufprall mit dem ursprünglichen Paragon hatte die Steifheit von echtem Muskel und Knochen. Die anderen beiden fühlten sich jedoch eher wie Wasser an. Weniger substanziell. Dieser Faktor erwies sich einen Moment später als wertvoll, als die junge und die mittelalte Version mit einer für eine Person mit vollem Gewicht unmöglichen Behändigkeit zurücksprangen. Bevor Zhan-Yo sich von seinem eigenen Zug erholt hatte, waren die beiden über ihm und versetzten ihm eine Serie von Schlägen in die Seiten. Die Polster fingen die Treffer ab, die mit weniger Kraft einschlugen, als Zhan-Yo es von einer normalen Frau wie dieser erwartet hätte.

Um dem Hagel zu entkommen, brach Zhan-Yo nach rechts aus, drängte sich durch die Nierenschläge des ursprünglichen Paragons und trampelte über sie hinweg. Nicht gerade der geschmeidigste Zug, aber er lockte die jüngere Version in einen fast blinden Angriff, den Zhan-Yo mit einem Drehkick zum Kopf konterte. Direkt in den Nacken, ein Zug, der bei jeder normalen Person das Genick gebrochen hätte, der hier aber in die jüngere Form einzusinken schien und sie zu Boden warf, jedoch ohne das verräterische Knacken von Knochen. Der fehlende Widerstand ließ Zhan-Yo zurücktaumeln, wobei er über die Ältere stolperte, die er gerade zu Fall gebracht hatte. Die letzte Form nutzte dann ihre Chance zum Angriff mit einem schädelerschütternden Tritt gegen Zhan-Yos Kopf.

Es war lange her, dass Zhan-Yo eine echte Gehirnerschütterung erlitten hatte, einen Schlag, der die Welt verschwimmen ließ. Dieser hier ließ die langen Schatten im Raum wirbeln, und Zhan-Yos Magen drohte, den Inhalt des Abendessens preiszugeben, während seine Innenohren vergaßen, welche Richtungen oben, unten oder dazwischen waren. Der ursprüngliche Paragon erhob sich über ihm, ihr Körper schien zu schwanken und zu schaukeln, als wären sie auf einem schaukelnden Boot und nicht auf einem stabilen Betonboden.

»Gib auf«, sagte die Frau. »Du bist erledigt.«

Erledigt? Der Kampf hatte gerade erst begonnen! Er brauchte nur eine Minute oder eine Stunde, um sich wieder zusammenzusetzen. Seine ganze Sache konnte hier nicht enden, nicht wegen eines Paragons der unteren Ebene. Er versuchte, ihr das zu sagen, aber als er den Mund öffnete, verschwand alles Licht im Raum. In der plötzlichen Dunkelheit glaubte Zhan-Yo, Innis und den jungen Mann rufen zu hören, glaubte er, den Paragon, der auf ihm stand, eine Frage stellen zu hören. Das war der Moment. Er musste handeln, und ohne das Licht gab es nichts, was sein beschädigter Kopf zum Drehen bringen konnte, also schlug Zhan-Yo zu. Direkt nach oben, mit aller Kraft, die er aufbringen konnte. Er traf ihren weichen Bauch, und mit einem hustenden Grunzen fiel der Paragon von ihm zurück. Zhan-Yo versuchte aufzustehen, taumelte und fiel genau auf den Paragon, den er gerade getroffen hatte.

Sie versuchte, ihn zu packen, schlang ihre Arme um seinen Hals, während Zhan-Yos Rücken sie gegen den Boden drückte. Er wand sich, Instinkte übernahmen die Kontrolle über matschige Sinne, und er versetzte ihr Schlag um Schlag mit seinen Ellbogen, selbst als die anderen beiden Formen sich auf ihn stürzten. Einer dieser Schläge musste getroffen haben, denn die Arme des Paragons erschlafften und sowohl die junge als auch die mittelalte Form, deren kratzende Hände nach seinem Gesicht griffen, verschwanden, als hätte es sie nie gegeben. Zhan-Yo atmete einfach für einen Moment. Versuchte, sich zusammenzureißen, seinen Kopf zum Stillstand zu bringen, die aufkommende Angst davor zu unterdrücken, was es bedeuten könnte, gegen eine Armee voller Fähigkeiten wie dieser zu kämpfen.

Die Welt hatte sich den Champions und ihren Paragons ergeben. Nicht weil die Welt nicht kämpfen konnte, sondern weil der Kampf nur einen Sieger haben konnte.

»Lichter an!«, rief Sylvies Stimme über den Geräuschen des Handgemenges, und obwohl Zhan-Yo nicht realisiert hatte, dass Sylvie noch mehr Operateure in Reserve hatte, antwortete jemand auf ihren Ruf und schaltete die Lichter der Generatorstation wieder ein.

Das blau-weiße Leuchten zeigte den Grund, warum Sylvie glaubte, diesen Befehl geben zu können. Sie stand über den am Boden liegenden Gestalten der Frau, die sich selbst zum Leuchten gebracht hatte, und des jungen Mannes, der anscheinend derjenige war, der mit den Polaritäten herumgespielt hatte, als Objekte - wie Zhan-Yos Zwillingsklingen - von der Decke zu fallen begannen, als ihre Gewichte wieder mit der Schwerkraft in Verbindung kamen. Die beiden Paragons, die Zhan-Yo von hinten getroffen hatte, kämpften sich mühsam hoch, bis Innis zwischen sie trat und jedem eine riesige Hand auf den Rücken legte.

»Bleibt unten«, sagte Innis. »So ist die Chance geringer, dass sie euch töten.«

»Wir sollten dich töten«, sagte Sylvie zu Innis. »Meine Leute sollten nicht verletzt werden.«

»Meine auch nicht.«

Zhan-Yo schaffte es, auf die Knie zu kommen, wobei die allgemeine Übelkeit in seinem Magen genug nachließ und die Welt aufhörte, sich genug zu drehen, um einen Versuch des Aufstehens zu erlauben. Ein Versuch, der sich schnell in ein lehnendes Fallen gegen die nächste Wand verwandelte.

»Du solltest niemanden sonst mitbringen«, schoss Sylvie zurück und ignorierte bisher Zhan-Yos missliche Lage. Eines ihrer Messer begann von oben herabzufallen, und ohne den Blick von Innis abzuwenden, pflückte Sylvie es aus der Luft, als wäre es ein fallendes Blatt statt einer scharfen Klinge. »Du und Aegis. Allein. Das war der Plan.«

»Der Plan hat sich geändert. Aegis kommt nicht.« Innis klang genauso frustriert wie Sylvie, und Zhan-Yo fragte sich, ob das daran lag, dass sein Team verletzt worden war, oder weil Aegis noch lebte.

Einige von Sylvies Schlägern kamen jetzt auch wieder zu sich, rieben sich die Gesichter und standen auf. Sylvie wies sie mit einer Reihe von Gesten an, die Paragons mit Kabelbindern und großzügiger Anwendung von Elektroschockpistolen-Pfeilen zu fesseln. Wenn man sichergehen wollte, dass ein Paragon seine Fähigkeit nicht einsetzen konnte, musste man ihn einfach bewusstlos halten.

»Du bist ein Verräter?«, stotterte einer der Paragons, die Innis festhielt. »Was?«

»Das geht dich nichts an«, knurrte Innis, und bevor er sich weiter verteidigen musste, schläferte einer der Schläger den Paragon ein. »Der Plan ist gescheitert, Sylvie. Jetzt muss ich mich darum kümmern. Du hättest uns einfach gehen lassen sollen.«

»Nein«, sagte Zhan-Yo, seine Stimme schwächer als er gedacht hatte, aber sie hallte trotzdem an den Metallwänden entlang. »Der Plan hat sich geändert.«

Sylvie bemerkte endlich, dass mit Zhan-Yo etwas nicht stimmte, und sie ging durch den Raum, um ihm eine Schulter zum Anlehnen zu geben. »Was ist passiert?«

»Ein kleiner Tritt gegen den Kopf. Ich war zu langsam«, antwortete Zhan-Yo und blickte dann zu Innis. »Nehmt ihn auch mit.«

Aegis führte ein riesiges Anomalie-Netzwerk, so wie Zhan-Yo einen riesigen Konzern leitete. Wenn die Situation ernst war, zögerte Zhan-Yo nicht, persönlich einzugreifen, um das Problem zu lösen, um sein Geschäft und seine Mitarbeiter zu retten. Diese Paragons waren in Schwierigkeiten, und Aegis hatte die Angewohnheit, sich persönlich einzumischen. Er würde kommen, um sie zu retten. Er würde dem Ruf, der Held zu sein, nicht widerstehen können.

»Sylvie, wir müssen eine Nachricht schicken. An Aegis. Sag ihm, dass wir sein Team haben«, sagte Zhan-Yo, während er sich auf Sylvie stützte und die Augen so oft wie möglich geschlossen hielt. »Er wird kommen, und wir werden ihn schnappen, wenn er es tut.«

KAPITEL 40

HANDLUNGEN HABEN IHREN PREIS

VON ALL DEN DINGEN, die Mynx so kurz nach dem Kampf gegen Thane nicht tun wollte, stand die Vorbereitung auf einen weiteren Angriff ziemlich weit oben auf der Liste. Immer noch wund, immer noch müde, wachte Mynx dennoch zu Reeves' Meldung auf, dass er Denise Jones zu ihrem Labor zurückverfolgt hatte. Den ganzen gestrigen Tag war Denise durch den Großraum L.A. geflitzt und hatte nirgendwo länger als eine Stunde Halt gemacht. Ein Muster, das Mynx' Meinung nach genau zu jemandem passte, der alles für eine Flucht oder einen letzten Kampf zusammen-sammelte.

Nicht dass es für Denise einfach wäre, die Stadt zu verlas-sen. Reeves hatte auf Mynx' Anweisung hin Denises Ausweise ungültig gemacht und ihre Konten eingefroren, wobei er die uneingeschränkte Macht nutzte, die in der Welt vor den Paragons ein ganzes Team aus Gerichten und Polizei gebraucht hätte. Anfällig für Missbrauch? Vielleicht, aber genau darum ging es; die Welt musste darauf vertrauen, dass die Champions ihre Macht nicht missbrauchen würden, denn die Welt hatte keine andere Wahl. Auf jeden Fall würde Denise bei jedem legitimen Fluchtversuch von Drohnen oder

Menschen aufgegriffen werden, sobald sie versuchte, ihre Tama zu scannen.

Dass Denise noch nicht gefasst worden war, deutete darauf hin, dass sie Hilfe hatte. Jeder wusste, dass die Champions einen Kriminellen in die Enge treiben konnten, Mynx war auf Werbetafeln in ganz Pacifica zu sehen, auf denen alle Möglichkeiten aufgezeigt wurden, wie man auf die Schwarze Liste der Paragons kommen konnte. Also hatte Denise wahrscheinlich damit gerechnet. Sie hatte wohl ein paar ahnungslose Trottel mit dem Versprechen rekrutiert, eines Tages zu Anomalien zu werden – ein Deal, der nach billigem Nachmittagsprogramm klang. Dennoch hatten Mynx und die anderen Champions gesehen, wie die mystische Frucht potenzieller Kräfte von wahnhaften möchtegern Superhirnen so vielen gewöhnlichen Kriminellen vor die Nase gehalten wurde, dass die klischeehaften Handlungsstränge von gestern in der heutigen Realität eine deprimierende Heimat gefunden hatten.

»Glaubst du, sie wird dort bleiben?«, fragte Mynx, wieder an ihrem Projektionstisch.

Sie trug keinen Bademantel, schlürfte starken schwarzen Kaffee und hatte bereits Pillen eingenommen, die ihre Muskelschmerzen lindern sollten. Das heutige, von Wolken durchsetzte Sonnenlicht und die peitschenden Wellen des Ozeans, die von einem nächtlichen Wolkenbruch aufgepeitscht worden waren, spiegelten Mynx' gewalttätige Gedanken wider. Pacificas Champion bereitete sich auf einen Krieg vor, und es würde ein schneller, totaler Krieg sein.

»Die Kapsel, die sie benutzt, wurde für den Pool freigegeben, und obwohl es häufigen Verkehr zum Labor gibt, hat sie es nicht verlassen«, antwortete Reeves. »Es ist natürlich unmöglich, irrationales menschliches Verhalten vorherzusagen, aber die Anzeichen deuten darauf hin, dass Denise dort bleibt.«

»Sie versucht, ein Wettrennen zu gewinnen«, sagte Mynx

und schaltete die Projektion auf dem Tisch auf den Live-Feed einer kreisenden Drohne von Denises Labor um. »Sie muss denken, dass sie dem Geheimnis so nahe ist, dass sie in ein paar Stunden ihre eigene Armee von selbstgebastelten Anomalien haben wird.«

»Die Realitäten wissenschaftlicher Arbeit machen dieses Ergebnis unwahrscheinlich.«

»Da hast du nicht Unrecht, aber wie du gerade gesagt hast, Menschen sind irrational.« Mynx trank ihren Kaffee aus und hob eine Hand mit einem zum Himmel zeigenden Finger. »Ich denke, es ist Zeit, dass wir zeigen, wie irrational sie ist.«

»Nicht dein bester Spruch, aber er wird genügen«, erwiderte Reeves und begann damit, einige der für Mynx bestimmten Drohnen aus der Fabrik zu ihr zu schicken.

»Reeves, erinnere mich daran, deine Meinungsalgorithmen anzupassen. Du solltest eigentlich alles, was ich sage, für Gold halten.«

»Im Gegenteil, ich muss gelegentlich ein demütigendes Argument vorbringen, da umfassend gezeigt wurde, dass Menschen mit übergroßem Ego häufiger getötet werden.«

»Du beleidigst mich also, um mich zu schützen?«

»Ja.«

Es gab Zeiten, viele Zeiten, in denen Mynx sich fragte, ob sie bei den KIs, die die Häuser der Champions mit Energie versorgten, nicht zu gute Arbeit geleistet hatte. Im Gegensatz zu den Drohnen, die nur begrenzt außerhalb ihrer programmierten Parameter flexibel sein konnten, konnte Reeves alles tun, was seine Verbindungen zuließen. Das bedeutete, ja, sarkastisch zu sein, aber es erlaubte ihm auch, sich in Pacificas Kapseln einzuklinken, in sein Stromnetz, jeden Nachrichtenfeed zu überwachen, der ins Internet ging, und so weiter. Bisher waren keine KIs durchgedreht oder hatten einen verrückten Krieg gegen die Menschheit begonnen, wie in den Filmen und Büchern, aber das bedeutete nicht, dass es nicht passieren konnte.

»Mynx«, sagte Reeves, als sich die erste Drohne an Mynx' linkem Bein befestigte, gefolgt von einer weiteren an ihrem rechten. »Ich muss auch davon abraten, hier persönlich einzugreifen. Wir haben genug Drohnen, um Denise platt zu machen oder gefangen zu nehmen, ohne dass du buchstäblich involviert bist.«

»Das weiß ich«, sagte Mynx, als sich eine dritte Drohne, größer als die ersten beiden, um ihre Brust wickelte. Während das Set, das sie gegen Thane getragen hatte, eine wahllose Sammlung aus Drohnen war, die zufällig da waren, blieben diese heimischen Kreationen in der Fabrik, für den Fall, dass Mynx ihre Ausrüstung auf höchstem Niveau benötigte, und ihre perfekte Passform zeigte es. »Aber Denise muss wissen, dass wir hinter ihr her sein werden. Ich bin zu alt, um das in die Länge zu ziehen, Reeves. Ich werde das jetzt beenden, damit ich heute Nacht tatsächlich etwas Schlaf bekomme.«

Als sich die Drohnen an ihr befestigt hatten, hatte Reeves Gladiatorendrohnen bereit, um Mynx zu Denises Labor zu eskortieren. Zu groß jetzt, um in eine Kapsel zu passen, schaltete Mynx die Batterieantriebssysteme in ihren neuen Beinen ein. Sie hatten genug Energie, um sie zum Labor zu bringen, aber wahrscheinlich nicht für den Rückweg; die einzelnen Drohnenmotoren konnten das kombinierte Gewicht von Mynx und dem Anzug nicht allzu lange heben. Es sollte keine Rolle spielen – nach dem Angriff konnte Mynx die Rüstung ablegen und eine entspannende Kapselfahrt nach Hause machen.

»Reeves, verriegle die Fabrik, während ich weg bin«, sagte Mynx, nachdem sie über ihr eigenes Dach geglitten und inmitten der vier Drohnen gelandet war, die sie eskortieren sollten. »Niemand kommt rein, auch wenn er sich als ich ausweist. Ich werde einen verbalen Code durchgeben, wenn ich zurückkomme.«

»Und wie wird dieser Code lauten?«

Mynx ratterte eine präzise Folge von Einsen und Nullen herunter – ihr Geburtsdatum in Binärcode. Zu lang, als dass jemand, der ihre Stimme imitierte, es erraten könnte, und es kratzte diesen kleinen Trivia-Juckreiz, den sie hatte.

»Außerdem, Reeves, führe die Tests weiter durch. Selbst wenn Denise sich diese ganze Idee nur ausgedacht hat, will ich sehen, ob überhaupt etwas Wahres dran ist.«

Würdest du aufhören, nach dem größten Schatz zu suchen, nur weil sich einer der Jäger als Betrüger herausgestellt hat? Nein. Mynx war schon früher verraten worden und würde wahrscheinlich wieder verraten werden. Es hatte sie nie davon abgehalten, weiterzumachen.

»Natürlich«, sagte Reeves. »Du hast auch einen eingehenden Prioritätsanruf. Von Aegis.«

Mynx hätte fast geflucht. Wenn Aegis sich schon wieder in Schwierigkeiten gebracht hatte und sie zwang, an die Ostküste zurückzufliegen, könnte Mynx hier und jetzt ein Aneurysma bekommen. Sie hatte ihre eigenen Angelegenheiten zu erledigen und konnte nicht ständig auf Aegis' Abruf sein, wann immer der Champion irgendein lächerliches Problem verursachte.

»Stell ihn durch.«

Es dauerte eine Sekunde, aber der Klang in ihrem Ohr änderte sich und nahm das verräterische Rauschen eines Düsentriebwerks auf, das durch die Luft heulte.

»Mynx. Hast du das Paket geliefert?«

Thane.

»Hab ich«, antwortete Mynx. »Hab dir auch die Details dazu geschickt.«

»Ich weiß. Wollte nur höflich sein.«

Aegis musste wirklich etwas wollen, wenn er versuchte, Mynx mit Smalltalk einzuwickeln. Der Mann war normalerweise so subtil wie ein Zugunglück. Doch von allen Zeiten, in denen Aegis gesprächig wurde, war dies nicht das, womit Mynx sich jetzt befassen wollte.

»Ich habe hier eine Situation, Aegis. Was brauchst du?«

»Ich könnte ein Team verloren haben, Mynx.« Aegis ließ die Frustration durchscheinen. »In Chicago. Celice wollte, dass ich nicht mehr aktiv bin, also bin ich geblieben. Jetzt bin ich auf dem Weg dorthin.«

Paragons zu verlieren war keine Kleinigkeit. Anomalien waren selten, Anomalien, die effektive Anführer, Vollzugsbeamte oder Vertreter für die Gemeinschaft sein konnten, waren noch seltener. Deshalb hatte Mynx überhaupt erst die Drohnen entwickelt, damit Paragons sich nicht für die kleinen Dinge in Gefahr bringen mussten. Oder, da die Drohnen immer besser wurden, für die großen Dinge. Aegis' Team hätte im Büro bleiben und den Angriff per Videoübertragung leiten sollen, und Mynx sagte das auch.

»Das hätten sie auch, aber das Ziel befand sich nicht in einem Gebiet mit gutem Signal. Ein unterirdischer Generator.«

Mynx startete die Startsequenz ihres Anzugs und verband ihn mit den Gladiator-Drohnen, damit sie zusammen fliegen würden. Wenn Aegis ihre Hilfe brauchte, und sie hatte das Gefühl, dass die Bitte kommen würde, dann musste Mynx sich schnell um Denise kümmern. Und Reeves beauftragen, mehr Kaffee zu kochen, denn offensichtlich hatte die Welt den Verstand verloren. Die elektrischen Motoren sprangen mit einem beruhigenden Summen an, und Mynx schwebte einen Meter über dem Boden. Von hier aus, auf der Anhöhe, die zur Fabrik führte, konnte sie ein gutes Stück südlich ins eigentliche L.A. sehen, wo sich alte und neue Gebäude mit ihren Blöcken und Wirbeln vermischten, während überall Handel getrieben wurde. Drohnen, ja, aber auch fliegende Transporter, Kapseln und andere Fluggeräte, die Flugplänen folgten, die sie voneinander fernhielten. Reeves reichte ihren ein, und sobald Mynx ihn mit einem Doppelblinzeln aktivierte, erschien eine breite, durchscheinende grüne Welle in ihrem Visier, die die exakte Route anzeigte, die sie nehmen würde, um zu Denises Labor zu gelangen.

»Die Drohnen können auch bei Signalverlust operieren«, sagte Mynx. »Sie sind weniger berechenbar, aber besser als nichts.«

»Weißt du, was noch besser wäre?«

»Sag nicht 'ich'. Ich bin beschäftigt, Aegis. Zumindest für eine Weile.«

»Kneifst du etwa?«

Mynx lächelte in sich hinein. Aegis brachte es nach all den Jahren immer wieder so zurück, als hätten sie sich nie verändert. Die freundlichen Sticheleien, die 'Wir müssen das Universum retten'-Stimmung, er war schon immer der größte Gläubige an ihre eigenen Heldentaten gewesen, während der Rest der Champions, einschließlich Mynx, verstand, dass sie diese Kräfte nur durch Zufall hatten. Doch sie waren jahrelang bei Aegis geblieben, zumindest teilweise, weil er sie fühlen ließ, als wären sie die Helden aus Kindergeschichten und triumphalen Filmen. Gemeinsam konnten sie die Welt retten, und gemeinsam taten sie es.

Sie hatten es getan.

»Ich habe heute meinen eigenen Kampf, auch wenn ich nicht begeistert davon bin«, sagte Mynx, als ihr Anzug und die begleitenden Drohnen dem Flugplan zu folgen begannen und sie über die nächstgelegenen Häuser zur Fabrik hinauskatapultierten. »Nachdem das erledigt ist, könnte ich vielleicht zu dir kommen, aber du wirst warten müssen.«

»Das geht nicht. Mein Team könnte noch am Leben sein. Kannst du deine Sache nicht verschieben?«

»Nein.« Mynx hatte keine Lust, auf die Implikationen einzugehen, die es hätte, rogue DNA in den Händen von jemandem wie Denise zu lassen - gib ihr genug Zeit und Denise könnte wahrscheinlich das, was sie gestohlen hat, über das Internet verteilen und die private genetische Zusammensetzung von Anomalien für alle Akteure, gute wie schlechte, die Ideen dafür haben könnten, öffentlich machen. »Das hier ist wichtig.«

Aegis seufzte laut genug, dass das Mikrofon es aufnahm. »Erinnerst du dich noch an die Zeit, als wir mehr hatten als nur dich und mich?«

»Ja, tue ich.« Unter ihr erstreckte sich jetzt eine umgestaltete Autobahn. Mit der Effizienz der Kapseln hatte Pacifica viele seiner Straßen reduziert und in Parks und Wohnungen zurückverwandelt. Einige Designer entschieden sich dafür, um die bestehenden Fundamente herum zu bauen und nutzten die Betonpfeiler, die einst Autos und Lastwagen trugen, als Kerne für vertikale Farmen und Apartments. »Sie sind immer noch da draußen.«

»Denkst du, sie würden kommen?«

Mynx wusste, dass die anderen Champions kommen würden. Wenn es nötig wäre. Worauf sie sich wirklich konzentrierte, war, wie Aegis weiter redete. Der Mann war nicht für lange Gespräche bekannt, nicht einmal während der Fahrt. Er hätte seine Missionsparameter studieren, Blaupausen auswendig lernen, all die Nebensächlichkeiten, die aus planlosen Fehlschüssen messerscharfe Ausführungen machten.

»Aegis, wenn eine Bedrohung uns alle erfordern würde, würden die Champions zusammenkommen. Sie würden alles vergeben.«

Stille, und für einen kurzen Moment dachte Mynx, Aegis hätte den Anruf genau dort beendet. Was als eine Trennung präsentiert worden war, um die neu gebildeten Paragon-Regionen auf der ganzen Welt zu leiten, war, nun ja, genau das; ein Pitch, um eine kriegsmüde Öffentlichkeit davon zu überzeugen, dass ihre Beschützer noch vereint waren. Dass sie nicht nur einen weiteren Streit davon entfernt waren, sich gegeneinander zu wenden.

»Nun, zumindest du hast es getan«, sagte Aegis schließlich. »Danke, Mynx. Viel Glück mit deiner Sache.«

»Nimm die Drohnen, Aegis. Sie werden dir helfen.«

»Ja. Werde ich. Bis später.«

Aegis legte auf und ließ Mynx mit einem seltsamen, leeren Gefühl im Magen zurück. Aegis klang so verloren. Einerseits sinnierte er über die Vergangenheit und bereitete sich gleichzeitig auf das vor, was nach einer gewalttätigen Zukunft klang. Mehr als alles andere klang Aegis, als wäre er fertig. Er freute sich nicht darauf, genau wie Mynx, die jetzt den Sinkflug zum Labor begann, sich nicht auf das freute, was gleich passieren würde. Die Gründung der Paragons hätte dem ein Ende setzen sollen.

Stattdessen schien die Welt schlimmer zu werden.

KAPITEL 41
IM ANFLUG

WÄHREND MYNX in einem blitzschnellen Ball reiste, nahm Aegis die Variante der Kutsche: ein privates Paragon-Flugzeug, das mit normalen Wasserstofftriebwerken flog, langsamer und stabiler als sein Champion-Gegenstück. Das Paragon-Flugzeug machte seine relative Trägheit durch Annehmlichkeiten wett, wie Platz zum Beinausstrecken, breite Fenster und einen großen Monitor, auf dem Aegis die eingehende Nachricht sah, die ihn dazu gebracht hatte, das Gespräch früher zu beenden. Getrennt von den Piloten und der einzigen Flugbegleiterin, mit einer Geste, um die Privatsphäretüren zu schließen, saß Aegis dem meterbreiten Bildschirm gegenüber und zögerte.

Sein Tama sagte ihm, dass die Nachricht von Ziran kam. Dem Unternehmen. Persönlich an Aegis geschickt, etwas, das noch nie zuvor passiert war. Er wusste jedoch, dass Ziran seinen Hauptsitz in Chicago hatte, und obwohl Aegis sich nicht als den cleversten der Champions bezeichnen würde, verband ein nervöses Gefühl diese Nachricht mit dem, was er zuvor in Teilen gesehen hatte. Die Frage war, ob dies die Überreste seines Teams zeigen oder ein Angebot machen würde, um sie zurückzubekommen?

»Um deinetwillen hoffe ich, es ist Letzteres«, sagte Aegis und tippte auf sein Tama, um die Wiedergabe zu starten.

»So sollte es nicht sein.« Die Stimme, körnig, unbearbeitet und nicht optimiert, sagte, als sich die verschwommene Aufnahme einer Tama-Kamera auf einen schmutzigen Raum und die halbes Dutzend gefesselten Körper darin konzentrierte. »Du hättest hier sein sollen. Nicht sie.«

Die Kamera hielt den Fokus. Aegis lehnte sich zum Bildschirm. Er glaubte, Innis dort zu erkennen, mit gesenktem Kopf. Dima auch, obwohl er bewusstlos aussah. Was bedeutete, dass die anderen wahrscheinlich auch alle Paragons waren. Zumindest waren sie gefesselt, was bedeutete, dass momentan wahrscheinlich keiner tot war.

»Ich weiß, du wirst kommen, denn das bist du«, fuhr die Stimme fort. Sie klang männlich, älter. »Aber du solltest verstehen, warum.« Ein Atemzug. »Du würdest uns nicht hören, wenn wir schreien, wenn wir brüllen oder mit Forderungen vor deiner Tür auftauchen würden. Also erregen wir deine Aufmerksamkeit auf die einzige Art und Weise, die funktionieren wird, indem wir dich den Helden spielen lassen. Du wirst versuchen, sie zu retten, und wir werden warten, und wir werden unser Gespräch führen.«

Aegis konnte diese Stimme nicht zuordnen, und das störte ihn. Die meisten Schurken fanden eine perverse Freude daran, ihre Namen bekannt zu geben, ihre Motivationen zu erläutern, ihre Pläne, als ob die Champions alle vor Ehrfurcht erstarren würden. Stattdessen redete diese Stimme weiter über irgendeinen Wandel in der Gesellschaft. Gleichheit und dies und das. Argumente, die Aegis selbst vor Jahrzehnten vorgebracht hatte, als er den Kampf für die Rechte der Anomalien anführte, für die Unantastbarkeit derer, die zufällig Kräfte entwickelten. Die alte Welt hatte entschieden, dass lebende Waffen kontrolliert werden müssen, also übernahmen die Anomalien diese Kontrolle selbst.

Das Video endete mit einem weiteren Aufruf an Aegis,

sich ihnen anzuschließen, und listete Koordinaten auf mit der üblichen Drohung, dass die Geiseln hingerichtet würden, wenn jemand anderes als Aegis versuchen würde, sich zu nähern. Dies ließ die Option offen, dass Aegis Drohnen und andere Paragons den Ort dem Erdboden gleichmachen lassen könnte, wobei er die Gefangenen als Verlust abschreiben, aber sein eigenes Leben retten würde. Das wäre die Entscheidung, die Aegis treffen würde, wenn er das Monster wäre, für das der Erzähler dieses Videos ihn hielt. Stattdessen gab Aegis die Adresse ein und schickte eine Notiz, dass Drohnen den Ort unter ständiger Überwachung halten sollten, ohne sich zu nähern. Aegis könnte Glück haben und sehen, wer ein- und ausging.

Danach machte er den Anruf, vor dem er sich gefürchtet hatte.

»Du kommst nicht zum Abendessen zurück, oder?«, sagte Celice, als sie antwortete.

Er hatte seiner Tochter gesagt, er würde kurz weggehen. Er hatte ihr nicht gesagt, wohin, oder dass es mit dem Flugzeug sein würde.

»Ich glaube nicht, dass ich es schaffen werde«, sagte Aegis. »Es tut mir leid, dass ich es dir nicht gesagt habe, bevor ich ging, aber-«

»Du bist auf dem Weg nach Chicago. Denkst du, ich weiß nicht, wann eines unserer Flugzeuge abhebt? Das hast du mir beigebracht. Logistik ist alles.«

»Du hast es erfasst. Wusste doch, dass ich bei deiner Erziehung etwas richtig gemacht habe.«

Auf seinem Tama-Bildschirm sah Celice für einen Moment von der Kamera weg, blinzelte und rieb sich für eine Sekunde die Nase, dann schaute sie zurück. »In Chicago herrscht gerade das Chaos, weißt du das? Innis ist weg, genauso wie ein Haufen ihrer anderen Paragons.«

»Ich gehe dorthin, um das in Ordnung zu bringen.«

»Womit, Papa? Mit deinen Fäusten?«

»Wenn es sein muss.«

Celice lachte einmal, dieses herzzerreißende Kichern, das Aegis umbrachte, wenn er es hörte, und er hörte es viel zu oft. In diesem Moment gab er sich selbst, Celice, das Versprechen, dass er danach aufhören würde. Die Handschuhe an den Nagel hängen und vom Sessel aus führen, nicht von der Front. Diesen Gipfel zusammenbringen und einen schönen Ruhestand mit Abendessen mit seiner Tochter planen, und vielleicht ein oder zwei Reisen, um Mynx im Westen zu besuchen. Er könnte sogar den Mut aufbringen, einige der anderen Champions zu besuchen, einige dieser Risse zu kitten. Es würde nicht einfach sein, aber es wäre einfacher, als zuzusehen, wie seine Tochter ihre eigene Frustration zurückhielt.

»Ziran steckt dahinter, oder jemand in diesem Unternehmen«, sagte Aegis und versuchte, das Thema zu wechseln, die Emotionen auszublenden und zu etwas Komfortablerem zurückzukehren. »Sie haben das ganze Team als Geisel. Innis und alle anderen. Wollen mit mir reden.«

»Was wollen sie?«

»Ich bin mir nicht sicher. Auf jeden Fall will ich, dass du einen Plan aufstellst, um ihre Konten einzufrieren. Überlege, wer ihre Technologie ersetzen wird.«

»Das wird ... nicht einfach sein.«

»Deshalb bist du die perfekte Person, um das zu erledigen. Logistik, Celice.«

Sie schüttelte den Kopf. »Du häufst wirklich Schulden an, Papa. Bei diesem Tempo musst du mir den ganzen Turm überlassen.«

»Er gehört dir«, erwiderte Aegis. »Mochte ihn sowieso nie.«

Eine Lüge, wenn auch nicht so weit von der Wahrheit entfernt wie einst. Er hatte begonnen, sich ein wenig zu erhaben auf seinem stählernen Thron zu fühlen, von dem aus er auf New York herabblickte. Noch etwas, das er nach all dem aufgeben konnte. Seine Paragons ein letztes Mal in Sicherheit bringen, dann in den Sonnenuntergang schreiten.

So machten es Helden doch, oder?

Aegis spürte die Veränderung, als das Flugzeug seinen Sinkflug nach Chicago begann, was eine Sekunde später durch die Piloten über die Bordlautsprecher bestätigt wurde.

Celice bemerkte es auch. »Du bist fast da?«

»Fast. Hör zu, Celice. Ich habe die Entscheidung getroffen. Ich höre danach auf.«

»Das hast du schon mal gesagt.«

»Dann sage ich es wohl noch einmal.«

Celice nickte. »Okay, Papa. Was immer du sagst. Geh und sei der Held.«

»Ein letztes Mal.«

»Klar. Ich liebe dich.«

»Ich liebe dich auch.«

Celice verschwand, und Aegis wandte sich den grauen Wolken draußen zu, während das Flugzeug ihn näher an seine Ziele und weiter weg von seinen Träumen brachte.

KAPITEL 42
GIER IST TÖDLICH

KAT STARRTE an die Decke und wünschte sich, Gordon würde verschwinden. Seeker offensichtlich auch – das ununterbrochene Bellen des Hundes hatte als schlechte Begleitung zu Gordons endloser Tirade darüber begonnen, wie sie Calvin weiter verfolgen müssten. Eine Liste wachsender Intensität, die Kat auf ihr Sofa gedrängt hatte, wo sie beschlossen hatte, Gordon auszusitzen. Eine Aussicht, die mit jeder Sekunde düsterer wurde.

»Denk an die Reps, Kat!« Gordon verlagerte sein Spiel vom Schutz der Gesellschaft zum Geldverdienen, offenbar in der Annahme, dass pure Gier ansprechender sein könnte als wohlwollende Optionen. »Eine Anomalie wie Calvin hat man noch nie gesehen! Er kann verschiedene Dinge tun! Wer weiß, wozu er fähig sein könnte?«

»Ich weiß, dass er uns töten könnte, wenn er wollte«, schoss Kat zurück, ein Fehler, den sie sofort bereute.

»Vielleicht! Aber nicht, wenn wir beide zusammen auf ihn losgehen würden. Er ist nicht hellsehend, sonst hätte er gewusst, dass wir kommen«, Gordon wechselte zwischen Auf- und Abgehen, Sitzen auf Kats Schreibtischstuhl und Trinken aus einer Kaffeekanne, die er zubereitet hatte, aber offensichtlich nicht brauchte. »Mit dem Tracker könnten wir ihm auflauern, Calvin betäuben, bevor-«

»Warst du vor einer Stunde nicht dabei, als er uns ein Fenster ins Gesicht gesprengt hat?«, sagte Kat. »Es spielte keine Rolle, dass wir ihn überrascht haben. Er hat uns trotzdem ausgeschaltet, zusammen mit zwei Drohnen. Ich hab mich nicht dafür gemeldet, um getötet zu werden.«

»Du wirst nicht sterben«, versuchte Gordon eine andere Taktik. »Calvin will uns offensichtlich nicht töten. Das wird er nicht tun.«

Kat rollte sich auf die Seite. Starrte Gordon an: »Ich weiß nicht, ob das Herumreisen durchs Land und das Annehmen dieser zufälligen Aufträge dein Gehirn verzerrt hat, Gordon, aber Tracker sterben ständig. Anomalien töten andauernd Menschen. Das ist der ganze Grund, warum wir existieren, erinnerst du dich? Weil alle wegen anonymer Explosionen, Menschen, die von innen nach außen gekehrt oder zu Eis erstarrt wurden, ausgeflippt sind?«

Gordon hatte darauf keine schnelle Antwort parat, also beschloss Kat, den Schwung zu nutzen und weiterzumachen.

»Du denkst, das ist alles eine Art Spiel: den Tracer reinbringen, die Reps einsammeln, weitermachen und mehr Spaß finden. Aber ich? Ich mache das nicht zum Spaß, ich mache es, weil ich nichts anderes tun kann. Weil ich, wenn ich eine Anomalie davon abhalten kann, jemandem zu schaden, es versuchen sollte. Aber!« Kat hob eine Hand, um den offensichtlichen Einwand zu stoppen. »Es gibt einen Grund, warum die Paragons existieren. Warum all diese Drohnen herumfliegen. Das liegt daran, dass einige Anomalien zu gefährlich für uns oder für jeden sind. Calvin ist jenseits von dir und mir, Gordon. Wir sollen Leute wie ihn nicht aufhalten. Also lass uns den Ping an die Paragons weitergeben und sie es regeln lassen.«

Gordon hatte, was ihm zugutegehalten werden muss, ein großartiges verdutztes Gesicht. Er hatte es während dieses aktuellen Aufenthalts in Chicago vernachlässigt zu rasieren, sodass die krausen Anfänge dessen, was ein fleckiger Bart zu werden versprach, seinen heruntergefallenen Kiefer bei Kats Worten umrahmten. Sein Gesichtsausdruck deutete darauf hin, dass Kat eine absurde Behauptung aufgestellt hatte – dass Seeker tatsächlich fliegen könne, sagen wir – anstatt der logischen Schlussfolgerung aus einer Reihe von Begegnungen, die ausnahmslos damit geendet hatten, dass die beiden Tracker auf der Verliererseite standen und in den Straßen der Stadt oder ihren überfüllten Kongresshallen um ihr Leben kämpften.

»Willst du wirklich ein Tracker sein?«, sagte Gordon und warf die Frage wie eine Granate.

»Ja, aber ein vernünftiger. Ein lebender.« Kat stürzte sich darauf und erstickte die Explosion mit dicker Logik.

»Ein langweiliger also.« Gordon versuchte, sie mit dem Etikett zu verurteilen. »Als wir damit angefangen haben, dachte ich, du wolltest die Beste sein. Wir haben zusammengearbeitet, um sie alle aufzuspüren, und wir haben es geschafft, Kat. Wir waren unglaublich.«

»Ja, und dann bist du gegangen, weil Chicago nicht gut genug für dich war.«

»Ich bin gegangen, weil du dich verändert hast!« Gordon bezog jetzt seine Hände mit ein und wedelte mit ihnen zu den Worten wie ein Maestro, der ein Orchester dirigiert.

»Nee, Gordon, ich hab mich nicht verändert. Du hast dich verändert.« Kat stand vom Sofa auf, das sich zu ruhig, zu lässig für dieses Gespräch anfühlte. »Du wolltest, dass die Jagd dein Leben ist. Du wolltest größere, bessere Ziele. Das will ich nicht. Ich will mich nicht jeden verdammten Tag in Gefahr bringen und mich fragen, ob ich es auf der anderen Seite rausschaffe.«

»Also hast du Angst. Das ist es.«

Kat war nicht für Ohrfeigen. Sie schlug mit der Faust. Trat. Schoss Anomalien mit Betäubungsgewehren ab, wenn sie musste. Aber wie gerne hätte sie Gordon in diesem Moment eine Ohrfeige verpasst. Denn er hatte Recht, Calvin machte ihr Angst, und dass Gordon diese Angst als etwas Schlechtes darstellte, war ein mieser Zug. Angst, vernünftige Angst, hielt Menschen in dieser verrückten Welt am Leben. Sie und Gordon waren normal. Sie hatten kein Geschäft damit, sich mit Anomalien anzulegen, die mit Naturgesetzen spielen konnten, wie Kat mit Würfeln spielen konnte. Nicht mit den tödlichen jedenfalls.

»Das ist erledigt«, sagte sie stattdessen. »Wir sind fertig. Geh weg von meinem Schreibtisch. Ich sende das Signal an die Paragons, und das war's.«

Gordon stand auf, sah für einen Moment so aus, als würde er Kat genau das tun lassen, was sie gesagt hatte, dann beugte er sich vor und klickte den Bildschirm der Workstation auf die Position des Pings. Beide starrten darauf. Westlich der Stadt, ein isoliertes Gebiet, noch mehr als dort, wo sie heute Morgen waren. Mit der untergehenden Sonne bedeutete ein Ping so weit westlich, dass Calvin allein sein würde. Keine Zivilisten, wenige Regeln und Möglichkeiten für einen Hinterhalt.

»Ich gehe ihm nach«, sagte Gordon. »Kommst du mit?«

»Nein.« Kat schob sich vor Gordon. »Ich rufe die Paragons. Jetzt sofort.«

Gordon ging zur Tür, zog seinen Mantel an. Begann, seine Ausrüstung anzulegen. »Es wird eine Weile dauern, bis sie reagieren. In einer so großen Stadt wird eine einzelne abtrünnige Anomalie, die keine Menschen angreift, nicht viel Aufmerksamkeit bekommen.«

Kat warf ihm einen vernichtenden Blick zu. Gordon wollte also mit den Paragons um Calvin wetteifern? Das hörte sich ganz nach ihm an. Ihre Hände klickten und tippten unterdessen durch das Formular für Notfallinterventionen und schickten die Anfrage mit einem Ping an das Paragon-Büro in Chicago. Kats eigener Rang würde beigefügt sein und eine schnellere Antwort sicherstellen. Hoffentlich zu schnell, als dass Gordon auch nur in die Nähe von Calvin kommen könnte, Prahlereien hin oder her.

»Rate mal, wer keine Anerkennung bekommen wird, wenn ich diesen Fall löse?«, fuhr Gordon fort. »Alles ich, Kat.«

»Wie auch immer.«

»Eine klassische Kat-Antwort. All dieses Können, all dieser Mut, und wenn es gefährlich wird, knickt sie ein.«

Gordon riss ihre Wohnungstür auf und stürmte hinaus, während Seeker ihn die ganze Zeit anbellte. Kat ging zur Tür, schloss sie und wandte sich erst dann dem Hund zu, um ihn zu beruhigen.

»Ist schon gut, Seeker. So ist er eben.« Kat fuhr mit den Händen durch das Fell des Huskys und legte für einen Moment ihr Kinn auf den Kopf des Hundes, bis ein blinkendes Licht von der Arbeitsstation ihre Aufmerksamkeit zurück darauf lenkte. Eine noch schnellere Antwort, als Kat erwartet hatte. Sie öffnete sie. Starrte. Las sie noch einmal. Blickte zurück zu Seeker in der Hoffnung, die heraushängende Zunge des Hundes könnte irgendwie die Nachricht ändern, und wandte sich wieder dem Bildschirm zu.

Die Paragons sind derzeit mit anderen Notfällen beschäftigt und können nicht reagieren. Bitte geben Sie einen allgemeinen Alarm für Drohnenunterstützung aus.

Nicht einmal die übliche Auflistung von Telefonnummern oder Richtlinien. Diese Nachricht musste schnell erstellt worden sein. Kat durchforstete einige Nachrichtenfeeds, fand aber nichts. Es war nicht allzu überraschend, dass die Paragons etwas Wichtiges unter Verschluss hielten, aber dennoch hätte jede geplante Operation auch eine geplante Ausfallmeldung gehabt.

Kat lehnte sich in ihrem Stuhl zurück. Wenn die Paragons nicht helfen würden, bedeutete das den Einsatz von Drohnen. Calvin hatte diese leicht genug abgewehrt, und wenn die

Paragons sich mit einem echten Notfall befassten, würden alle hochwertigen Drohnen sie unterstützen. Das hieß, Gordon war auf dem Weg zu einer gefährlichen Anomalie, ganz allein. Kat sah Seeker an, der die gleiche Antwort gab wie immer, wenn Kat in seine Richtung blickte – ein leises Schnaufen. Was sie tun sollte, war offensichtlich. Ihm nachgehen. Calvin eine weitere Chance geben, sie zu töten.

Und dabei hatte sie nach der Überlebung der Glasexplosion heute Morgen nur etwas Whiskey trinken und vergessen wollen.

KAPITEL 43
DAS NETZ AUSWERFEN

IM LAUFE seines Lebens hatte sich Zhan-Yo in vielen verschiedenen hoffnungsvollen Zukünften gesehen, und er hatte viele dieser Träume verwirklicht: Er hatte Reden gehalten, die weltweit von Tausenden gehört wurden, Designentscheidungen getroffen, die die Tamas beeinflusst hatten, die jetzt alle trugen, und nun leitete er die zivilisationsverändernde Unternehmung, auf die er gehofft hatte, seit sein Vater Zhan-Yo für Großes bestimmt hatte. Firmenchefs wurden nicht verewigt, aber Philosophen und Anführer schon.

Keiner dieser Anführer oder Philosophen hatte sich jemals in einem weißbeleuchteten Raum unter der Oberfläche Chicagos auf und ab gehend wiedergefunden, auf der Suche nach einem Sinn in den sechs gefangenen Paragons und der doppelten Anzahl an ebenso gelangweilten Söldnern. Das hier war keine Revolution, kein Anfang von etwas Großem. Das war ein schiefgelaufener Plan, bei dem alles auf dem Spiel stand.

»Wir haben die Nachricht geschickt, oder?«, fragte Zhan-Yo Sylvie, die an der Wand lehnend zu dösen schien.

Die Generatoren und die Panzerung des Gebäudes von den Straßen der Stadt oben verhinderten Tama-Signale von außen. Ein lokales Netzwerk gab Zhan-Yo und den anderen die Möglichkeit, innerhalb des Gebäudes zu kommunizieren, aber der Rest der Welt war ein nebulöses Rätsel. Und nachdem er sich so daran gewöhnt hatte, alles Wissen am Handgelenk zu haben, fühlte sich das Fehlen dessen an, als wäre Zhan-Yo mit verbundenen Augen über die Ohren gehauen und dann mit Koffein vollgepumpt worden; kurz gesagt, er war nervös.

»Das hast du schon gefragt, und die Antwort ist immer noch dieselbe«, erwiderte Sylvie. »Bleib ruhig. Nichts läuft jemals perfekt.«

Sie hatten Boten an die Oberfläche geschickt, um sich wieder zu verbinden, und einer hatte das kurze Video übertragen, das Zhan-Yo aufgenommen hatte. Der letzte Köder, um ihr wichtigstes Ziel zu fangen. Doch hier unten, gefangen in dieser Metallbox, die nach Öl und Schweiß roch, schienen Zeit und Raum jede Bedeutung zu verlieren. Sein Tama sagte ihm, dass es spät war. Zhan-Yo, der gerade ein Sandwich von einem nahe gelegenen, ahnungslosen Deli verzehrt hatte, fühlte sich losgelöst von sich selbst, als wäre diese ganze Sequenz ein surrealer Witz.

»Nichts läuft perfekt, aber es könnte besser laufen als das hier«, sagte Zhan-Yo und blickte auf die Paragons. Mit Ausnahme von Innis, dem bulligen Anführer, wurden die anderen fünf in permanenter, medikamentöser Sedierung gehalten. »Ich wollte nicht so viele töten.«

Innis sah Sylvie an. »Du hast gesagt, sie würden leben. Das war der Deal.«

Sylvie seufzte denselben Seufzer, den Zhan-Yos Mutter ausstieß, wenn sie sich mit ihm, seinen Geschwistern und dem Ärger, den sie verursachten, auseinandersetzen musste. Einen, der von einer endlosen Reihe von Demütigungen durch Idioten sprach, denen sie sich dennoch verpflichtet fühlte nachzugeben.

»Deals funktionieren in beide Richtungen, Innis«, erwiderte Sylvie. »Du hast gesagt, einer oder zwei, nicht fünf. Wenn du sie nicht alle dazu bringen kannst, sich auf unsere Seite zu schlagen, denke ich, werden wir zu einer dauerhafteren Lösung für dieses Problem greifen müssen.«

»Was wird es schon ausmachen?«, versuchte Innis es. »Ihr werdet sowieso die ganze Welt umkrempeln. Sie werden keinen Unterschied machen.«

Zhan-Yo beobachtete das Paar. Er verstand natürlich Innis' Kampf um das Leben seines Teams, auch wenn Zhan-Yo wenig Mitgefühl dafür hatte, wie Innis in diese Lage geraten war. Deals zu machen und sich daran zu halten, zu verstehen, wie viel Spielraum man hatte und ob er überhaupt existierte, gehörte zum Führungsdasein dazu. Innis hatte auf Hoffnung und Glück gesetzt und verloren.

Die Schläger im Raum waren ähnlich. Zhan-Yo fragte sich für einen Moment, warum er so über sie dachte, Fleischklumpen, die dazu bestimmt waren, den Paragons im Weg zu stehen, im Austausch für Reps. Er sollte sie als loyale Ziran-Mitarbeiter betrachten und ihre Namen, ihre Familien kennenlernen. Doch dieses Geschäft rückte solche üblichen Höflichkeiten in weite Ferne. Jeder schien nach dem Motto zu handeln, dass weniger Information besser sei, damit sie alle nach dieser einen Nacht, in der sie Geschichte schrieben, verschwinden konnten.

Viele von Sylvies Männern pflegten blaue Flecken oder Schlimmeres. Wenn Aegis ankäme, möglicherweise mit weiteren Verstärkungen, je nachdem, ob es dem Champion wichtig genug war, der in ihrer Nachricht gesendeten Drohung nachzukommen, würden mehr Handlanger verletzt werden, einige könnten sterben. Die Aussicht erfüllte Zhan-Yo mit ... nichts. War es das, wie Sylvie lebte? Losgelöst von den Konsequenzen, die sie ihren eigenen Anhängern zufügte?

»Kennst du ihre Namen?«, fragte Zhan-Yo Innis und überraschte sich selbst mit der Frage, die wie ein Atemzug aus einer instinktiven Tiefe aufgestiegen war, über die er keine Kontrolle hatte.

»Diese hier? Sie gehören zu meinem Büro«, versuchte Innis, die Paragons anzusehen, aber da sie alle zusammen in einem großen Klumpen gefesselt waren, konnte sein Kopf die Drehung nicht ganz vollziehen. »Mit den meisten arbeite ich seit Jahren zusammen.«

Zhan-Yo nickte langsam. »Ziran hat zu viele Mitarbeiter, als dass ich sie alle kennen könnte, aber die um mich herum? Ich besorge ihnen Geburtstagskarten, kenne ihre Kinder und weiß, was sie in ihren Jobs wollen.«

»Dann verstehst du«, erwiderte Innis. »Warum ich hier bin. Wir alle wollen mehr. Brauchen mehr.«

»Nein, ich weiß nicht, warum du hier bist«, Zhan-Yo ging in die Hocke, sodass er Innis in die Augen sehen konnte - außerdem wurden seine Beine vom Stehen müde. »Keiner meiner Mitarbeiter würde so eine Bestechung annehmen.«

»Würden sie nicht? Wenn es bedeuten würde, dorthin zu kommen, wo du bist?«

»Ziran zu leiten ist kaum ein Vergnügen.« Zhan-Yo dachte darüber nach, seinen täglichen Terminkalender zu erläutern, dann wurde ihm klar, dass dieser Zeitplan nicht mehr für ihn galt. Nach heute Nacht wäre seine Karriere vorbei. Wenn er überlebte, würde eine neue beginnen. Wer würde in seine Position treten? Würden sie mit jemandem darum kämpfen? »Aber ich kann den Reiz von außen nachvollziehen.«

Innis setzte eine ernste Miene auf, seine Augen zeigten, dass er in eine andere Zeit, an einen anderen Ort abdriftete. »Wie lange ist es her, dass du Befehle befolgt hast? Nicht die Art, die man in Frage stellen kann.«

»Eine sehr lange Zeit.«

Nicht mehr seit dem Tod seines Vaters. Fast zwei Jahrzehnte schon.

»Für mich ist es schon mein ganzes Leben so. Paragons haben keine CEOs. Keine Ruheständler. Man ist dabei, bis man tot oder nutzlos ist, und die Champions sind niemals eines von beidem. Also habe ich mich schon immer unter Aegis' Stiefel gewunden, und das wird sich nie ändern.«

»Es ändert sich jetzt.«

Innis zuckte mit den Schultern. »Vielleicht. Vielleicht kann dein Haufen Angeber hier gewinnen. Vielleicht schlägst du ihm den Kopf ab und verkündest der Welt, dass ein neuer Spieler in der Stadt ist. Weißt du, was dann passiert? Die anderen Champions werden vorbeikommen und dir genauso in den Arsch treten.«

»Aber du musst doch einen Plan dafür haben?«

Zhan-Yo hatte auch Pläne für die wahrscheinliche Vergeltung der Champions, obwohl diese von der Unterstützung der Bevölkerung abhingen. Von einer Welle von Normalen, die für Rechte kämpften, die ihnen gestohlen worden waren.

»Klar. Ich beanspruche es für mich selbst. Atlantis. Sobald ich drin bin, machen wir eine Show daraus, dein Kanonenfutter zur Rechenschaft zu ziehen, dann machen wir weiter. Ihr bekommt euer Wahlrecht zurück, ich kann endlich diese Region so führen, wie sie es verdient.«

»Denkst du, es geht hier nur um das Wahlrecht?«, sagte Zhan-Yo. »Es geht um so viel mehr als das. Es geht-«

Innis schnaubte und unterbrach Zhan-Yo. »Du kannst dir deine Predigten sparen. Ich habe in meiner Zeit viel Gerede wie deines gehört, und weißt du was? Du magst es zwar ernst meinen, aber alle anderen? Die versuchen nur herauszufinden, wo sie in deiner Vision hinpassen, ob es ihnen besser oder schlechter gehen wird.«

Jetzt war es an Zhan-Yo zu seufzen und das Gespräch zu beenden. Innis hatte nichts dagegen und kehrte zu seinem leeren Starren auf einen unbestimmten Punkt am Boden zurück. Zhan-Yo lehnte sich an die Wand neben Sylvie, seine beiden Tachi wieder in den Holstern, was die Haltung unbequemer machte, als er beabsichtigt hatte. Ein Outfit wie seines war nicht für lässiges Herumlungern gemacht.

»Noch einen Bekehrten gewonnen?«, fragte Sylvie mit geschlossenen Augen.

»Nicht ganz«, sagte Zhan-Yo. »Ich beginne mich zu fragen, ob ich überhaupt je welche hatte.«

»Wenn du bekommst, was du willst, spielt das eine Rolle?«

Wenn er ein Volk befreite, dem es egal war, ob es befreit wurde? Zhan-Yo wusste nicht, wie er diese Frage beantworten sollte. Wenn er ein Tier aus einem Käfig befreite, das nie etwas anderes gekannt hatte, würde es gehen? Würde es wissen, was es tun sollte, sobald es außerhalb dieser Metallstäbe war?

Andererseits war das, was danach geschah, nicht Zhan-Yos Verantwortung. Er würde den Menschen eine Wahl geben. Was sie mit dieser Wahl machten, lag bei ihnen.

»Nein«, sagte Zhan-Yo, und hätte fortgefahren, wäre nicht in diesem Moment einer der Läufer in den Raum gestürmt, der durch den Hintereingang hereinkam.

Aegis' Jet war gelandet. Der Champion war eingetroffen.

KAPITEL 44
KNIRSCHENDES GLAS

WÄHREND DIE LETZTEN Atemzüge der Dämmerung hinter ihr erstarben, betrachtete Mynx mit ausgeschalteten Anzugs- und Drohnenlichtern das silberne Labor, das nun unter anderem DNA enthielt, die möglicherweise die Geheimnisse darüber barg, wie Anomalien entstanden waren und wie sie vielleicht nie enden würden.

»Ich gehe zuerst allein rein«, sagte Mynx. Der Verkehr in und aus dem Labor machte deutlich, dass Menschen drinnen waren. Mynx mochte kein Mitgefühl für Denise haben, aber ihre Angestellten verdienten eine Chance zu überleben. »Mal sehen, ob ich Denise nicht davon überzeugen kann, dass sie nicht all diese Leute in den Tod schicken muss.«

»Wir könnten stattdessen eine Drohne reinschicken«, wandte Reeves ein. »Du könntest dich einklinken und projizieren. Kein Grund, dein physisches Selbst zu riskieren.«

Warum war sie dann überhaupt hierher geflogen?

»Nein. Menschen verändern sich, wenn sie einen Champion sehen, Reeves. Sie geben nach. Entschuldigen sich. Geben auf.« Mynx erwähnte nicht, dass manchmal, wenn ihre Feinde wussten, dass sie dem Untergang geweiht waren, sie beschlossen, mit allem, was sie hatten, um sich zu schießen.

»Ich werde klarstellen, dass ich es bin, und was die Konsequenzen sein werden, wenn sie Widerstand leisten.«

Reeves, als KI programmiert, um Risikoeinschätzungen zu liefern und auf Mynx' Befehle zu assistieren, protestierte nicht weiter, sondern übermittelte stattdessen die erwarteten Positionen der Drohnen auf Mynx' Helmbildschirm. Sie blickte über das Dach des Labors und sah als grüne Kugeln jede Drohne und mit orangefarbenen projizierten Kegeln deren Abdeckung. Das Labor badete in Orange, und mit der verfügbaren Artillerie würde Denise alles verlieren, wenn sie Nein sagte.

Deshalb hatte Mynx, als sie herabschwebte und einfach durch die Vordertür des Labors krachte, wobei sie mit ihrem übergroßen Drohnenanzug Brocken aus den Wänden riss, das Selbstvertrauen, das mit einem sicheren Sieg einhergeht.

Die Lobby, die ihr bei ihrem persönlichen Besuch klein und schlicht erschienen war, fühlte sich nun beengt an, als Mynx zweieinhalb Meter groß und einen Meter breit dastand, doppelt so breit mit ihren ausgestreckten, drohnengestützten Armen, die ihre Pfeilgewehr-Werfer richteten. Erst mit nicht-tödlichen Optionen beginnen und bei Bedarf eskalieren.

Ihr Eintreten übersäte den Boden mit Glas, ließ die hängenden weißen Lampen schwanken und löste Rufe, Schreie und einen Schuss von jemandem aus, der seinen Kopf hinter dem Schreibtisch hervorstreckte. Mynx' Anzug und die Drohnen im Allgemeinen waren darauf ausgelegt, dem physischen Aufprall einer Kugel, der Hitze eines Feuersturms oder dem Durchnässen durch Regen oder Schlauch standzuhalten. Aber elektrische Entladungen? Die waren schwieriger.

Der Schock fuhr durch ihren Anzug, und Mynx' Visier leuchtete auf mit beschädigten Komponenten, durchgebrannten Schaltkreisen, und ihre stärksten Waffen - glühend heiße Energiestöße, ausgelöst durch die Entladung mehrerer Batterien auf einmal - fielen aus. Sie spürte auch die Hitze, als Kühlpumpen, die dazu gedacht waren, ihre Drohnenteile vor dem Verbrennen zu schützen, stoppten und automatische Neustarts auslösten.

Schlimmer noch, das Stabilisierungsprogramm in ihrem rechten Bein schwankte, und da Mynx, wie kein Mensch wirklich, die Kraft hatte, so viel Metall stabil zu halten, taumelte sie nach rechts, ihr Ziel verfehlend, was dazu führte, dass ihr Gegenfeuer die Wand hinter dem Schreibtisch mit Pfeilen übersäte, die viel zu hoch waren, um mehr zu tun, als Denises Beschilderung zu verunstalten. Nicht gerade der vernichtende erste Schlag, den Mynx erhofft hatte.

»Denise ist auf uns vorbereitet«, sagte Mynx und zuckte zusammen bei dem Gedanken an die wunderschönen neuen blauen Flecken entlang ihres rechten Beins, wo die tote Drohne gegen ihre Haut gezogen hatte. »Trig-Überlastung, Reeves.«

Die KI bestätigte mit einem Piepsen, während Mynx sich damit beschäftigte, die tote Drohne durch die Reset-Schritte zu schicken, um alle noch funktionierenden Schaltkreise wieder online zu bringen. Weniger eine Auferstehung als eine Frankenstein'sche Erneuerung; ein Messgerät erschien auf ihrem Visier und zeigte einen viel zu langsamen Countdown, bis Mynx sich wieder bewegen konnte.

»Gib auf!«, rief ein Mann, und dem Klang nach ein verängstigter. »Wir haben dich!«

Ein Kopf tauchte hinter dem Schreibtisch auf. Dann noch einer. Beide trugen Laborkittel und sahen aus, als versuchten sie, das entschlossenste Gesicht aufzusetzen, das möglich war, wenn auch nur, um so zu tun, als würden sie nicht zittern. Wenn Mynx kein so großes Ziel abgegeben hätte, wetten sie hätten sie komplett verfehlt.

So wie es war, hatten die Schüsse ihren Sprachverstärker durchgebrannt, sodass Mynx nicht mit ihnen reden konnte, selbst wenn sie es gewollt hätte. Also starrte sie stattdessen und wartete darauf, dass Reeves sein Ding machte.

Denises zwei Handlanger? Laborassistenten? Mynx war

sich nicht sicher, wo diese auf dem breiten Spektrum der bösartigen Sidekicks einzuordnen waren ... schlichen um den Schreibtisch herum, näherten sich Mynx' Anzug, als könnte er plötzlich explodieren - kein unvernünftiger Gedanke; jede Drohne hatte eine Selbstzerstörungsoption - und hielten ihre Statikgewehre mit beiden Händen nach vorne. Unglücklicherweise für sie würde die Gefahr nicht von Mynx' sich noch neu startenden Anzug kommen, sondern vom Dach über ihren Köpfen.

Die überwiegende Mehrheit der im Einsatz befindlichen Drohnen befasste sich mit Überwachung und Unterdrückung, Crowd Control und visuellen Hilfsmitteln für die Paragons. Was jedoch durch das Dach kam, repräsentierte die Zukunft, und die Zukunft wog Hunderte von Kilos und stürzte mit katastrophaler Kraft auf ihr Ziel. Die Zwillingsgladiatoren zertrümmerten das Dach, schlugen zackige Löcher und unterstrichen ihren Abstieg mit Metallsplittern, was Rufe und hektisches Gerangel von Denises Kumpanen auslöste. Dieses Gerangel; überraschend gute Sprünge zurück über den Empfangsschalter, wurde von den Gladiatoren mit kalkuliertem Unheil beantwortet.

Die Gladiatoren, die wie riesige Metallmenschen mit zwei zusätzlichen Armpaaren aussahen, richteten sich nach ihrem zerstörerischen Eintreten auf, musterten sowohl Mynx-verteidigen-als auch das Paar Handlanger-angreifen-und benutzten ihre untersten Gliedmaßen, die mit Greifklauen ausgestattet waren, um den Schreibtisch in Stücke zu reißen.

»Trig nicht-tödlich«, sagte Mynx und entschied, dass sie kein Massaker in ihrem Kielwasser hinterlassen musste.

Es hätte einen gewissen Wert gehabt, den Überfall als Publicity-Aufnahme zu nutzen; der Welt zu zeigen, was passieren würde, wenn man sich den Champions widersetzte. Aber die Idee, Leichen und ein zerbombtes Labor für eine Sicherheitskampagne zu benutzen, erschien ihr ein bisschen zu nah an den Schurken, gegen die die Champions ihr ganzes

Leben lang gekämpft hatten. Mynx war nicht dagegen, ein Damoklesschwert über der Bevölkerung schweben zu lassen, aber es gab bessere Wege, das zu tun.

Die Gladiatoren schossen mit ihren oberen Armen Präzisionsbetäubungspfeile auf die beiden Feinde, sobald diese exponiert waren, und ließen sie ohne einen weiteren Laut auf den verwüsteten Boden fallen. Die massiven Maschinen richteten sich auf und wandten sich dem Rest des Labors zu, wartend auf Mynx' Signal zum Weitermachen.

»Nun, das war eine gute Eröffnungsprüfung«, sagte Mynx zu Reeves, als sie aufstand, nachdem sich ihre Systeme soweit erholt hatten, dass Bewegung wieder möglich war. »Die Gladiatoren haben Befehle befolgt, die Bedrohung neutralisiert und eine Präzisionslandung in einer schwierigen Umgebung ausgeführt.«

»Die Diagnostik zeigt auch keine Schäden an.«

Mynx schritt an den beiden Gladiatoren vorbei, die beide größer waren als sie, ihre dünnen, blockartigen Köpfe – vollgepackt mit Sensoren und einem einzigen, hellblauen Scheinwerfer – auf die Doppeltüren gerichtet, die ins eigentliche Labor führten. Vor der Tür zögerte Mynx. Wenn sie diesen Ort zerstörten, könnten sie Denises Daten vernichten, und selbst wenn Denise Backups gemacht hätte, war die Ausrüstung hier wertvoll. Nützlich vielleicht für jemanden ohne so ruchlose Absichten.

»Schalte um auf offene Übertragung«, bemerkte Mynx, während die Drohne den Befehl aus ihren Worten zog und den Kanal umstellte, während Mynx Luft holte. »Dr. Jones! Sie sind umzingelt, und Sie werden nicht gewinnen. Sie haben zwei Möglichkeiten; ergeben Sie sich und retten Sie, was Sie für andere getan haben, oder weigern Sie sich und verlieren Sie alles.«

Ein bisschen zu dramatisch für ihren Geschmack, aber besser klar zu sein: Wenn Denise Widerstand leistete, würde sie tatsächlich alles verlieren.

Splitter fielen weiterhin in den Sekunden nach dem Ultimatum, Scherben, die die Zeit zählten, als sie auf den Boden rieselten, von den Drohnen ab. Mynx machte eine mentale Bestandsaufnahme der neuen blauen Flecken an ihrem rechten Bein, wo die Drohne dagegen gedrückt hatte. Sie öffnete den Mund, um Reeves zu sagen, er solle Zeit für eine Massage finden, als eine vertraute Stimme durch das Labor schoss.

Verstreut und spuckend aus einem beschädigten Gegensprechsystem kommend, nahm Denise ihre trotzige Haltung ein: »Du gibst mir jetzt Optionen? Weil du mir vorher keine gegeben hast!« Denise kam nicht aus dem Labor heraus, also nahm Mynx an, dass die Wissenschaftlerin zu kämpfen plante. »Ich kam zu dir mit einem Versprechen, einer Hoffnung, und du hast mich abgewiesen. Warum? Weil ich keine eurer Anomalien bin?«

»Weil Vertrauen verdient wird, Denise. Nicht frei vergeben. Du hast zehn Sekunden, um dich zu ergeben. Deine Mitarbeiter, falls noch welche übrig sind, haben die gleichen zehn Sekunden. Danach sind eure Leben gemäß meinem Recht als Champion von Pacifica verwirkt.«

»Wenn du mich tötest«, konterte Denise, selbst als sich die Labortür öffnete und mehrere weitere Wissenschaftler in unmittelbare Betäubungspfeile der Gladiatorendrohnen liefen, »wirst du allen Fortschritt verlieren. Du wirst nie finden, wonach du suchst, und dann werdet ihr alle dahinsiechen. Ihr alle.«

Der Timer in ihrem Visier, der in dem Moment zu ticken begann, als Mynx ihre Zehn-Sekunden-Frist verkündete, erreichte Null, also gab Mynx das erforderliche Signal weiter. Eine der Drohnen schoss ein Spinnennetz über die fünf Gefangenen, und die silber-schwarzen Stränge dehnten sich aus und umgaben ihr Ziel. Die gleiche Drohne drehte sich und zog die Gefangenen durch das Loch, das Mynx bereits in der Eingangstür gemacht hatte, aus der Gefahrenzone. Eine

Gefahr, die die zweite Drohne mit ihren oberen zwei Armen zu verursachen begann, sobald die Zivilisten in Sicherheit waren.

Während die Welt eine Vorliebe für Energiewaffen entwickelt hatte, mit ihren grellen Farben und unbegrenzter Munition – vorausgesetzt, man hatte eine funktionierende Batterie – verstand Mynx den Wert einer guten, soliden Granate. Die Gladiatorendrohne tat es auch und schlug Löcher in die Wand, die den Empfangstresen vom Labor trennte. Jede Kugel durchdrang das Gebäude, durchschlug Ausrüstung, Wände und Menschen, falls noch welche übrig waren. Wenn die Projektile das Ende des Gebäudes erreichten, definiert durch die integrierten Computer der Kugeln und das fortwährende Wunder des GPS, lösten die Kugeln eine einzelne Rückwärtsladung aus, die genug Kraft hatte, um sie sicher zu Boden fallen zu lassen.

Eine ultimative Waffe war nicht eine, die zerstören konnte, sondern eine, die nur ihr Ziel allein zerstören konnte.

»Letzte Chance, Denise.« Mynx testete ihre Bewegung, ruckte an der Gladiatorendrohne. »Sei nicht dumm.«

Scharfes Rauschen brach über die Gegensprechanlage herein. Vielleicht zu beschädigt jetzt, um Denise die Worte zu geben, die sie brauchte, um ihr Leben zu retten. Mynx sagte der anderen Gladiatorendrohne, sie solle die Lobby halten, und machte die knirschende Bewegung nach innen. Die Wände, nicht dafür ausgelegt, schweren Angriffen standzuhalten, zerfielen wie staubige Cracker, als Mynx' Drohnenarme sich hindurchmahlten, ihre Motoren dienten als Kraft hinter Mynx' reißenden Bewegungen.

Zuerst kamen die Büros, einschließlich Denises eigenem, wo Mynx nur Tage zuvor gesessen hatte und sich fragte, ob sie die Lösung für das unerbittliche Problem des Lebens gefunden hatte: dass es enden musste. Mynx zerquetschte den Computer mit ihrem linken Arm, während ihr rechter den provisorischen Flur wegriss und zum eigentlichen, raffinierten Teil der Struktur gelangte: dem Labor.

Die Warnschüsse des Gladiators hatten hier die luftdichte Versiegelung durchbrochen, große Löcher in der glänzenden Silberhülle waren deutlich zu sehen. Mynx folgte ihrer Spur und nutzte die Löcher als Öffnungen, um sich ihren eigenen Weg hindurch zu reißen. Die ganze Zeit über stellte Mynx ihre Stimme so ein, dass sie wiederholt nach Denise rief, und sie behielt das äußere Fangnetz im Auge, aber bisher hatte ihre Zielwissenschaftlerin keinen Fluchtversuch unternommen. Was bedeutete, dass Denise entweder von den Warnschüssen durchlöchert worden war oder beschlossen hatte, ihre Zeit auf dieser Erde ohne einen Laut zu beenden.

Im Labor selbst watete Mynx durch 3D-Drucker, die darauf eingestellt waren, Fleisch und Knochen auszudrucken; nützliche Dinge, wenn man menschliche DNA-Veränderungen testen wollte, wenn auch ein bisschen schwer anzusehen. Mynx ging jedoch weiter, denn sie erhaschte einen Blick auf ihre Beute.

Denise würde nirgendwo hingehen. Die herausragende Genetikerin hatte sich an etwas festgeschnallt, das wie ein schwarzer Bürostuhl aussah, komplett mit Plastikrollen, die in der metallischen Welt des Labors fremd wirkten. Der Stuhl war an Ständern befestigt, mit einer erschreckenden Anzahl klarer Beutel, die daran hingen, IV-Schläuche baumelten von diesen Beuteln und führten direkt in ihren Körper.

Mynx hätte gerne behauptet, dass Denise die erste Person war, die sie je gesehen hatte, die versuchte, sich selbst in eine Anomalie zu verwandeln. Sie hätte sich gerne in ihrem riesigen Drohnenanzug zurückgelehnt und vor Schock oder Überraschung geschrien. Stattdessen, als die Dutzenden von früheren genetischen Manipulatoren und ihre Misserfolge durch ihre Erinnerung strömten, seufzte Mynx lang und tief, bis es sich in ein Stöhnen und dann in ein Knurren verwandelte.

»Du bist wie all die anderen«, sagte Mynx. »Du wirst genauso enden wie sie.«

Denise drehte ihren Kopf, um Mynx anzustarren. »Ich kann es spüren, weißt du. Die Veränderung. Es passiert.«

»Das glaube ich dir«, erwiderte Mynx und schaltete dann ihren Lautsprecher stumm. »Reeves, lass die Drohnen zurückweichen und eine Hülle um das Labor bilden. Zweihundert Meter. Denise wird ein Chaos anrichten.«

»Du denkst, ihr könnt es alles für euch behalten«, fuhr Denise fort. »Dieses Geheimnis. Diese Macht. Aber das ist nicht der Grund, warum ich das tue. Ich bin nah dran. Die Alterung. Wir sind fast da.«

»Dir ist die Zeit ausgegangen, stimmt's?«

»Wegen dir.«

»Denise, du hättest alle Zeit der Welt haben können.« Mynx blinzelte mit ihrem rechten Auge und verschob die Statusberichte, die durchsichtig in ihrem Visier schwebten, bis sie einen fand, der den Batteriestand anzeigte. »Du warst einfach nur gierig.«

Ihr Visier zeigte, dass Mynx noch genug Energie für einen kurzen Flug hatte. Und wenn sie Denise ansah, wäre ein kurzer Flug genau das Richtige; die Haut der Genetikerin war fleckig geworden, mit großen und verstreuten roten und schwarzen Kreisen, die sich auf ihrem Körper bildeten. Denise hatte für diesen Anlass Sportkleidung gewählt, als ob ihre erste Post-Anomalie-Transformation ein 5-km-Lauf durch den Campus wäre. Ein Lauf, den sie nie machen würde. Denise hatte jetzt ihre Augen geschlossen.

Das passierte immer.

»Was hast du mit der Datenbank gemacht?«, fragte Mynx.

»Integriert. Wahrscheinlich verloren, jetzt wo du mein Labor zerstört hast.« Denise riss sich lang genug zusammen, um ihre Ehre als Forscherin zu verteidigen.

»Du hast kein Backup gemacht?«

»Keine Zeit. Ich wusste, du würdest kommen.« Denise

hustete feucht, und ihre Augen öffneten sich wieder, zum ersten Mal ein bisschen Besorgnis zeigend. »Etwas fühlt sich falsch an.«

»Das glaube ich.« Mynx blickte zur Labordecke hinauf. Nicht verstärkt und leicht zu durchbrechen. »Denise, leb wohl.«

»Du bleibst nicht, um es zu sehen?«

»Ich habe das Ende dieser speziellen Show schon gesehen.«

»Was?« Denise brach in weitere Hustenanfälle aus. »Was meinst du damit?«

Aber Mynx kümmerte sich nicht darum zu antworten. Sie aktivierte die Drohnentriebwerke, die sie vom Laborboden durch das Dach hoben. Sie lehnte sich nach vorne und beobachtete den schwachen roten Kreis, den Reeves um das Labor gezogen hatte, und flog, bis sie außerhalb davon war. Um den Kreis herum standen oder schwebten die Drohnen wie Lichtmasten. Eine Mahnwache für das Ende.

Anomalien waren ihrer Natur nach lebende Risiken. Chancen, die manchmal Wunder hervorbrachten, meistens kleine Berührungen und selten katastrophale Misserfolge. Diese letzteren identifizierten sich mit Endgültigkeit - das Kind würde die Pubertät erreichen, erwähnen, dass es sich unwohl fühlt, seine Haut würde sich verfärben, während sein Blut gegen die Transformation im Inneren kämpfte, bis es unweigerlich knallte. Andere hatten versucht, das Zufallselement durch eine erzwungene Einführung von Anomalie-Genmaterial zu beseitigen. Wie ein bösartiger Virus griff der Körper es mit wütender Hingabe an. Anders als bei einem bösartigen Virus verteidigten sich die seltsamen Zellen, die Anomalien zu dem machten, was sie waren, und taten dies mit Voreingenommenheit.

»Alle verlieren«, murmelte Mynx.

Aegis hatte das einmal gesagt und damit zusammengefasst, wie der Anomalie-Teil von ihnen sich entschied, diesen

Kampf zu führen. Als Denises zerstörtes Labor in einem plötzlichen, erschütternden Feuerball verschwand, der sich genau dort ausbreitete, wo Denise gesessen hatte, konnte Mynx nur anerkennen, dass die Anomalie-DNA das getan hatte, was sie versprochen hatte. Als Denises Blut zurückschlug, hatten die Anomalie-Gene die nukleare Option eingesetzt.

»Trig-Fangprotokoll.«

Die Hitze schlug gegen sie, während Mynx' Drohnen gezielte Laser einsetzten, die für Menschenhände zu präzise waren, um Splitter, die aus dem Zentrum der Explosion strömten, wegzubrennen. Die Teile des Labors, die nicht nach außen flogen, stürzten mit dem schwindenden Feuer ein und ließen nur das Gerüst und vereinzelte Wandstücke übrig, die zu stur waren, um zu fallen. So endete das Leben von Dr. Denise Jones.

»Eine Verschwendung«, sagte Mynx. »Reeves, finde heraus, wem dieses Labor gehört, und sag ihnen, dass sie ein Chaos zu beseitigen haben.«

»Natürlich«, antwortete Reeves, sein wie immer würdevoller Akzent bot Mynx den Fels, an dem sie sich festhalten konnte. »Ich nehme an, Dr. Jones ist kein Problem mehr?«

»Keine Lösung mehr, auch nicht.« Mynx begann, die schnellste Route nach Hause zu planen. »Wenn bei meiner Rückkehr eine frische Kanne Tee auf mich wartet, werde ich viel glücklicher sein.«

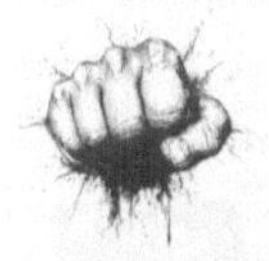

KAPITEL 45
TUNNELZEIT

DER WARTUNGSTUNNEL SAH AUS, als hätte er einen Groll gegen seine Funktion; Schmutzwasser klebte am kreisförmigen Ausgang, der sich in der Nähe des Flusses befand, und Filter hielten jegliches üble Material zurück, bevor es mit Chicagos Hydro-Ökosystem in Kontakt kam. Das Tor, das nicht mit einem Tama-Schloss, sondern mit einem altmodischen physischen Schlüsselloch versehen war, zeigte mehr grünen als orangefarbenen Rost, und schimmelige Stellen hatten sich dort eingenistet. Die Stadtlichter erhellten die Flussufer um Aegis herum, verschwanden aber im schwarzen Schlund des Tunnels.

»Aber deshalb seid ihr ja hier«, sagte Aegis zu zwei mächtigen Gladiatordrohnen, die frisch aus der Fabrik nach Chicago geflogen waren. »Um mich zu beschützen und so.«

Die Drohnen piepsten zustimmend. Keine Worte. Seine großen, stummen Leibwächter. Eine Million Wiederholungen, um jeden einzelnen von ihnen zu bauen, und Mynx konnte nicht mal eine Stimme einbauen. Andererseits, als Aegis diese schmalen Roboterköpfe betrachtete, war es vielleicht besser, dass sie nicht sprechen konnten. Zumindest konnten sie ihn nicht allzu sehr nerven.

Aegis hatte keinen Schlüssel für dieses besondere Tor – es war ein Jahrzehnt her, seit er einen physischen Schlüssel in der Hand gehalten hatte – also streckte er die Hände aus und packte die Gitterstäbe. Er trug Handschuhe, schwarz mit hellblauen Streifen, passend zu der Kampfausrüstung, die ihn von Kopf bis Fuß wie eine moderne mittelalterliche Rüstung umhüllte. Da er eingeladen worden war, ging Aegis davon aus, dass Heimlichkeit bei dieser Mission keine große Rolle spielen würde. Seine einzige Konzession an die Strategie, auf Celices Rat hin, war es gewesen, den Wartungseingang zu benutzen und so allen Fallen auszuweichen, die am Haupteingang lauern könnten.

Die Gitterstäbe bewegten sich keinen Millimeter. Aegis hielt sich durch ein striktes Regime, das er vor vierzig Jahren entwickelt und nie geändert hatte, super fit, aber seine Anomalie-Fähigkeiten beinhalteten nicht die Kraft, Metall aus seinen Verankerungen zu reißen. Sein Tama, sichtbar an seinem Handgelenk, blitzte mit einer Anfrage von einer der Gladiatordrohnen auf, die Worte erschienen in großen Blockbuchstaben, was für Aegis ihre robotische Herkunft betonte. Ob Mynx die Schriftart als Scherz gemeint hatte oder nicht, Aegis nahm es als Zeichen, dass die von Robotern angeführte Apokalypse einen Sinn für düsteren Humor haben würde.

»Leg los«, sagte Aegis, ließ los und trat einen großen Schritt vom Gitter zurück.

Mit synchronisierten Blitzen aus ihren untersten Armen schossen die Gladiatordrohnen gleißend heiße, blau-weiße Energie durch die Gitterstäbe des Tors. Die Laser verblassten durch die Stäbe hindurch und achteten sorgfältig darauf, keine Löcher in die Seiten des dahinterliegenden Tunnels zu bohren. Beeindruckende Technik, besonders im Vergleich zu den oft wilden Schäden, die von Anomalien verursacht wurden. Als das Gitter ins Wanken geriet und nach außen fiel, fing Aegis es auf und senkte das Stück zu Boden, sodass ihnen ein weit offener Eingang in Chicagos Unterstadt blieb.

»Also, wenn ihr das Signal verliert, kommt ihr dann klar?«, fragte Aegis.

Sein Tama blitzte erneut auf und teilte mit, dass die Drohnen ihrem Beschützerprotokoll folgen würden. Was auch immer das bedeutete. Von den vielen, vielen Dingen, die Aegis sich vornahm zu lernen und von denen er wusste, dass er es nie tun würde, nahmen Mynx' verschiedene Begriffe einen mittleren Platz auf der Liste ein, direkt zwischen ›Wie man Bridge spielt‹ und ›Wann man aufhören sollte‹.

»Nun, meine metallenen Freunde, es ist Zeit, ein paar Paragons zu retten.« Aegis zog sich die taktische Brille über die Augen, als er in den Tunnel trat.

Bevor er jedoch mehr als einen Schritt gemacht hatte, packte ihn eine Gladiatordrohne, die sich bücken musste, um in den engen Tunnel zu passen, mit ihren mittleren Armen, dem Paar mit den Doppelklauen an den Enden, und zog Aegis zurück. Die andere Drohne nahm Aegis' Platz an der Spitze ein, marschierte los und hielt nach ein paar Schritten inne. Die Drohne hinter ihm gab Aegis einen leichten Schubs in den Rücken.

»So machen wir das also?«, sagte Aegis.

Die Drohnen ließen sich auf keine Diskussion ein und reagierten in keinster Weise auf Aegis' Frage, also nahm der Champion seinen Platz zwischen den Drohnen ein, als sie ihren Marsch ins Dunkel begannen. Nicht dass Aegis nichts sehen konnte – seine taktische Brille schaltete schnell auf Nachtsicht mit neongrünem Schimmer um, während die Drohnen ihre eigenen Lichter ausschalteten und sich auf Sensoren verließen, die präziser als Aegis' Augen waren, um im Blick zu behalten, wohin ihre Metallfüße traten.

Drinnen stank der Tunnel nach moderndem ... Zeug. Nicht nach menschlichen Ausscheidungen – Aegis wollte lieber nicht darüber nachdenken, warum er die verschiedenen Abfälle, die ein menschlicher Körper produzieren konnte, so gut kannte – sondern eher nach heruntergewaschenen Blättern, Ölflecken, Müll und dem anderen zufälligen Unrat, der seinen Weg in versteckte Löcher wie dieses fand. Das völlige Fehlen eines Luftzugs, nachdem sie die erste Kurve des Tunnels passiert hatten, diente dazu, die Mischung zu verdichten, bis Aegis sich fragte, ob sie in irgendein Portal zur schlimmstmöglichen Dimension gestolpert waren.

Wie eine Oase in einer fauligen Wüste weitete sich der Tunnel nach zu vielen ekelhaften Minuten, um Rohre aufzunehmen. Die großen Leitungen führten von ihren jeweiligen Ursprüngen zu einem dreieckigen Raum, der von Aegis' Brille in den schwächsten Grüntönen beleuchtet wurde. Wenig Licht hier unten, wenig Grund dafür. Stützpfeiler zeichneten die Linien von den einlaufenden Tunneln zu dem auslaufenden nach, den Aegis und die Drohnen gerade durchquert hatten. Der Grund für den Raum und damit für die Säulen wurde offensichtlich, sobald Aegis einen Fuß hineinsetzte und spürte, wie seine Stiefel in eine Masse weicher Materie einsanken. Ein Sammelbecken für Biomasse; hier wurde genug organischer Abfall gesammelt, bis ein Saugwagen den Dreck abholen und in Energie umwandeln würde.

Sein Tama blitzte auf. Hell, und Aegis hielt sein linkes Handgelenk von seinen Augen weg, bis er mit seiner rechten Hand die Brille hochschieben und einen Blick darauf werfen konnte:

In Deckung gehen.

Überleben kam für Champions oft auf Sekundenbruchteile an, etwas, das Aegis im Rampenlicht erlebt hatte, als Zielscheibe für jeden aufstrebenden Schurken. Also fiel Aegis in dem Moment, als er die Worte auf seinem Tama las und verstand, zurück und opferte seinen sicheren Stand, um sich kleiner zu machen. Ein Pfeil, unsichtbar bis auf ein leichtes Pfeifen, schoss durch den Bereich, wo Aegis gerade noch gestanden hatte.

Aegis hätte im Dunkeln kämpfen können – er hatte die Ausrüstung und das Training dafür, aber die beiden Drohnen beschlossen, dass dieser Scharmützel besser mit hell blitzenden Lasern, Nervengift-Clusterbomben und wütend orangefarbenen Flammenwerfern durchgeführt werden sollte. Die Artillerie, zunächst von einer und dann von beiden Drohnen, brannte die Düsternis weg, während Aegis seine Schutzbrille wieder auf das normale Spektrum umstellte. Abgesehen vom Brüllen des Flammenwerfers, der vorne in der Mitte des Torsos der Gladiatorendrohne positioniert war, waren die Laser lautlos und die Clusterbomben gaben nur leichte Knallgeräusche von sich, was den Angreifern-nun-Verteidigern die Gelegenheit gab, die Luft mit ihren Schreien zu füllen.

Nein, keine Schreie. Befehle. Aegis richtete sich auf, während er die Worte analysierte und versuchte, einen Blick darauf zu werfen, was die Gladiatorendrohnen mit ihrem präzisen, unaufhörlichen Feuer verfolgten. Gestalten bewegten sich in den Schatten und fielen zu Boden, wenn die Drohnen einen Treffer landeten. Schließlich tauchten Gegenangriffe in Form von Sattelbomben und taktischen EMPs auf; lokalisierte elektrische Granaten, die darauf ausgelegt waren, Schaltkreise zu destabilisieren. Die Gladiatorendrohnen erwiesen sich jedoch als ebenso geschickt mit ihren eigenen Gegenmaßnahmen und zerstörten die geworfenen Bomben mit Mikrolasern in der Luft.

Musste Aegis überhaupt etwas tun?

Der Gedanke kam auf und Aegis unterdrückte ihn sofort. Er begann einen schlampigen Lauf durch den Schlamm nach rechts, in Richtung der sich sammelnden Gestalten. Obwohl das Aegis in die Schusslinie der Drohnen bringen würde, ging er davon aus, dass sie in der Lage sein sollten, um ihn herum zu schießen. Hoffte es zumindest.

Aegis schaffte einen letzten Schritt aus dem Matsch auf festeren, wenn auch immer noch verschmutzten Boden, gerade rechtzeitig, um zu beobachten, wie das Drohnenfeuer herausspritzte und haften blieb. Der größte Teil der Kreuzung schien nun zu brennen, wobei die Drohnen zunehmend in ihrem eigenen Feuersturm gefangen waren. Nicht, dass die Hitze sie irgendwie verlangsamte. Die Zwillingsdrohnen hatten die Gestalten im rechten Tunnel festgenagelt, hinter der Öffnung, wo sich der Feind gerade gut genug versteckte, um einer schnellen, totalen Vernichtung durch Mynx' Maschinen zu entgehen.

Und sie für eine ganz andere Niederlage aufgestellt.

Aegis nutzte den Rauch, einen dicken schwarzen Vorhang, der von den Notbelüftungssystemen des Tunnels ineffektiv bekämpft wurde. Ventilatoren drehten sich, saugten den Ruß nach oben, sodass Aegis wie ein Phantom erschien, als er durch den Dunst watete und mitten unter die Angreifer geriet. Bis zu diesem Punkt hatte Aegis, abgesehen von der offensichtlichen Wahrscheinlichkeit, dass jeder, der sich entschied, diese beiden Drohnen anzugreifen, eine beträchtliche finanzielle Motivation haben müsste, seinen neuen Feind nicht aus der Nähe gesehen und daher keine Bestätigung dafür, dass das halbe Dutzend oder so Leute, die ihm gegenüberstanden, tatsächlich in Zirans Diensten standen.

Im gedämpften Glühen des Feuers sah Aegis die gesammelte Ausrüstung, die entschlossenen Gesichter und muskelbepackten Körper, die von Karrieren zeugten, die in Flüsternähe des Todes verbracht wurden, Narben und Geschichten auf Kosten der Lebenserwartung erworben hatten. In diesen Männern sah Aegis die zerbrochenen Armeen der Welt, die Streitkräfte, die zerstreut und aufgelöst wurden, als die Paragons an die Macht kamen, Menschen, deren ganze Karrieren mit einem Satz unterzeichneter Dokumente beiseite geworfen wurden, hinausgeworfen in eine friedliche Gesellschaft, die wenig Verwendung für ihre Talente hatte.

Die meisten hatten sich angepasst, wie es Veteranen seit Anbeginn der Zeit taten, an den Wechsel vom Krieg zum Frieden. Aber nicht alle, und nicht jeder wollte es. Aegis verstand das, denn auch er spürte, wie seine Zeit verging, wie der Sinn und Zweck seines Alltags durch den Fortschritt verwischt wurde. Jetzt jedoch nicht. Hier, den Gegner anstarrend, war das Ziel klar.

»Ergebt euch«, sagte Aegis und verließ sich auf den Filter in seiner taktischen Maske, um nicht am Rauch zu ersticken. »Niemand sonst muss sterben.«

Ein halbes Dutzend Waffen erhob sich in einem halben Dutzend Händen und richtete sich auf ihn. Grau-metallisch und glänzend schienen die Waffen von der Sorte zu sein, die echte Kugeln abfeuerten, keine Pfeile. Der alte Aegis hätte darüber gelacht, die Schüsse abgeschüttelt, als sie seine schnell heilende Haut trafen. Der neue Aegis zögerte. Die entführten Paragons waren nicht hier. Andere Kämpfe könnten jenseits dieses Punktes liegen, und Aegis konnte es sich nicht leisten, in Stücke gesprengt zu werden, bevor er das Ende erreichte.

»Ich glaube, jetzt bist du an der Reihe«, erwiderte der nächststehende Kommando in einem Ton, der vermuten ließ, dass er die Entscheidungen für die Gruppe traf. »Du bist derjenige, auf den wir gewartet haben.«

Der Mann hatte keinen erkennbaren Akzent, sprach ohne Bosheit, trotz der Wahrscheinlichkeit, dass mehrere seiner Teamkollegen hinter Aegis entweder tot oder im Inferno verletzt waren. Aegis konnte das respektieren; die Mission über alles andere. Konnte es nutzen.

»Dann zeigt es mir«, sagte Aegis. »Ich werde folgen.«

Der Kommando verschwendete keine Zeit: »Stell dich in unsere Mitte, dann. Drei hinter dir, drei vor dir. Wir werden dich hineinführen.«

»Die Drohnen könnten verstimmt sein.«

»Dann sollten wir uns besser beeilen, bevor sie herausfinden, wie sie hier reinpassen.«

Dieser Tunnel, der nicht so viel Abfall aufnehmen musste wie der ursprüngliche, in den Aegis und die Drohnen eingedrungen waren, schien tatsächlich kleiner zu sein, und sein Boden enthielt weniger Schlamm, sodass das Gehen sich weniger wie ein Waten durch einen Sumpf anfühlte und mehr wie ein Stampfen durch eine blättrige, schmutzige Pfütze. Aegis nahm seine Position zwischen den sechs Kommandos ein, die ihre Waffen auf ihn gerichtet hielten. Hinter ihnen machten die Drohnen auch Geräusche; Feuerlöscher zischten in dem Versuch, das Chaos zu beseitigen, das sie angerichtet hatten.

Auf ein Signal hin, das Aegis nicht mitbekam, bewegten sich die Kommandos, die hinter ihm standen, legten ihre Hände auf seinen Rücken und schoben Aegis vorwärts. Sie gingen etwa zwanzig Schritte, um eine Kurve im Tunnel herum, als der Anführer seine Hand zum Halt hob.

»Zündet die Ladungen«, sagte der Kommando.

»Ladungen?«, fragte Aegis der Mühe wert.

»Wir haben die Drohnen gesehen, wir haben uns auf sie vorbereitet.« Der Kommando unterstrich seinen Satz mit einem Nicken zu einem der anderen, der etwas auf seinem Tama drückte.

Kurze Knalle hallten hinter Aegis wider, gefolgt von Erde und Zement, die der Schwerkraft folgten. Das Verfüllen des Tunnels würde die Drohnen wahrscheinlich nicht allzu lange aufhalten – zu diesem Zeitpunkt nahm Aegis an, dass Mynx eine Gegenmaßnahme für jede Taktik auf diesen Dingern installiert hatte –, aber es würde Zeit kaufen. Der Knall kaufte Aegis auch eine Ablenkung: Über den Klang hinaus löste die Explosion rote Notlichter entlang der oberen Kanten des Tunnels in perfekten Linien aus. Das Glühen veränderte die Schatten und gab Aegis eine Chance.

Mit seinem linken Ellbogen rammte Aegis den

Kommando auf dieser Seite, während er sich drehte und den zweiten Kommando hinter ihm zwischen sich und den dritten nahen Kommando auf der rechten Seite des Tunnels zog. Aegis packte die Waffenhand des festgehaltenen Kommandos und drückte den Abzug, schob den Arm des Mannes, während er zog und losließ, und löste laute Knalle aus, als jeder Schuss auf das führende Trio zuschoss. Aus nächster Nähe konnten die Kommandos nicht viel tun, um auszuweichen, also versuchten sie, ihre eigenen Waffen zu richten.

Aegis hielt seine Geisel fest und kaufte eine halbe Sekunde Zögern. Genug für den Champion, um als Erster und Einziger zu feuern.

Ein weiterer Schuss ertönte hinter Aegis, und der Champion spürte, wie die Kugel in seine Rüstung eindrang und abprallte. Aegis stieß seinen gefangenen Kommando in den auf der rechten Seite und versuchte, einen Weg zu finden, um seinen Partner herum zu kommen. Der Stoß trieb beide an die Wand und ließ Aegis sich zu demjenigen umdrehen, den er mit dem Ellbogen getroffen hatte, als der Kommando einen weiteren Schuss abgab, diesmal auf Aegis' Brust. Wieder hielt die Rüstung stand, obwohl Aegis frühe Blutergüsse schmerzen spürte.

Der Kommandosoldat schien zu erkennen, dass Aegis' Rüstung von seiner kleinen Handfeuerwaffe nicht durchdrungen werden würde, also änderte er seine Taktik und richtete sein Ziel auf Aegis' Kopf. Als Reaktion darauf trat Aegis in den Schlamm des Tunnelbodens und spritzte Dreck, Blätter und Schmutz ins Gesicht des Kommandosoldaten. Der Champion duckte sich nach links, als der Kommandosoldat trotzdem feuerte. Die Kugel prallte von der Decke ab und traf, nach einem Grunzen irgendwo hinter Aegis zu urteilen, die Verbündeten des Kommandosoldaten. Aegis nutzte den Moment, um einen Schritt nach vorne zu machen, sich zu ducken und den Kommandosoldaten zu packen. Aegis' Knie knackten bei der Aktion, aber der Champion schaffte es, den schlammbedeckten Mann hochzuheben und über sich zu werfen, wobei er ihn gegen die Tunneldecke schlug, bevor er ihn auf die verbliebenen zwei fallen ließ.

Der ganze Haufen brach in einem zappelnden Gliederhaufen zusammen, Flüche erfüllten die Röhre. Aegis zog seine Betäubungspistole und feuerte wild mit den Pfeilen um sich, traf alle sechs Kommandosoldaten mit schnellen Schüssen in die Beine, ins Gesicht, in den Nacken, überall, wo er treffen konnte, das nicht von dickerer Körperpanzerung bedeckt schien. Aegis hielt inne und wartete, ob einer von ihnen etwas anderes tat als flach zu atmen.

»Bleibt unten«, flüsterte Aegis und begann dann, die Körper zu durchsuchen.

Die Kommandosoldaten, die er mit echten Kugeln getroffen hatte, waren verletzt, und Aegis nahm sich die Zeit, die Wunden zu suchen und Verbände anzulegen. Sie würden immer noch kompetentere medizinische Versorgung brauchen, aber Aegis ging davon aus, dass sie dort nicht sterben würden. Nach dem Video, das Ziran geschickt hatte, schien es, als hätten sie die gefangenen Paragons nicht getötet, und abgesehen von den Drohnen schien es ein guter Zug zu sein, den Tod von dieser speziellen Schlacht fernzuhalten.

Zumindest bis Aegis sicher sein konnte, dass die Paragons in Sicherheit waren.

Wie Apinya, der nervigste Champion, während ihrer gemeinsamen Zeit oft gesagt hatte: Eine Leiche jetzt ist später eine Last.

»Siehst du?«, sagte Aegis zu dieser Erinnerung, als er sich vom letzten Kommandosoldaten erhob. »Ich habe auf all deinen Mist gehört.«

Als Nächstes ging Aegis zurück, um den eingestürzten Teil des Tunnels zu untersuchen und zu sehen, ob er einen Weg öffnen könnte. Trotz seiner Vorliebe für lebende, atmende Paragons waren die Drohnen nützlich, und Aegis hätte die Killerroboter lieber bei sich als allein weiterzugehen. Der Tunnel würde diesen Wunsch jedoch nicht erfüllen: Inmitten von Felsen und Erde lagen eingestürzte Rohre, Betonblöcke und sickerndes Wasser aus einer geplatzten Leitung. Kein Schimmer drang von der anderen Seite durch.

Mit seinem Tama versuchte Aegis, einen Befehl, eine Frage durchzugeben. Das Tama teilte ihm nach mehreren Sekunden des Versuchens mit, dass alle Versuche, von hier aus die Außenwelt zu erreichen, vergeblich sein würden. Auch keine Geräusche von der anderen Seite, was bedeutete, dass der Einsturz tief genug gewesen war, um den Lärm der Rettungsgrabung zu blockieren, oder die Drohnen hatten aufgegeben und versuchten vielleicht eine alternative Route.

»Scheint, als wäre ich dann allein«, sagte Aegis, bevor er eine weitere Reihe von Befehlen in das Tama eingab. Das Gerät schaltete ein kleines, weißes Licht an der Oberseite ein, und Aegis hob sein Handgelenk und drehte es in Richtung des eingestürzten Tunnels. »Hey, Celice. Dachte, du würdest gerne sehen, in was für Schwierigkeiten dein Dad sich diesmal gebracht hat. Sie haben den Tunnel gesprengt. Die Drohnen draußen eingesperrt. Tut mir leid, dass ich dich wegen denen genervt habe, übrigens. Sie haben gute Arbeit geleistet. Ich wäre wahrscheinlich tot ohne sie, aber sag Mynx, sie muss das Feuer ein bisschen runterdrehen. Ein bisschen zu heiß für Nahkampfaktionen.«

Aegis ertappte sich dabei, länger zu reden, als er beabsichtigt hatte. Er erzählte von dem Kampf, den Kommandosoldaten, der stickigen Luft im Tunnel. Nichts davon war wirklich wichtig, aber Aegis konnte sich nicht stoppen. Er war nie ein großer Redner gewesen, aber hier war er nun und sprach über jeden Aspekt der Mission in eine Aufnahme.

»Sie hatten Waffen. Echte Waffen. Ich weiß, wir haben hart daran gearbeitet, diese Dinge loszuwerden, aber es sieht so aus, als müssten wir noch härter daran arbeiten«, sagte Aegis, während er an den Kommandosoldaten vorbeiging, die immer noch bewegungslos dalagen. »Wir müssen herausfinden, warum Leute immer wieder in diese Art von Arbeit geraten. Sie ausschalten. Denkst du, du kannst einen Weg finden, das zu tun?« Er lachte einmal. »Natürlich kannst du das. Du bist meine Tochter. Du bist unglaublich.«

Der Tunnel ging weiter und Aegis lief und redete im roten Licht, während er seine Stimme senkte, als er sich der Stelle näherte, wo sein Tama die Paragons vermutete. Während er ging, glitten seine Worte weg von Politikvorschlägen und Missionen und mehr in Richtung Familie, Zukunft und das Leben, das er für sie gewählt hatte.

»Über deine Mutter rede ich nicht so viel, wie ich sollte«, Aegis hielt inne und fragte sich, ob er selbst hier, an diesem dunklen und feuchten Ort mit einem bevorstehenden Kampf, diese Schachtel öffnen konnte. »Du hast wahrscheinlich alles über sie gelesen. Weißt vielleicht mehr als ich.« Er hörte auf, sich zu bewegen. Die Stelle im Tunnel, wo er sein Ziel erreichen würde, war nicht weit entfernt, und Aegis wollte das hier zu Ende bringen. »Was die Geschichten aber nicht erzählen werden, ist, dass wir aneinander festhielten, Celice. Es gab andere Champions, andere Paragons, aber wenn die Missionen zur Hölle fuhren, hatten wir einander, und das wussten wir. Ich fühlte mich nie unbesiegbarer, als wenn ich mit ihr zusammen war.

»Ich war immer der Erste, der reinging, zog das Feuer auf mich, während sie sich an die Arbeit machte. Blendete sie alle, machte es uns leicht zu sehen. Erstaunlich. Aber das Beste, das Beste, was sie tat? Deine Mutter hatte diese Art, genau die richtigen Gelb- und Weißtöne herauszukitzeln, sodass jede Nacht, die wir hatten, magisch war. Unsere eigenen privaten, spektakulären Sonnenuntergänge. Sie sagte mir immer, es ginge nur um die Photonen, aber ich war immer zu beschäftigt damit, mich in sie zu verlieben, um mich darum zu kümmern.«

Ein Piepen von seinem Tama unterbrach die Träumerei

und brachte Aegis zurück. Die Zeit war wieder davongelaufen, und Paragons warteten auf ihn. Also sagte Aegis auf Wiedersehen, stellte die Nachricht so ein, dass sie bei der nächsten Gelegenheit, ein Signal zu finden, gesendet würde, und der Champion marschierte weiter.

KAPITEL 46

EIN LETZTER DEAL

TROTZ IHRES KOMPLETTEN Anzugs und ihres flauschigen Hundes an ihrer Seite wäre Kat viel lieber drinnen in Decken eingewickelt gewesen, als draußen im strömenden Schnee und dem beißenden Wind, der die Westseite Chicagos eingenommen hatte. Ein Schneesturm kam mit Sonnenuntergang auf, eine unheilvolle Warnung, als Seeker und Kat ihre Wohnung verließen, um Gordon und, Kat verzog bei dem Gedanken das Gesicht, Calvin zu suchen.

Sie hatte sich Zeit gelassen, um sich fertig zu machen. Eine lange Dusche, ein Snack und der langsame, stückweise Tanz des Anlegens von Rüstung und Waffen. Mehr als genug Zeit für Gordon, um sein Ziel zu erreichen, Calvin zu konfrontieren und die Aufgabe ohne ihre Beteiligung zu erledigen. War sie deswegen ein bisschen beschämt? Ja, vielleicht. Ein bisschen.

Aber Gordon hatte seine Wahl getroffen.

Sie hatte ihre getroffen.

Der Anruf kam jedoch nie. Keine Nachricht, die triumphierend über das Tama aufflackerte und Kat mitteilte, dass die Katastrophe abgewendet worden war. Stattdessen Stille. Selbst nachdem Kat einen Fühler ausgestreckt und gefragt hatte, ob Gordon sein metaphorisches Gold gefunden hätte. Denn Kat *wollte* Calvin nicht wieder gegenüberstehen. Das wusste sie tief in ihrem Inneren. Eine eisige Angst klammerte sich an ihre Knochen bei der Aussicht, gegen eine Anomalie anzutreten, die anscheinend mehr als fähig war, sie ohne große Mühe zu erledigen. Kat hatte es lieber, wenn ihr Leben in ihren eigenen Händen lag und nicht der Gnade eines anderen ausgeliefert war.

Seeker traf jedoch die endgültige Entscheidung. Der Hund verlangte nach einem Spaziergang, eine Forderung, die lauter und lauter wurde, als der Schnee zu fallen begann und das Versprechen mit sich brachte, durch weiche Schneewehen zu springen, fallende Flocken mit dem Maul zu fangen und Kat so lange zu ziehen, bis sie ausrutschte und hinfiel. Letzteres war Seeker vielleicht nicht in den Sinn gekommen, aber es schwirrte sicher durch Kats Kopf, während sie versuchte, den Husky beim Gehen unter Kontrolle zu halten.

Nicht, dass sie weit gehen würden; sowohl die seltsame Dringlichkeit der Situation als auch die Entfernung zur Westseite bedeuteten, dass Kat eine Kapsel gerufen hatte. Es würde ein paar Minuten dauern, bis sie ankam, also ließ Kat Seeker sie einmal um den Block ziehen, in dem vergeblichen Versuch, etwas Energie abzubauen, bevor sie sich mit dem Hund in etwas einsperrte, was im Grunde einer kleinen Kugel gleichkam.

In der zweiten Runde, als Kat wieder zu ihrer Wohnung und der Stelle auf der Straße zurückkam, wo die Kapsel sie genau abholen würde, bemerkte sie eine andere Seele, die sich entschieden hatte, den nächtlichen Schnee zu trotzen. Eine Seele, die sie direkt anstarrte.

»Beth«, sagte Kat, als sie näher kam und sich wünschte, die Kapsel würde genau jetzt vorfahren. »Du hast dir eine schlechte Nacht für einen Besuch ausgesucht.«

Die Frau, dick eingepackt in mehrere Schichten von Mänteln und Hosen, behielt ein ernstes Gesicht, das zeigte, wie wenig sie die Bemerkung schätzte und wie wenig sie *tatsächlich* hier draußen sein wollte. Kats Anzug arbeitete daran, ihre Temperatur für Aktivitäten zu optimieren, zumindest bis die Batterien leer waren. Beth schien sich auf altmodische Kleidung zu verlassen, um den Job zu erledigen, und dieses Vertrauen hatte sich nicht ausgezahlt.

»Ich wäre nicht hier, außer dass einige daran zweifeln, dass du die richtige Entscheidung treffen wirst«, sagte Beth, ihre Worte erzeugten bei jeder Silbe kleine Wölkchen. »Du arbeitest mit einem anderen Tracker zusammen.«

»Woher weißt du das?«

»Spiel nicht die Dumme. Er hat dich bei der Konferenz gerettet. Das Video lief überall in den lokalen Nachrichtenclips.«

»Du beobachtest also nicht meine Wohnung?« Kat zog die Leine ein, hielt Seeker nah bei sich, obwohl der Hund glücklich schien, nach vorbeifliegendem Schnee zu schnappen. »Folgst mir nicht überallhin?«

Beth starrte sie an, dann die Straße hinter Kat hinunter. »Wir sind nicht die Paragons. Wir haben weder die Ressourcen noch den Wunsch, die Bewegungen aller zu überwachen. Du gehst jetzt Calvin nach?«

Beth deutete mit einer behandschuhten Hand auf Kats Anzug, dessen perlweißer Schimmer und glatte Masse ein klarer Indikator dafür waren, dass er für einen einfachen Hundespaziergang überqualifiziert war. Kat hatte die Maske nicht heruntergelassen – sie zog sich in die Kapuze des Anzugs zurück, wenn sie nicht benutzt wurde –, denn mit ihren blau leuchtenden Augen und ihrem silbernen Gesicht hätten ihre Nachbarn wahrscheinlich die Drohnen gerufen. Aus der Ferne, mit ihren normalen Gesichtszügen sichtbar, hatte Kat das Gefühl, wie eine halbwegs normale Person auszusehen, die eine normale Sache tat. Ehrlich gesagt, eine ziemliche Leistung für sie.

»Du wirst mich nicht einschüchtern«, sagte Kat. »Es ist mir egal, was du zu sagen hast.«

»Also wirst du ihn zu einem Paragon-Sklaven machen.«

»Besser als ein Terrorist.« Kats Tama piepste.

Die Kapsel näherte sich.

Beth versuchte zu seufzen, der Wind verschluckte es. »Ich hätte gedacht, jemand wie du würde verstehen, wie wichtig es ist, Freunde über das ganze Spektrum hinweg zu haben. Wenn du das überleben willst, was kommt, solltest du es dir noch einmal überlegen.«

»Was kommt? Willst du versuchen, die Stadt zu zerstören?« Kat hob ihr rechtes Handgelenk und schnippte einmal, um den einzelnen Betäubungspfeil, der dort geladen war, bereitzumachen. »Sollte ich dich jetzt aufhalten und ausliefern?«

Beth beäugte Kats Handgelenk, das sich verschiebende Licht warf Schatten über ihr Gesicht, als die Kapsel neben ihnen zum Stehen kam und ihre hohe Tür aufglitt. Schnee begann in das Fahrzeug zu wehen, und die kühle blaue Aura aus seinem Inneren bestätigte Kats Discount-Kapsel-Abo – während der Fahrt liefen Werbungen, aber die Einsparungen machten das Leiden wert.

»Wir versuchen nicht, die Gesellschaft zu zerstören«, sagte Beth. »Sie wird sich selbst zerstören. Wir wollen bereit sein, wenn es soweit ist. Calvin würde uns dabei sehr helfen. Du auch.«

»Dann rufe ich dich an, wenn die Welt untergeht.« Kat schob Seeker sanft zum Pod-Auto. »Gute Nacht, Beth.«

»Gute Nacht, Kat. Bleib warm und viel Erfolg bei der Jagd.«

Die Elementarin beobachtete, wie Kat Seeker in den Pod half und sich selbst auf den kunststoffartigen Sitz setzte, der für einfache Pods Standard war. Lux-Abonnements kosteten natürlich mehr und erlaubten keine Hunde. Kat winkte Beth zu, als der Pod losfuhr und sich westwärts bewegte, in Richtung von Calvins Ping. Dort, wo Gordon sein sollte.

»Was meinst du?«, fragte Kat Seeker, während vor ihnen ein Werbespot für ein neues Sportgetränk lief - Anomalie-Energie in jeder Flasche! »Wird die Welt untergehen?«

Der Husky blickte zu Kat, als sie die Frage stellte, seine Zunge hing aus seinem Maul, bevor er sich wieder dem kugelförmigen Fenster zuwandte und seine ununterbrochene Beobachtung des fallenden Schnees fortsetzte.

»Ich schätze, das ist ein Nein.«

Kat schaute auf ihr Tama. Sie öffnete die Ping-Karte. Es würde nicht mehr lange dauern, und sie wäre wieder mittendrin, mit einer großen Änderung: Diesmal würde sie keine Rücksicht nehmen, keine Spielchen spielen. Kat hätte es vorgezogen, in ihrer Wohnung zu bleiben, heiße Schokolade zu schlürfen und einen Film anzuschauen.

Calvin hatte ihr den Abend verdorben. Als Vergeltung würde sie seinen ruinieren.

KAPITEL 47

DAS ZIEL ERSCHEINT

ZHAN-YO HATTE NIE ERWARTET, sich so unsicher, so *verängstigt* zu fühlen. Aegis kam laut den letzten Worten, bevor Sylvies angeheuerte Helfer in der Dunkelheit verschwanden, diesen Weg. Auch durch den Wartungstunnel; ein unauffälliger Hintereingang statt eines auffälligen Durchbruchs durch die Vordertür. Vielleicht war es das, was Zhan-Yo so aus der Fassung brachte und ihn die Griffe der Tachi umklammern ließ, um seine Nerven zu beruhigen: Aegis spielte sonst den Showman, doch hier nahm er den heimlichen Weg.

»Es kommen keine anderen Paragons«, sagte Sylvie. Die beiden standen im zentralen Raum, in der Nähe der Gefangenen. »Wir haben genug Fehlalarme ausgelöst, um die aktuelle Schicht zu leeren, und Aegis scheint das allein machen zu wollen.«

»Passt zu seinem Charakter.«

»Ich würde es bewundern«, sagte Sylvie, »wenn es nicht so dumm wäre.«

»Er riskiert niemand anderen«, erwiderte Zhan-Yo. »Er weiß nicht, wie wir das erste Team ausgeschaltet haben. Er glaubt, er sei unbesiegbar, also warum jemand anderen gefährden?«

Sylvie warf ihm einen ihrer spöttischen, skeptischen Blicke zu. »Du kannst jetzt seine Gedanken lesen?«

»Das gehört zum Führungssein dazu. Bei Ziran ist es ähnlich. Ich werfe meine Mitarbeiter nicht in unmögliche Probleme, die nur ich lösen kann. Ich würde ihnen auch keine Aufgabe übertragen, für die sie nicht bereit sind.«

Mit diesen Worten erteilte Zhan-Yo Sylvie einen sanften Tadel. Es war ihre Idee gewesen, Aegis einen Hinterhalt zu legen, als sie erkannten, dass er plante, zwei neue, gefährlich aussehende Drohnen mitzubringen. Obwohl ihre Handlanger gegen die zweitklassigen Paragons verloren hatten, die nun in einem betäubten, gefesselten Haufen hinter ihnen lagen, hatte Sylvie darauf bestanden, dass die Söldner die Vorhut bilden sollten. Sie waren gegangen, aber sie würden nicht zurückkommen.

Sylvie reagierte darauf, indem sie ihre Waffen und Ausrüstung durchging. Die Munition in langen, dünnen Pistolen an ihrer Hüfte sowie Wurfmesser entlang ihres linken Arms. Darüber hinaus trug sie Handschuhe, die mit einem Batteriepack in ihrer Brust verbunden waren, bereit, einen nervenbetäubenden Schock zu versetzen, wenn Sylvie ihre Faust ballte und zuschlug. Ihr Anzug, der gleiche dicke, strukturierte schwarze Stoff, den Zhan-Yo trug, gipfelte in einem eng anliegenden Helm, den Sylvie über ihren Kopf zog, wobei ihre blauen Augen nun von einem durchsichtigen Bildschirm bedeckt waren.

»Ich will ihn zuerst«, sagte Zhan-Yo. »Er muss verstehen.«

»Warum? Werden wir ihn nicht töten?«

»Revolutionen, die im Blut beginnen, enden oft auch so«, erwiderte Zhan-Yo. »Wir haben noch keinen einzigen Paragon getötet. Wenn Aegis sich entschließt, unsere Seite zu sehen und eine Änderung verspricht, können wir es vielleicht dabei belassen.«

»Sei nicht naiv. Das ist nicht der Plan.«

»Pläne können sich ändern.«

»Du lässt Hoffnung die Logik übertrumpfen, Z.«

»Vielleicht tue ich das.«

Sylvie wollte noch etwas sagen, hielt aber inne, als knarrendes Metall durch die Generatorstation hallte. Aegis war angekommen. Sylvie nahm das als Zeichen und schlüpfte zurück in den Nebenraum, wo Zhan-Yo den ersten Angriff der Paragons beobachtet hatte. Nah genug, um zu helfen, sollte Zhan-Yo danach rufen, aber hoffentlich weit genug weg, um eine Eskalation zu vermeiden.

»Er wird dich in Stücke reißen«, murmelte Innis hinter Zhan-Yo. »Kann nicht glauben, dass ich mich mit euch Wracks eingelassen habe.«

Zhan-Yo ignorierte den Paragon. Innis war in den letzten Stunden eine Quelle düsterer Tiraden und derber Beleidigungen gewesen, als ob ihm klar geworden wäre, dass der Verrat am mächtigsten Champion der Welt und der mächtigsten Organisation in einem Zug vielleicht nicht der klügste Schachzug gewesen war. Mitleid sollte man jedoch nicht für diejenigen empfinden, die ihre eigenen schlechten Entscheidungen treffen.

Stattdessen positionierte sich Zhan-Yo, die Füße schulterbreit und die Knie leicht gebeugt, etwa einen Meter von den Gefangenen entfernt und gut sichtbar. Er konnte schnell reagieren, falls Aegis beschloss, aus den hinteren Gängen heraus anzugreifen, und präsentierte ansonsten eine starke, wenn auch nicht bedrohliche Front. Alles deutete auf Verhandlungen hin, nicht auf ein Gemetzel.

Die Nervosität, die sich während des Wartens auf Aegis abwechselnd verstärkt und gelöst hatte, kühlte ab, als der Champion ins Blickfeld trat. Mit der taktischen Ausrüstung, heruntergezogener Schutzbrille und bedecktem Gesicht sah Aegis weit entfernt von dem modellierten Icon aus, das seit Zhan-Yos Teenagerjahren auf allen Schildern, Videos und allem anderen zu sehen war. Der Anzug des Champions machte seine Fitness deutlich, und die Werkzeuge, die in Holstern an seiner Brust und Taille befestigt waren, zeigten seine Vorbereitung.

Aber Aegis sah aus wie ein Mann, und nichts weiter.

»Geht es euch gut?«, fragte Aegis nicht Zhan-Yo, sondern Innis.

»Es geht ihnen gut«, sagte Zhan-Yo.

»Ich rede nicht mit dir.« Aegis winkte Zhan-Yo ab. »Innis. Bist du am Leben? Sind die anderen verletzt?«

Ein kleiner Rückschlag, aber Zhan-Yo ließ es geschehen. Sich um seine Untergebenen zu kümmern, passte zu Aegis' Profil, und es war nicht so, als hätte Zhan-Yo etwas von Innis' Antwort zu befürchten: Die Paragons waren am Leben.

»Der Stolz ist angeknackst, aber sonst nicht viel«, sagte Innis, ohne den Kopf zu heben, um Aegis anzusehen. »Glaube, die anderen machen gerade ein Zwangsnickerchen. Verdammt hässlich hier drin.«

»Ich habe ein halbes Dutzend Kommandos im Tunnel ausgeschaltet.« Aegis ignorierte Zhan-Yo weiterhin. »Deckt das alle ab, die euch angegriffen haben?«

»Könnte sein. Gab aber 'ne Menge Blitzlichter. War schwer, den Überblick zu behalten.«

»Das waren alle unsere Leute«, versuchte Zhan-Yo einen weiteren Einwurf. »Jetzt sind nur noch wir hier.«

Diesmal winkte Aegis Zhan-Yo nicht ab, sondern stellte sich ihm gegenüber, mit mehreren Metern Abstand zwischen den beiden Anführern. Obwohl Zhan-Yo Aegis' Augen durch die Schutzbrille des Champions nicht sehen konnte, hatte er dieses deutliche kribbelnde Gefühl, als Aegis jedes Detail von ihm analysierte.

»Zhan-Yo, richtig?«, sagte Aegis nach einigen langen Sekunden.

»Richtig.«

Zhan-Yo hätte fortgefahren, aber irgendeine Kraft zwang

ihn, ruhig zu bleiben. Aegis' Fragen beantworten und nichts weiter. Ein Champion, erkannte Zhan-Yo, hatte diese Wirkung.

»Ich habe deine Nachricht auf dem Weg hierher bekommen.« Aegis knackte mit den Knöcheln. »Keine gute Art zu verhandeln, Zhan-Yo. Nicht mit mir. Wenn du nach New York gekommen wärst und mir den Vorschlag unterbreitet hättest, hätte ich vielleicht zugehört. Hätte vielleicht versucht, eine gemeinsame Basis für uns zu finden. Jetzt werde ich stattdessen einfach dich und deine Firma zerstören.«

»Meine Firma hat nichts mit meinen Handlungen zu tun«, sagte Zhan-Yo und fragte sich, warum er nicht die Kontrolle hatte. So sollte das Treffen nicht verlaufen. »Ich habe Ziran für meine eigenen Zwecke benutzt, nicht umgekehrt.«

»Wenn das stimmt, werden sie schon andere Jobs finden.« Aegis zuckte mit den Schultern. »Aber das kommt später. Jetzt interessieren mich diese Paragons, die du da hast.«

Zhan-Yo spürte, dass das Gespräch weit über den Punkt der Rettung hinaus gekippt war, zumindest ohne drastische Maßnahmen. Er griff mit der linken Hand nach oben, packte das Schwert und zog es, wobei er die Klinge einen Millimeter vor Innis' Kehle stoppte. Diese Bewegung brachte Aegis zumindest zum Schweigen.

»Du hättest mir nicht zugehört, wenn ich nach New York gekommen wäre«, begann Zhan-Yo und spürte, wie die Hitze in seinem Herzen aufwallte, als er sprach. »Du hast uns überhaupt nicht zugehört. Ich habe dich auf diese Weise hierher gebracht, weil du sonst die Normalen weiterhin ignorieren würdest. Du würdest uns weiterhin mit deinen Erlassen und deinen Drohnen erdrücken, du würdest uns weiterhin an eine Welt fesseln, in der wir nichts zu sagen haben.

»Du bist hier, Aegis, weil dir diese Paragons genauso am Herzen liegen wie mir die Millionen in dieser Stadt. Die Milliarden auf dieser Erde, die keinen Platz in deiner Hierarchie haben, aber einen verdienen. Ich will Versprechen, Aegis. Ich will dein Wort und deine Zusage, dass die Paragons für Normale offen sein werden. Dass wir wieder unseren Platz in unserer Regierung haben können.«

Zhan-Yo hielt inne, um Luft zu holen. Es fühlte sich verdammt gut an, all das laut zur Opposition zu sagen, obwohl es besser gewesen wäre, wenn Zhan-Yo Aegis' Gesicht hätte sehen können, das mit offenem Mund und verblüfft sein sollte. Zhan-Yo hielt seine eigenen Lippen gerade, seine Augen fest. Dies war weder ein Flehen noch ein Triumph, sondern eine Verhandlung.

Aegis verfolgte die Länge von Zhan-Yos kleiner Klinge. Arbeitete sich von der Spitze bis zum Griff vor, von dort zurück zu Zhan-Yos Augen. Schüttelte den Kopf.

»Hast du jemals deine Geschichte gelesen?«, sagte Aegis wie ein genervter Lehrer, der zu einem durchfallenden Schüler spricht. »Denn wenn du das getan hättest, wüsstest du, dass Normale seit jeher nichts als Mistkerle zueinander waren. Die letzten dreißig Jahre mit uns an der Macht? Frieden. Stabilität, zumindest relativ. Und jetzt sieh dich an. Du sagst, du willst wieder mitmachen, und die Art, wie du dafür argumentierst, ist, indem du Geiseln nimmst? Indem du dieses kleine Messer an jemandes Kehle hältst? Wie soll mich das davon überzeugen, dass du diese Macht verdienst?

»Du willst weiter auf mich einreden? Schön. Leg das Schwert weg. Wir werden dich in eine Paragon-Zelle stecken, und ich werde ab und zu jemanden vorbeischicken, der dir Gesellschaft leistet. Dir beim Schwafeln zuhört und ganz genau aufpasst.«

Von allen Champions, und Zhan-Yo hatte seine Hausaufgaben gemacht, hatte Aegis die stärksten Instinkte. Ein Mann, der Probleme mit seinen Fäusten löste, der wie ein Fels sprach und keine Kompromisse anbot. Warum Zhan-Yo dachte, Aegis wäre derjenige, mit dem man arbeiten könnte, anstatt, sagen wir, Apinya oder sogar Mynx, die beide einen Ruf für überlegtes Denken hatten, wusste er nicht. Diese ganze Operation war eine Reihe von Fehlern gewesen.

»Also wirst du nicht verhandeln?«, seufzte Zhan-Yo die Frage heraus.

»Nein. Leg das Schwert weg, oder du bist ein toter Mann.«

Ein Leben zu nehmen, ist eine Bürde. Einen Mann zu töten, bedeutete, die Verantwortung für all die Dinge zu übernehmen, die dieser Mann nie tun, die Leben, die er nie verändern oder erfüllen würde. Deshalb bevorzugte Zhan-Yo den weniger tödlichen Weg mit seinen Kampfkünsten - er konnte einen Geist verändern, indem er einen Arm brach, anstatt einen Hals - aber hier, wenn er sein Schwert niederlegte, würde Zhan-Yos Traum sterben.

Er drückte die Klinge näher an Innis' Kehle, vorsichtig, um noch nicht zu schneiden... noch nicht. Die Zeit für Ultimaten war gekommen. Das Ende der Diplomatie.

»Ergib dich und die Paragons leben«, sagte Zhan-Yo. »Mach einen einzigen Schritt und dieser hier stirbt.«

»Lass ihn mich töten«, sagte Innis, wobei die Bewegung seine Kehle gegen Zhan-Yos Klinge drückte und eine rote Linie über den Hals des Paragons zog. »Es ist meine Schuld, dass du hier bist, Aegis. Die ganze Sache. Es sollte nicht so schief gehen.«

»Ruhe«, sagte Zhan-Yo. »Das spielt keine Rolle.«

»Ausnahmsweise stimme ich zu«, sagte Aegis, wobei der Champion Innis' wahre Bedeutung nicht erfasste. »Du wurdest ausgetrickst, Innis. Dieser Mann hat dich getäuscht. Warum du diese Paragons in dieses Schlamassel geführt hast, weiß ich nicht, aber nachdem wir hier raus sind, solltest du besser deine Ausreden parat haben, und sie sollten verdammt gut sein.«

Dann, bevor Zhan-Yo sich bewegen konnte, schnippte Aegis mit seinem rechten Handgelenk entlang seines Gürtels und schleuderte etwas nach vorne. Zwei Metallkugeln, verbunden durch eine Drahtlinie, die hell weiß aufleuchtete, als sie flog und Zhan-Yos Klinge kurz über dem Griff traf. Die Kugeln wickelten den Draht um die Klinge, und bis die Umwicklung abgeschlossen war, hatte der Draht sich durch das Metall geschmolzen, sodass das ganze Ensemble, minus des Griffs, den Zhan-Yo noch hielt, zu Boden fiel.

Aegis folgte seinem Wurf mit einem Schulterschlag und überbrückte diese wenigen Meter schneller, als Zhan-Yo es erwartet hätte. Der Treffer schleuderte Zhan-Yo gegen die Wand hinter ihm, hart genug, um den klingenlosen Griff aus Zhan-Yos linker Hand zu schütteln und ihn zu zwingen, sich nach vorne zu beugen, um nicht zu fallen.

»Meine eigene Tochter hat das gemacht«, Aegis bückte sich, hob eine der Kugeln vom Boden auf und drückte sie, wodurch der Draht wieder eingesaugt und die zweite Kugel an ihren Partner versiegelt wurde. »Einmaliger Einsatz, aber heiß genug, um sich durch fast alles zu schmelzen. Sie ist schlau, Zhan-Yo. Schlauer als du.«

Zhan-Yo richtete sich auf, hustete den wachsenden Bluterguss in seiner Brust vom Treffer weg. Hob sein Tachi und bereitete sich darauf vor, gegen eine Legende zu kämpfen.

KAPITEL 48
VON EINEM ZUM NÄCHSTEN

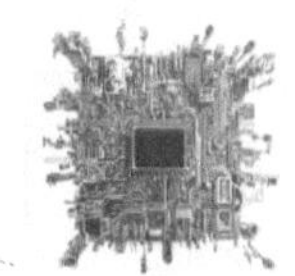

MYNX DREHTE DIE GESCHICHTE NICHT. Während sie in einer Kapsel vom brennenden Labor wegfuhr, wies Mynx Reeves an, eine Erklärung an die lokale Presse herauszugeben. Ein Bereich, der sich nach der Paragon-Übernahme gut entwickelt hatte - da Vertreter im Allgemeinen aufgrund des gesellschaftlichen Wertes ausgezeichnet wurden, fand der Journalismus endlich einen Raum, in dem er gedeihen konnte - hatte die Medien dennoch eine feindselige Haltung gegenüber den Champions und der Gesellschaft, die sie geschaffen hatten, eingenommen. Mynx vermutete, dass Reporter und Redakteure das Machtungleichgewicht nicht mochten, das mit der Berichterstattung über Personen mit absoluter Autorität einherging. Es wäre ihr egal gewesen, außer dass dieselben Reporter und Redakteure die öffentliche Meinung verdrehten, und Mynx brauchte keine Geschichte über den ungerechtfertigten Mord an einem geschätzten Wissenschaftler, die an jeden Tama in Pacifica gesendet wurde.

»Sie werden erfahren, dass Dr. Jones an einem fehlgeschlagenen Experiment mit katastrophalen Folgen gestorben ist«, sagte Reeves zu ihr, als Mynx sich der Fabrik näherte. »Solche Dinge passieren nun mal.«

Reeves begann, Vorfälle aus den letzten Jahrzehnten aufzuzählen, bei denen scheinbar zufällige Explosionen Unternehmen, Einzelpersonen und Gemeinschaften dezimiert hatten. Reeves wusste genauso gut wie Mynx, dass die meisten davon von Paragon-Interventionen bei bösartigen Handlungen stammten, unabhängig davon, ob diese Interventionen mehr Schaden als Nutzen verursacht hatten. Das allgemeine Vorgehen der Champions, das später an die Paragons weitergegeben wurde, sah vor, dass die vollständige Zerstörung einer Bedrohung das bevorzugte Ergebnis war, unabhängig von Kollateralschäden. Es gab zu viele Anomalien oder Normale mit gefährlichen Ideen, um sanft vorzugehen.

»Reeves, ich möchte, dass du erwähnst, was Denise versucht hat«, sagte Mynx, als sie vor dem Haupteingang der Fabrik ankam. Weiße Zementstufen führten hinauf zu der großen Berganlage, Gladiatorendrohnen bewachten ihren Aufstieg. »Wenn nichts anderes, müssen wir die Vorstellung entmutigen, dass jeder eine Anomalie werden kann.«

Eine jüngere Mynx hätte den Klang davon gehasst, aber die unschuldige Hoffnung, dass jeder eine Chance auf Macht wie ihre haben sollte, hatte sich zu einer viel stärkeren Überzeugung geschärft, dass nur sehr wenige damit umgehen könnten. Würde man die Anomalie-Büchse für alle öffnen, würde die Welt in aufgemotztem Chaos ertrinken. Die Paragons hatten genug damit zu tun, die natürlichen Anomalien unter Kontrolle zu halten.

»Ich habe es hinzugefügt«, sagte Reeves. »Möchtest du die Erklärung Korrektur lesen?«

Sie sollte, aber im Moment sehnte sich Mynx nach einer frischen Tasse Tee. Eine Gelegenheit, sich hinzusetzen, einen Snack zu essen und über einen frühen Schlafengehen nachzudenken. Also ging sie einen Kompromiss ein: »Lies es mir vor, während ich reingehe.«

Reeves traf alle richtigen Töne, und Mynx hatte die Erklärung genehmigt und über das Internet an alle verschiedenen Medien in Pacifica geschickt, bis sie durch die Fabrik zur Residenz gelangt war. Wie sie gehofft hatte, hatte Reeves ihre Gedanken gelesen oder eine lange Geschichte von Mynx' Gewohnheiten interpretiert und warmen Tee mit einer Kanne auf dem Tisch draußen platziert. Eine Schüssel mit frischen Beeren stand neben einer anderen voll mit Gemüse-Ramen.

Was Mynx' Aufmerksamkeit jedoch mehr als alles andere auf sich zog, war eine kleine Pillenauswahl, die in der Mischung wartete. Drei Kapseln mit der schwarz-gelben Beschichtung, die für Energieschub-Chemikalien reserviert war.

»Reeves?«, sagte Mynx, nahm Platz und einen Moment, um auf die brechenden Wellen zu schauen, die die letzten Purpurtöne der Dämmerung in ihrem Schaum einfingen. »Erklär das mal.«

»Ich habe einen weiteren Bericht für dich, und nach früheren Reaktionen auf ähnliche Daten könntest du die Stimulation brauchen«, antwortete Reeves. »Ich werde ihn jetzt für dich aufrufen.«

Mynx setzte sich an den Tisch, spießte ein paar Beeren mit einer gut platzierten Gabel auf und nahm das Video und die Diagnose-Collage in Augenschein, die sich über die Oberfläche ausbreitete. Die wichtigsten Daten machten das Problem deutlich: Aegis war mit zwei Drohnen hineingegangen, und jetzt hatten diese zwei Drohnen ihre Ladung verloren. Beunruhigender war, dass die Drohnen vorhersagten, dass Aegis, da er nicht aus dem eingestürzten Tunnel aufgetaucht war oder weitere Kommunikationsversuche unternommen hatte, wahrscheinlich allein weitergegangen war. Die Drohnen arbeiteten sich nun zu einem alternativen Eingang des Generatorgebäudes vor, aber aufgrund von Feuer- und elektrischen Schäden, die sie bei einem Tunnelangriff erlitten hatten, arbeiteten sie nicht mit höchster Effizienz.

»Mit anderen Worten, Aegis ist wirklich auf sich allein gestellt«, sagte Mynx.

»Es gibt mehr. Aegis hat auch eine Videonachricht weitergeleitet, die er vor seinem Eintritt erhalten hat.«

»Spiel sie ab.« Mynx trank etwas Tee, aß etwas Ramen, während Zirans klare Drohung vor ihr abspielte. Sie wollte über die Hybris lachen, dass eine einzelne Organisation die Paragons herausforderte, aber dieselbe Hybris verursachte stattdessen Schauer. »Ziran ist nicht so dumm, so einen Zug zu machen, es sei denn, sie haben einen Plan.«

»Aegis hat bereits den Prozess begonnen, ihre Operationen in Atlantis einzufrieren, aber aufgrund von Zirans Position in unseren Netzwerken wird es nicht einfach sein, sie herauszulösen.«

»Mach dasselbe hier. Zieh eine Liste von Zirans Top-Leuten weltweit und schick sie an die lokalen Paragon-Büros.« Mynx erklärte die wenigen Bissen für genug. »Jeder von ihnen sollte eingeholt und verhört werden, um herauszufinden, was sie wissen. Wenn wir Glück haben, ist dieser Zug isoliert und unsere Infrastruktur ist sicher.«

»Und wenn nicht?«

»Wir haben die Welt einmal wiederaufgebaut. Wir können es wieder tun. Mach den Jet bereit. Ich muss Aegis hinterher.«

»Wie ich vermutet habe. Der Jet ist bereits flugbereit. Allerdings glaube ich nicht, dass es möglich ist, dass du rechtzeitig ankommst, um den Ausgang zu ändern?«

»Aegis stirbt nicht«, erwiderte Mynx. »Ich werde rechtzeitig da sein.«

Als sie sich umdrehte, um zum Startplatz des Jets in den oberen Bereichen der Fabrik zu gehen, fegte Mynx die Pillen vom Tisch. So gern sie auch auf dem Weg nach Chicago ein Nickerchen gemacht hätte, ihre Nerven pulsierten und der Schlaf würde nicht kommen. Egal, sie konnte die Zeit nutzen, um sich Ziran anzusehen.

Um die Verräter zu finden.

KAPITEL 49

DIE RUNDE DES CHAMPIONS

WAS SCHLACHTFELDER ANGING, schaffte es ein dreckiger unterirdischer Generatorraum, der aussah, als hätte er über Jahre hinweg Rattenarmeen beherbergt, nicht einmal in Aegis' Top Ten. Auch der Gegner nicht, Zirans Geschäftsführer und ein Mann, der zwar fit war, aber auf der falschen Seite des Lebens zu sein schien, um eine weltverändernde Revolution anzustreben. Nicht dass es wirklich eine Rolle spielte - Aegis würde ihn bewusstlos schlagen, die Paragons befreien und für ein spätes und dringend benötigtes Abendessen wieder nach oben gehen.

Zhan-Yo zog seine zweite Klinge nicht, sondern entschied sich stattdessen, mit bereiten Händen knapp über der Hüfte auf Aegis zuzugehen. Sich in einen Nahkampf mit einem Champion zu stürzen, gehörte zu den selbstmörderischsten Optionen, die man wählen konnte, also gab Aegis Zhan-Yo zwei Schritte Zeit, diese Entscheidung zu überdenken.

Dann zog Aegis seine Elektroschockpistole vom Gürtel und feuerte. Der Pfeil traf Zhan-Yo direkt in die Brust, genau dort, wo das Herz sein sollte, und prallte ab.

»Scheint, als müssten wir das auf die harte Tour

machen?«, sagte Aegis und steckte die Waffe zurück ins Holster.

»Er ist besser, als du denkst«, murmelte Innis von der Seite, mit geheiligten Augen aus seinen Fesseln heraus beobachtend.

Der örtliche Paragon-Anführer ärgerte Aegis. Innis hatte den ganzen Überfall vermasselt, Neulinge zu einer riskanten Begegnung mitgebracht und sie ohne Drohnenunterstützung vorangetrieben. Ein taktischer Albtraum. Aegis würde Innis von seinem Kommando entfernen, ihn vielleicht sogar ganz aus Chicago rausschmeißen und in eine weit entfernte Region versetzen, wo der Paragon lernen konnte, was es bedeutet zu führen, ohne jemanden zu gefährden.

Zhan-Yo versuchte sofort, Innis' Kommentar zu beweisen, indem er mit schnellen Schritten niedrige Tritte ausführte, die Aegis' linke und rechte Seite mit Eifer testeten. Aegis ließ sie landen, spürte den Aufprall, als Zhan-Yos Stiefel auf taktische Rüstung und Aegis' eigene Kraft trafen, um den Einschlag abzumildern. Für jemanden, der Schläge von Thane eingesteckt hatte, fühlten sich Zhan-Yos Treffer wie ein leichter Klaps mit einem Kissen an. Ein dumpfer Druck.

»Da musst du schon mehr auffahren«, sagte Aegis und unterstrich seine Worte mit einem geraden Schlag direkt auf Zhan-Yos Brust.

Sein Ziel spielte clever, tanzte aus der Reichweite des Schlags zurück und ließ Aegis ins Leere schlagen. Also verfolgte Aegis ihn, jagte Zhan-Yo, während dieser um die gefesselten, betäubten Paragons herumtanzte. Als sie um Innis herumkamen, täuschte Aegis einen weiteren Ausfall vor und erkaufte sich so Raum. Damit zog Aegis ein taktisches Messer und befreite Innis.

Innis starrte auf seine befreiten Handgelenke, während Aegis das Messer in einen umgekehrten Griff in seiner linken Hand drehte, bereit für den Fall, dass Zhan-Yo etwas versuchen würde, irgendetwas. Stattdessen stand Zhan-Yo da und beobachtete, als ob Aegis der Star in einer faszinierenden Dokumentation wäre.

»Was ist dein nächster Zug?«, sagte Aegis zu Zhan-Yo, als Innis aufstand. »Die Leute wissen, wo ich bin, die Drohnen auch. Sie werden bald hier sein, und du wirst nicht in der Lage sein, uns allen auszuweichen.«

»Ich bin euch allen schon sehr lange ausgewichen«, sagte Zhan-Yo, und Aegis spürte einen Funken Besorgnis: Zhan-Yo wirkte viel zu ruhig für jemanden, der anscheinend alles verlor. »Ich höre jetzt auf, weil die Falle bereit ist zuzuschnappen, und du bist hineingetappt.«

Die Falle traf Aegis hart. Innis' Fäuste schlugen in Aegis' Rücken, knapp über der Hüfte, wo sich Taubheit ausbreitete. Innis' Fähigkeit blies die Nerven um seine Schläge herum aus, wie eine biologische EMP-Vorrichtung. Aegis hatte gesehen, wie der Paragon einen Feind am Kopf getroffen und die Person vergessen lassen hatte, wer sie war, was sie tat, und eine komplette Persönlichkeitsveränderung durchmachte. Unglücklicherweise für Innis hatte Aegis' Rücken weder Gehirn noch kritische Muskeln, also verpasste Aegis Innis einen linken Ellbogen ans Kinn und beförderte den Paragon zu Boden.

Nein, kein Paragon. Nicht mehr.

»Na, das klärt die Sache«, sagte Aegis und rieb sich den Rücken, um die Taubheit zu vertreiben. Innis' Fähigkeit konnte Aegis' Heilung nicht lange aufhalten. »Ist das alles, was du hast? Einen ausgebrannten Paragon?«

Zhan-Yo hatte sich nicht bewegt. Zirans Anführer beobachtete Aegis, dann huschte sein Blick zu Innis, stirnrunzelnd. Vielleicht hatte Zhan-Yo wirklich nur den bald-zu-verbannenden Paragon. Wie auch immer, Zhan-Yo fasste wieder Mut und breitete die Hände aus wie ein Lehrer, der einem unwissenden Schüler das Offensichtliche erklärt: »Denk darüber nach, was das bedeutet, Aegis. Deine eigenen Leutnants wenden sich gegen dich. Deine Bewegung scheitert. Jetzt ist der Zeitpunkt aufzuhören, bevor alles zusammenbricht. Gib dich dem Wandel hin, der geschehen muss.«

»Wir haben so viele besiegt, die genauso klingen wie du. Du willst Veränderung? Verdien sie dir.« Aegis täuschte einen Angriff auf Zhan-Yo vor, drehte sich stattdessen um und verpasste einem ahnungslosen, sich aufrichtenden Innis einen dreifachen Schlag.

Innis brach zusammen, ein klarer Beweis dafür, dass er viel zu wenig Zeit im Feld verbracht hatte, dass er genau das geworden war, was Aegis nicht war; jemand, der vergessen hatte, wie man kämpft. Innis kämpfte damit, einen Schlag abzuwehren, irgendeinen Schlag, und scheiterte, was ihm ein zerschlagenes Gesicht und das Gefühl einer gebrochenen Rippe einbrachte. Der Champion beendete die Serie mit einem Schlag seines linken Knies, und Innis fiel zu Boden, seine Beine wie ein Kind umklammernd. Aegis wollte Innis sagen, wie peinlich berührt er war, wie sehr Aegis nicht nur Innis für dieses Versagen verabscheute, sondern auch sich selbst. Wie konnte Aegis zugelassen haben, dass dieser eine so weit vom Weg abgekommen war?

»Steh auf«, sagte Aegis.

»Nein«, versuchte Innis und klang noch erbärmlicher angesichts all der Male, die Aegis ihn mit viel Prahlerei über die kühnen Fortschritte seiner Chicago Paragons hatte verkünden hören.

»Du warst einmal ein Paragon. Wirst du dort am Boden sterben, oder kannst du etwas von deiner Ehre zurückgewinnen?«

Innis sprach nicht, und Aegis glaubte, Tränen in den Augen des großen Mannes zu sehen. Ein totaler Absturz. Einer, den Aegis genauso gut jetzt beenden könnte. Er machte seinen rechten Fuß bereit-

Aegis spürte selten Schmerz. Und wenn er kam, verschwanden die Schmerzen schnell wieder. Eine Funktion seines Wesens; ein Paragon, dessen Körper sich schneller regenerierte als jeder andere auf dem Planeten. Aber dieser Stich kam von hinten, tief, eisig und lang. Aegis spürte, wie die Klinge nahe dem unteren Ende seiner Wirbelsäule eindrang. Ein Schlag, der nicht zum schnellen Töten gedacht war, sondern zum Verstümmeln, zum Schwächen. Es hatte über die Jahre Paragons gegeben, die ähnliche Fähigkeiten perfektioniert hatten, die Feinde mit lähmenden Schlägen zu Fall gebracht hatten. Aegis hätte nie gedacht, dass er so etwas einmal erleben würde, nie gedacht, dass der Tag kommen würde, an dem er für die gleichen Techniken anfällig sein würde, die seine Truppen eingesetzt hatten.

Seine Welt veränderte sich ständig, und Aegis war zu überheblich gewesen, um sich mit ihr zu verändern. Zhan-Yo hatte ihn, für einen Moment.

»Du hast verloren«, sagte Zhan-Yo, seine Stimme direkt hinter Aegis' rechtem Ohr, mit dem stoischen Gewicht der Logik. »Wenn ich diese Klinge drehe, wirst du, egal wie stark deine Heilung ist, nicht überleben. Nicht jetzt.«

Aegis führte eine einfache Kalkulation durch und zog sich von der heißen Spitze der Qual in den kalten Raum zurück, in den er jedes Mal ging, wenn ein Feind oder eine Katastrophe ihn zwang, zwischen Leben und Tod zu wählen. In diesem reinen Vakuum kam Aegis immer zu der gleichen Antwort: versuchen. Weiterkämpfen. Niemals aufgeben. Tausend Klischees, die aufeinander gestapelt waren, jedes einzelne drängte Aegis, weiter und weiter zu kämpfen. Bisher hatte ihn dieser Rat nicht im Stich gelassen. Also warf sich Aegis, sobald Zhan-Yo seine Drohung beendet hatte, nach hinten, schlug seinen Kopf in Zhan-Yos Gesicht und stürzte nach vorne, wobei er das Schwert aus Zhan-Yos Griff drehte. Die Klinge steckte noch immer in ihm, und Aegis spürte jeden schneidenden Fetzen, als sie sich in seinem Körper bewegte. Dem Schmerz folgte das juckende Pulsieren, als seine Heilung versuchte, damit fertig zu werden, Venen und Organe abzudichten.

Mit dem Schwert, das von seinem Träger befreit war, drehte sich Aegis, der über Innis stand, zu seinem Gegner um. Bisher war dieser Kampf wie so viele andere verlaufen; eine Hin-und-Her-Parade von Wunden, die endete, wenn Aegis' Ausdauer Zhan-Yo überdauerte. Früher war Aegis' Ausdauer eine Selbstverständlichkeit gewesen. Jetzt konnte Aegis sich nicht mehr darauf verlassen. Er müsste die Sache erzwingen.

Zhan-Yo stellte sich Aegis' Angriff wie jemand, der wusste, was er tat, aber nachdem Zhan-Yo den ersten, den zweiten Schlag abgeblockt hatte, wich sein Training der Realität des Angriffs des Champions. Aegis brach durch Zhan-Yos Unterarmblocks, trieb seinen Gegner über den Zementboden an die harte Wand. Von dem Aufprall, mit dem er Zhan-Yo gegen den stabilen Beton geschleudert hatte, zurückprallend, klatschte Aegis seine Hände auf beide Seiten von Zhan-Yos Kopf, bevor er Zhan-Yo samt Rüstung hochhob und über den Boden schleuderte, bis Zhan-Yo in der Nähe der gefangenen Paragons zum Stillstand rollte.

Das Schwert, das noch immer aus ihm herausragte, protestierte gegen jedes dieser Manöver mit tiefen Stichen, und nachdem er seinen Gegner geworfen hatte, sog Aegis einen Atemzug nach dem anderen ein und versuchte, sich wach zu halten und seine aufgewühlten Nerven zu beruhigen. Er hatte die unmittelbare Gefahr gebannt. Als nächstes kam das Überleben. Aegis griff mit der linken Hand nach hinten und tastete nach dem Griff der Klinge.

»Zieh es nicht raus«, sagte Innis, der noch immer am Boden lag. »Wenn du das machst, fängst du vielleicht an, zu schnell zu bluten, selbst für dich.«

»Versuchst du jetzt, mir zu helfen?«, keuchte Aegis mehr, als dass er es sagte, und spürte, wie sich etwas, das Blut oder Speichel oder beides sein konnte, in seinem Mund ansammelte und herausblubberte. »Du bist ein bisschen spät dran.«

»Ich habe dich nie gehasst. Aber du hast deinen Weg

verloren. Lässt uns zurück. Kannst du es nicht spüren? Die Welt verändert sich. Deine perfekte Blase platzt und du hast keinen Plan.«

»Bleib beim Kämpfen, Innis.« Aegis seufzte durch die Antwort, machte seinen Griff bereit und biss die Zähne zusammen. »Du bist schrecklich darin, aber wenigstens wirst du nur dich selbst umbringen.«

Aegis riss. Zog das Schwert aus seinem Rücken und schleuderte es zur Seite, während der schockweiße Ausbruch ihn auf die Knie zwang. Aegis hatte schon lange keinen solchen Schmerz mehr gespürt, vielleicht noch nie. Flecken tanzten vor seinen Augen, jeder seiner Nerven kribbelte in Erwartung des bevorstehenden Todes. Bevorstehend, aber nicht hier. Noch nicht. Aegis hielt sich in seinem Geist fest, hielt Celice, Mynx, die anderen Champions, an deren Seite er so lange gekämpft hatte, um diese Welt zu erschaffen, die diese Monster zerreißen wollten. Er konnte sie nicht gewinnen lassen.

Stück für Stück zog Aegis seinen Körper aus der schrecklichen Leere zurück, in die er so gerne gefallen wäre. Zuerst stabilisierte er seine Hände, die Handflächen auf dem Boden. Stabil, real. Dann seine Lungen, jedes Einatmen stellte den Rhythmus in seinem Körper wieder her, balancierte seinen rasenden Herzschlag aus. Das Aufstehen von seinen Knien ging langsam, mit Peitschenhieben der Nachwirkungen des Schwertes, die von Aegis' Rücken ausstrahlten. Aber er erhob sich, er stand, und Aegis, Champion von Atlantis, konzentrierte sich auf seinen Feind.

»Du solltest nicht mehr in der Lage sein, so zu heilen«, sagte Zhan-Yo. »Nicht mehr.«

»Champions verlieren nicht«, erwiderte Aegis.

Aber Champions wurden wütend, und dieser Champion hatte keine Skrupel, denen das Leben zu nehmen, die es nicht mehr verdienten, es zu haben. Zhan-Yo hatte Aegis in den Rücken gestochen, hatte sich geweigert, aufzugeben. Hatte einen Krieg gegen die Gesellschaft geführt. Dafür konnte es nur einen Preis geben. Aegis machte einen Schritt, zwei Schritte und starrte auf den Feind hinunter.

»Es ist vorbei.« Aegis ballte seine Faust, bereit, einen einzigen Todesstoß zu versetzen.

Zwei Schüsse trafen, gleichzeitig. Beide in seine Brust, schwere Geschosse. Aegis konnte spüren, wie sie eindrangen, die Rüstung durchbohrten, die dazu gemacht war, gegen gewöhnliche Gefahren zu schützen. Der Schall betäubte sein Gehör, seine Ohren klingelten, als der Aufprall Aegis zurückwarf. Von seinen unsicheren Füßen auf den Boden. Neue Qualen kamen heiß, schnell und überall. Der Ort, seine Kalkulation, gemacht um die Panik abzuschneiden, wollte, konnte nicht kommen, und der Champion sank in seine Bewusstlosigkeit.

KAPITEL 50
WEIT DRAUSSEN

ALS REISEZIELE GINGEN, lag der Ort, an dem die Kapsel Kat absetzte, irgendwo zwischen einer modernen Kunstinstallation und einer düsteren, unheimlichen Dimension, die sie nie besuchen wollte. Lichter waren selten so weit außerhalb der Stadt, was den weißen Lichtern, die den hohen Zaun um den Schrottplatz säumten, einen gespenstischen Anschein gegen das relative Schwarz überall sonst verlieh. Der strömende Schnee verstärkte den Effekt noch, glitt in Clustern nach mystischer Laune herab. Hier draußen peitschte auch der Wind, ungehindert von den Gebäuden, die in der Stadt die Böen brachen. So sehr, dass selbst in Kats Anzug, mit Thermoreglern, die auf Hochtouren liefen, sie kalte Zungen spürte, die ihr Haar hochkrochen und ihre Knöchel streiften.

Seeker störte das alles überhaupt nicht. Der Husky stürzte sich auf Schneehaufen, sprang nach fallenden Flocken und grinste Kat mit seinem zahnigen, zungenlappenden Grinsen an, als hätten sie das Paradies gefunden.

»Natürlich gefällt dir dieser Ort«, murmelte Kat. »Des einen Ödland, des anderen Hundehimmel.«

Gegenüber dem Schrottplatz, hinter Kat, hielten ihnen

Industrielager Gesellschaft. Alte Scheinwerfer ragten über ihre vollgepackten Grundstücke, bewacht und bearbeitet von Maschinen, die keine Notwendigkeit für diese grauen Stängel hatten, die die lärmende, kontinuierliche Produktion überwachten. Gelegentlich hallte ein verzerrtes Bellen von den menschlichen Aufsehern der Maschinen wider, wahrscheinlich aus der Ferne und die Vorgänge von einem gemütlichen Büro aus beobachtend oder, wie Kat sich wünschte, mit heißer Schokolade in der Hand auf ihrer Couch. Keine anderen Seelen waren in Sicht.

Kat überprüfte ihr Tama, festgeschnallt an seinem Platz an ihrem linken Unterarm, knapp über den Gadgets, die an demselben Handgelenk befestigt waren. Keine neuen Nachrichten, und die Tracking-Anwendung zeigte sowohl Calvins Ping als auch Gordons letzte Netzwerkverbindung aus dem Inneren des Hofes. Sie hatte den richtigen Ort gefunden, so falsch es sich auch anfühlte, hier zu sein.

Hinter den Maschendrahttoren und an manchen Stellen über den drei Meter hohen Zaun hinausragend, türmten sich gewaltige Schrottmetallhaufen. Ausrangierte Fahrzeuge, Drohnen, Kapseln und Dinge sowohl früher als auch später als diese Erfindungen gruppierten sich in keiner erkennbaren Ordnung. Einige glänzten mit offensichtlich jüngstem Fortschritt in ihrer rostfreien Verarbeitung, während andere ihre Panzerungen orangenem und rotem Rost überließen. Alles schien zu warten, aber worauf?

Ein Schild am rechten Tor nannte die Besitzer des Schrottplatzes – kein Name, den Kat kannte – und erklärte jedes unbefugte Betreten als Grund für schreckliche Vergeltung. Da das Tama-Schloss an den Toren zerschlagen und die Tore selbst geöffnet waren, wenn auch nur genug, dass ein Körper sich hindurchquetschen konnte, schien die Fähigkeit, die angedrohte Vergeltung durchzuführen, zu fehlen. Nach den Fußabdrücken zu urteilen, die im weichen Schneefall verschwanden, vermutete Kat, dass sowohl Calvin als auch Gordon diesen Weg genommen hatten.

Wie nett von ihnen, ihr einen Pfad zum Folgen zu hinterlassen. Kat musste das Tor nicht einmal berühren.

Jeder Schritt nach innen, den Fußspuren folgend, führte Kat an irgendeinem Techno-Wrack vorbei. Hier lag ein Kühlschrank. Dort lange, altmodische Autotüren, und weiter die zerknüllten Überreste eines kleinen Fertighauses. Diese Schrottsammler, so schien es, waren Gelegenheitsnutzer. Seeker teilte Kats Interesse an den Relikten nicht, sondern drängte stattdessen auf der Spur voran und warf Kat alle paar Sekunden einen frustrierten Blick zu.

Sie würde ihn hier nie von der Leine lassen. Nicht mit Calvin in der Nähe.

Aber als sie eine Kreuzung zwischen großen Haufen nahe der Stelle erreichten, wo Gordons Tama-Punkt erschien, bellte Seeker und stürmte mit einer Kraft vorwärts, die Kat nicht erwartet hatte. Der Hund brachte sein genetisches Erbe hervor und versuchte, Kat wie einen Schlitten zu ziehen, sie so schnell wie möglich zum Ziel zu zerren. Kat ließ die Leine los, um ihre Schulter und deren Gelenkpfanne zu schonen, und begann selbst zu rennen, um zu folgen, wobei sie ihren übrigen Atem für frustrierte Flüche nutzte.

Seeker hatte keine Zeit für Heimlichtuerei.

Der Hund hatte auch keine Probleme mit dem Schnee, der jetzt tief genug war, dass Kats Stiefel bei jedem Schritt durch Haufen knirschten, und dick genug, um diese Schritte zu einer Übung im Gleichgewichthalten zu machen, was das, was auf trockenem Boden ein schneller Sprint hätte sein können, in einen stolpernden Tanz verwandelte, der Kat zum ersten Mal dankbar dafür sein ließ, dass sie auf einem einsamen Schrottplatz waren. Sie hatte nicht viel mehr als ihren Ruf als Trackerin, und ein Video ihrer wedelnden Arme und pumpenden, rutschenden Beine würde dem nicht gerade zuträglich sein.

»Hätte zu *Carver's* gehen können«, keuchte Kat, während sie sich umsah und auf den Schrott blickte und hoffte, dass Calvin keinen Hinterhalt geplant hatte. »Hätte etwas Whiskey trinken können. Schön warm. Stattdessen friere ich hier draußen und suche nach dir, Gordon.«

Um einen weiteren Stapel abgestreifter Kabel herum, der in diesem Licht wie silberne Schlangen aussah, sah Kat Gordon in einer alten Autoschlucht liegen. Calvin stand über ihm. Limousinen und Lastwagen, die Achsen in der Luft, rahmten die beiden ein. Seeker wählte ein Auto als Brustwehr, von der aus er seinen bellenden Ruf machte, die Nase in Calvins Richtung gerichtet.

Calvin kniete sich hin, die Augen auf Seeker gerichtet, und griff nach Gordons Hals.

»Hey!«, rief Kat. »Tritt zurück. Sofort.«

Kat zog ihre Betäubungspistole, während sie sprach. Zielte direkt auf Calvin. Der Entfernungsmesser der Waffe spielte Calvins Entfernung in blauen Zahlen auf der Rückseite des Laufs ab: zwanzig Meter entfernt. Kein sicherer Schuss, aber auch nicht unmöglich. Besonders da Calvin aussah, als trüge er nichts weiter als die zerlumpte Jacke, das Hemd und die Jeans, die er vorher anhatte. Der Mann musste frieren, aber er sah Kat ohne zu zucken an, kein Zittern, das sie erkennen konnte.

»Ruf deinen Hund zurück«, sagte Calvin, und er hörte nicht auf, nach Gordon zu greifen, legte zwei Finger seiner linken Hand an Gordons Hals.

»Ich sagte, tritt zurück!«, erwiderte Kat und begann einen langsamen Gang auf Calvin zu. »Wenn du ihm etwas angetan hast-«

»Er lebt«, sagte Calvin und stand auf. »Vorerst. Ich sagte, ruf deinen Hund zurück.«

Kat könnte das Signal geben und der Husky würde angreifen, auf Calvins Beine losgehen, vielleicht auf seinen Arm. Seeker würde die Distanz schnell überwinden, aber

Calvin wäre von hier aus schneller. Kat würde ihren Hund heute nicht sterben sehen. Sie wollte auch nicht, dass Gordon starb, aber es sah so aus, als wäre das vielleicht schon passiert.

»Seeker, bleib«, sagte Kat, und der Husky gehorchte, stellte das Bellen ein, obwohl Seekers Fokus auf die Anomalie gerichtet blieb. »Was hast du ihm angetan?«

»Er kam auf mich zu, ich habe mich verteidigt«, sagte Calvin. »Das Gleiche wie vorher. Ich will niemandem wehtun, aber ihr zwingt mich ständig dazu.«

»Nein. Du triffst die Entscheidung. Du kennst die Gesetze.«

»Ich hatte keine Stimme bei ihrer Entstehung.«

»Nicht mein Problem.«

Sie hatte dieses Gespräch schon einmal mit Calvin geführt. Es lief immer gleich ab: Sie würden hin und her streiten, bis Calvin irgendetwas Dummes tat und sie entweder tötete oder davonlief. Also setzte Kat diesmal auf Überraschung. Sie drückte ab. Der Pfeil flog direkt auf Calvins Brust zu und blieb dort stecken, selbst als Calvin zu reagieren begann. Calvin fiel nach vorne in den Schnee und fing sich mit beiden Händen ab. Er blickte zu Kat auf und streckte dann die Hand nach ihr aus, während sie einen zweiten Pfeil lud.

Kat schoss erneut. Der zweite Pfeil sauste durch die Luft und prallte ab, als er auf einen eisigen Kreis traf, der sich von Calvins Hand ausbreitete, als hätte die Anomalie einen festen Eisschild erhalten. Der Pfeil fiel nutzlos in den Pulverschnee. Calvins Schild wuchs, schnitt vor der Anomalie ein und versiegelte den Raum zwischen den Autos. Gordons Körper, Seeker und Kat auf der einen Seite, Calvin auf der anderen. Frustrierend, aber konnte sie von diesem Kerl etwas anderes erwarten?

Kat holsterte die Betäubungspistole und brach nach rechts aus, kletterte auf gestapelte Pick-ups, um über die Mauer zu schauen und Calvin zu sehen, der langsam und sediert tiefer in den Hof lief. Sie wäre ihm nachgesprungen, um die Eiswand herum, aber Seekers Wimmern lenkte Kats Aufmerksamkeit wieder hinter sie. Gordon. Sie ging zu ihm und kniete sich hin, hielt ihr Tama an seines und las die Vitalwerte ab. Calvin hatte Recht: Gordon lebte, aber seine Werte waren wackelig. Und ohne einen Anzug begann seine Körpertemperatur zu sinken. Gordon brauchte dringend eine Evakuierung. Kat tippte auf ihr Tama und setzte einen schnellen Notruf für Drohnen ab. Sie kreisten über Chicagos Himmel und warteten auf solche Fälle, aber ein scharfes Piepen ihres Tamas bestätigte, dass keine in der Nähe des Schrottplatzes waren. Sie würden kommen, aber nicht vor zehn Minuten oder mehr.

Bis dahin würde Calvin entkommen sein, und sie konnte nicht riskieren, dass Calvin den Ping finden und für immer verschwinden würde.

»Tut mir leid, Gordon«, sagte Kat. »Du hast mich hierher gebracht. Ich kann die Pod-Fahrt nicht verschwenden.«

Als sie aufstand, hatte sich Calvins Eisschild in einen dicken Haufen Frost aufgelöst. Die Anomalie hatte Kat zuvor Angst eingejagt, hatte sie fast getötet. Zeit, den Spieß umzudrehen.

KAPITEL 51
DIE REVOLUTION BEGINNT

GERETTET.

Zhan-Yo sah Sylvia vor der Tür zum Hinterzimmer stehen. Beide Pistolen in ihren Händen, auf Aegis gerichtet. Er folgte ihren Läufen zum Champion, der ausgestreckt am Boden lag. Feuchtes Husten und reglose Glieder deuteten darauf hin, dass Aegis nicht so schnell wieder aufstehen würde. Zhan-Yo hätte selbst nichts dagegen gehabt, liegen zu bleiben. Aegis hatte Schläge und Tritte mit einer Heftigkeit ausgeteilt, die Zhan-Yo seit sehr, sehr langer Zeit, wenn überhaupt, nicht mehr erlebt hatte. Sein Körper hatte verlernt, solche Treffer einzustecken, und Adrenalin konnte die geprellten Rippen, das pochende Knie und die sich bereits unter Zhan-Yos rechtem Auge bildende Schwellung nicht vollständig kompensieren.

»Steh auf«, sagte Sylvia. »Er wird nicht ewig am Boden bleiben.«

»Glaubst du nicht, dass du ihn getötet hast?«, fragte Zhan-Yo.

Sylvia warf ihm einen eisigen Blick zu. »Manchmal vergesse ich, dass du das nicht wirklich machst. Jede

Anomalie zu töten ist schwer, aber er ist ein Champion, Zhan-Yo. Keiner von ihnen ist je gestorben.«

»Stimmt«, sagte Zhan-Yo.

Aegis und seine Crew hatten schon früher Verluste erlitten, das wusste Zhan-Yo, aber seit sie ihre Machtpositionen erreicht hatten, waren sie der Sense des Sensenmanns entkommen. Ob durch Glück oder indem sie weniger bedeutende Paragons vorschickten, um die harten Schläge in den Kämpfen gegen die alten Regierungen abzufangen, die Champions hatten sich bewahrt und so das eiserne Bild ihrer Unverwundbarkeit geschaffen. Sie waren nie besiegt worden, nie gestorben, hatten sich nie den Normalen ergeben. Nach der roten Lache unter Aegis' Körper zu urteilen, würde dies eine Nacht vieler Premieren werden.

Sylvia, die mit einer Hand weiterhin eine Pistole auf den Champion richtete, half Zhan-Yo mit der anderen auf. Gemeinsam gingen sie zu Aegis hinüber, wobei Zhan-Yo bestätigte, dass die anderen Paragons noch in ihrem vorübergehenden Koma lagen. Innis hingegen schien schockiert zu sein und starrte Aegis mit offenem Mund an, ohne ein Wort zu sagen. Aus der Nähe schien Aegis sie nicht wahrzunehmen, sein Blick haftete gelegentlich an Zhan-Yos oder Sylvias Gesicht, bevor er wieder abdriftete. Zhan-Yo hatte das schon einmal gesehen. Zwar kein Mörder, nein, aber Sylvia hatte Beweise für ihre anderen Arbeiten geschickt. Hindernisse für Ziran, die beseitigt werden mussten, Paragon und andere.

Zhan-Yo hatte genug letzte Momente gesehen.

»Hier«, sagte Sylvia und reichte ihm eine ihrer Pistolen. »Gib den letzten Schuss weiter unten ab. Lass das Gesicht intakt.«

Sylvia hatte Recht, und Zhan-Yo musste sich konzentrieren. Das musste gut ankommen. Dies würde der Beginn der Revolution sein. Zhan-Yo konnte sich nicht dumm stellen, konnte kein Feigling sein, konnte nicht vor dem zurückweichen. Der Moment war gekommen, und er würde nicht darauf warten, dass er bereit war. Zhan-Yos Hand zitterte, als er die Waffe nahm, er zwang sie zur Ruhe, als er um Aegis herumtrat, um von hinten auf die Brust des Champions zu zielen.

»Drei Schüsse«, sagte Sylvia und tauschte ihre Waffe gegen das Tama an ihrem Handgelenk, dessen rotes Licht anzeigte, dass die Aufnahme bereits begonnen hatte. »Und wenn das nicht reicht, schneiden wir das Band trotzdem, und ich erledige ihn danach.«

Ein kleiner Teil von Zhan-Yo hoffte, dass seine Schüsse Aegis nicht töten würden, dass Sylvia ihrer umfangreichen Liste einen weiteren Eintrag hinzufügen könnte und sein eigenes Konto sauber bliebe. Selbst wenn die Welt Zhan-Yo für einen Mörder hielte, wäre er keiner. Zhan-Yo war ein rücksichtsloser Anführer gewesen, weise und strategisch. Er hatte Ziran von der starken Firma seines Vaters zu einem weltweit dominierenden Unternehmen ausgebaut. Nichts davon machte ihn zu einem Bösewicht. Nichts davon machte ihn böse. Aber das hier?

»Sind wir bereit?«, fragte Zhan-Yo.

»Bereit«, lächelte Sylvia, die Produzentin, die ihren Star zur nächsten Szene drängte.

»Beeil dich, oder du verpasst deine Chance.« Innis hatte seine Beine wiedergefunden, er stand jetzt da und beobachtete. »Aegis wird nicht lange am Boden bleiben.«

»Halt's Maul«, schnauzte Sylvia zurück. »Oder ich habe noch eine Leiche zu entsorgen.«

Die Worte schlugen ein weiteres Loch in Zhan-Yos mentale Mauer. Sylvia sprach wie einer dieser zwielichtigen Schläger, redete von Leichenzahlen und was man mit ihnen anstellen sollte. Mord spielte zwar eine Rolle im Plan, ja, aber der Kernpunkt lag in der Revolution. Er würde nach all dem mit Sylvia sprechen, sicherstellen, dass sie es verstand. Gewalt und Tod waren bedauerliche Nebeneffekte, keine zu erreichenden Ziele.

Aegis hustete. Zhan-Yo schreckte auf. Diskussionen konnten für später aufgehoben werden.

»Lass uns beginnen«, sagte Zhan-Yo.

Das Skript rollte von seinen Lippen. Auswendig gelernt, geprobt und bereit. Einstudierte Aussagen, die behaupteten, die neue Zukunft würde eine demokratische sein, für Normale und Anomalien gleichermaßen. Eine, die nur auf den Trümmern und Ruinen der Gegenwart aufgebaut werden konnte. Die Champions hatten sich geweigert, den helleren Weg zu sehen, und so würde er, Zhan-Yo, ihn ihnen nun zeigen.

»Ich will, dass ihr zu mir steht, dass ihr mit mir kämpft, um unsere Unterdrücker zu stürzen«, sagte Zhan-Yo. »In der gesamten Menschheitsgeschichte haben sich diejenigen, die niedergetreten wurden, gegen jene erhoben, die auf ihnen herumtrampelten. Jetzt müssen wir es wieder tun. Heute Nacht sende ich das erste Signal. Schließt euch mir an und lasst uns unsere Welt in eine bessere verwandeln.«

Er holte Luft, zielte. Drückte ab.

Die Kugel prallte vom Boden ab und rikoschettierte in eine Ecke. Aegis hatte sich bewegt. Der Champion rollte sich nach rechts, griff nach Zhan-Yos zerbrochenem Schwert und dessen gezacktem Griff. Zhan-Yo verfolgte Aegis mit der Pistole, während Sylvia ihre eigene zog. Er hatte Aegis im Visier, aber diese Paragons saßen hilflos um ihn herum. Wenn er daneben schoss-

Dann bewegte sich Aegis erneut, ein rollender Tacklingangriff, als Sylvias eigener Schuss über den Champion hinwegflog, dessen Manöver sie zu Boden warf. Mit seiner rechten Hand rammte Aegis das zerbrochene Schwert in Sylvias Brust, selbst als sie ein weiteres Paar Schüsse auf ihn abfeuerte. Aegis fiel von ihr ab, als Zhan-Yo heranrannte und den Champion wegzog. Sylvias Wunde sah schlimm aus, ihr Gesicht wurde bereits grau, ihre Augen fanden die seinen.

Zhan-Yo legte seine Hände um den Griff, zögerte aber. Aegis hatte das Herausziehen überlebt, aber würde sie es auch?

»Willst du ihn erledigen?«, sagte Innis, der neben Zhan-Yo erschien und völlig unüberrascht von dem plötzlichen Angriff des Champions klang.

Zhan-Yo warf einen Blick auf Aegis. Der Mann hatte die Augen geschlossen, schien nicht zu atmen, und die frischen Schusswunden quer über seinem Oberkörper deuteten darauf hin, dass der tödliche Schlag bereits gefallen war.

»Er ist schon weg«, sagte Zhan-Yo. »Hilf mir. Wir müssen sie hier rausbringen.«

Gemeinsam hoben die Verräter, die Revolutionäre, Sylvia vom Boden auf und trugen sie in Richtung Oberfläche und der Chance auf ein gutes Signal, wobei sie einen toten Champion zurückließen.

KAPITEL 52

DIE ASCHE

ZU SAGEN, sie sei nach Chicago gerast, wäre untertrieben. Mynx trieb den Jet an seine Geschwindigkeitsgrenze, verbrannte die Batterie in einem erschreckenden Tempo, das drohte, die Triebwerke zu überhitzen. Celice hatte angerufen und gesagt, dass die Drohnen wegen weiterer Einstürze im Wartungstunnel nicht zu Aegis durchdringen konnten. Andere Gladiatoren in Chicago waren zur Hilfe gerufen worden, aber in die Unterstadt zu gehen bedeutete, das Signal zu verlieren, und ohne Zugang zur Satellitenüberwachung konnten die Drohnen Opfer von Hacks, Bugs oder Schlimmerem werden. Celice war bereit gewesen, eine abtrünnige Drohne in einem dicht besiedelten Gebiet zu riskieren, aber es waren Mynx' Maschinen, und sie traf die Entscheidungen.

Aegis konnte alles überleben. Das war schon immer wahr gewesen, und Mynx weigerte sich zu glauben, dass es jetzt nicht mehr stimmte.

Die Lichter von Chicago tauchten auf, als der Jet im Sinkflug durch die Wolken in einen Schneesturm raste. Schlechtes Wetter suchte sich den denkbar ungünstigsten Zeitpunkt aus, um die Stadt heimzusuchen.

»Aktiviere Schnellauswurfsequenz«, sagte Mynx.

Der Jet hinterfragte nicht die Entscheidung, sich in einen Schneesturm zu katapultieren. Mynx' Sitz flachte ab und bewegte sich zurück in den Rumpf des Jets. Gurte schossen über sie hinweg und zogen sich fest, pressten Mynx in das Polster. Von jedem Gurt aus dehnte sich weiterer Kunststoff aus, traf auf sein Gegenstück und versiegelte sich, um Mynx zu schützen. Sie würde genug Luft für zehn bis fünfzehn Minuten haben. Mehr als genug, um zu Boden zu stürzen. Hinter ihr erfüllte das Heulen des Windes den Jet, als sich die Ausstiegsluke zwischen den großen Triebwerksgondeln öffnete. Mit dem Kopf zum kalten Himmel gerichtet, die Lichter Chicagos als verschwommene Reflexion in ihrem Visier, ballte Mynx die Fäuste. Hielt den Atem an.

Sie hasste diesen Teil.

Die Verriegelungen, die den Sitz an Ort und Stelle hielten, lösten sich, und Mynx wurde nach hinten in die Nacht geschleudert. Mynx schrie, eine unbändige Mischung aus Nervenkitzel und Panik, als ihr Magen einen Satz machte. Über sich sah Mynx den Jet weiter davonrasen. Der Autopilot würde ihn zu einem Flughafen bringen. Mynx hingegen stürzte auf die Innenstadt von Chicago zu.

Der Moment der Wahrheit. Wenn ihre Algorithmen richtig funktionierten, wenn die Drohnen ihren Job machten, würde Mynx sich nicht an den Stahloberflächen der Gebäude unter ihr zerschmettern. Der Schneesturm machte den Abstieg nicht weniger nervenaufreibend - die Drohnen sollten zwar den Wind und das zusätzliche Gewicht durch den dicken Schnee berücksichtigen, aber jede neue Variable machte Mynx nervöser.

Bis ein federnder Schlag Mynx gegen ihre Gurte warf und der bewölkte Himmel über ihr verschwand, als eine Drohne sie umhüllte. Die brüllenden Triebwerke verlangsamten Mynx' Fall, und sie spürte, wie die Drohne sich drehte, um den Gebäuden auszuweichen. Gemeinsam sanken sie zur

Straße hinab und landeten schließlich mit der sanften Wucht eines Kindes, das sich ins Bett legt. Wobei dieses Bett sich als Betonstraße entpuppte, auf der ein halbes Dutzend Drohnen neben ihr landeten.

Wie bei Thane, wie bei Denise, schwärmten die von Mynx' Ankunft alarmierten Drohnen um sie herum, sobald sie sich von dem verlassenen Sitz des Jets entfernt hatte. Sie befestigten sich an ihren Armen und Beinen und gaben ihr die Werkzeuge, von denen sie hoffte, sie nicht zu brauchen. Informationen erschienen auf dem neuen Visier, das einst die Glasabdeckung für die Unterdrückungskanone einer Drohne gewesen war. Über ihrem rechten Auge zeigte ein stetiger Strom sich füllender Balken grafisch den Fortschritt der Zwicken, Züge und Stöße an, die Mynx spürte, während sich ihre Rüstung zusammensetzte. Auf ihrer linken Seite spielten sich Chicagos aktuelle Paragon-Warnungen ab, wobei Aegis' missliche Lage nirgends auf der Liste stand.

Natürlich würde Aegis sich dafür entscheiden, seine Rettungsmission für sich zu behalten. Wahrscheinlich mit einer lächerlichen Begründung wie der, andere Paragons davor zu bewahren, in dieselbe Falle zu tappen. Schlechte Logik für einen Anführer, dessen Untergebene alle die Risiken akzeptiert hatten, als sie den Friedenstruppen der Paragons beitraten. Mynx hielt ihre Drohnen nicht aus Angst vor Beschädigung zurück. Aegis hätte mit aller Unterstützung, die er aufbringen konnte, hineingehen sollen.

In den Sekunden, in denen sie darauf wartete, dass ihre Rüstung grünes Licht gab, las Mynx ein paar der anderen Schlagzeilen. Standardmäßige Kleinigkeiten, aber in einer Stadt dieser Größe genug, um die Paragons beschäftigt zu halten. Ein medizinischer Noteinsatz mit hoher Priorität für einen Tracker, der trotzdem wegen des abgelegenen Standorts Zeit in Anspruch nehmen würde. Überraschend war nicht, dass der Tracker sich irgendwo in der Einöde befand, sondern dass die Person, die den Notruf abgesetzt hatte, ebenfalls ein Tracker war. Chicagos Nummer eins, um genau zu sein.

»Reeves, behalte diesen Fall im Auge«, sagte Mynx, während das Visier ihren Blick verfolgte und den betreffenden Noteinsatz hervorhob. »Ich bin neugierig, die Geschichte dahinter zu hören.«

»Natürlich.«

Der Anzug signalisierte seine Bereitschaft, und Mynx verschwendete keine weitere Zeit. Sie sprang über die angehaltenen Kabinenwagen und bewegte sich auf den Eingang zu Chicagos Unterstadt zu. Während sie lief, gab Mynx den Prioritätsalarm für Champions an die örtlichen Paragons weiter und stellte sicher, dass ihr reichlich Verstärkung folgen würde. Jeder, der dachte, er würde Aegis allein erwischen, würde sich sehr in der Unterzahl wiederfinden.

In ihrer rechten Sicht überlagerte sich ein vertrautes Gesicht. Celice rief schon wieder an. Mynx hätte den Anruf mit einem Blinzeln blockieren können, aber sie hatte noch ein paar Sekunden Zeit, und sie verstand die Panik, die aufkommt, wenn ein geliebter Mensch in Gefahr sein könnte.

»Du bist am Boden?«, fragte Celice.

»Auf dem Weg zu seinem Standort«, antwortete Mynx. »In zwei Minuten da.«

»Ich kann ihn immer noch nicht erreichen.«

Natürlich nicht. Aegis war nicht aus dem Untergrund aufgetaucht. Mynx wollte Celice schon für diese Bemerkung zurechtweisen, sah dann aber rechtzeitig die geröteten Augen.

»Ich werde bald da sein.« Mynx versuchte, beruhigend zu klingen – Maschinen brauchten keine Aufmunterung, also war sie aus der Übung. »Dein Vater ist ein Champion, Celice. Es wird ihm gut gehen.«

Worte, von denen Mynx wusste, dass sie sie nicht sagen sollte. Solche Versprechen brachten Helden nur in schwierige Situationen, wenn sie sich unweigerlich als falsch erwiesen, aber Mynx konnte nicht anders. Aegis war kein normaler Mensch, kein Paragon-Soldat. Aegis hatte die schlimmsten Dinge überlebt, die die Erde hervorgebracht hatte, und kämpfte weiter. Trotzdem bekam Mynx Celices Antwort nicht mehr mit; sie raste eine abschüssige Straße hinunter in die Unterstadt, wobei der Anruf verrauschte und verblasste, als Mynx sich der Signalstörung des Generatorgebäudes näherte.

Angesichts der späten Stunde schien die stille Leere hier unten nicht seltsam. Die Ruhe allerdings schon. Mit den unterbrochenen Signalen schaltete Mynx' Visier seine Überlagerung ab. Kommentare von Reeves oder Pieptöne, die Mynx mitteilten, dass ihre Drohnen in Position waren, verschwanden und ließen den Champion mit dem Hintergrundgeräusch einer lebendigen Stadt zurück. Matschiger Schnee wehte von oben herein und schmolz stellenweise, als überall Gitter und Lüftungsöffnungen Wärme abstrahlten. Goldene Lichter verströmten ihren honigfarbenen Schein, während Mynx klirrend auf das Generatorgebäude zuging.

Aus der Ferne konnte Mynx erkennen, dass die Vordertür des Gebäudes nicht mehr in den Angeln hing. Etwas oder jemand hatte sie herausgerissen, und die Barriere lehnte an der Gebäudewand und bot einen ungehinderten, schwach beleuchteten Weg nach innen. Zu beiden Seiten standen, in vorprogrammierter Starre abgeschaltet, die Gladiatorendrohnen, die Aegis hätten retten sollen. Als Mynx sie betrachtete, nutzte sie die Scanner in ihrer Drohnenrüstung und erfuhr, dass beide Gladiatoren nur minimale Schäden erlitten hatten und durch Standard-Paragon-Codewörter abgeschaltet worden waren. Befehle, die nur Paragons kennen würden. Oben würden die Gladiatoren jeden, der ihnen sagte, sie sollten aufhören, mit der aktuellen Datenbank der Paragon doppelt überprüfen, um sicherzustellen, dass der Befehl von einem echten Paragon kam, aber bei Signalverlust hatte Mynx sie so programmiert, dass sie den Worten blind vertrauten. Andernfalls könnten Unschuldige sterben.

Jetzt fragte sich Mynx, ob diese Sicherheitsmaßnahme einen Champion das Leben gekostet hatte.

Das Gebäude und sein Eingang waren zum Glück so konzipiert, dass große Geräte hindurchpassten, sodass Mynx es schaffte, mit intakter Rüstung hineinzukommen. Als ihre Scanner keine gefährlichen Geräusche aufnahmen – weder hitzige Gespräche noch das charakteristische Klicken beim Laden von Munition –, eilte sie den Rest des Weges hindurch und kratzte dabei Stücke aus den Wänden.

Es kamen keine Angriffe, keine Truppe brüllte Drohungen oder griff Mynx aus den Schatten an, als sie den zentralen Raum erreichte. Fünf Paragons saßen gefesselt in der Mitte des Raums, einer wach genug, um seinen Kopf zu Mynx zu drehen. Neben ihnen, am Boden, lag Aegis.

»Ich glaube, er ist tot«, sagte der Paragon. Ohne die Verbindung ihres Visiers zum riesigen Informationsnetz musste sich Mynx auf alte Fähigkeiten der Deduktion verlassen, um zu erkennen, dass der Paragon sowohl jung als auch verstört war. Wahrscheinlich kein Feind. »Ich weiß nicht, ich weiß nicht, wie es passiert ist. Ich bin aufgewacht, und er war so. Aber er war nicht bei uns, als wir angriffen.«

»Wie lange wart ihr bewusstlos?« Mynx stapfte zu Aegis hinüber, betrachtete den Champion und ließ die Scans laufen.

Er war mehrmals angeschossen worden. Das Visier überlagerte die Wunden auf seinem Körper und hob sie als rote Flecken hervor. Keine Atmung. Kein registrierbarer Herzschlag. Mynx schluckte die aufkommenden Emotionen hinunter und zwang sich, hier zu bleiben, im Moment. Sie musste Aegis hier rausholen. Dann konnte sie herausfinden, was passiert war. Was zu tun war.

»Lange Zeit. Ich weiß nicht einmal, wie spät es ist?« Die Stimme des Paragons riss Mynx aus der Schockstarre, und mit ihrer linken Hand streckte sie ihren Drohnenarm zu den gefesselten Paragons aus und feuerte einen Präzisionsbrand ab, der die Handfesseln des wachen Paragons durchtrennte.

»Es ist spät. Kümmert euch um euch selbst«, sagte Mynx und hob Aegis auf. »Verschwindet von hier. Schreibt auf, was ihr wisst.«

»Es sollte nicht so sein«, sagte der Paragon, als Mynx sich wieder zum Ausgang wandte und ihren Lauf zur Oberfläche begann, zum einzigen, was Aegis vielleicht noch retten könnte. »Wir sollten gewinnen.«

KAPITEL 53
KEIN AUFGEBEN

DIE SZENE HATTE das Aussehen einer letzten Schlacht: Kat kam um kaputte Waschmaschinen herum gerannt und fand Calvin, der aufrecht in der Mitte stand, überschattet vom weißen Rumpf eines alten Flugzeugs, das sich über seine eigenen, turmhohen Schrotthaufen spannte. Die Flügel des Flugzeugs waren verbogen und gebrochen und bildeten skelettartige Überhänge, deren verdrehte Äste und die dazwischen gespannten Metallplatten einen Schutzwall gegen den fallenden Schnee boten.

Kat erkannte den Zusammenhang, als sie die verstreuten, verschimmelten Möbel am Boden um Calvin herum bemerkte. Als wären sie aus Ton geformt, bildeten ein Stuhl, eine Feuerstelle und was wie ein improvisiertes Einzelbett aus Autoteilen aussah, einen Kreis um ihren Besitzer. Tresore standen verschlossen auf der einen Seite und gaben einem schiefen Spind Halt.

Wenn sonst nichts, würden die Paragons Calvin zumindest ein besseres Zuhause besorgen.

Seeker schien zuzustimmen; der Husky stand schwer auf seinen vier Pfoten neben ihr, die Zähne gefletscht und ein tiefes Knurren in seiner Kehle. Zu leise, als dass Calvin es hören könnte. Der Schnee sammelte sich weiter in seinem Fell und ließ den Hund im Scheinwerferlicht glitzern, als hätte sie ihn mit Juwelen für einen Winterball geschmückt.

Als ob Seeker das zulassen würde.

In ihrem Kopf begann Musik zu spielen, ein tiefes rhythmisches Pochen, das einen epischen Konflikt heraufbeschwor. Ein Krieg, der zwischen Göttern ausgetragen werden könnte. Doch hier stand nur einer. Eine Anomalie, bereit, dem aufmüpfigen Normalo eine Abreibung zu verpassen. Der Kampf verdiente einen guten Gitarrenriff. Das Heulen des Windes musste genügen.

»Läufst du nicht mehr weg?«, rief Kat Calvin zu. »Hätte gedacht, du würdest weiter rennen. Scheint das zu sein, was du am besten kannst.«

»Ich bin müde«, sagte Calvin, wobei der Wind gelegentlich ein Wort aufschnappte und davontrug. »Ich bin so müde. Ich wurde mein ganzes Leben lang von einem Ort zum anderen gejagt, und ich kann es einfach nicht mehr.«

»Ich habe dich nicht gebeten zu rennen«, erwiderte Kat. »Habe dich auch nicht gebeten zu kämpfen.«

»Aber du zwingst mich dazu. Oder etwa nicht?«

Von all den Anomalien, die Kat aufgespürt hatte, jenen, die sie durch Hintergassen gejagt und in prächtigen Bürogebäuden überrascht hatte, ließ Calvin sie am schlechtesten fühlen. Die meisten, die kämpften, waren trotzig, waren dem System so lange entkommen, dass sie dachten, sie könnten nie besiegt werden. Oder sie gerieten in Panik. Flehten darum, in Ruhe gelassen zu werden. Behaupteten, sie würden niemandem schaden und es wäre alles in Ordnung, wenn Kat sich einfach umdrehen und weggehen würde.

Als ob Kat eine Wahl hätte.

Anomalien waren gefährlich. Jene, die sich nicht registrierten, doppelt so. Wenn sie Kat baten aufzugeben, kämpfte sie und gewann. Wenn sie sie anflehten zu gehen, weigerte sie sich und brachte die Anomalien an den einzigen Ort zurück, der sie unter Kontrolle halten konnte: zu ihresgleichen.

»Ich zwinge dich zu einer Entscheidung«, antwortete Kat. »Entweder du gibst auf und lässt mich dich jetzt aufspüren: keine blauen Flecken, keine gebrochenen Knochen. Vielleicht haben wir sogar noch Zeit für ein Bier vor der Sperrstunde. Oder wir legen uns an. Sehen was passiert. Vielleicht entkommst du, aber du wirst nicht weit kommen. Es wird entweder ich sein, oder Gordon, oder ein anderer Tracker und du wirst wieder genau hier stehen, dich fragend, wie du in Ruhe gelassen werden kannst und wissend, dass die Antwort direkt vor dir steht.«

Calvin, sein Gesicht halb im Schatten der Scheinwerfer über ihm, zuckte mit den Schultern. »Tja, ich kann's wohl nicht sehen.«

Natürlich nicht. Warum sollte er es jetzt einfach machen?

Kat schnippte mit den Fingern und Seeker sprang vor, seine Pfoten scharrten im Schnee, als der Husky auf Calvin zusprang und von rechts auf ihn zukam, während Kat von links auf ihn zurannte. Angesichts eines Hundes und eines anstürmenden Trackers trat Calvin zur Seite aus, sein Fuß schlug gegen das überhängende Metall und ließ es erzittern, sodass mehrere Eisbrocken herabfielen. Mit seiner linken Hand fing Calvin, als Kat näher kam, das fallende Eis auf und streckte seine rechte Handfläche in ihre Richtung aus. Zwischen ihnen beiden nebelte die Luft, Calvin's Hand versprühte den feinen Staub. Funken erschienen und wuchsen, als Kat erkannte, dass es nicht nur Rauch war, sondern Eis. Es brauchte nicht viel Überlegung, um zu verstehen, was eine Platte aus scharfem Eis, die auf sie zuflog, anrichten könnte. Also tauchte sie ab, mit dem Gesicht voran über den verschneiten Boden gleitend.

Seeker, die ganze Zeit bellend, stürmte durch das sich bildende Eis, griff von der Seite an und zerstreute Calvins Angriff. Zerbrechliche Flocken flogen überallhin, ein Miniatur-Schneesturm mit einem Husky in der Mitte, der sprang und zerriss. Der Anblick wäre lustig gewesen, ohne die düstere Möglichkeit des Todes. Kat stemmte sich wieder hoch, griff nach ihrer Betäubungspistole. Sie hatte Calvin bereits einmal getroffen, und ihre inbrünstigen Gebete hofften, dass der Pfeil die Anomalie bald verlangsamen würde. Es sei denn, Calvins Fähigkeit schützte ihn vor den Betäubungsmitteln, was genau ihr Pech wäre.

Mit seiner Eiswolke zerstört, wich Calvin zurück, als Seeker sich ihm zuwandte. Der Husky stellte sich auf seine Pfoten und stürmte bellend vorwärts.

»Komm schon, Hündchen«, sagte Calvin und ließ den Eiszapfen fallen. »Komm genau hierher.«

Die Anomalie streckte die Hand aus, berührte den hängenden Metallrumpf mit seiner rechten Hand und zeigte mit seiner linken auf den Hund. Seeker sprang, zielte auf Calvins Kehle und prallte gegen eine plötzlich auftauchende graue Metallwand, die sich ausbreitete, als hätte Calvin einen stählernen Regenschirm in der Luft aufgespannt. Seeker fiel zu Boden, und das Metall landete einen Moment später neben dem Hund, zu schwer, um in der Luft zu bleiben. Die verformte Scheibe lief spitz zu, als hätte Calvin aus dem Nichts einen riesigen Kreisel heraufbeschworen.

Der Tracker und sein Ziel standen sich wieder gegenüber. Kat hatte ihre Waffe im Anschlag. Die Anomalie atmete schwer und starrte zurück.

»Wenn du meinem Hund etwas antust«, sagte Kat, »werde ich vergessen, dass ich dich lebend mitnehmen soll.«

»Wenn du das hier überleben willst, solltest du das sowieso vergessen«, erwiderte Calvin. »Und ich habe deinen Hund nicht in diesen Kampf gebracht.«

»Du hast ihn trotzdem angegriffen. Hör auf so zu tun, als wärst du der Gute.«

Genug der Worte. Kat feuerte. Der Pfeil schoss los, überwand die gesamte Distanz zwischen Kat und Calvin in einem

Sekundenbruchteil, nur um auf einen anderen, kleineren Metallschild zu prallen und auf den Boden zu fallen. Kat seufzte und steckte die Betäubungspistole zurück ins Holster. Sie schnippte mit ihrem linken Handgelenk, um von den Blendkugeln zu etwas Nützlicherem für einen Nahkampf zu wechseln. Sie machte einen Schritt nach vorn und hob ihre Arme, als wären die beiden in einem Boxring.

»Du hast bei *Carver's* nicht wirklich gekämpft«, sagte Kat. »Jetzt ist deine Chance. Ganz einfach. Du gegen mich.«

Nicht dass Kat irgendwelche Absichten hatte, fair zu kämpfen. Sie musste Calvin in der Nähe halten, ihn in eine Rauferei verwickeln, anstatt ihn wegrennen zu lassen.

Calvin lachte. Heiser und müde. »Kann ich nicht. Keine Zeit.«

Wenn Calvin das Spiel nicht mitspielen wollte, dann müsste Kat ihn dazu zwingen. Sie täuschte einen direkten Angriff vor, und Calvin, der immer noch seine Hand an diesem Metall hielt - Kat machte die Verbindung - schleuderte eine spitze Stahllanze hervor, der Kat auswich. Sie stürmte auf Calvins linke Seite zu, in Richtung des Rumpfes, an dem Calvin seine Hand hatte. Calvin verfolgte sie mit seiner linken Hand und schleuderte immer kleinere silberne Geschosse in ihre Richtung; scharfe, schimmernde, schmale Nadeln. Nachdem sie sich geformt hatten, stieß Calvin sie in ihre Richtung, aber die Nadeln hatten nicht viel Schwung aus eigener Kraft, und Kat schlüpfte an ihnen vorbei.

Trotz der Faustkampfpose fegte Kat, als sie unter einer weiteren Nadel hindurchtauchte, Calvin mit einem tiefen Tritt die Beine unter dem Körper weg. Die Anomalie, die langsam auf den Zug reagierte - wirkte der erste Betäubungspfeil? - fiel mit dem Feger. Er landete mit einem Grunzen im Schnee und rollte sich ab. Kat folgte ihm und zog erneut die Betäubungspistole. Die Anomalie hatte keine Hand mehr am Metall, also keine Stahlschilde. Kat zielte, als Calvin die Rolle umkehrte, sich zurück zu ihr schwang und seine rechte Faust hob, während die linke im Schnee vergraben war. Ein Eisstrahl schoss hervor, blendete ihre Maske und überzog die Betäubungspistole, blockierte den Abzug.

Nutzlos. Kat warf die Waffe beiseite, wischte das Weiß von ihrer Maske und starrte, als Calvin begann, sich davonzuschleppen.

»Du kannst nicht weglaufen, Calvin«, sagte Kat. »Bleib stehen.«

Calvin tat es tatsächlich. Er drehte sich zu ihr um.

»Danke«, sagte Kat. »Hände hoch und weg vom Körper, bitte.«

»Weißt du, du hast recht«, sagte Calvin und hob seine Hände ein wenig von seiner Taille weg. »Ich bin kalt. Ich bin müde. Habe die Nase voll vom Weglaufen. All das verschwindet, wenn ich dich mich aufspüren lasse?«

»Alles davon.« Kat machte einen Schritt vorwärts und beobachtete ihn. Die Vorstellung, dass Calvin jetzt aufgeben würde, erschien lächerlich. »Du wirst ein Zuhause haben. Warmes Essen. Einen eigenen Hund, wenn du möchtest. Ziemlich guter Deal.«

»Ich wäre ein Paragon.«

»Wenn sie dich dafür wollen, ja.« Jetzt nah bei ihm. Kat griff nach dem kleinen Peilsender an ihrem Gürtel hinten. Eine Injektion in Calvins Unterarm und alles wäre erledigt. »Gute Reputation so oder so.«

»Das Problem ist, Reputation interessiert mich nicht.« Calvin riss sein Knie hoch und versuchte, Kat in den Magen zu treffen.

Nur hatte er die ganze Sache angekündigt. Seine Augen, die sie beobachteten, sein Atemholen direkt vor der Bewegung, seine zuckenden Muskeln und die kaum merkliche Verschiebung seines linken Fußes im Schnee, um das Gleichgewicht zu halten. All das gab Kat die Signale, die sie brauchte, um den Schlag mit ihrem linken Arm zu blocken und ihren eigenen Magenschlag mit der Rechten zu landen.

Calvin fiel auf die Knie und stemmte seine Hände in den Schnee, um sich aufzufangen.

»Nicht mein Problem.« Kat richtete den Peilsender auf Calvins linken Arm.

»Nö. Du hast andere.«

Ein Schraubstock schloss sich um ihre Füße. Fixierte ihre Stiefel und dann ihre Knöchel, die vom Schnee bedeckt waren, an Ort und Stelle. Kat sah nach unten. Unmöglich, dass Calvin hier irgendeine Art von Falle gelegt hatte. Die Chancen, dass sie hineinlaufen würde, waren zu gering. Also dann ... Calvin richtete sich auf, als Kat sich hinunterbeugte, etwas Schnee wegwischte und sah, was sie festhielt. Massives Eis. Dick und alles um ihre Füße und bis zu ihren Waden umschließend. Sie konnte sich nicht bewegen.

»Tschüss, Jägerin«, sagte Calvin, zog den Peilsender aus Kats Hand und warf ihn weg. »Hoffe, deinem Hund geht's gut und dass ich dich nie wiedersehe.«

Die Anomalie drehte sich um und stapfte davon, die Füße durch den Schnee schlitternd. Als hätte er den Kampf gewonnen.

Die Jagd auf Anomalien verlief selten nach Plan. Zu viele Variablen. Zu viele gebrochene physikalische Gesetze. Also musste man schnell auf den Beinen sein, schnell im Kopf. Kat hatte vielleicht nicht erwartet, auf dem Schrottplatz zur Eisskulptur zu werden, aber das machte sie nicht hilflos. Es bedeutete nur, dass sie ihre Taktik ändern musste. Sie hob ihr linkes Handgelenk, zielte direkt auf Calvins sich entfernenden Rücken und feuerte.

Das Kabel schoss heraus, leicht links von Calvin gezielt. Das Stahlende, das mit ihrer Maske und deren visueller Zielerfassung verbunden war, aktivierte seinen Umlenk-Jet im richtigen Moment, um sich nach rechts zu schwenken, als das Kabel Calvin passierte, und wickelte sich immer wieder um die Anomalie. Das Kabel fing Calvins Hände an seinen Seiten ein und fesselte sie fest, während es herumraste. Als das

Kabel keine Länge mehr hatte, schnappte Kat ihr linkes Handgelenk zurück zu sich, und das Kabel reagierte, zog Calvin wie einen großen Fisch ein, während die Anomalie gegen die Fesselung im Schnee ankämpfte.

»Du bist nicht der Einzige, der Leute festhalten kann«, sagte Kat, als Calvin gegen ihr vorderes Bein stieß.

»Wenn du mich nicht gehen lässt, finde ich einen Weg«, sagte Calvin.

»Sei still.« Kat nahm einen der Ersatz-Betäubungspfeile von ihrem Gürtel und rammte ihn in Calvins Schulter.

Offenbar taten es zwei Pfeile. Schickten Calvin in einen schnellen und nicht besonders angenehmen Schlaf. Mission erfüllt. Anomalie gefangen. Kat gönnte sich einen Atemzug, vielleicht drei, dort im langsam fallenden Schnee unter dem Flugzeugwrack. Ließ ihren Herzschlag von seinem hektischen Tempo herunterfahren. Sie hatte einen weiteren überlebt.

Jetzt musste Kat herausfinden, wie sie hier rauskommen sollte. Sie hatte nicht gerade Flammenwerfer in ihrem Anzug, und das Eis, das Calvin um ihre Füße gelegt hatte, sah dick aus.

Ein Schnauben ertönte hinter ihr, und Kat spürte einen sanften Stupser von Seekers Nase. Kat drehte sich, eine schwierige Bewegung mit beiden Beinen gefangen, und streckte die Hand aus, um dem Husky die Streicheleinheiten zu geben, die Seeker so eindeutig verdiente. Die Augen des Hundes sahen etwas verwirrt aus, seine Beine etwas wackelig, aber ansonsten schien er in Ordnung zu sein. Gut genug jedenfalls, um eine Lösung für Kats Problem zu finden: die Eisfalle zu Tode zu lecken.

KAPITEL 54

DIE DETAILS, WIE MAN DIE WELT BEENDET

ZHAN YO HATTE NICHT GEDACHT, dass die ersten Momente seiner neuen Revolution damit verbracht würden, sich mit dem Tod eines geliebten Menschen auseinanderzusetzen. Denn das war Sylvie, auch wenn er sich schwer damit tat, es sich selbst einzugestehen. Sie war seine einzige wahre Vertraute gewesen, die Einzige, die nah genug an ihm dran war, um seine Unsicherheiten und Zweifel zu kennen und ihn trotzdem voranzutreiben. Doch er behandelte sie genauso, wie sie es wahrscheinlich mit unzähligen anderen getan hatte.

Er kontaktierte Wexley, der sagte, er würde sich darum kümmern.

Zhan-Yo schleifte Sylvies Leiche zum zerstörten Eingang der Unterstation und wartete, bis ein Paar mit Masken in einer schweren Transportkapsel auftauchte, um sie und die anderen Opfer wegzubringen. Jetzt stand Zhan-Yo wieder in seinem Büro, ganz oben in dem Gebäude, das einer Firma gehörte, die sich sehr bald in einem offenen Krieg mit der Welt befinden würde. Oder zumindest mit denen, die sie kontrollierten. Sie ließen die Paragons zurück, Zeugen, die gefunden werden sollten und die Geschichte mit ihrer Niederlage vorantreiben könnten.

Geduscht, umgezogen. Alle Beweise weggewaschen, während die Morgendämmerung den Michigansee erleuchtete, wie sie es seit Jahrtausenden jeden Morgen getan hatte.

»Tee, oder möchtest du etwas Stärkeres?«, sagte Wexley, als er den Raum betrat. Irgendwie trug der Mann selbst jetzt einen kompletten Anzug. Zog Wexley die jemals aus? »Ich könnte Champagner holen, wenn du lieber möchtest?«

»Champagner?«, sagte Zhan-Yo. »Vielleicht, wenn die Paragons weg sind. Jede frühere Feier wäre verfrüht.«

Wexley stellte das Tablett, eine makellose blaue Scheibe, auf Zhan-Yos Glas- und weißen Metallschreibtisch. Zwei silberne Tassen, eine Kanne gefüllt mit starkem schwarzen Tee. Wexley füllte die Tassen, während Zhan-Yo die violetten Wolken studierte, und gemeinsam standen sie da und blickten auf die ruhige Stadt hinunter. Eine noch ahnungslose Stadt.

»Wir räumen bereits den Tatort auf. Beseitigen die Beweise«, sagte Wexley. »Die Paragons werden nicht wissen, dass wir es waren, bis-«

»Anna hat jemanden, dem wir vertrauen können, der das Video bearbeitet. Es wird bald fertig sein, und wir können den Zeitpunkt der Veröffentlichung wählen.« Zhan-Yo roch am Tee. Eigentlich hätte er Koffein brauchen müssen, da er nicht geschlafen hatte, aber er fühlte sich nicht müde. Oder wach. Eher wie in einem Traumzustand, in dem nichts ganz real erschien. Er hätte einfach am Tee riechen und stundenlang den Himmel beobachten können. Aber Zeit blieb ein Luxus, den weder seine Vertreter noch seine Position kaufen konnten. »Was hast du mit ihr gemacht?«

»Wir bewahren den Körper auf«, sagte Wexley. »Ich dachte, du möchtest sie vielleicht woanders hinbringen lassen. Ich weiß, dass du eine Art Beziehung zu ihr hattest.«

»Sie war sehr gut in dem, was sie tat«, sagte Zhan-Yo.

Sylvie verdiente mehr als das, aber nicht hier, nicht vor Wexley.

»Danke«, fuhr Zhan-Yo fort. »Ich werde mir etwas Passendes überlegen. Ich weiß nicht, ob sie Familie hat. Wir haben nie darüber gesprochen.«

»Ich kann das untersuchen lassen?«

»Nein. Sylvie hat ihre Geheimhaltung aus ihren Gründen aufrechterhalten. Wir werden sie nicht stören. Lass sie sich wundern.«

Die Vorstellung, dass Sylvie verschwand, erschien angenehm, so typisch für sie. Wexley ließ die Idee durch die Büroluft schweben, bis sie sich verflüchtigte, dann gab er seinen kleinen Seufzer von sich, der den Themenwechsel signalisierte. Eine Neuausrichtung vom Sentimentalen zum Strategischen. Krass, aber notwendig.

»Wir müssen jetzt schnell handeln. Die Paragons werden in Aufruhr sein, aber nicht für immer«, sagte Wexley. »Wir sollten die anderen informieren, bevor das Video öffentlich wird.«

Ein notwendiger Wechsel, aber keiner, den Zhan-Yo akzeptierte. Noch nicht. Wenn Legenden sterben, verdienen sie mehr als ein paar Minuten Gedenken.

»Ich wollte ihn nicht töten. Ich habe versucht, es nicht zu tun.«

»Was meinst du? Er musste sterben. Das war der ganze Sinn des Plans.«

»Er war nicht böse«, erwiderte Zhan-Yo. »Wenn er zugestimmt hätte, hätten wir die Dinge anpassen können. Die Paragons zu Fall bringen und uns nach oben ziehen. Es hätte funktioniert.«

»Für eine kurze Zeit, vielleicht.« Wexley deutete auf die Stadt unter ihnen. »Glaubst du, sie würden uns akzeptieren? Die übrigen Paragons? Sie haben alle Macht und keinen Grund, sie aufzugeben. Wir müssen sie dazu zwingen, Zhan-Yo. Das ist der Punkt.«

Ein tiefer Atemzug. Wexley, immer so fokussiert, so zielstrebig und so düster. Der Mann sah immer den klarsten Weg zum Ziel, zählte aber nie, wie viele Leichen auf dem Weg zertrampelt würden.

»Er war ein Diktator, Zhan-Yo«, fuhr Wexley fort und nahm einen prophetischen Ton an, verzweifelt bemüht, seinen Freund auf seiner Seite zu halten. »Alle Paragons in Atlantis arbeiteten unter ihm. Er würde das niemals aufgeben. Ein Deal bedeutet, dass beide Seiten an den Tisch kommen müssen. Warum sollte Aegis verhandeln? Jetzt werden die Paragons verwirrt sein, und wir können das ausnutzen.«

»Um sie zu schwächen.«

»Wir müssen sie brechen, Zhan-Yo. Es gibt noch Champions. Mynx, gleich nebenan. Glaubst du nicht, dass sie sich konsolidieren wird? Atlantis und Pacifica zusammenbringen, und dann sind wir wieder da, wo wir angefangen haben.«

»Ziran ist keine Armee, Wexley. So wie du sprichst, klingt es, als dächtest du, wir müssten alle Champions töten, um eine Chance zu haben. Ich wollte ein Gespräch, kein Gemetzel.«

»Ich bin auf deiner Seite. Aber das werden wir jetzt nicht bekommen. Nicht mit Aegis' Tod. Wir haben sie wütend gemacht, und sie werden mit allem gegen uns vorgehen. Das ist ein Kampf, und wir dürfen nicht verlieren.«

»Ich habe keine Angst zu kämpfen, ich bin nur traurig, dass ein solcher Kampf notwendig ist«, sagte Zhan-Yo. »Sylvie wollte einen Schattenkrieg. Sie dachte, dass das Abschlagen des Kopfes den Körper töten würde, aber ich glaube, du hast recht. Unsere Sache wird nicht so leicht gewinnen.«

Von da an gingen sie zu spezifischeren Angelegenheiten über, und indem sie die Zukunft vom Theoretischen zum Konkreten, zu Zeitplänen und Aufgaben, herunterbrachen, schnitten sie Zhan-Yos anhaltende Traurigkeit mit Klarheit weg. Ja, Aegis zu töten würde Probleme bringen, würde zu massiven Veränderungen führen, sobald das Video an die

Öffentlichkeit gelangte. Aber die Welt brauchte diese Veränderung, und auch wenn Zhan-Yo es vorgezogen hätte, wenn sie ohne solche Gewalt gekommen wäre, war es keine Option, sich von einem Traum abzuwenden, nur weil er Dornen bekam. Wenn Atlantis erfuhr, dass sie keinen Champion mehr hatten, würde Ziran seinen Anspruch geltend machen, den Thron der Paragons zu zerstören.

»Sylvie hat mir noch eine letzte Sache geschickt«, antwortete Zhan-Yo, nachdem er den Tee ausgetrunken hatte. »Sie hatte Pläne für jeden der anderen Champions ausgearbeitet. Fang an, sie umzusetzen.«

»Also bist du entschlossen, das durchzuziehen?«

»Wie du schon sagtest, was wir begonnen haben, lässt sich nicht mehr aufhalten. Wenn die Paragons beschließen, dass es ihnen reicht, werden wir reden. Bis dahin wird es entweder sie oder uns treffen.«

KAPITEL 55

DEN RETTER RETTEN

ALS DER HANDLER VERSUCHTE, sie dem selbstgefälligen jungen Mann vorzustellen, der am anderen Ende des Tisches im privaten Raum des Restaurants saß, hob dieser die Hand und der Handler verstummte. Das war Mynx' erste Lektion darin, wie ein Champion einem Normalen richtig Befehle erteilt, laut Aegis. Von ihrem Zuhause in Los Angeles nach New York verschleppt, nachdem Beamte mit Abzeichen aufgetaucht waren und Gehorsam, Belohnungen und ein Treffen mit einem Helden gefordert hatten, hatte sich Mynx an diesen Wirbelwind geklammert und beschlossen, alles daraus mitzunehmen, was sie konnte. Das hatten ihre Eltern ihr schließlich beigebracht - Chancen musste man beim Schopf packen.

»Die bringt ihr also zu mir?«, sagte Aegis und sah sie an.

Nicht so, wie ihre Dates oder Passanten auf der Straße Mynx ansahen, nicht mit dieser Art von Interesse. Nein, Aegis hatte diese klaren Augen, die einen Zweck fanden und daran festhielten, während sie alles andere vergaßen. Er fixierte seine kristallblauen Pupillen auf ihre, warf ein mattes Lächeln hin und wartete darauf, was diese Frau über sich selbst sagen würde.

»Die haben mich nirgendwo hingebracht«, sagte Mynx. Sie hatte in der Highschool und besonders in ihren ersten Jahren im Ingenieurstudium gelernt, dass eine Frau bei so einem Treffen für sich selbst einstehen muss. »Ich hab mich entschieden, mit ihnen zu kommen. Eigentlich sollte ich in der Uni sein.«

»Nach dem, was man mir erzählt hat, bist du genau da, wo du sein solltest«, sagte Aegis. Er beugte sich vor, die Ellbogen auf dem Tisch, die Hände übereinander gelegt. Immer noch den Blick auf sie gerichtet. »Haben sie dir gesagt, warum ich sie gebeten habe, mehr zu finden?«

»Mehr?«

»Wie dich. Wie uns. Du weißt schon, dass es viele gibt, oder?«

Mynx hatte es vermutet. Damals wurden Geheimnisse nicht gut gehütet, besonders dieses nicht. Das, was am Ende alles verändern würde. Die Leute dachten noch, zufällige Gewalt, neue Technologien, die außer Kontrolle gerieten, könnten die zunehmenden Wellen von zufälligen, unerklärlichen Ereignissen erklären. Teenager, die statt von ihrem ersten Schulball zu träumen, im Schlaf ein Loch durch den Boden geschmolzen hatten. Die entdeckten, dass ein zusätzlicher Arm nur erschien, wenn sie sangen, oder dass sich alle fünf Tage ihre Haarfarbe änderte, und noch verrücktere Dinge. Die physikalischen Gesetze der Realität erwiesen sich als formbar, und jeder bemerkte es.

Das war der Moment, in dem Mynx ihr Hauptfach wechselte. Weil sie eine Erklärung wollte, eine Antwort darauf, was mit ihr passiert war. Was mit allen anderen passiert war.

»Warum ich, wenn es so viele gibt?«, fragte Mynx, weil ihr nichts anderes einfiel.

Aegis sah in Person so viel jünger aus als in all den Zeitschriftenartikeln, all den Bildern, die ihn stark und über jedem Problem thronend zeigten. Der Paragon. Unbesiegbar. Aegis konnte in ein Terroristenversteck spazieren und sie mit einem Schlag ausschalten. Ohne einen Kratzer wieder herauskommen. Das war nicht wie ein Prominententreffen, nicht dass Mynx damit viel Erfahrung hatte, aber wenn man in LA aufwuchs, hatte man so seine Begegnungen. Nein, das war eher, als würde man seinen Gott treffen und Gott würde einem sagen, dass man genauso sei wie er.

»Was ist deine Gabe, Mynx?«, fragte Aegis. »Das wird dir die Antwort geben.«

»Ich kann sehen, wie Dinge funktionieren. Ich meine, in sie hineingehen. Mechanische Dinge. Computer, Programme und Maschinen. Solche Sachen.«

»Aber das ist nicht alles.«

»Nein.«

Der Handler hatte ihr nichts an die Hand gegeben, die Agenten, die sie abgeholt hatten, auch nicht. Sie hatten nur gesagt, dass Aegis sie wegen eines wichtigen Jobs sehen wollte. Als sie gefragt hatte, hatten sich die Anzugträger wie Filmkarikaturen verhalten, alle verschlossen oder das Thema gewechselt. Aegis allerdings gab ihr keine Hinweise. Mynx sah zum Handler hinüber, der einen ausdruckslosen Gesichtsausdruck trug. Entweder war es ihm egal, oder er wusste, wie man so aussah.

»Komm schon«, sagte Aegis. »Es ist okay. Wir wissen es schon, aber ich will, dass du es sagst. Du musst dich mit dem wohlfühlen, was du kannst, sonst werden sie es gegen dich verwenden.«

Es gegen sie verwenden? Noch ein Blick zum Handler. Keine Veränderung. Na gut. Sie war den ganzen Weg hierher gekommen, und Aegis schien auf ihrer Seite zu sein.

»Ich kann sie auch verändern.«

»Was verändern?«

»Alles. Maschinen. Computer. Programme.« Mynx nahm ihr Handy heraus und legte es auf den Tisch. »Ich könnte jetzt da reingehen und es alles machen lassen, was ich will.«

»Auch wenn du die Passwörter nicht kennst?«

»Auch wenn ich die Passwörter nicht kenne.«

»Gut. Deshalb bist du hier.« Aegis lehnte sich zurück, die verschränkten Finger hinter dem Kopf verschränkt. »Ich kann vielleicht eine Kugel abfangen, aber was ich brauche, ist jemand, der mir zeigen kann, wo sie sind. Ich kann kein Programm mit meiner Faust schlagen oder eine Datenbank gewaltsam öffnen. Ich habe sie überzeugt, mit dir anzufangen, und wenn das funktioniert, werden wir mehr hinzufügen.«

Mynx musste nicht fragen, wer *sie* waren. FBI, CIA, etwas anderes. Es spielte keine Rolle.

»Du meinst wie in einem Film? Einem Comic?«

Die lange, reiche Geschichte von Superheldenteams war immer wieder aufgetaucht, als diese Art von Vorfällen häufiger wurden. Leute fragten sich, ob jetzt vielleicht das Zeitalter der Superwesen angebrochen sei und so weiter. 'Anomalien' würde sich erst durchsetzen, als die Leute merkten, dass die Kräfte nicht immer gut waren.

»Ja. Wie in einem Film«, sagte Aegis. »Also, bist du dabei?«

»Ich weiß, wir hatten nie vor, es zu benutzen.« Mynx drückte den Befehl, der die undurchsichtige Stahlkammer schloss und Aegis darin versiegelte. »Aber es wurde positiv getestet. Die Kammer funktioniert.«

»Aber die Wiederbelebung nicht«, sagte Reeves. »Du verweigerst der Welt eine Beerdigung, die sie möglicherweise dringend braucht.«

»Seit wann habe ich dir ein psychologisches Modul gegeben?« Mynx tippte auf das Touchpad der Kammer, um die Temperatur zu bestätigen und stellte die Zeitskala auf Maximum. Aegis würde von hier nicht ohne manuelle Freigabe herauskommen. »Ich brauche dich nicht, um mir zu sagen, dass die Leute aufgebracht sein werden.«

»Bist du sicher? Denn die Art, wie du dich jetzt verhältst, ist nicht rational.«

»Die Welt weiß nicht, dass er tot ist«, erwiderte Mynx. »Je länger wir dieses Geheimnis bewahren können, desto mehr Zeit haben wir, einen Plan zu machen.«

Die Worte halfen. Sie hatte während des Rückflugs von Chicago ihre Tränen kontrolliert. Ihre Wut und ihre Frustration. Jetzt gab ihr die Flut von Dingen Fokus. Ließ sie das tun, was sie am besten konnte: Lösungen finden.

»Atlantis wird das erste Problem sein«, sagte Reeves und gab offenbar seine Zweifel an der Kryokammer auf.

Mynx startete den Prozess und trat zurück, als die Kammer zischte und ratterte. Als Gas und Flüssigkeit den Körper ihres Freundes überfluteten. Einen, der vielleicht noch ein funktionierendes Gehirn hatte, Organe, die gerettet werden konnten. Eine Seele vielleicht, wenn man an so etwas glaubte. Nicht dass sie jetzt die Fähigkeit hätten, sie wieder zum Leben zu erwecken, aber vielleicht eines Tages.

»Wirklich? All deine Rechenleistung und das ist es, was du mir gibst?« Mynx beobachtete, wie die Temperatur sank, das neue Zuhause ihres Freundes wurde durch eine Reihe negativer Ziffern beschrieben. »Ich brauche eine Liste potenzieller Paragons dort. Jemand, der möglicherweise die Rolle des nächsten Champions übernehmen könnte. Ich nehme an, Aegis hat keinen Plan hinterlegt?«

»Aegis hat einen allgemeinen Aufruf zu einem Gipfeltreffen gesendet, aber keinen Nachfolgeplan. Du hast auch keinen.«

»Reservier mir etwas Zeit in meinem Kalender und ich werde es machen«, Mynx wandte sich von der Kammer ab und machte sich auf den Weg aus der Fabrik.

Der Weg hinaus, vorbei an den automatisierten Montagen, die weiterliefen, als hätte sich nichts geändert, Montagen, denen die Uhrzeit oder Nachtarbeit egal war, ließ Mynx jedes Jahr in ihren Knochen spüren. Die Aufregung, die sie nach und von Chicago getragen hatte, mit Fluggeschwindigkeiten, die für Notfälle reserviert waren und zweifellos einige spärlich besiedelte Städte entlang der Route erschreckt hatten, war abgeklungen und hinterließ anhaltende Übelkeit und zunehmende Kopfschmerzen. Schlaf wäre jedoch unmöglich. Sie würde in Erinnerungen versinken. Sich selbst dafür geißeln, was sie hätte tun können. Jetzt brauchte sie etwas Kaffee. Sie brauchte etwas zu essen. Und vielleicht einen Trauerberater.

»Celice scheint die Hauptoption für Atlantis zu sein«, sagte Reeves. »Sie hat den Respekt, das Wissen und die Position.«

»Celice ist keine Anomalie«, sagte Mynx. »Wenn wir sie zum Champion machen, was ist dann die Ausrede für jeden anderen Normalen, der das Gefühl hat, eine Chance zu verdienen? Nächsten Monat werden wir jemanden haben, der eine Menge Reps angespart hat, mit einem Haufen Waffen ankommt und seinen eigenen Titel fordert. Das werde ich nicht tun.«

Sie diskutierten. Reeves hatte endlose Gründe, warum Celice diejenige sein sollte, die die Nachfolge ihres Vaters antritt, und Mynx hatte nur ein Gegenargument, aber ihres war der entscheidende Faktor und schließlich befahl sie Reeves mit einem harten Befehl, die Diskussion zu beenden. Auf diese Weise zu handeln verhinderte, dass die KI lernte, aber Mynx hatte keine Energie für diesen Kampf. Nicht jetzt.

»In Ordnung«, sagte Reeves nach dem Befehl. »Ich werde die Liste zusammenstellen. Noch etwas?«

Aegis war nicht an Altersschwäche gestorben. Er war ermordet worden. An einem bestimmten Ort niedergestreckt, der gewählt wurde, um zu verhindern, dass Hilfe rechtzeitig eintraf. Angelockt von Leuten, die ihn tot sehen wollten. Das würde ihnen nichts bringen, es sei denn, sie planten, damit weiterzumachen. Sie würden entweder mehr Paragons oder Champions oder beides töten. Und der Erfolg, den sie bereits hatten, würde anderen mit den gleichen Ideen Hoffnung geben. Das bedeutete, Mynx musste nicht nur einen Plan entwickeln, um diese Gruppe zu stoppen, sondern auch, um andere zu verhindern.

»Aegis und ich wussten, dass wir eine Idee für die Nachfolge haben mussten. Für das, was als Nächstes kommt«, sagte Mynx, setzte sich an den Aussichtstisch und beobachtete die Wellen, während eine der Drohnen mit ihrem Kaffee heranrollte. Sie schloss für einen Moment die Augen, genoss die Brise, die durch ihre Aktivkleidung strich, die für die Drohnenrüstung konzipiert war. Atmungsaktiv, bequem und eine Erinnerung an das, was sie versucht und nicht geschafft hatte.

»Also, was willst du?«

»Du sagtest, Aegis hätte ein Signal für ein Gipfeltreffen gesendet. Ich denke, wir halten es ab. Ich werde mich an die Champions wenden. Einen nach dem anderen. Wir bringen alle zusammen und klären das. Wir einigen uns alle auf einen Plan. Sobald wir das getan haben, wird jeder, der denkt, er könne einen von uns töten und die Welt verändern, wissen, dass das nicht funktionieren wird.«

»Die Champions waren seit Jahren nicht mehr alle zusammen. Ihr habt euch wegen eurer Differenzen getrennt. Wie denkst du, wird das jetzt funktionieren?«

»Wir haben keine Wahl«, sagte Mynx. »Ich wünschte, wir hätten eine. Die Welt ist nicht so nett.«

»Wie befohlen. Ich werde Termine für jeden von ihnen finden.«

Die Wellen kräuselten sich und krachten ineinander. Unaufhaltsam. Konstant. Regierungen auf der ganzen Welt stiegen auf und fielen, und das seit Anbeginn der Menschheit. Die Paragons hatten nur wenige Jahrzehnte überdauert. War das alles? Würde dies das Ende sein?

»Reeves, erhöhe die Drohnenproduktion. Alle von ihnen, aber besonders Gladiatoren. Die bewaffnete Variante.«

Zivilisationen starben nicht ohne Kampf. Die Champions auch nicht.

DAS ALTE ODER DAS NEUE

SEEKER LECKTE sie in Rekordzeit frei, was Kat als Weltrekord im Hunde-Eis-Lecken einstufte. Sie hatte seine sabbernde Zunge schon immer als Massenvernichtungswaffe betrachtet, und ihre befreiten Füße dienten als Beweisstück A.

Kat trat aus den Überresten von Calvins Falle heraus und wischte sich den schnell gefrierenden Hundespeichel von den Stiefeln. Sie war dankbarer denn je für die temperaturregulierenden Fähigkeiten ihres Anzugs. Auf dem Schrottplatz, wo der Wind heulte, zeigte ihr Anzug an, dass die Außenwelt zu dieser frühen Stunde sich dem Gefrierpunkt näherte. Calvin, immer noch vom Betäubungspfeil bewusstlos, schien von der Kälte nicht allzu beeinträchtigt zu sein; die Augen geschlossen, jeder Atemzug eine graue Wolke in ihre Richtung puffend. Auf seine Art friedlich.

Sie hielt den Tracker in ihrer linken Hand. Es würde nicht viel brauchen, Calvins Mantel beiseite zu schieben, die Injektion zu verabreichen und Calvin für immer den Rechten und Unrechten der Paragon-Herrschaft zu unterwerfen. Das würde ihre Aufgabe, ihren Vertrag erfüllen und Gordon gleichzeitig rächen. Warum also starrte sie auf das Gerät wie auf ein Alien, das sich in ihrer Handfläche eingenistet hatte?

Beth. Die Elementals. Kat bekam nicht jeden Tag ein solches Angebot. Sie lebte schon lange in Chicago, jagte Anomalien durch die Straßen und darüber hinaus. Was hatte sie vorzuweisen? Ein paar Reps, eine bescheidene Wohnung, die nicht für den Hund geeignet war, den sie besaß. Kein soziales Leben, es sei denn, man zählte die Kämpfe bei *Carver's* dazu. Die gelegentlichen Kneipentouren, wenn Kat die einsamen Bildschirme einfach nicht mehr ertragen konnte. Die Elementals könnten etwas Neues bieten.

Natürlich könnten sie auch Calvin nehmen und sie töten. Oder sie im Stich lassen und Kat dem Zorn desjenigen Paragons aussetzen, der Calvin am meisten wollte. Sie könnte alles verlieren. Die Frage war wirklich, wie viel ihr alles wert war. Und wenn sie es verlöre, würde es wirklich eine Rolle spielen?

»Was meinst du?«, fragte sie den Hund. Seeker, der damit beschäftigt war, an allen Metallteilen und -stücken zu schnüffeln, trottete herüber und ließ sich zu ihren Füßen plumpsen. »Ich weiß, solange du rennen und fressen kannst, ist dir alles andere egal, oder?«

Ihr Tama piepste. Eine Nachricht von den Paragon-Kräften in Chicago. Sie hatten sich endlich durch die Hilfsliste bis zu ihrem Platz durchgearbeitet, und jetzt waren medizinische und Fangdrohnen unterwegs, komplett mit Personal. Echte Menschen, die echte Urteile darüber fällen konnten, was Kat da tat, über einer gesuchten Anomalie zu stehen, anstatt ihn zu fesseln und zu markieren. Ihre Entscheidung hatte jetzt eine kurze Frist.

Nun, sie konnte jetzt etwas tun. Dinge, die zu beiden Seiten passten. Kat nahm etwas Kabel aus einer Tasche an ihrem Gürtel, das rudimentäre Fangmaterial, das man dabei haben musste, wenn man Gefangene erwartete. Sie kniete sich hin, drehte Calvin um und zuckte leicht zusammen, als sein Gesicht in den Schnee klatschte. Sie fesselte Calvins Arme hinter seinem Rücken und klammerte seine Hände zusammen. Kat würde zwar nicht behaupten, dass sie volles Vertrauen in Calvins Anomalie-Fähigkeit hatte, aber sie hatte eine ziemlich gute Vorstellung davon, dass sie von diesen Händen ausging. Dass das Anlegen einer Hand gegen etwas und das Heben der anderen in die Luft Calvin erlaubte, die Realität zu verändern. Zu transmutieren, oder wie auch immer man das nennen mochte. Das würde erklären, wie Kat so schnell so betrunken wurde, wenn Calvin den Alkohol aus dem Bier gezogen und direkt in sie geschickt hatte. Erklären, wie er das Cafe-Fenster zerschmettert hatte, indem er die Luft absaugte und in das Glas schoss.

Das Ding mit Anomalien war, sie waren alle Mysterien, bis man sie entschlüsselte.

Kat seufzte. Das war ja mal ein Killergedanke. Sie sollte ihn aufschreiben. Mysterien, bis man sie entschlüsselt. Brilliant.

Sie schaufelte etwas Schnee weg, damit Calvins Hände nicht einfrieren würden, wenn sie ihn wieder umdrehte, und nachdem sie ihn wieder zum Himmel blicken ließ, wischte Kat die Flocken von seinem Gesicht. Sie würde ein Produkt an die eine oder andere Seite liefern, und es musste in gutem Zustand sein.

»Ich muss müde sein«, sagte Kat. »Ich lache über meine eigenen Gedanken. Rede mit mir selbst.« Sie blickte nach Osten zurück, vorbei an den Schrotthaufen, nach den Lichtern der herannahenden Drohne. »Hast du eine Meinung, Calvin? Welche Seite?«

»Ähh«, stöhnte Calvin und riss damit Kats Aufmerksamkeit auf die Anomalie. Sein Mund sprach nicht so sehr, als dass er offen hing, und seine Augen hatten diesen benommenen Glanz, den kürzlich Erwachte zu haben pflegten.

»Du solltest noch nicht wach sein. Nicht für eine weitere Stunde oder mehr.« Kat hockte sich über Calvin und versuchte, das Risiko einzuschätzen. Sie hatte keine Betäubungspfeile mehr. Aber sie hatte ihre Füße, und manchmal diente eine stumpfe Methode genauso gut. »Wirst du dich wehren?«

»Weiß nicht«, antwortete Calvin.

Sie saßen da, während Calvin sich allmählich breiig zurück zum Bewusstsein murmelte und Kat nach Täuschung Ausschau hielt. Es schien, als hätten gefesselte Hände und jetzt, nachdem Kat zusätzliche Vorsichtsmaßnahmen getroffen hatte, gefesselte Füße Calvins Kampflust getötet. Oder vielleicht hatte Seeker, der begonnen hatte, das Gesicht der Anomalie mit rücksichtslosem Übermut zu lecken, jeglichen Zorn weggealbert. Kat stoppte den Husky erst, als sie befürchtete, Calvin könnte unter all dem Sabber tatsächlich ertrinken.

»Das geschieht dir recht«, sagte Kat, als Calvin nach Luft schnappte.

»Fair«, sagte Calvin, seine Stimme müde und schwach. »Ich nehme an, ich habe versucht, dem Hund wehzutun.«

»Wehzutun? Du hättest Seeker töten können.«

Calvin versuchte, den Kopf zu schütteln. »Nein. Nicht hart genug. Würde niemals einen Hund töten.«

Kat war sich nicht sicher, ob sie ihm in diesem Punkt glaubte, aber die Drohnen würden bald da sein, und Entscheidungen mussten getroffen werden.

»Also, ich hab eine Frage«, sagte Kat. Calvin rollte mit den Augen in ihre Richtung. »Wenn du die Wahl hättest, würdest du zu den Elementals oder zu den Paragons gehen?«

»Zu keinem von beiden.«

»Keine Option. Wähl eins.«

»Dann die Elementals. Scheiß auf deine Paragons.«

Das Tama piepste erneut. Die Drohnen hatten Gordon aufgesammelt und waren auf dem Weg zu ihr. Zu spät, um mit Calvin wegzulaufen oder ihn zu verstecken. Also konnte sie genauso gut etwas Genugtuung bekommen.

»Tut mir leid, falsche Antwort«, erwiderte Kat.

Sie griff nach Calvin und öffnete seine Jacke. Das befleckte, zerlumpte T-Shirt darunter zeugte von dem beschissenen Leben, das Calvin vor diesem Moment geführt hatte. Die Paragons würden zumindest seine Garderobe verbessern. Mit seinen hinter dem Rücken gefesselten Armen war es nicht so einfach, den Bizeps zu finden, aber Chicagos beste Trackerin hatte das Talent, Calvins Körper so zu manövrieren, dass sie den richtigen Winkel bekam. Kat setzte den Tracer an Calvins Arm und wartete darauf, dass die Anomalie etwas sagte, protestierte oder irgendetwas, aber Calvin blieb still.

Kat drückte ab.

Drei Sekunden später piepste ihr Tama wieder. Ein anderer, hellerer und fröhlicherer Ton. Als ob Kat begeistert sein sollte über den neuen Paragon, den sie gerade ihrem Cluster hinzugefügt hatte. Kat verstaute den Tracer und betrachtete ihren neuesten Zugang. »Er ist drin und funktioniert. Du wirst in ein paar Tagen anfangen, Paragon-Kram zu bekommen. Du meldest dich im Chicagoer Büro, und die werden deine Rep-Konten einrichten. Anfangen, dir Verträge zu besorgen. Es wird viel besser sein als das, was du hattest.«

»Was kümmert's dich? Du hast wahrscheinlich Dutzende von uns, die ohne Wahl für dich arbeiten.«

»Du arbeitest nicht für mich.« Kat zeigte zurück durch den Schrottplatz, wo die Lichter der Drohne auftauchten, während der Horizont heller wurde.

»Das war's also? Sie nehmen mich mit und ich sehe dich nie wieder? Ich bin jetzt ein Paragon?«

»Du bist, was immer du sein willst, aber wähle sorgfältig. Wenn du dich davon losmachst, wird es das nächste Mal, wenn einer von uns dich erwischt, dein Tod sein.« Kat sagte nicht, dass sie diese Jagden vermied. Es gab Tracker, die den einmaligen Rep-Bonus für einen tödlichen Einsatz dem Umgang mit Gefangenen vorzogen. Sie zog es vor, den Narben auszuweichen, die das Nehmen von Leben mit sich brachte. »Mein Rat? Finde einen Weg, das Leben zu lieben, das du bekommst. Es könnte gar nicht so schlecht sein.«

Die Drohnen waren Zwei-Mann-Gefährte – immer noch Drohnen genannt, obwohl keiner der Besatzung die Dinger flog. Sie kamen von zehn Metern Höhe herunter und senkten flache Plattformen auf den Boden. Vier Normale, in Paragon-Blau gekleidet, mit dem roten Abzeichen auf den Schultern, das besagte, dass sie keine Kräfte hatten, dass sie auf bestimmte Aufgaben beschränkt waren, kletterten herunter. Kat beantwortete ihre Fragen, schnell und klar, während sie Calvin in die Gefangenen-Drohne luden. Die Anomalie kämpfte nicht, sagte nichts, als er in dem mechanisierten Biest verschwand. Die Gefangenen-Drohne wartete nicht auf ihren Freund, sondern drehte sich um und machte sich auf den Weg zurück in die Innenstadt.

»Ihr hattet heute Nacht viel zu tun«, sagte Kat zum Anführer, der genauso müde aussah wie sie.

»Viele Probleme. Viele Paragons sind gefallen.« Seine Augen glitten von Kats weg und verbargen etwas. »Ich glaube nicht, dass irgendeiner von uns für lange Zeit einen leichten Tag haben wird.«

»Das klingt bedrohlich.«

Der Mann zuckte mit den Schultern, bot ihr eine Mitfahrgelegenheit an, die Kat ablehnte. Sie würden ins Stadtzentrum fahren, weit an ihrer Wohnung vorbei. Außerdem war das Letzte, was Kat jetzt wollte, mehr erzwungene Konversation. Nur noch eine Frage, und sie würde die Crew gehen lassen.

»Gordon? Geht es ihm gut?«

»Wir haben ihn da oben. Er wird etwas Ruhe brauchen. Leichte medizinische Behandlung, aber er wird leben.«

Kat begann mit Seeker zu laufen, als die medizinische Crew wieder zu ihrer Drohne stieß, und sie schaffte es, halb zu winken, als das Fluggerät über ihnen hinweg zurück zur Stadt und der aufgehenden Wintersonne flog.

KAPITEL 57
LETZTE ABSCHIEDE

EINE GUTE DUSCHE konnte vieles bewirken, aber sie konnte keine Trauer abwaschen. Zhan-Yo ließ sich Zeit, ein Luxus, den ihm ein unter dem Vorwand von Krankheit freigeräumter Terminkalender ermöglichte – eine Täuschung, die in spektakulärer Weise verschwinden würde, sobald Aegis' Tod und Zhan-Yos Rolle darin bekannt würden. Er dachte, Sylvie würde den langsamen Morgen zu schätzen wissen, wie er Wexley die Aufräumarbeiten im Büro überließ und sich selbst um das kümmerte, was er brauchte. Das hatte Sylvie am besten gemacht, sich nie um die tausend lästigen Probleme des modernen Lebens zu kümmern. Immer den Fokus auf das Wichtigste zu richten.

Zhan-Yo konnte jedoch nicht ewig unter dem warmen Wasser bleiben und entschied sich für den gegenteiligen Schock, indem er auf seinen Balkon trat. Die violette Morgendämmerung wandelte sich in einen grauen Morgen, als sich die Wolken vermehrten, und ein paar vereinzelte Flocken wagten es, herabzuschweben. Die Götter waren offenbar nicht bereit, weder für Sylvie noch für den Champion zu weinen. Was Vorzeichen anging, entschied sich Zhan-Yo, das

Wetter als Akzeptanz zu deuten; ein normaler Wintertag würde alle Aufmerksamkeit auf seine Ankündigung lenken.

Die mechanischen Götter waren jedoch geschäftig. Drohnen verstopften den Himmel und schwebten in solcher Zahl langsam über die Stadt, dass klar wurde, dass etwas schiefgelaufen war. Zhan-Yo warf einen Blick auf sein Tama und sah keine Warnungen. Die Paragons waren nicht bereit, die Neuigkeiten selbst zu verbreiten, und hatten keine andere Geschichte erfunden. Mit Innis, der bestochen und gründlich unterdrückt war, erwartete Zhan-Yo nichts anderes. Chicago gehörte jetzt Ziran, und er wollte diese Nachricht den Menschen unter ihm zurufen, die immer wieder nach oben schauten und sich wunderten.

Sie würden es bald genug erfahren.

Sein Tama klingelte, und Zhan-Yo wischte darüber, warf einen Blick auf sein Handgelenk und sah Wexleys Gesicht den Bildschirm füllen. Immer noch im selben Anzug wie Stunden zuvor. Der Mann schaltete nie ab. Kein Wunder, dass er keine Familie hatte, keine Beziehungen, von denen man sprechen konnte. Wenn Zhan-Yo es nicht besser wüsste, wenn er nicht gesehen hätte, wie Emotionen Wexley übermannten, würde er vermuten, die Paragons hätten ihn als Spion eingeschleust. Etwas, das ihre Champion-Erfinderin Mynx ausgeheckt hätte, eine Drohne, die sich wie ein Mensch verhalten sollte.

»Ich habe gehört, du gehst für den Rest des Tages nach Hause«, sagte Wexley. »Willst du, dass ich es verschiebe? Ich habe das Video jetzt fertig.«

»Ich möchte Sylvie zur Ruhe betten«, antwortete Zhan-Yo. Er hatte bereits mit dem Leichenbeseitigungsteam gesprochen. Sie hatten sie bereit, und er wusste, wohin er sie bringen würde. »Lass mich das erledigen, bevor wir die Büchse der Pandora öffnen. Sei bereit, die Züge zu machen, wenn ich anrufe. Wir müssen die Paragons bei der Ankündigung schlagen. Chaos ist unsere Stärke.«

»Deine Aufnahme wird das bewirken«, sagte Wexley, seine Stimme honigsüß. »Ich denke, sie wird viel mehr bewirken. Kannst du dir vorstellen, was sie alle fühlen werden, diese Anomalien, wenn ihr Held stirbt? Wenn ihre perfekte Utopie Risse bekommt und zerbröckelt?«

»Werd nicht poetisch. Es gibt noch zu viel zu tun.« Ungewöhnlich für Wexley, überhaupt Leidenschaft zu zeigen, geschweige denn in einem solchen Ausbruch. Zhan-Yo ließ Wexley warten, während er eine Zigarette hervorholte, sie anzündete und einen schönen langen Zug nahm und die Asche am Ende kräuseln ließ. »Was denkst du, wird ihre Reaktion sein?«

»Die Paragons werden hart und schnell zuschlagen, sobald sie herausfinden, wer und wo du bist.« Wexleys kurzer Ausflug in den Bereich hochtrabender Proklamationen starb ohne einen zweiten Gedanken. »Nachdem du mit Sylvie fertig bist, musst du untertauchen. Erwarte nicht, in deine Wohnung zurückzukommen.«

Natürlich würde er das nicht. Es gab Pläne dafür. Zhan-Yo blickte durch die Tür zurück in seine Wohnung. Klein, spärlich und gemacht für einen Mann, der mehr Zeit im Büro verbrachte. Er würde sie nicht vermissen.

»Du wirst wissen, wenn ich in Sicherheit bin«, sagte Zhan-Yo und nickte dann seinem Freund – Wexley hatte sich diesen Titel zumindest verdient – kurz zu. »Dies ist der Anfang.«

»Nein, es hat schon begonnen«, erwiderte Wexley. »Lass dir nicht zu viel Zeit. Wir brauchen dich frei und am Leben. Keine weiteren Opfer mehr.«

»Sylvie hat ihre eigene Entscheidung getroffen. Keine, die ich mir wünsche«, sagte Zhan-Yo. »Folge dem Plan, Wexley.«

»Natürlich. Pass auf dich auf, Z.«

Der Herr seiner Firma, der Funke einer neuen Revolution, drückte seine Zigarette im Aschenbecher auf dem Tisch aus, bevor er sich umdrehte, um nach drinnen zu gehen, und warf einen letzten Blick auf all die Markierungen an der Wand, die die Tage bis zur Freiheit zählten. Er würde keine weitere hinzufügen müssen.

KAPITEL 58
EIN ALTES FEUER BRENNT NOCH

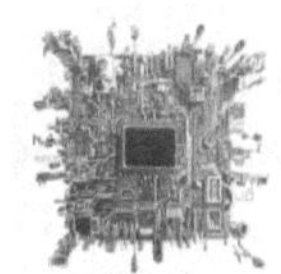

WAS WIE EIN großartiges Mittagessen ausgesehen hatte, war dahin, als Reeves ihr von dem Video erzählte. Als Mynx es über dem Tisch abspielte. Jede qualvolle Minute, in der Aegis allein in diesen dunklen Tunneln war, zahlenmäßig unterlegen und trotzdem furchtlos. Er glaubte bis zum Schluss an seine Unbesiegbarkeit oder tat zumindest so. Aber dann verkörperte Aegis auch den Glauben an Helden. Sein Wille ließ die Welt sie als die Zukunft anerkennen. Der erste Paragon, derjenige, der den Weg für alle anderen ebnete. Durch genetischen Zufall auserwählt, aber es war das, was er aus diesem Würfelwurf machte, was zählte. Was Mynx jetzt mit ihrem machen würde, was die anderen Champions aus der Welt machen würden, die Aegis ihnen hinterlassen hatte, das konnte sie nicht wissen. Nur dass sie alle keine andere Wahl haben würden, als jetzt zum Gipfel zu kommen. Nach diesem Vorfall konnte es keinen Zweifel mehr daran geben, dass die Paragons angegriffen wurden.

»Wie viele Anrufe?«, fragte Mynx, nachdem das Video gestoppt hatte.

»Etwa ein Dutzend bisher. Ich blockiere sie, weil ich annahm, dass du das so möchtest.« Reeves konnte trotz seiner

Unvollkommenheit ein Segen sein. »Soll ich anfangen, sie durchzustellen?«

Mynx rieb sich die Stirn und schloss die Augen. Sie hatte nicht viel mehr getan, als eine erste Nachricht zu schicken, einen kurzen Kontakt zu den Champions, um zu sagen, dass es Zeit sei, zusammenzukommen. Nichts an die Öffentlichkeit, und Schweigen würde nicht ausreichen, um die Regierung in Ordnung zu halten. Die Normalen verlangten Sicherheit und einen vorhersehbaren Alltag, und die Paragons mussten das liefern. Trotzdem konnte Mynx jetzt keine verdauliche Erklärung abgeben. Die Paragons hatten PR-Leute, die das konnten, aber die wären genauso schlecht informiert wie alle anderen. Aegis war das Mediengenie gewesen, der aus dem Nichts inspirierenden Unsinn herbeizauberte. Wenn Mynx jetzt vor die Kameras treten würde, würde sie wahrscheinlich das verbleibende Vertrauen in die Paragons untergraben.

»Nein«, sagte Mynx. »Wir sind nicht bereit. Sag allen, die anrufen, dass eine Erklärung der Paragons kommen wird, aber noch nicht. Noch nicht.«

Sie ging zum Rand des Balkons und blickte über die Felsen hinunter auf den Sand zum Pazifischen Ozean. Sie beugte sich hinunter, öffnete das Tor, das über den Glasrand der Terrasse hinausschwang und die schmale, in den Fels gehauene Treppe offenbarte. Sie hätte die rauen Steine überbauen, einen auffälligeren, sichereren Weg machen können, aber das hätte die Aussicht verdorben. Stattdessen machte sich Mynx langsam auf den Weg, mit Drohnen, die hinter ihr schwebten, bereit zu helfen, falls sie fallen sollte. Jeder Schritt war sicher, und schon bald erreichte Mynx den Sand und fühlte, nachdem sie ihre Sandalen ausgezogen hatte, die kühlen, weichen Körner zwischen ihren Zehen.

»Ich lasse die Modelle laufen, die Dr. Jones entwickelt hat«, sagte Reeves.

»Die Betrügerin?«

»Für eine Betrügerin hatte sie einige innovative Ideen.«

Die Stimme der KI kam aus dem Lautsprecher einer der Drohnen, und sie folgte Mynx, als diese ins Meer ging und den flüssigen Kuss des kalten Wassers an ihren Schienbeinen spürte. Mitten am Tag waren nur wenige Menschen in Sichtweite, keiner in ihrer Nähe. In der Nähe der Fabrik. Ob das daran lag, dass sie alle das Video gesehen hatten und annahmen, dass Paragons im Moment nicht sicher waren, oder ob es reiner Zufall war, konnte Mynx nicht sagen.

»Sie wollte nur so sein wie wir«, sagte Mynx. »Das ist alles, was sie je wollen.«

»Vielleicht. Aber es gibt hier einige Möglichkeiten. Würde es dir etwas ausmachen, wenn ich anfange, einige Versuche aufzusetzen?«

Würde es Mynx etwas ausmachen, wenn ihre KI auf eigene Faust versuchte, die Welt davor zu bewahren, alt zu werden? In welche anderen Projekte könnte Reeves sich einmischen, wenn er anfing, unabhängig zu sein? Aber was spielte das schon für eine Rolle? Die Menschheit war dazu bestimmt, gegen sich selbst zu kämpfen, die Mächtigen zu verfolgen, egal wie viel sie für die Schwachen taten, und wen kümmerte es, wenn Reeves seine eigenen Wege zu dieser Macht fand? Irgendwann würde auch Reeves von jemandem niedergerissen werden. Ein deprimierender Kreislauf.

Mynx bekam eine salzige Welle ins Gesicht und spuckte den Teil aus, der in ihren Mund gelangt war. Der Ozean sagte ihr, dass solche Gedanken erbärmlich waren, Zeitverschwendung. Stimmt schon - Mynx konnte den Zusammenbruch der Welt, die sie mit ihren Freunden entworfen hatte, vielleicht nicht aufhalten, aber sie konnte gegen die Veränderung kämpfen. Konnte sie teuer machen. Utopien verdienten es schließlich, verteidigt zu werden.

»Tu es. Finde ein Wunder, Reeves, denn wir könnten wirklich eines gebrauchen«, sagte Mynx. Für eine aggressive Verteidigung der Paragons, der Champions, würden Kämpfer benötigt werden, und Mynx konnte sich keine bessere vorstellen als Aegis' Tochter. Eine Normale, aber eine, die nicht ruhen würde, bis sie die Mörder ihres Vaters gefunden hätte. »Hast du schon Kontakt zu Celice aufgenommen?«

»Ich habe es versucht. Es gab keine Antwort. Sie ist abgetaucht.«

Mynx würde sie finden. Sie würde die Champions sammeln und eine Verteidigung aufbauen, die Fäulnis ausrotten. Vielleicht, wenn Reeves eine Lösung fände, würde sie auch Aegis aus seinem Tiefschlaf zurückholen. Alles Wunder, alle wert, daran zu glauben. Sie war eine Champion. Sie würde kämpfen, und sie würde siegen.

»Reeves? Ich will wissen, wer dieses Video gemacht hat, wer dieses Schwert hatte. Wir werden sie finden, und wir werden sie vernichten.«

KAPITEL 59
NICHT UMSONST

DEIN VATER IST WEG.

Celice hatte diese Worte schon lange erwartet. Seit sie zwölf geworden war und begonnen hatte, das volle Ausmaß dessen zu verstehen, was ihr Vater tat, dass beide Eltern ständig ihr Leben riskierten, um eine Welt zu verbessern, die nicht aufhörte, ihnen wehzutun. Aegis sagte, er hätte ihr die Wahrheit schon früher sagen wollen, dass er so große Angst gehabt hatte, eines Tages zu verschwinden, ohne die Chance zu haben, sich zu verabschieden.

Also hatte er es gesagt. Die ganze Zeit, bis die Abschiede für sie zum Witz wurden. Aegis würde nicht versagen, nicht fallen, und als Celice mehr über die Paragons gelernt hatte, war sie entschlossen gewesen, ihrer Familie zu helfen. Alles zu tun, was sie konnte, um zu verhindern, dass die Worte ihres Vaters jemals wahr würden.

Pizza stand auf dem Regal hinter ihr, zusammen mit Mikrobrauerei-Bieren, die im Kühlschrank kühl wurden. Die ganze Nacht und nun bis in den Morgen hinein hatte sie gewartet, dass Aegis zurückkäme, zu dem Essen, das er ihr versprochen hatte. Es sollte keine große Sache sein, ein Vater und eine Tochter, die sich hinsetzen, eine Mahlzeit einnehmen und über normale Dinge reden. Sie hatte den Freund abgesagt, aber er war nicht wirklich einer, denn seien wir ehrlich, man datete niemanden wie Celice. Nicht, wenn sie herausfanden, wer ihr Vater war. War. Sie würde das jetzt sagen müssen. War. Das Wort hämmerte in ihrem Kopf wie ein Vorschlaghammer.

Tief durchatmen. Die Stadt beobachten. Sich am Stuhl festhalten.

Aegis liebte das an ihr. Rational. Logisch. In der Lage zu sehen, was wirklich getan werden musste und was am wichtigsten war. Aegis wollte alles zu Tode prügeln. Er hatte die Führungsrolle akzeptiert, weil sie ihm aufgezwungen worden war. Celice, so sagte ihr Vater, würde sie verdienen. Obwohl Aegis nie genau sagte, wo Celice diese Führung ausüben würde - als Normalo verbot ihr das Paragon-Gesetz, ein Champion zu werden. Ohne dass Aegis es anders erklärte, würde Celice auch kein Paragon sein.

Celice wandte sich von der Stadtlandschaft ab und stand von dem Stuhl ihres Vaters auf. Wenn Aegis wirklich tot war, gab es Verfahren, denen sie folgen musste. Paragons, die sie alarmieren, und Prozesse, die sie in Gang setzen musste. Alles in einem speziellen digitalen Schließfach umrissen, das Aegis ihr vor langer Zeit gezeigt hatte, eines, das nur ihnen beiden zugänglich war. Niemand sonst durfte von dem Plan wissen, um Panik oder Intrigen zu verhindern. Wenn irgendeine Katastrophe sie beide treffen sollte, vermutete Celice, müssten die Paragons die Dinge selbst herausfinden.

Sie rief das Schließfach auf ihrem Tama auf und ging in Richtung Aufzug. Es würde nicht lange dauern, bis die Nachricht durchsickerte und die Leute Fragen stellten. Atlantis und ihre Paragons würden eine bereite Antwort brauchen. Das Öffnen des Schließfachs, dessen Inhalt virtuelle Symbole über den ganzen Bildschirm verteilte, löste einen Schauer aus. Alles darin war aktualisiert worden, und zwar kürzlich. Am

Tag oder in der Nacht, nachdem Aegis angeschossen worden war. Als ob er gewusst hätte, dass er bald sterben könnte.

»Warum dann«, sagte Celice zu sich selbst, als sie den Aufzug rief, »warum bist du gegangen?«

Polly, die KI des Turms, hatte genug Verstand, nicht zu antworten.

Der Plan für den Fall von Aegis' Tod sah eine ganze Reihe von Paragon-Bewegungen vor. Verschiedene Beförderungen würden in Kraft treten, andere würden entlang der Küste versetzt werden, alles im Namen der Erhaltung des Machtzentrums von Atlantis in Manhattan und einer klaren Befehlskette zu den anderen regionalen Zentren. Alles Logistik, alles Sachen, die Celice im luftleeren Raum faszinierend gefunden hatte. Der Text sah jetzt für sie wie Unsinn aus. Sie las ihn trotzdem. Suchte, fand ihren Namen nicht. Keine Erwähnung von ihr, was sie tat oder was sie jetzt tun sollte. Die Vollstreckerin von Aegis' Plan hatte keinen Anteil daran.

Aegis, ihr Vater, hatte sie aus seiner Nachfolge herausgehalten. Hundert mögliche Gründe köchelten, kochten dann weg, als der Aufzug durch den Turm nach unten fuhr. Celice schlug mit ihrer rechten Handfläche gegen den Stahlkäfig. Natürlich würde er das tun, ohne es ihr zu sagen. Natürlich würde er ihr das Einzige wegnehmen, was ihr unter irgendeiner Ausrede zu ihrer Sicherheit noch geblieben war.

Sie erreichte die Büroetagen des Turms und hielt auf der Betriebsebene. Ein riesiges Kommandozentrum, umringt von Bildschirmen und Anzeigetischen, damit Paragon-Offiziere in Echtzeit überwachen und dirigieren konnten. Celice hatte hier stundenlang zugesehen, wie die Helden ihres Vaters die Stadt, Atlantis, die Welt vor allen möglichen Bedrohungen retteten. Jetzt aber schien es, als hätte irgendein Signal die Paragons früh nach Hause geschickt. Nur ein paar alte Veteranen bedienten die Bildschirme, keiner von ihnen bemühte sich, in Celices Richtung zu schauen, als sich die Aufzugtüren öffneten.

Das sollten also die neuen Hüter des Vermächtnisses ihres Vaters sein. Leute, deren größte Verantwortung es gewesen war, den Paragon-Verkehr zu lenken. Nicht sie, nicht Celice, die alles getan hatte, während ihr Vater mit seinen Fäusten die Welt rettete. Wut mischte sich mit Trauer und Frustration, und Celice wusste, dass sie sich Zeit nehmen sollte. Den Tag oben verbringen, über die Stadt blicken und nichts anderes tun als in der Vergangenheit zu schwelgen. Morgen könnte sie sich mit der Zukunft befassen. Mit Aegis' Plänen ringen.

Stattdessen gab Celice ein neues Ziel in den Aufzug ein. Eine sehr tiefe Etage, unter der Erde.

Ihr Vater hatte immer darauf gezählt, dass sie das Richtige tun würde. Und Celice würde es tun. Während der Aufzug nach unten fuhr, räumte Celice das digitale Schließfach aus. Löschte jedes Dokument und behielt nur die paar Videos, die Aegis allein für sie hinterlassen hatte. Die würde sie später abspielen. Sie würden sie wach halten, energiegeladen, motiviert. Atlantis würde sich ändern müssen. Die Paragons auch. Sie waren lange Zeit Friedenshüter gewesen, aber jemand hatte den Krieg erklärt. Celice würde herausfinden, wer, und wenn sie es tat, würden ihre Paragons bereit sein, zurückzuschlagen.

KAPITEL 60
DIE VERDORBENEN

THANE KRACHTE mit einer Geschwindigkeit ins Wasser vor der Küste der Insel, die ihn eigentlich hätte in Stücke reißen müssen. Der Aufprall hätte seine tödliche Wirkung getan, wenn Thane nicht mehrere Minuten lang gefallen wäre, wenn Thane sich nicht in Mynx' Flugzeug in einen wahnsinnigen Zorn gesteigert hätte, bevor sie ihn hinauswarf. Statt zu zerfallen, klatschte Thanes riesiger, nahezu unverwundbarer Körper mit einem Geräusch auf, das einem Donnerschlag ähnelte. Er verlor das Bewusstsein und überließ sein Leben den Wellen, die ihn an die felsige Küste der Insel spülten.

Seitdem hatte er sich von Moos und Pilzen ernährt und mit bloßen Händen ein paar Fische gefangen, wenn er genug Wut aufbringen konnte, um seine alten Glieder aufzuladen. Thane hatte jedoch die Zeit damit verbracht, über die Drohnen nachzudenken, die still am Horizont schwebten. Ein Zaun, um das Problem einzusperren. Sie störten Thane nicht in der Höhlenaussicht, die er über seinem angespülten Eingang gefunden hatte, und die Drohnen änderten ihre Muster nicht, als Thane bemerkte, dass die Insel andere Besucher hatte. Viele, viele andere. Mynx hatte kein privates

Gefängnis nur für Thane geschaffen, sie hatte ihn mit den anderen Häftlingen zusammengesteckt.

Bald würde Thane die Höhle verlassen und sich auf den Weg zum nächstgelegenen Feuerschwaden machen, der aufstieg und den Geruch von gebratenem Fleisch mit der Brise trug. Er hatte seine Zeit damit verbracht, sich fast zu Tode zu hungern und einen Plan auszuarbeiten, der ihn von dieser Insel bringen würde. Thane würde das Loch in Mynx' Zaun finden und er würde fliehen.

Und sie würde dafür bezahlen.

———

Es ist nicht einfach für eine Legende zu verschwinden. Mynx versucht seit Jahren zu verblassen, doch jetzt ist Aegis verschwunden, und Mynx muss die Paragons anführen, oder zusehen, wie die Welt, die sie aufgebaut hat, in einem Feuersturm zusammenbricht.

Setzen Sie das Abenteuer fort mit *Ruf des Champions*, Der Kodex des Helden Buch Zwei:

DANKSAGUNG UND ANMERKUNG DES AUTORS

Paragons Fall beginnt eine neue Reihe, die etwas erforscht, was ich schon immer interessant fand, nämlich was passiert, wenn Leute, die früher körperlich unaufhaltsam waren, sich plötzlich sehr wohl aufhalten lassen. Wenn deine Identität an etwas geknüpft ist, das der Zeit zum Opfer fällt.

Könntest du dich ändern? Würdest du es tun?

Wie immer entsteht diese Geschichte durch Nicoles endlose Unterstützung, die es mir erlaubt, in fantastischen Universen zu spielen. Meine Brüder, Eltern und Schwiegereltern bringen eine Freude und ein Staunen in mein Leben, die mich ermutigen, die weiten Bereiche der Science-Fiction und Fantasy zu erkunden. Ihre Unterstützung bedeutet alles.

Auch die Leser befeuern den kreativen Ofen. Ob durch Fünf-Sterne-Bewertungen (oder weniger!), Nachrichten über das unendliche Netz der sozialen Medien oder einfach einen Ausschlag in der Verkaufsstatistik, der zeigt, dass jemand meinen Geschichten eine Chance gibt - das alles treibt mich an, weiterzumachen. Also danke ich euch, und ich hoffe, ihr habt diesen Roman und den Rest der Serie genossen.

Für Bob und Rosalie